NINA MALIK
Schwarze Federn

Buch

Franka Janhsen hat es als junge Kommissarin in der Rerricker Mordkommision nicht leicht. Ihr großes Einfühlungsvermögen hat ihr eine schnelle Karriere beschert, macht sie aber ihren Kollegen gegenüber auch angreifbar. Und so verschanzt sie sich und die Wunden ihrer Vergangenheit hinter einem Schutzwall. Als Franka gemeinsam mit ihrem Vorgesetzten Simon Ackermann zu einem verstörenden Leichenfund gerufen wird, ahnt sie bald, dass sie vor einem Fall stehen, der ihnen alles abverlangen wird. Denn im Wintergarten einer Villa liegt ein eng umschlungenes, ermordetes Liebespaar – auf Federn gebettet und zum Kunstwerk zurechtgemacht. Welche düsteren Absichten stecken dahinter? Und wie ist der verschwundene Herr des Hauses, der umstrittene Strafverteidiger Albert Seelers, in die Sache verwickelt? Frankas Ermittlungen führen sie in eine verstörende Welt, die sich hinter der heilen Fassade einer scheinbar perfekten Familie auftut ...

Autorin

Nina Malik ist das Pseudonym einer erfolgreichen Romanautorin. Mit ihrer neuen Krimireihe um die Ermittlerin Franka Janhsen widmet sie sich einer spannenden neuen Erzählwelt rund um die Abgründe unserer Gesellschaft. Nina Malik lebt mit ihrer Familie in Norddeutschland.

Nina Malik

Schwarze Federn

Kriminalroman

blanvalet

MIX
Papier aus verantwortungsvollen Quellen
FSC® C014496
FSC
www.fsc.org

1. Auflage
Taschenbuchausgabe 2017 bei Blanvalet, einem Unternehmen der Verlagsgruppe Random House GmbH, München

Dieses Werk wurde vermittelt durch die Literarische Agentur Thomas Schlück GmbH, 30827 Garbsen
Umschlaggestaltung und -motiv: © Johannes Wiebel | punchdesign, unter Verwendung von Motiven von Photocase.de und Shutterstock.com
NG · Herstellung: wag
Satz: Vornehm Mediengestaltung GmbH, München
Druck und Bindung: GGP Media GmbH, Pößneck
Printed in Germany
ISBN 978-3-7341-0103-8

www.blanvalet-verlag.de

1

Donnerstag, 4 Uhr

Es war schwer. So schrecklich schwer, aufzutauchen aus dieser Tiefe, die übermächtig an ihr zog. Dort unten, in der weichen Schwärze, würde sie schlafen können, zusammengerollt und unerreichbar für die Welt.

Etwas hatte sie jedoch erreicht und an ihr Bewusstsein geklopft.

Vielleicht war es die Ahnung, dass sie erwachen musste. Jetzt!

Doch es wollte ihr nicht gelingen, die Umarmung des Schlafes abzustreifen. Süß, sanft und zugleich unbeugsam hielt er sie fest, während der Anflug von Sorge, den sie eben noch gefühlt hatte, in nackte Angst umschlug.

Sie musste aufwachen!

Etwas stimmte nicht, das spürte sie immer stärker. Sie durfte keine Zeit mehr verlieren.

Wach auf, wach auf, wach auf, feuerte sie sich an.

Mit einer ungeheuren Anstrengung öffnete Marlis die Augen einen Spaltbreit.

4:17 zeigte die Digitalanzeige ihres Weckers. Im Schlafzimmer herrschte nächtliches Zwielicht, sodass sich nur die Silhouetten der Möbel abzeichneten. Durch das gekippte Fenster drang kühle Herbstluft, das ferne Geräusch eines startenden Automotors war zu hören, ansonsten herrschte Ruhe. Genau, wie man es um diese Uhrzeit erwartete. Keine umherwandernde Tochter mit Lust auf Schokokekse und auch keine, die in ihr Kopfkissen schluchzte, weil sie ihre Schmusepuppe nicht finden konnte.

Sie hatte sich offenbar geirrt.

Der Schlaf begann wieder an ihr zu ziehen, einladend flüsterte er ihr ins Ohr, dass sie nur loszulassen brauche. Samtige Schwärze wartete darauf, sie zu umhüllen. Ein traumloses Schweben, so viel tiefer als gewöhnlicher Schlaf. Sie kannte dieses Gefühl in abgeschwächter Form von den Schlaftabletten, die sie früher jahrelang genommen hatte. Nur lag die Schachtel schon seit Wochen unangerührt im Arzneischrank. Sie hatte die Medikamente abgesetzt. Alle.

Wie von selbst glitt ihre Hand auf die andere Bettseite und schob sich suchend unter Alberts Decke. Doch anstelle der vertrauten Wärme strahlte das Laken bloß Kälte aus. Das Bett neben ihr war leer. Albert musste es schon vor längerer Zeit verlassen haben.

Warum habe ich das nicht gemerkt?, fragte Marlis sich verwirrt.

Seit die Kinder da waren, schlief sie kaum eine Nacht durch, da sie auf jedes noch so feine Geräusch achtete, getrieben von der Furcht, etwas Schreckliches könnte passieren, während sie unbekümmert von hellen Gartentagen träumte.

Nun war *etwas* passiert – und sie hatte tief und fest geschlafen.

Diese Erkenntnis versetzte Marlis in Schrecken, während ihr Herz sich weigerte, vor Aufregung schneller zu schlagen. Die Verbindung zwischen ihrem Körper und ihrem Verstand schien gekappt, als hätten sie nicht länger etwas miteinander zu tun. Wenn sie sich keinen Ruck gab, würde sie sich noch auf die Seite drehen und weiterschlafen.

Mit unnatürlich schweren Gliedern setzte Marlis sich auf die Bettkante. Das Nachthemd klebte feucht an ihrem Rücken, und das Haar hing ihr verschwitzt ins Gesicht, doch sie brachte nicht die Kraft auf, es beiseitezuwischen. Ihre Finger gehorchten ohnehin nicht ihrem Willen, sie fühlten sich wie Fremdkörper an.

»Albert?«, rief sie, allerdings so leise, dass es schon fast ein Flüstern war. »Wo bist du?«

Es kam keine Antwort.

Bestimmt ist er im Arbeitszimmer, versuchte sie sich zu beruhigen. Es lag im Erdgeschoss dieses schrecklich weitläufigen Hauses, auf das er ihren Einwänden zum Trotz bestanden hatte. Bestimmt war er mitten in der Nacht in den bis unter die Decke mit Büchern, Aktenordnern und Kladden vollgestopften Raum geschlichen, um die Arbeit von gestern Nachmittag nachzuholen, nachdem er etwas kostbare Zeit mit seiner Familie verbracht hatte.

Nur … Falls das tatsächlich alles war, warum saß ihr dann dieses beklemmende Gefühl im Nacken?

Unsicher stemmte Marlis sich hoch und setzte einen Fuß vor den anderen.

Auf dem Flur brannte eine Stehlampe – so wie jede Nacht. Ani, das jüngere der beiden Mädchen, wurde oft von Albträumen heimgesucht und war neulich erst auf dem Weg ins Elternschlafzimmer weinend in der Dunkelheit stehen geblieben, weil sie sich nicht vorwärts traute. Seither bestand sie darauf, dass nachts das Licht brannte.

Es dauerte eine Weile, bis Marlis begriff, warum sie die Lampe anstarrte: Sie stand nicht, sondern lag auf der Seite. Als hätte sie jemand im Vorbeilaufen umgestoßen und sich nicht die Mühe gemacht, sie wieder aufzustellen. Noch mehr irritierte sie, dass sie den Aufschlag der schweren Messinglampe trotz offen stehender Schlafzimmertür nicht gehört hatte.

»Das ist verkehrt«, sagte Marlis. »Warum …«

Die Worte verflüchtigten sich, obwohl sie ihr eben noch auf den Lippen gelegen hatten. Langsam sickerte die Erkenntnis durch, dass die achtlos umgestoßene Lampe genauso verkehrt war wie ihre hartnäckige Benommenheit.

Es stimmte tatsächlich etwas nicht!

Marlis machte auf der Stelle kehrt und hielt auf die erste Kinderzimmertür zu.

Im Licht, das vom Flur hereinfiel, warf Finjas zusammengerollter Körper einen diffusen Schatten.

Auf jedes Tapsen ihrer nackten Füße bedacht, trat Marlis ans Bett und betrachtete ihre schlafende Tochter, wartete auf ein Seufzen oder Zucken der Lider. Die Neunjährige lag jedoch reglos und zusammengekrümmt da. Marlis umfasste Finjas Schulter, dann packte sie immer fester zu, während sie auf eine Reaktion wartete, die jedoch ausblieb.

»Finja? Wach auf.« Marlis' Stimme war ein heiseres Kratzen. »Na los. Nun wach schon auf. Finja!«

Ihr Herz begann zu rasen. Ganz plötzlich jagte es los, als wolle es ihren Brustkorb sprengen. Nach Luft japsend schüttelte sie den schlaffen, überaus zerbrechlich wirkenden Körper ihrer Tochter durch. *Zeig mir, dass du am Leben bist!* Marlis holte aus, um dem Mädchen einen verzweifelten Schlag ins Gesicht zu versetzen, doch da begannen Finjas Augenlider zu flattern, und sie blickte ihre Mutter verschlafen an.

»Was soll'n das? Noch dunkel«, nuschelte sie.

Marlis schlug sich den Handrücken vor den Mund, um ein Aufschluchzen zu unterdrücken. Der Schmerz, der durch ihre Unterlippe fuhr, war geradezu wohltuend, so real war er. Sie hatte sich getäuscht, zumindest in diesem Zimmer war alles so, wie es sein sollte. Ein derart tiefer Schlaf war bei Kindern dieses Alters schließlich nichts Ungewöhnliches. Oder doch?

Finja rollte sich murrend auf die andere Seite und schlief sofort wieder ein.

So leise, wie Marlis das Zimmer betreten hatte, verließ

sie es wieder. Die Taubheit ihres Körpers wich mit jedem Schritt, während sie auf Anis Zimmer zueilte.

Im Schein des Nachtlichts erinnerte das entspannte Gesicht der Vierjährigen an einen Engel. *Genau das ist meine Ani*, schoss es Marlis durch den Kopf während sie die aufsteigenden Tränen wegblinzelte. Diese Beherrschtheit hatte sie sich antrainiert, seit die Kinder da waren, obwohl Albert ihr vorwarf, immer mehr einem Roboter zu ähneln anstatt der impulsiven, oftmals unberechenbaren Frau, die er geheiratet hatte.

Als Marlis sich vorbeugte und die Wange ihres Nesthäkchens berührte, gab das Mädchen ein verstocktes Schnarchen von sich. Offenbar war ihre Erkältung noch nicht vollends ausgestanden. Obwohl es ihr schwerfiel, zog Marlis sich zurück, wobei sie aller Vernunft zum Trotz hoffte, die Kleine würde von allein wach werden und eine Umarmung einfordern. Normalerweise war Anis Schlaf noch zerbrechlicher als ihrer, doch in dieser Nacht schienen sie alle Probleme zu haben, die Traumseite zu verlassen.

Alle bis auf einen.

Marlis' Gedanken wanderten zu Albert ... und zu der umgestoßenen Lampe auf dem Flur. *Wenn ich jetzt, zerzaust und nicht ganz bei mir, in sein Arbeitszimmer gehe und von Stehlampen rede, die sich nicht wie Stehlampen benehmen, dann wäre es wie ein Rückfall in alte Zeiten*, überlegte sie, um sich dann trotzdem auf den Weg zu machen.

Ihr war nämlich ein ungewöhnlicher Geruch in die Nase gestiegen, erst nur ganz leicht, nicht mehr als eine unangenehme Note. Doch mit jedem Schritt wurde es schlimmer, bis es regelrecht stank. Nach Schwefel und ätzenden Chemikalien. Kein Geruch, der in ihrem Heim etwas zu suchen hatte.

Marlis hastete die Treppen hinab, nur um wie vom Blitz getroffen stehen zu bleiben.

Entlang der hell getünchten Wände im Treppenhaus verlief eine pechschwarze Spur. Handtellerbreit, unregelmäßig und nass glänzend. An einigen Stellen flossen zähe Tropfen hinab.

Das passiert in einer anderen Welt, die nichts mit deiner zu tun hat. In deiner Wirklichkeit ist das Treppenhaus so sauber und einladend wie immer. Hier gibt es nichts Hässliches!

Marlis' Verstand drängte sie, zu ihren Kindern zurückzulaufen und sich an ihre warmen, überaus realen Körper zu schmiegen. Wenn der Tag anbrach und ihre seltsame Benommenheit vorüber war, würde bestimmt alles wieder gut sein. Die Normalität würde mit dem Morgenlicht Einzug halten, sie musste einfach nur abwarten.

Dafür war es jedoch schon zu spät, ihre Füße trugen sie wie von selbst die Treppe hinab, immer weiter zu auf diesen wahr gewordenen Albtraum.

Die Familienaufnahmen auf der Konsole unten in der Diele waren begraben unter dem stinkenden schwarzen Sekret, das träge über den Konsolenrand auf den Sandsteinboden tropfte.

Ihr eigenes Wimmern klang ihr dumpf in den Ohren.

Das hier war nicht echt.

Nicht echt!

Sie träumte mit offenen Augen, wie früher, wenn ihre Träume so intensiv gewesen waren, dass sie sie mit dem echten Leben verwechselt hatte.

»Aber du hast nie geträumt«, flüsterte ihr eine vertraute Stimme ein. »Du hast deinen Sinnen damals nur erlaubt, Dinge wahrzunehmen, die für alle anderen nicht existierten. Sie waren echt – und jetzt sind sie es wieder.«

Während die Stimme weiter auf Marlis einredete, stieg in ihr das überwältigende Bedürfnis auf, jede Gegenwehr einzustellen. Wie viel leichter würde es sein, die Besudlung ihres Zuhauses zu akzeptieren, anstatt nach einer Erklärung zu suchen. Es wäre ja nicht das erste Mal, dass Chaos und Wahnsinn in ihr Leben einbrachen.

Nein, beschloss Marlis mit dem letzten bisschen Willenskraft. Sie durfte die Kontrolle um keinen Preis verlieren, nicht mit den Kindern im Haus. Es *musste* eine vernünftige Erklärung für die Verwüstung geben.

Entschlossen folgte sie der schwarzen Tropfenspur, die ins Wohnzimmer führte.

»Albert? Bist du hier?«

Obwohl keine Antwort und auch sonst kein Laut zu hören waren, betrat sie den Raum und ertastete den Lichtschalter. Auf den ersten Blick wirkte alles ganz normal – von dem beißenden Geruch einmal abgesehen. Dann begriff sie, dass sie nicht durch den angrenzenden Wintergarten hinaus in die nächtliche Dunkelheit blickte, sondern gegen Glasscheiben, die mit einem ungleichmäßigen schwarzen Film überzogen waren.

Der Wintergarten hatte sich in eine Dunkelkammer verwandelt. Oder in etwas weitaus Schlimmeres …

Auf eine unheimliche Weise fasziniert, näherte Marlis sich, wobei sie einen Fuß vor den anderen setzte, als wandelte sie über einen schmalen Pfad. Immer mehr verwirrende Details stachen ihr ins Auge: Die Möbel waren beiseitegeschoben und – genau wie die Stechpalmen, Agaven und Olivenbäume – mit dieser zähen schwarzen Substanz überschüttet worden.

Marlis sah sich im Geiste auf allen vieren mit einem Schrubber in der Hand, wie sie sich abmühte, dieses scheußliche Zeug von den Terrakottafliesen abzubekommen. In ihrer Vorstellung blieb es an ihr kleben, bedeckte sie nach und nach, bis auch sie von Kopf bis Fuß mit einer schwarz glänzenden Hülle überzogen war. Gegen ihren Willen musste sie lachen, ganz leise, um dann schlagartig zu verstummen.

In der Mitte des Wintergartens gab es eine unversehrte

Stelle, und dort ruhte jemand: ein liegendes Paar, nackt, die Arme und Beine ineinander verschlungen.

Weiße Tupfen stoben auf, als Marlis sich näherte. Einige von ihnen verfingen sich wie Schmetterlinge im schwarzen Leim. Es waren Federn, ein ganzes Nest aus Daunenfedern.

Gebannt von diesem Anblick, tapste Marlis in die stinkende Substanz auf dem Boden, die sich sogleich an ihren nackten Zehen festsaugte. Trotzdem musste sie näher an dieses Schauspiel heran. Ihre Angst war vergessen, denn jetzt wusste sie mit Sicherheit, dass nichts von alldem echt war. *Es passiert nur in meinem Kopf, wieder einmal*, dachte sie, beinahe vergnügt.

Befreit von der Last, die wahnwitzige Situation begreifen zu müssen, betrachtete Marlis das schlafende Paar, das auf seltsame Weise ihr Herz berührte. Wie zärtlich sie beieinanderlagen, ganz unschuldig. Vor allem der Junge. Wie weich sein Engelshaar fiel … Die Augen geschlossen, der Mund leicht geöffnet, sodass sie glaubte, seinen federleicht gehenden Atem zu hören, obwohl sich seine Brust weder hob noch senkte. Sein weibliches Pendant hingegen gefiel ihr deutlich weniger, was vermutlich an den vollen Brüsten, den langen Ebenholzlocken und den makellosen Gesichtszügen lag.

Marlis trat noch einen Schritt näher, das schmatzende Geräusch unter ihren Sohlen ignorierend.

Das Gesicht der Schlafenden war weiß wie ein Stück Papier, so weiß, wie nichts Lebendiges sein kann.

Als Marlis sich vorbeugte, bemerkte sie die Ränder entlang des Kinns. »Eine Maske«, flüsterte sie, während sie bereits die Hand ausstreckte. »Deshalb sieht sie so perfekt aus.«

Als ihre Finger eine dunkle Locke der Schlafenden streiften, zuckte Marlis zurück, nur um dann die Maske anzuheben. Sie bestand aus einem glatten Material und fühlte sich klamm an, als wäre sie noch nicht ganz ausgehärtet.

Marlis erwartete, dass ein Gesicht zum Vorschein kam,

das der Maske zum Vorbild gedient hatte: ein schönes, träumendes Frauengesicht. Stattdessen war da eine einzige blutige Wunde. Von der Nase waren nur freiliegende Knorpel geblieben, Augen und Mund waren nicht mehr als schwarze Löcher.

Schreiend taumelte Marlis zurück. Sie träumte nicht, nein, ganz und gar nicht. Sie war in ihrem Haus – mit zwei Toten, die sich im Todeskampf ineinander verkrallt hatten.

2

Donnerstag, 5:40 Uhr

Franka Janhsen nahm sich die Zeit, das freistehende Einfamilienhaus im fahlen Laternenlicht genau anzusehen. Dazu musste sie die Augen zusammenkneifen, anders ließ sich der Milchschleier vor ihrem Blick nicht vertreiben.

Der Anruf hatte sie um 5:10 Uhr geweckt, kurz nachdem sie in den Schlaf gefunden hatte. Jetzt kratzten ihre Kontaktlinsen, als bestünden sie aus Sandpapier. Sie hatte sich die Linsen erst kurz vor ihrem Antritt in Rerrick besorgt, und ihre Augen hatten sich noch nicht an die Fremdkörper gewöhnt. Trotzdem würde sie nicht auf ihre alte Brille zurückgreifen.

Neue Stadt, neues Leben, neue Franka – so lautete das Motto.

Nur fühlte sie sich im Moment noch ganz wund gerieben von all dem Neuen. Kein Wunder, dass sie die Nächte damit verbrachte, an die Decke zu starren und sich zu fragen, ob es wirklich eine gute Idee gewesen war, ihre alten Häute so radikal abzustreifen. Manchmal befürchtete sie fast, sich selbst nicht wiederzuerkennen.

Franka ließ die Schultern kreisen und hoffte, dadurch das hartnäckige Unwohlsein abzustreifen. Alles, was sie jetzt tun musste, war, sich voll und ganz auf den Job zu konzentrieren. Das beste Heilmittel von allen.

Das Haus, zu dem sie gerufen worden war, befand sich in dem betuchten Stadtteil Fleetburg, durch den sich der weitläufige Stadtpark zog, eines der Wahrzeichen von Rerrick. Kopfsteinpflaster und schmiedeeiserne Laternen gaukelten einem vor, es mit einer wohlhabenden Stadt zu tun zu haben, die randvoll mit Geschichte war. Dabei bestand Rerrick größtenteils aus Nachkriegsbauten und Hochhausecken vom Reißbrett, an dessen Stadtrand sich die Reihenhäuserquartiere breitmachten. In Fleetburg konnte man sich jedoch der schönen Hansestadt Hamburg nah fühlen, auch wenn Rerrick nicht mehr als eine unbeachtete Cousine dritten Grades war.

Franka warf einen Blick auf ihre Notizen, die sie noch schlaftrunken im Bett niedergeschrieben hatte, während der Kollege vom Nachtdienst ihr die gröbsten Informationen durchgegeben hatte: Eine Frau findet heute Morgen zwei ihr unbekannte Tote in ihrem Wintergarten, während ihr Mann bislang unauffindbar ist.

Zwei Tote und ein verschwundener Ehemann – der Stoff, aus dem Albträume sind.

Franka wickelte ihren Schal enger, damit der nasskalte Wind nicht mehr Haut als nötig berührte. Die ganze Nacht lang hatte es wie aus Eimern geregnet, Regentropfen waren prasselnd gegen ihr Schlafzimmerfenster geschlagen, vor dem immer noch kein Rollo hing. Dabei konnte sie das Novemberdunkel nicht ausstehen, es schien sich wie ein schwarzes Tuch über die Stadt zu legen und sie langsam zu ersticken.

Das mit dem Schietwetter ist schlecht, befand Franka. Letzte Nacht würde niemand freiwillig unterwegs gewesen sein – und auch wenn ein Nachbar mit seinem Hund vor die Tür gegangen wäre und den Kopf nicht schön unten behalten hätte, wäre dank der Dunkelheit und des Dauerregens nicht viel zu sehen gewesen. Selbst jetzt musste Franka sich anstrengen, um sich ein Bild zu machen von dem Anwesen, zu dem der Kollege sie geschickt hatte.

Seelers hießen die Eigentümer, deren modernes Stadthaus

sich zurückgesetzt zwischen verschieden hohen Bambushecken verbarg.

Sehr smart, stellte Franka fest. *Edel, aber nicht auffällig. So viel vornehme Zurückhaltung, dass es schon fast wieder Angeberei ist.* Zu ärgerlich, dass es noch zu dunkel war, um ein paar Fotos mit dem Handy zu machen. Sie hätte den ersten Eindruck gern festgehalten.

Zur rechten Seite wurde das Grundstück von einer Jugendstilvilla flankiert, zur linken gab es einen von hohen Zäunen geschützten, parkähnlichen Garten, während auf der gegenüberliegenden Seite eine Art wahr gewordener Zahnarzttraum aus Sichtbeton die Aufmerksamkeit auf sich zog. Wer entschied sich für ein solch unauffälliges Haus, dessen Lage zwar die Finanzkraft des Eigentümers verriet, diesen Umstand jedoch nicht demonstrativ zur Schau trug, so wie die Villen seiner Nachbarn?

»Familie Seelers hat das für richtig gehalten«, beantwortete Franka sich die Frage selbst. Und nun hatte ausgerechnet in diesem von Diskretion geprägten Haus ein bizarrer Doppelmord stattgefunden.

Ihren Gedanken nachhängend, wies Franka sich an der frisch gezogenen Absperrung bei den Kollegen aus. Dann ging sie zur großzügig bemessenen Auffahrt, die soeben ein Notarztwagen verließ. Ihren Renault hatte sie wohlweislich am Anfang der Straße geparkt, nicht nur, um der Betriebsamkeit rund um den frischen Fundort zu entgehen, sondern auch, um sich ihm Stück für Stück zu nähern. Zu Beginn einer Ermittlung war es ihr wichtig, möglichst viele Eindrücke mitzunehmen und sich ein erstes Bild zu machen, das nicht von der potenziellen Tat überschattet wurde. Wahrnehmung und Ratio griffen ineinander, eine feine Verzahnung aus lauter wohl justierten Rädchen. Franka sammelte alles, was sich ihr anbot, jeden Fakt, aber auch jede noch so nebensächliche Beobachtung. Unterdessen grüßte sie die umhereilenden Kollegen, ohne sich auch nur ein Gesicht näher anzusehen. Die machten ihren Job – und sie musste zusehen, dass sie ihren eigenen mit hundertprozentiger Aufmerksamkeit erledigte.

Vor der offenen Haustür blieb Franka stehen.

Die grau lackierte Außenseite wies eine klaffende Delle auf. Sie stammte von den uniformierten Kollegen, die gezwungen gewesen waren, sich gewaltsam Zutritt zu verschaffen. Die Bewohnerin, Marlis Seelers, hatte sich nach ihrem Notruf nämlich geweigert, die obere Etage zu verlassen und den Beamten zu öffnen. Die unter Schock stehende Frau hatte sich mit ihren beiden Töchtern im Kleiderschrank versteckt und selbst dann noch ins Telefon geschluchzt, als die Notfallärztin sich ihrer angenommen hatte. Mittlerweile befand sie sich im Krankenhaus, wofür alle Anwesenden dankbar waren. Das Verbrechen war bereits geschehen, nun brauchte es Ruhe und starke Nerven, um die Angelegenheit aufzuarbeiten. Eine Zeugin, die vor lauter Hysterie vernehmungsunfähig war, wäre nur im Weg, genau wie ihre Kinder, die ohnehin ärztlich untersucht werden mussten. Laut ihrer Mutter standen die beiden unter dem Einfluss eines Beruhigungsmittels.

Auf einem Chromschild neben der Tür stand in schlichter Bauhaus-Typo der Familienname Seelers. Franka lauschte in sich hinein, der Name erzeugte jedoch kein Echo. Zwar war sie erst seit fünf Monaten bei der Rerricker Mordkommission, aber sie hatte mehrere Stunden damit verbracht, sich über die Lokalprominenz verschiedener Couleur schlauzumachen. Wenn die Seelers' Prominente gewesen wären – Unternehmer aus dem eher mageren Industriegürtel, Kietzgrößen, die sich in Rerrick an einer Hand abzählen ließen, oder zu Rang und Namen gekommene Lokalpolitiker –, hätte sie es gewusst. Nur war der Name genauso ausdruckslos wie das Haus, das sich hinter Bambus und Buchs versteckte.

Während Franka den Eingangsbereich studierte, trat Georg Feitner von der Spurensicherung aus der Tür. Der Mann mit dem chronisch bluthochdruckroten Gesicht musste wenige Minuten vor ihr eingetroffen sein und hatte sich vermutlich bereits ein erstes Bild vom Tatort gemacht. Mürrisch nickte er Franka zu.

»Ackermann ist noch nicht da.«

Eine freundlichere Begrüßung hatte Franka von ihm nicht erwartet, weshalb sie das Nicken lediglich erwiderte. »Wie sieht es da drinnen aus?«

»Lassen Sie uns auf den Chef warten, dann muss ich nicht alles zweimal erzählen«, blockte Feitner sofort ab.

Als einer der wenigen Kollegen im Dezernat hatte Georg Feitner ihr nach ihrem Einstand nicht das Du angeboten, während er sich mit dem Rest des Dezernats durchaus duzte. Auch jetzt hielt er es nicht für nötig zu verschleiern, dass er sie von Kopf bis Fuß maß, wobei ihm auf die Stirn geschrieben stand, dass er nichts von kühlen Blondinen hielt, die viel zu schicke schwarze Kleidung trugen. Damit gehörte sie seiner Meinung nach in eine Anwaltskanzlei – oder besser noch in eine verkackte Kunstgalerie, aber nicht an einen Tatort. Im Stillen stimmte Franka ihrem Kollegen zu. Diese Klamotten waren verdammt unbequem und fühlten sich nach fünf Monaten Dauereinsatz immer noch wie eine Verkleidung an. Aber sie hatten einen unschlagbaren Wert: Sie hielten die Menschen auf Distanz, besonders die männlichen Kollegen, die eh schon verstört darauf reagierten, dass Franka mit ihren eins achtzig im wahrsten Sinne auf Augenhöhe mit ihnen war. Vermutlich sah sie in dieser Aufmachung sogar älter aus als ihre neunundzwanzig Jahre. Genau darauf hatte sie gehofft. Sie war zwar mit schwerer Schlagseite in Rerrick angekommen, aber das bemerkte niemand, weil alle von dieser Seide-und-Kaschmir-Rüstung geblendet waren. Es war eben tatsächlich der erste Blick, der zählte – und Franka setzte alles daran, dass ihr niemand einen zweiten Blick schenkte, bis sie wieder Boden unter den Füßen spürte. Wobei sie sich mittlerweile nicht mehr sicher war, ob sie jemals wieder zu ihrer alten Verbindlichkeit zurückkehren würde. Vor einem halben Jahr hätte sie es für unmöglich gehalten, dass es sich ganz gut leben ließ, wenn die Mitmenschen Distanz wahrten. Jetzt betete sie darum, noch einen weiteren Tag mit dieser Nummer durchzukommen. Die alte Franka war zwar Vergangenheit, aber die neue noch nicht in Sicht. Und ehe sich daran nichts änderte, würde sie die Mauer zu ihrem eigenen Schutz aufrechterhalten.

»Das sind ganz schön hohe Absätze«, murrte Feitner, während Franka ihre Schutzkleidung überzog.

»Sie können meine Booties ruhig anprobieren, wenn Sie wollen. Acht-Zentimeter-Absätze dürften einen Mann Ihres Formats doch nicht abschrecken.« Gegen diese Old-boys-Mentalität half kein Designermantel, sondern nur ein dickes Fell.

Georg Feitner kräuselte die Oberlippe, aber das künstliche Lächeln misslang.

Franka verzichtete darauf, ihren kleinen Sieg zu feiern. Stattdessen kniete sie sich hin, um die Überschuhe überzuziehen. »Durch die Haustür sind die Eindringlinge vermutlich nicht gekommen – falls es denn überhaupt Eindringlinge waren …«, setzte sie an, nur um sogleich von Feitner unterbrochen zu werden.

»Woher soll ich das bitte schön wissen, nachdem die Nasen von der Streife die Tür zerlegt haben und eine ganze Schar von Sanitätern durchs Haus gewalzt ist?« Feitner beendete den Satz mit einem Schnauben, das allen Spurenverseuchern und der offensichtlich ahnungslosen Frau Juniorkommissarin galt.

Der erste Eindruck, den Franka vom Hausinneren einfing, war ein unangenehm chemischer Geruch, der sie in die Nase biss. Doch es war noch zu früh, um sich darauf einzulassen. Mühsam zwang sie ihre Aufmerksamkeit zurück auf die Einfahrt. »Das Haus verschwindet hinter diesem Bambuswall, doch die Auffahrt ist nicht nur bestens einsehbar, sondern auch wie ein Festplatz beleuchtet«, dachte sie laut. »Ist die Kamera dort oben eigentlich funktionstüchtig oder bloß eine Attrappe?«

Feitner zuckte mit den Schultern.

Allmählich verlor Franka die Geduld. Dabei war sie sich durchaus bewusst, dass sie nur verlieren konnte, wenn sie auf sein Spiel einging. Egal wie sie auf diese Herausforderung reagierte, letzten Endes würde sie es sein, die schlecht dastand: entweder als die Übereifrige, die Klugscheißerin oder – ihre Lieblingsschublade – die blöde Ziege, die gezwungen war, mit ihrem Dienstgrad herumzutönen, weil sie sich ansonsten keinen Respekt verschaffen konnte.

Ich stehe nicht hier, um dir auf die Nerven zu gehen, sondern weil ich in meinem Job was draufhabe, du Sturkopf!, hätte sie Feitner am liebsten angefahren. Aber sie hatte nicht vor, sich provozieren zu lassen. *An meiner Engelsgeduld, dem Ergebnis jahrelanger Übung unter erschwerten Bedingungen, beißt du dir die Zähne aus, Freundchen.* Ihr Lächeln brachte Feitner tatsächlich dazu, sein Handy zu zücken und jemanden wegen der Kamera anzurufen.

Seit Franka ihren Job beim Morddezernat in Rerrick angetreten hatte, war dieses Aushaltenkönnen ihr großer Bonus gewesen. Egal ob die Kollegen ihren Empfang zum Einstand vergessen hatten oder sie hinterm Schreibtisch versauern ließen, während sie vielversprechenden Aufgaben nachgingen – sie hatte nicht einmal mit der Wimper gezuckt. Zum einen hatte sie es ja genau so gewollt, indem sie die Unnahbare gab, zum anderen war sie weitaus Schlimmeres gewohnt.

Nur Simon Ackermann hatte an sie geglaubt. Und als

seine Abteilung im Sommer dann sämtliche Kräfte aufbieten musste, um das Rätsel der Asche-Gräber zu lüften, hatte Franka die Chance ergriffen. Zu ihrer eigenen Überraschung sogar sehr viel erfolgreicher, als sie es sich je erträumt hätte. Wie erwartet hatte der Erfolg keine Welle der Sympathie nach sich gezogen. Als frisch beförderte Kommissarin wurde Franka nicht mehr bloß ausgegrenzt, sondern von allen Seiten wie ein Alien beäugt. Sie konnte die Haltung der Kollegen sogar verstehen: Kein Neuer, der einen solchen Raketenstart hinlegte, machte sich beliebt. Denn niemand mochte Streber, vor allem nicht, wenn sie sich nicht einmal Mühe gaben dazuzugehören.

Solange ich meinen Job machen kann, ist mir das recht, dachte Franka trotzig. Schließlich war ihre Arbeit das Einzige, was ihr geblieben war, nachdem sie sich nach Rerrick hatte versetzen lassen.

Mit einer geschmeidigen Bewegung kam sie auf die Beine. Die zwanzig Kilometer Laufen dreimal die Woche und die Trainingsstunden im Fightclub hatten eben ihr Gutes.

»Ich gehe jetzt rein und schau mir die Sache an. Sagen Sie Simon, dass ich schon mal vorgegangen bin.«

»Falls ich dran denke …«

Franka setzte einen Schritt auf Feitner zu, als würde der massige Mann direkt vor ihrer Nase gar nicht existieren. Wenn er nicht wollte, dass sie frontal in ihn hineinlief, würde er zur Seite treten müssen. Was er auch tat, allerdings erst nach einer angedeuteten Verbeugung.

Franka lag schon ein süffisanter Kommentar auf der Zunge, als sie den Wagen bemerkte, der unten vor der Einfahrt hielt.

Simon Ackermann war eingetroffen.

Um das zu wissen, musste sie nicht einmal einen Blick über die Schulter werfen. Der unverkennbare Motorenlärm des Opel Kadetts aus den 1960er-Jahren war dem gesamten

Dezernat vertraut. Schließlich war der eisblaue Fast-Oldtimer regelmäßig Gegenstand von Wetten, sobald der TÜV anstand oder eins seiner metallischen Organe zu versagen drohte und man sich nicht sicher sein konnte, ob sich noch einmal Ersatz auftreiben ließ. Falls Simon Ackermann etwas von der Aufregung rund um sein Auto mitbekam, zeigte er es nicht. Er hatte den Opel zum Schulabschluss von einem Onkel geschenkt bekommen, der vermutlich froh gewesen war, das alte Teil los zu sein. Seitdem hatte Simon angeblich keine Zeit dafür gehabt, den Wagen gegen ein moderneres und vor allem leiseres Modell auszutauschen.

Franka glaubte ihrem Partner diese Nachlässigkeit nicht, dafür war der Wagen viel zu gut in Schuss. In Wahrheit liebte Simon diese lärmende Blechkiste einfach.

Einen Augenblick später stand Simon Ackermann neben Franka, denn im Gegensatz zu ihr musste er seinen Ausweis nicht an der Absperrung zücken, sondern konnte direkt durchmarschieren. Das war sein Revier, hier kannte ihn jeder.

»Morgen«, grüßte Simon mit rauer Stimme. Vermutlich war er genau wie Franka aus dem Tiefschlaf gerissen worden, er wirkte trotzdem hellwach und energiegeladen.

»Guten Morgen.«

Franka musterte ihren Partner unauffällig aus den Augenwinkeln. Frisch gewaschenes Haar zu dunklen Bartstoppeln, was wohl bedeutete: Dusche ja, aber keinen Rasierer zur Hand, denn ansonsten wäre der Hauptkommissar tipptopp an einem potenziellen Tatort aufgetaucht. Zu diesem Gegensatzpaar passte auch der Anzug, den er bereits gestern getragen hatte, während das Hemd frisch war – kein Kunststück, schließlich hatte er stets ein Reservehemd im Kofferraum seines Wagens.

Sieht ganz danach aus, als ob der Herr Kollege die Nacht außer Haus verbracht hätte, stellte Franka fest. Das Neubauviertel am Stadtrand, in dem sie wohnte, lag genau entgegengesetzt zur edlen Fleetburg, während ihr Partner in der City und somit im Zentrum von Rerrick wohnte.

Mit einem jovialen Gruß hieß Feitner den Hauptkommissar willkommen.

Es juckte Franka, endlich den Fundort in Augenschein zu nehmen, doch Simon musste sich erst noch die Schutzkleidung überstreifen. Also betrachtete sie stattdessen das Schauspiel, wie Feitner um die Aufmerksamkeit des Ranghöchsten heischte.

»Gut, dass du endlich da bist, Simon! Was weißt du schon über die Sache?«

Simon strich sich das dunkelblonde Haar aus der Stirn, das – nass, wie es noch war – sofort wieder zurückfiel. »Anstelle ihres Ehemanns findet die Frau – Marlis Seelers – in aller Herrgottsfrühe ein totes Paar in ihrem Wintergarten und ruft die Notfallnummer an. Ob wir es mit einem Doppelmord oder einem ziemlich obskuren Selbstmordpakt zu tun haben, ist unklar.« Als er sich mit rauer Kehle räusperte, glaubte Franka Rotwein zu riechen. Ihr Partner hatte definitiv eine angenehmere Nacht hinter sich als sie.

»Marlis Seelers vermutet, dass man sie und ihre beiden Kinder betäubt hat«, fuhr Simon fort. »Angeblich hat die Hausherrin keine Ahnung, was in der letzten Nacht in ihren vier Wänden vor sich gegangen ist. Sie vermutet, dass ihr ohne ihr Wissen ein Schlafmittel verabreicht wurde. Durchaus denkbar, es dürfte schließlich kaum ohne Lärm vonstattengegangen sein, das Haus zu verwüsten und zwei Tote zu platzieren, falls sie nicht sogar vor Ort getötet worden sind.« Als Feitner ein Zeichen machte, etwas einbringen zu wollen, redete Simon unbeirrt weiter. »Vom Hausherrn fehlt bislang jede Spur, sodass eine Entführung durchaus denkbar wäre, andererseits deutet bislang nichts auf einen Einbruch hin.«

Die Art, mit der Simon die bekannten Fakten vortrug, war neutral. Allerdings verriet der flüchtige Blick, den er Franka zuwarf, dass ihn das Fieber bereits gepackt hatte. Da haben wir einen dicken Fisch am Haken, war in seinen Augen zu lesen. Sie nickte ihm unmerklich zu, mehr Freude über diese kollegiale Geste erlaubte sie sich nicht.

Feitner rieb seine behandschuhten Hände, was ein unangenehm trockenes Geräusch erzeugte. »Ist das alles? Dann weißt du also noch nichts über die wirklich spannenden Dinge«, stellte er befriedigt fest.

»Als da wäre?«, wollte Simon wissen.

Feitner genoss seinen Vorteil einen Atemzug lang. »Da drinnen wurde üppig geteert und gefedert.«

»Wie bitte?«, fragte Franka ungläubig, obwohl Feitner weiterhin so tat, als wäre sie unsichtbar.

»Nun lass dich nicht lange bitten«, forderte auch Simon.

Doch der Leiter der Spurensicherung schüttelte den Kopf. »Das schaust du dir mal schön allein an, mein Guter. Und pass auf deine Partnerin auf, nicht dass sie vor Schreck mal wieder die Kontrolle über ihren Magen verliert. Die Sauerei ist eh schon kaum zu retten.« Der Mann lachte, wobei sein runder Bauch unter der Schutzkleidung auf- und abwogte.

Während Franka von oben auf Feitner herabsah, schien Simon mit den Gedanken bereits beim Fall zu sein. »Teer und Federn. Das ist doch mal was.«

Die Art, wie er das sagte, ließ Marlis den barschen Spurensicherer sofort vergessen. *Mehr als das*, dachte sie, während sich die Härchen auf ihren Unterarmen aufrichteten. In diesem Haus wartete etwas auf sie, dessen giftige Ausdünstungen sie bereits erreicht hatten.

3

Donnerstag, 6:10 Uhr

Das Paar lag eng umschlungen in einem Nest aus weißen Federn: eine Frau, deren Gesicht nur noch aus einer blutigen Masse bestand, und ein engelsgleicher Junge.

»Das ist ein Kunstwerk«, flüsterte Franka und betrachtete einige Federn, die sich in der schwarzen Substanz verfangen hatten, mit der die Glasscheiben des Wintergartens und der Fliesenboden beschmiert waren.

»Das ist ein Haufen perverse Scheiße, der mich und meine Leute jede Menge Überstunden kosten wird«, hielt Feitner dagegen.

Zwei Kollegen von der Spurensicherung hatten Platz gemacht, damit die Ermittler einen ersten Blick auf ihren neuen Fall werfen konnten. Ihren Gesichtsausdrücken nach zu urteilen war es ihnen ganz lieb, Abstand zu gewinnen – sowohl zu ihrem bärbeißigen Chef Feitner als auch zu den Opfern, deren Inszenierung für Verwirrung sorgte.

»Falls die beiden tatsächlich umgebracht worden sind, verwette ich meinen Hintern darauf, dass es woanders geschehen ist.« Feitner deutete auf die milchweiße Haut der Frau, auf der sich dunkle Schatten abzeichneten. »Ich bin zwar kein Gerichtsmediziner, aber mit Leichenflecken kenne ich mich aus. Zumindest die Frau hat eine Zeit lang auf dem Rücken gelegen, als sie schon tot war, während bei dem Knaben bislang kaum was zu sehen ist. Und soviel ich weiß, ist niemand von unseren Leuten auf die idiotische Idee gekommen, die Leichen zu bewegen. Wobei es mich nicht überrascht hätte, wenn die Sanitäter-Deppen es mit ihren Wiederbelebungskünsten versucht hätten. Das haben wir ja alles schon gehabt.«

Zum ersten Mal an diesem Morgen fiel es Franka leicht, Feitner auszublenden. Alles, was jetzt zählte, lag vor ihr. Darauf bedacht, den für die Ermittler freigegebenen Bereich vor den beiden Opfern nicht zu übertreten, ging sie in die Knie. Etwas in ihr sprach trotz der unleugbaren Grausamkeit auf dieses Bild an. Was sie hier vor sich sah, hatte nichts gemein mit den gewöhnlichen Gewaltverbrechen, um die sich ihre Arbeit sonst drehte.

Die meisten Tötungsdelikte waren unmittelbare Taten: Jemandem wurde bei einer Auseinandersetzung der Kopf eingeschlagen, eine Messerstecherei ging tödlich aus, oder eine Liebesbeziehung wurde, wie bei der letzten Mordermittlung in Hamburg, mit einem unfreiwilligen Sturz über die Balkonbrüstung beendet. Da hatte der Lebensgefährte des Opfers sogar dann noch unbeirrt von einem Selbstmord geredet, als die Nachbarn von gegenüber übereinstimmend erklärt hatten, dass die junge Frau geradezu über die Brüstung geprügelt worden sei.

Solche Toten waren von der Gewalteinwirkung gezeichnet und sahen entsprechend wie Mordopfer aus – blutig, die Glieder verrenkt, die Kleidung zerrissen. Aber niemals waren sie drapiert, geradezu hergerichtet worden für das Auge des Finders. Dieses Paar wirkte trotz des bis zur Unkenntlichkeit zerstörten Gesichts der Frau künstlich, so, als gäbe es kein Blut, kein verwesendes Fleisch oder gar Körperflüssigkeiten, die ansonsten aus verschiedenen Öffnungen sickerten, sobald die Muskulatur nicht mehr arbeitete.

Es kribbelte Franka in den Fingerspitzen, den bleichen Fuß des Jungen, der nur einen halben Meter von ihr entfernt lag, zu berühren. Fast glaubte sie, Wachs oder Plastik anstelle von kalter, blutleerer Haut fühlen zu können …

In diesem Moment packte Feitner sie an der Schulter. »Bevor die Gerichtsmedizin die beiden nicht freigibt, rührt die niemand an, Fräulein.«

»Nehmen Sie gefälligst Ihre Hand weg«, erwiderte Franka, wenn auch nicht im Brustton der Überzeugung. Denn leider hatte Feitner recht: Sie hatte sich viel zu weit vorgelehnt. »Von einem Selbstmordpakt auszugehen macht wohl wenig Sinn, so wie die Frau zugerichtet ist«, sagte sie deshalb rasch, um auf ein anderes Thema umzulenken. »Außerdem sieht die Haltung der beiden stark danach aus, als habe sie jemand in Pose gebracht, bevor die Totenstarre eingesetzt hat. Gemeinsam mit den Totenflecken untermauert das den Verdacht, dass die beiden schon tot waren, als sie hier abgelegt worden sind.«

Dicht neben Franka brummte Simon zustimmend. »Zu wem gehört die einzige Spur, die von den Opfern wegführt? Die Abdrücke im Teer?« Er deutete auf die Fußspuren, die sich schwarz auf dem unbesudelten Boden fortsetzten.

»Die stammen von der Dame des Hauses, Marlis Seelers«, erklärte Feitner. »Sie ist in den Teer getreten, weil sie das weibliche Opfer unbedingt antatschen musste, als wäre es ein Stück Ausstellungsware.«

Franka spürte Feitners scheelen Blick, der ihr vermutlich zu verstehen geben sollte, dass sie auch so eine potenzielle Tatscherin war. Sie ignorierte ihn. Während der Chef der Spurensicherung sich weiterhin über den verunreinigten Fundort mokierte, bemerkte sie die wundgescheuerte Ferse des Jungen, die verriet, dass er zu kleine Schuhe getragen hatte. *Kunstgeschöpfe kennen solche Alltagsprobleme nicht*, hielt sie sich vor Augen. *Vor dir liegt ein toter Junge, der mitten aus dem Leben gerissen wurde, auch wenn man es ihm nicht sofort ansieht.*

Ein echter Junge …

Franka wartete darauf, dass die Übelkeit einsetzte oder ihr zumindest der Schweiß ausbrach. Doch nichts geschah. Irritiert über diese Reaktion, setzte sie ihre Musterung fort. An den haarlosen Unterbeinen des Jungen bemerkte sie rötliche Striemen, obwohl seine Haut bereits diesen eigentümlichen Ton eines Toten annahm, weil sie nicht länger vom zirkulierenden Blut mit Sauerstoff versorgt wurde. Da ist ein Rasierer zu kräftig übers Schienbein gezogen worden, vermutete sie. Dann wanderte ihr Blick entlang der schmalen Oberschenkel, über den spitz hervorstehenden Hüftknochen bis hinauf zu dem sich deutlich abzeichnenden Rippenbogen und dem Gesicht mit seinen weichen Zügen, die den Toten mädchenhaft aussehen ließen.

Franka versuchte, sich dieses Gesicht lebendig vorzustellen, lachend. Es glückte ihr nicht. Diesem Jungen wohnte etwas Aufgesetztes, Gekünsteltes inne … Sogar im Tod schimmerten seine leicht geschlossenen Lippen rosafarben.

»Ist das etwa Lippenstift?«

»Wie bitte?« Simon gab dem Schutzpolizisten, der zuerst am Tatort eingetroffen war und ihn nun über die Details informierte, ein Zeichen, dass sie später weiterreden würden.

»Das Gesicht des Jungen wurde geschminkt«, brachte Franka ihre Beobachtung auf den Punkt. »Zumindest trägt er Lippenstift, wohl auch Make-up und einen Hauch Rouge. Dadurch sieht er auf den ersten Blick so aus, als würde er nur schlafen. Außerdem sind seine Augen und der Mund geschlossen, was bei einem Toten ungewöhnlich ist. Da wurde auf jeden Fall nachgeholfen.«

Während Simon ein erstauntes Pfeifen von sich gab, deutete Franka auf den linken Fußknöchel des Jungen. »Und schau mal hier: Er trägt einen winzigen Stern als Tätowierung. Ohne mich festlegen zu wollen, aber unser Opfer ist älter, als es auf den ersten Blick wirkt. Auf welches Alter tippst du?«

»Vielleicht vierzehn Jahre alt«, sagte Simon, obwohl ihm seine Unsicherheit anzuhören war.

»Hätte ich zuerst auch gesagt, aber das kann an der Ganzkörperrasur, dem hellen Haar und der Schminke liegen. Gut möglich, dass er schon ein paar Jahre älter ist.«

»Als wäre das Ganze nicht auch so schon verrückt genug.« Simon verzog das Gesicht, diese außergewöhnliche Darbietung der Opfer ging ihm eindeutig gegen den Strich.

Auch Franka verspürte eine gewisse Anspannung, die allerdings dem Wunsch geschuldet war, mehr über diesen rätselhaften Jungen zu erfahren. Aufgeregt wischte sie über ihre ausgetrockneten Lippen. Zurück blieb der widerliche Latexgeschmack des Handschuhs, der sie unwillkürlich an Haarfärbeversuche über der Badewanne denken ließ. In den Packungen aus der Drogerie waren auch immer Schutzhandschuhe mit dabei …

»Das helle Blond von unserem schlafenden Engel könnte ebenfalls aus der Tube stammen«, überlegte sie. »Falls ich richtigliege, wurde sein Haar erst vor Kurzem gefärbt, höchstens vor ein paar Tagen. Man sieht kaum den Ansatz.«

Simon seufzte ergeben. »Um es auf den Punkt zu bringen: Wer auch immer diese makabere Vorstellung inszeniert hat, wollte den männlichen Part des Duos wie einen Unschuldsknaben aussehen lassen.«

Zuerst wollte Franka zustimmen, dann hielt sie jedoch inne, um die Situation aus einer anderen Perspektive zu betrachten. »Es ist durchaus denkbar, dass der Junge sich allein so hergerichtet hat. Der rasierte Körper und dieses halblange, weich fallende Haar … Das könnte er schon vorher so getragen haben.«

»Da liegt das Opfer nackt vor einem und ist dennoch verkleidet.«

Franka wartete darauf, dass Simon seinem Kommentar ein zynisches Lachen hinterherschickte, doch es kam nichts.

Obwohl sie erst seit ein paar Monaten zusammenarbeiteten, war Franka klar, wie wenig ihrem Partner ein Lustmörder als Täter schmecken würde. Habgier, Rache oder Hass – das waren Tötungsgründe, die zu erforschen Simon nichts ausmachten. Aber sobald es um verwirrende Zwischenbereiche und abstruse Leidenschaften ging, zuckte er zurück. Im Gegensatz zu ihr.

Vielleicht habe ich den Job an seiner Seite ja genau aus diesem Grund bekommen: weil Simon klar ist, dass er jemanden braucht, der für ihn auf seinem blinden Auge sieht, dachte sie.

Franka holte ihr Handy hervor und machte ein paar Fotos in dem Wissen, dass die Tatortfotografin deutlich aussagekräftigere Aufnahmen abliefern würde. Aber was sie hatte, das hatte sie.

Zu guter Letzt gab Simon doch seinen Sicherheitsabstand auf und stellte sich neben Franka. Es war ihm anzusehen, dass ihn etwas an diesem auf Federn gebetteten Paar abstieß und die eben noch so verheißungsvolle Aussicht auf einen spannenden Fall plötzlich fahl erscheinen ließ.

»Oh, verdammt«, murmelte er, nur für Franka hörbar. »Und ich dachte schon, der erste Eindruck sei nicht zu toppen. Diese schwarze Farbe, die Federn … Wie schafft man es, zwei Menschen umzubringen und sie dann in aller Seelenruhe und mit einer perversen Portion Kreativität auf diese Weise auszustellen?«

»Weil das Morden den Täter nicht aus der Bahn geworfen hat, er war vollkommen bei sich, als er sein Werk vollendet hat«, vermutete Franka. Zu ihrem Glück hatte Georg Feitner sich zu einer Lagebesprechung mit seinem Team zurückgezogen, ansonsten hätte sie für ihr Zielen ins Blaue bestimmt einen Giftpfeil abbekommen. Aber Simon hörte ihr aufmerksam zu, deshalb sprach sie weiter. »Es ging dem Täter nicht darum, hier rasch zwei Leichen zu entsorgen oder seine Tat zu verschleiern. Ganz im Gegenteil. Die Präsentation seiner Opfer ist von zentraler Bedeutung, vielleicht sogar der entscheidende Grund, warum er überhaupt zum Mörder geworden ist: Er wollte diese Idee unter allen Umständen in die Tat umsetzen.«

»Du sagst *der* anstatt *die* Täter«, hakte Simon nach, während er an seinem Schutzoverall zupfte. Lange würde er es darin nicht mehr aushalten, das kannte Franka bereits.

»Wegen des Aufwands, der hier betrieben wurde, sollte man eigentlich von mindestens zwei Tätern ausgehen. Aber irgendwie habe ich so meine Zweifel, dass sich zwei Menschen auf eine solch grausame und zugleich perfekt umgesetzte Tat verständigen können.«

»Es sei denn, es handelt sich um Profis«, gab Simon zu bedenken. »Dieses Haus hier steht für eine Menge Geld. Wir sollten schleunigst herauskriegen, woher es stammt – und ob vielleicht jemand etwas von dem Reichtum abhaben möchte.«

Auf den Gedanken war Franka auch schon gekommen, aber angesichts der so persönlichen Note des Fundorts hatte sie ihn hinten angestellt. »Du meinst, diese Leichenpräsentation könnte eine Art Einschüchterungsversuch im Zusammenhang mit einer Entführung von Albert Seelers sein?« Zwar sprach einiges dafür, aber trotzdem sträubte sich etwas in Franka gegen diese Sichtweise. »Natürlich kennen bestimmte Leute keine Grenzen, um ihren Interessen Nachdruck zu verleihen. Aber ich kann mir nicht vorstellen, dass sie ein halbes Kunstwerk aus den Opfern machen würden. Das kostet nicht nur Zeit, sondern dazu muss man auch eine ordentliche Portion kranker Fantasie mitbringen. Außerdem muss man davon ausgehen, dass man davon überzeugt sein muss, die Show sei das Risiko, mittendrin entdeckt zu werden, wert. Ich denke, wir haben es hier mit einem Motiv zu tun, das sehr viel stärker ist als schlichte Geldgier.«

»Eine Entführung muss nicht unbedingt aus materiellen

Gründen stattfinden«, gab Simon zu bedenken. »Es kann auch Rache oder Verzweiflung sein. Und dann ist es zwangsläufig persönlich.«

Während Franka zustimmte, tauchte Ersan Görük auf. Der junge Fahnder winkte ihnen vom Wohnzimmer aus zu, weil wegen der Fotografin und der immer zahlreicher werdenden Kollegen von der Spurensicherung kein Platz mehr im Wintergarten war.

Franka folgte Simon einige Schritte, blieb dann jedoch stehen, weil es ihr widerstrebte, sich allzu weit von dem Federnest zu entfernen. Ersan, ein trotz seiner achtundzwanzig Jahre noch schlaksiger Kerl, würde für Simon die Fahndungsarbeit im Umkreis des Tatorts koordinieren. Da reichte es, wenn sie nur mit halbem Ohr zuhörte.

»Je schneller wir die Nachbarschaft befragen, umso besser. Kümmere dich bitte darum, Ersan«, sagte Simon. Kaum drehte er den Toten den Rücken zu, blühte er auf. Eine Ermittlung anzuschieben lag Simon im Blut, während er das Theoretisieren lieber Franka überließ. »Vorher stoß aber noch Feitner wegen der Außenkameras an, ob die etwas Verwertbares aufgezeichnet haben.«

Ersan, dessen dunkler Teint sich deutlich von der blassen Schutzkleidung abhob, murmelte zustimmend, während er auf seinem Handy herumtippte, um seine Fahndungsgruppe zu organisieren. Ihre Ermittlungen waren ein Spiel gegen die Zeit. Die Schwere des Verbrechens, aber auch die unzähligen Fragen, die es aufwarf … Je schneller sie sich ein genaues Bild von den Abläufen machten, desto besser. Bevor Ersan jedoch zu telefonieren begann, packte Simon ihn beim Oberarm. Sofort senkte der Fahnder sein Handy und blickte Simon geflissentlich an. Seit Franka den Sprung auf der Karriereleiter getan hatte, wirkte der junge Kollege außerordentlich motiviert nachzuziehen. Was ein Glück war, denn Ersan war ein vielversprechender Ermittler, wenn man von seiner Schwäche für schnelle Lösungen absah.

»Wir müssen die Vermisstenanzeigen mit den beiden Opfern abgleichen und auch sonst alles tun, um ihre Identität festzustellen«, sagte Simon, die Augen vor Konzentration zu Schlitzen verengt. »Die Kollegen sollen sich ordentlich reinhängen, ja? Außerdem müssen wir herausfinden, wo dieser Albert Seelers abgeblieben ist, nachdem er mitten in der Nacht sein Bett verlassen hat. Wurde er entführt? Ist er getürmt, nachdem er sein Werk im Wintergarten vollbracht hatte? Oder ist der Mann bloß in aller Herrgottsfrühe ins Büro gefahren, bevor ihm jemand dieses Geschenk der besonderen Art hinterlegt hat?«

»Falls er tatsächlich ins Büro aufgebrochen ist, stellt sich die Frage, womit«, warf ein SpuSi-Mensch ein, der gerade im Flur zugange war. Franka war ihm erst einmal begegnet, den Namen hatte sie vergessen. »Die Doppelgarage ist mit einem Sportflitzer und einem Angeber-BMW belegt, während unterm Carport ein Mini Gardener steht. Gut möglich, dass diese Yuppies noch einen vierten Wagen haben. Glaube ich aber nicht, einfach weil es keinen weiteren Stellplatz gibt. Und dass bei dem Mistwetter einer mit dem Fahrrad los ist, kann man direkt ausschließen.«

»Gehen Sie auf Nummer sicher, was diese Fahrrad-Sache angeht«, rief Simon in Richtung Flur.

Franka streckte den Rücken, wobei es merklich im Schulterbereich zog. Egal, wie viel Sport sie trieb, ihre Muskulatur war immer verhärtet. »Klingt ganz danach, als ob Albert Seelers nicht freiwillig das Feld geräumt hat«, sagte sie zu ihrem Partner.

Auf Simons Stirn zeichnete sich ein leichter Schweißfilm ab. Ihnen allen war ordentlich heiß, das würde sich so schnell nicht wieder ändern. »Wie auch immer, bislang haben wir nicht die geringste Spur vom Hausherrn. Und aus seiner Frau ist in ihrem Zustand nichts herauszubekommen. Sie hat nach dem Leichenfund nämlich komplett die Nerven verloren. Die Sanitäter mussten sie mit Medikamenten ruhigstellen, bevor sie sie mitnehmen konnten.«

»Also war Marlis Seelers' Reaktion schon einen Tick mehr als das gewöhnliche Nervenschwächeln?«, versicherte sich Franka.

Simon zuckte mit den Schultern. »Hörte sich so an.«

Eigentlich hätte Franka gedacht, dass die Frau, die zu diesem auf Hochglanz polierten Heim gehörte, ein ruhiges und streng geordnetes Leben führte. Offenbar hatte sie den gleichen Fehler begangen, den ihre Kollegen bei ihr machten: Sie hatte den ersten Eindruck gelten lassen. Dabei brauchte man nur einmal ums Eck denken, um auf die Idee zu kommen, dass Ordnungsfanatismus ebenso gut mit der Angst vor einem Kontrollverlust zusammenhängen konnte. Vielleicht brauchte Marlis Seelers die Ordnung so dringend, um nicht daran erinnert zu werden, wie leicht das Chaos überhandnehmen konnte.

Du darfst die Selbstdarstellung eines Menschen nicht mit seinem Innenleben gleichsetzen, erinnerte Franka sich. Nach außen hin so zu tun, als habe sie alles im Griff, war schließlich auch ihr Trick. Und der funktionierte so gut, dass sie inzwischen schon manchmal glaubte, die reserviert dreinblickende Frau im Spiegel sei tatsächlich ihr Alter Ego.

Franka machte sich eine gedankliche Notiz, Marlis Seelers möglichst schnell einen Besuch im Krankenhaus abzustatten. Nicht nur, weil ihre Aussage am ehesten Licht in diese verworrene Situation bringen würde, sondern auch um herauszufinden, was sich hinter der aufgeräumten Fassade des Hauses verbarg.

»Albert Seelers' Handy haben wir auf jeden Fall gefunden, das lag auf dem Nachttisch. Wir versuchen gerade reinzukommen, das Teil ist allerdings besser gesichert als Fort

Knox«, erklärte Ersan Görük. »Laut Feitner konnten wir von der Frau noch kein Handy finden, und im Haustelefon sind nur eine Handvoll Nummern eingespeichert: die Handynummer des Gatten, die der Grundschule, auf die das ältere Mädchen geht, des Kindergartens von der Jüngeren und die einer Hausarztpraxis. Und dann gab es da noch eine ›Ricarda‹, da hat Feitner bislang nur die Mailbox dranbekommen und um Rückruf gebeten.«

»Nicht gerade viele Telefonnummern«, stimmte Franka zu. »Was ist mit den üblichen Verwandten und Freunden?«

»Bestimmt gibt es so ein altmodisches Adressbuch, falls Marlis Seelers kein eigenes Handy besitzt. Obwohl mich das ziemlich überraschen würde. Sag Feitner Bescheid, er soll die Augen offen halten«, meinte Simon zu Ersan, der schon wieder voller Eifer durchstartete. »Sagt dir der Name Albert Seelers irgendetwas?«, fragte er Franka mit einem deutlichen Stirnrunzeln. Nach der kurzen Nacht gruben sich die Linien deutlicher als sonst in seine Haut ein, sodass man ihm seine vierundvierzig Lebensjahre ausnahmsweise einmal ansah.

»Nein, der Name sagt mir nichts, obwohl ich mir auch schon das Hirn zermartert habe«, gab Franka zu. »Wir brauchen etwas, damit dieser Mann sich nicht länger wie ein Geist anfühlt, den man nicht zu fassen bekommt. Hier muss es doch irgendwo ein Familienfoto oder eine Hochzeitsaufnahme geben, die nicht von dieser schwarzen Schmiere ruiniert sind.«

Simon knurrte zustimmend, dann ging er in den Flur, während Franka ins Wohnzimmer wechselte, in der Hoffnung, dort ein Familienalbum zu finden. Doch die dezenten Einbauschränke erwiesen sich als Nieten, darin gab es bloß akribisch eingeräumtes Service, Vasen und ein paar Romane, die aussahen, als habe noch nie jemand einen Blick hineingeworfen. Nichts Persönliches, nicht einmal etwas eilig Weggeräumtes, nur penibel gepflegte Ausstellungsstücke.

Im Gegensatz zu Franka hatte Simon mehr Glück, wie sein zufriedenes Grinsen bewies, als er mit einer Herrenbrieftasche in den Händen in den Wintergarten zurückkehrte.

»Der gute Herr Seelers hat bei seiner In-Luft-auflöse-Nummer nicht nur auf sein Handy verzichtet, sondern auch auf sämtliche Papiere und Kreditkarten.« Simon hielt einen Personalausweis in die Höhe. »Jetzt sieh dir mal seinen richtigen Nachnamen an. Einfach unfassbar!«

Die Ruhe selbst, als würde die Neugierde nicht in ihr toben, nahm Franka den Ausweis entgegen. Ein gepflegt aussehender Mann Ende vierzig schaute sie ernsthaft, geradezu versteinert an. Aber so sahen sie ja mittlerweile alle auf den Personalausweisen aus. »Albert Nehring«, las sie laut vor. »Die Eheleute haben ihre eigenen Namen behalten. Nehring … Da läutet es bei mir irgendwie.«

»Glockenhell läutet es da.« Simon schnalzte mit der Zunge. »Albert Nehring ist ein bekannter Strafverteidiger, mit einer Vorliebe für besonders heikle Anklagen.«

Ein umstrittener Mann also. Franka versuchte das Heim, das vor seiner Verwüstung ein fast schon übertrieben gepflegtes Zuhause gewesen war, aus dieser neuen Perspektive zu betrachten. Nun, zumindest die Zurückhaltung, die das Haus ausstrahlte, und dass als Familienname nur Seelers an der Tür stand, machten jetzt Sinn. Ein Mann, der sein Geld mit der Verteidigung von Mördern und Dieben verdiente, legte selbstverständlich großen Wert auf sein Privatleben. Schließlich wollte er weder gewisse Klienten noch erzürnte Gegenparteien vor seiner Haustür stehen haben.

Simon blickte immer noch auf den Personalausweis von Albert Nehring, als wäre es der Sechser im Lotto. »Dieser Rechtsverdreher hat vor Kurzem den Millionärssohn Jan Felsberg rausgehauen.«

»Felsberg … Das ist doch dieser perverse Frauenmörder?« Franka erinnerte sich daran, dass die Verhandlung im Sommer geendet hatte. Als sie bei der Rerricker Kripo ihre Stelle angetreten hatte, hatte es kaum ein anderes Thema unter den Kollegen gegeben.

Simon hob drohend den Finger, grinste jedoch weiter. »Nenn Jan Felsberg lieber keinen Frauenmörder, schließlich wurde er freigesprochen. Dank seines Anwalts und dessen speziellen Methoden.«

»Dieser Freispruch hat das Dezernat nicht gerade gut aussehen lassen.«

»Unser ganzes Rechtssystem hat nicht gut ausgesehen. Wie auch, wenn ein Mörder als freier Mann das Gericht verlässt?« Mit Simons Feierlaune war es schlagartig vorbei. Zwar war der Felsberg-Fall nicht seiner gewesen, aber den Freispruch hatte das gesamte Dezernat persönlich genommen. Es hieß, die Zeugin, die kurz vor Ende der Verhandlungen dem Angeklagten das entscheidende Alibi gegeben hatte, sei gekauft gewesen. Und nun stand die Mordkommission im Haus des Mannes, den die Kollegen dafür verantwortlich machten, dass Jan Felsberg ein Alibi bekommen hatte.

»Egal wie der Prozess ausgegangen ist, dieser Verbindung sollten wir auf jeden Fall nachgehen. Schließlich haben wir es mit einer brutal verstümmelten Frauenleiche zu tun.« Für einige Sekunden kam es Franka vor, als flimmerte die Lösung dieses Falls bereits vor ihren Augen: ein Lustmörder, der erneut zugeschlagen hatte, nachdem sein gerissener Strafverteidiger ihn rausgeboxt hatte. Und als Dankeschön legte er seinem guten Freund das Opfer direkt vor die Füße. Nur … wie passte der tote Junge in dieses Bild?

»Wir werden der Spur nicht bloß nachgehen, sondern den Herren Anwälten die Bude einrennen. Es wird mir eine Freude sein – und nicht nur mir.« Spätestens jetzt lief Simon auf Hochtouren. »Albert Nehring und sein Partner Wolf Bartels sind zwar als hervorragende, aber raffgierig verschriene Anwälte bekannt. Die haben nicht umsonst einen gewissen Ruf, auch bei den Leuten von der Staatsanwaltschaft. Ilka Rumers wird begeistert sein zu hören, dass ihr Intimfeind Nehring im Dunstkreis eines potenziellen Doppelmords auftaucht.«

»Nun, im Augenblick ist er eher abgetaucht. Falls überhaupt«, gab Franka zu bedenken, obwohl ihr der Gedanke durchaus gefiel, bei Ilka Rumers einen Stein im Brett zu haben. Die Staatsanwältin galt als knallhart – und zwar in jeder Hinsicht. Wenn man ihr allerdings einen Gegenspieler, der sie bereits mehrfach zum Wackeln gebracht hatte, auf dem Silbertablett servierte, gab es bestimmt Kredit, etwa auf nicht eindeutig gerechtfertigte Hausdurchsuchungen.

»Wir müssen unbedingt checken, wer von Nehrings Klienten für eine solche Tat noch infrage käme. So gesehen wäre auch ein Racheakt denkbar: ein enttäuschter Klient, möglicherweise gerade aus der Haft entlassen.« Simon holte sein Smartphone hervor und frischte sein Gedächtnis auf, was Albert Nehrings Klientenliste anbelangte. Die war offenbar ganz schön lang, wie seine parallel dazu herabsinkenden Mundwinkel bewiesen.

Franka blickte ihrem Partner über die Schulter. Ein paar der Namen kamen ihr bekannt vor. Der amtierende Präsident des Rerricker Motorradclubs »Devil's Dance« gehörte genauso dazu wie ein Lokalpolitiker, dem der Vorwurf von Vetternwirtschaft die Karriere trotz Freispruchs beendet hatte. »Es wundert mich nicht, dass die Familie sich entschieden hat, für Privatbelange nur den Nachnamen Seelers zu verwenden«, sagte sie schließlich. »So ein Haus verdient man sich nicht mit der Verteidigung von Taschendieben und anhänglichen Exfreunden.«

Mehr als ein zustimmendes Brummen war aus Simon nicht herauszubekommen, dafür klickte er sich zu eifrig durch verschiedene Zeitungsartikel. Dann schaute er endlich auf. Franka zuckte unwillkürlich zusammen, so intensiv war sein Ausdruck. »Wir werden Nehrings Klientenliste und besonders seine letzten Fälle genau unter die Lupe nehmen. Das wird mir die reinste Freude sein«, verkündete er. »Ich rufe gleich mal bei Ilka Rumers an, damit wir bestens ausgerüstet bei Nehrings Anwaltskanzlei reinschneien können.«

Simon scrollte bereits durch seine Kontaktliste, als Franka ihm den Personalausweis von Albert Nehring übers Display schob. »Es ist natürlich denkbar, dass zwischen unseren beiden Toten und Nehrings Arbeit als Anwalt eine Verbindung besteht. Denkbar, dass ihn jemand mit dieser Tat unter Druck setzen wollte – in welcher Hinsicht auch immer.« Franka ignorierte Simons ungeduldiges Nicken. »Das ist aber nur eine Möglichkeit von vielen.«

»Deshalb müssen wir ja auch Tempo machen und der heißesten Spur folgen: Nehrings Job als Strafverteidiger«, beharrte Simon.

»Unsere heißeste Spur sind die beiden Toten in ihrem Federnest. Wir dürfen sie nicht aus dem Blick verlieren, sondern müssen herausfinden, was sie uns zu erzählen haben.«

Simon verzog wenig begeistert den Mund. »Darum müssen sich zuerst die SpuSi und die Gerichtsmedizin kümmern. Die alte Weisband ist bestimmt schon auf dem Weg hierher – und du weißt ja, wie sie ist: eine Top-Pathologin, aber ungefähr so charmant wie eine Eisbärenmutter, der man das Junge klauen will. Die Leichen gehören allein Madame Obergerichtsmedizinerin, und erst wenn sie mit ihnen fertig ist, darf sich unsereins in deren Nähe wagen. In der Hinsicht ist sie noch schlimmer als Feitner mit seinen Spuren.« Er warf einen Blick auf die Wanduhr, die wie eine Sonnenblume aussah. Eine Sonnenblume mit schwarzen Rußflecken. »Wo bleibt die Weisband eigentlich?«

Es war Simon anzumerken, dass er einfach nur weg wollte, um etwas Handfestes zu unternehmen. Franka hingegen konnte sich nicht vorstellen, den Fundort jetzt schon zu verlassen. Aus ihrer Sicht gab es noch zu viel aufzusaugen, bevor sie sich auf den nächsten Schritt in der Ermittlung einlassen konnte. Schweigend maßen sie einander, bis Simon ergeben seufzte.

»Okay, wir beide teilen uns auf«, schloss er. »Du setzt dich intensiv mit dem Fundort auseinander, bis die Rechtsmedizin übernimmt, dann schaust du dir den Rest des Hauses an. Dieses schwarze Zeug wurde nämlich auch in anderen Räumen verteilt, außerdem wurde randaliert.«

»Wer auch immer das hier angerichtet hat, war auch im Obergeschoss?«

Simon nickte. »Im Obergeschoss liegen umgestoßene Lampen rum, und das Treppenhaus ist eingesaut.« Er blinzelte ihr zu. »Familienfotos sind mit der Teermischung übergossen worden. Eine Drohung oder mehr eine gezielte Verletzung der Familie?«

Du weißt ganz genau, was bei mir den Nerv trifft, dachte Franka. Das kleine Hochgefühl, weil ihr Partner sie schon so gut einschätzen konnte, erstarb jedoch sofort. »Das passt zu Marlis Seelers' Vermutung, es habe sich jemand im oberen Stockwerk herumgetrieben, um sie und die beiden Mädchen zu betäuben.«

»Falls das überhaupt stimmt«, gab Simon zu bedenken. »Schau dich in Ruhe um. Ich hänge mich in der Zwischenzeit an Albert Nehring dran, statte der Kanzlei einen Besuch ab und briefe auf dem Weg dahin Ilka Rumers und den Chef.«

Franka zögerte, dann stimmte sie zu. »In Ordnung.«

»Gut. Dann treffen wir uns alle um 10 Uhr zur Lagebesprechung im Dezernat und legen dann fest, wie wir weiter vorgehen. Mal schauen, was wir bis dahin schon alles in der Hand haben.« Mit einem grimmigen Gesichtsausdruck öffnete er seinen Schutzanzug. »Da kommt ordentlich was auf uns zu. Besser, wir stellen uns gleich von Anfang an darauf ein.«

Simon brauchte nicht auszuführen, welche Dimensionen dieser Fall annehmen würde, das konnte sich jeder Anfänger anhand der Fundortbeschreibung ausmalen. Es hatte ganz den Anschein, als würde Rerrick schon bald erneut im Interesse der Medien stehen. Spätestens jetzt würden die hiesigen Journalisten, die sich bislang bestenfalls mit ihrer Mittelmäßigkeit ausgezeichnet hatten, der Stadt einen blutigen Spitznamen geben. Keine Auszeichnung, um die man sich in Rerrick schlug, so viel stand fest. Schließlich hatte man bislang ganz gut am Rande der öffentlichen Wahrnehmung gelebt, war dafür aber nach eigenen bescheidenen Maßstäben recht zufrieden. In dieser Stadt hielt man viel auf Genügsamkeit, ging eher in Kneipen als in Restaurants, arbeitete im DWA-Werk am Stadtrand oder in einer der Zulieferfirmen und kleidete sich bevorzugt in Jeans und Trekkingschuhe. Das Durchschnittseinkommen bewegte sich im unteren Bereich, und damit konnte man in Rerrick durchaus gut leben, denn die Mieten waren bundesweit gesehen ebenfalls durchschnittlich, genau wie die Lebensqualität. In eine solche Welt passten außergewöhnliche Morde genauso wenig wie Ehrgeiz oder gar Glamour.

Genau aus diesem Grund hatte Franka sich um eine Versetzung von Hamburg hierher bemüht: Einen besseren Platz für ein unauffälliges Leben gab es nicht.

Nur, dass aus ihrer unscheinbaren Wahlheimat jetzt wohl »Mörder-City« oder »Killerstadt Rerrick« werden würde.

»Alles klar bei dir?«

Zu Frankas Überraschung stand Simon immer noch da. Sie mochte den nachdenklichen Ausdruck auf seinen etwas zu hart geratenen Zügen, die ihn noch entschlossener aussehen ließen, als er ohnehin schon war.

»Sicher.« Franka rieb sich kurz, aber heftig die Augen, trotz der Gefahr einer verrutschenden Kontaktlinse. »Bei mir ist alles bestens. So früh am Morgen brauche ich einfach nur etwas länger, um richtig in Schwung zu kommen«, wiegelte sie ab, als Simon immer noch keine Anstalten machte aufzubrechen. Dann holte sie ihr Notizheft unter dem Schutzoverall hervor und begann, Stichworte aufzuschreiben. Als Simon sich schließlich abwandte und ihr ein »Bis nachher« zurief, hob sie lediglich die Hand zum Abschied, ohne aufzublicken.

Unter anderen Umständen hätte Franka versucht, im direkten Umfeld ihres Partners und Vorgesetzten zu bleiben, einfach weil sie durch seine Autorität einen größeren Spielraum bei ihrer Ermittlung zugestanden bekam. In seinem Windschatten eröffneten sich ihr mehr Möglichkeiten. Leute wie Feitner oder auch die Schutzpolizei zeigten sich deutlich kooperativer, wenn Simon Ackermann in der Nähe war. Allerdings übte die Aussicht, sich auf diesen besonderen Fundort konzentrieren zu können, solange keine der Leichen bewegt worden war, einen deutlich größeren Reiz aus.

Die Antwort auf dieses Verbrechen liegt auf Federn gebettet vor uns, beschloss sie.

4

Donnerstag, am frühen Morgen

Das Wasser war eiskalt.

Nun, es war ständig eiskalt, deshalb machte man auch grundsätzlich fix unter der Dusche und tröstete sich mit dem Gedanken, dass es wenigstens Wasser gab. Es wurde nämlich immer wieder mal abgestellt in der Passig-Straße 23–27, einem heruntergekommenen Gebäude, das Ende des 19. Jahrhunderts eine Eisfabrik gewesen war und heute wegen seiner klobigen Form nur noch der Passig-Bunker genannt wurde. Bunker auch deshalb, weil sich in den Achtzigerjahren die Hausbesetzerszene Rerricks hinter der bröckelnden grauen Fassade getummelt hatte. Diese wilden Zeiten waren längst vorbei, der Besitzer war mit den einstigen Punks grauhaarig und milde geworden und vermietete das ohnehin abrissreife Gebäude zu einem symbolischen Obolus. Den zahlten ein paar von den Altbewohnern, wenn sie daran dachten, während die Besetzung aus Ausreißerkids, die im verwinkelten Osttrakt hauste, ständig wechselte und deshalb gar nicht erst zur Kasse gebeten wurde.

Leider waren die Wasserwerke nicht ganz so nachsichtig mit offenen Rechnungen und drehten regelmäßig den Hahn zu. Bislang hatte noch immer jemand im Rathaus ein Einsehen gehabt, denn ohne fließend Wasser wollte man die ehemaligen Hausbesetzer dann auch nicht lassen. Die kämen sonst durchaus auf die Idee, auf die Straße zu kacken. Zwar waren die Bewohner der früheren Arbeitersiedlung Nordviertel, das sich zwischen dem weitläufigen Luisengarten, dem Cityring mit seinen Schnellstraßen und einem Gürtel aus Sozialbauten erstreckte, dafür bekannt, eher links bis alternativ eingestellt zu sein. Wenn es jedoch um verkotete Bürgersteige und den Anblick von nackten Hintern ging, war auch bei ihnen eine Grenze erreicht.

Also gab es im Passig-Bunker Wasser, wenn auch nur kaltes, weil es mit der Stromversorgung dann doch noch einmal eine andere Sache war.

Noah hasste das kalte Wasser, das aus dem Hahn floss. Normalerweise gelang es ihm immer, ein paar Euro fürs Schwimmbad zusammenzukratzen, um dort zu duschen. Dann stand er so lange unter dem heißen Strahl, bis er ganz verquollen war und mit seinen schrumpeligen Fingern Probleme kriegte, das Zahlenschloss am Spind aufzubekommen. Auch wenn seine Klamotten secondhand waren, mussten sie im Rosenbad weggesperrt werden. Das Schwimmbad um die Ecke vom Passig-Bunker war nämlich fest in Albanerhand. Noah kannte zwar ein paar von den entweder mürrisch dreinblickenden oder aber komplett überdrehten Kerlen, weil der Bunker ein guter Absatzmarkt für alles Rauchbare oder sonst wie die Welt aus den Fugen Reißende war. Doch wenn man den Jungs im Rudel begegnete und bei denen gerade auch noch Langeweile herrschte, ging man besser auf Nummer sicher. Nicht nur, was die Klamotten anbelangte.

Diese Regel hatte Noah zur Genüge kennengelernt in den drei Jahren, die er sich bereits im Nordviertel herumtrieb. Nicht immer auf die nette Tour.

Heute war das Rosenbad mit seiner verführerischen Wärme jedoch keine Alternative zum ramponierten Bad im Bunker, dessen Kloschüssel und Armaturen aussahen, als stammten sie aus dem letzten Weltkrieg. Egal, wie viel das Personal im Rosenbad um des lieben Friedens willen durchgehen ließ, beim Haarefärben im Nassbereich war Schluss mit lustig.

Und so hing Noah an diesem kühlen Morgen mit nacktem Oberkörper über dem Waschbecken und spülte seit einer gefühlten Ewigkeit Farbe aus seinen halblangen Locken, während seine Kopfhaut vor Schmerzen schrie und die Kälte wild in seinen Schläfen pochte. Erst als das Wasser einigermaßen klar im Abfluss verschwand, stellte er es ab und schlang sich mit klappernden Zähnen ein Halstuch in Ermangelung eines Frotteetuchs um den Kopf.

Es klopfte an der Tür, unter deren Griff er extra einen Stuhl geschoben hatte, ansonsten hatte man in dieser Bude nicht einmal auf dem Lokus seine Ruhe.

»Hey, aufmachen! Ich muss mal«, krächzte die verschlafene Stimme von Nanne, einem Mädchen, das zwei Zimmer neben Noah ihr Quartier aufgeschlagen hatte.

»Hau ab«, sagte Noah so freundlich, wie seine eiskalten Lippen es zuließen.

»Nee, geht nicht. Ich muss echt pinkeln.«

Noah rieb sich kräftig die Nässe aus seinem Schopf. Im Haus waren es maximal zwölf Grad, sodass es Ewigkeiten dauern würde, bis sein dichtes Haar trocknen würde. Er musste zusehen, dass er ein paar Kröten zusammenbekam, dann konnte er sich auf dem nahen Unigelände in eines der Studentencafés ganz dicht an einen Heizkörper setzen. Einmal davon abgesehen, dass er dringend etwas in den Magen bekommen musste. An seine letzte Mahlzeit konnte er sich nur verschwommen erinnern, vermutlich war sie flüssig und hopfenhaltig gewesen.

Nanne ächzte mittlerweile vor der Tür. »Scheiße, Noah. Mach auf, sonst laufe ich in dein Zimmer und pullere auf deine Matratze!«

Das Argument zog. Noah liebte seine dicke Matratze, die er einem Studenten aus dem Nachbarhaus abgekauft hatte. Jetzt hatte er ein anständiges Schlaflager, das einen angenehmen Geruch nach einem Zuhause verströmte.

Während Nanne vor der Badezimmertür fluchte, kickte Noah den Stuhl unter dem Türgriff beiseite. Auf diese Weise wurde abgeschlossen, seitdem Ratze – oder wie der Typ hieß – hackedicht das angeblich klemmende Türschloss aufgetreten hatte.

In der nächsten Sekunde stürmte Nanne ins Bad, die zwei Schichten Jogginghose, in denen sie geschlafen hatte, bereits halb über den Hintern runtergezogen. »Danke auch, du Penner«, fauchte sie Noah an.

Während er das tropfnasse Halstuch beiseitelegte, um sich seinen Kapuzenpulli über den Kopf zu ziehen, betrachtete sie ihn von der Toilette aus. »Was ist denn das für ein Scheiß mit deinen Haaren?«, fragte sie, offenbar unschlüssig, was sie von der Veränderung halten sollte. Nanne war nur wenig jünger als Noah, er schätzte sie auf siebzehn. Trotzdem lagen Welten zwischen ihnen, nicht nur, weil sie erst seit ein paar Monaten von zu Hause weg war. »Du siehst so … normal aus«, brachte sie es schließlich auf den Punkt.

Noah fuhr mit der Hand durch die nassen Locken und zog eine runter bis zum Kinn, um das Ergebnis zu begutachten. Dunkelbraun, fast schwarz. Wie seine Naturfarbe, die er allerdings schon seit Jahren nicht mehr gesehen hatte.

»Da sah ja sogar dieses krasse Stricherblond besser aus«, maulte Nanne.

»Das krasse *was?*« Herausfordernd starrte Noah das Mädchen an.

Nanne zog instinktiv den Kopf ein. »Na, deine ausgeblichenen Engelslocken, wenn dir das lieber ist.« Dann fiel ihr ein, dass ein toughes Mädchen wie sie vor niemandem kuschte, und sie schob demonstrativ das Kinn vor. »Jetzt siehst du auf jeden Fall scheißnormal aus, richtig übel.«

Allem Anschein nach hatte Nanne beschlossen, dass *normal* auf keinen Fall gut aussehen konnte. Warum auch? Bei ihr standen bunte, halb geschorene Köpfe hoch im Trend, wie bei den meisten, die erst seit ein paar Monaten im Passig-Bunker untergekommen waren. Sogar Noah hatte das bis vor einer Weile so gesehen, aber die Zeiten änderten sich manchmal schneller, als man dachte.

»Wolltest du das Weißblond nicht grün überfärben?« Nanne war offenbar noch nicht bereit, das Thema ruhen zu lassen.

Noah ging nicht darauf ein, sondern stellte sich mit nur einem Schritt Abstand vor Nanne, die sofort verlegen auf der Keramik herumrutschte. Egal, wie abgebrüht die meisten taten, ihnen steckte ihre bürgerliche Erziehung noch in den Knochen. Dann beugte Noah sich runter und senkte den Kopf.

Nanne stieß ein leises Quieken aus.

Was hätte Noah dafür gegeben, jetzt ihre Gedanken lesen zu können. Bestimmt hielt sie ihn für einen Perversen, der bloß einen auf Normalo machte.

»Habe ich alles mit der Farbe erwischt, oder ist irgendwo noch was Helles zu sehen?«, fragte er.

Widerwillig wühlte Nanne in Noahs Haar herum. »Nee, alles schwarz. Soll das Gothic werden?« Ein hoffnungsvolles Blinzeln. Vermutlich würde sie gleich aufspringen, ihr Jogginghosen-Doppel hochziehen, um eiligst einen Kajalstift zu besorgen und seinem neuen Look höchstpersönlich den letzten Schliff zu verpassen.

»Nein«, sagte Noah. »Es soll langweilig werden.« Das klang selbst in seinen Ohren deprimierend. Unwillkürlich betastete er den Ring, der mittig seine Unterlippe umrundete.

»Das Piercing kommt aber nicht weg?«

Tatsächlich hatte Noah darüber nachgedacht, den Ring rauszunehmen und endgültig Schluss zu machen mit dem Blödsinn. Alle alten Spuren verwischen. Aber wie sollte das gehen? Dann müsste er auch den Passig-Bunker verlassen. Und Rerrick. Nur wüsste er in dem Fall nicht, wohin mit sich.

Schlagartig überkam ihn die Erkenntnis, dass die ganze Mühe mit der Haarfärberei für die Katz war. Er war immer noch derselbe Noah, derselbe hirnlose Spacken, der seit Jahren seine Lebenszeit damit verschwendete, sich treiben zu lassen, von einem erschnorrten Euro zum nächsten, von einem Joint zum anderen, von Bett zu Bett … bis der Weg vor ein paar Tagen auf einem Lager am Boden geendet hatte.

Die Erinnerung flutete so schlagartig jeden Winkel in Noah, dass für einen Herzschlag lang nichts anderes existierte als dieses Lager, das nach frischem Schweiß, Gleitcreme und unerklärlicherweise nach Regen roch.

Bevor er einen klaren Gedanken fassen konnte, schlug er mit der geballten Faust gegen den rissigen Fliesenspiegel an der Wand. Ein Schmerz blitzte gleißend hell durch seinen Arm bis hinauf zur Schulter, und er keuchte auf, nur übertönt von Nannes Schreckensschrei. Während er seine wund pochende Hand gegen die Brust drückte, registrierte er, dass die Fliesen völlig unversehrt waren. Nicht einmal das bekam er hin.

»Auf was für ’nem Trip bist du denn?«

Noah hatte das Mädchen vollkommen vergessen. »Ich bin scheißnüchtern, das ist es ja.«

Nanne sah in ihrer Verunsicherung plötzlich sehr jung aus. Seltsamerweise weckte das etwas in Noah, eine Art Jagdinstinkt. Sie wäre ein so leicht zu schlagendes Opfer.

Er beugte sich erneut zu ihr runter und ignorierte ihren Dunstkreis aus kaltem Zigarettenrauch und zu vielen Schichten ungewaschener Kleidung. Seine Lippen berührten leicht ihre Wange, ehe er ihr ins Ohr flüsterte: »Weißt du, wie man jemanden rettet, der zu erfrieren droht?«

Nannes Atem ging rasch und leicht wie der eines Rehs, das noch nicht entschieden hat, ob ein Fluchtversuch sich überhaupt lohnt. Aber sie war Punk genug, um nicht klein beizugeben. »Für den Fall, dass du von mir sprichst: Ich friere wirklich gleich mit meinem Arsch an der Schüssel an.

Wenn du mich also retten willst, nur zu. Kannst es ja mal mit Mund-zu-Haut-Beatmung an der gefährdeten Stelle versuchen. Gern mit Zunge.«

Noah lachte, obwohl er dabei Gefahr lief, seine innere Kälte zu verraten, so gebrochen und freudlos, wie er klang. Doch er konnte nicht anders. Wenn er nah bei Nanne war, fühlte er sich abgelenkt und musste nicht daran denken, dass sein Leben sich gerade erst in die Hölle verwandelt hatte. Für einen Sekundenbruchteil tauchte Jaschas Gesicht vor ihm auf, doch er verdrängte es rasch. Wenn er jetzt auch noch anfing, darüber nachzudenken, was er dem Jungen angetan hatte, würde er endgültig ausflippen.

Zu seiner Erleichterung bemerkte Nanne nicht, dass sein Lachen nicht mehr als Schmierentheater war. Sie stimmte mit ein, ebenfalls leise, doch im Gegensatz zu ihm leicht und ein wenig aufgeregt.

So verrückt die Situation gerade auch sein mochte, offenbar gefiel es Nanne, mit ihm zusammen zu sein. Noah kannte das schon, schließlich brachten ihm sogar die Alteingesessenen im Passig-Bunker Respekt entgegen. Und dann waren da noch diese Gerüchte … Sie verliehen ihm eine rätselhafte Aura und vielleicht sogar einen Hauch von Gefahr und Andersartigkeit. Auch wenn Nanne es niemals zugegeben hätte, so war Noah eine lohnenswerte Eroberung, mit der sie vor den anderen Mädels im Bunker würde auftrumpfen können. Der schöne, geheimnisvolle Noah. Da störte auch seine langweilige Haarpracht nicht.

Als Noah bewusst wurde, dass Nanne ihn mit einem gewissen Begehren ansah, verlor er augenblicklich das Interesse. Der Jagdinstinkt hatte ihm einen Funken Leben eingepflanzt, der ihn die Kälte in seinem Inneren vergessen ließ. Aber so …? Der Schmerz in seiner Hand machte sich wieder bemerkbar, vermutlich hatte er sich etwas verstaucht.

Noah wollte sich gerade abwenden, da verlor Nanne die

Geduld und biss ihn ins Ohr. Ihre Zähne schnappten zu fest zu, um noch spielerisch zu sein.

»Ich habe gehört, du magst es handfester«, erklärte sie mit klimpernden Wimpern, als Noah sich abrupt aufrichtete.

Er widerstand nur mühsam dem Bedürfnis, ihr eine Ohrfeige zu verpassen – wobei ihm nicht klar war, ob ihn der Biss oder ihre verfluchte Anspielung ärgerte. »Von wem hast du so was gehört?«

»Na, von diesem Möchtegern-Blödmann, der dich immer nachmacht.«

»Jascha hat dir erzählt, ich würde auf so einen Scheiß stehen?« Noah konnte es kaum glauben.

Nanne zuckte nur mit den Achseln.

Es juckte Noah in den Fäusten, erneut zuzuschlagen, nur damit der Druck in seinem Inneren verschwand. Allerdings lief er Gefahr, sich nicht an der Wand, sondern an Nannes Gesicht auszutoben. Für einen Moment glaubte er sogar, nicht dieses eine Spur zu runde Gesicht mit den schwarz umrandeten Augen und dem kleinen Kussmund vor sich zu sehen, sondern ein anderes … Eins, nach dem sich die Menschen auf der Straße umdrehten, weil es so außergewöhnlich war. Wie seine Besitzerin.

Du wolltest nie wieder an sie denken! Das ist jetzt Vergangenheit.

Fluchend verließ Noah das Bad.

»Und was ist mit mir?«, rief Nanne ihm hinterher.

»Du hast noch einmal Glück gehabt«, flüsterte Noah, während er den schmalen Flur entlanghastete, auf dem Weg ins Freie. Es machte keinen Sinn mehr zu leugnen, was er ohnehin schon geahnt hatte: Er konnte nicht zurück in den Passig-Bunker. Nicht nach dem, was er getan hatte.

Dieses Leben war für ihn vorbei.

5

Donnerstag, 6:45 Uhr

Im Wintergarten war es morgendlich kühl, trotzdem begann Franka in der Schutzkleidung zu schwitzen. Und es wurde noch schlimmer, als sie vor der Abgrenzung rund um die Leichen erneut in die Knie ging. Das Ticken der Uhr hallte in ihrem Hinterkopf. Sie musste sich mit ihrer Erkundung beeilen, bald würde sie verdrängt werden von den Kollegen, deren Aufgabe es war, die Spuren am Fundort umfassend zu sichern. Und so interessant und hilfreich die Ergebnisse auch sein würden, es würde zu lange dauern, bis sie freigegeben wurden. Je mehr sie jetzt schon in Erfahrung brachte, umso besser.

So gut es aus ihrer Position heraus möglich war, nahm Franka den weiblichen Leichnam in Augenschein. Wie auch bei dem Jungen verspürte sie kaum eine Gefühlsregung, sondern vielmehr eine dunkle Faszination.

Liegt es an mir, bin ich mittlerweile zu abgestumpft, um eine menschliche Regung zu zeigen?, fragte sie sich verwirrt.

Während ihrer Ausbildung hatte Franka einige Tote zu sehen bekommen. Auf den ersten Blick war ihr jedes Mal ein Schrecken durch ihre Glieder gefahren, egal in welchem Zustand die Leichen gewesen waren. Danach hatte sich rasch eine Beklemmung angesichts des Todes, aber auch ein schwer zu benennendes Gefühl von Verlust eingestellt. Das Wissen, dass etwas einst Lebendiges unwiderruflich sein Ende gefunden hatte. Manchmal, wenn sie mehr über die

Opfer erfuhr und diese für sie zu Personen wurden, hatte sich sogar Trauer hinzugesellt. Aber beim Anblick dieser beiden Toten regte sich nichts dergleichen in ihr, nicht einmal, als sie sich zwang, das bis zur Auslöschung zerschlagene Gesicht der Frau zu betrachten. »Das ist nicht echt«, beharrte eine innere Stimme. Als wäre die misshandelte Frau kein Opfer, sondern bloß die Zutat zu einer morbiden Szenerie. Ein Schuldgefühl stieg in Franka auf, weil sie vermutlich genau so reagierte, wie der Erschaffer des Federnests es sich erhofft hatte: fasziniert und gleichzeitig unbeteiligt.

Gerade als Franka den Blick abwenden wollte, bemerkte sie die Falle, in die sie im Begriff war zu tappen. Auf keinen Fall durfte sie sich verschließen, egal wie verstörend die Eindrücke auch sein mochten. Die Fundort-Analyse war ihr Baby, weil sie mehr als das Offensichtliche sah. Andererseits bestand die Gefahr, dass, wenn sie in solche Abgründe blickte, alte Wunden aufreißen könnten. Ein paar Herzschläge lang verharrte sie unschlüssig. »Mir egal«, flüsterte sie dann. Die Wunden würden früher oder später eh aufreißen, sie waren nämlich nie richtig verheilt. Das hier war ihre Chance – nicht nur, um im Job weiterzukommen, sondern auch, um sich selbst zu beweisen, dass sie mehr als bloß eine Gefangene ihrer Vergangenheit war.

Was verbarg sich wohl hinter dem kühlen Interesse, das diese Inszenierung weckte? Hatte der Täter es auf diese Reaktion bei seinem Publikum angelegt, oder blickte sie vielmehr durch seine Augen auf sein Werk? Egal ob hinter dieser Leichenaufbahrung ein persönliches Motiv stand oder nicht, alles deutete darauf hin, dass der Täter ohne jede Hemmung vorgegangen war. Der Wunsch, die beiden Opfer perfekt zur Schau zu stellen, war stärker gewesen als mögliche Schuldgefühle, Abscheu oder die gewöhnliche Angst, erwischt zu werden. Aber was genau wurde dem Betrachter gezeigt?

Genau wie der Junge lag auch die Frau auf der Seite, den

Rücken leicht gekrümmt, die Oberschenkel angezogen. Ihr zuoberst liegendes Bein ruhte über seinem Knie, sodass sie obszön die Schenkel spreizte, als wolle sie den Jungen locken. Die unteren Arme der beiden Toten waren ineinander verschlungen. Doch während die Hand seines oberen Arms zärtlich ihren Hals umfasste, ruhte der ihre entlang ihrer Flanke. Dadurch stachen ihre üppigen Brüste dem Betrachter ins Auge. Im Zusammenspiel mit dem zerstörten Gesicht war der Anblick kaum auszuhalten. Ganz anders als bei dem Jungen, bei dessen Unschuldslook extra nachgeholfen worden war. Die Frau hingegen war ein lüsternes Ungeheuer, wie sie ihren Schoß für den Jungen öffnete, sich dem Betrachter darbot und ihn zugleich mit ihrem entstellten Antlitz schockierte.

Das ist vollkommen krank, entschied Franka.

Das Gesicht der Frau, das nur noch aus blutigen Fetzen bestand ... ihr auf Sinnlichkeit getrimmter Körper, ebenso tot wie der des sorgfältig geschminkten Jungen, der aussah, als schlafe er ....

Plötzlich war die Tat überaus real und abstoßend.

Franka richtete sich hastig auf und presste die Faust gegen ihren rebellierenden Magen.

»Nicht kotzen!«, rief Georg Feitner vom angrenzenden Wohnzimmer aus.

Dass Franka sich bei der Sichtung des Asche-Schauplatzes vor lauter Stress hatte übergeben müssen, würde ihr vermutlich für den Rest ihres Arbeitslebens nachhängen. Wenn ihr das jetzt erneut passierte, konnte sie gleich eine weitere Versetzung beantragen. Trotzdem wurde ihr immer übler, was sicherlich auch an dem unangenehmen Geruch lag, der von der schwarzen Substanz ausging, die großzügig im Wintergarten verteilt worden war. »Vermutlich Holzteer, den kann man in jedem Baumarkt kaufen«, hatte Feitner gesagt. Aber es stank noch nach etwas anderem. Chemisch, nach

Lösungsmitteln, als sei dem Teer Lackfarbe beigemischt worden, möglicherweise, um den Farbton zu intensivieren. *Alles für die Show*, dachte Franka zynisch.

Dann fand ihr Blick endlich etwas, an dem er festmachen konnte: eine weiße Maske. Sie lag verkehrt herum in der glänzenden Lache, jemand von der Spurensicherung hatte sie bereits mit einem Nummernschild markiert.

»Die Maske dort drüben ... Wissen Sie, was es damit auf sich hat?«, fragte Franka einen von Kopf bis Fuß verpackten SpuSi-Kollegen.

Nachdem der Mann sich aufgerichtet hatte, schenkte er ihr ein Lächeln, bevor er zu erklären begann: »Die Maske hatte wohl die Reste vom Gesicht des weiblichen Opfers bedeckt. Sehen Sie die Blutspuren auf ihrer Innenseite? Die Hausherrin hat sie dem Opfer abgenommen und dann vor Schreck dort hingeworfen. Wirklich schade, dass sie die Maske nicht an Ort und Stelle gelassen hat.«

»Das hatte ich ganz vergessen«, gab Franka zu.

Dieses Detail veränderte einiges. Wenn die Gewaltorgie, die auf dem Frauengesicht gewütet hatte, mit der Maske verdeckt gewesen war, dann war es dem Täter nicht um das Schockmoment aus Blut und zur Schau gestellter Sexualität gegangen. Sondern er hatte auch die Frau als Schönheit präsentiert. Schön und willig – aber auch leblos, vergangen, nicht mehr erreichbar.

»Die fehlende Maske verzerrt den Eindruck. Die Darstellung der beiden Opfer wirkt ganz anders, wenn man die Gewalttat sofort sieht.«

Der SpuSi-Mann lächelte erneut, und neben seinen Augen tauchten feine Linien auf. Vermutlich war er nicht viel älter als Franka, irgendwas um die dreißig. »Zuallererst verzerrt es die Spurenlage, was bei meinen Chef einen Wutanfall provoziert hat. Nicht der erste dieses Tages und ganz bestimmt auch nicht der letzte.«

Ein weiteres Feitner-Opfer, stellte Franka fest und erwiderte endlich das Lächeln.

»Ich bin übrigens Arnd Volkers, wir sind uns schon das ein oder andere Mal über den Weg gelaufen, aber diese Ganzkörperverpackung mindert natürlich den Wiedererkennungswert.«

Frankas Hände strichen automatisch ihren Overall glatt. »Natürlich erinnere ich mich.«

Das war eine Lüge, und Franka befürchtete, dass Arnd Volkers das nicht entging. Eigentlich sollte ihr das nur recht sein, denn das Letzte, was sie gebrauchen konnte, war ein Flirt am Arbeitsplatz. In dieser Hinsicht bemühte sie sich, so straight wie nur möglich zu sein – auch wenn es ihr leidtat, als der Mann von der Spurensicherung den Kopf senkte und sich mit einer gemurmelten Entschuldigung wieder an seine Arbeit machte.

Zum ersten Mal war sie froh, als Dr. Helene Weisband eintraf. Die Gerichtsmedizinerin war eine zierliche Dame Ende fünfzig, die ihr frühzeitig ergrautes Haar zu einem Bob mit akkuratem Pony geschnitten trug. Sie umgab eine Aura der Unantastbarkeit, was sicherlich ihrem hervorragenden Ruf, aber mehr noch ihrer hochmütigen Art geschuldet war. Die Herde der Ermittler stob auseinander, sobald Dr. Weisband mit ihrem Raubtierhabitus auftauchte. Sogar der mürrische Feitner wich ihr lieber aus, anstatt sich auf eine Konfrontation einzulassen, obwohl er ansonsten jeden Fundort übereifrig verteidigte. Franka beneidete die Gerichtsmedizinerin um deren Ausstrahlung.

Das erste trübe Licht fiel in Streifen durch die geschwärzten Fensterscheiben, als Dr. Weisband den Wintergarten betrat. Ihre Augen hinter den getönten Brillengläsern fanden Frankas, woraufhin diese hastig auf die Uhr ihres Handys blickte. »Schon fast sieben Uhr«, stellte sie überrascht fest.

»Vielen Dank, Frau Janhsen. Sie müssen mich allerdings nicht darauf hinweisen, dass ich spät dran bin. Ich bin mir dessen durchaus bewusst.« Dr. Weisband schnalzte mit der Zunge. »Ich habe der Zeit geschlagene vierzig Minuten beim Verrinnen zugesehen, während ich neben meinem Wagen mit seinem platten Reifen stand. Leider in der elenden Endlosunterführung am Cityring, diesem Gordischen Knoten, den wir unseren unfähigen Städteplanern zu verdanken haben. Versuchen Sie mal um eine solche Tageszeit, die Pannenhilfe und dazu ein Taxi in dieses Schnellstraßen-Wirrwarr zu lotsen. Kein Vergnügen, das sage ich Ihnen. Und dann hat sich auch noch meine Assistentin krankgemeldet. Was für ein grauenhafter Start in den Tag. Aber wem sage ich das? Sie machen auch ganz den Eindruck, als wären Sie schon vor Sonnenaufgang feierabendreif.«

Für Dr. Weisbands Verhältnisse waren das erstaunlich viele persönliche Worte. Allerdings erwartete sie von Franka keine Antwort, denn ihre Aufmerksamkeit galt bereits den beiden Opfern. Was die Gerichtsmedizinerin zu sehen bekam, ließ ihre ohnehin schon starren Gesichtszüge gefrieren.

»Interessant. Da hat sich das frühe Aufstehen ja gelohnt.«

»Haben Sie so etwas schon einmal gesehen?«, fragte Franka.

Dr. Weisbands schmale Augenbrauen fuhren zusammen, während sie den Blick nicht eine Sekunde von den Leichen abwandte. »Nein, nicht einmal etwas Vergleichbares«, gab sie unumwunden zu. »Die meisten Täter verändern die Lage ihrer Opfer, um Tatspuren zu verwischen. Und selbst die paar Fälle in Rerrick, in denen die Mordopfer zur Drohung ausgestellt worden sind, bei Revierkämpfen oder Drogengeschäften etwa, hatten nichts mit dem hier gemein. Wie ich sagte: interessant. Und sehr ausdrucksstark. Mehr kann ich dazu leider nicht anmerken, mein Fachgebiet streift diesen Bereich nicht einmal.« Endlich löste Dr. Weisband den Blick von den sich umarmenden Toten, und sofort kehrte Leben in ihr Gesicht zurück. Es war, als hätte sie unter einem Bann gestanden. Jetzt schob sie das spitze Kinn vor, während sie sich Franka zuwendete. »Wenn ich Ihnen einen Rat geben darf: Bringen Sie Ackermann dazu, einen forensischen Psychologen hinzuzuziehen. Dem würde bestimmt das ein oder andere dazu einfallen.«

Franka hatte ebenfalls schon daran gedacht, obwohl Simon nur ungern Hilfe von außen in Anspruch nahm. Mit seiner Abwehrhaltung hatte sie bereits im Asche-Fall ausreichend Erfahrung gemacht. Angeblich verfälschten Experten irgendwelcher Orchideengebiete die Ermittlung – eine Meinung, mit der ihr Partner im Präsidium nicht allein dastand. Franka fand das rückständig, aber ihre Kritik hatte ihr bloß den Vorwurf eingebracht, dass sie die weltgewandte Hanseatin raushängen ließ, die ihre Rerricker Kollegen für Hinterwälder hielt. »Mal sehen, wie sich die Dinge entwickeln«, sagte sie deshalb vage.

Dr. Weisband nahm ihre Brille ab und ließ sie unter ihrem Overall verschwinden. »Wenn der Herr Hauptkommissar sich hinsichtlich der Beratung querstellt, dann schlagen Sie ihm vor, dass er wenigstens seine bessere Hälfte um eine unverbindliche Beratung bittet – falls die beiden noch ein Paar sind. Sie kennen Ariadne doch, oder?«

Franka setzte ein Pokerface auf. Bislang kannte sie Simons »bessere Hälfte«, wie Dr. Weisband sie nannte, nur vom Hörensagen. Und sie wusste schon gar nicht, wie es um diese Beziehung bestellt war. Auf jeden Fall war Ariadne Reisch eine stadtbekannte klinische Psychologin, was Franka jedoch nur dank einer privaten Internetrecherche wusste. Niemals hätte sie Simon nach seinem Liebesleben gefragt, allein schon deshalb, weil sie sich selbst jede diesbezügliche Nachfrage verbot. Außerdem machte er nicht gerade den Eindruck, erpicht darauf zu sein, mit ihr über Liebesdinge zu reden.

»Wie gesagt: Wir müssen erst einmal abwarten, was die Ermittlungen ergeben, bevor wir darüber nachdenken, ob wir Unterstützung brauchen«, wich sie erneut aus.

Dr. Weisband sah sie mit hochgezogenen Augenbrauen an. »Sagen Sie bloß, Sie pflegen ebenfalls Vorurteile gegen Psychologen, so wie der Rest dieser provinziellen Truppe? So hätte ich Sie nicht eingeschätzt.«

»Das tue ich auch keineswegs«, beeilte sich Franka richtigzustellen. »Es macht nur wenig Sinn, gegen die Gepflogenheiten der Kollegen anzurennen, wenn man gerade erst zum Team dazugestoßen ist.«

Mit diesem Argument stieß sie bei Dr. Weisband auf taube Ohren. »Wie wäre es mit einer Prise Kampfgeist? Sie sind doch ein toughes Mädchen.«

Franka unterdrückte ein Seufzen. »Ich werde die Möglichkeit im Hinterkopf behalten. Indianerehrenwort.«

»Fein«, sagte Dr. Weisband mit einem amüsierten Unterton. »So, dann will ich mich mal meiner Aufgabe widmen. Wurde alles ausreichend dokumentiert, ja? Was ist eigentlich mit diesem schwarzen Zeug, das überall klebt? Hat Feitner bereits ausgeschlossen, dass wir hier an einer Vergiftung zugrunde gehen oder dass es sich spontan entflammt?«

»Die genaue Zusammensetzung ist noch unklar, aber es ist auf jeden Fall ein Anteil Holzteer mit von der Partie, daher der Verweis auf die Brandgefahr. Falls Sie auf Nummer sicher gehen wollen, können Sie ja die Feuerwehr informieren, damit die das Zeug erst einmal fachmännisch entsorgen, bevor Sie sich Ihren Patienten nähern.« Ein bisschen Rache dafür, dass die Gerichtsmedizinerin sie in die Ecke gedrängt hatte, musste sein.

»Das werde ich ganz bestimmt nicht tun. Die Herrschaften vom Brandschutz würden uns alle kurzerhand vor die Tür setzen. Nein, die Feuerwehr informiere ich erst, wenn ich mit meinen beiden Klienten fertig bin und sie fachgerecht eingetütet habe. Als kleines Abschiedsgeschenk sozusagen. Vielleicht erleidet Feitner dann ja seinen seit Langem überfälligen Herzinfarkt.«

War das ein Scherz? Franka blinzelte noch ungläubig, als die Gerichtsmedizinerin sich mithilfe von Auslegefolie einen Weg zu ihren »Klienten« bahnte.

»Auf den ersten Blick sind äußerlich keine Verletzungen zu erkennen, wenn man von dem zerschlagenen Gesicht des weiblichen Opfers absieht«, sagte Franka. »Ich tippe allerdings darauf, dass dieser Gewaltakt erst posthum geschehen ist, ansonsten wären Fesselspuren oder sonstige Abwehrverletzungen vorhanden. Niemand hält still, wenn er derartig zugerichtet wird.« Natürlich sollte sie sich besser zurückhalten, aber es gelang ihr einfach nicht.

»Vielen Dank für diese hilfreiche Beobachtung«, kam es prompt als Entgegnung. Dr. Weisband beäugte die weibliche Leiche genauer. »Allerdings haben Sie vermutlich recht: Diese Grausamkeiten sind ihr erst nach dem Tod beigebracht worden, es sind keine Blutungen aufgetreten. Auf den Federn ist übrigens auch kein Tropfen Blut zu finden, alles sehr reinlich.«

»Es ist also durchaus denkbar, dass die Tat woanders ausgeführt wurde.«

»Sieht ganz danach aus.« Während Dr. Weisband ihr Diktiergerät zückte, deutete sie mit dem Kopf in Richtung der schwarzen Flüssigkeit. »Andererseits … Wer kann schon sagen, was sich unter diesem klebrigen Zeug befindet? Vielleicht wurde der Täter gestört und kam nicht mehr dazu, den ganzen Zauber anzuzünden, um seine Spuren zu vertuschen.«

Als Franka einen Schritt näher trat, lief ihr der Schweiß zwischen den Schulterblättern hinab. Dieser Fundort gehörte jetzt der Gerichtsmedizinerin, trotzdem konnte sie ihn noch nicht aufgeben, selbst auf die Gefahr hin, einen Anraunzer der vernichtenden Art zu kassieren. »In diese Richtung ging auch mein erster Gedanke«, sagte sie. »Niemand würde sich normalerweise die Mühe machen, den Raum dermaßen zu verwüsten, wenn er damit nicht etwas verdecken oder sogar Beweise vernichten wollte. Andererseits scheint es dem Täter vor allem um die Präsentation seiner Opfer gegangen zu sein, als ziele er auf eine ganz bestimmte Reaktion beim Betrachter ab. Oder möglicherweise auch nur auf die Reaktion *eines* bestimmten Betrachters, auf den dieses Schauspiel zugeschnitten war. Dann wäre das Schwarz nur Teil der Inszenierung, genau wie die Federn.«

Franka hielt inne. Sie war sich nicht sicher, ob Dr. Weisband ihr überhaupt zuhörte, so systematisch, wie sie mit der Untersuchung des weiblichen Opfers begann. Andererseits tat es ihr gut, laut über den Fall nachzudenken und somit die Fakten zu ordnen. »Geteert und gefedert ... Das ist doch eine uralte Strafe, bei der es um Bloßstellung geht. Jemand wird für alle sichtbar gebrandmarkt und gedemütigt. Nur ruhen die Leichen auf dem Material, anstatt damit verunstaltet zu werden. Lediglich das Heim der Familie wurde sozusagen beschmutzt.« Franka verstummte, bevor die Ärztin sie erneut auf die Hilfe eines Psychologen hinwies oder sie noch als Möchtegern-Profilerin bezeichnete.

Dr. Weisband legte ein Thermometer beiseite und sprach in ihr Diktiergerät. »Der Todeszeitpunkt des weiblichen Opfers wird zwischen zwei und sechs Uhr am Mittwochmorgen eingetreten sein, läge nun also rund 24 Stunden zurück. Die Leichenstarre ist voll ausgeprägt.« Dann wendete sie sich Franka zu. »Hört Simon Ackermann Ihnen eigentlich zu, wenn Sie solche Dinge sagen? Nun machen Sie nicht gleich wieder alle Schotten dicht, das war eine kluge Beobachtung von Ihnen mit der Brandmarkung des Heims. Simon tut gut daran, sich mit Ihrer Sichtweise auseinanderzusetzen, das wäre eine Bereicherung für seinen Ermittlungsstil. Verstehen Sie mich nicht falsch, Simon ist großartig in seinem Job, aber man merkt ihm halt an, dass ihm das Leben nie Steine in den Weg gelegt hat. Ihm fehlt dieser gewisse Instinkt fürs Abseitige, einfach weil er nie erfahren hat, wie es ist, auf der anderen Seite zu stehen.«

»Und genau diesen Instinkt bringe ich Ihrer Meinung nach mit?« Franka wusste nicht, ob sie beleidigt oder auf der Hut sein sollte vor dieser scharfsinnigen Frau.

Während sich die beiden noch maßen, klingelte Frankas Handy. Simons Erkennungsmelodie: Charlie Parkers Version des Klassikers *Summertime.* Bestimmten Personen Jazz-Stücke zuzuordnen war einer der wenigen Spleens, die Franka nicht mit dem Rest ihres alten Ichs abgelegt hatte. Dass ausgerechnet Hauptkommissar Ackermann sich mit einem leichten Saxophonsolo ankündigte, hätte der forensischen Psychologin Ariadne Reisch gewiss zu denken gegeben.

»Keine Spur bisher von Albert Nehring, der ist wie vom Erdboden verschluckt«, eröffnete ihr Simon, kaum dass sie das Gespräch angenommen hatte. Er wollte offenbar keine kostbare Sekunde verschwenden. »Was sagst du zur SMS von Feitner?«

»Hab ich noch nicht gelesen«, flunkerte Franka. In Wirklichkeit hatte sie keine Nachricht vom Leiter der Spurensicherung erhalten.

»Feitner hat eben durchgegeben, dass die Aufnahmen der Außenkameras nichts ergeben«, klärte Simon sie auf. »Sie waren ordnungsgemäß mitsamt der kompletten Alarmanlage ausgeschaltet, laut dem System seit gestern Nachmittag.«

»Schon am Nachmittag und nicht erst mitten in der Nacht?«, wunderte sich Franka. »Das klingt ja so, als habe jemand aus der Familie unserem Täter in die Hände gespielt.«

»Falls unser Täter nicht aus der Familie stammt. Marlis Seelers' Aussage steht noch aus, und wir müssen unbedingt Albert Nehring finden, egal ob er abgehauen ist oder entführt wurde«, sagte Simon, ehe er das Gespräch beendete.

Franka hing ihren Gedanken nach, bis ein verwundert klingender Pfiff von Dr. Weisband sie aufschreckte.

»Na, was haben wir denn hier?«

Sofort steckte Franka das Handy weg und war im nächsten Moment bei der am Boden knienden Pathologin.

Mit aller gebotenen Vorsicht hatte Dr. Weisband die Hand des Jungen vom Hals der Toten genommen. Darunter kam ein breites weißes Band zum Vorschein, das mehrfach um den Hals der Toten geschlungen war.

»Klebeband«, erklärte Dr. Weisband, bevor sie es durchschnitt und mit einem hässlichen Geräusch von der Haut zog. »Eine Todesursache können wir somit schon einmal feststellen: Die Frau wurde mit einem Kehlschnitt getötet.« Mit geübten Griffen untersuchte sie die gezackte Wunde. »Ich tippe auf eine Zehn-Zentimeter-Klinge, scharf und robust, möglicherweise ein Teppichmesser. Wurde vom Winkel her frontal angesetzt, der Täter befand sich also von Angesicht zu Angesicht mit seinem Opfer. Der unregelmäßige Verlauf des Schnitts deutet darauf hin, dass der Täter von vorn an sein Opfer herantrat und die Klinge mindestens zwei Mal neu angesetzt hat. Der Kehlkopf hat wohl einen unerwarteten Widerstand geboten.«

»Unser Täter ist also ein Rechtshänder?«, fragte Franka.

Dr. Weisband nickte. »Außerdem haben wir es mit einem echten Dilettanten zu tun. Er hatte offensichtlich keine Ahnung, wie man einen solchen Schnitt ausführt. Einem Menschen den Hals aufzuschneiden sieht nur in Schundfilmen so aus, als würde die Klinge wie durch Butter gleiten. In Wirklichkeit bekommt man durch den Kehlkopf und die Knorpelspangen der Luftröhre ordentlich Widerstand geboten. Das Ganze dürfte übrigens eine ziemliche Sauerei gewesen sein.«

»Für einen Kehlschnitt braucht man also viel Kraft?« Franka versuchte sich auszumalen, unter welchen Umständen man die Entschlossenheit aufbrachte, ein solches Schlachtfest zu veranstalten, die Klinge immer wieder anzusetzen, während Haut, Fleisch und Muskelstränge nur unwillig nachgaben. *Wut … und noch mehr Hass*, dachte sie. *Wenn ich meinem Opfer so nah bin und ihm derartig grausame Dinge zufüge, dann muss die Person das in meinen Augen verdient haben.*

Dr. Weisband betrachtete Franka durch die Schutzbrille. »Sie wollen wissen, ob man aufgrund der Verletzung auf das Geschlecht des Täters schließen kann, richtig?« Sie legte eine Kunstpause ein. »Nein, kann man in diesem Fall nicht. Eine entschlossene Frau kann das genauso angerichtet haben wie ein Mann. Das Gleiche gilt übrigens auch für das zu Brei geschlagene Gesicht.«

Franka versuchte, sich ihre Enttäuschung nicht anmerken zu lassen. Dabei wäre eine Geschlechterzuordnung des Täters ermittlungstechnisch ein großer Fortschritt gewesen.

»Eine interessante Nachricht habe ich zumindest für Sie«, sagte Dr. Weisband. »Bei diesem tödlichen Schnitt dürfte sehr viel Blut geflossen sein, von dem jedoch keine sichtbaren Spuren am Körper des Opfers zu finden sind.«

Das war doch mal was. »Der Leichnam ist also gewaschen worden. Sehr gründlich sogar.« Franka wandte sich an Arnd Volkers, der die ganze Zeit über in ihrer Nähe geblieben war. »Die Badezimmer und sämtliche Wasserstellen in diesem Haus müssen schleunigst auf Blutspuren untersucht werden. Es ist durchaus denkbar, dass die Reinigung hier durchgeführt wurde.«

Der SpuSi-Mann seufzte, stand dann aber auf und machte sich auf den Weg zu Feitner.

Dr. Weisband bedeutete Franka, ihr mit der Folie zu helfen, die neben der weiblichen Leiche ausgebreitet werden sollte. »Wenn ich mit dieser Plackerei fertig bin, werde ich meiner

Assistentin persönlich einen Besuch abstatten. Und wehe, wenn sie nicht wirklich sterbenskrank ist …«, schimpfte sie.

Mit wenigen Griffen, die verrieten, dass Dr. Weisband viel kräftiger war, als ihre schmale Gestalt nahelegte, drehte sie die Frau auf den Rücken und klaubte einige Federn ab, die an ihrem Bauch kleben geblieben waren.

»Wir haben hier ein paar frisch verheilte Narben«, erklärte Dr. Weisband. »Und was für welche.«

Franka traute kaum ihren Augen. Seitlich des Unterbauchs bis zur Höhe des Bauchnabels verlief eine in die Haut geritzte Ranke. Das Narbengewebe schimmerte rötlich und wäre wohl niemals ganz verblasst. »Das sieht aus, als wäre es absichtlich zugefügt worden wie ein Körperschmuck.«

»Gut möglich, wobei ich gestehen muss, dass ich so etwas noch nie gesehen habe. Vielleicht der neueste Trend aus Berlin? Nun rümpfen Sie nicht die Nase, ich meine das ernst. Das Cutting nimmt heutzutage immer groteskere Formen an – ritueller Körperschmuck bei Naturvölkern natürlich ausgeschlossen.«

Egal wie rational Franka an das Thema heranzugehen versuchte, es nutzte nichts. Die Vorstellung, dass jemand eine Klinge an ihren verletzlichen Bauch setzte, jagte ihr einen Schauer über den Rücken. Kein Motiv konnte schön genug sein, das zu ertragen. Andererseits war es vielleicht auch mehr darum gegangen, den Schmerz auszuhalten. Eine Art modernes Ritual.

»Von diesen Narben brauchen wir dringend Fotos, die könnten uns bei der Identifizierung weiterhelfen. Darf ich?« Franka hob ihr Handy hoch, und Dr. Weisband nickte.

Bei dem in die Haut geschnittenen Motiv handelte es sich eindeutig um eine Ranke, die sich emporwand und zu zwei Seiten hin Ableger entrollte. Der Bauchnabel war die Knospe. Allerdings war die Ranke nicht mit ruhiger Hand gezogen worden, es gab Unterbrechungen, die verrieten, dass die Klinge mehrfach angesetzt worden war. Außerdem waren einige Abschnitte dunkelrot, während andere blassrosa waren, was vermuten ließ, dass die Schnitte unterschiedlich tief zugefügt worden waren. Wer auch immer dieses makabere Kunstwerk geschaffen hatte, war genauso ungeübt wie derjenige, der den tödlichen Kehlschnitt zu einem brutalen Gemetzel hatte verkommen lassen.

»Was können Sie mir zu der Narbe erzählen?«, fragte Franka.

»Vorläufig erst einmal, dass sie bereits ein paar Monate alt ist und dass die Schnitte nur oberflächlich waren. Allerdings sind sie von unterschiedlicher Tiefe, wie ihre Färbung beweist, und dieser Abschnitt«, Dr. Weisband deutete auf den verdickten Stumpf der Ranke, »… ist medizinisch behandelt worden. Sehen Sie die weißen Punkte an der Seite? Das sind Einstichlöcher von Nadel und Faden. Professionell gemacht, da war bestimmt nicht unser Schnitzer am Werk.«

»Danke«, sagte Franka, ehe sie die Information weiterleitete.

Unterdessen holte Dr. Weisband eine kleine Digitalkamera hervor, um ihre Untersuchung zu dokumentieren.

»Schauen Sie mal hier«, sagte sie zu Franka und deutete auf eine Stelle oberhalb des linken Fußes. Ein Stück über dem Knöchel befand sich ein winziges Stern-Tattoo. Genau wie bei dem Jungen. »Eine interessante Gemeinsamkeit, nicht wahr?«

Franka nickte und schickte die Neuigkeit gleich an ihre Kollegen hinterher. Nun zahlte sich aus, dass sie nicht die Flucht vor der spitzzüngigen Gerichtsmedizinerin ergriffen hatte.

»Der Leichnam wurde nach dem Todeszeitpunkt mindestens zwei Mal bewegt, wie die Totenflecken am Rücken, aber auch an der Frontseite beweisen«, nahm Dr. Weisband das Gespräch wieder auf, als Franka ihr Handy wegsteckte.

»Sonstige Gewalteinwirkungen unterhalb der Kehle sind vorerst nicht zu erkennen.« Sie stellte ihr Diktiergerät aus. »Ich habe gehört, dass einigen Bewohnern des Hauses vermutlich ein Schlaf- oder Beruhigungsmittel verabreicht worden ist. Darauf werde ich auch die Opfer schleunigst untersuchen. Niemand lässt sich freiwillig die Kehle durchschneiden.«

Plötzlich überkam Franka der Wunsch, die Handschuhe abzustreifen und sich übers verschwitzte Gesicht zu wischen. Alles fühlte sich zu eng an – und sie wusste auch, warum. »Können Sie sagen, ob die Frau vergewaltigt worden ist?«, platzte es schließlich aus ihr heraus.

Dr. Weißband setzte ihre Untersuchung erst einmal schweigend fort. Schließlich sagte sie, ohne aufzublicken: »Das kann ich jetzt noch nicht sagen. Keine äußerlichen Abwehrspuren, aber sie hatte kurz zuvor auf jeden Fall Geschlechtsverkehr, und zwar von der unsanften Sorte. Sehen Sie die vaginalen Verletzungen?«

Widerwillig beugte Franka sich vor und betrachtete den Vaginaleingang des Opfers. Dabei konnte sie nicht anders, als Dr. Weisband für die Ruhe zu bewundern, mit der sie diese Untersuchung durchführte. Für Franka war es die reinste emotionale Achterbahn, schließlich verletzte sie die Würde des Opfers, indem sie ihm zwischen die Beine schaute, als wäre es nicht mehr als ein Gegenstand. Außerdem meldete sich die Frau in ihr, die ihr sagte, dass auch sie das sein könnte, die dort fremden Blicken ausgeliefert lag. Trugen sie nicht alle diese Angst in sich, ein Missbrauchsopfer zu werden, mit dem Wissen, dass die Schändung mit der Tat noch lange nicht vorbei war?

»Wie sind die Verletzungen zustande gekommen?«, fragte Franka.

»Entweder weil unsere Klientin gern harten Sex hatte, was angesichts der Schmucknarben durchaus denkbar wäre. Oder sie war nicht bei Bewusstsein, weil ihr zuvor ein Betäubungsmittel verabreicht worden war. Das ist im Augenblick unmöglich zu sagen.«

Unwillkürlich knirschte Franka mit den Zähnen, eine alte Unart, die sie nicht loswerden konnte. Wie sollte sie aus dieser undurchsichtigen Faktenlage Rückschlüsse auf Täter und Tathergang ziehen? Der Täter konnte die junge Frau betäubt und sich dann über ihren leblosen Körper hergemacht haben, ehe er ihr die Kehle durchschnitt und das Gesicht zertrümmerte. Genauso gut konnte er auch ein grober Liebhaber gewesen sein, der seiner Gespielin die Kehle durchschnitt, bevor sie begriff, was vor sich ging, etwa weil sie nach dem Liebesspiel bereits eingeschlafen war. Nach welchem Typ Täter sollte sie nun suchen?

Dr. Weisband schien ihre zunehmende Frustration nicht zu entgehen. »Wie auch immer, wir haben möglicherweise eine verwertbare Spermaprobe«, sagte sie aufmunternd.

Augenblicklich flammte Hoffnung in Franka auf. In einem solchen Fall, in dem der Leichenfundort verunreinigt, der Tatort unbekannt und zumindest eine Leiche einer Reinigung unterzogen worden war, war man für jede DNA-Probe dankbar. »Und der Junge?«

»So weit bin ich noch nicht, wie Sie ja sehen. Wenn Sie sich also bitte gedulden wollen?«

Die nächsten Minuten schwitzte Franka mucksmäuschenstill vor sich hin, während die Pathologin die erste Untersuchung des weiblichen Opfers abschloss und sich dem Jungen zuwandte. Zu gern hätte sie nachgefragt, auf welches Alter Dr. Weisband das männliche Opfer schätzte und was sich wohl unter seiner Schminke verbarg, aber die Gerichtsmedizinerin war bekannt dafür, sich nicht bedrängen zu lassen. Im Zweifelsfall konnte sie zumachen wie eine Auster. Wenn Franka nicht achtgab, würde sie der eigenwilligen Dame auf höchst amtlichem Weg jedes einzelne Detail aus der Nase ziehen müssen.

Als Franka glaubte, es vor Hitze, Gestank und Anspannung nicht länger aushalten zu können, erwiderte die Pathologin endlich ihren Blick.

»Gut. Hier ein erstes Feedback.« Obwohl die kniende Position anstrengend sein musste, hielt Dr. Weisband die Stellung neben dem Jungen, als würde es ihr schwerfallen, ihn allein am Boden liegend zurückzulassen. »Der Todeszeitpunkt ist schwierig zu bestimmen, weil dieser Leichnam zwischenzeitlich gekühlt worden ist, wie das Verhältnis Körpertemperatur zum Grad der Leichenstarre beweist.«

»Gekühlt? Wie Frischfleisch?« Ohne etwas dagegen tun zu können, stellte Franka sich vor, wie der mit Raureif überzogene Leichnam in einer Supermarktgefriertruhe lag. Damit war klar, dass so schnell kein Fleisch mehr auf ihrem Speiseplan stehen würde.

Dieser Vergleich schien Dr. Weisband durchaus angemessen zu sein, denn sie nickte. »Ich tippe auf eine geräumige Kühltruhe, die allerdings zu kalt eingestellt war. Es gibt einige Gefrierbrandstellen. Hier zum Beispiel.« Sie deutete auf den Hüftknochen.

»Ich kann nichts erkennen«, gab Franka zu.

»Noch nicht.« Mit einem Stück Mull wischte Dr. Weisband vorsichtig über die Stelle, bis gräulich schimmernde Haut zum Vorschein kam. »Der Täter weiß nicht, wie man Kehlen durchschneidet, aber er ist geschickt darin, seine Opfer gut aussehen zu lassen.«

Wie gebannt starrte Franka auf die Schminkreste, die am Mull haften geblieben waren, während sich ihre Gedanken überschlugen. Eine mit Klebeband verdeckte Halswunde, sorgfältig überschminkter Gefrierbrand, eine frisch gehaltene Leiche – in diesem Fall drehte sich alles um die Präsentation der beiden Toten … Aber was bedeutete sie? Vermutlich wusste das nur der Täter.

»Sie können im Augenblick also nicht schätzen, wann

genau der Junge getötet worden ist?«, vergewisserte sich Franka. »Die Abfolge der beiden Todeszeitpunkte ist von großer Wichtigkeit.«

Dr. Weisband schüttelte wie erwartet den Kopf. »Tut mir leid, wegen der Kühlung kann ich anhand der Totenflecken nur vermuten, dass der Todeszeitpunkt des männlichen Opfers vor dem des weiblichen gelegen hat.«

»Das bedeutet also, der Junge wurde zuerst ermordet.«

»Falls er nicht eines natürlichen Todes gestorben ist«, hielt Dr. Weisband dagegen.

Franka verkniff sich einen Kommentar, bei solchen Spitzfindigkeiten konnte sie nur verlieren. Zumal Dr. Weisband durchaus recht hatte. Was, wenn der Junge unter normalen Umständen umgekommen war, sein Tod jedoch – aus welchen Gründen auch immer – den Mord an der Frau initialisiert hatte? Sie durfte nicht den Fehler begehen und Möglichkeiten ausschließen, nur weil ihr Instinkt in eine andere Richtung drängte.

»Die Obduktion wird Klarheit bringen, ob wir es bei diesem Opfer mit Mord oder lediglich mit Leichenschändung zu tun haben. Und die Autolyse wird den Todeszeitpunkt enger einkreisen.« Dr. Weisband hantierte mit einer Lupe herum, mit der sie die Haut des Opfers auf mögliche Hinweise wie etwa Einstiche untersuchte. »Meine Arbeit wird auch dadurch erschwert, dass die Haut des Jungen mit einer stark pigmentierten Schminke bedeckt ist, die erst einmal komplett entfernt werden muss.«

»Das verstehe ich«, sagte Franka, die ohnehin froh war, schon jetzt so viele Details zu erfahren. Es sah ganz danach aus, als habe sie bei Dr. Weisband einen Stein im Brett, auch wenn sie keine Ahnung hatte, weshalb. Vermutlich war die Gerichtsmedizinerin schlicht froh, es einmal nicht mit dem bärbeißigen Feitner zu tun zu haben. Oder Simon Ackermann, der die Todesopfer am liebsten schleunigst als Beweismittel eingetütet hätte, um den Autopsiebericht dann später am Schreibtisch zu lesen.

»Ich habe noch ein Bonbon zu bieten«, sagte Dr. Weisband. »Lider und Lippen des Jungen wurden verklebt, scheinbar mit einem gewöhnlichen Sekundenkleber. Durch diesen einfachen Trick entsteht der Eindruck, das Opfer würde lediglich schlafen.«

»Zugeklebte Lippen und Profischminke also.« Was hätte Franka dafür gegeben, einen Blick in die Gedanken der erfahrenen Pathologin zu werfen. »Eine inoffizielle Einschätzung bleibt bei mir inoffiziell, in einem verworrenen Fall wie diesem bin ich für jeden Fingerzeig dankbar.« Sie setzte ihr gewinnenstes Lächeln auf.

»Normalerweise würde ich mich damit zurückhalten, bis ich genauere Untersuchungen vorgenommen habe«, sträubte Dr. Weisband sich. »Das ist keine vornehme Zurückhaltung, sondern ich tue das aus gutem Grund. Denn was ist, wenn ich mich mit meiner Vermutung irre und Sie damit in eine falsche Richtung locke?«

Franka hielt dem Blick der Gerichtsmedizinerin stand, bis diese sich zu einem verschwörerischen Grinsen herabließ.

»Arbeitsethos hin oder her, Sie sind ein Vollblut-Profi, genau wie ich. Also lassen wir das mit den Skrupeln. Wer immer das Verkleben von Lippen und Augen durchgeführt hat, kannte sich nicht aus mit Thanatopraxie, also dem fachgemäßen Präparieren von Leichen. Ein echter Thanatologe hätte nicht nur die Lippen verschlossen, sondern im Mundinneren ein paar Nähte gesetzt, damit ihm die Schwerkraft keinen Strich durch die Rechnung macht.«

Es kostete Franka eine gewisse Anstrengung zu erkennen, was Dr. Weisbands geübter Blick gleich festgestellt hatte: Unter der straffen Haut sackte der Kiefer des Jungen nach unten, sodass seine Lippen bereits gedehnt wurden. Noch fiel es nicht weiter auf, aber in ein paar Stunden würde aus dem schönen Gesicht mit dem geschlossenen Mund eine Grimasse werden, spätestens wenn der Sekundenkleber anfing, Fäden zu ziehen.

»Vielleicht zielte unser Täter ja nur auf einen kurzfristigen Effekt, ohne sich darum zu scheren, dass das Kunstwerk schon einige Stunden später zerfällt«, dachte Franka laut nach.

Dr. Weisband enthielt sich einer Meinung. Stattdessen wischte sie mit einem Tupfer Lippenstift und Puder vom Gesicht des Jungen ab. »An Mund und Fingernägeln lässt sich eine Zyanose, also eine bläuliche Verfärbung, feststellen. Des Weiteren sind sowohl Blase als auch Darm entleert worden, und es gibt einige Prellungen, die auf einen Kampf hinweisen könnten.«

Franka ahnte, worauf die Pathologin hinauswollte. »Das alles zusammengenommen weist auf akuten Sauerstoffmangel hin, richtig?«

»Genau. Es sieht ganz danach aus, dass der Junge erstickt ist«, bestätigte Dr. Weisband. »Allerdings wohl auf eine eher sanfte Weise. Falls es eine Einwirkung von außen gab, wäre ein Kissen denkbar, das auf das Gesicht des Schlafenden gedrückt wurde. Hier wird ebenfalls die Obduktion Klarheit verschaffen. Es ist durchaus denkbar, dass auch bei diesem Opfer ein Betäubungsmittel im Spiel war.«

Da war es wieder: das Betäubungsmittel.

Franka würde den Kollegen von der Kriminaltechnischen Untersuchung, kurz KTU, auf den Zehenspitzen stehen, damit schleunigst feststand, ob bei den beiden Todesopfern das gleiche Mittel eingesetzt worden war wie bei Marlis Seelers und ihren Töchtern. *Falls Marlis Seelers überhaupt etwas untergejubelt worden ist*, berichtigte sie sich.

Mit steifen Gliedern richtete Franka sich auf. Die Teambesprechung fand bald statt, und bis dahin musste sie etwas Aussagekräftiges über die Familiensituation der Seelers-

Nehrings in der Hand haben. »Vielen Dank, dass Sie mich so umfassend ins Bild gesetzt haben, das weiß ich sehr zu schätzen.«

Dr. Weisband blickte auf. »Eine Sache habe ich noch für Sie: Bei dem männlichen Opfer sind Fissuren im Analbereich vorhanden, die ebenfalls auf einen wenig zärtlichen Liebhaber hindeuten. In diesem Fall wurde allerdings kein Sperma hinterlassen, ein Abstrich wird zeigen, um welche Art der Penetration es sich gehandelt hat.«

Die beiden Frauen wechselten einen Blick, und Franka entdeckte zu ihrem Erstaunen in den Augen der Pathologin den gleichen Aufruhr, der auch sie heimsuchte. Egal wie erfahren man war oder wie abgebrüht man sich gab, diese beiden Opfer konnten einen unmöglich kaltlassen.

Dr. Weisbands schmale Schultern sanken ein Stück hinab, nur um sogleich wieder gestrafft zu werden. Was das Aufrechterhalten von Kontrolle anbelangte, konnte Franka durchaus bei ihr in die Schule gehen. »Ich bin zugegebenermaßen froh, dass es nicht meine Aufgabe ist, die Geschichte ans Tageslicht zu bringen, die sich hinter diesem Fall verbirgt. Das Lüften solcher Geheimnisse übersteht man selten unbeschadet, sie hinterlassen Spuren.«

»Das weiß ich leider nur allzu gut«, sagte Franka, allerdings so leise, dass Helene Weisband ihre Anspielung entging.

6

Donnerstag, Vormittag

Das ist doch ganz hübsch hier, dachte Marlis.

Ein weiteres Mal, wie sie sich widerwillig eingestand.

Zum hundertsten Mal, wenn sie ehrlich war.

Doch egal, wie oft sie sich versicherte, dass alles gut sei – überzeugt war sie nicht davon.

Sie saß allein in einem in freundlichem Pastellgelb gestrichenen Raum auf einem Bett, das fast gar nicht quietschte. Es gab ein Tischchen samt Stuhl und einen Kleiderschrank, der leer war, weil Marlis diesen Raum lediglich in Nachthemd und einem eilig übergeworfenen Trenchcoat betreten hatte. Dieser hing über der Stuhllehne wie als Einladung, ihn überzustreifen. Die Tür war zwar geschlossen, aber bestimmt brauchte sie nur die Klinke runterzudrücken, dann konnte sie gehen, wohin sie wollte. Allerdings ohne Schuhe. Sie war bei ihrer Einlieferung nämlich barfuß gewesen, was in der Aufregung offenbar niemand bemerkt hatte. Nicht einmal sie selbst. Wie auch? Sie konnte sich ja kaum entsinnen, wie sie in diese Zelle geraten war.

»Es ist ein Krankenhauszimmer und keine Zelle«, ermahnte Marlis sich.

Trotzdem leuchtete das Warnsignal hinter ihrer Stirn immer greller auf. Sie hörte das Echo aufgeregter Stimmen und spürte die überwältigende Gewissheit, dass sie sich zur Wehr setzen musste. Noch heftiger als schon zuvor. Sie musste sich wehren, weil man sie festhielt, niederzwang, mit einer Spritze gegen ihren Willen auf sie einstach. *Die Notaufnahme*, erinnerte sie sich. *Dort sind sie über mich hergefallen wie die Tiere.*

Und jetzt war sie hier. Eingesperrt, als sei sie das wilde Tier.

»Ich habe mich nur verteidigt.«

Der Hall ihrer Stimme ließ sie zusammenfahren. Mit sich selbst laut zu reden war niemals gut. Egal, an welchem Ort man sich befand, und egal, wie gut es sich anfühlte, die eigene Stimme etwas Wahres und Echtes sagen zu hören. Deshalb sagte sie, bewusst leise hinter vorgehaltener Hand: »Es ist keine Zelle. Und es ist hübsch hier.«

Nein, Lüge!, krachte es durch ihren Kopf. Hier stinkt es, bestimmt hat jemand in den Kleiderschrank gekotzt, und die Putze hatte keine Lust, anständig sauber zu machen. Und das Bettzeug kann noch so durchgekocht sein, es sind trotzdem alte Flecken von Weiß-der-Teufel-was-für-einer-Scheiße zu erkennen. Der Tisch hat Macken, der Stuhl ist schief, und die verdammte TÜR IST ZU! Abgeschlossen! Du bist eingesperrt!

Panik schwappte über Marlis hinweg, als hätte ein Schwall eiskalten Wassers sie getroffen. Atemstillstand. Herzrasen. Oder stand ihr Herz still, und der Atem raste? Sie wusste es nicht, verlor die Verbindung zu ihrem Körper und – viel schlimmer noch – zu ihrem Geist, der Worte runterratterte wie eine verrückt gewordene Registriermaschine. Ein sinnloses Aneinanderreihen von Begriffen ohne jedes System. Das Gegenteil von der Ordnung, aus der Marlis' Welt sonst bestand.

Ordnung, das war es, worauf es jetzt ankam. Sie musste die Ordnung wiederherstellen.

Obwohl das Rattern ihres aufgescheuchten Verstands ohrenbetäubend war, zwang sie sich, an das Schönste zu denken, das ihr bisschen Restbewusstsein zu bieten hatte.

Vor ihrem geistigen Auge tauchte ihre Geschirrsammlung auf. Rein weißes Porzellan, außen matt, innen glasiert. Besonders die Tassen liebte sie, dabei kostete es wegen der Henkel viel Zeit, sie sauber in der Vitrine auszurichten. Genau das tat sie jetzt in ihrer Vorstellung, jede einzelne Tasse aus dem Vierundzwanzig-Personen-Service bekam ihren eigenen Platz samt perfekter Ausrichtung und dem exakten Abstand zu ihrem Nachbarn. Als sie zu der Gretchenfrage kam – »Wohin mit den Untertassen? Unter die Tassen, wodurch der Abstand ruiniert wird, oder sie als schnurgerade aufgerichteten Turm seitlich platzieren, weil Tassen zu Tassen gehören und Unterteller zu Untertellern?« –, war das Rattern in ihrem Kopf nicht mehr als ein fernes Geräusch.

Vorsichtig lockerte Marlis ihre schmerzhaft angespannten Muskeln. Dabei war sie sorgsam darauf bedacht, dass das Bild der Tassen sich nicht in Luft auflöste. Ihre Konzentration reichte nicht aus, mehrere Dinge gleichzeitig zu kontrollieren. Sie würde den beruhigenden Anblick vor ihrem geistigen Auge so lange aufrechterhalten, bis sie bereit war, sich auf etwas Neues einzulassen. Sie könnte die Schalen nach der Größe sortieren. Oder sie würde darüber nachdenken, warum sie in ihrem verschwitzt riechenden Nachthemd auf einem quietschenden Krankenhausbett saß, mit Pflastern in der Ellenbeuge unter dem sich ein gigantisches Hämatom abzeichnete. Sie hatte bei der Blutabnahme unvermittelt angefangen, um sich zu schlagen.

Wie eine Verrückte.

»Ich habe nur die Nerven verloren«, ließ Marlis niemanden Bestimmtes wissen. Schon wieder viel zu laut.

Mit einem Satz war sie aus dem Bett, taumelte, vergaß den Trenchcoat und hämmerte gegen die Tür, ohne zu überprüfen, ob sie vielleicht gar nicht abgeschlossen war.

Eine gefühlte Ewigkeit später knackte das Schloss, und die

Tür ging auf. Eine Frau in Marlis' Alter betrat die fröhlich gelbe Zelle.

Marlis wich zurück vor der blütenweißen Krankenschwesternuniform, die sie regelrecht blendete. Stöhnend packte sie sich an den Kopf, während das Rattern erneut losging, gegen ihre Schädeldecke sprang, rumorte und – daran bestand kein Zweifel – hämisch lachte.

»Frau Seelers, geht es Ihnen gut? Setzen Sie sich lieber, Sie sehen ja ganz bleich aus. Ihr Kreislauf ist immer noch nicht stabil.«

Das klang vernünftig. Und genau das weckte Marlis' Trotz. Sie wollte nicht vernünftig sein. Vor allem aber wollte sie sich nichts sagen lassen von dieser weißen Uniform. »Ich kann gehen, wohin ich will«, erklärte sie freiheraus.

»Natürlich können Sie das«, versicherte ihr die Uniform. »Zumindest, sobald Sie sich einigermaßen erholt haben und keine Gefahr droht, dass Ihre Beine Sie plötzlich im Stich lassen. Sie haben einen schweren Schock erlitten, das gibt sich nicht in ein paar Stunden.«

Während Marlis über die Bedeutung von »Schock« nachsann, ließ sie sich von der Schwester zum Bett zurückführen. »Wann haben Sie eigentlich die Wände in diesem Farbton gestrichen? Die waren doch sonst immer in diesem schrecklichen Rosa gehalten, das angeblich beruhigend wirken soll«, fragte sie in der Hoffnung, in dem Gespräch so etwas wie Normalität herzustellen.

Die Krankenschwester schlug die Bettdecke zurück, damit Marlis sich setzen konnte, und lächelte sie nachsichtig an. »Gefällt Ihnen die Wandfarbe?«

Marlis nickte. Hoffentlich merkte man ihr nicht an, dass sie langsam begriff, was hier gespielt wurde. Man wollte sie für dumm verkaufen und einsperren, während man hinter ihrem Rücken Lügengeschichten erzählte. So machte man aus normalen Frauen ganz schnell Wahnsinnige, Verdrehte, die vor lauter Chaos nicht mehr geradeaus sehen konnten. *Nicht mit mir*, nahm sie sich vor. *Ich durchschaue eure Tricks.*

»Wissen Sie denn, warum Sie hier sind, Frau Seelers?«

»Ja, natürlich. Ich bin im Bilde.« Mitzuspielen war in einem solchen Fall genau richtig. Der Gegner sollte sich in Sicherheit wähnen.

»Das ist gut, und selbst wenn Ihnen einige Dinge noch verschwommen erscheinen, brauchen Sie sich keine Sorgen zu machen, das ist vollkommen normal. Die Erinnerung kommt schon wieder.«

Die Krankenschwester lächelte sie an, ganz milde. Offenbar war sie zu der Überzeugung gelangt, mit ihrer Patientin ein leichtes Spiel zu haben. Dadurch entging ihr, dass Marlis die Situation vollkommen durchschaute. Sie wusste genau, dass das hier ihre einzige Chance war: Die Tür stand einen winzigen Spalt offen. Das tat sie sonst nie, die Türen waren IMMER geschlossen.

»Wir werden Sie erst einmal hierbehalten, bis Sie sich von Ihrem Schreck erholt haben. Dr. Odenthal schaut später bei Ihnen rein und wird alles in Ruhe mit Ihnen besprechen.«

»Wunderbar.« Marlis leckte sich über die Lippen, maß die Entfernung. Sogar das Rattern war schlagartig verstummt, um sie nicht von ihrer wichtigen Aufgabe abzulenken. Folgsam setzte sie sich aufs Bett. Als die Uniform sie jedoch bei der Schulter hinunterzudrücken versuchte, schüttelte sie den Griff ab, leider einen Tick zu heftig, wodurch das milde Lächeln in sich zusammensackte.

»Frau Seelers, sind Sie sicher, dass Sie wissen, warum Sie hier sind?«

Verdammt, die Uniform schöpfte Verdacht. Marlis war gezwungen, den Blick von der Tür zu nehmen und stattdessen die Krankenschwester anzusehen. Obwohl es wenig hilfreich war, begannen sämtliche Muskeln in ihrem Gesicht zu zittern, als würde es gleich auseinanderfallen.

»Was wollen Sie denn von mir hören?« Ihre Stimme klang schrill, kein bisschen so, als hätte sie hier irgendwas unter Kontrolle.

»Es wundert mich nur, dass Sie gar nicht nach Ihren Töchtern fragen. Wie es den Mädchen nach der ganzen Aufregung geht.«

Marlis verstand die Frage nicht. »Meine Töchter?« Mit dem nächsten Atemzug setzte in ihrem Inneren ein Erdbeben ein, und ein wilder Teil ihrer selbst brach mit Gewalt frei. Der Marlis-Körper zog die Beine an und trat mit voller Wucht in die weiße Uniform, die davonflog wie ein Blatt Papier. Die Zelle war voller Schreie, ein wütendes Knurren und laut ausgestoßene Verwünschungen echoten umher. Marlis fand sich auf ihren Beinen wieder und setzte ein paar Schritte in Richtung Tür. Gleich, gleich würde sie frei sein! Nur fort, das war alles, was zählte. Doch bevor sie die Tür auch nur berühren konnte, wurde sie von einem Schwindel gepackt und niedergedrückt. Ihr Körper verriet sie kurz vorm Ziel.

7

Donnerstag, 10 Uhr

Das Team hatte sich für eine erste Bestandsaufnahme im Präsidium eingefunden. Das Gebäude war ein grauer Betonklotz aus den 1950er-Jahren, als man die klaffenden Lücken in der Innenstadt, die von Bombenangriffen des Krieges zurückgeblieben waren, schnell und billig wieder aufgefüllt hatte. Seitdem fristete die Polizeidirektion Rerrick ihr Dasein im ewigen Schatten des Hauptbahnhofs, was wesentlich dazu beitrug, dass die Diskussionen um den Standort nicht abrissen. Undichte Fenster, chronischer Parkplatzmangel und der Dauerlärm von Stadtverkehr, Zügen und Fernbussen taten das ihre, dass kein Gefühl von Heimeligkeit aufkam.

Konferenzraum II, in dem die Besprechung stattfand, war an diesem frühen Vormittag bereits gut gefüllt, obwohl es sich um den größten Raum handelte, der ihrer Abteilung zur Verfügung stand. Jeder, der irgendwie mit den Ermittlungen in Berührung gekommen war, hatte sich eingefunden – der außergewöhnliche Fall zog offenbar schon seine Kreise. Nur Helmut Remens, der Leiter des Morddezernats, ließ sich wegen einer Zahn-OP, die keinen Aufschub geduldet hatte, entschuldigen.

An dem langen Tisch des Konferenzraums hätte man ohne Schwierigkeiten ein Bankett veranstalten können. Es standen jedoch bloß ein paar Wassergläser und Kaffeetassen herum, während ein Kollege hinter vorgehaltener Hand sein Frühstücksbrot verspeiste. Unter anderen Umständen hätte Simon als Gruppenleiter zumindest eine Tüte Berliner mitgebracht, aber dafür hatte ihm schlicht die Zeit gefehlt. Während noch Stühle umhergeschoben wurden und zwei jüngere Fahnderinnen es sich auf der Fensterbank gemütlich machten, reichte Franka das Familienfoto herum, das sie aus dem Elternschlafzimmer mitgenommen hatte.

Das Foto sollte der Ermittlungstruppe helfen, sich ein besseres Bild von der Familie zu machen, deren Haus in der vergangenen Nacht entweiht worden war – und von der man bislang noch nicht wusste, inwiefern sie mit der Tat zu tun hatte. Es war an einem Sommertag im Garten aufgenommen worden, die Familie Seelers-Nehring hatte sich auf der Terrasse in klassischer Aufteilung – Kinder vorn, Eltern dahinter – aufgestellt.

Albert Nehring war nicht nur dank der überragenden Körpergröße der Mittelpunkt seiner Familie. Er strahlte fast schon provozierend selbstzufrieden in die Kamera, ein gut aussehender Mann Ende vierzig, der, seiner Figur nach zu urteilen, viel auf Sport gab. Das dunkelblonde Haar fiel ihm in die Stirn, vermutlich trug er es bei der Arbeit nach hinten gegelt. Angesichts seiner Designerbrille und des rosafarbenen Polohemds musste Franka unwillkürlich an Schickimicki-Sommerferien auf Sylt denken: Strandkorb in den Dünen und abends ab in die Sansibar.

Vor ihm standen die beiden Mädchen: Die ältere Finja mit dem braunen Pferdeschwanz blinzelte in die Sonne; neben ihr stand die jüngere Ani, die ihrer älteren Schwester gerade mal bis zum Bauch reichte. Ein blonder Lockenkopf, der allerdings lieber mit seinem Stoffaffen kuschelte, statt der Kamera sein Engelslächeln zu schenken. Albert Seelers' Hand ruhte auf Anis kleiner Schulter, während sein Arm um der Taille seiner Ehefrau lag.

Marlis Seelers trug ihr braunes Haar zu einem burschikosen Kurzhaarschnitt gestutzt und hatte ein Gesicht, in dem alles stimmte und das man sich trotzdem nicht merken konnte. »Überdurchschnittlich durchschnittlich und auffallend gepflegt« war die erste Beschreibung, die Franka zu ihr einfiel. Bestimmt traf dies auf die Hälfte der Frauen im Villenviertel zu. Nur mit dem Unterschied, dass Marlis Seelers so rein gar keine Attitüde an sich hatte, weder ein selbstgefälliges Schmunzeln noch sonst einen Körperausdruck, der gesagt hätte: Schau her, ich bin wer. Wenn sie gekonnt hätte, hätte sie sich bestimmt unsichtbar gemacht. Wie ihr Mann sie hielt ... Als würde sie ansonsten fliehen.

»Sieht aus wie eine gutbürgerliche Familie, bei der alles nach Plan läuft«, sagte Ersan Görük, der neben Franka Platz genommen hatte. Er duftete kräftig nach Aftershave, offenbar hatte er vorher noch das Badezimmer aufgesucht, um sich frisch zu machen. Das hier war auch sein Auftritt.

»Vielleicht sind die auch bloß gut darin, wie eine funktionierende Familie auszusehen«, erwiderte Franka vage, um der Besprechung nicht vorzugreifen.

Im nächsten Moment schlug Simon mit der flachen Hand auf den Esstisch, nur ganz leicht, als wolle er sich selbst zur Aufmerksamkeit mahnen. Trotzdem waren sofort sämtliche Augenpaare auf ihn gerichtet. Seit seinem Besuch in der Anwaltskanzlei, die Nehring und seinem Partner gehörte, stand er unter Hochdruck und versprühte eine ganz besondere Energie. Keiner im Raum konnte sich ihr entziehen.

»Gut, wir sind wohl alle im Bilde, dass wir es mit einem ungewöhnlichen Fall zu tun haben. Deshalb verschwende ich auch keine Zeit, indem ich euch erzähle, wie intensiv und anstrengend die nächsten Tage, vielleicht sogar Wochen werden. Wir haben das gerade erst bei den Asche-Morden gemeinsam durchgestanden und wissen, was uns bevorsteht. Also, gehen wir direkt in medias res: Wie sieht der augenblickliche Stand aus?«

Zuerst gab Georg Feitner von der Spurensicherung einen

kargen Bericht: Weiterführende Spuren gebe es bislang keine, besonders ärgerlich sei es, dass nicht mehr festzustellen sei, ob die Haustür mit einigen Behelfsmitteln geöffnet worden sei, nachdem die uniformierten Kollegen sie mit brachialer Gewalt aufgebrochen hatten. Alle anderen Einstiegsmöglichkeiten seien intakt, und der Garten weise keinerlei Anhaltspunkte auf. Vorerst deute auch nichts darauf hin, dass die Frau in diesem Haus ermordet worden sei oder die Leichen hier präpariert worden wären. Man würde die Auswertung der Spuren – Fingerabdrücke, Fasern etc. – abwarten müssen.

»So gern ich Auskunft darüber geben würde, ob der Täter innerhalb des Hauses zu suchen ist oder von außen kam – ich kann es zum jetzigen Zeitpunkt nicht. Nicht nur, weil der oder die Täter umsichtig vorgegangen sind und eventuelle Spuren unter einer dicken Lache Teerpampe begraben haben. Sondern weil mit dem Fundort alles andere als umsichtig umgegangen worden ist.« Das war zwar eine Übertreibung, aber darauf wies ihn niemand hin. Wenn Feitner mit diesem Seitenhieb Dampf abließ, sollte es ihm gegönnt sein.

Danach erzählte ein merklich frustrierter Ersan Görük, dass keinem der Nachbarn, die sie bislang hatten befragen können, in der letzten Nacht etwas Ungewöhnliches aufgefallen sei. »Wir hatten leider kein Glück: Die direkten Nachbarn zur Linken sind verreist, und zur rechten Seite trennt ein ganzes Stück Garten die beiden Häuser, die bekommen nicht viel voneinander mit. Einmal davon abgesehen, dass der ältere Herr, der dort wohnt, gar nicht recht zu wissen schien, wer seine Nachbarn überhaupt sind. Wir sollen seine Haushälterin fragen, doch die Dame ist nach einem Blick auf unsere Dienstmarke schlagartig stumm geworden und will noch weniger mitbekommen haben als ihr Arbeitgeber. Selbst nachdem wir ihr versichert hatten, dass es uns nicht interessiert, ob sie ordentlich angestellt ist.«

Einmütiges Murren ging durch den Raum.

Simon griff die Stimmung auf. »Es ist doch immer wieder dasselbe: Putzfrauen, Köchinnen und Gärtner bekommen alles Mögliche aus der Nachbarschaft mit. Aber darüber mit uns reden? Fehlanzeige. Da steht die Lohnsteuerkarte zwischen uns und der Information.«

»Oder es ist schlicht die Angst vor dem Arbeitgeber«, warf Franka ein, die mit diesem Problem auch schon ihre Erfahrung gemacht hatte. »Niemand hat gerne Angestellte, die sich als Informationsstaubsauger herausstellen. Das wirft automatisch die Frage auf, was das Kindermädchen oder die Rund-um-die-Uhr-Pflegerin von Oma sonst noch so alles mitbekommen.«

Ersan war sichtlich froh über die Woge aus Verständnis, die ihm entgegenrollte, trotzdem löste sich die senkrechte Falte auf seiner Stirn nicht. Es ging ihm sichtlich gegen den Strich, so wenig Neuigkeiten abliefern zu können. »Im Haus gegenüber war niemand anzutreffen, die sind möglicherweise auch verreist. Kameras gibt es in dieser wohlhabenden Straße jede Menge, doch laut ihren Besitzern zeichnen sie nur auf, was auf den jeweiligen Grundstücken passiert, und streifen das Straßengeschehen höchstens, wenn überhaupt. Wir bleiben dran, bei diesem Wohlhabenden-Ghetto hilft vermutlich nur Hartnäckigkeit.«

Auch der Bericht vom Erkennungsdienst fiel spärlich aus: Die Identität der beiden Toten war weiterhin unbekannt, eine erste Durchsicht der Vermisstenlisten und Meldungen der letzten Tage hatte keinen entscheidenden Hinweis gebracht, wobei die Auswertung der Fingerabdrücke noch ausstand. Was keineswegs ungewöhnlich war, denn seit Marlis Seelers' Notruf waren keine sechs Stunden vergangen.

Das wird noch ein langer Tag, gestand Franka sich ein, während sie mit den Fingern an ihrem hochgesteckten Haar herumspielte. Von den Klemmen bekam sie im Lauf des Tages immer Kopfschmerzen, trotzdem lockerte sie keine.

Simons Gesicht wirkte ebenfalls angespannt. »Das ist alles ziemlich mager, wenn man bedenkt, mit welchem Aufwand die Leichen aufgebahrt worden sind. Da müssen doch Fehler unterlaufen sein, egal, wie gründlich diese Show geplant war.«

Besser hätte der Hauptkommissar den Ehrgeiz der Kollegen nicht anheizen können, wie das ausbrechende Füßescharren bewies. Wie? So ein spannender Fall – und ihr steht quasi noch am Start? Dann mal los! Auch Franka ertappte sich dabei, dass sie unruhig auf ihrem Stuhl herumrutschte.

Dann kehrte schlagartig Ruhe ein, als Dr. Weisband den Konferenzraum II betrat. Der Gerichtsmedizinerin eilte ein gewisser Ruf voraus, und heute wirkte sie auch noch besonders angriffslustig, als sei ihre Geduld für diesen Tag bereits aufgebraucht. Nach einigen Anläufen war es Dr. Weisband gelungen, einen Ersatz für ihre kranke Assistentin herbeizutelefonieren. Trotzdem hatte sie darauf bestanden, bis zur Abholung der Leichen vor Ort zu bleiben, damit ja alles glatt über die Bühne ging. Es war ihr anzusehen, wie wenig Interesse sie daran hatte, der Ermittlungstruppe jetzt Rede und Antwort zu stehen, anstatt sich um ihre beiden Patienten zu kümmern.

Für einige Sekunden blieb Dr. Weisbands Blick an Simon hängen, und in die allgemeine Gereiztheit schob sich etwas Persönliches. Eine Art Zwiegespaltenheit, wie es Franka schien. Unwillkürlich musste sie daran denken, wie die Gerichtsmedizinerin sie gefragt hatte, ob sie »Simons bessere Hälfte« kenne. Offenbar wusste diese Frau mehr über Hauptkommissar Ackermanns Privatleben, als dem lieb war. *Das geht dich nichts an*, ermahnte Franka sich, wohl wissend, dass sie sich bei der erstbesten Gelegenheit den Kopf darüber zerbrechen würde.

»Guten Morgen«, grüßte die Pathologin in die Runde. »Entschuldigen Sie bitte, wenn ich direkt auf den Punkt komme, aber es wartet noch eine Heidenarbeit auf mich – und es ist ja auch in Ihrem Interesse, möglichst umgehend auf handfeste Ergebnisse zurückgreifen zu können.« Sie wartete keinen Zuspruch ab, sondern begann sofort mit ihrem vorläufigen Bericht. Dabei verlor sie kein Wort darüber, was sie als erfahrene Gerichtsmedizinerin von diesem Fall hielt, nicht einmal eine Färbung der Stimme ließ irgendein Gefühl, geschweige denn eine Andeutung heraushören.

Fasziniert stellte Franka fest, dass dieser reservierte Vollblutprofi nur wenig gemeinsam hatte mit der Frau, die im Haus der Seelers' erstaunlich frei mit ihr über den Fall gesprochen hatte. Dr. Weisbands Offenheit ihr gegenüber war ein großzügiges Angebot, eine Art Freundschaftsdienst … Aber durfte sie sich darauf einlassen? *Diese Frau bekommt so verdammt viel mit*, beschloss Franka, obwohl sie ein Stich durchfuhr, als ihr bewusst wurde, dass sie das Freundschaftsangebot in der Schwebe ließ.

»Die weibliche Tote starb allem Anschein nach durch einen Kehlenschnitt, wobei die Wundöffnung Rückschlüsse darauf zulässt, dass mit einem großen Krafteinsatz und weniger mit Technik vorgegangen wurde. In diesem Fall haben wir es also eindeutig mit Mord zu tun. Anhand der Einblutungen rund um das zerstörte Gesicht lässt sich sagen, dass diese massiven Verletzungen dem Opfer posthum beigefügt wurden, vermutlich mit einem stumpfen Gegenstand und ebenfalls mit hohem Kraftaufwand. Der männliche Tote hingegen wurde möglicherweise erstickt und weist ansonsten keine offensichtlichen Misshandlungsspuren auf, auch keine Abwehrmerkmale. Ich habe vorerst keine Hinweise auf eine Gefangenschaft finden können. Allerdings wurde sein Leichnam sehr schnell nach dem Todeseintritt gekühlt, sodass der Todeszeitpunkt erst noch ermittelt werden muss. Mehrere

Indizien weisen jedoch darauf hin, dass er bereits vor dem weiblichen Opfer gestorben ist. Leider kann ich den Abstand noch nicht genauer benennen, aber es dürften mindestens vierundzwanzig Stunden gewesen sein.«

»Dann haben wir immerhin schon einmal eine Reihenfolge bei den Opfern«, sagte Simon. »Der Junge ist zuerst gestorben, denkbar wäre auch ein Unglück. Und mindestens einen Tag später wurde die Frau ermordet und ihr Leichnam posthum brutal verstümmelt. Die Frage ist, wie die Verbindung zwischen den beiden aussieht. Könnten sie vielleicht Bruder und Schwester sein?«

»Dafür müssen wir einen Gen-Abgleich abwarten, ansonsten weist – subjektiv betrachtet – erst einmal nichts darauf hin«, löschte Dr. Weisband den aufglimmenden Hoffnungsfunken am Konferenztisch. »Es gibt eine Gemeinsamkeit: Beide Opfer hatten kurz vor ihrem Tod Sex – ob einvernehmlich oder nicht, bleibt bis auf Weiteres offen. Bei dem weiblichen Leichnam habe ich eine Spermaprobe nehmen können.«

»Unser Täter hat eine Ladung Sperma zurückgelassen?«, fragte Ersan Görük ungläubig. »So dämlich ist doch heutzutage kein Schwein, die haben doch alle CSI gesehen.«

»Falls die Probe tatsächlich von unserem Täter stammt und nicht bloß von einem Liebhaber, der keinen Grund hatte, ein Gummi zu benutzen«, gab Franka zu bedenken. Dann hielt sie inne, als das Bild der beiden auf Federn gebetteten Toten vor ihrem inneren Auge aufblitzte. »Und falls es tatsächlich unser Täter war, gehörte die Penetrierung vermutlich zur Inszenierung dazu. Dann ist es ihm egal, ob er Spuren hinterlässt. Das Bild, das er geschaffen hat, ist von viel größerer Bedeutung für ihn als jeglicher praktische Gedanke.«

Ersan Görük zog eine Grimasse. »Das ist ein verflucht krankes Täterprofil, das du da zeichnest. Glaubst du wirklich, wir haben es mit einem Freak zu tun?«

»Nun mach dir mal nicht ins Hemd, Görük«, mischte Georg Feitner sich ein. »Unsere Frau Kommissarin nutzt doch nur die Chance, dem Fall besonders krude Seiten zu entlocken, damit keine Langeweile aufkommt. Darin ist sie schließlich Spezialistin.«

Franka holte tief Luft, um Feitner einen verbalen Tritt vors Schienbein zu verpassen, doch Simon war schneller als sie.

»Spar dir solche Kommentare, Georg. Du kannst uns gern mit deinen Frotzeleien aufmischen, wenn hier tatsächlich mal Langeweile herrscht. Aber jetzt können wir das nicht gebrauchen.«

Feitner hob die Hände, als wolle er sagen: Mensch, war doch nicht böse gemeint. Dabei saß nicht nur Franka vor Anspannung auf ihrer Stuhlkante, sondern auch Ersan neben ihr schlang die Hände so fest ineinander, dass die Knöchel weiß hervortraten. Offensichtlich war sie nicht die Einzige, die Feitner mit seinen bissigen Kommentaren in die Ecke zu drängen versuchte.

»Sie haben allem Anschein nach einiges zu besprechen, dann darf ich mich jetzt verabschieden«, sagte Dr. Weisband, die das Schauspiel mit wachem Gesichtsausdruck beobachtet hatte. »Wird einer von deinen Kollegen bei der Obduktion zugegen sein?«, fragte sie Simon. »Ich werde nämlich sofort mit der Arbeit beginnen.«

Simon wechselte einen schnellen Blick mit Thomas Lochner, einem älteren Kollegen, der ergeben nickte. »Gleich nach der Besprechung fahre ich in die Gerichtsmedizin und wohne der Sache bei.«

»Wenn Sie mich dann entschuldigen würden?«, sagte Dr. Weisband. »Auf mich warten zwei anspruchsvolle Klienten, denen ich möglichst schnell Fakten entlocken muss, damit Sie sich nicht länger in Theorien ergehen müssen. Es ist ja offensichtlich, dass einige Kollegen damit überfordert sind. Bei manchen ist die Grenze ihrer Vorstellungskraft erstaunlich schnell erreicht.« Nach einem Blick auf Feitner, dessen eh schon gerötetes Gesicht prompt noch um eine Nuance roter wurde, verließ die Gerichtsmedizinerin das Konferenzzimmer, allerdings nicht ohne Franka noch rasch ein Lächeln zuzuwerfen.

Dr. Helene Weisband war eben tatsächlich für sie in die Bresche gesprungen. In der Runde sah Franka einige grinsende Gesichter, andere starrten teilnahmslos auf die Tischplatte. Georg Feitner kniff seine Lippen so fest aufeinander, dass sie praktisch nicht mehr existierten, hielt sich aber zurück. Er hatte in der Vergangenheit schon öfter Rüffel von Simon kassiert, nachdem er sich abfällig über Dr. Weisband geäußert hatte. Simon mochte – wie alle anderen von der Kripo – seine Kämpfe mit der Gerichtsmedizinerin ausfechten, aber er akzeptierte keine gehässigen Bemerkungen.

»Gut, halten wir fest, was wir bis jetzt haben«, sagte Simon so sachlich, als hätte es den Zwist eben nicht gegeben. »Marlis Seelers wacht in der Nacht auf und findet im Wohnzimmer nicht ihren verschwundenen Mann, sondern zwei auf Federn aufgebahrte Leichen, deren Identität ihr unbekannt ist. Vielleicht ändert sich das noch, sobald die Frau ihren Schock überwunden hat. Vielleicht stellt sich aber auch heraus, dass sie gar nicht so ahnungslos ist, wie es bislang den Anschein hat. Außerdem weist der Fundort eine spezielle Form von Vandalismus auf: Boden und Wände wurden mit einer teerartigen Substanz beschmiert, Spuren lassen sich bis hinauf ins Obergeschoss finden. Die Sicherheitskameras und der Alarm des Hauses sind gestern Nachmittag ordnungsgemäß abgeschaltet worden, wann genau und von wem, versuchen wir noch herauszufinden. Marlis Seelers hat von den nächtlichen Vorgängen im Haus angeblich nichts mitbekommen – womöglich war ein Schlaf- oder Beruhigungsmittel mit im Spiel. Da ist die KTU dran. Ihr Mann ist seitdem verschwunden, sein Handy sowie seine Brieftasche mit den

Papieren sind im Haus verblieben, es wird auch keiner der auf die Familie gemeldeten Wagen vermisst. Die Fahndung nach Albert Nehring ist voll im Gange, aber es gibt noch keine Neuigkeiten.«

»Sollten wir nicht den Fakt in den Vordergrund stellen, dass Albert Nehring ein korrupter Rechtsverdreher ist?«, fragte Ersan Görük. Feitners Seitenhieb hatte ihm offenbar nicht die Diskussionslust genommen.

Damit war Simon ein Stichwort gegeben. »Das tun wir, keine Sorge. Interessant ist übrigens, dass die Familie unter dem Namen seiner Frau lebt. Albert Nehring war – wie sein Kollege Bartels meinte – sehr darauf bedacht, Privates und Berufliches zu trennen. Bis auf seinen Partner kennt niemand seine Privatadresse. Vermutlich eine Sicherheitsmaßnahme, schließlich umweht den Herrn ein gewisser Ruf.«

Jemand aus dem Team lachte, und es klang eindeutig bitter. Als Franka das dazugehörige Gesicht ausmachen wollte, war das Lachen bereits erstickt.

»Neben der Durchleuchtung der Familie, um die sich Franka kümmern wird, wird ein besonderer Schwerpunkt auf Albert Nehring liegen.« So wie Simons Augen leuchteten, war es klar, wie sehr er sich auf diese Ermittlung freute. »Wir müssen alles über diesen Mann wissen. Und wenn ich sage: alles, dann meine ich das auch so. Wir werden nicht nur sein Zuhause auf den Kopf stellen, sondern auch seine ehrenwerte Kanzlei. Wir dürfen nicht zulassen, dass uns die anwaltliche Schweigepflicht hier im Weg steht, darum werde ich mich kümmern. Bei den Kontakten, die Albert Nehring pflegt, ist die Wahrscheinlichkeit besonders hoch, dass die Lösung in seinem beruflichen Umfeld liegt.«

Das ging Franka dann doch ein wenig zu weit, auch wenn sie Simons Eifer gut nachvollziehen konnte. »Das ist auf jeden Fall eine vielversprechende Spur, keine Frage. Trotzdem sollten wir zum jetzigen Zeitpunkt noch keine Schwerpunkte legen. Zumal wir bislang gar nicht wissen, ob Albert Nehring in die Vorkommnisse verwickelt ist oder aus einem anderen Grund das Haus verlassen hat. Wir können auch nicht ausschließen, dass er entführt wurde – aus welchem Grund auch immer.«

»Allerdings haben wir keinerlei Hinweise auf Gewaltanwendung vorgefunden«, merkte Georg Feitner an. »Und Albert Nehring wird wohl kaum freiwillig mit seinen Entführern mitgegangen sein.«

Franka zuckte mit den Schultern. »Nun, wenn sich tatsächlich herausstellen sollte, dass Frau und Kinder unter dem Einfluss eines Beruhigungsmittels standen, könnte das auch Albert Nehring verabreicht worden sein. Wer einen Weg gefunden hat, die Leichen unbemerkt ins Haus zu schmuggeln, wird auch kein Problem damit gehabt haben, einen bewusstlosen Mann abzutransportieren.«

»Vielen Dank für den Hinweis«, schnaubte Feitner. »Im Badezimmer der Eltern haben wir übrigens einen gesicherten Medikamentenschrank gefunden, der unter anderem Diazepam enthielt. Damit wäre bereits ein Beruhigungsmittel im Haus vorhanden gewesen.«

»Diazepam ist verschreibungspflichtig, es wird vor allem bei akuten Angstzuständen, Epilepsie oder zur Eindämmung von Begleiterscheinungen der Schizophrenie verschrieben«, ergänzte Franka. Leider hatte sie keine Gelegenheit gehabt, sich den Medikamentenschrank persönlich anzusehen, nachdem sie so viel Zeit mit Dr. Weisband verbracht hatte. »Auf wen ist das Rezept ausgestellt worden?«

»Dass Sie ein solch wichtiges Detail nicht in petto haben, schockiert mich jetzt aber, Fräulein Sherlock. Wo Sie doch sonst immer alles so genau wissen.« Georg Feitner war ungebrochen in Angriffsstimmung. Und einige Kollegen waren seiner Show auch gar nicht abgeneigt, wie das Schmunzeln und verhaltene Lachen bewiesen. »Ausgestellt war das

Rezept auf Marlis Seelers. Die Dame musste also gar nicht fremdmedikamentiert werden, die konnte sich problemlos selbst ins Traumland schicken.«

Franka verspürte das Verlangen, sich mit den Händen durch das hochgesteckte Haar zu fahren, weil ihre Kopfhaut vor Anspannung kribbelte. Stattdessen strengte sie sich an, locker dazusitzen und der Meute, die sie beobachtete, keine Angriffsfläche zu bieten. »Waren noch weitere verschreibungspflichtige Medikamente auf Marlis Seelers ausgestellt?«

In Feitners Gesicht zuckte es. »Das nicht. Wir haben nur einen Streifen Haloperidol gefunden.«

Und das erzählst du hier so ganz nebenbei?, dachte Franka ungläubig. »Es wäre hilfreich gewesen, das gleich zu wissen.«

»Medikamente sind nicht mein Fachgebiet. Zu den Aufgaben der Spurensicherung gehört lediglich das Sichern und Dokumentieren von Spuren. Der gesamte Inhalt des Medikamentenschranks wird in unserem Bericht stehen und Punkt.« Georg Feitner gab sich nicht einmal die Mühe, ein schlechtes Gewissen zu heucheln.

Franka lag eine Entgegnung auf der Zunge, dann riss sie sich zusammen. »Haloperidol wird gemeinsam mit Diazepam oftmals bei Schizophrenie verschrieben und zur Unterdrückung von Wahnzuständen und Halluzinationen eingesetzt. Es steht jedoch in dem Verdacht, die Gefühlswelt verflachen zu lassen, sodass Patienten das Medikament immer wieder absetzen. Falls das Haloperidol tatsächlich Marlis Seelers verschrieben wurde, leidet sie höchstwahrscheinlich unter Schizophrenie. Dann wäre es auch denkbar, dass sie sich vor Kurzem gegen eine Medikamentierung entschieden hat. Das wirft doch schon ein interessantes Licht auf den Fall, möchte ich meinen«, sagte Franka mit einem Lächeln.

Feitner zuckte nur mit den Schultern. »Fürs Erstellen solcher Zusammenhänge bin ich nicht zuständig.«

»So ist das also.« Franka stand kurz davor, die Geduld zu verlieren. Dann fing sie jedoch Simons Blick auf, ernst, verständnisvoll, aber auch aufgeladen mit jener Energie, die sie so sehr an ihm schätzte. Ohne dass sie es sich recht erklären konnte, löste sich etwas in ihr, und der Machtkampf mit Feitner schien plötzlich ganz weit weg. Sie nickte ihrem Partner zu, der daraufhin erst einmal ausatmete. Offenbar war die Auseinandersetzung auch an ihm nicht spurlos vorübergegangen.

»Dann setzen wir Marlis Seelers' Krankheitsgeschichte mit auf die Agenda«, sagte Simon nachdrücklich. »Der nächste wichtige Punkt wäre die Rekonstruktion des gestrigen Tages: Wer hielt sich im Haus auf, als die Alarmanlage abgeschaltet wurde? Wie verbrachte die Familie den Tag und vor allem den Abend? Wann ging wer zu Bett? Damit wir den Zeitablauf gegenhalten können, wenn uns später die Blutanalyse wegen der Beruhigungsmittel vorliegt. Sprich: War Marlis Seelers an der Tat in irgendeiner Form beteiligt und hat sich anschließend betäubt, um als Verdächtige auszuscheiden? Oder ist sie als potenzielle Zeugin ausgeschaltet worden, möglicherweise sogar mit ihren eigenen Medikamenten?«

»Soviel ich gehört habe, war die Frau vollkommen von den Socken, als die Uniformierten eingetroffen sind«, erzählte einer der Fahnder. »Und zwar nicht auf die ›Es war so furchtbar!‹-Heultour, sondern die ist regelrecht durchgedreht. Die Sanis haben sie zu zweit festhalten müssen, um sie abtransportieren zu können. Und ihre beiden Mädchen standen stumm wie die Fische daneben. Wahrscheinlich haben die zwei ihre Mama schon ganz anders erlebt, wenn die unter einer Geisteskrankheit leidet.«

Der Fahnder heißt Mark Zeißig, erinnerte sich Franka. Sie hatte immer noch Probleme, sich die vielen Namen zu merken. Jedenfalls stand Mark Zeißigs Meinung über Marlis Seelers seit der Sekunde fest, in der er von einer möglichen Erkrankung samt Halluzinationen und Wahnzuständen erfahren hatte. Als ob es so einfach wäre.

»Die Reaktion der Mädchen lässt sich kaum beurteilen, falls sie auch unter Medikamente gesetzt wurden«, gab Simon zu bedenken.

Ersan Görük war während der letzten Minuten auffallend still gewesen, nun räusperte er sich. »Für die Rekonstruktion des Zeitablaufs, die Simon eben angesprochen hat, können wir schon einmal einen Punkt setzen. Wohnzimmer und Wintergarten gehen zwar nach hinten raus zum Garten und sind deshalb von der Straße nicht einsehbar. Dafür allerdings die Schlafzimmerfenster und Albert Nehrings Büro. Agnes Wilbrecht, eine Nachbarin, die ein Stück die Straße hinauf wohnt, geht jeden Abend zur selben Zeit noch einmal mit ihren beiden …«, Ersan sah auf seinen Notizblock, »mit ihren Windhunden raus. Die Viecher nehmen es wohl sehr genau mit ihrem Tagesablauf, genau wie Marlis Seelers, die jeden Abend Punkt zweiundzwanzig Uhr das Licht löscht. Die Nachbarin macht sich offenbar einen Spaß daraus, immer pünktlich zur Stelle zu sein. Sie hat sich darüber lustig gemacht, dass die Seelers genau wie ihre Hunde nach dem Ticken der Uhr funktioniert: Wenn Marlis Seelers ins Bett geht, pinkelt Frau Wilbrechts Köter pünktlich an deren Grenzstein.«

»Und solche Sticheleien von einer Frau, die bestimmt mit Argusaugen aufs Uhrblatt starrt, bis ihre Nachbarin das Licht löscht. Und wenn die Seelers mal zu spät dran ist, bekommt die werte Frau Nachbarin Verstopfung.« Georg Feitner schnaufte abfällig.

Als Ersan mit seinem Wasserglas spielte, zitterten seine Finger ganz leicht – trotzdem entging Franka diese Reaktion nicht. »Dank Frau Wilbrechts Hunden wissen wir jetzt jedenfalls, dass Punkt zehn das Licht im Schlafzimmer ausgegangen ist, also komplett nach Plan, während in Albert Nehrings Arbeitszimmer noch Licht brannte. Wohl auch vollkommen üblich. Bedauerlicherweise kann man sein Zimmer nicht einsehen, der Bambus versperrt die Sicht. Nur der Lichtschein dringt durch.«

»Leider bringt uns das bei der Rekonstruktion des Tathergangs noch nicht weiter«, gab Franka zu bedenken. »Sowohl Marlis Seelers als auch Albert Nehring hätten sich unterdessen im Haus bewegen können, ohne dass die Zeugin etwas bemerkt hätte. Sie brauchten sich beide nur an den gewöhnlichen Tagesablauf zu halten, bis der Rest der Familie schlief – ob nun unter dem Einfluss von Betäubungsmitteln oder nicht. Falls wir es hingegen mit einem Täter von außen zu tun haben, deutet die Spurenlage darauf hin, dass er sich gut im Haus auskannte. Er hätte also nur abwarten müssen, bis die Familie schläft, und hätte sich nicht verraten, weil er genau gewusst hätte, welche Fenster des Hauses zur Straßenseite hinausgehen.«

»Außerdem wird auf der gegenüberliegenden Seite gerade der Garten neu angelegt«, erklärte Mark Zeißig, der mit an der Anwohnerbefragung am Morgen beteiligt gewesen war. »Da stehen zurzeit alle Naselang Transporter rum. Es wäre also gar nicht weiter groß aufgefallen, wenn da einer geparkt hätte.«

»Es ist zum Verrücktwerden, egal wie wir es drehen und wenden, wir kommen einfach nicht weiter«, brachte Simon die Frustration der Ermittlungsgruppe auf den Punkt. Einen Moment lang verschränkte er die Hände hinter dem Kopf und murmelte etwas Unverständliches. Dann deutete er mit dem Kinn auf Ersan. »Habt ihr Zeugen auftun können, die in den letzten Tagen trotzdem irgendetwas Ungewöhnliches bemerkt haben?«

Ersans Miene verfinsterte sich. »Es ist nicht leicht, in

Fleetburg überhaupt wen aufzutun, der irgendwas bemerkt. Das ganze Viertel steckt voller Häuser mit Riesengärten drum herum, das sind alles kleine Königreiche, deren Herrscher sich nicht sonderlich für die Nachbarn interessieren. Jeder Anwohner, den wir befragt haben, weiß, dass Albert Nehring alias Albert Seelers, wie er in seinem Wohnviertel heißt, ein wohlhabender Mann ist, mit einer anständigen Familie und einem Haus, das nach etwas aussieht. Allerdings scheint niemand eine Ahnung zu haben, dass er ein eher anrüchiger Anwalt ist – entweder weil die Familie das gut verheimlicht hat oder weil die Nachbarn es schlichtweg nicht wissen wollen.«

Ersan fühlte sich merklich angefasst durch die Kälte, die ihm bei seinen Erkundigungen entgegengeschlagen war. Er neigte ansonsten nicht dazu, Persönliches in seine Berichte einfließen zu lassen. Der junge Mann war genauso zurückhaltend wie Franka, wenn es um sein Privatleben ging. Niemand wusste, ob er in einer Beziehung lebte und welche Interessen er neben seinem Beruf hatte. Dabei hauten ihn die Kollegen gern an, schließlich war Ersan noch keine dreißig Jahre alt, gut aussehend mit seinem raspelkurz geschnittenen schwarzen Haar und der athletischen Figur. Wenn bei diesem Burschen nicht was Prickelndes zu holen war, bei wem dann? Doch Ersan ließ alles und jeden mit seiner smarten Art von sich abgleiten. Das machte ihn in Frankas Augen verdächtig, schließlich waren das ähnliche Tricks, wie sie sie anwendete, um ihre Kollegen auf Abstand zu halten. Vielleicht war diese Verbundenheit der Grund dafür, dass sie ihm Erfolg im Job wünschte und gleichzeitig enttäuscht war, weil er sich aus ihrer Sicht nicht vollauf reinhängte. Wie zuvor bei der Diskussion um die Medikamente. Es betraf nicht sein Ermittlungsgebiet, also hielt er sich raus. Enttäuschung machte sich in ihr breit, sie hatte nämlich durchaus von dem jungen Kollegen erwartet, dass er über den Tellerrand blickte.

»Entweder sind die Nachbarn wirklich blind und taub, oder es waren Profis am Werk, die sich nicht erwischen lassen«, spann Simon den Faden weiter. »Was auch immer das Motiv hinter dieser Tat ist, sie wurde eiskalt durchgezogen.« Simon deutete auf Franka. »Oder was meinst du? Was für einen Eindruck hat die Familie bei dir hinterlassen?«

Die Frage erwischte Franka kalt. Es kostete sie einen Moment, um das Ruder gedanklich herumzureißen und sich auf eine Beschreibung der Familie zu besinnen. Dabei wurde jede verstreichende Sekunde von Leuten wie Georg Feitner als Schwäche wahrgenommen. Es schien verlockend, einfach draufloszureden, aber sie tat es nicht. Das, was sie beizutragen hatte, war wichtig. Sie durfte sich nicht hetzen lassen.

»Da wir bislang kein Mitglied der Familie befragen konnten, geschweige denn auch nur einen Blick auf sie werfen, habe ich mich auf ihr Zuhause konzentriert, das ja auch schon einiges verrät. Es sieht aus wie ein Ausstellungsgelände, mit teuren, aber zurückhaltenden Möbeln. Irgendwie seelenlos, als würden dort gleich Werbefotos für einen Möbelhersteller geschossen werden. Es ist schwer vorstellbar, dass in diesem Haus Menschen leben, essen und lachen. Bis auf ein paar edel gerahmte Familienfotos gibt es so gut wie keine persönliche Note, nicht einmal krakelige Bilder von den Kindern hängen mit Tesafilm am Kühlschrank. Alles ist eine Spur zu sauber, vor allem, wenn man bedenkt, dass dort zwei kleine Mädchen leben.« Es war ein undankbarer Job, etwas so wenig Hieb-und-Stichfestem nachzujagen, während lauter abwägende Blicke auf sie gerichtet waren. Angestrengt versuchte sie sich ihre Eindrücke zu vergegenwärtigen. »In der Küche stand kein benutztes Glas vom Vorabend auf der Theke, das Obst in der Schale wies nicht die kleinste braune Stelle auf. Ich habe es sogar angefasst, um rauszufinden, ob es nicht aus Wachs ist. In den Badezimmern lagen keine alten Socken in der Ecke, und sogar die Zahnbürsten waren fein säuberlich weggeräumt. Wären da nicht die ungemachten Betten gewesen, hätte ich nicht geglaubt, dass dort wirklich eine Familie lebt.«

Franka legte eine Pause ein, als ihr bewusst wurde, dass ihre Wahrnehmung ihr durchaus auf die Spur geholfen hatte: Sie hatte begriffen, dass mit Marlis Seelers etwas nicht stimmte, während Albert Nehring wie ein Geist in seinem eigenen Heim war, das sich nun tatsächlich in Luft aufgelöst hatte. »In dieser Familie stimmt etwas nicht, ich meine, unabhängig von dem Leichenfund und den verschreibungspflichtigen Psychopharmaka. Gut möglich, dass dieser Misston, der in jedem Raum nachhallt, nichts mit unserem Fall zu tun hat, aber wir sollten ihn im Hinterkopf behalten.«

»Weil es in dieser Designhütte zu sauber ist? Ich wette, bei Ihnen sieht es genauso aus, regelrecht geleckt.« Georg Feitner lachte trocken auf, sodass es mehr wie ein gereiztes Bellen klang.

»Sie sind doch nur neidisch, weil bei mir auf dem Wohnzimmertisch keine Bierflaschenpyramide steht«, hielt Franka dagegen.

»Die würde meine Frau da ganz schnell wegräumen«, behauptete Feitner froh gestimmt, schließlich hatte er offenkundig einen Treffer gelandet.

»Nun reicht es, Georg«, mischte Simon sich ein. »Uns interessiert hier weder Frankas noch deine Wohnung, sondern bloß, was wir über die Seelers-Nehrings mit in die Ermittlung reinnehmen können. Und wenn Franka meint, dass da was im Argen liegt, dann ist es wichtig.«

Diese Ansage ging an das gesamte Ermittlerteam, was Frankas Unwohlsein nur verstärkte. Während Simon das Umfeld »Strafverteidiger Nehring« bearbeitete, wofür er mit jeder Menge Schulterklopfen rechnen konnte, war sie in den Augen ihrer Kollegen auf abseitigen Schotterwegen unterwegs. Zwar war allen klar, dass diese Umwege oft genug ans Ziel führten, aber es hing wie ein Makel an Franka, dass sie für diesen abschüssigen Bereich zuständig war. Sie sah Simon und sich als Partnergespann vor sich: der strahlende Hauptkommissar Ackermann in Weiß und Franka Janhsen mit ihrem Gespür fürs Abseitige in Schwarz. Nicht mehr lange, und sie würden einen entsprechenden Spitznamen im Dezernat weghaben, so viel stand fest.

Unterdessen steuerte Simon auf das Ende der Besprechung zu. »Im Moment sehen wir zwei Möglichkeiten. Erstens: Die Leichen sind von jemandem aus dem Haus in den Wintergarten gelegt worden, wobei noch keineswegs feststeht, dass derjenige, der die beiden Toten inszeniert hat, auch für ihren Tod verantwortlich ist.«

»Geht es noch komplizierter?«, flüsterte Ersan neben Franka, wobei sie nicht raushören konnte, ob ihm der Umstand gefiel oder ihn eher abschreckte.

»Zweitens«, fuhr Simon fort. »Die Leichen wurden von Außenstehenden ins Haus gebracht, wobei sich die Frage stellt, ob sie Hilfe aus der Familie erhielten oder es ohne deren Wissen geschah. Darum teilen wir das Ermittlungsteam wie folgt auf: Ein Trupp, der personell noch verstärkt wird, forscht weiter in Richtung unbekannter Täter. Es kann doch nicht sein, dass niemand etwas bemerkt hat, gleichgültig wie ruhig das Viertel ist. Einen weiteren Schwerpunkt legen wir auf den Strafverteidiger Albert Nehring und seine Kanzlei unter meiner Leitung, während Franka sich weiterhin mit der familiären Seite beschäftigt. Hier muss vor allem das Privatleben der beiden Eheleute gründlich durchleuchtet werden, wobei die Frage nach Marlis Seelers' psychischem Zustand im Mittelpunkt stehen sollte. So weit, so gut?«

Simon schaute in die Runde, ehe er sich an den Trupp von Ersan wendete. »Es ist maßgeblich, dass wir schnellstens den Weg der beiden Toten ins Haus nachzeichnen. Zumindest im Fall des weiblichen Opfers haben wir es mit Mord zu tun. Wo ist der Tatort? Im Augenblick sind wir leutemäßig noch dünn besetzt, aber ich gehe davon aus, dass Helmut Remens, sobald er wieder einigermaßen auf dem Damm ist, der Einrichtung einer SOKO zustimmen wird. Also nicht verzweifeln.«

Während die Kollegen trocken lachten und sich anschickten aufzubrechen, kam Simon zu Franka rübergeschlendert. »Sobald der Chef wieder einigermaßen fit ist, sollen wir uns beide zum Vorsingen einfinden. Außerdem wäre es nicht schlecht, wenn wir bis dahin ein Stück weiter wären. Helmut hasst es, wenn ein Fall keine klare Richtung aufzeigt.«

»Ach komm. Du bist doch ein Profi darin, dem Chef klarzumachen, dass alles bestens läuft.« Sie lächelte ihn an, damit ihre Anspielung wie ein Kompliment klang. Remens war ein altgedientes Schlachtross der Rerricker Kriminalpolizei, ein Chef, der seinen Beamten weitestgehend freie Hand ließ, solange sie ihn auf dem Laufenden hielten und stets gut aussehen ließen.

Simon zog die Augenbrauen hoch. »Warum sollte Helmut mir auch nicht vertrauen? Ich spiele ihm gegenüber immer mit offenen Karten und sehe auch keinen Sinn darin, an seinem Stuhl zu sägen.«

Weil Helmut Remens eh bald in den Ruhestand gehen wird, dachte Franka. Für Simon Ackermann verlief das Leben tatsächlich wie eine einzige gerade Linie.

8

Donnerstag, 11 Uhr

Der Konferenzraum mit seiner surrenden Deckenbeleuchtung leerte sich langsam, doch Franka konnte sich nicht dazu aufraffen, ihn zu verlassen. Dabei wurde die To-do-Liste in ihrem Kopf immer länger. Gereizt rieb sie ihre brennenden Augen.

»Schlimm?«, fragte Simon.

Unwillkürlich zuckte Franka zusammen. Vor einem Augenblick hatte er sich doch noch mit einer Ermittlerin aus seinem Team unterhalten. Sie blinzelte energisch, um endlich wieder scharf sehen zu können.

Simon grinste sie an. »Ich fühle mich auch wie ein Fisch auf dem Trockenen, dieses Zimmer entzieht einem irgendwie die Lebensenergie.«

»Ich brauche nur Konferenzraum hören, dann sinkt mein Blutdruck in den Keller.« In Wirklichkeit beschleunigte sich Frankas Puls gerade ordentlich. Simon stand eine Spur zu nah, jedenfalls für ihr Empfinden. Unauffällig setzte sie einen Schritt zurück, wobei die Tischkante sich schmerzhaft in ihre Oberschenkel bohrte. Falls Simon ihren Rückzug bemerkte, ließ er es sich nicht anmerken. Er stand bloß entspannt da, die Hände in den Hosentaschen.

»Dafür bist du während der Besprechung aber ganz schön auf Touren gewesen. Es hätte nicht viel gefehlt, und wir hätten Georgs Einzelteile in einem Eimer einsammeln können.«

Franka versuchte im Gesicht ihres Partners zu lesen, wie

er zu ihrem Schlagabtausch mit dem Leiter der Spurensicherung stand, doch Simon sah sie bloß abwartend an. »Ich fand, dass ich eigentlich ganz ruhig geblieben bin«, behauptete sie.

»Es ist ein Unterschied, ob man sich gelassen gibt oder ob man wirklich locker ist.« Als Franka den Kopf schief legte, hob Simon rasch die Hände. »Versteh mich nicht falsch, Georg kann einen in den Wahnsinn treiben – und du bist beileibe nicht sein einziges Opfer. Sobald etwas Ruhe einkehrt, werde ich ihn mir gründlich zur Brust nehmen, so geht es nämlich nicht weiter. Was mich nur überrascht hat, war, wie nah dir sein Angriff gegangen ist.«

»Woher willst du das denn bitte schön wissen?« Das klang mehr nach Verteidigung, als Franka lieb war.

Simon lächelte entwaffnend. »Die meisten Kollegen nehmen dir diese Unnahbarkeits-Nummer ab, weil du eine begabte Schauspielerin bist. Aber ich bin dein Partner, ich habe dich bei unserem letzten Fall beobachtet, als es ans Eingemachte ging. Wenn dir etwas zusetzt, fährst du deine Mimik runter und machst ein Pokerface. Aber den Ausdruck deiner Augen kannst du nicht kontrollieren, der verrät dich. Und genau das war vorhin der Fall. Was hat Georg über dein Zuhause gesagt, dass du dich so sehr in die Ecke gedrängt gefühlt hast?«

»Du hältst mich also für eine begabte Schauspielerin«, wich Franka mit einem Augenklimpern aus. Lieber flirtete sie ein wenig, als sich von Simon in die Karten schauen zu lassen. Allein dass er solche Verhaltensweisen an ihr bemerkt hatte, schockierte sie. Er musste ziemlich genau hingeschaut haben. Inständig hoffte sie, dass er ihr jetzt nicht von den Augen ablas, wie sehr seine Bemerkung sie in Unruhe versetzte.

Leider ohne Erfolg. »Wenn du es mir nicht erzählen willst, ist das okay. Ich dachte nur …« Simon verstummte, als hätte er vergessen, was er sagen wollte. Was vielleicht auch stimmte, so intensiv, wie er sie maß. Franka hatte plötzlich das Gefühl, als sähe Simon sie zum ersten Mal nicht bloß als Kollegin, mit der er ein gutes Team bildete. Dafür blieb sein Blick zu lange an ihrem zu üppig geratenen Mund hängen, der ihr schon so manche unangenehme Erfahrung beschert hatte. Der Spitzname »Fischmaul« aus Kindertagen war dabei noch am harmlosesten, während der Hinweis eines betrunkenen Mitschülers während der Abi-Feier, wozu solche Lippen in erster Linie bei einem Mädchen gut seien, am unangenehmsten war. Wobei sie später noch Widerlicheres zu hören bekommen hatte. Aber von Jungen, mit denen sie jahrelang die Schulbank gedrückt hatte, plötzlich schmierige Fantasien mit ihren Lippen und ein paar Schwänzen in der Hauptrolle serviert zu bekommen, war trotzdem eine prägende Erfahrung gewesen. Die Art, wie Simon ihren Mund betrachtete, hatte damit wenig zu tun, das bewies allein schon das aufgeregte Kribbeln in Frankas Brust. Es änderte allerdings nichts daran, dass sie es sofort unterbinden musste.

»Simon«, sprach sie ihn ruhig und mit ernster Stimme an. »Wolltest du mit mir noch über etwas reden? Ansonsten müsste ich langsam mal los.«

Sofort fuhr Simons Hand in seinen Nacken, als gelte es, eine plötzlich aufgetretene Spannung wegzumassieren. »Ja, da wäre tatsächlich noch etwas.« Was immer es war, er brauchte einen Augenblick, um sich daran zu erinnern. »Wir beide gehen diesen Fall auf ziemlich unterschiedliche Weise an«, stellte er schließlich fest.

Das überraschte Franka nun doch. »Warum ist es plötzlich ein Problem, dass wir verschieden ticken? Bislang war das ja eher unser großer Vorteil.«

»Gegensätze ziehen sich eben an. Obwohl ich mir nicht sicher bin, welches Klischee auf uns passt. Ich bin noch nicht alt genug, um dein väterlicher Mentor zu sein, und du bist viel zu gut in deinem Job, um in meinem Fahrwasser mitzusegeln. Vielleicht eher der klassische Cop und die postmoderne Ermittlerin?«

Franka musste lachen. »Dann lieber Rotweintrinker versus Kaffeesüchtige.«

»Diese Brücke zu überqueren wäre ja ein Kinderspiel.« Simons Lächeln wurde überschattet. »Aber unser neuer Fall … Wir gehen getrennte Wege, und das gefällt mir nicht.«

Aus der Richtung wehte der Wind also. Franka wartete ab, ob Simon noch etwas hinzufügen wollte, doch er war weiterhin emsig mit seinem Nackenproblem beschäftigt. Wie leicht wäre es gewesen, sich auf dieses Spiel einzulassen und einen Schritt nach dem anderen aufeinander zuzugehen, während sie angeblich über die Arbeit sprachen. *Eine verführerische Vorstellung*, gestand Franka sich wehmütig ein, um dem Ganzen dann ein schnelles Ende zu bereiten. »Ich sehe das Problem nicht. In diesem Fall ist es vernünftig, dass wir beide uns aufteilen. Die Zeit spielt gegen uns, und wir müssen einfach zu vielen Möglichkeiten nachgehen.«

Simons Hand sank langsam herab, dann nickte er, als wolle er sich selbst versichern, dass Franka recht hatte. »Wie auch immer, es ist trotzdem ungewohnt, dass wir uns nicht auf eine Sichtweise einigen können. Meiner Meinung nach ist es am wahrscheinlichsten, dass Albert Nehring durch seine Tätigkeit als Strafverteidiger in etwas hineingeraten ist, das in der letzten Nacht eskaliert ist. Du gehst hingegen davon aus, dass die Antwort innerhalb der Familie zu finden ist. Mir wäre es lieber, wenn wir beide am selben Rad drehen würden.«

»Aber das tun wir doch«, versicherte ihm Franka, während sich in ihrer Brust etwas verhärtete, als legte sich eine Eisschicht über sie. »Wir stehen noch ganz am Anfang und müssen möglichst breit ermitteln. Das wird sich hoffentlich bald ändern.«

»Ja, klar«, sagte Simon, wobei ihm die Enttäuschung anzuhören war, dass sie ihn mit solchen Plattitüden abwatschte, nachdem er ihr gegenüber offen gewesen war. »Es ist nur so, dass wir unseren letzten großen Fall nicht deshalb gelöst haben, weil jeder von uns beiden allein vor sich hin gearbeitet hat, sondern weil wir einander großartig ergänzen: du mit deinem Instinkt für Zwischentöne und der Fähigkeit, abseits der ausgetretenen Pfade zu denken, und ich mit meinem hart erarbeiteten Erfahrungsspektrum.«

»Du bist ein hervorragender Ermittler.«

Simons Mundwinkel hoben sich, jedoch nur für einen Moment. Franka hatte ihn zu weit von sich geschoben, um ihn mit einem Kompliment wieder an sich ziehen zu können. »Wie auch immer, um einen außergewöhnlichen Fall wie diesen aufzuklären, braucht es ein gewisses Quäntchen mehr. Und dieses Quäntchen bringst du mit, weil du Dinge auslotest, die sich unter der Oberfläche verbergen. Genau dieses Zusammenspiel ist es doch, das zwei Partner stark macht.«

Franka wusste ganz genau, worauf er hinauswollte, nämlich auf den unausgesprochenen Pakt, den sie während der Ermittlungen im Asche-Fall geschlossen hatten. Rückblickend wäre sie mehrmals in Schwierigkeiten geraten, gewisse Entscheidungen zu erklären, wenn Simon ihr nicht Rückhalt gegeben und sie vor bohrenden Fragen geschützt hätte. Für die Freiheiten, die er ihr gewährte, und das Vertrauen, das er ihr entgegenbrachte, hielt sie ihn jetzt auf Abstand. Natürlich wusste sie, dass es auf lange Sicht das Beste für sie als Partner war. Nichtsdestotrotz hielt sie ihre Abwehrhaltung selbst kaum aus, es widersprach ihren Instinkten.

»Sobald sich bei mir auch nur die kleinste Spur ergibt, rufe ich bei dir durch. Was ich weiß, weißt du auch.« *Mehr kann ich dir nicht geben*, gestand Franka sich ein.

Statt einer Antwort starrte Simon bloß Löcher in die Luft.

Entsprechend erleichtert atmete Franka aus, als Svenja Harder in der Tür zum Konferenzraum auftauchte. Sie war eine erfahrene Fahnderin, die Franka sich aus dem Pool herausgepickt hatte, da Ersan Görük bereits mehr als genug um die Ohren hatte.

»Ich habe gerade den Hausarzt der Seelers' am Apparat gehabt«, erklärte Svenja. »Der Kerl hat gemauert wie ein Weltmeister, dabei habe ich mich nur ganz vorsichtig nach der Gesundheit seiner drei Patientinnen erkundigt. Als wollten wir die Mädchen einer knallharten Befragung unterziehen, um ihre Mutter als Beweisstück einzutüten und an die KTU zu schicken. Der hat nichts rausgerückt, selbst als ich die Vermutung geäußert habe, dass Marlis Seelers wegen psychischer Probleme in Behandlung ist, da wir entsprechende Medikamente gefunden haben. Dafür hat sich ihr Arzt jedoch ziemlich penetrant danach erkundigt, in welchem Zustand sie wäre, und hat mir geraten, eine Tante namens Hanne Feld zu informieren. Ich habe der Dame bereits auf die Mailbox gesprochen.«

Franka nickte der drahtigen Frau mit dem Strubbelhaar zu. Svenja war Mutter von drei Kindern, hatte jedoch nie aufgehört zu arbeiten. Nun war sie Mitte vierzig, ohne große Aussichten aufzusteigen, trotz ihrer Fähigkeiten. Also das genaue Gegenteil von Franka – und dennoch fühlte sie sich der Frau verbunden.

Flüchtig berührte Franka Svenja an der Schulter, eine Geste des Respekts. »Wir müssen so schnell wie möglich mit Marlis Seelers reden.«

»Du willst dein Glück im Krankenhaus probieren?«, fragte Simon, der immer noch keine Anstalten machte, in Richtung Kanzlei aufzubrechen. »Die Ansage war doch ganz klar, dass die Frau unter Schock steht, daran wird sich in so kurzer Zeit nichts geändert haben.«

Eigentlich hatte Simon recht, es war eher unwahrscheinlich, dass sie etwas Interessantes in Erfahrung brachte. Dennoch wollte sie den Versuch machen, obwohl ihr beim Gedanken an einen Krankenhausbesuch der Schweiß ausbrach. Vielleicht spielte ihre Angst vor Krankenhäusern ja auch eine Rolle bei ihrer Entscheidung, dorthin zu fahren. Eine Art Bestrafung, weil sie Simon hatte gegen eine Mauer laufen lassen.

»Wenn ich persönlich im Krankenhaus auftauche und dem verantwortlichen Arzt die Dringlichkeit dieser Befragung klarmache, stehen unsere Chancen besser, dass ich Marlis Seelers bald sprechen kann. Oder ich bringe zumindest etwas Handfestes über ihre Erkrankung heraus«, erklärte Franka ohne große Hoffnung, ihren Partner zu überzeugen. Während Simon die Stirn runzelte, schmiss sie sich ihre Tasche über die Schulter und kramte geschäftig in ihrer Manteltasche nach dem Autoschlüssel. »Falls wir nichts mehr voneinander hören, sehen wir uns um zwei Uhr beim Chef?«

»Ja, sieht so aus«, sagte Simon, bevor er einen Schritt zurücksetzte und Franka damit den Weg zur Tür freigab.

9

Donnerstag, Vormittag

Während der Tag aufhellte und der Vormittag langsam verstrich, hatte Noah etwas Neues über Kälte gelernt: Man konnte vor ihr davonlaufen. Genau das hatte er getan, nachdem er aus dem Passig-Bunker gestürmt war, ohne überhaupt eine Ahnung zu haben, wohin er wollte.

Diese Jagdlust, die Nanne bei ihm ausgelöst hatte, diese blinde Lust zuzuschlagen, ohne auch nur einen Gedanken an die Folgen zu verschwenden, reiner Trieb zu werden, lauerte noch wie ein Schatten hinter ihm. Seit Noah vor drei Jahren in Rerrick hängen geblieben war, hatte er einige Dinge über sich herausgefunden, die er niemals für möglich gehalten hätte. Wozu man imstande war, wusste man erst, wenn man auf die Probe gestellt wurde.

Zum ersten Mal seit Stunden blieb Noah stehen und schaute sich um.

Zuerst schien ihm alles fremd, die Betonbauten mit ihren endlosen Schaufenstersockeln voller Mist, zwischen denen er entlanglief, hätten überall stehen können. In Rerrick sah ohnehin alles gleich aus, nur Langeweile, null Charakter. Und er verloren mittendrin. Irgendwie passte die Stadt zu ihm. Dann begriff Noah, dass er sehr wohl wusste, wo er war, denn ein Stück weiter öffnete sich bereits die Straßenschlucht zu einem weiten Platz hin, in dessen Zentrum eine Frauenstatur in einem altmodischen Kleid stand. Zu ihren Füßen lungerten ein paar Kids herum. Der Bahnhof. Ohne dass er es mitbekommen hatte, war er in die City gelaufen, vermutlich weil die Reibung auf den überfüllten Straßen mehr Wärme versprach. Doch kaum verharrte er, krochen ihm Schauer über den Nacken bis hinunter zum unteren Rücken.

Gegen den diesigen Novembertag kam sein Kapuzenpulli nicht an. Daran lag es. Bestimmt.

Noah schaute sich nach einem der Billigklamottenläden um, mit denen die Innenstadt zugepflastert war, verwarf den Gedanken jedoch sofort, sich dort einzudecken. Für einen Diebesgang sah er zu auffällig aus, kein Mensch außer ihm lief bei diesem Wetter ohne Jacke herum. Außerdem pochte seine lädierte Hand zu sehr, um so eine Nummer mit der notwendigen Kaltschnäuzigkeit durchzuziehen. Die Handkante war, wo sie den Fliesenspiegel getroffen hatte, so stark geschwollen, dass die Haut vor Spannung glänzte.

Noah fluchte, ohne sich darum zu kümmern, dass ihn einige Passanten scheel ansahen.

So ging es nicht weiter.

Plötzlich fehlte ihm die Energie zum Weiterlaufen. Er brauchte dringend einen Ort, um sich auszuruhen. Und etwas, das ihn die Schmerzen und das Durcheinander hinter seiner Stirn vergessen ließ.

»Alles in Ordnung mit dir?« Ein bärtiger Typ um die dreißig lächelte Noah freundlich an.

Irgendwie kam ihm der Kerl bekannt vor, eine vage Erinnerung von Wärme tauchte in seinem Gedächtnis auf, nahm aber keine konkrete Form an. Vermutlich passte der Typ einfach nur in die Bahnhofsgegend.

»Mir scheint die Sonne aus dem Arsch, danke der Nachfrage.« Noah wollte gar nicht erst den Verdacht aufkommen lassen, dass er Bedarf an einem freundlichen Lächeln hatte.

Der Bärtige ließ sich jedoch nicht so leicht aus dem Konzept bringen. »Du siehst ziemlich durchgefroren aus.

Warum gehst du nicht einen Kaffee in der Bahnhofsmission trinken?«

Bahnhofsmission … Dann war der Kerl also einer von den Sozialvögeln, die ihn und seine Freunde manchmal ansprachen, wenn sie im Sommer auf dem Grande Palazzo des Bahnhofs herumlungerten und ankommenden Reisenden den ersten Eindruck von Rerrick versauten.

»Nee danke. Ich habe absolut keinen Nerv, mich vollquatschen zu lassen. Nicht für einen Kaffee und auch nicht, wenn noch eine Jacke obendrauf gelegt wird. Egal, wie scheißkalt mir ist.« Noah meinte jedes Wort vollkommen ernst. Er konnte die Gutmenschen-Masche auf den Tod nicht ausstehen. Da wippte er lieber auf der Stelle auf und ab, um das Zittern aus seinen Gliedern zu verscheuchen.

»Es geht auch ohne Quatschen«, versicherte ihm der Sozialhippie. »Wir machen das ganz locker, wenn du willst.«

Das Einlenken kam ein wenig zu schnell für Noahs Ohren, als wolle der Typ auf jeden Fall verhindern, dass er sich aus dem Staub machte. Aber die Aussicht, wenigstens dem naheliegendsten seiner Probleme beizukommen, war schlicht zu verführerisch, um sich über solche Zwischentöne den Kopf zu zerbrechen. Bevor Noah eine bewusste Entscheidung getroffen hatte, taperte er dem Bart auch schon hinterher.

Diese dunkelblaue Seemannsjacke, woher kenne ich die nur?, grübelte er.

Der Mann schlug den Weg zur Unterführung ein, durch die man seitwärts in den Bahnhof gelangte. Dort herrschte ein verworrenes Labyrinth aus Gängen, Sackgassen und Tunneln, die zum nahen Busbahnhof führten. Wenn man kein Verlangen hatte, sich durch den immer rappelvollen Hauptbahnhof zu drängeln, gelangte man auf diesem Weg zum Café der Bahnhofsmission, das versteckt zwischen den Lagerräumen der Discounter lag, in denen die Reisenden Wasserflaschen, Tampons, Magazine und andere überlebenswichtige Utensilien kauften. Dort unten traf man aber auch auf die Deckenlager der Penner, mit denen sich Noah eigentlich solidarisch fühlen sollte, die ihm stattdessen jedoch eine Heidenangst einjagten. Deshalb reagierte er auch immer barsch, wenn sie ihn um eine kleine Spende anhauten, egal wie asozial er sich dabei vorkam. Außerdem wurde in den windstillen Ecken der Unterführung rund um die Uhr gedealt – das wiederum war ein durchaus angenehmer Gedanke für Noah. Wenn es ihm gelang, dem ach so netten Sozialheini ein wenig Geld aus der Tasche zu ziehen, wäre er in ein paar Minuten das Problem mit seiner zornig pochenden Hand los.

»Ich weiß, das ist nicht die feine Art …«, setzte Noah unsicher an. Es war zwar nicht das erste Mal, dass er schnorrte – für die Bewohner des Passig-Bunkers war das fast ein Volkssport –, aber einen Sozialarbeiter anzugehen war würdelos. Schließlich herrschte bei der schlechten Bezahlung ja meist Flaute in deren Taschen. Außerdem bekamen sie schnell ein schlechtes Gewissen, egal wie lange sie diesen Job schon machten. Aber Noah sah keine andere Möglichkeit, um an Geld zu kommen. Klauen war heute keine Option, fürs Schnorren auf der Straße war es zu kalt, und zurück in den Bunker … das ging nicht. Allein bei der Vorstellung stieg eine verstörende Wut in ihm auf. Nein, ihm blieb nichts anderes übrig. Der Typ war seine einzige Chance.

»Was ist nicht die feine Art?«, hakte der Sozialheini nach.

Erst jetzt bemerkte Noah, dass sie bereits tief ins Labyrinth der Unterführung vorgedrungen waren. Offenbar hielten seine Aussetzer immer noch an. Teile seines Verstands verabschiedeten sich unvermittelt, wobei er zugeben musste, dass es sich nur bedingt verkehrt anfühlte. Wer wollte von dem Mist, den er in den letzten Tagen angestellt hatte, schon das volle Paket mitbekommen? Dann lieber Teilamnesie.

»Ich brauche Geld«, sagte Noah. Für alles andere fehlte ihm schlichtweg die Geduld.

»Ja, klar«, sagte der Sozialheini, blieb aber stehen und betrachtete Noah mit einer gewissen Neugierde.

»Kannst du mir was geben?« Auch wenn Noah sich genug in der Hand gehabt hätte, hätte seine Stimme diesen rotzigen Ton angenommen. Er hasste es, betteln zu müssen. Es war die Pest.

Der Bärtige ließ den Blick wandern, scheinbar ganz zufällig verharrte er bei einer Nische, in der sich Hintertüren, Technikräume, Putzmittellager oder sonst was verbargen. Ein hervorragendes Versteck für zwei Männer, die für ein paar intime Minuten unbeobachtet sein wollten.

Schlagartig wurde Noah bewusst, womit das Ganze enden würde: ganz unten, mit ihm auf den Knien und der Hoffnung, dass sein Verstand die letzten zehn Minuten gnädigerweise auslöschen würde. Denn das Einzige, was zählte, waren ein paar Euro, um überhaupt so etwas wie eine Perspektive zu haben. *Nach dem ganzen Scheiß in der letzten Zeit kommt es darauf jetzt auch nicht mehr an*, dachte er. *Noch tiefer fallen geht ja gar nicht, die Nummer setze ich einfach mit auf die Liste.*

Noah widerstand dem Bedürfnis, an dem Ring an seiner Unterlippe herumzuspielen. Das Letzte, was er wollte, war, auch noch lasziv rüberzukommen. »Die Nische ist okay«, sagte er. »Aber es muss fix gehen, und ich will zwanzig gleich auf die Hand.«

Der Bärtige schaute ihn ein paar Herzschläge lang an, dann schüttelte er den Kopf. Allerdings nicht wie ein Freier, der feilschen wollte, sondern traurig und irgendwie resigniert.

Damit hatte Noah nicht gerechnet, und es rief ein Gefühl wach, das er schon lange nicht mehr wahrgenommen hatte: Er fühlte sich beschämt auf die Art, wie kleine Kinder es tun, die beim Fröscheaufblasen erwischt werden. »Und ich dachte, du bist ein guter Junge«, schien dieser enttäuschte Blick zu sagen.

»Du erinnerst dich nicht an mich, oder?«, fragte der Mann.

Noah hasste ihn dafür, wie er so dastand, vorgebeugte Schultern, die Hände in den Jackentaschen. Das personifizierte schlechte Gewissen, nur weil Noah ihm ein Angebot gemacht hatte, das offenbar nicht nach seinem Geschmack war. »Ich merke mir aus Prinzip keine Leute, die Kohle zahlen müssen, um einen geblasen zu bekommen.« Er klang jetzt ganz wie das trotzige Kind, das seine Schande ums Verrecken nicht eingestehen wollte.

Der Bärtige lachte trocken. »Mittlerweile dürftest sogar du mitbekommen haben, dass ich kein Interesse an einem Blowjob habe. Erkennst du mich wirklich nicht?«

Der Mann musterte Noah abwartend, und da war es wieder, dieses Zirpen im Hinterkopf. »Ich will ja nicht dein Ego kränken, aber hier am Bahnhof gibt es echt viele Typen von deiner Sorte, und irgendwie kommt ihr alle gleich rüber.«

Leider wirkte die Anpiss-Aktion nicht wie erhofft. Nichts von dem, was Noah sagte, schien den Mann zu treffen. Er sah ihn nur abwartend an, als läge es an ihm, wie dieses Gespräch sich entwickelte.

»Leck mich.« Noah brachte nicht einmal die Energie auf, dem Typen den Mittelfinger zu zeigen, und er drehte sich auch viel zu langsam um, um das Weite zu suchen. Aus einem unerklärlichen Grund gehorchten ihm seine Füße nicht richtig.

Er war gerade fünf Schritte weit gekommen, da rief der Mann ihm hinterher: »Wie geht es denn deiner Mutter, Noah?«

Es war, als wäre Noah gegen eine unsichtbare Wand gelaufen, er blieb abrupt stehen, obwohl in seinem Kopf die Alarmanlage aufheulte und »Lauf, schnell, lauf weg!« kreischte.

Aber es ging nicht. Er stand da, die klammen Locken im Gesicht, die verstauchte Hand in der Kängurutasche seines Hoodies. Durch die zerrissene Jeans spürte er am Knie den unnatürlich warmen Luftschwall eines Gebläses. An der orange gestrichenen Wand zeichnete sich eine senkrechte schwarze Schleimspur ab, die sich als Wasserrinnsal entpuppte. Von weiter weg hallten die überdrehten Stimmen einer Clique von Mädchen herüber, die sich in einem der Läden in der Unterführung nach billigen Ohrringen und Halstüchern umsehen wollten. Hinter ihm knirschten die Schuhe des Mannes, als er näher trat.

»Es ist an die vier Jahre her, seit wir uns das letzte Mal gesehen haben. Außerdem war das eine ganze Ecke weg von Rerrick«, erzählte der Mann so leise, als befürchtete er, Noah zu verschrecken. »Ich habe einen Moment gebraucht, um dich richtig einzuordnen, obwohl ich gleich gewusst habe, dass wir uns schon begegnet sind. Dein Gesicht hat sich in der Zwischenzeit ordentlich verändert, du bist schon fast ein richtiger Mann. Wie alt bist du jetzt, so an die achtzehn Jahre?«

Eine Pause, in der Noah in Gedanken kurz überschlug, dass er in ein paar Wochen seinen neunzehnten Geburtstag feiern konnte – falls er bis dahin durchhielt.

»Aber deine Haare …«, fuhr der Mann fort, als er keine Antwort bekam. »Die sehen noch genauso aus wie damals, als sie dich ins Hus Sünschien gebracht haben, ein richtiger Lockenwust.«

Als dieser längst vergessene Name fiel, stöhnte Noah unwillkürlich auf. Zu schnell prasselten Erinnerungsbruchstücke auf ihn ein. Bruchstücke, die er – selbst wenn er es gewollt hätte – nie zu einem Ganzen zusammengesetzt bekommen hätte. Ein Name wirbelte in seinem Kopf herum und blieb haften: Derek.

Der bärtige Mann hinter ihm war Derek.

Die Nachnamen der Betreuer waren damals nicht genannt worden, oder er hatte sie nicht behalten wie so vieles andere auch. Damals war sein Körper überschwemmt gewesen mit körpereigenen Drogen, ein Cocktail aus Panik, Schlaflosigkeit und Pubertätschaos. Trotzdem wirkte der Name Derek beruhigend, nach einer warmen Hand, die einem die Schulter drückt, wenn man wie erstarrt seit Stunden in demselben Sessel hockt, in den man reingesetzt worden ist, und darauf hofft, endlich die Eisdecke zu durchstoßen, unter der man gefangen ist, ganz taub und fast schon erfroren von der Steifheit, die sich in einem breitgemacht hat. Aber es geht nicht, nicht einmal in Tränen kann man ausbrechen, auch schreien und wüten, das liegt alles weit hinter einem. Diese Hand jedoch, die hatte geholfen, wenn auch nur insofern, dass es nicht ganz so einsam war unter der Eisdecke.

»Scheiße«, flüsterte Noah.

Als er aufblickte, fuhr er vor Schreck zusammen. Derek stand schräg neben ihm, mit ausreichend Abstand, aber nah genug, um ihm ins Gesicht zu sehen.

»Was machst du so in Rerrick? Ich meine, außer auf eine ziemlich patzige Art Blowjobs zu Schleuderpreisen anzubieten?« Derek lächelte schief. Den Bart hatte er damals im Hus Sünschien, einem Auffangbecken für aussortierte Kids, noch nicht gehabt. Auch nicht diese tiefen Augenringe und die Geheimratsecken. Nur der runde Bauch war schon gewesen.

»Keine Ahnung«, erwiderte Noah wahrheitsgemäß. »Ich bin halt hier.«

Derek nickte, als ergäbe diese Antwort tatsächlich einen Sinn. »Freut mich«, sagte er – und es klang, als meine er es ernst. »Hast du immer noch Lust auf einen Kaffee? Die Einladung steht, auch mit dem Zusatz, dass nicht gequatscht werden muss. Auch nicht über alte Zeiten, obwohl ich es gut fände, wenn du mir ein wenig von dir erzählen würdest. Du warst damals eins der ersten Kids, die ich nach dem Studium betreut habe. Die liegen einem besonders am Herzen.«

Vor allem, wenn man sie Jahre später in einem ziemlich abge-

fuckten Zustand beim Bahnhof wiedertrifft, ergänzte Noah in Gedanken und wunderte sich, warum diese Erkenntnis so wehtat. Was kümmerte ihn ein Typ, für den er eine Art erster Job gewesen war? »Die Sache mit dem Angebot … So was mache ich eigentlich nicht«, sagte er jedoch zu seiner eigenen Überraschung.

»Das habe ich mir schon gedacht.« In Dereks Augen war kein Zweifel zu lesen.

»Ich bin sonst auch nicht so von der Rolle«, plapperte Noah weiter. Er brachte einfach nicht die Kraft auf, das dringende Bedürfnis, sich zu erklären, niederzukämpfen. So ähnlich ging es vermutlich auch Mördern, die sich ohne ersichtlichen Grund zu ihrer Tat bekannten. Es war die Hoffnung auf Befreiung, erkannte Noah. Allein dieses unwichtige Eingeständnis fühlte sich schon irgendwie gut an. »Es ist nur so …«, wagte er sich weiter vor. »Ich habe einen Riesenscheiß gebaut, so einen echten Riesenscheiß, nicht nur das übliche Zeug. Und jetzt weiß ich nicht, wie es weitergehen soll.«

»Möchtest du darüber reden, abchecken, ob ich dir irgendwie helfen kann?«

Das Angebot war ehrlich gemeint, und Noah wog es tatsächlich ab. Derek war schon einmal für ihn da gewesen, er würde sich nicht von ihm abwenden, wenn er ihm die Wahrheit erzählte. Trotzdem schüttelte er den Kopf. »Nein, schon okay. Bestimmt bin ich nur paranoid, wäre nicht das erste Mal. Ganz Mamas Sohn.« Diesen Satz hätte er am liebsten sofort zurückgenommen, hinter seinen Augen leuchtete es rot auf, als würde die Welt von einem blutroten Film überzogen.

Allem Anschein nach las Derek ihm vom Gesicht ab, dass dieses Gespräch nicht gut enden würde, wenn er ihn weiter bedrängte. Denn er nickte nur und kramte benutzte Taschentücher und ein Handy aus seinen Jackentaschen, ehe er Noah seine Seemannsjacke reichte.

»Eine Leihgabe«, erklärte Derek, als Noah nicht nach der hingehaltenen Jacke griff. »Bring sie mir in der Bahnhofsmission vorbei, wann immer es passt. Ich arbeite da jetzt. Wenn du willst, gebe ich dir noch meine Handynummer, für den Fall der Fälle.«

»Ich habe mein Handy nicht dabei, um sie abzuspeichern«, log Noah automatisch. Die Situation wuchs ihm gewaltig über den Kopf.

Derek drückte ihm die Jacke vor die Brust und ließ dann los, sodass Noah sie nehmen musste, wenn sie nicht auf den Boden fallen sollte. Dann holte Derek einen Filzstift aus seiner Gesäßtasche, schnappte sich Noahs Arm und zog den Ärmel hoch, um ihm seine Nummer in großen Ziffern auf den Unterarm zu schreiben, gleich neben die alten Narben.

»Deine Hand …«, sagte Derek dabei, ohne aufzuschauen. »Die muss behandelt werden. Kriegst du das hin?«

»Mal schauen«, sagte Noah wahrheitsgemäß.

»In der Jackentasche stecken fünf Euro, okay? Geh beim Bäcker vorbei oder so.«

»Mach ich.« Mehr brachte Noah nicht heraus. In seiner Kehle hatte sich ein Knoten festgesetzt, und er wollte nur noch eins: weg von diesem Mann, bevor er es nicht mehr schaffte, bevor er sich wie ein verzweifelter kleiner Junge an den großen dicken Kerl hängte und darauf hoffte, gerettet zu werden. Dabei wusste er nur allzu gut, dass er jedes Recht auf Rettung verwirkt hatte.

Derek legte ihm kurz die Hand auf die Schulter und drückte zu, ehe er sich zum Gehen wandte. Ein Sozialheini mit Vollbart und kurz geschnittenem braunem Haar, in einem Norwegerpulli und bequemen Schuhen. Für Noah fühlte es sich so an, als würde die Wärme um in herum plötzlich schwinden.

10

Donnerstag, 11:30 Uhr

Als Franka den Renault auf dem Parkplatz des Rerricker Krankenhauses parkte, fragte sie sich ernsthaft, was zur Hölle sie getrieben hatte, diesen Job an sich zu reißen. Egal, wie dringend sie Marlis Seelers' Aussage brauchten, sie würde sie heute noch nicht bekommen, selbst wenn sie Himmel und Hölle in Bewegung setzte. Dennoch stand Franka nun vor dem Krankenhaus mit trotziger Miene, während vor lauter Anspannung Blitze von ihrem Nacken bis unter die Schädeldecke schossen.

Sie hasste Krankenhäuser.

Nicht etwa wegen des klinischen Geruchs, der fabrikartigen Beleuchtung auf den Gängen oder der Stille, die immer über den Stationen lag, als müssten zu viele Dinge verschwiegen werden. Das waren alles gute Gründe, einen Widerwillen zu verspüren. Ihre Abneigung gründete jedoch tiefer und war gefestigt durch eine Flut bedrohlicher Erinnerungen. Wenn sie ein Krankenhaus betrat, registrierte ihre Nase kaum den Gestank von Desinfektionsmitteln, sie störte sich nicht am Anblick von Leuten mit Transfusionsständern, die sich abplagten, mit ihrer Zigarettenschachtel in der Hand nach draußen zu gelangen. Krankheiten, Verletzungen, sogar der Tod machten ihr keine Angst, jedenfalls nicht übermäßig.

Nein, Krankenhäuser gehörten zu jenen Orten, die ihre inneren Schutzmauern schwächten, bis sie drohte, zu jemandem zu werden, der sie niemals wieder sein wollte: eine restlos überforderte Person, die richtig nicht mehr von falsch unterscheiden konnte. Die in tausend Splitter zerfiel, während in ihr die Erkenntnis reifte, sehenden Auges in den Abgrund gesprungen zu sein. Diese Häuser, die eigentlich für Heilung standen, verdeutlichten ihr auf schmerzliche Weise, dass sie in Wahrheit immer noch von Sprüngen überzogen war und es nur einen Stoß brauchte, damit sie wieder auseinanderbrach.

Bislang hatte Franka es vermieden, das Rerricker Krankenhaus zu Zeugenbefragungen aufzusuchen, meist, indem sie sich in langweilige, zeitaufwendige, aber ermittlungstechnisch sinnvolle Aufgaben stürzte. Heute konnte und wollte sie sich den Luxus, sich zu drücken, nicht leisten.

Du hast dir diesen Besuch selbst eingebrockt, also ziehst du das jetzt auch ohne viel Federlesen durch, stachelte Franka sich an. Leider erreichte dieser Beschluss nicht ihren Körper, wie ihre Hände verrieten, die immer noch das Lenkrad festhielten, obwohl sie schon eine ganze Weile auf dem Parkplatz standen.

»Sollen wir loslegen?«, fragte Svenja, die sich bereits abgeschnallt hatte und merklich verlegen auf dem Beifahrersitz hockte.

Franka löste ihre verkrampften Finger vom Lenkrad. »Unbedingt«, sagte sie, wobei sie selbst überrascht war, wie ruhig sie klang. »Ich habe nur gerade überlegt, dass es am besten wäre, wenn du gleich zur Kinderstation vorgehst und schaust, was du über den Zustand der Mädchen rausbekommst, während ich nach Marlis Seelers sehe. Mir ist schon klar, dass ich mit meinem Besuch vermutlich nicht besonders weit komme, aber vielleicht schnappe ich etwas auf. Wir können jede Info gebrauchen.«

Svenja zog – verblüfft über diese Arbeitsaufteilung – die Augenbrauen hoch, erwiderte aber nichts.

Beim Betreten des Foyers zwang Franka sich, auf Autopilot zu schalten. Je mehr sie ausblendete, desto besser war ihre Chance, mit heiler Haut aus dieser Sache herauszukommen. *Nimm es als Testlauf*, redete sie sich gut zu.

Der Pförtner blickte Franka misstrauisch an. Vermutlich hatte er schon seine Erfahrung gemacht mit Leuten, deren Gesichter seltsam starr waren, während ihnen der kalte Schweiß auf der Stirn stand. Selbst nachdem Franka sich ausgewiesen hatte, schaute der Mann nur widerwillig in seinem Rechner nach.

»Die Mädchen finden Sie auf der Kinderstation, Marlis Seelers ist auf die Psychiatrische verlegt worden.«

»Scheiße«, sagte Franka.

Der Pförtner wendete den Blick demonstrativ den Monitoren zu, die verschiedene Außenbereiche zeigten. »Wie Sie meinen.«

»Dann mal los.« Svenja tippte sich zum Abschied gegen die Schläfe und rauschte in Richtung Kinderstation davon.

Franka stand wie angewurzelt da, als hinter ihr eine Großfamilie auftauchte, die in ihrer Aufregung ein wildes Gemisch aus Türkisch und Deutsch sprach. Offenbar waren sie auf der Suche nach dem Großvater, der auf seinem Morgenspaziergang von einem Radler umgefahren worden war. Franka wurde sanft, aber bestimmt verdrängt und vor die Aufzüge getrieben. Eine der Fahrstuhltüren sprang direkt vor ihrer Nase mit einem leisen »Ping« auf, und sie trat gemeinsam mit zwei Männern in den Aufzug, die nach Medizinstudenten aussahen.

»Welcher Stock?«, fragte einer der beiden, der sich gerade einen Undercut rauswachsen ließ und dadurch eigensinniger aussah, als er vermutlich war.

»Spinnerabteilung«, erwiderte Franka mit Roboterstimme.

Die beiden Studis lachten auf, sie hielten Frankas Ansage offenbar für einen Witz.

Als die Fahrstuhltür aufschwang und niemand Anstalten machte auszusteigen, deutete der Ex-Undercut eine Verbeugung an und wies mit ausgestrecktem Arm auf den Gang. »Meine Dame – die Spinnerabteilung.«

Franka blinzelte. »Ja, sieht so aus«, sagte sie und stakste auf steifen Beinen aus dem Aufzug. Hinter ihr ertönte das Lachen der beiden Männer, gut gelaunt und frei.

Die Wände der Station waren in einem freundlichen Sonnengelb gehalten, der reinste Hohn. Der Trakt zur Linken war die offene Abteilung, während auf der rechten Seite ein gesicherter Eingang lag. Immerhin mit Glasscheiben. Wie magnetisch angezogen kam Franka vor der Tür zum Stehen, unschlüssig, was zu tun war, bis eine Schwester sie durch die Scheiben entdeckte.

Mit einer einstudierten Geste zückte Franka ihren Polizeiausweis und hielt ihn in die Höhe. Dieser Ausweis, sagte die Geste, das bin ich. Keine verzweifelte Angehörige von einer Lebensmüden, die sich wieder einmal die Pulsadern aufgeschnitten hatte, keine ausgebrannte Ehefrau eines Manisch-Depressiven, der in einer Hochphase gerade in Unterwäsche zu einem wichtigen Banktermin aufgekreuzt war, und auch keine gute Seele auf Anstandsbesuch bei ihrem Nachbarn, dem der Alkohol das Gehirn zerfressen hatte. Nein, Franka Janhsen war ein offizielles Organ mit einem klaren Auftrag und nichts anderes.

Die Schwester trat bis vor die Glastür, beäugte den Ausweis, dann fragte sie über die Gegensprechanlage: »Ja, bitte?«

»Franka Janhsen, Mordkommission Rerrick. Ich bin auf der Suche nach Marlis Seelers, die heute Morgen in einem Schockzustand hier ins Krankenhaus eingeliefert wurde.«

Noch während Franka sprach, rechnete sie damit, dass die Schwester leicht gereizt auf den gegenüberliegenden Trakt deutete. Bestimmt ging es Marlis Seelers nach dem heutigen Schrecken entsprechend schlecht, aber das war ja noch kein

Grund, sie auf der Geschlossenen unterzubringen. Frankas Hoffnungen verpufften, als die Schwester auf einen Summer drückte und die Sicherheitstür aufsprang.

Die Krankenschwester lächelte freundlich. »Kommen Sie doch rein. Dr. Odenthal hat bestimmt gleich Zeit für Sie und wird Ihnen alles in Ruhe erklären.«

Ohne weitere Gegenwehr zu leisten, ließ Franka sich in das Besucherzimmer führen. Sie schlug den angebotenen Sitzplatz aus und zuckte nur einmal kurz zusammen, als die Krankenschwester die Tür hinter sich anlehnte.

Nur anlehnte. Nicht zuzog oder gar abschloss.

Warum auch?

Franka lauschte in sich hinein. Stand sie kurz davor, die Beherrschung zu verlieren, ausgerechnet auf dieser Station? Aber da war nur ein Summen hinter ihrer Stirn wie in einem überreizten Hornissennest, während ihre Gedanken bereits zu der Frage wanderten, aus welchem Grund Marlis Seelers nach ihrer Einlieferung wohl umgehend auf der Geschlossenen Station der Psychiatrischen Abteilung gelandet war. Ob sie auf dieser Station wohl eine gute Bekannte war, eine Frau, deren Krankheit sie zu einem makaberen Verbrechen getrieben hatte? Franka erschien es nicht abwegig, dass jemand, der von Psychosen heimgesucht wurde und für den sich die Realität in Auflösung befand, zwei Tote auf einem Federaltar herrichtete. So verstörend der Anblick auch gewesen sein mochte, für eine an Schizophrenie erkrankte Frau mochte er Sinn ergeben.

So erschreckend die Vorstellung auch sein mochte, es war die reinste Wohltat, über die Abgründe eines anderen Menschen nachzudenken und dadurch das eigene Grauen zu vergessen.

»Guten Tag.«

Eine rauchige, angenehm maskuline Stimme riss Franka aus ihren Gedanken. Ein Mann im weißen Standardkittel, der offensichtlich der angekündigte Dr. Odenthal war, baute sich vor ihr auf. Kurzes, geradezu asketisch gestutztes Haar, John-Lennon-Brille und ein verknittertes Gesicht, passgenau zu der Wolke aus kaltem Rauch, die ihn umgab.

»Hans Odenthal«, stellte er sich vor, ohne Franka die Hand zu reichen. Entweder verabscheute der Psychiater diese Art von Kontakt, oder er hatte es mit zu vielen Patienten zu tun, die solche Gesten ablehnten. »Tut mir leid, dass Sie so lange warten mussten.«

Habe ich wirklich so lange gewartet, ohne es zu bemerken?, fragte sich Franka, während sie sich noch einmal offiziell vorstellte.

Dr. Odenthal hörte ihr mit freundlicher Miene zu und ging anschließend in aller Seelenruhe um den leeren weißen Schreibtisch herum, wo er sich in einen in die Jahre gekommenen Drehstuhl setzte. Die Hände legte er flach auf der Tischplatte ab und nahm eine so aufrechte Haltung ein, dass Franka sich automatisch streckte. Normalerweise hielt sie ihren Rücken gerade, um ihrem Gegenüber Respekt einzuflößen, aber dieser Raum drückte sie nieder. Am liebsten hätte sie sich verkrochen.

»Wie kann ich Ihnen helfen?« Dr. Odenthal deutete einladend auf den freien Stuhl.

Franka rang sich ein Lächeln ab und nahm Platz. Ob der Psychiater ihr wohl ansah, dass sie die Unsicherheit in Person war? Ihr Stolz, der sich bislang im hintersten Winkel verkrochen hatte, ließ sie bockig den Kopf heben. Sie hatte keinen Grund, verstört zu sein. Sie war weder als Patientin noch als Angehörige eines Patienten hier, sondern als ermittelnde Kriminalkommissarin. »Ich bin hier, weil ich Marlis Seeler vernehmen muss, ihre Aussage ist von großer Dringlichkeit.«

Dr. Odenthals Miene war die reinste freundliche Herablassung. »Mir ist natürlich klar, dass Sie in dieser Angelegenheit unter Druck stehen. Aber Sie sind doch bestimmt von Ihren Kollegen informiert worden, dass Marlis Seelers im Moment außerstande ist, eine Zeugenaussage zu tätigen? Der Schock ging sehr tief, schließlich ist sie ja nicht nur mit einem furchtbaren Verbrechen konfrontiert worden, sondern auch ihr Heim wurde geschändet. Wir haben der Patientin ein Beruhigungsmittel gegeben, sie braucht jetzt viel Ruhe.«

»So viel Ruhe, dass sie direkt nach ihrer Einlieferung auf die Geschlossene verlegt wurde?«

»Wie gesagt, der Schock war massiv.«

»Ich will nicht behaupten, eine Spezialistin auf diesem Gebiet zu sein, aber mir ist während meiner Dienstzeit noch kein ähnlicher Fall untergekommen.«

»Wie Sie meinen«, wich Dr. Odenthal aus. Dabei durchfuhr seine Hände ein kaum wahrnehmbares Zucken.

Mehr brauchte Franka nicht. »Wie Sie eben zu Recht bemerkt haben, stehen wir ermittlungstechnisch unter Druck, unter anderem auch deshalb, weil der Ehemann Ihrer Patientin verschwunden ist. Sie werden es mir also hoffentlich nachsehen, wenn ich keine Zeit für diese Art Spielchen habe. Marlis Seelers ist auf die Geschlossene verlegt worden, weil sie bereits in der Vergangenheit Ihre Patientin gewesen ist. Die Geschehnisse in ihrem Haus haben ihre sorgfältig aufgebaute Ordnung aus den Angeln gehebelt, vermutlich ist sie aufgrund des Schocks psychotisch geworden. Oder liege ich etwa falsch mit meiner Vermutung?«

Dr. Odenthal widersprach nicht, sondern schaute sie nur abwartend an.

»Wir haben Marlis Seelers' Medikamente gefunden, es ist also kein großes Geheimnis, dass sie unter Schizophrenie leidet«, brachte Franka es auf den Punkt, ohne dadurch eine Reaktion bei Dr. Odenthal auszulösen. Er wirkte höchstens einen Tick entspannter.

»Wenn Sie so gut Bescheid wissen, dann ist doch alles

geklärt. Wir lassen es Sie natürlich unverzüglich wissen, wenn unsere Patientin vernehmungsfähig ist. Was angesichts der Umstände natürlich etwas dauern könnte.«

Franka lehnte sich im Stuhl zurück und trommelte mit den Fingern auf der Stuhllehne. Diese aalglatte Art, mit der der Psychiater sie abzubügeln versuchte, brachte sie auf den Plan. Hier ging es um mehr als darum, eine verstörte Patientin vor Übergriffen zu schützen. »Ist heute Morgen etwas in der Notfallaufnahme passiert? Ich frage nur, weil Marlis Seelers sich sehr bedroht gefühlt hat. Hat sie etwas getan, das für ihre umgehende Einweisung gesorgt hat? Paranoide Psychose wäre unter den gegebenen Umständen nicht ungewöhnlich, der Stress könnte sie dazu gebracht haben, sich bedroht zu fühlen. Hat sie aggressiv reagiert?«

»Also bitte.« Dr. Odenthals beeindruckende Augenbrauen zurrten sich zusammen. »Sie kennen sich doch mit der Schweigepflicht aus, Frau Janhsen. Ohne Marlis Seelers' Einwilligung kann ich Ihnen eine solche Auskunft nicht erteilen.«

»Das ist eine Mordermittlung«, hielt Franka dagegen. »Ihre Patientin ist nicht einfach nur eine Zeugin, sondern auch eine potenzielle Verdächtige, solange wir nicht genau wissen, was sich im Haus der Familie während der letzten Nacht abgespielt hat.« Als Dr. Odenthal sich noch immer zu keiner Antwort hinreißen ließ, seufzte sie. »Wir haben es mit einem absonderlichen Fall zu tun, der ein auffälliges Gewaltmotiv aufweist.« Während sie es aussprach, begann sich in ihrem Kopf ein vager Gedanke zu formen. Das zwanghaft ordentliche Haus einerseits und die besudelten Wände andererseits. Das beinahe ästhetische Arrangement der Toten mithilfe der Maske – und darunter die rohe Gewalt. Wie mochte das zusammenhängen?

Endlich lenkte Dr. Odenthal ein. »Ich bin im Bilde, was die ›absonderliche‹ Seite Ihres Falls anbelangt. Frau Seelers hat ihren *Fund*«, er sprach das Wort aus, als würde es ihm einen Knoten in die Zunge machen, »beschrieben, nachdem sie sich ein wenig beruhigt hatte. Sehr detailliert. Es war ihr wohl ein Bedürfnis, das Grauen in Worte zu fassen, es sprudelte regelrecht aus ihr hervor, vollkommen ungefiltert. Höchstwahrscheinlich ein Ergebnis des Schocks, den Marlis Seelers tatsächlich erlitten hat.«

»Das muss keineswegs der Grund für den Redefluss ihrer Patientin gewesen sein – und das wissen wir beide.« Franka stand auf. »Trotzdem … Vielen Dank für dieses Gespräch.«

Erneut zuckten Dr. Odenthals Hände, und er schaute sie an, als wären sie ein Fremdkörper. »Tut mir leid, dass ich Ihnen nicht weiterhelfen konnte. Aber ich nehme die Schweigepflicht sehr ernst. Wie sollen unsere Patienten uns ansonsten das dringend benötigte Vertrauen entgegenbringen?« Nachdem er Franka zur Tür begleitet hatte, hielt er plötzlich inne. »Vielleicht kann Ihnen jemand anderes weiterhelfen. Kurz vorher habe ich gerade mit Marlis Seelers' Schwägerin gesprochen. Wenn ich es recht verstanden habe, wollte sie sich ein spätes Frühstück in unserer Cafeteria holen. Sie dürften sie kennen, Ricarda Marino ist eine bekannte Größe im hiesigen Veranstaltungsmanagement.« Als Franka nur mit den Schultern zuckte, rieb Dr. Odenthal ergeben seine Nasenwurzel. »Die Dame trägt erdbeerfarbene Haare und dürfte somit kaum zu übersehen sein.«

Das war mal ein nützlicher Fingerzeig. »Vielen Dank.« Franka reichte dem Psychiater die Hand. Einige Sekunden lang starrte er sie mit einem leichten Nasenrümpfen an, dann nahm er sie und drückte sie kurz und freundlich.

Als Franka die Geschlossene verließ, stellte sie zu ihrer Überraschung fest, dass sich die Beklemmung aufgelöst hatte. Nicht einmal ein Nachhall ließ sich erspüren. Für Kommissarin Franka Janhsen war die Psychiatrie bloß ein Ort, an dem sie ihrem Job nachging.

11

Donnerstag, 12 Uhr

Auf dem Weg zur Cafeteria beschloss Franka, bei ihren Ermittlungen einen Schwerpunkt auf die Vorgeschichte von Marlis Seelers' psychischer Störung zu legen. Der Verdacht, dass ihre Erkrankung eine Rolle spielte, hatte sich nach dem Gespräch mit Dr. Odenthal erhärtet. Falls die Schwägerin sich als wenig auskunftsfreudig erweisen sollte, würde möglicherweise die Kombination der Medikamente weiterhelfen. Zwangsläufig dachte sie an Dr. Weisbands Rat, sich professionelle Unterstützung zu suchen, namentlich Ariadne Reisch, ihres Zeichens klinische Psychologin und Simons nächtliche Gastgeberin, wenn Franka nicht völlig falschlag. So dringend sie auf diesem Gebiet Hilfestellung gebrauchen konnte, sträubte sich etwas in ihr. *Damit setze ich mich später auseinander*, versprach sie sich.

Bevor Franka die Drehtür zur Cafeteria nahm, schickte sie rasch noch eine SMS an Simon und Svenja raus:

> MS liegt auf der Geschlossenen, war allem Anschein nach schon früher Patientin. Grund muss noch geklärt werden. Spreche gleich ihre Schwägerin, dann wissen wir hoffentlich mehr.

Anschließend stellte Franka das Handy auf lautlos, um während des Gesprächs nicht von eintrudelnden Nachrichten gestört zu werden. Bei dieser Art von Unterhaltung brauchte es Fingerspitzengefühl, sie musste möglichst viele Informationen aus Albert Nehrings Schwester herausbekommen, bevor dieser der Verdacht kam, ihre Aussagen könnten sich gegen ihre Schwägerin oder möglicherweise sogar den Bruder richten. An und für sich lehnte Franka ein solches Vorgehen ab, da es sich im Bereich einer Grauzone bewegte. Zu leicht konnte man sich als Ermittler eine Dienstbeschwerde einhandeln, weil der Zeuge sich hinters Licht geführt fühlte. Oder die Aussage wurde später widerrufen und war somit wertlos. Franka wollte jedoch unbedingt etwas in der Hand haben, was Marlis Seelers anbelangte, deshalb war sie bereit, ein Risiko einzugehen. Wenn es gut lief, wäre auch die Recherche über Schizophrenie und somit ein Anruf bei Ariadne Reisch vom Tisch.

Während Franka die Cafeteria in Augenschein nahm, waren sämtliche ihrer eigenen Ängste vergessen. Das liebte sie so sehr an ihrem Job: Er war ein großartiges Betäubungsmittel. Nicht einmal ein Ort wie das Krankenhaus, der die schlimmsten Erinnerungen in ihr wachrief, kam gegen diese Wirkung an.

Die Cafeteria war L-förmig geschnitten, mit einer Selbstbedienungstheke und Tischen in Reih und Glied. Ein moderner, heller Raum. So hell ausgestrahlt sogar, dass Frankas überanstrengte Augen prompt zu tränen anfingen. Nicht mehr lange, und sie würde die Kontaktlinsen gegen ihre Brille eintauschen müssen, die sie wie ein Relikt in der Handtasche herumschleppte. *Jetzt aber noch nicht*, beschloss sie.

An der Theke konnte Franka keine Frau mit erdbeerrotem Schopf entdecken, dafür aber eine Auswahl belegter Brötchen und Schalen mit Rührei und gebratenem Schinken. Ihr Magen erinnerte sie prompt daran, dass ihr Frühstück lediglich aus nach Teer und Tod stinkender Luft bestanden hatte. Sogar noch, als sie den Rotschopf in der Nähe der bodentiefen Fensterfront entdeckte, lechzte sie nach etwas Essbarem. Allerdings konnte sie ja wohl schlecht mit einem Brötchen in der Hand ein Gespräch über schwerwiegende psychische Probleme innerhalb der Familie und eine damit einhergehende Katastrophe führen. Also holte sie sich bloß rasch einen Kaffee und ignorierte ihren knurrenden Magen.

Marlis Seelers' Schwägerin war eine gut aussehende Frau, allerdings auf eine ungewöhnliche Art. Sie trug ihr auffallend gefärbtes Haar als schlüsselbeinlangen Bob, mit einem dichten, kerzengerade über den Brauen gestutzten Pony. Ein balkendicker Lidstrich und Lippen wie glänzende Cocktailkirschen ließen sie aussehen wie eine Partygängerin, die einfach kein Ende fand. Doch die ausgeprägte Zornfalte und das leicht vorgeschobene Kinn sprachen eine andere Sprache, vor allem da diese Frau eine Energie ausstrahlte, als würde man sich bei der leichtesten Berührung einen Stromschlag holen. Franka schätzte sie auf Durchschnittsgröße. Sie trug einen Oversizepulli zu Lederleggings und Ankle Boots mit extrem hohen Absätzen, die selbst Franka sich nicht zugetraut hätte.

Franka ertappte sich dabei, dass sie Marlis Seelers' Schwägerin anstarrte. Womit sie keineswegs die einzige Person in der Cafeteria war. Und nicht alle Blicke fielen so wohlwollend wie Frankas aus, sie glaubte sogar Getuschel an einigen Tischen zu hören. An und für sich war eine solche Reaktion keine Überraschung, Rerrick war kaum das Pflaster für derart extravagante Erscheinungen, dafür gab es zu wenige öffentliche Bühnen, wie etwa eine verzweigte Clubszene oder ein abwechslungsreiches Kulturleben. Nicht einmal größere Werbeagenturen oder professionelle Kreativarbeiter zog die Stadt an, von einem geisteswissenschaftlichen Studiengang ganz zu schweigen. So gesehen waren die Blicke, die auf dieser Frau ruhten, kein Wunder. Und trotzdem stutzte Franka. Aus dieser Perspektive hatte sie Rerrick bislang nicht gesehen, für sie hatte die Stadt für Ruhe und Übersichtlichkeit gestanden, also genau das, wonach sie sich sehnte. Dass Rerrick mit seinem fast schon ostentativen Hang zum Durchschnitt auch bedrückend und abweisend sein konnte, war ihr noch gar nicht in den Sinn gekommen.

»Guten Tag. Franka Janhsen, Kripo Rerrick«, stellte sie sich vor. »Sind Sie Ricarda Nehring?«

»Mein Name lautet Marino, Ricarda Marino. Der Nachname ist das einzig Gute, das mein Exmann in die Ehe eingebracht hat.« Das zynische Lächeln, das man bei einer solchen Bemerkung eigentlich erwartet hätte, blieb aus.

Franka schluckte ihren Ärger über den verpatzten Auftritt hinunter. »Entschuldigen Sie die Verwechslung. Dr. Odenthal hat mir gesagt, dass ich Sie hier antreffen würde, und ich möchte Ihnen gern ein paar Fragen stellen. Ich ermittle in dem Fall, bei dem Ihre Schwägerin Marlis Seelers heute Morgen Zeugin geworden ist. Offenbar hat sie einen schweren Schock erlitten und ist entsprechend vernehmungsunfähig.«

»Ist es das, was Ihnen Odenthal erzählt hat?«

Während Franka nickte, musterte Ricarda Marino sie mit einer fast schon unanständigen Gründlichkeit. Offenbar bestand Franka den Test, denn es folgten weder ein Naserümpfen noch ein despektierliches Schnaufen, das gut zu dieser Frau gepasst hätte. Stattdessen deutete Ricarda Marino mit dem Kinn auf den freien Stuhl ihr gegenüber.

Franka setzte sich, beide Füße fest auf dem Linoleumboden, und nahm einen Schluck vom Kaffee, der überwiegend aus Milch und Zucker bestand, um wenigstens ein paar Kalorien zusammenzubekommen. Ihr gelang sogar ein entspanntes Lächeln, was auch dringend nötig war. Wenn sie nämlich zu erkennen gab, dass sie im Dunkeln tappte, würde diese Frau es ihr nur schwerer machen.

Es brauchte keine Sekunde, und Ricarda Marino ergriff das Wort. »Können Sie mir bitte erklären, was in der letzten

Nacht im Haus meines Bruders vorgefallen ist? Wovon genau ist meine Schwägerin Zeugin geworden? Ich habe nämlich nicht die geringste Ahnung, worum es überhaupt geht. Zu Marlis hat dieser Psychovogel Odenthal mich nicht vorgelassen, und das, nachdem mich seine Stationsleitung extra aus dem Schlaf geklingelt hat, weil ich im Notfall als Kontaktperson für Marlis angegeben bin, falls mein Bruder Albert nicht zu erreichen ist. Was er offensichtlich momentan nicht ist. Oder haben Sie inzwischen etwas von ihm gehört?«

Franka schüttelte den Kopf und nahm dann schnell einen Schluck Kaffee.

Mit einem lauten Klacken ließ Ricarda Marino ihre Fingernägel auf die Tischplatte niedergehen. »Schade, dabei scheinen heute alle nach Albert zu suchen. Als ich versucht habe, meinen Bruder über sein Handy an die Strippe zu kriegen, hatte ich prompt Ihren Kollegen Feighter am Apparat.«

Franka verkniff sich den Hinweis, dass der Mann Feitner hieß. »Warum haben Sie Ihren Bruder angerufen?«, fragte sie stattdessen.

Ein trotziger Zug fror Ricardas Gesichtszüge ein und gab ihr ein maskenhaftes Aussehen.

Geduldig wartete Franka ab.

Ricarda verkniff sich ein »Was geht Sie das denn bitte schön an?«, dafür wusste sie als Geschäftsfrau zu gut, dass eine Hand die andere wäscht. Stattdessen sagte sie: »Ich wollte wissen, warum das Krankenhaus bei mir wegen Marlis' Ausflipper durchruft, obwohl mein lieber Bruder heute doch von zu Hause aus arbeiten wollte und deshalb problemlos erreichbar sein sollte. Ich bin nämlich nicht sonderlich scharf drauf, Marlis auf der Geschlossenen zu besuchen. Vor allem nicht, nachdem sie zuerst in der Notaufnahme und später auf ihrem Zimmer randaliert hat. Die Schwester, der sie bei einem ihrer Anfälle in den Bauch getreten hat, hat mich derartig leidend angesehen … Ist auch wirklich immer wieder derselbe Mist, wenn Marlis ihre Medikamente absetzt.« Ricarda zog die Mundwinkel nach unten. Beweglich waren ihre Lippen demnach, auch wenn sie ansonsten immer noch wie versteinert wirkte.

Franka zwang sich, einen Moment verstreichen zu lassen, um nicht zu verraten, wie wichtig diese Sätze waren. »Ihre Schwägerin hat also schon häufiger die Kontrolle verloren?«, fragte sie dann.

»Eigentlich geht Sie das nichts an, oder?«

Das stimmte natürlich. »Wir haben Diazepam und Haloperidol gefunden, das Ihrer Schwägerin verschrieben worden ist. Diese Kombination wird zur Eindämmung von Schizophrenie eingesetzt. Offenbar hatte sie es seit einer ganzen Weile schon nicht mehr genommen. Warum?«

Ricarda Marino legte ihren Zeigefinger an den Henkel ihrer Teetasse und begann sie im Kreis zu drehen, bis Franka in Versuchung geriet, sich die gefährlich kippelnde Tasse zu schnappen. Diese Frau war offenbar ein Profi im Provozieren. Schließlich stellte Ricarda Marino die Spielerei von allein ein, als die gewünschte Reaktion ausblieb.

»Wenn Sie das wissen, sollten Sie eigentlich imstande sein, sich den Rest auch noch zusammenzureimen. Warum setzt wohl jemand seine Medikamente ab, die er eigentlich dringend braucht, um ein halbwegs normales Leben führen zu können?«

»Marlis Seelers hat geglaubt, ihre Krankheit im Griff zu haben?«

»Sie wäre nicht die Erste, die davon überzeugt ist, ohne diesen Chemiekram besser dran zu sein. Was irgendwie auch stimmt, wenn man Marlis von früher kennt. Jetzt ist sie nur noch Miss Picobello, während sie früher zwar knallverrückt, aber trotzdem großartig war.« Ricarda Marino ließ ihren Mund zuschnappen, dann fluchte sie leise. »Das hätte ich nicht sagen sollen, das war nicht fair. Ich bin nur komplett übernächtigt, weil ich die letzte Nacht durchgearbeitet habe. Kurz vor Weihnachten haben wir ein Sporthallenfestival mit Newcomer-Bands aus dem Umland. Ich war endlos lange unterwegs, um mir ein paar Gruppen anzuhören. Alles Mist übrigens, total provinziell. Tja, und heute Morgen bin ich dann mit diesen kryptischen Nachrichten konfrontiert worden. Wenn Sie mehr über Marlis' Zustand wissen wollen, fragen Sie nicht mich, sondern meine Schwägerin.«

»Ich wollte Sie nicht bedrängen«, sagte Franka.

»Schon gut. Ich bin nur so durch.«

Während Ricarda Marino sich die Schläfen massierte, versuchte Franka, Marlis Seelers neben ihre Schwägerin an den Tisch zu setzen. Sie imaginierte das ovale Gesicht mit dem leicht verstörten Ausdruck, als schmiegte sich die Katze an die bereits kippelnde, kostbare Blumenvase. Sie musste sich anstrengen, um noch ein Paar großer Augen und einen braunen Kurzhaarschnitt mit Seitenscheitel herbeizubeschwören. Ebenjener Frauentypus, den man auf Kinderspielplätzen, schwer beladen in Einkaufspassagen oder in der Bank traf – und den man sofort wieder vergaß, weil da nichts war, das man sich hätte merken müssen. »Die meisten Menschen über fünfundzwanzig haben etwas von Massenware«, hörte Franka ihren alten Mentor Marten Küppers sagen, vollkommen wertungsfrei übrigens, für alles andere wäre Marten ein viel zu professioneller Beobachter gewesen. Jetzt, wo Franka allerdings wusste, dass Marlis Seelers mit massiven psychischen Problemen zu kämpfen hatte, veränderte sich das Bild: die Familienmutter, die sich um ein ruhiges, alltägliches Leben bemühte, um den Wahnsinn, der jederzeit über sie hereinzubrechen drohte, zu bannen. Aber warum hatte sie diese Strategie aufgegeben und ihre Medikamente abgesetzt?

Da bin ich einen Schritt weiter und komme mir trotzdem so vor, als wäre ich einen Schritt hintendrein, dachte Franka frustriert. Allerdings machte es wenig Sinn, hier nachzuhaken, also ging sie zum nächsten Punkt über. »Ihr Bruder hatte für heute also einen Homeoffice-Tag eingeplant?«

»Ja, so ist es.« Ricarda Marino stellte die Schläfenmassage ein, damit sie mit der flachen Hand auf den Tisch hauen konnte. Temperament hatte sie … und ein angegriffenes Nervenkostüm allem Anschein nach auch. »Das wüssten Sie allerdings schon, wenn Ihr Herr Kollege, der einfach bei meinem Bruder ans Handy gegangen ist, mich hätte ausreden lassen.«

Franka lächelte verständnisvoll. Wenn Ricarda Marino erst einmal Dampf ablassen musste, sollte ihr das recht sein. Die Zeit hatte sie. Vor allem wenn sie das zu einer auskunftsfreudigen Zeugin machte.

Offenbar stellte Franka es richtig an, denn Ricarda besann sich darauf, wem ihr eigentlicher Zorn galt. »Anstatt mich aufzuklären, was eigentlich los ist, hat dieser Feighter-Kerl mir unzählige Fragen gestellt, quasi noch bevor ich richtig Hallo gesagt hatte. Ich kam mir vor wie bei einem Verhör, allerdings war da bloß ein böser Bulle, während von seinem guten Counterpart weit und breit keine Spur war.«

»Sie haben also schon mit uns über Alberts Planung für den heutigen Tag gesprochen?« Franka spürte eine gewisse Enttäuschung, nicht als Erste an der Quelle zu sein.

»Sprechen im Sinn von unterhalten konnte man unser Schwätzchen wohl kaum nennen. Deshalb habe ich das Gespräch auch ziemlich schnell beendet«, erklärte Ricarda. »Dieser Mensch hat darauf bestanden, dass ich ihm erst einmal Rede und Antwort stehe, bevor ich auch nur auf die Idee kommen dürfe, selbst eine Forderung zu stellen, wie etwa die seiner Meinung nach dumm-dreiste Frage, was zur Hölle er am Handy meines Bruders zu suchen habe. Als Dreingabe hat Ihr Herr Kollege mir anschließend eine unverschämte Nachricht auf die Mailbox gesprochen, weil ich ihn frecherweise abgewürgt hätte. Sehr nett von ihm, so habe ich nämlich etwas Handfestes vorzulegen, wenn ich mich bei der Dienstaufsichtsbehörde über ihn beschwere. Und das werde ich, o ja.« Sie prostete Franka mit ihrer Tasse zu, die nur knapp der Versuchung widerstand, die Geste zu erwidern.

Sie war wieder im Rennen!

Und nicht nur das. Feitner hatte sich mit seiner herrischen Art selbst ins Abseits geschossen. Wenn es einen Kollegen gab, dem sie eine Beschwerde gönnte, dann dem Chef von der Spurensicherung. Wie gut, dass sie der Frau erst einmal lange Leine gegeben hatte, anstatt sie gleich in die Zange zu nehmen, ansonsten hätte sie nach der wenig freundlichen Unterhaltung mit Feitner gleich zugemacht wie eine Auster.

Und Ricarda Marino war mit ihrer Beschwerde noch lange nicht am Ende, allem Anschein nach musste sie sich die angestaute Frustration erst einmal von der Seele reden. »So eine alberne Geheimniskrämerei. Dr. Odenthal, dieser Meister der Zurückhaltung, hat mir nicht ein Sterbenswörtchen darüber verraten, was eigentlich passiert ist. Jetzt dürfen Tante Hanne und ich wieder einmal zusehen, wie wir die Mädels unterbringen. Dafür sind wir ja gut genug. Aber nach dem gestrigen Tag habe ich es ohnehin kommen sehen, so durch den Wind, wie Marlis war. Die Nerven dieser Frau sind nicht zerrüttet, sondern komplett in Auflösung begriffen, so als hätten sie in einem Säurebad gelegen.«

Franka rutschte fast über die Kante ihres Stuhls. »Erzählen Sie doch bitte ganz genau, wie Ihr gestriger Besuch abgelaufen ist und was Sie über die Tagesplanung Ihres Bruders wissen.« In der nächsten Sekunde wusste Franka, dass sie übers Ziel hinausgeschossen war. Sie hätte erst einmal Marlis Seelers abarbeiten sollen, bevor sie sich Nehring näherte, zumal sie zwangsläufig damit herausrücken musste, dass er verschwunden war – danach würde Ricarda Marino kein anderes Thema mehr kennen.

Und so war es dann auch: Kaum wurde ihr Bruder ins Spiel gebracht, verengten sich Ricardas Augen zu Schlitzen. Dann deutete sie mit einem schwarz lackierten Fingernagel auf Franka. »Dieser ominöse Fall, über den mir niemand etwas erzählen will, hängt der irgendwie mit einem von Alberts Klienten zusammen? Haben Sie heute Morgen eine Hausdurchsuchung gemacht, weil ein Mandant etwas Schräges abgezogen hat, in das mein Bruder verwickelt ist, und Marlis ist ausgeflippt, weil dabei die nach Farbe sortierten Socken in der Schublade durcheinandergeraten sind?«

Offenbar war Ricarda Marino sich durchaus bewusst, dass ihr Bruder mit seiner Tätigkeit als Strafverteidiger die Aufmerksamkeit der Polizei auf sich gezogen hatte. Franka hätte zu gern nachgefragt, ob sie einen bestimmten Verdacht hegte, zuerst musste sie jedoch Schadensbegrenzung betreiben. »Wir waren nicht wegen einer Hausdurchsuchung vor Ort«, versicherte sie. »Wir sind gerufen worden.«

»Aber was hat die Mordkommission im Haus meines Bruders zu suchen? Hat dieser Mann von der Spurensicherung Alberts Handy etwa … Ist Albert …« Ricardas Hand wanderte zu ihrer Kehle und umfasste sie so hart, als wolle sie sich selbst daran hindern, ihre Befürchtung auszusprechen.

Leider konnte Franka ihr nicht zusichern, dass Albert Nehring lebte und wohlauf war. Deshalb flüchtete sie sich in einen vagen Bericht, in der Hoffnung, danach auf Marlis Seelers zu sprechen zu kommen. »Wir haben Ihren Bruder bislang noch nicht ausfindig machen können, nachdem Ihre Schwägerin in den Morgenstunden einen Notruf getätigt hat. In ihrem Haus ist allem Anschein nach eingebrochen worden.«

»Aber Sie sagten doch, Sie seien von der Mordkommission und nicht vom Raubdezernat. Sie werden doch nur gerufen, wenn jemand tot ist.« Ricarda sprach vor Aufregung so laut, dass sich einige Gäste an den Nachbartischen zu ihnen umdrehten.

»Ja, das stimmt, wir werden unter anderem dann informiert, sobald ein Todesfall unklar ist. Das ist eines unserer Aufgabengebiete«, bestätigte Franka betont sachlich.

»Aber es geht nicht um Albert?«

»Von Ihrem Bruder wissen wir bislang nur, dass wir ihn nicht erreichen können. Darüber können wir später gern noch ausführlicher reden, aber ich fände es gut, wenn wir uns der Sache Schritt für Schritt annähern. Das wäre für uns beide das Beste, ja?«

Ricarda Marino ließ sich den Vorschlag durch den Kopf gehen.

Während Franka abwartend dasaß, bemerkte sie rote Hektikflecken unter Ricarda Marinos Make-up. Sie sah mitgenommen aus, mehr, als sie einzugestehen bereit war. Dieses Gespräch war vermutlich der Tropfen auf den heißen Stein an diesem Tag. Es war durchaus möglich, dass diese Frau schimpfend aufstand und das Weite suchte, bevor Franka sie auch nur aufs Dezernat vorladen konnte. Franka wollte die Aussage aber jetzt, ehe ihre Zeugin sich die Situation in Ruhe durch den Kopf gehen ließ oder gar auf die Idee verfiel, einen Anwalt einzuschalten. Bislang hatten sie vermutlich nur ihr riesiges Ego, ihre Erschöpftheit und der Mangel an Durchblick davon abgehalten. Das hier war die Chance, ungefilterte Informationen von ihr zu bekommen, und Franka wollte sie sich nicht entgehen lassen. »Was sagen Sie?«, drängte sie.

Ricarda Marino lenkte ein. »Okay, machen wir es so.«

Es kostete Franka einiges, sich ihre Erleichterung nicht anmerken zu lassen. »Wann haben Sie Ihren Bruder zum letzten Mal gesehen?«

»Irgendwann gestern am späten Nachmittag.«

»Ein wenig genauer wäre hilfreich.«

Ricarda Marinos Lippen verhärteten sich zu einer blutroten Linie, während sich die Atmosphäre um sie herum elektrisch aufzuladen schien. Ihre Verstörtheit drohte jederzeit in Wut umzuschlagen – und es war keine Herausforderung, sich vorzustellen, was dann los wäre. Diese Frau hatte eindeutig zu viel Temperament abbekommen.

»Ich kann mir gut vorstellen, dass Ihr Terminkalender überquillt«, sagte Franka mit einem Lächeln, das unerwidert blieb. Trotzdem zeigte es Wirkung, denn die statische Ladung nahm ab, als Ricarda Marino sich in ihrer Eitelkeit bestätigt fühlte.

»Das stimmt, als Veranstaltungsmanagerin hat man einen gnadenlos vollen Terminplan. Rerrick ist – gemessen an Städten wie Hamburg oder Berlin – zwar ein Dorf, da mir aber die führende Eventagentur gehört, bin ich rund um die Uhr im Einsatz. Deshalb sollte ich eigentlich auch schon lange nicht mehr hier sitzen.«

Franka behielt ihr Lächeln unbeirrt bei. »Ich bin Ihnen auch ausgesprochen dankbar für Ihre Geduld. Diese Zeitangabe ist für unsere Arbeit äußerst wichtig. Also, wann hat Ihr Besuch gestern stattgefunden?«

Ricarda harrte noch einen Moment aus, dann sagte sie: »Ich bin kurz nach sechzehn Uhr beim Haus meines Bruders angekommen und hatte eigentlich geplant, bis zum frühen Abend zu bleiben und ein bisschen Familiennähe zu tanken. Außerdem wollte ich einen neuen Rucksack für Finja vorbeibringen. Das ist die ältere Tochter«, half sie Franka auf die Sprünge. »Die Kleine hat ab nächster Woche Schwimmunterricht in der Schule, und ihre Mutter hat ihr so ein Kindergartenteil mit bunten Fischen gekauft, das einfach gar nicht ging. Marlis kauft hartnäckig so Kleinkinderkram, dabei ist Finja schon echt weit für ihr Alter. Jedenfalls habe ich ihr etwas Passenderes besorgt, das Mädchen ist nämlich nicht nur meine Nichte, sondern auch mein Patenkind«, erklärte Ricarda mit einem gewissen Stolz.

Franka nickte, während sie sich eine geistige Notiz machte, dass die Eiskönigin offenbar ein Herz für Kinder hatte. Zumindest wenn es um deren standesgemäße Ausstattung ging.

»Sie kamen also gegen sechzehn Uhr im Haus der Familie an.«

»Ja, und ich habe es sofort bereut. Marlis war nämlich damit beschäftigt, ständig die Türen zu überprüfen. Das hat sie selbst dann nicht bleiben lassen, als der Rest von uns in der Küche zusammensaß und versuchte ein bisschen Gemütlichkeit aufkommen zu lassen.« Als Franka fragend die Augenbrauen hochzog, seufzte Ricarda. Nicht gerade mein Lieblingsthema, sollte das wohl heißen. »Medikamente hin oder her, meine Schwägerin hat einen Tick mit Schlössern. Sie läuft von einer Tür zur nächsten und kontrolliert, ob auch wirklich jede abgeschlossen ist. Dazu reißt sie die Tür erst einmal auf und schließt sie mit einem Knall, damit sie auch wirklich sicher sein kann, dass sie zu ist. Dann schließt sie ab und ruckelt mindestens fünfzehn Mal an dem Schlüssel, ehe sie ihn abzieht. Darauf steckt sie ihn erneut ins Schloss, wägt ab, das Prozedere zu wiederholen, tut es oder wandert zur nächsten Tür weiter. Der komplette Irrentanz.«

Wenn das mal nicht die Erklärung für die ausgeschaltete Alarmanlage ist, überlegte Franka. »War das Sicherheitssystem deshalb gestern Nachmittag nicht in Betrieb, weil Ihre Schwägerin mit ihrem speziellen Türencheck zugange war?«

Ricarda stutzte. »Das stimmt. Ich habe das Ding abgestellt, weil Marlis vergessen hat, bei ihrem Rundgang den Code bei der Wintergartentür einzugeben, und dadurch den Alarm ausgelöst hat.«

So schnell war eine entscheidende Frage bei der Ermittlung geklärt. »Warum haben Sie diese Aufgabe übernommen?«

»Warum nicht?« Ricarda zuckte mit den Schultern. »Albert war vollauf damit beschäftigt, Marlis davon abzuhalten, wegen des Sirenengeräuschs endgültig durchzudrehen. Nachdem sie sich einigermaßen eingekriegt hatte, haben sie gemeinsam die Türen abgeklappert. Ich habe währenddessen den Kids Abendbrot gemacht und sie vor den Fernseher gesetzt, dann habe ich mich aus dem Staub gemacht. Ohne große Verabschiedung, falls Sie das auch noch interessiert.«

»Denken Sie, dass Ihre Schwägerin nach diesem Zwischenfall ein Beruhigungsmittel eingenommen hat?«

»Keine Ahnung, wäre aber sicherlich nicht verkehrt gewesen. Albert hätte darauf bestehen sollen, dass sie sich eine Handvoll von ihrem Downer einschmeißt, egal ob sie es gerade ohne versucht oder nicht.« Ricarda atmete tief durch, das Thema ging ihr sichtlich nah. »Eigentlich war Marlis ja ganz okay drauf, das bisschen Rumspinnen war schon tragbar. In den letzten Wochen war Albert allerdings beruflich stark eingespannt, und das hat sie wohl aus dem Takt gebracht. Deshalb wollte er heute ja auch von zu Hause aus arbeiten.«

»Ihr Bruder hat mit seiner Kanzlei immer allerhand zu tun«, sagte Franka ganz locker, als verberge sich dahinter keine Falltür.

»Frau Kriminalkommissarin hat demnach wohl auch schon so ihre Erfahrungen mit dem berühmt-berüchtigten Strafverteidiger Albert Nehring gemacht. Glückwunsch.« Ricarda lehnte sich so weit über den Tisch, dass Franka ihr schweres Parfüm riechen konnte. *Gleich beißt sie zu*, dachte Franka irrsinnigerweise. »Jetzt sind Sie mit Liefern dran: Mein Bruder ist offenbar seit heute Morgen verschwunden, und Ihr Kollege hat sein Handy … Ich will jetzt –

und zwar ohne Ausflüchte – wissen, warum mir die Mordkommission Fragen stellt. Ansonsten ist dieses Gespräch beendet.«

Natürlich wäre es ein Leichtes gewesen, Ricarda als Zeugin vorzuladen, aber damit hätte Franka wertvolle Zeit verschwendet. Jede Minute in diesem verwirrenden Fall war kostbar, jedes Puzzlestückchen konnte den Erfolg der Ermittlung bestimmen. Es war durchaus möglich, dass Ricarda Marino im Gespräch einen entscheidenden Hinweis lieferte, der die Richtung für weitere Fragen vorgab.

»Die Mordkommission ist in diesem Fall hinzugezogen worden, weil im Haus Ihres Bruders im Laufe der Nacht uns bislang unbekannte Leichname abgelegt worden sind.« An dieser Stelle machte Franka bewusst eine Pause, um Ricardas Reaktion abzuwarten.

Eine Weile saß Ricarda vollkommen regungslos da, sie blinzelte nicht einmal. Ihre eingefrorenen Züge verrieten nicht im Geringsten, was in ihr vorging. Vermutlich eine Taktik, die sie sich als Geschäftsfrau in brenzligen Situationen antrainiert hatte: Pokerface, um Zeit zu schinden, bis sie ihre Fassung zurückerlangte. »Zeigen Sie mir bitte noch einmal Ihren Ausweis«, forderte sie schließlich mit tonloser Stimme.

Franka kam ihrem Wunsch kommentarlos nach, schließlich waren Ausweis und Dienstmarke ein gutes, handfestes Stück Realität, an dem man sich festhalten konnte. Ricardas Hand mit den schwarz lackierten Fingernägeln fuhr prompt in Richtung Ausweis, doch im letzten Moment gewann ihre Selbstkontrolle Oberwasser, und die Hand verschwand so plötzlich, wie sie aufgetaucht war.

»Im Haus meines Bruders wurden Leichname, also mehrere …«, sie suchte Frankas Blick zur Bestätigung, dass sie sich auch wirklich nicht verhört hatte, »… also, dort wurden tatsächlich *mehrere* Tote gefunden?« Die zuckenden Muskeln in ihrem Gesicht bewiesen die Anstrengung, die ihre ausdruckslose Miene sie kostete.

Es juckte Franka in den Fingern, ihr Handy zu zücken und Ricarda Marino eine Aufnahme vom Gesicht des toten Jungen zu zeigen, auch wenn sie damit ein gewisses Risiko einging. Wie würde diese Frau wohl reagieren? Vor allem, wenn sich herausstellen sollte, dass sie eins der Opfer kannte? Jetzt wäre es Gold wert gewesen, Svenja dabeizuhaben, damit sie den Verlauf des Gesprächs bestätigen konnte. Nur leider war sie noch auf der Kinderstation. Franka entschied, trotzdem Nägel mit Köpfen zu machen. Als sie Ricarda Marino die Nahaufnahme vom Gesicht des Jungen zeigte, schenkte die ihr ein verwirrtes Lächeln.

»Warum zeigen Sie mir ein Foto von einem schlafenden Jungen?«

Franka kannte sich mit Reaktionen auf den Anblick von Toten aus: Sie reichten von hysterischen Lachanfällen über Galgenhumor der übelsten Sorte bis hin zur schlichten Leugnung. Ricarda Marino umging den Schrecken, indem sie ihn einfach für nicht real erklärte.

»Kommt Ihnen der junge Mann bekannt vor?«

»Auf den ersten Blick nicht.« Noch immer starrte Ricarda auf das Display, als sei sie hypnotisiert worden. »Ein hübscher Junge, er hat etwas Zerbrechliches. Man möchte ihn geradezu beschützen. Armes Kind.« Plötzlich sprang sie vom Stuhl auf, ohne sich darum zu kümmern, dass die Teetasse klirrend zu Boden fiel. »Ich muss los, höchste Zeit. Jede Menge Termine heute.«

Franka konnte sie gerade noch lange genug aufhalten, um ihr ihre Visitenkarte in die Hand zu drücken. »Ich werde mich heute noch mit Ihnen in Verbindung setzen, um einen Termin im Dezernat für Ihre Aussage zu vereinbaren.«

Widerwillig nahm Ricarda Marino die Visitenkarte entgegen und reichte Marlis die ihre. »Was wollen Sie mit meiner Aussage? Sehen Sie lieber zu, dass Sie meinen Bruder auftreiben. Dem wird schon eine Antwort für dieses Chaos einfallen, dem fällt immer eine Antwort ein.«

»Haben Sie vielleicht eine Vermutung, wo Albert sich aufhalten könnte?« Mittlerweile war es Franka egal, dass ihnen die Aufmerksamkeit der umliegenden Tische sicher war.

»Wenn er nicht bei der Arbeit oder zu Hause ist, habe ich leider nicht die geringste Ahnung. Albert arbeitet oder versucht Marlis davon abzuhalten, ihr bisschen Verstand zu verlieren. Da ist für nichts anderes mehr Platz.« Die Eifersucht in Ricardas Stimme war kaum zu überhören. Als Franka ansetzte, um nachzufragen, ob das Geschwisterverhältnis früher enger gewesen war, wendete Ricarda sich bereits ab. »Wenn Sie mehr wissen wollen, dann machen Sie eben einen verdammten Termin mit meiner Assistentin aus, aber jetzt muss ich gehen.«

Franka trat aus Ricardas Fluchtbahn, wohl wissend, dass bei dieser Frau für den Moment nichts mehr zu holen war. Aber was sie bekommen hatte, war für den Anfang nicht schlecht. Während sie ihren kalt gewordenen Kaffee trank, wählte sie die Nummer des Dezernats. Marlis Seelers mochte sicher verwahrt auf der Geschlossenen des Rerricker Krankenhauses liegen, trotzdem war es ihr lieber, wenn ein Kollege dafür sorgte, dass sie auf jeden Fall blieb, wo sie war – als Zeugin, aber auch als potenzielle Verdächtige.

12

Donnerstag, ca. 12:30 Uhr

Svenja Harder wartete am Wagen auf Franka. Sie lehnte mit der Kehrseite gegen die Beifahrertür und pustete Rauchringe in die diesige Novemberluft.

»Saudämliche Angewohnheit«, sagte sie und hielt eine runtergerauchte Zigarette hoch. »Elf Jahre lang habe ich ohne diesen Mist durchgehalten, wegen der Kids. Aber kurz nachdem ich von der Hintergrundrecherche zum Fahnderteam zurückgekehrt bin, habe ich wieder angefangen. Keine Ahnung, warum.«

Franka hatte den Verdacht, dass die Zigarette für Svenja einfach zum Fahnderbild dazugehörte – auch wenn das für die jüngeren Kollegen keinesfalls mehr stimmte. Doch sie sparte sich einen Kommentar. »Hast du gerade eine Frau mit knallrot gefärbtem Haar auf dem Parkplatz gesehen?«

»Ja, hab ich. So ganz extravagant aufgetunt, mit Mörderheels – und trotzdem ist die mit einem Tempo zu ihrem Wagen geflitzt. Mannomann. Als wäre der Parkplatz ein Laufsteg.« Svenja lachte, Ricarda Marinos Auftritt hatte ihr sichtlich Spaß gemacht. »Fährt einen – Überraschung! – nachtschwarzen Porsche. Und zwar einen 918 Spyder, ganz heiß und schweineteuer. Weiß ich zufälligerweise, weil mein Großer süchtig ist nach Autos. Je fetter, desto besser.«

»Und dieser schwarze Spyder wäre also ein Auto, wegen dem dein Großer ausflippt?«

Svenja grinste breit, während sie ihre Kippe in einem winzigen Klappaschenbecher verschwinden ließ, der zurück in ihre Jackentasche wanderte. »Komplett. Ich habe deshalb auch ein Foto von der Karre gemacht. Da müsste das Kennzeichen drauf zu erkennen sein, falls es dich interessiert.«

Und ob es das tat. »Schick mir das Foto bitte rüber und mach dich wegen des Halters schlau. Diese Erscheinung von einer Frau war übrigens Ricarda Marino, Albert Nehrings Schwester und die personifizierte Veranstaltungsgöttin von Rerrick.«

Svenja pfiff durch die Zähne. »Wusste ich doch, dass die mir bekannt vorkommt. Die ist ein Mythos, immer vorneweg dabei. Die von der Sitte kennen bestimmt ein paar Geschichten über die Königin der Rerricker Nacht, obwohl sie sich vermutlich nie persönlich was hat zuschulden kommen lassen. Halt durch und durch Ausgehprofi.«

»Wow, und ich wusste nicht einmal, dass es in dieser Stadt überhaupt so etwas wie ein anständiges Nachtleben gibt. Wenn man sich Rerrick so anschaut, glaubt man automatisch, dass der Höhepunkt an Unterhaltung ein Besuch der Karaokebar oder Bowlingbahn ist.«

»Es ist ein großer Fehler, unser Städtchen zu unterschätzen. Rerrick gibt die graue Maus nämlich nur nach außen hin, in seinem Inneren ist es eine verruchte Lasterhöhle. Alles nur Tarnung«, erklärte Svenja mit einem Blinzeln.

Während Franka noch schmunzelte, wählte sie Simons Nummer. Es dauerte eine Weile, bis er den Anruf entgegennahm.

»Gerade schlecht«, murrte Simon in den Hörer. Was vermutlich bedeutete, dass jemand aus Nehrings Anwaltskanzlei vor ihm stand, der ausgesprochen wenig Interesse an einem Gespräch mit der Kripo an den Tag legte.

Franka nickte, obwohl Simon die Geste nicht sehen konnte. Dann fasste sie kurz zusammen, was sie von Ricarda Marino erfahren hatte.

»Da schau an, das wirft ja ein interessantes Licht auf die Geschichte«, sagte Simon übertrieben zufrieden. Seinem Gesprächspartner sollte wohl nicht entgehen, dass die Ermittlung großartig lief – auch ohne seine Kooperation. »Wir sehen uns gleich, dann ausführlicher.« Damit legte er auf.

»Ich hätte da noch was«, sagte Svenja, die das Telefonat mit angehört hatte. »Marlis Seelers scheint ihre psychischen Probleme in den letzten Jahren unter Kontrolle gehabt zu haben, wenn man mal von gewissen Unpässlichkeiten absieht. Ihre Tante Hanne Feld sprach lediglich von einigen nervösen Ticks und schien ziemlich optimistisch, dass Marlis sich schon bald erholen würde. Die Dame dürfte sich mit solchen Dingen auskennen, die war bis zu ihrer Rente vor drei Jahren Krankenschwester. Übrigens hier im Rerricker Krankenhaus. Eine handfeste Frau, würde ich mal sagen, die offenbar in die Rolle der Ersatzoma für die Mädchen geschlüpft ist. Marlis Seelers hat den Kontakt zu ihren Eltern wohl schon seit Langem abgebrochen, und auf Albert Nehrings Seite gibt es nur seine Schwester, die aber beruflich ebenfalls schwer eingespannt ist.«

»Wann hatte diese Hanne Feld denn den letzten Kontakt zur Familie?«

Svenja schlug ihren Notizblock auf, allerdings wohl eher, um Franka zu zeigen, dass sie sich massenhaft Notizen gemacht hatte, denn als Gedächtnisstütze. »Gestern Vormittag um zehn Uhr, um die Uhrzeit ruft sie immer bei Marlis durch. Quasi Tradition. Nichts Auffälliges, Marlis war wohl nur ein wenig nervös, weil ihr Zeitplan wegen ihres Mannes durcheinandergeraten war. Albert ist gestern nämlich nicht in die Kanzlei gegangen.«

»Heute wollte er laut seiner Schwester auch von zu Hause aus arbeiten, angeblich als Ausgleich dafür, dass er zuletzt beruflich zuviel zu tun hatte.« Franka machte sich eine geistige Notiz, Simon zu benachrichtigen, damit er nachfragen konnte, ob man in der Kanzlei von diesen Plänen Bescheid gewusst hatte und wenn ja, seit wann.

»Ansonsten ist Hanne Feld nichts Bemerkenswertes aufgefallen«, fuhr Svenja mit ihrem Bericht fort. »Sie stand sofort Gewehr bei Fuß, als die Klinik anrief. Die Mädels gehen nach ihrer Entlassung erst einmal zu ihr nach Hause, alles in Absprache mit dem Jugendamt. Die Dame hat ein Häuschen außerhalb von Rerrick, da sind die Spätzchen bestimmt gut aufgehoben. So wie es aussieht, dürften die zwei spätestens übermorgen vernehmungsbereit sein, aber wir sollten abwägen, wie weit wir bei den Mädchen gehen müssen. Die waren bestimmt zu Tode verängstigt, als plötzlich überall Polizei herumgeschwirrt ist. Und wenn ihre Mama dann auch noch in der Notaufnahme ausgeflippt ist ...« Unvermittelt kappte Svenja ihren Redefluss. Offenbar fiel ihr selbst auf, dass sie sich auf den Zustand der Töchter versteifte, wobei ganz andere Themen im Vordergrund standen.

Franka ließ sich nichts anmerken, schließlich hatten die Mädchen tatsächlich viel durchgemacht – und das vermutlich schon vor dieser verstörenden Nacht, selbst wenn ihre Mutter ihre Probleme weitgehend im Griff hatte. Eine psychische Erkrankung ließ sich nicht mit einem körperlichen Leiden vergleichen, es machte eben einen Unterschied, ob die Mutter im Rollstuhl saß oder unter Schizophrenie litt. Das galt besonders, wenn die Kinder noch zu jung waren, um die Krankheit als solche zu begreifen. Alles, was ihre Mutter tat, tat sie als ihre Mami und nicht als eine erkrankte Frau, die keine andere Wahl hatte.

Franka schnupperte in die Luft, seit der letzten Nacht hatte sich der Geruch verändert. Hatte es zuvor noch herbstlich würzig geduftet, zog nun eine scharfe Note ein. Nicht mehr lange, und der erste Frost würde als Vorbote des Winters Einzug halten. »Ich habe bei dem Arzt, der Marlis

Seelers hier im Krankenhaus behandelt, übrigens auf Granit gebissen. Er hat mir weder die Schizophrenie bestätigt noch sich zu Marlis Seelers' gegenwärtigem Zustand geäußert«, sagte sie. »Dafür hat mir ihre Schwägerin erzählt, dass sie die Medikamente hätte nehmen müssen, aber – so klang es – eigenmächtig abgesetzt hat. Gestern Nachmittag hat sich Marlis Seelers dann wohl ziemlich paranoid aufgeführt und sämtliche Türen im Haus kontrolliert.«

»Das klingt nicht ohne.« In Svenjas Augen leuchtete es auf, vermutlich begriff sie gerade, dass sie beide mit ihrem Krankenhausbesuch tatsächlich ein paar spannende Neuigkeiten aufgetan hatten. »Soviel ich aus meiner Unterhaltung mit der Tante rausgehört habe, ist Marlis Seelers ein waschechter Kontrollfreak, aber das haben wir uns ja eh schon gedacht. Das ist eine gefährliche Mischung: Ordnungswahn als Strategie, um den Alltag als Schizophrene zu bewältigen, abgesetzte Medikamente und Paranoia, um heute Morgen vollends in eine Psychose abzudriften. Müssen wir da wirklich noch davon ausgehen, dass Marlis Seelers die letzte Nacht verschlafen hat?«

Ihre Kollegin zog durchaus nachvollziehbare Schlüsse, aber noch war Franka nicht bereit, sich auf diese Theorie einzulassen. »Es ist eine Sache, panisch die Haustür zu kontrollieren, und eine ganz andere, einen so ausgetüftelten Plan in die Tat umzusetzen, vor allem, wenn man vollauf damit beschäftigt ist, seine sieben Sinne beisammenzuhalten. So einfach wird die Lösung wohl nicht sein, auch wenn Marlis Seelers die Verdächtigenliste noch vor ihrem Mann anführt, dicht gefolgt vom Unbekannten, der in das Haus eingedrungen ist, um aus welchem Grund auch immer sein makaberes Geschenk zu hinterlassen.«

»Stimmt schon«, lenkte Svenja ein. »Wäre ja auch möglich, dass Ricarda Marino übertrieben hat, einfach weil ihre Schwägerin ihr auf den Zeiger gegangen ist. So eine

Feiermaus hat doch bestimmt eine niedrige Reizschwelle, oder?«

Franka lachte. »Ich war mir während der Befragung zwischenzeitlich nicht sicher, ob die Marino nicht über den Tisch langt, um mir den Kopf abzuschrauben. Ausgesprochen heißblütig, die Dame.«

Während Svenja, sichtlich zufrieden mit sich, die Arme vor der Brust verschränkte, dachte Franka, dass ihre Kollegin einen interessanten Punkt angesprochen hatte: Inwiefern war Aussagen von Familienmitgliedern überhaupt über den Weg zu trauen? Möglicherweise hatte ja auch Hanne Feld einen Tick zu sehr auf die Stabilität ihrer Nichte gepocht. Es kam schließlich öfter vor, dass Angehörige eines Menschen, der in den Bannkreis eines Mordes geraten war, ihn als glücklich und ausgeglichen beschrieben. Eine reine Schutzmaßnahme im Sinne von: »Meine Nichte hat früher zwar unter schweren Psychosen gelitten und während dieser Phasen gedroht, ein Blutfest zu feiern, aber jetzt ist sie der reinste Sonnenschein und könnte keiner Fliege etwas zuleide tun.«

Franka spielte mit dem Gedanken, zurück ins Krankenhaus zu gehen und Hanne Feld persönlich zu befragen. Dann gestand sie sich ein, dass sie im Augenblick kaum mehr aus dieser Frau herausbekommen würde als Svenja. Ein Gespräch auf dem Dezernat würde da schon weiterhelfen, und bis dahin musste sie mit Svenjas Einschätzung vorliebnehmen. Automatisch verspürte Franka einen feinen Stich, weil sie diese Befragung nicht selbst durchgeführt, sondern ihre Kollegin vorgeschickt hatte, um das Krankenhaus möglichst schnell wieder verlassen zu können.

Schluss damit! Ermittlung ist Teamwork und kein Solotrip, hielt Franka sich vor. Sie vergaß viel zu leicht, dass es zwar okay war, sich privat einzuigeln, aber in ihrem Job war es grundverkehrt.

»Wirkte Hanne Feld überrascht, dass im Haus ihrer Nichte etwas geschehen ist, das die Kriminalpolizei auf den Plan gerufen hat?« Franka wusste, dass sie sich hier ins Reich der reinen Spekulation begaben, trotzdem wollte sie hören, was Svenjas Antennen während des Gesprächs aufgefangen hatten.

Während Svenja nachdachte, holten ihre Finger selbstständig eine Zigarette hervor und steckten sie zwischen die Lippen. »Schwer zu sagen. Hanne Feld ging es vor allem darum, dass die Mädchen vorerst in Ruhe gelassen werden. Dass sie sich überhaupt zum Zustand ihrer Nichte geäußert hat, lief eher so nebenbei. Aber du hast recht: Aus dem Himmel fiel sie nicht gerade. Bestimmt sind früher schon einige krasse Sachen in der Familie passiert.«

»Da sollten wir dranbleiben.« Das »wir« ging Franka erstaunlich leicht über die Lippen. Und warum auch nicht? Es war wichtig, einen guten Draht zu den Fahndern aufzubauen, damit wagte sie sich keineswegs zu weit vor. »Gute Arbeit, wir beide haben in der kurzen Zeit ordentlich was zusammengetragen«, sagte sie für ihre Verhältnisse schon fast überschwänglich. »Und wie lief es sonst so auf der Kinderstation?«

»War nicht wirklich toll.«

Svenja holte ein Feuerzeug heraus und schaute Franka fragend an, obwohl die Zigarette eh schon zwischen ihren Lippen steckte. Also setzte Franka sich auf den Kotflügel ihres Renaults, als würde sie sich für eine kleine Pause einrichten. Die paar Minuten hatten sie noch.

»Auf der Kinderstation haben sie mich nur einen Blick auf die beiden Mädchen werfen lassen. Die wirkten ziemlich verstört, was mich auch nicht groß wundert.« Die Bitterkeit verriet, wie gut sich Svenja in die Kinder hineinversetzen konnte. »Jedenfalls standen die beiden Süßen laut der Ärztin tatsächlich unter dem Einfluss eines Beruhigungsmittels und müssen deshalb heute noch zur Beobachtung auf der Station bleiben.«

»Weiß man schon, was es für ein Medikament war?«

Svenja schüttelte den Kopf. »Da müssen wir wohl die Ergebnisse der KTU abwarten, die werden dann auch wissen, ob das Mittel aus Marlis Seelers' Medikamentenschrank stammte. Zumindest sieht es ganz danach aus, dass das Beruhigungsmittel oral verabreicht wurde und keine Schäden bei den Mädchen hinterlassen hat, wenn man von einer leichten Orientierungslosigkeit und Kopfschmerzen absieht.«

Svenjas Miene nach gehörte der Übeltäter allein dafür an den Pranger. Bei Franka hingegen brachte die Information einen Film hinter ihrer Stirn zum Laufen, in dem eine psychisch kranke Frau, die dem inneren Druck nicht mehr standhielt, ihren Kindern zerstoßenes Diazepam unters Essen mischte, um ... Ja, um was? Später in aller Ruhe, wenn alle anderen tief und fest schliefen, ihr übertrieben gepflegtes Heim zu verschandeln und zwei Leichen zu hinterlassen, um sich anschließend als deren Finderin aufzuspielen? Und wie passte Albert Nehring, der ohne Papiere, Handy und ein Auto verschwunden war, da rein?

Svenja ließ ihre aufgerauchte Kippe im Klappaschenbecher verschwinden. »Glaubst du, dass die Seelers dieses Pärchen umgebracht hat?«

»Ich versuche, gerade nichts zu glauben, was mir ziemlich schwerfällt«, gab Franka zu. »Es ist besser, wenn wir die Infos später in der Besprechung gemeinsam sortieren, dann ist auch die Zeit dafür, erste Theorien zu spinnen.«

Der Blick, den Svenja ihr von der Seite zuwarf, sagte: »Du bist aber ein braves Mädchen.«

Einen Moment hielt Franka noch stand, dann platzte es aus ihr heraus. »Es deutet einiges darauf hin, dass Marlis Seelers zuletzt nicht sonderlich stabil war. Vielleicht hat sie herausgefunden, dass ihr Mann eine Geliebte hat, und sie kurzerhand umgebracht. Dazu würde der rabiate Kehlenschnitt passen, mit dem das weibliche Opfer getötet wurde, genau wie das Auslöschen ihres Gesichts und somit ihrer Identität. Nur bekomme ich bei dieser Theorie den Jungen nicht unter, der ja bereits vor der Frau verstorben ist. Oder Albert Nehring plante, seine Frau zu verlassen, und das Ganze endete in einem bizarren Versuch, ihn zurückzugewinnen.«

»Wer weiß.« In Svenjas Augen funkelte es ebenfalls. »Oder Albert Nehring hat beide Opfer auf dem Gewissen und wollte sie seiner angeknacksten Frau unterjubeln.«

»Klingt auch nicht schlecht. Nur wäre Nehring dann nicht verschwunden, sondern hätte sich schwer sediert neben sie ins Bett gelegt, um uns am nächsten Tag zu erzählen, dass Marlis schon seit Tagen vollkommen psychotisch war«, gab Franka zu bedenken. Es fiel ihr immer schwerer, locker auf dem Kotflügel sitzen zu bleiben. Wenn die Zeit ein Rad gewesen wäre, hätte sie ihm jetzt einen kräftigen Schwung verpasst. Es war zermürbend, auf die vielen nötigen Puzzlestücke einer Ermittlung warten zu müssen, anstatt sie sich einfach greifen zu können und das Rätsel zu lösen.

»Was wir wissen, fügt sich einfach noch nicht zu einem Bild zusammen. Das ist so verdammt frustrierend.«

Svenja schnipste sich Asche von der Hose. »Stimmt schon, trotzdem ist es spannend herumzuspinnen. Mal was anderes, als immer nur Informationen nachzujagen.«

Franka brummte zustimmend, dann richtete sie sich auf und streckte den Rücken durch, der sofort protestierte. Plötzlich schwappte die Erschöpfung wie eine Welle über sie, und als sie Svenjas Blick suchte, stellte sie fest, dass diese sie beobachtete.

»Du siehst ganz schön erledigt aus«, sagte Svenja prompt. »Sollen wir ein paar Schritte gehen?«

Franka checkte die Uhrzeit auf dem Handy. »Nein«, sagte sie. »Ich will rechtzeitig zur Besprechung im Dezernat sein und muss vorher noch ein paar Telefonate erledigen. Ich will auch noch mal im Haus vorbei, und Notizen zu meinem Gespräch mit Ricarda Marino muss ich auch noch machen, bevor ich die Hälfte wieder vergesse.«

»Bist du dir sicher?«

Nicht wirklich, gestand Franka sich ein. Wenn sie nicht aufpasste, würde sie schon am ersten Tag der Ermittlungen schlappmachen. »Vor der Hochstraße gibt es einen McDrive, da fahren wir vorbei, das muss reichen.« Bei dem Gedanken an fettigen Milchkaffee und eine Riesentüte Pommes brodelte ihr Magen vor Begeisterung geradezu über. Sie hielt Svenja die Autoschlüssel hin. »Du fährst – sonst beiße ich vor Hunger noch ins Lenkrad.«

13

Donnerstag, Mittagszeit

Die Seemannsjacke, die ihm Derek geliehen hatte, machte einiges besser: Noah fror nicht mehr wie ein Schneider, und er fiel auf der Straße auch nicht länger auf – einmal davon abgesehen, dass einige Leute ihn wegen seines Lippenpiercings anstarrten.

Normalerweise amüsierten ihn diese Blicke, bewiesen sie doch, wie schlicht gestrickt die meisten Menschen in Rerrick waren. Eine kleine Schrägheit, und schon wiesen sie mit dem Zeigefinger ungeniert drauf. Wenn sich dann zu einem Piercing auch noch bunte Haare oder ausgefallene Klamotten gesellten, fühlte sich jeder zehnte Passant zu schwachsinnigen Kommentaren berufen, die vom harmlosen »Muss so eine Verschandlung denn wirklich sein?« bis zum Klassiker »Pack wie du gehört vergast« reichten. So viel Dummheit konnte Spaß machen, vor allem, wenn man im Rudel unterwegs war und die Arschlöcher gemeinsam auf die Schippe nahm. Heute war Noah jedoch allein unterwegs und fühlte sich so wund und verletzlich, dass er schon bei einem scheelen Blick die Fassung zu verlieren drohte. Irgendwelche Rentner auf offener Straße anzubrüllen hätte seine Situation nicht wirklich verbessert, so weit hatte er seinen Verstand gerade noch beisammen.

Nachdem Noah sich für den zerknüllten Fünfer von Derek einen Schokocroissant und einen Kaffee mit extra viel Zucker geholt hatte, sah die Welt zwar noch nicht besser, aber zumindest erträglicher aus. Die Kalorienbombe schob nicht nur seinen Wärmehaushalt an, sondern sorgte auch dafür, dass sein Gehirn wieder den Betrieb aufnahm.

Er beschloss, die Energie nicht darauf zu verschwenden, über die letzten Tage nachzugrübeln, sondern dafür zu sorgen, dass er bald wieder auf dem Damm war. So durchgedreht, wie er sich zuletzt benommen hatte, würde er es nämlich nicht weit bringen. Das war ihm spätestens in der Unterführung klar geworden. Wenn er dort nicht auf Derek, sondern auf irgendeinen anderen Kerl gestoßen wäre, dann … Den Gedanken führte er lieber nicht zu Ende.

In einem windstillen Hauseingang zog Noah den Jackenärmel hoch und begutachtete den Schaden an seiner Hand. Sie war bis zu den mittleren Fingerknöcheln angeschwollen, und die Handkante war dunkel verfärbt. Obwohl die Prellung schmerzte, ließen sich sowohl die Finger als auch der Handrücken bewegen. Gebrochen war demnach nichts, auch wenn schon die geringste Bewegung übel wehtat. Noah strich den Arztbesuch in Gedanken und beschloss, dass ein Verband und ein anständiges Schmerzmittel ausreichen mussten, um sein Versprechen gegenüber Derek einzulösen. Außerdem brauchte er dringend ein Grippemittel, so wie sein Kopf schmerzte und seine Brust immer enger wurde. Wenn er sich nicht täuschte, war da gerade eine mächtige Erkältung im Anmarsch.

Während Noah eine Apotheke auf der anderen Straßenseite beobachtete, halb abwägend, ob der Apotheker sich bequatschen ließe, ihm for free auszuhelfen, dachte er unwillkürlich an einen Ort, wo es alles gab, was er brauchte. Doch er hatte sich fest vorgenommen, niemals wieder dorthin zurückzukehren. Dorthin, wo sich vor einigen Tagen die Hölle unter seinen Füßen aufgetan hatte.

Noah blickte auf seine Hand, zog hörbar die Nase hoch, dann sah er wieder zur Apotheke. Hinter der Theke entdeckte er lediglich einen hageren Mann mit Haarkranz.

Keine guten Voraussetzungen.

Ein jüngerer Mitarbeiter, besser noch eine junge Mitarbeiterin wäre günstiger gewesen, da konnte man eher mit Mitleid rechnen. Selbst wenn dieser verknöcherte Korinthenkacker ihm mit zwei Paracetamol aushalf, wäre das nur ein Tropfen auf den heißen Stein. Jedenfalls jetzt, da in seinem Hinterkopf in Großbuchstaben aufblinkte, wo es den richtig guten Stoff gegen Schmerzen gab. Stoff, auf den er genau betrachtet ein gewisses Anrecht hatte. Für ein schlechtes Gewissen war dann später noch Zeit.

Das Gebäude war ein rechteckiger Kasten aus Klinkerstein, der drei Stockwerke maß und reihum mit hohen Fensterbögen versehen war. Das einstige Grammophonwerk von 1898 stand abschüssig auf einer Wiese, die als Auslaufgelände sämtlicher Hunde des Nordviertels genutzt wurde. Im Hintergrund erhob sich eine Hochstraße, und die Nachbarschaft bestand aus Sozialwohnungen und unsaniertem Altbau, nicht weit entfernt von dem besetzten Haus, wo Noah seine Zelte aufgeschlagen hatte – und doch eine andere Welt, denn die Bewohner des Hauses zog es in eine andere Richtung, hin zu der Meile mit den Bars und Cafés, die einen gewissen Berliner Charme ausstrahlten, dorthin, wo die Straßenbahn fuhr und immer was los war.

Nur wenige Bewohner des Passig-Bunkers verschlug es zum alten Grammophonwerk – oder Kunstraum N, wie das Gebäude heutzutage hieß, seitdem eine Gruppe von Künstlern es von der Stadt gemietet hatte. Dabei hatten einige Bewohner des Kunstraums ihre ersten Jahre im Bunker verbracht, bevor sie das Chillen hintenanstellten, um ihr Ding zu machen oder zumindest darüber nachzudenken, zu planen und miteinander zu reden. Für die Leute aus dem Bunker hatte der Kunstraum N etwas Ätzendes, nicht nur, weil er gemietet war – und dann auch noch von der Stadt! –, sondern weil seine Bewohner irgendwie über dem gewöhnlichen Rumhänger-Typus zu stehen schienen.

Die Künstler führten ein Leben nach eigenen Regeln, indem sie ihren Ideen nachhingen, anstatt auf nichts etwas zu geben und den Tag mit voller Absicht nutzlos verstreichen zu lassen. Diese selbstbestimmte Haltung konnte einem schon Minderwertigkeitskomplexe einjagen, zumindest war es Noah so ergangen, nachdem ihn Karlie zum ersten Mal ins alte Grammophonwerk mitgenommen hatte. Es war erst ein paar Monate her, seit die junge Frau, die scheinbar jeden kannte, ihn auf einer Sommerparty im Bunker angesprochen hatte.

Karlie gehörte zu den Übersiedlern aus dem Passig-Bunker, die nach ihren wilden Besetzerzeiten dem alternativen Leben treu geblieben waren. Obwohl sie erst Mitte zwanzig war, behauptete Karlie von sich, schon alles gesehen zu haben. Und man glaubte es ihr auch, schließlich war sie nach einer ausgedehnten Weltreise auf ihrem Weg nach Berlin bloß auf Zwischenstation in Rerrick hängen geblieben, nachdem eine Grippe sie schachmatt gesetzt hatte. Im Bunker hatte Karlie sich dann in einen Typen verliebt, der sich während ihrer Fieberschübe aufopfernd um sie gekümmert hatte. Die Verliebtheit verabschiedete sich mit der fortschreitenden Genesung, dafür entstand eine Zuneigung zu Rerrick, ausgerechnet zu der Stadt, die für ihre Durchschnittlichkeit bekannt war. Das reinste Spießernest, wie Noah fand. Allerdings brachte das Grau in Grau einen Stern wie Karlie umso heller zum Strahlen. Und sie strahlte zweifelsohne so hell wie der Morgenstern. Als sie Noah auf dem Sommerfest angesprochen hatte, war er zuerst wie geblendet gewesen.

Wenn Karlie sich einem zuwandte, wurde man zum Zentrum ihres Universums. Alles andere war plötzlich uninteressant. Für die meisten Menschen war so viel Beachtung ein Schock, allerdings von der guten Sorte – vor allem, da die

Aufmerksamkeit von jemandem kam, der selbst der geborene Mittelpunkt war. Umso kälter wurde es, wenn Karlie sich abwendete, meistens so schnell, dass ihre Entdeckungen nicht einmal die Zeit hatten zu blinzeln.

Karlie wäre jedoch nicht Karlie gewesen, wenn sie nicht ständig in Bewegung gewesen wäre, allzeit bereit, zu neuen Ufern aufzubrechen. Sie nannte sich Performerin, aber es war ein offenes Geheimnis, dass sie zuallererst Lebenskünstlerin war. Ihr eher bescheidenes Zeugnis als Kunstschaffende hatte die übrigen, teils stadtbekannten Kreativen aus dem Kunstraum N nicht davon abgehalten, ihr eines der begehrten Ateliers zur Verfügung zu stellen. Jemand wie Karlie mochte es zwar nie zu einer eigenen Ausstellung bringen, aber sie verbreitete ein einzigartiges Flair, kannte die halbe Welt und war damit äußerst wertvoll für die Gemeinschaft.

Im Nachhinein glaubte Noah nicht, dass Karlie damals zufällig mit ihm ins Gespräch gekommen war, obwohl er bloß herumgelungert hatte, anstatt irgendetwas Verrücktes zu tun und damit ihre Aufmerksamkeit zu erregen, so wie einige andere Bewohner des Passig-Bunkers. Das war nicht bloß Anquatschen gewesen, sondern ein gezieltes Anwerbungsgespräch. Er war sich ziemlich sicher, dass alle weiteren Treffen nur dazu gedient hatten, ihn um den Finger zu wickeln, damit er dann zur rechten Zeit gefügig sein würde und ohne Fragen zu stellen tat, was sie von ihm erwartete. Und sie hatte richtiggelegen: Er hatte es getan, ohne den geringsten Widerstand zu leisten.

Bei ihrem Kennenlernen war Karlie, umgeben von Cannabis-Schwaden und Grillzeug essenden Leuten, dann auch ziemlich schnell auf den Punkt gekommen.

»Falls du morgen nichts vorhast …«, hatte sie leicht dahingesagt, während Noah seine Lethargie bereits mit dem ersten Augenkontakt abgestreift hatte und hochgradig fasziniert an ihren Lippen hing. »Ich will für ein Projekt eine

Maske von meinem Gesicht anfertigen. Eine Totenmaske, um genau zu sein. Ich könnte dabei ein wenig Hilfe gebrauchen.« Während Noah abgewogen hatte, ob das Angebot möglicherweise nicht mehr als ein großer Scherz war, hatte sie ihn plötzlich auf unwiderstehliche Art angelächelt. »Mit Gips herumzuspielen macht Spaß. Vielleicht fällt uns ja noch etwas anderes ein, wovon man einen Abdruck nehmen kann.«

Damit hatte sie ihn an der Angel gehabt. Und er hatte begeistert gezappelt.

Als Noah im Kunstraum N eintraf, war nicht viel los. Vermutlich war es um die Mittagszeit herum noch zu früh für Kreativität. Darüber hinaus hatte es wieder zu regnen angefangen, da blieben die Künstler lieber in ihren Altbauwohnungen mit einem wärmenden Milchkaffee in der Hand. Im Treppenhaus war lediglich Lutz unterwegs, ein älterer Jazz-Musiker aus dem Mittelgeschoss.

»Na, mein Freund«, haute Lutz ihn sofort an. »Bist du nicht einer von Karlies Genossen aus dem Passig-Bunker?« Als Noah nickte, lächelte Lutz. »Dann hast du doch bestimmt ein bisschen Gras zum Verticken dabei.«

»Nein, habe ich nicht. Habe ich übrigens nie. Oder sehe ich etwa aus wie ein beschissener Dealer?«, erwiderte Noah, um Lutz' Vorfreude auf einen bekifften Nachmittag ein abruptes Ende zu setzen. »Ist Karlie da?«

Lutz, der offensichtlich nicht wusste, ob er dem Möchtegern-Hausbesetzer für seine arschige Tour Bescheid sagen sollte oder ob nicht doch eine Entschuldigung angebracht war, zuckte mit den Schultern. »Du weißt doch, wie das mit Karlie ist: kommt und geht, wie es ihr gefällt. Aber ich habe irgendwas von einem Projekt läuten hören, wegen dem sie dauernd unterwegs ist. Vermutlich ein neuer Lover mit extradickem Portemonnaie.«

Genau darauf hatte Noah gehofft. »Alles klar, man sieht sich«, murmelte er und setzte seinen Weg durch das Treppenhaus fort, das so dicht mit Plakaten tapeziert war, dass man kaum einen Flecken Klinker sah. Sogar vor den ausgetretenen Treppenstufen hatten die Plakatfreunde nicht haltgemacht.

Oben vor Karlies Atelier angekommen, lauschte Noah erst einmal an der Metalltür. Keine Musik, kein Gelächter, also auch keine Karlie. Dann brauchte er sich gar nicht erst die Mühe zu machen anzuklopfen … Trotzdem stand Noah wie angewurzelt da. Vor seinem geistigen Auge tauchten Bilder auf, die zeigten, was sich hinter der Tür befand.

Du brauchst ja nicht hinzusehen, hielt er sich vor. Nur schnell rein, holen, was er brauchte, und dann sofort wieder raus.

Ein blasser, schlanker Arm flackerte wie vom Blitz beleuchtet auf … ein widerlich süßer Geruch hing plötzlich in der Luft … Karlies Schrei hallte in seinen Ohren wider …

Stöhnend lehnte Noah die Stirn gegen die Tür. Er war so kurz vor seinem Ziel, doch die Erinnerung war stärker.

14

Donnerstag, Mittagszeit

Es war alles besser geworden, nachdem es Marlis gelungen war, den stets aufs Neue hervorbrechenden Wahn abzuspalten. Die Beruhigungsspritze hatte ihren Sinneswandel zwar nicht verhindern können, dafür war sie jedoch schon vor ein paar Stunden imstande gewesen, der Krankenschwester, der sie einen Tritt verpasst hatte, ihre Entschuldigung ausrichten zu lassen. Und das Wichtigste: Sie war seit eben nicht länger fixiert. Gefesselt zu sein, während der Irrsinn in ihr tobte, hielt sie nämlich nicht aus, dann dauerte es nicht lange, und die Paranoia übernahm vollständig das Ruder.

Das hatte sie jedoch zu verhindern gewusst.

Der Wahn wütete zwar immer noch lautstark wie ein Orkan in ihr, aber sie beachtete den Lärm einfach nicht. Denn genau das war es: nur Lärm, nicht mehr. Auch wenn sie das immer wieder vergaß. Den Trick, den Sturm neben sich bestehen zu lassen, ohne von ihm berührt zu werden, hatte sie bei ihrer ersten Entbindung gelernt. Damals drohte der Schmerz übermächtig zu werden und sie in die Knie zu zwingen, bevor ihr Kind auf der Welt war. Dann, wie aus heiterem Himmel, hatte sich ein Schalter umgelegt. Danach war der Schmerz immer noch da gewesen und zugleich auch nicht. Als wären auf einmal zwei Marlis' in einem Körper vorhanden: Die eine lieferte sich der Pein aus, während die andere ihre Kraft auf die Geburt ihrer Tochter ausrichtete. Bis heute konnte Marlis sich nicht erklären, was sie zu dieser

Technik befähigt hatte, aber sie nahm sie dankbar an wie ein Geschenk.

Heute Morgen, als zwei Pfleger nötig gewesen waren, um sie zu fixieren, hatte Marlis sich in dem ganzen Durcheinander, das hinter ihrer Stirn herrschte, an dieses Geschenk erinnert. Oder das Geschenk hatte sich an sie erinnert, denn zu diesem Zeitpunkt war sie nicht mehr als ein in Panik um sich keilendes Tier ohne jede Vernunft gewesen.

»Soll ich Ihnen ein Kühlpad für Ihre Handgelenke holen? Die sehen ganz schön geschwollen aus.« Der Pfleger, der sie auf ihren tapsig gesetzten Schritten durchs Zimmer begleitete, schaute sie mitfühlend an.

Marlis blieb japsend stehen, ihr Kreislauf machte ihr arge Probleme. Tatsächlich trug sie einen Ring aus Blutergüssen um ihre Handgelenke. Das war der Preis, wenn man sich wie eine Verrückte zur Wehr setzte gegen Menschen, die einem nur helfen wollten. »Nein, ist schon gut, ich spüre mich im Moment eh kaum.«

Der Pfleger lächelte, während seine Augen voller Mitleid blieben.

Bei ihrem letzten Aufenthalt in der Psychiatrie hatte er sich rührend um sie gekümmert – und nicht nur um sie, wenn sie sich richtig erinnerte. Der Mann hatte offenbar keine Schutzfunktion errichtet, die man brauchte, um diesen Job unbeschadet zu überstehen. Marlis überlegte, ob sie ihn darauf aufmerksam machen sollte, aber solche Weisheiten sollten wohl kaum von einer Frau mit zerrauften Haaren, in einem Flügelhemd und mit herumgeisterndem Blick kommen.

Dagegen, dass ihre Augen rastlos durchs Zimmer streiften, konnte Marlis nichts ausrichten. Nein, sie wollte es nicht anders. Denn sobald sie den Blick ruhen ließ, sah sie etwas Weißes, Flaumiges, das von einem nicht vorhandenen Wind umhergetrieben wurde.

Federn, ihre Zelle war voller Federn.

Es gelang Marlis gerade so, sich nicht lautstark zu versichern, dass da selbstverständlich keine Federn waren. Oder gar den Pfleger zu fragen, ob er möglicherweise welche sah. Es gab nur eine Möglichkeit, und die musste sie akzeptieren: Die Federn waren eine Illusion, die ihr krankes Gehirn ihr vorgaukelte. Marlis' größter Feind saß in ihrem Inneren, das hatte sie schon vor Jahren begriffen. Nur leider reichte es nicht, die Krankheit beim Namen zu nennen, dafür war sie zu heimtückisch und schlich sich zur Hintertür herein, nachdem man sie zum Eingang hinausgescheucht hatte.

Unsinn, du hast ihr doch Haus und Hof geöffnet, als du die Medikamente abgesetzt hast, hielt sie sich vor.

Das war die Wahrheit. Genau wie es die Wahrheit war, dass ihr nichts anderes übrig geblieben war.

»Es war deine Entscheidung«, sagte eine Stimme aus der Tiefe des Zimmers.

Marlis' Kopf flog herum, bevor sie dazu eine Entscheidung getroffen hatte. Ein großer Fehler, wie sich sofort herausstellte. Am Tisch saß der nackte Junge, Federn klebten in seinem blonden Engelshaar, als hätten sich seine Flügel wie durch Zauberhand aufgelöst und nur ein paar weiße Erinnerungen hinterlassen.

Du wirst ihn nicht fragen, was er damit meint, befahl sich Marlis. *Er ist nur ein Spiegel deines kranken Hirns.* Trotzdem gelang es ihr nicht, den Blick abzuwenden. Zu schön war der Junge. Und so tot.

Jetzt verzog sich sein rosa Mund zu einer missbilligenden Schnute. »Du hast deine Entscheidung getroffen, und jetzt bin ich tot. Das weißt du doch, oder?«

Marlis krallte sich an dem stützenden Arm des Pflegers fest, der offenbar mitbekommen hatte, dass es ihr zunehmend schlechter ging, und sie behutsam zum Bett bugsierte.

»Was macht Ihnen denn solche Angst, dass Ihr Herz rast?«, fragte der Pfleger sanft. Federn umschwirrten seinen breiten Schädel mit dem geschorenen Haar.

Es brauchte zwei Anläufe, bis Marlis sich sicher war, einen anderen Laut als einen Schrei herauszubringen. »Der tote Junge, den ich gefunden habe …«

»Was ist mit ihm?«

»War der echt?« Marlis zwang sich, ihre Frage klarer zu formulieren. »Ich meine, habe ich heute Morgen wirklich zwei Tote in meinem Wintergarten gefunden, oder habe ich mir das nur eingebildet?«

»Du weißt, dass ich echt bin«, sagte der Junge durchaus belustigt.

Marlis weigerte sich, auch nur in die Richtung des Tisches zu blicken, sondern drückte ihren Kopf so tief wie möglich ins Kissen. Die Augen zu schließen traute sie sich nicht. Das machte es oftmals nur schlimmer, dann verwandelten sich ihre Lider in eine Leinwand des Wahnsinns.

»Ich weiß nicht genau, was Sie heute in Ihrem Haus gefunden haben«, sagte der Pfleger. »Es war aber auf jeden Fall etwas, das nun von der Kriminalpolizei untersucht wird. Sie haben sich also nichts eingebildet, der Schreck war allerdings sehr groß, deshalb sind Sie jetzt erst einmal bei uns. Sie müssen zur Ruhe kommen, damit Sie wieder unterscheiden können, was echt und was unecht ist. Das können Sie doch, Marlis. Das haben Sie schon bewiesen.«

»Nur leider bin ich echt und kein Wahnbild, das hat dein Kumpel dir auch gerade bestätigt«, erzählte die Stimme des Jungen im Plauderton. »Du hast mich gefunden. Die Frage ist: Wer hat mich dort hingelegt?«

Nun hielt Marlis es doch nicht mehr aus und richtete sich im Bett auf, obwohl ihr durch die rasche Bewegung schwarze Flecken vor den Augen tanzten. Oder war es vielleicht diese schwarze Substanz, die ihr Zuhause überflutet hatte und sich jetzt auch vor ihren Blick drängte? Sie war so klebrig gewesen …

Wie durch einen getupften Vorhang sah Marlis den Jungen mit elegant überschlagenen Beinen auf dem Stuhl sitzen und ihr zuwinken. Seine Haut war leichenblass, die Lippen mehr blau als rosa. Neben ihm lehnte eine nackte Frau gegen die Tischkante, die Arme unter den üppigen Brüsten verschränkt. Ihr Gesicht war ein einziges schwarzes Oval, und ein ekelhaft chemischer Geruch ging von ihr aus.

Marlis begann vor Übelkeit zu würgen.

»Hören Sie«, redete der Pfleger beruhigend auf sie ein. »Das war bestimmt ein großer Schock, aber Sie dürfen das nicht an sich heranlassen.«

»Diese Toten gehen mich sehr wohl etwas an«, entgegnete Marlis mühsam. »Sie waren in meinem Haus, und jetzt sind sie in meinem Kopf … Sie gehören mir!«

Während der Pfleger ihr die Schulter tätschelte, brach Marlis in Tränen aus. Ja, die Toten gehörten ihr. Vielleicht sogar mehr als das … Wer konnte das schon mit Sicherheit sagen?

15

Donnerstag, später am Tag

Es war dunkel in Karlies Atelier, nicht nur wegen des kräftigen Regenschauers, der hinter den mannshohen Fenstern niederging. Die nachtblauen Schals mit den Silberfäden waren zugezogen. Karlie hatte den Stoff von einer befreundeten Theaterdekorateurin bekommen und ihn über eine Wäscheleine drapiert, die sie zwischen den Wänden gespannt hatte. Reine Zierde, denn es lag ihr nichts daran, die Außenwelt auszusperren.

Sogar als Noah das letzte Mal im Atelier gewesen war, hatte sie ihn davon abgehalten, die Schals zuzuziehen. »Hier kann doch niemand reinschauen«, hatte sie mit samtweicher Stimme gesagt.

Noah hatte nachgegeben, obwohl er sich da nicht sicher war. Der gegenüberliegende Sozialbau war zwar ein ganzes Stück entfernt, aber er überragte das alte Grammophonwerk um zwei Stockwerke. Ein Typ, der weiter oben wohnte, brauchte nur jede Menge Zeit und ein Fernglas, dann konnte er live mitverfolgen, was die schöne Karlie so alles in ihrem Atelier trieb. Falls dieser Typ mit dem Fernglas tatsächlich existierte, hatte er seine Glotze bestimmt schon seit Ewigkeiten nicht mehr eingeschaltet.

Jetzt herrschte Zwielicht in dem Atelier, der Regen trommelte rhythmisch gegen das Fensterglas. Noah verkniff sich den Griff nach dem Lichtschalter, das mit Decken und unzähligen Kissen bedeckte Lager an der Stirnseite des

Raums brauchte er nun wirklich nicht zu sehen. *Zieh es einfach durch*, ermahnte er sich und blieb doch im Türrahmen stehen.

Ein Brennen stieg in seiner Kehle hoch, in seinem Magen tobte ein regelrechter Säurekrieg. Obwohl seine Nase von der aufkeimenden Erkältung bereits zugeschwollen war, setzte ihm die Geruchsmischung aus dem penetranten Gestank nach unzähligen Patchouli-Duftkerzen, Karlies herbem Parfüm, dem schon vor einer Weile verbrannten Cannabis und etwas Scharfem, archaisch Riechendem schlimm zu.

Noah war wie benebelt. Für eine Sekunde glaubte er Karlie zu sehen, wie sie nackt auf dem Bett lag. Ihre weiße Haut hob sich krass von den schwarzen Laken ab. Sie ruhte auf der Seite, den Kopf leicht in den Nacken gezogen, das lange Haar fächerartig ausgebreitet. Es sah aus, als würde sie schlafen. Was sie nicht tat, sie rührte sich nur nicht. Sie schien darauf zu warten, dass die Hand wieder auftauchte. Die Hand, die bestimmte, in welcher Position sie zu liegen hatte. Die Macht über sie hatte.

Ausgerechnet die eigensinnige Karlie.

Nur lag sie da wie eine Puppe, die auf Wunsch hin ihre Brüste rausschob und ihre Schenkel lockend auseinanderfallen ließ.

Noah musste sich vornüberbeugen, um den aufbrandenden Brechreiz zurückzudrängen. Dabei konnte er nicht länger ignorieren, wie seine Erektion gegen die Enge seiner Jeans drängte.

»Es war eine Drecksidee herzukommen«, murmelte er, als er am Lager vorbeistolperte, wobei seine Stiefel immer wieder gegen Dinge stießen, die Karlie hatte herumliegen lassen. Das reinste Chaos.

Das Atelier war früher einmal das Chefbüro des Grammophonwerks gewesen, vermutlich der Aussicht wegen, als sie noch nicht mit einem Plattenbau verschandelt gewesen war. Jetzt erzählten nur noch das zerkratzte Eichenparkett und der Uralttresor, der an der Wand stand, von der früheren Bedeutung. Es war ein dunkelgrünes Monstrum, das nach Eisen stank und hüfthoch war, obwohl sein Innenraum nicht mehr als ein kleiner Kasten war. Regelmäßig wurden Wetten darauf abgeschlossen, wann der Klotz wohl zu guter Letzt durch die Decke brechen und die darunter arbeitenden Klangkünstler wie die Rache des Apollon erschlagen würde. Der Illustrator, der das Atelier zuvor genutzt hatte, hatte seine Farben und Stifte in dem Ungetüm gelagert. Karlie hatte den Tresor wieder seiner ursprünglichen Bestimmung zugeführt, auch wenn sie keinen großen Wind darum machte. Den meisten Besuchern erzählte sie, der Tresor sei leider nicht zu öffnen, weil seine Nummernkombination in Vergessenheit geraten sei. In Wirklichkeit hatte sie Himmel und Hölle in Bewegung gesetzt, um herauszufinden, wie sich die Kombination ändern ließ, sodass kein anderer ihn mehr öffnen konnte. Noah hingegen hatte sie die Ziffernfolge verraten.

Noah zuckte bei der Erinnerung daran unwillkürlich zusammen. Was an dem Tag passiert war, war wie ein Stempel, den Karlie ihm aufgedrückt hatte. Seitdem hatte er sich verändert, alles hatte sich verändert. Noah kniff die Augen so fest zusammen, dass es schmerzte, aber das machte die Erinnerung nur lebendiger, ließ ihn eintauchen in eine Vergangenheit, die er nur zu gerne geändert hätte.

Es war an einem öden Herbsttag gewesen, als er Karlie in ihrem Atelier besucht hatte. Draußen pfiff ein schneidend kalter Wind um die Häuserecken, der Oktober legte offensichtlich nicht viel Wert darauf, sich von seiner goldenen Seite zu zeigen. Sie lungerten auf dem Kissenlager am Boden herum und hörten Deadmau5. Noah war bis kurz vorher noch auf einer Party gewesen, die einfach kein Ende genommen hatte. Die Wirkung vom Speed, das er sich eingeworfen hatte, um nicht schlappzumachen, hatte ihn immer noch fest in der Hand. Er war überdreht, lebendiger als alle Atmenden dieser verdammten Stadt zusammengenommen, er war regelrecht am Leuchten. Und genau das gefiel Karlie.

An diesem Nachmittag gefiel er sich sogar selbst, eine Nebenwirkung des Amphetamins, das unter seiner Haut kribbelte und sein Herz zum Rasen brachte. Während Karlie träge auf dem Rücken lag und Rauchringe in die Luft blies, fand er keine Ruhe. Sein Mund war dauerhaft in Bewegung, erzählte Unsinn über Dinge, von denen er keine Ahnung hatte, während seine Hände fieberhaft über die Kissenfluten wanderten, auf der Suche nach der Flasche Whiskey, die Karlie zur Verschönerung des drögen Nachmittags hervorgeholt hatte. Während sie dank des Alkohols immer relaxter wurde, spürte er nicht den kleinsten Nebel hinter seiner Stirn aufsteigen. Stattdessen waren seine Gedanken schneidend klar.

Eine Idee zeichnete sich ab, von großer Schönheit und Einzigartigkeit.

»Ist es nicht irre, dass wir komplett eingesponnen sind in die Lüge, wir könnten kapieren, was um uns herum passiert?«, fragte Noah ins Atelier hinein, als wäre es eine Bühne. »Ich meine, in Wirklichkeit sehen wir nur, was unser Hirn uns vorgaukelt, je nachdem, wie es gerade programmiert ist. Also bei mir sorgt das Speed zum Beispiel dafür, dass ich richtig klug finde, was ich gerade von mir gebe. Total spannend, da habe ich entgegen meiner sonstigen Art nicht den geringsten Zweifel dran.«

»Hört, hört«, raunte Karlie mit ihrer leicht schläfrigen Stimme, die sie nur umso aufregender machte.

Noah reichten diese zwei Worte zur Bestätigung, dass er sich auf dem richtigen Trip befand. »Wenn in dem Zeug, das ich mir eingeworfen habe, noch irgendein Dreck drin ist wie Rattengift, könnte mir das den Stoffwechsel verhageln, und plötzlich fühle ich mich nicht mehr wie ein Genie, sondern stürze abgrundtief ab.«

Schlagartig verstummte Noah. War klar, dass er an einen solchen Mist denken musste. Aber glücklicherweise war sein Speed astrein gewesen, deshalb kam er gar nicht erst in Versuchung, darüber nachzudenken, wozu Menschen in der Lage waren, deren Selbstbild zersprang und die in Abgründe blickten, bis diese sie verschlangen. Jetzt wollte er nur eins: Karlie beeindrucken, so sehr beeindrucken, dass sie mehr in ihm sah als nur einen lauwarmen Zeitvertreib.

»Unsere Weltanschauung ist nichts anderes als Chemie, und trotzdem glauben wir nonstop, den Durchblick zu haben«, redete er hastig weiter. »Der totale Witz.«

Karlie murmelte eine Zustimmung, schnipste die aufgerauchte Zigarette in eine Dose voll Sand und drehte sich auf den Bauch.

Schade. Sie trug nämlich ein weit aufgeknöpftes Männerhemd, und Noah hatte auf ein paar gute Einblicke gehofft.

Das Kinn auf die ineinander verschränkten Finger gestützt, sah Karlie ihn an, und ihr Blick brachte ihn endgültig zum Schweigen. Für eine Sekunde übertrumpfte seine körpereigene Chemie sogar das Amphetamin mit einem Gefühl wie purem Verliebtsein, doch es verpuffte sofort. Letztendlich hatte er Karlie zu gut beobachtet, um sich von ihrer Gabe blenden zu lassen. Davon abgesehen, dass sie rasend schnell das Interesse verlor, wenn ihr Gegenüber vor lauter Verschossenheit zu schmelzen begann. Sie hatte eine Schwäche für alles Lebendige, Pulsierende. Nur von der Lieblingsdroge der Menschen, der Liebesduselei, hielt sie nichts.

Karlie blinzelte ihm zu. »Möchtest du meine ganz persönliche Weltansicht kennenlernen?«

Es brauchte ein paar Sekunden, bevor Noah sich eine Antwort zutraute. »Warum nicht?«

»Dann schwing mal deinen Hintern rüber zum Tresor.«

»Willst du das nicht lieber selber machen?«, fragte er überrascht.

»Unsinn, du bist doch der eindeutig Fittere von uns beiden. Torkeln passt jetzt irgendwie so gar nicht in mein Konzept.« Demonstrativ nahm sie noch einen Schluck Whiskey.

Noah krabbelte auf allen vieren vom Lager und bahnte sich einen Weg durch das allgegenwärtige Durcheinander zum Tresor. »In diesem Stahlklotz steckt also das Geheimnis der großen Karlie?«, fragte er in der Hoffnung, abgebrüht zu klingen. Dabei spürte er nur zu gut den Klassenunterschied zwischen ihnen beiden: Er war bloß ein Typ, der so tat, als wüsste er, wie das Spiel läuft, während Karlie es erfunden hatte. Versuchshalber zog er an der handspannenbreiten Eisentür, ohne dass sie sich einen Millimeter bewegte. Da von Karlie keine Anweisung kam, stand er ratlos davor.

»Gibt es ein Zauberwort, oder soll ich einfach meine Lieblingszahl eingeben?«

Fast befürchtete Noah, Karlie sei eingeschlafen, dann kam jedoch eine leise geraunte Zahlenkombination.

Hastig setzte Noah das Zahlenrad in Bewegung.

Mit einem gut geölten Knacken öffnete sich die Tresortür, und im Halbdunkel zeigte sich eine echte Räuberhöhle, durchweht von der schweren Süße Schwarzer Afghanen. Neben einem Stapel Papieren und Fotoausdrucken lagen mehrere kleine Plastikbeutel mit Tabletten und eine Glasphiole mit getrockneten Pilzen. Das Erste, wonach Noah griff, war allerdings ein schmales, in blaue Seide gebundenes Kästchen, das ein antik aussehendes Spritzbesteck enthielt.

»Wow«, flüsterte Noah ehrfurchtsvoll. »Ein Luxus-Fixerset.«

»Nicht rumschnüffeln, schnapp dir das iPad und komm wieder zu mir«, wies Karlie ihn an.

Noah packte das Kästchen zurück und tastete hinter dem Papierstapel, bis er das iPad zu fassen bekam. Sehnsüchtig warf er einen letzten Blick auf den Drogenschatz und sagte sich dabei in Gedanken die Zahlenkombination vor. Die Information war mehr wert als das ganze Dope im Tresor zusammen.

Als Noah sich neben Karlie zwischen die Kissen fallen ließ, war sie tatsächlich weggedämmert. Ihre schwarz geschminkten Augen waren bis auf einen winzigen Spalt geschlossen, und sie atmete ruhig durch den Mund. Noah gönnte sich einen Moment, um sie zu betrachten. Doch anstatt ihr schönes Gesicht zu bewundern oder sich an ihrem aufragenden Hintern aufzugeilen, fragte er sich, was ihn eigentlich genau an dieser Frau anzog.

Wir sind uns nicht unähnlich, gestand er sich ein. *Einmal davon abgesehen, dass sie um Welten besser aussieht und straight ihren Weg geht, lassen wir beide es gern drauf ankommen. Wir sind nicht gegen Regeln, weil wir assi sind oder einfach keinen Durchblick haben. Wir wollen unser eigenes Ding machen, ohne Rücksicht auf andere.*

Darum nutzte er jede Gelegenheit, bei ihr zu sein. Nicht weil er auf sie scharf war – obwohl das zweifelsohne auch stimmte –, sondern weil sie sein Vorbild war. Das erste überhaupt seit einer schieren Ewigkeit.

Karlies Lippen verzogen sich zu einem Lächeln. »Warum starrst du mich an, anstatt das iPad zu inspizieren?«, fragte sie, ohne die Augenlider zu heben.

Ertappt, dachte Noah, während ihm das Blut in die Wangen schoss. Schnell öffnete er das Display. Von dort schaute ihn eine Karlie herausfordernd an, mit nacktem Oberkörper, die Arme vor der Brust verschränkt. Nach dem Motto: Geschaut werden darf nur mit Passwort.

»Was muss ich eingeben?«

Karlie rekelte sich erst einmal ausgiebig zwischen den Kissen, ehe sie sich zu einer Antwort herabließ. »Na, wie lautet das Passwort wohl, du Genie? *Fuck you* natürlich.«

Noah verkniff sich die Frage, ob irgendwas von diesem zum Lebensmotto gewordenen Passwort groß geschrieben werden sollte. Kaum hatte er *fuck you* eingetippt, verschwand die angriffslustig dreinblickende Karlie, und stattdessen tauchte eine schwarz-weiße Spirale auf, die sich unablässig wand.

Geradezu hypnotisierend.

Ehe Noah sich versah, hatte er aufs Zentrum der Spirale getippt, woraufhin sie sich in ein weißes und in ein schwarzes Band entwand. Er klickte das weiße an, und eine ganze Fotogalerie ploppte auf. Die Bilder zeigten ausschließlich eine Person – und zwar Karlie. Allerdings in immer neuen Rollen, oftmals so gut verkleidet, dass Noah sie erst auf den zweiten, dritten und manchmal nur auf den vierten Blick erkannte. Karlie als Mann, Karlie als Supermarktverkäuferin und Karlie als ihr eigener Zwilling, der ihr die Zunge rausstreckte. Auf einem Foto setzte sie sich mit dem altertümlichen Spritzbesteck aus dem blauen Kasten gerade einen Schuss, als wäre sie ein waschechter Junkie. Lauter verschiedene Häute, in die sie für die Kamera geschlüpft war, mal mehr, mal weniger authentisch. Spannend anzusehen, mehr aber auch nicht.

Überraschung! Karlie steht auf Rollenspiele, dachte Noah enttäuscht.

Als Nächstes klickte er das schwarze Band an, eigentlich nur deshalb, weil er Karlies lauernden Blick unter ihren schweren Lidern spürte. Sie zeigte ihm eine Seite von sich, die sie ansonsten versteckte – wortwörtlich, in einem Tresor. Da Karlie nicht schüchtern war, musste es einen guten Grund für diese Zurückhaltung geben. Als sich die schwarze Galerie öffnete, wusste Noah, warum.

Auch diese Bilder zeigten Karlie, allerdings auf eine gänzlich andere Weise.

Was Noah in der schwarzen Galerie zu sehen bekam, war kein Rollentausch mit Schminke und Kostüm. Sie waren kein Spiel, sondern zeigten Karlie, wie sie in Wahrheit war. In diesem Augenblick hatte Noah zum ersten Mal Angst vor ihr und vor dem, wozu sie imstande war.

Auf einem Bild ging Karlie durch einen Raum, der zu einem geschlossenen Museum zu gehören schien. Kein anderer Mensch war zu sehen, und die Beleuchtung war bestenfalls spärlich. Als wäre sie nachts eingestiegen, um allein zwischen den Exponaten umherzuspazieren. Den Blick nach vorn gerichtet, hastete sie mit langen Schritten am Bronzerelief einer ägyptischen Königin vorbei. Mit diesem Relief hatte das Museum vor ein paar Monaten für eine Ausstellung geworben, halb Rerrick war damit zugepflastert gewesen, sodass es nicht einmal Noah entgangen war. Wie war es ihr gelungen, dort hineinzugelangen?

Auf einem anderen Bild war Karlie zu sehen, wie sie sich durch einen Haufen Kirschen fraß. Ihr Gesicht war rot beschmiert, ihr Ausdruck zwischen gierig und angewidert – das gleiche Gefühl, das die Aufnahme bei Noah hervorrief.

Auf wieder einem anderen kauerte sie nackt in der Mitte eines zugefrorenen Sees. Die Landschaft wirkte wie mit weißem Puder bestäubt, den einzigen Kontrast bildeten Karlies rosig schimmernde Haut und das schwarze Wasser in der geschlagenen Öffnung im Eis, in das sie bereits ein Bein gesteckt hatte. Ihr Mund war vor Angst nur eine schmale Linie, trotzdem war klar, dass sie vor der Kälte nicht zurückschrecken, sondern in das Wasser eintauchen würde. Allein bei dem Anblick glaubte Noah zu spüren, wie sich eine Eisdecke über ihm ausbreitete. Hieß es nicht, die größte Gefahr, wenn man ins Eis einbrach, war nicht die Kälte, sondern dass man die Orientierung verlor und die Bruchstelle nicht wiederfand?

Der Schauer wurde heftiger, als Noah das nächste Foto anklickte.

Karlie vor einem federleicht weißen Hintergrund. *Wieder Schnee*, dachte Noah. Dann begriff er, dass der Grund, auf dem sie lag, über und über mit Federn bedeckt war. Dieses Mal bildete ihre Haut jedoch keinen Farbtupfer, sondern war ebenfalls schneeweiß. Oder vielmehr leichenblass, während ihr Kopf zur Seite weggerutscht war und die Gesichtszüge erschlafft hinabhingen wie bei einer Bewusstlosen. Die einzigen Farbtupfer waren ihr dunkles Haar und die leuchtend rote Ranke, die an ihrer Hüfte ihren Anfang nahm und sich bis zum Bauchnabel emporschlängelte. Ein an und für sich schönes Motiv, dem trotzdem etwas Hässliches innewohnte. Vermutlich lag es an dem Skalpell aus Edelstahl, das neben ihr lag und rot betupft war. *Das ist nur Farbe, ein kranker Scherz*, dachte Noah. Je länger er die Aufnahme jedoch betrachtete, desto sicherer war er sich, dass die Ranke tatsächlich in die Haut geschnitten worden war.

Karlie lag da wie eine Tote, der vor ihrem Tod ein Zeichen beigebracht worden war, bevor man sie für den Betrachter zurechtgelegt hatte.

Während Noah die schwarze Fotogalerie schloss, kam ihm eine Frage, die ihn fast noch mehr beschäftigen sollte als die verwirrenden Aufnahmen: War das wirklich Karlies Phantasie, oder gehörte sie jemand anderem? Etwa demjenigen, der die Aufnahmen gemacht und ihr die Ranke ins Fleisch geschnitten hatte …?

Das Bild von Karlie als schöner Leiche stand Noah ungebrochen vor Augen, als die restliche Erinnerung an den Herbstnachmittag vor ein paar Wochen bereits verblasste. Die Aufnahme von der blutigen Ranke hatte ihn nie wirklich losgelassen, besonders wenn er mit Karlie gesprochen hatte. Ihm war dann immer so gewesen, als würde ihr der Tod über die Schulter blicken und ihn angrinsen, so herausfordernd, wie selbst Karlie es niemals hinbekommen würde.

Nach diesem Regennachmittag war zwischen ihnen etwas anders gewesen, obwohl sie nie über die Bilder gesprochen hatten. Noah hatte gelegentlich daran gedacht, Karlie auf ihre verstörenden Kunstwerke anzusprechen und ihr zu erklären, was er bei der Betrachtung empfunden hatte. Letztendlich hatte er sich dagegen entschieden, denn genau genommen war er außerstande, seine Reaktion auf die Bilder zu beschreiben. Ihre Wirkung entzog sich schlicht seinem Wortschatz. Stattdessen hatte er darauf gehofft, dass Karlie ihm ihr wahres Ich gezeigt hatte, weil sie sich in ihm wiedererkannte und deshalb seine Freundschaft suchte.

Deshalb war Noah zu ihrem Komplizen geworden.

Genau ein Mal.

Seitdem wusste er, dass Karlie und ihn mehr trennte, als sie verband.

Und genau aus diesem Grund hatte er niemals wieder ins Atelier zurückkehren wollen.

Doch jetzt, da draußen der Regen das Tageslicht zu einem grauen Einerlei brach, umhüllt von vertrauten Gerüchen in Karlies Reich, die ihn in ihrer Intensität anzogen und zugleich abstießen, erschöpft und von Schmerzen gepeinigt, war es ein Ort, der schnellen Trost versprach.

Mit zitternden Fingern kramte Noah ein Feuerzeug hervor, damit er das Zahlenschloss des alten Tresors im Zwielicht bedienen konnte. Dabei musste er seine verletzte Hand zu Hilfe nehmen, was mit zusammengebissenen Zähnen jedoch ganz gut funktionierte. Sein Gedächtnis ließ ihn nicht im Stich, obwohl es in seinem Schädel mittlerweile rumorte wie in einem Sägewerk.

Endlich öffnete sich die Stahltür.

Noch immer glich das Innere des Tresors einer Räuberhöhle, wobei Noah sich vor allem für die Tabletten interessierte. Sogar das iPad erregte nur kurz seine Aufmerksamkeit. Er nahm es in die Hand und versuchte, es einzuschalten, doch wie erwartet hatte Karlie das Passwort geändert. Noah bedachte sie mit einem leisen »Fuck you«. Damit würde er sich beschäftigen, sobald er wieder einigermaßen auf dem Damm war. Bis dahin mussten die Fotos, auf denen er zu sehen war, warten. Im Augenblick brachte er ohnehin nicht die Kraft auf, sich ihnen zu stellen.

Leider war keine der kleinen Tüten beschriftet. Entweder wusste Karlie, welche Tabletten wie wirkten, oder es war ihr egal. *Vermutlich Letzteres*, dachte Noah grimmig. Er hatte jedenfalls kein Interesse an Russischem Roulette mit einer Handvoll Pillen. Vermutlich erwischte er bei seinem Glück noch eine Ladung Aufputscher – doch das Letzte, was er jetzt wollte, war wach sein. Er musste dringend für ein paar Stunden von der Bühne, bevor er sich dem Chaos stellte, das er angerichtet hatte.

Als Noah sich durch die verbotenen Zaubermittel wühlte, fiel ihm eine Schachtel mit Ampullen aus Braunglas in die Hand. »Morphinsulfat« stand auf dem Etikett.

»Treffer«, flüsterte er.

Er schnappte sich die Ampullen und das nachtblaue Kästchen. Zuerst spielte er mit dem Gedanken, es sich auf dem Kissenlager bequem zu machen, aber das brachte er nicht über sich. Er war vielleicht dreist oder auch verzweifelt genug, an den Ort zurückzukehren, der ihn auf den Grund seines höchstpersönlichen Abgrunds geführt hatte. Aber sich noch einmal in diese Kissen zu legen? Unmöglich.

Noah entschied sich fürs Fenster, wo er das Fensterbrett als Ablage benutzen konnte und gerade ausreichend Licht einfing, um das Spritzbesteck vorzubereiten. Falls der neugierige Nachbar mit dem Fernglas gerade auf der Lauer lag, würde er eben was zu sehen bekommen.

Die Benutzung des Spritzbestecks stellte eigentlich keine große Herausforderung dar, er hatte oft genug Crystal-Meth-Fans im Bunker dabei zugesehen, wie sie damit umgingen. Nur seine kaputte Hand machte ihm zu schaffen, er schaffte es zwar, eine der Ampullen zu köpfen und den Arm abzubinden, aber die Spritze zu setzen … Das haute selbst beim dritten Versuch nicht hin. Er war kurz davor, das Handtuch zu werfen und einfach eine Handvoll von irgendwas einzuschmeißen, so elend fühlte er sich inzwischen. Dann gelang es ihm aber doch noch, seine geschwollenen Finger dazu zu bewegen, die Spritze mit ihrer Metallhalterung zu packen und die Nadel in die Vene zu jagen.

Im letzten Moment fiel ihm siedend heiß ein, dass er die gefüllte Spritze nicht angeschnipst hatte, um mögliche Luftblasen zu entfernen. *Egal*, entschied er, drückte den Kolben runter und mit ihm das Morphinsulfat direkt in seine Vene.

Während Noah sich noch fragte, wie lange es wohl dauern würde, bis das Opiat wirkte, lief bereits eine sanfte Welle durch seinen Körper. Als hätte eine unsichtbare Hand über ihn gestreichelt und dem überall in seinem Leib tobenden Schmerz die Schärfe genommen. Mit einem Ausatmen zog er die Nadel unnatürlich langsam aus dem Einstichkanal und legte sie aufs Fensterbrett.

Es dauerte eine Weile, bis Noah begriff, dass er der Blutung in seiner Armbeuge nur zusah, anstatt sie zu stoppen. Aber irgendwie war das nun auch wieder kein Thema, mit dem er sich beschäftigen wollte. Dafür fühlte er sich viel zu erlöst, ungewohnt leicht, geradezu geliebt. Wenn man von all der Qual plötzlich erlöst wurde, dann war da doch nicht nur ein bisschen Flüssigkeit dafür verantwortlich, oder? Als wäre Sister Morphine persönlich über ihn gekommen, um sein Leid mit sanfter Hand fortzunehmen.

Noah beschloss, dass nicht einmal mehr vom Kissenlager länger ein Schrecken ausging. Außerhalb der Blase, in die das Opiat ihn hüllte, war es zum Schauplatz seiner totalen Niederlage geworden. Nun war es jedoch nicht mehr als ein einladendes Bett, in das er sich der Länge nach fallen ließ. Der Stoff unter seinem Gesicht fühlte sich jedoch nicht anschmiegsam, sondern ungewöhnlich hart an.

Seine Sinne spielten offenbar vollkommen verrückt.

Das Letzte, was er wahrzunehmen glaubte, war der metallische, schwer auf der Zunge liegende Geruch von Blut.

Ich blute, dachte er ohne Gefühlsregung, während er sich wie ein Embryo zusammenrollte. *Hier ist alles voller Blut.*

Nur, dass es irgendwie alt, fast abgestanden roch.

Das störte Noah jedoch nicht weiter, er schlief bereits.

16

Donnerstag, 13:15 Uhr

Als Svenja den Renault in die Straße lenkte, die zum Haus der Seelers' führte, war deutlich mehr los als noch in den frühen Morgenstunden. Nicht nur das Ermittlungsteam wuselte nach wie vor herum, sondern es hatten sich vor der Absperrung auch Schaulustige und ein paar Reporter eingefunden.

»Gibt es schon eine Richtlinie, wie wir mit der Presse umgehen sollen?«, fragte Svenja, die den Wagen mit einem gewissen Sicherheitsabstand zur Meute parkte.

Franka schluckte hastig den letzten Bissen ihres fetttriefenden Toasts hinunter, den sie beim McDrive geordert hatte, während Svenja für einen schwarzen Kaffee zu haben gewesen war. Zu ihrer Schande musste Franka sich eingestehen, dass es in Stresssituationen für sie nichts Hilfreicheres gab als Fastfood. Vielleicht lag es daran, dass ihr Leben seit Langem eine einzige Stresssituation war und sie deshalb kaum noch etwas anderes als pappige Burger und Döner vom Imbiss um die Ecke zwischen die Zähne bekam.

»Kein Wort zu niemandem, tippe ich mal. Bis der Chef den Kurs vorgibt.«

Svenja schnaufte. »Als ob die sich so einfach abspeisen ließen. Seit dem Asche-Fall hat die Journaille richtig Blut geleckt. Da haben sie bislang immer nur übers Schützenfest und politische Skandälchen geschrieben – und plötzlich spielt sich eine der aufsehenerregendsten Mordserien direkt vor ihrer Nase ab! Die Story hat den hiesigen Blättern eine Auflagensteigerung eingebracht, an die sie vermutlich nicht mal in ihren feuchtesten Träumen gedacht haben. Die wollen mehr als ein läppisches ›Kein Kommentar‹, wenn sie jetzt die berühmte Franka Janhsen vor einer wie Fort Knox abgeriegelten Villa sehen. Die werden sich an dir festbeißen, wenn du denen zu entkommen versuchst.«

»Vermutlich liegst du damit gar nicht so verkehrt.«

Missmutig betrachtete Franka die Presseleute. Einige hatte sie während ihres ersten Falls in Rerrick kennengelernt und wusste, dass sie im Prinzip lediglich harmlose Regionalreporter waren. Ungemütlich wurde es erst, wenn die Kollegen von den größeren Blättern oder gar Fernsehsendern Feuer fingen. Es sei denn, Svenja lag mit ihrer These richtig, dass auch die hiesigen Journalisten mittlerweile eine härtere Gangart fuhren.

»Wie auch immer«, sagte Svenja, die bereits nach der Fahrertür langte. »Damit musst du dich jetzt leider allein rumschlagen. Ich muss los, meinen Jüngsten von der Schule abholen, wird eh schon verflucht knapp. Der arme Kerl hasst es, warten zu müssen, während alle anderen Kinder bereits abgerauscht sind. Wenn du noch wegen was nachfragen willst …« Sie hielt ihr Handy hoch, dann war sie auch schon ausgestiegen und lief die Straße entlang, auf dem Weg zu ihrem eigenen Wagen.

Franka blieb sitzen und sammelte sich erst einmal. *Nun komm schon, du bist extra hergefahren, um dich noch einmal im Haus umzusehen, jetzt mit dem Wissen, dass Marlis Seelers unter Schizophrenie und weiß der Teufel was noch leidet*, kitzelte sie ihr Ehrgeiz. Erfolgreich.

Franka stopfte ihren Notizblock und das Handy in die Manteltaschen und zog sich eine Mütze, die für den Fall der Fälle in ihrer Handtasche steckte, über den Kopf. Ein graues unförmiges Teil aus alten Zeiten. Nun blieb nur zu hoffen, dass sie niemand erkannte, denn einen Schnappschuss von ihrem übermüdeten Gesicht unter diesem Wollmonster wollte sie nun wirklich nicht in der Abendausgabe des Rerricker Käseblatts sehen. Dann würde das Foto wochenlang an der Pinnwand im Dezernat hängen – angeblich aus lauter Kollegenstolz –, bis jemand ihr einen Schnurrbart und Hasenzähne malte und sie es endlich entsorgen konnte.

Als Franka aus dem Renault stieg, setzte ein feiner Nieselregen ein und hüllte die Straße in einen Schleier. Ein gutes Omen. Sie lief auf die andere Straßenseite und pirschte sich von hinten an die Gruppe Schaulustiger heran, um festzustellen, dass sich der Wunsch der Seelers-Nehrings, ihr Haus quasi unsichtbar zu machen, auszahlte. Vom Gehweg aus sah man vor allem Bambus, während die Einfahrt von den Einsatzwagen verdeckt wurde. Sie musste es also nur unerkannt bis zur Absperrung schaffen, dann konnte sie sich mit einem hingeschmissenen »Ich kann noch nichts sagen« verdrücken.

Die meisten Schaulustigen sahen nach zufällig vorbeigekommenen Spaziergängern und neugierigen Bewohnern des Viertels aus. Franka kümmerte sich nicht weiter darum, wohl wissend, dass ein uniformierter Kollege die Zuschauer mit dem Wissen im Hinterkopf beobachten würde, dass manche Täter sich in der Nähe ihres Tatorts aufhielten. Gewiss um herauszufinden, wie die Ermittlung voranschritt, aber sicherlich gab es darüber hinaus auch eine unsichtbare Verbindung zwischen Tätern und Opfern, die nicht so leicht zu durchschlagen war. Für den einen mochte es sich wie Stolz auf das vollbrachte Werk anfühlen, andere schoben es aufs schlechte Gewissen, während die Nächsten sich vielleicht versichern mussten, dass es wirklich passiert war. In diesem Fall war die Wahrscheinlichkeit, dass es den oder die Täter zu diesem Haus zurückzog, sogar recht hoch. Falls sie es tatsächlich mit einem Außenstehenden zu tun hatten, würde er sich seinem Kunstwerk zweifelsohne stark verbunden fühlen.

Immerhin steckte ein großer Teil seiner Persönlichkeit in der Leicheninszenierung, wenn Franka sich nicht täuschte.

Argwöhnisch checkte sie die Herrschaften von der Presse, während sie auf die Absperrung zuging. Dirk Märzbach von der Rerricker Rundschau fiel ihr auf, weil er mit seinem Fotografen abseits stand, so als hätte er es nicht nötig, sich mit dem Rest der Meute um jeden Brocken zu schlagen.

Franka blieb unwillkürlich stehen.

Dirk Märzbach war normalerweise einer von der eifrigen Sorte, fast schon gierig. Warum stand ausgerechnet er jetzt nicht im Zentrum des Geschehens, während seine wachen Augen jeden und alles scannten und er auf eine Chance lauerte?

Ein böser Verdacht kam Franka. Beim Asche-Fall hatte es im Team Probleme gegeben, weil immer wieder Informationen an die Presse gelangt waren. Das hatte jedoch schlicht daran gelegen, dass die SOKO mit den Dimensionen des Falls teilweise überfordert gewesen war und viele Kollegen keine Erfahrung damit gehabt hatten, wie schnell eine Berichterstattung außer Kontrolle geraten konnte. Seitdem hatte das Rerricker Dezernat viel gelernt. Keiner von den Fahndern würde zum jetzigen Zeitpunkt mit etwas rausrücken, dafür hatte jeder viel zu gut begriffen, was sich im Fall der auf Federn gebetteten Toten anbahnte. Und dass Simon ohne Rücksprache bei dem Journalisten angerufen hatte, konnte Franka sich nicht vorstellen. Trotzdem sonderte sich Dirk Märzbach gerade von der Pressetruppe ab und gab somit die hervorragende Aussicht auf, Einzelheiten zum Geschehen in Erfahrung zu bringen.

Obwohl Franka nicht sonderlich danach zumute war, nahm sie einen Kurswechsel vor.

Dirk Märzbach war ein Mittdreißiger, der vermutlich gut ausgesehen hätte, wenn dieser modische Schnurrbart und die zu spitzen Schuhe nicht gewesen wären. Er strahlte stets eine nervöse Energie aus, einen Hunger, der gewiss nicht leicht zu stillen war. Wenn Franka in seine Nähe geriet – was sie normalerweise vermied –, begannen ihre Warnsignale zu läuten. Etwas an dem Mann stimmte nicht, auch wenn sie nicht zu greifen bekam, was genau es war. Vielleicht die Besessenheit, die in seinen Augen gefunkelt hatte, als es ihm beim Asche-Fall gelungen war, den Keller mit der noch warmen Verbrennungsanlage zu stürmen. Ein Coup, aus dem er kein großes Aufhebens hatte machen können, weil Simon Ackermann ihm mit einer Anzeige wegen Hausfriedensbruch gedroht hatte. Dirk Märzbach hatte natürlich dagegen protestiert, aber nicht mit Nachdruck, sodass Franka den Verdacht nicht losgeworden war, dass ihm allein durch seine Anwesenheit am Tatort ausreichend Genugtuung zuteilgeworden war. Als hätte es ihm einen Kick gegeben, am Tatort gestanden zu haben. Ein beunruhigender Gedanke.

»Kommissarin Franka Janhsen!«, rief Dirk Märzbach leise aus, als wäre sie ein plötzlich ins Scheinwerferlicht tretender Promi, den er ganz für sich allein haben wollte. »Genau die Frau, die ich sehen wollte. Was ist denn hier bloß los? Ein Riesenkripoauflauf vor einer Designer-Villa – und nun die Spezialistin fürs Makabere. Dieser graue Novembertag wird immer interessanter.« Er lachte sie breit an, von Kopf bis Fuß ganz der Kumpel, mit dem man unverbindlich ein paar Witzchen reißen und plaudern konnte.

Nichts lag Franka ferner. Diesen Trick kannte sie schließlich selbst nur allzu gut. Als der Fotograf fragend die Kamera hob, schüttelte Franka den Kopf. Doch erst als Dirk Märzbach ihm ein Zeichen gab, ließ er es gut sein. So viel zum netten Beisammenstehen.

»Lohnt es sich tatsächlich, hier im Regen auf eine Wand von Ermittlungsfahrzeugen zu stieren?«, fragte Franka.

»Sagen Sie es mir!«

Und wieder dieses breite Grinsen. So langsam beschlich

Franka die Vermutung, dass der Journalist tatsächlich ein wenig nervös war. Das passte so ganz und gar nicht zu Dirk Märzbach, den sie als besonders kaltschnäuzig kennengelernt hatte. Wenn sein Chef ihn nicht zurückhielt, würde die Rerricker Rundschau täglich Aufmacher über Drogenhöllen in der angeblich so beschaulichen Stadt, über Ämterversagen und sämtliche Gewaltdelikte mit passenden Fotos bringen anstelle von Titelblättern, auf denen ein Eichhörnchen seine Nuss im herbstlichen Luisengarten versteckte. Bis zum Asche-Fall hatten solche abgründigen Themen einfach als unangebracht gegolten. Das hatte sich nun geändert, das hiesige Tageblatt war regelrecht angefixt, was blutige Schlagzeilen anbelangte – und Dirk Märzbach war genau der richtige Mann dafür.

»Na, kommen Sie schon, lassen Sie mich nicht verhungern«, flirtete Märzbach.

»Tut mir leid, ich bin gerade erst gekommen«, erklärte Franka nicht ganz wahrheitsgemäß. »Dachte, ich hör erst mal, was der Flurfunk so sagt.«

»Nun stapeln Sie aber tief. Was auch immer da drinnen gelaufen ist, ist eine ganz heiße Sache. Um das mitzubekommen, braucht man nicht erst dem Flurfunk zu lauschen, dazu sieht man sich bloß den Bullenansturm an.« Dirk Märzbach zog eine jungenhafte Grimasse. »Sorry, Sie rechne ich natürlich nicht mit dazu, Sie kommen ja aus einem ganz anderen Stall. Allein diese Stiefel, ganz großes Kino. Die sind noch aus Hamburg, was?«

Franka verkniff sich jegliche Reaktion. »Wenn Ihr Instinkt Ihnen zuflüstert, dass hier ein Top-Thema auf Sie wartet, warum stehen Sie dann nicht in der ersten Reihe?«

»Also echt, liebe Franka Janhsen. Sie wollen doch wohl nicht etwa meinen Job machen und die knallharten Fragen stellen?«

Dirk Märzbach lachte auf eine Art, die verriet, dass er mit

diesem Stil schon des Öfteren Erfolg gehabt hatte. Es fiel Franka nicht schwer, sich ihn in Clubs oder vor Konzertbühnen vorzustellen, wo er einen Hauch von Szene verströmte, weil er natürlich jeden kannte und dank seines Journalistenausweises überall reinkam.

Als Franka nicht auf sein Lachen einstieg, wurde Dirk Märzbach plötzlich ernst. »Okay, ich habe mich gerade an den Rand verdrückt, weil ich im Gegensatz zu den werten Kollegen längst weiß, wer in diesem Prachtbau wohnt, auch wenn sein Name nicht an der Tür steht: der Strafverteidiger Albert Nehring. An dem war ich im letzten Frühsommer dran, als er eine spektakuläre Verteidigung von so einem Millionärssöhnchen hinlegte. Wenn mein Chef nicht die Hose voll gehabt hätte, dass Nehring unseren Laden in Grund und Boden verklagt, hätte das eine schöne Story ergeben. Und jetzt tummelt sich die Mordkommission vorm Häuschen des umstrittenen Rechtverdrehers. Ist Nehring von einem seiner durchgedrehten Klienten niedergemetzelt worden? Oder war es ein Rächer, der ihn dafür hat bezahlen lassen, dass er reiche Dreckschweine vor Gericht freibekommt?«

»Sie sollten Romane schreiben, Märzbach«, sagte Franka leichthin.

»Liefern Sie mir ein bisschen Stoff. Dann habe ich das nächste Mal vielleicht auch etwas Spannendes für Sie, zum Beispiel über Frau Nehring oder eher Marlis Seelers, wie sich die Anwaltsgattin lieber nennt, damit niemand in dieser feinen Nachbarschaft die Nase rümpft. Jedenfalls singen die Vögelchen so einiges von den Dächern, was diese Dame anbelangt.«

Also hatte Franka richtiggelegen mit ihrer Vermutung, dass der Journalist bereits deutlich mehr wusste als seine Kollegen. Wenn er nicht nur heiße Luft verbreitete, sogar sehr viel mehr. »Ich bin ganz Ohr.«

»Ich auch«, hielt Dirk Märzbach dagegen.

Franka wartete ab.

Dirk Märzbach wartete ab.

Dieses Schweigen gab Franka zu denken. Der Mann warf keinen Köder aus, um sie weiterhin im Gespräch zu halten, und spekulierte nicht ins Blaue, um sie zu reizen. Er wollte ein Tauschgeschäft, nur verspürte Franka nicht das geringste Interesse, sich auf Dirk Märzbach einzulassen. Sie hatte im Krankenhaus mehr als genug über Marlis Seelers' Zustand erfahren, um sich mit einem Journalisten einlassen zu müssen.

»Schön, Sie gesehen zu haben«, sagte Franka zum Abschied und wandte sich zum Gehen. »Sie kennen ja meine Nummer, wenn sich Ihre Meinung ändern sollte.«

Dirk Märzbach lachte. »Frau Janhsen«, rief er laut. »Nun bleiben Sie doch noch einen Moment! Wir Journalisten beißen nicht.«

In der nächsten Sekunde drehten sich sämtliche Journalisten vor Ort zu ihnen um, und dann blitzten auch schon die Kameras im Nieselregen.

So viel zu Frankas unauffälligem Eintreffen. Sie warf Märzbach einen vernichtenden Blick zu, dann bahnte sie sich ihren Weg, ihr lapidares »Bin gerade erst angekommen« nuschelnd, während sie den Kopf samt Mütze schön unten hielt. Auch wenn sie kein Wort aus Märzbach herausbekommen hatte, war es das wert gewesen. Sie würde den Mann im Auge behalten, so viel stand fest.

17

Donnerstag, 13:27 Uhr

Dem Schlafzimmer war anzusehen, dass die Spurensicherung einen äußerst gründlichen Job gemacht hatte. Sogar der am Morgen noch vorhandene Duft nach schlafenden Menschen und abgestandener Luft war einer chemischen Note gewichen. Am stärksten fiel natürlich Marlis' zerstörte Ordnung auf, denn egal wie umsichtig die Kollegen von der Spurensicherung vorgingen, es würde ihnen niemals gelingen, all die tausend Kleinigkeiten wieder richtig an Ort und Stelle zu rücken, vor allem in einem Haushalt, an dem jedes Detail seinen festen Platz hatte. Bei einer Frau wie Marlis Seelers wären Markierungen, wo genau die Blumenvase zu stehen hatte, wenig überraschend.

Unwillkürlich fragte sich Franka, ob Marlis Seelers überhaupt in ihr Heim würde zurückkehren können. Nicht nur wegen des schrecklichen Funds, den sie im Wintergarten gemacht hatte, sondern auch weil die Trutzburg, die sie gegen das Chaos in ihrem Inneren geschaffen hatte, entweiht worden war. Die Vertrauen spendende Struktur wiederherzustellen dürfte für die angeschlagene Frau eine echte Herausforderung darstellen – falls sie die Psychiatrische Abteilung überhaupt so bald wieder verließ.

Frankas Blick wanderte über die grau-blau gestreifte Leinenbettwäsche und das moderne Gemälde über dem Boxspringbett, das in den gleichen zurückhaltenden Farben gehalten war. Auf den Nachttischen lagen übliche Dinge wie

Handcreme oder schmale Essay-Bände, die einen dank ihrer Kürze nicht um den Schlaf brachten.

In jedem Winkel des Hauses war eine übertriebene Zurückhaltung auszumachen, die Marlis Seelers scheinbar für ihr inneres Gleichgewicht brauchte. Abgesehen von den Ticks, die ihre Schwägerin Ricarda Marino erwähnt hatte, gab sie sich große Mühe, die Kontrolle über ihr Leben zu behalten. Für diesen Willensakt verdiente sie Respekt, wie Franka befand. Ganz egal, wohin ihr Weg sie letztendlich geführt hatte.

In Gedanken versunken zog Franka die oberste Lade der Wäschekommode auf, wo sie ohne große Überraschung auf eine Sammlung wollweißer, perlgrauer und roséfarbener Slips stieß. Kein Schwarz, erst recht kein Rot, genauso wenig wie Spitze oder andere Spielereien. Gäbe es in diesem Haus eine Extraschublade mit aufregender Wäsche, hätten das die Kollegen von der Spurensicherung sofort herausposaunt. Vermutlich, indem sie Franka einen Strapsgürtel direkt vor die Nase gehalten hätten mit der Frage, ob sie vielleicht eine Ahnung habe, was das für ein komisches Teil sei.

Gerade als Franka in einem Slip nach dem Etikett sah, um die Marke herauszufinden – sämtliche Schnipsel waren jedoch fein säuberlich herausgetrennt worden, aber der feine Stoff verriet trotzdem, dass es sich um keine Supermarktware handelte –, erklang hinter ihren Schultern ein Räuspern.

Das Letzte, was Franka wollte, war, mit den Händen in der Unterwäsche einer fremden Frau erwischt zu werden. Da waren die dummen Sprüche ja schon vorprogrammiert. Das Stück Baumwolle jedoch einfach zurück in die Schublade zu pfeffern hätte noch unglücklicher ausgesehen. Also murmelte sie nur ein »Ja?« und setzte ihre Inspektion fort.

»Wenn mir jemand erzählt hätte, dass der berühmtberüchtigte Anwalt Albert Nehring in einer so biederen Bleibe wohnt, hätte ich es nicht geglaubt.«

Nun ließ Franka das Höschen doch fallen und drehte sich um.

Hinter ihr stand Abel Messner, ebenfalls von der Mordkommission und nur ein paar Jahre älter als Franka. Im Gegensatz zu seinem sonst so akkuraten Äußeren sah Abel zerknittert und abgefeiert aus, passend zu dem Geruch von kaltem Tabak und Alkohol, der ihn wie ein Dunstkreis umgab. Simon, der auch mit einem unrasierten Gesicht und einer Weinfahne zum Einsatz aufgetaucht war, hatte im Gegensatz zu seinem Kollegen den Eindruck gemacht, als habe er eine flotte Nacht hinter sich. Abel hingegen wirkte, als habe er sich einen heftigen Kampf mit inneren Dämonen geliefert – und verloren. Auch wenn der Kommissar noch nie ein Wort über sein Privatleben verloren hatte, ahnte Franka, dass es zumindest in der vergangenen Nacht kaum gemütlich auf dem Sofa stattgefunden hatte.

Sie wusste nicht recht, was sie davon hielt, dass Abel Messner so dicht hinter ihr stand. Zwar gehörte er zu den wenigen Kollegen im Dezernat, die ihr gegenüber keinerlei Vorbehalte an den Tag legten, trotzdem verunsicherte sie seine Nähe. Es kam ihr vor, als wüsste Abel nicht instinktiv, wo die unsichtbaren Grenzen zwischen Menschen verliefen, als fehlte ihm dieser spezielle zwischenmenschliche Kompass. Vielleicht vergaß er den Wohlfühlradius auch nur bei ihr, während er einen auf netten Kollegen machte. Eine subtile Taktik, ihr als einem der wenigen weiblichen Singles im Dezernat auf die Pelle zu rücken.

Du wirst langsam paranoid, maßregelte Franka sich selbst und zwang sich dazu, Abel freundlich zuzunicken. »Was machst du denn hier, ich dachte, du bist im Urlaub?«

»War ich auch bis vor vier Stunden, da hat der Chef mich zurückgepfiffen, damit für diesen Fall eine SOKO eingerichtet werden kann.«

»Als ob Helmut Remens sich wirklich die Mühe machen

müsste, nach dir zu pfeifen. Du bist doch bestimmt schon gesprungen, als du seine Telefonnummer gesehen hast.« Das war natürlich alles andere als sportlich, aber der Seitenhieb war bereits raus, bevor Franka sich versah. Leider brachte nicht einmal der Kommentar Abel auf Abstand. Jetzt sah er sie auch noch an, als könne er ihr den Grund für ihre Bissigkeit von ihrer Nasenspitze ablesen.

»War nur ein Witz«, sagte Franka. »Vermutlich würde jeder von uns für einen solchen Fall sogar ein Spa-Luxus-Wochenende links liegen lassen.«

Abel musterte sie immer noch. Diesen kühlen grauen Augen wollte sie bei einem Verhör lieber nicht ausgesetzt sein. Der Kerl verstand sein Geschäft. Schließlich zuckte er mit den Achseln. »Bei mir stand nur ein verregneter Jagdausflug an, also kein großer Verlust. Bei dem Wetter heute wäre vermutlich eh nur wieder die Schnapsflasche gegen die Kälte dran gewesen, weil sich kein Rotwild blicken lässt.«

Franka murmelte etwas Unverständliches, während sie sich vorstellte, wie der hagere und dennoch muskulöse Abel mit einem Gewehr durchs Unterholz streifte. Sie musste gar nicht erst nachfragen, um zu wissen, dass er ein hervorragender Jäger war. Seine Jagdlust umgab ihn wie eine besondere Aura, die vermutlich auch dafür verantwortlich war, dass Franka in seiner Gegenwart innerlich auf Habachtstellung ging. Dabei übte er durchaus eine gewisse Anziehungskraft aus, zumindest zeigten die Damen der verschiedenen Abteilungen immer ein reges Interesse, wenn er im Dezernat den Flur entlangging. »Ein einsamer Wolf, der sein Leben der Aufklärung von Verbrechen gewidmet hat, muss doch ein dunkles Geheimnis hüten«, spekulierten die Ladies fasziniert.

Bei dem liegt ganz bestimmt was im Argen, so ist das immer bei den interessanten Männern, wusste Franka aus Erfahrung. Und genau aus diesem Grund begann sie sich verlegen am

Arm zu kratzen, als Ausgleich dafür, dass sie nicht einfach den Rückzug antreten konnte.

Im Gegensatz zu ihr schien Abel das sich ausbreitende Schweigen nichts auszumachen. Er hatte nämlich gerade die Wäschelade für sich entdeckt.

Franka wollte sich schon abwenden, da fiel ihr etwas ein. »Warum wundert es dich, dass Albert Nehring so wohnt? Kennst du ihn etwa?«

»Ob ich den Mann persönlich kenne, meinst du?« Abel schüttelte den Kopf. »Leute wie diesen erfolgshungrigen Anwalts-Hai lernt man nicht persönlich kennen, aber sie sorgen trotzdem dafür, dass man ihr Bild in Erinnerung behält. Davon leben sie sozusagen: immer die starke Nummer geben.«

Das passte gut zu dem Eindruck, den Franka von der Fotografie gewonnen hatte, auf der Nehring schon fast aufdringlich selbstbewusst in die Linse strahlte. Der Mann schien zum Spielen mehrerer Rollen gleichzeitig imstande zu sein: der Eindruck schindende Anwalt, der vor nichts zurückschreckt, der attraktive Endvierziger auf dem Zenit seines Lebens und der Familienvater, der mit seiner paranoiden Frau von Tür zu Tür läuft und versucht, trotz aller Aufopferung Zeit für seine Kinder abzuknapsen. Vielleicht lag Simon gar nicht falsch damit, dass er sich auf Albert Nehring stürzte, denn er war zweifelsohne eine spannende Figur voller Widersprüche.

»Mag schon sein … Aber du bist Nehring nicht nur beruflich begegnet, oder?«, hakte Franka nach.

»Wie kommst du darauf?«

»Ganz einfach, weil man von einem Anwalt doch durchaus erwarten darf, dass er in einem so erstklassig aufpolierten Zuhause wohnt. Seriös ohne Ende, außerdem riecht es in diesen vier Wänden unaufdringlich nach Geld. Mehr Understatement geht nicht.«

Abel lachte leise, ehe er die Kommodenlade schloss und sich die Einweghandschuhe abstreifte, um sich durchs kurz geschnittene, dunkle Haar zu fahren. »So fühlt sich das also an, wenn man von Franka Janhsen verhört wird. Da gibt es kein Entkommen.«

Was dann wohl bedeutet, dass ich einen Treffer gelandet habe, stellte Franka fest. »Nun lass dich doch nicht lange bitten. Falls du den Mann kennst, ist das ein großer Vorteil für die Ermittlungen. Wie du ja schon gesagt hast, ist Albert Nehring offensichtlich eine komplexe Persönlichkeit.«

»Wer ist das nicht?«

Franka biss die Zähne fest zusammen, damit ihr vor lauter Frust nur nichts Falsches rausrutschte. Eine der wichtigsten Eigenschaften einer Ermittlerin waren gute Nerven. Andererseits war es auch der ganz normale Wunsch, möglichst viel über ihren Fall herauszufinden – was Abel zu amüsieren schien. Dieser arrogante Arsch.

»Ich habe weder Lust noch Zeit für solche Spielchen«, erklärte Franka. »Falls du mich nur aufziehen willst, kannst du mich mal kreuzweise. Und falls du Nehring kennst, damit aber erst vor Ackermann rausrückst, um Pluspunkte beim Herrn Hauptkommissar zu sammeln – dann erst recht.« So viel zu ihrer eisernen Selbstbeherrschung.

Falls Abel sich angegriffen fühlte, zeigte er es nicht. Er lehnte sich locker mit der Hüfte gegen die Kommode und fühlte sich offenbar so wohl wie ein Fisch im Wasser. »Keine Sorge, ich will dir keine Informationen vorenthalten oder dich vor den anderen schlecht dastehen lassen. Warum auch? Die Sache ist nur ein wenig anrüchig.« Abel lächelte schief. »Unser Chef wird nicht begeistert sein, wenn er davon erfährt. Privatermittlungen kann er nicht ausstehen, und Björn weiß auch nichts davon.« Björn Dietze war Abels Partner, ein leicht übergewichtiger Mittvierziger, dem sein tatkräftiger Kollege durchweg auf die Nerven ging. Vor allem weil Abel als gut zehn Jahre jüngerer Kollege in der Hierarchie über ihm stand und wenig Rücksicht auf die zarten Gefühle seines Partners nahm.

Franka hob herausfordernd das Kinn. »Jetzt bin ich aber gespannt.«

In Abels Augen blitzte es auf. »Warum nicht«, sagte er. »Nachdem Nehring mir vor Kurzem während eines Prozesses, in dem ich als Ermittler aussagen musste, auf die Füße getreten ist, habe ich ihn mir ein wenig näher angesehen. Bestimmt bin ich nicht der Einzige im Dezernat, der den Kerl gern mal vorgeführt sehen würde, schließlich macht er sich nicht nur mit seiner Klientenauswahl unbeliebt, sondern auch mit seinen Verteidigungsmethoden. Muss man wohl, um als Anwalt so richtig Kohle zu machen.«

Also hatte Abel ein bisschen Privatrecherche betrieben, um dem Herrn Anwalt was am Zeug zu flicken. »Und was ist dabei herausgekommen? Hat Nehring gelegentlich ein paar Gramm Koks am Bahnhof gekauft oder Edelnutten übers Firmenkonto abgerechnet?«

Abel Messner war ein hervorragender Ermittler, und wenn er auch nur einen Hauch von Ehrgeiz an den Tag gelegt hätte, Karriere zu machen, hätte er eine ernsthafte Konkurrenz für Simon Ackermann um die Führungsposition im Dezernat dargestellt. Doch Abel lebte dafür, Fälle zu lösen. Alles, was der Job darüber hinaus an Möglichkeiten bot, interessierte ihn einen feuchten Kehricht. Trotzdem schien Simon seinem eifrigen Kollegen nicht über den Weg zu trauen, ansonsten hätte er sich wohl für Abel anstelle von Franka als neuen Partner entschieden, nachdem sein langjähriger Kollege sich nach einem Bandscheibenvorfall auf einen ruhigeren Posten hatte versetzen lassen.

Abel verfiel in Schweigen, als ein SpuSi-Mensch durchs Schlafzimmer lief, um ins Elternbad zu gelangen, wo die Arbeiten noch nicht abgeschlossen waren. Erst als der Kollege auf Frankas Wink hin die Badezimmertür hinter sich schloss, sprach Abel weiter.

»Ist nicht viel, was ich in der Hand habe. Einem Anwalt auf den Zahn zu fühlen, wenn man keine Zugriffsberechtigung auf Daten hat und ständig achtgeben muss, dass man sich nicht verrät, ist der reinste Eiertanz. Da braucht man Zeit und ein bisschen Glück.«

»Ich kann es mir vorstellen.« Franka begann unruhig mit den Fingerspitzen auf die Kommode zu trommeln.

Anstatt einen Zahn zuzulegen, grinste Abel. »Wohl kaum. Du bist schließlich eine von den ganz Korrekten, oder? Wie auch immer, in den letzten Wochen bin ich Nehring ein paar Mal gefolgt, weil meine sonstigen Nachforschungen nichts Handfestes ergeben haben. Verdammt vorsichtig, der Mann. Zu meiner Freude spazierte der Herr Anwalt an einem Abend dann mal nicht ins nächste Restaurant, um sich mit einem Klienten oder seinem Partner zu treffen, sondern zu einem verbotenen Bare-Fist-Fight.«

Diese News musste Franka erst einmal verdauen. Allein die Erkenntnis, dass so etwas in Rerrick stattfand, war schon eine starke Nummer. Sich jedoch einen erfolgreichen, wenn auch umstrittenen Anwalt unter den Zuschauern vorzustellen, überforderte sie. Dabei traute sie Albert Nehring einiges zu. Aber illegale, oftmals blutige Faustkämpfe? *Vielleicht ist es ja die Lust am Risiko, das ihn dorthin gelockt hat*, überlegte Franka. Eine komplexe Persönlichkeit, das hatte sie selbst gesagt.

»Was wollte Nehring bei dem Fight?«

»Gute Frage. Ich weiß es nicht. Der Kampf hat in der Rangierhalle beim stillgelegten Bahnhof stattgefunden, und er ist da eingekehrt, ohne mit dem Türsteher Probleme zu bekommen. Wenn ich es richtig beobachtet habe, hat er sogar gewettet. Allerdings war er kaum mit dem Herzen dabei, als es beim Kampf zum Eingemachten kam. Stand da rum wie ein Tourist, der sich ein folkloristisches Schlachtfest ansieht. Weil er da so unbeschwert reinmarschiert ist, kann man eigentlich davon ausgehen, dass er so etwas regelmäßig macht. Das glaube ich aber nicht.«

Während Abel sich weiterhin im Schlafzimmer umsah, mischten sich die Fakten hinter Frankas Stirn neu. Mit Abels Geschichte hielt sie ein weiteres wichtiges Puzzleteil in den Händen. Falls ihr Kollege richtiglag, hatte Albert Nehring einen Hang zu gezielten Grenzüberschreitungen. Dieses Verhalten passte zu einem Mann, der nicht nur vor keiner Herausforderung zurückscheute, sondern sie geradezu suchte – und der eine Vorliebe für rohe Gewalt hatte. Wie weit würde jemand von seinem Schlag gehen?

Vor Frankas geistigem Auge tauchte das Bild von den beiden Toten im Wintergarten auf. Ästhetisch, fast ein Kunstwerk und zugleich ein real gewordener Albtraum. Geteert und gefedert, den Blicken nackt ausgesetzt, nachdem sich jemand gewaltsam an ihnen vergangen hatte. Besonders das Gesicht der Frau, das nur noch aus einer rohen Masse bestand, weil jemand unermüdlich darauf eingeschlagen hatte. Vielleicht sogar mit bloßen Fäusten … »Schaut her, wozu ich in der Lage bin!«, schien diese Tat voller Gegensätze und Extreme zu schreien. Sorgfältig gepflegte Schönheit und rohe Gewalt nebeneinander, genau wie in Nehrings Leben.

»Hast du die Signatur von diesem Gemälde gesehen?«, rief Abel. »Das hat Marlis Seelers gemalt. Die Frau ist begabt.«

Franka nickte geistesabwesend, während sie eine Theorie spann. Vielleicht sah Nehring sich nicht nur gern brutale Schaukämpfe an, sondern mochte das Rohe auch in der Erotik. Gut möglich, dass ein Stelldichein aus Versehen tödlich geendet hatte, nachdem Nehring dem Jungen ein Beruhigungsmittel verabreicht hatte, damit er gefügig war. Dr. Weisband hatte doch in beiden Fällen auf einen groben

Liebhaber verwiesen … Und dann hatte Nehring beim Sex das Gesicht des Jungen so heftig ins Kissen gedrückt, bis der die Besinnung verloren hatte und erstickt war. Damit könnte es angefangen haben. Nachdem er Gefallen daran gefunden hatte, hatte er es mit dem weiblichen Opfer wiederholt, die möglicherweise eine Prostituierte oder seine Geliebte war. Nur ließ er sich dieses Mal so richtig gehen, daher die Brutalität, die nächste Eskalationsstufe.

So weit passte die Theorie ganz gut. Nur, hätte Nehring die Leichen dann in seinem eigenen Haus aufgebahrt, sodass im Zweifelsfall eine seiner Töchter darauf gestoßen wäre? *Nun, um das zu verhindern, hat er den Mädchen ja ein Beruhigungsmittel eingeflößt*, spann Franka den Faden weiter. Vielleicht war das Positionieren der Toten ja ein Bekenntnis: Seht, was ich getan habe, wer ich in Wahrheit bin. Um danach zu verschwinden … Das klang nicht schlecht. Nein, das klang sogar verdammt gut.

Während Franka in Gedanken versunken dastand, machte Abel ein paar Aufnahmen vom Schlafzimmer, hauptsächlich von dem Bild, das ihn sichtlich faszinierte, und den Essaybänden auf dem Nachttisch. Vermutlich verrieten ihm diese privaten Gegenstände mehr über die Bewohner als alles andere. Dann kehrte er zu Franka zurück, und fast sah es aus, als wolle er die Hand nach ihr ausstrecken, um sie wachzurütteln. Im letzten Moment hielt er sich jedoch zurück, vermutlich weil Franka plötzlich aus ihrer Starre erwachte und ihm einen drohenden Blick zuwarf.

»Warum interessierst du dich überhaupt so sehr für Nehring?«, fragte Abel. »Ich habe es so verstanden, dass Simon an dem Herrn Überanwalt dran ist, während du dich mit Frau und Kindern beschäftigen darfst.«

Der Hieb saß. Abel hatte sie soeben zu Simons Hilfsarbeiterin degradiert. Selbstredend verflog Frankas Interesse, ihn in ihre Überlegungen einzuweihen. »Falls du denkst, ich sitze auf einer kalten Fährte, weil ich mich um den privaten Hintergrund kümmere, dann solltest du schleunigst zusehen, in Simons Kielwasser unterzukommen«, schlug sie vor. »Zumal du dich mit Nehring ja so verdammt gut auskennst. Mit solchen Nachrichten kannst du dich beim leitenden Hauptkommissar sicherlich beliebt machen.«

Abel zuckte trotz Frankas scharfem Ton nicht einmal zusammen, als wäre ihr Gegenangriff bloß ein Schuss ins Leere. »Ich bin ganz bei dir, keine Frage«, behauptete er. »Der Schlüssel zu diesem Fall liegt zwar bei Albert Nehring, aber nicht, weil er ein eiskalter Rechtsverdreher ist. Es steckt mehr dahinter. Ich wäre übrigens dankbar, wenn wir meine kleine Privatrecherche vorläufig für uns behalten könnten. Um die Spur anzudeuten, können wir uns ja erst einmal auf die Gerüchteküche berufen und Nehrings Vorliebe für blutige Faustkämpfe und wer weiß was noch dann offiziell nachgehen. Was hältst du davon?«

Es war schwierig zu sagen, was Franka mehr abschreckte: wie selbstverständlich Abel das »wir« gebrauchte oder einen Weg abseits der Regel vorschlug. »Ich mache nichts hinter Simons Rücken«, erklärte sie entschieden.

»Das sollst du ja auch gar nicht. Es braucht doch nur ein paar Stunden Zeit, um die Spur zu Alberts extravagantem Hobby zu finden. Wenn wir es so machen, überlasse ich dir dafür gern die Lorbeeren.«

»Ich brauche keine geschenkten Lorbeeren.«

Davon ließ sich Abel jedoch nicht beeindrucken. »Mag sein. Aber ich brauche einen Partner, dem ich weiterhin in die Augen sehen kann. Was denkst du, wird Björn wohl machen, wenn er rausbekommt, was ich hinter seinem Rücken getrieben habe? Und dann renne ich damit auch noch zum Fräuleinwunder des Dezernats, anstatt mich zuerst mit ihm zu besprechen. Björn wird es so sehen, dass wir diese Info gemeinsam zurechtschrauben müssten, damit wir als Team gut dastehen. Außen vor gelassen zu werden gefällt ihm nicht, da kann er richtig nachtragend sein.«

Franka schüttelte den Kopf, obwohl sie durchaus nachvollziehen konnte, in welche Lage sie Abel brachte. Bei einem anderen Kollegen wäre sie vermutlich schwach geworden, schließlich baute man sich im Dezernat keine Seilschaft auf, indem man Kollegen aus Paragrafenreiterei ins offene Messer laufen ließ. Sich jedoch mit Abel Messner auf einen solchen Handel einzulassen – besonders wenn sie Simon dabei etwas verschweigen musste –, gefiel ihr nicht.

Abel blickte sie forschend an. »Ausgerechnet du müsstest mich doch verstehen«, sagte er leise. »Bei dir ist in Hamburg doch auch nicht immer alles gerade gelaufen. Wenn dein Mentor Marten Küppers nicht seine schützende Hand über dich gehalten hätte, wäre deine Karriere schon vorbei gewesen, bevor sie überhaupt richtig in Schwung gekommen ist.«

Ein zentnerschweres Gewicht senkte sich auf Frankas Brust. »Was weißt du über Hamburg?« Eine dumme Frage, schließlich hatte Abel ihr gerade bewiesen, dass er seine Ermittlungskünste nicht nur bei der Arbeit einsetzte. Es sah ganz danach aus, als habe er sich die neue Kollegin ein wenig genauer angesehen – und sei fündig geworden.

Abel hob beschwichtigend die Hände. Seine Bewegungen hatten stets etwas von einem Boxer, der immer die Deckung hochhielt, während er zugleich nach einer Möglichkeit zum Schlag suchte. Und jetzt hatte er einen Treffer gelandet. »Ich weiß nur das, was alle wissen: Unser Team ist um eine ehrgeizige, nicht sonderlich gesellige Kollegin bereichert worden«, sagte er wenig überzeugend. »Also … Ziehen wir an einem Strang?«

Während Franka nickte, dachte sie: *Ich glaube dir kein Wort, Abel Messner*. Sobald dieser Fall gelöst war, würde sie ebenfalls eine Privatrecherche starten, nicht nur, um herauszufinden, was Abel über ihre Zeit in Hamburg wusste. Sie würde den Kollegen, dessen Privatleben angeblich nur aus Jagdausflügen bestand, genauer unter die Lupe nehmen. Sie brauchte dringend etwas in der Hinterhand, falls Abel es drauf ankommen ließ. Und das würde er früher oder später – allein schon, weil er es konnte.

18

Donnerstag, 15 Uhr

Die zweite Teambesprechung dauerte länger als geplant, sodass Frankas Energievorrat aus dem Toast und einem bereits angegrauten Schokoriegel aus ihrer Handtasche schnell dahin war. Den Kollegen erging es nicht anders, sie rieben sich unentwegt die Augen und tranken nonstop Kaffee. Sogar Simon machte ein paar Bewegungen, um die Schultern zu lockern, auch wenn er ansonsten so präsent war wie immer. Wenn Franka sich nicht den Kopf wegen Abel Messner zerbrochen hätte, wäre sie wahrscheinlich auf die Idee gekommen, auf dem Weg zum Dezernat Blechkuchen für den Trupp zu kaufen. Die nachmittägliche Zusammenkunft lohnte sich jedoch, wie sich schon bald herausstellte. Denn obwohl die Ermittlungen gerade mal seit ein paar Stunden am Laufen waren, hatte sich bereits einiges getan.

Zu Beginn stand allerdings erst einmal eine Enttäuschung aus: Trotz intensiver Fahndung war die Identität der beiden Toten noch nicht bekannt. Keines der Opfer tauchte in einer Vermisstenanzeige jüngeren Datums auf, und sie wiesen auch keine Zahnimplantate oder ähnliche nachverfolgbare Spuren auf.

»Wir checken immer noch, ob einer der beiden mal erkennungsdienstlich behandelt worden ist«, hielt Ersan Görük die Fahne hoch. »Und vielleicht bringt der Körperschmuck von der Frau ja was, solche Cuttings sind schließlich ziemlich ungewöhnlich. Moment, ich habe irgendwo ein Foto von der Schnitzerei.«

Während Ersan in seinen Unterlagen nach einer Aufnahme der Ranke suchte, sie jedoch nicht fand, stellte Franka erstaunt fest, dass der junge Fahnder sich als Einziger die Mühe gemacht hatte, für die Besprechung ein frisches Hemd anzuziehen. Seine Unterlagen hatte er zwar nicht perfekt im Griff, aber sein Auftritt war blütenrein. Dabei hatte sogar sie vergessen, sich rasch frisch zu machen. Wenn sie nicht aufpasste, fing ihr neues, sorgsam gestyltes Ich noch zu bröckeln an.

Die KTU wartete mit der Neuigkeit auf, dass es sich bei der schwarzen Substanz tatsächlich um gewöhnlichen Teer handelte. »Da ist einfach handelsüblicher schwarzer Lack untergemischt worden. Dadurch hat sich die Farbe intensiviert, und der Schaden fällt deutlich höher aus«, erklärte die Kollegin aus der KTU sichtlich unzufrieden mit dem wenig spektakulären Ergebnis. »Am Handelsnachweis sind wir dran, das gilt auch für die Daunenfedern. Versprecht euch aber lieber nicht zu viel davon.«

»Hat die Obduktion vielleicht etwas Neues erbracht?«, fragte Simon.

Thomas Lochner, der den Vormittag in der Gerichtsmedizin verbracht hatte, schüttelte den Kopf. »Dr. Weisband hatte gerade erst mit dem weiblichen Opfer angefangen, als sie zu einem schweren Verkehrsunfall mit Todesfolge in der City gerufen wurde. Tja, was soll ich sagen: Wir haben in Rerrick halt nur eine Rechtsmedizinerin – und die lässt Franka und dir ausrichten, dass ihr doch bitte morgen früh Punkt acht in der Pathologie reinschaut. Dann teilt sie euch alles Wissenswerte persönlich mit.«

»Da freue ich mich doch jetzt schon«, murmelte Simon, der vermutlich gehofft hatte, mit den beiden Leichen nur noch in Form von Berichten konfrontiert zu werden.

Franka blinzelte ihrem Partner aufmunternd zu, ehe sie aufstand und ihren Bericht über Marlies Seelers' gesundheitlichen Zustand ablieferte. Wie erwartet traf sie auf offene Ohren, konnte den Erfolg jedoch nicht recht genießen. Die Frische der News über Marlis' Leidensgeschichte war für sie bereits verflogen. Schließlich war sie seit ihrem Gespräch mit Abel bereits ein paar Runden weiter, musste aber erst einmal verschweigen, dass auch Albert Nehrings Profil über das eines ehrgeizigen Anwalts hinausreichte. »Nur ein paar Stunden«, hatte Abel gesagt. Für Franka fühlte es sich jetzt schon wie eine Ewigkeit an.

Ihre Zweifel waren jedoch genauso vergessen wie ihre Erschöpfung, als die Albert-Nehring-Gruppe zu Wort kam, die einiges an neuen Fakten zusammengetragen hatte. Allen voran Simon, der in der Anwaltskanzlei mehr gerissen hatte, als zu erwarten gewesen war.

»Wolf Bartels, Nehrings Partner in der Kanzlei, ging ganz schön der Arsch auf Grundeis, als er darüber nachdachte, dass die beiden gefederten Toten auch in seiner Designervilla hätten liegen können«, erklärte Simon mit einem breiten Grinsen. »Schließlich haben er und Nehring gemeinsam diesen sadistischen Millionärssohn Jan Felsberg vertreten, den wir mittlerweile ins Zentrum unserer Ermittlungen gestellt haben.«

Jan Felsberg hatte im letzten April seinen siebenundzwanzigsten Geburtstag im großen Rahmen gefeiert. Soweit Franka es im Dezernat mitbekommen hatte, musste es sich um eine pompöse Sause der Extraklasse gehandelt haben, mit einer namhaften Liveband aus Hamburg im Marokko-Saal des Zoos. Schließlich gehörte der Familie Felsberg die über die Grenzen von Niedersachen hinaus bekannte Wurstfabrik namens Bergisch Wurst, die auf Selbstbedienungsprodukte spezialisiert war. Der Höhepunkt der Feier bestand dann jedoch in der Festnahme des Juniors unter dem dringenden Verdacht des zweifachen Mordes. In der Jagdhütte der Familie Felsberg im gut eineinhalb Stunden von Rerrick entfernten Harz waren kurz zuvor nämlich zwei verstümmelte Frauenleichen gefunden worden.

»Es war das reinste ›American Psycho‹-Schlachtfest: Erst wurde nach allen Regeln der Kunst rumgevögelt, und dann folgte ein völlig irres Blutbad«, hatte Holger Buchs Franka erzählt, als sie sich an einem der wenigen ruhigen Nachmittage zufällig zum Sonnetanken vorm Dezernat getroffen hatten. Der Kommissar war von den Kollegen im Harz hinzugezogen worden, weil eins der Opfer wie auch der Hauptverdächtige aus Rerrick stammten. Es war Buchs' letzter großer Job vor dem vorzeitigen Ruhestand gewesen. Franka hatte den bulligen Mann sofort gemocht, wahrscheinlich, weil seine überraschend ruhige Stimme sie an ihren alten Mentor erinnerte. Ansonsten hätte sie sich niemals mit einem Take-away-Kaffee neben ihn auf die Treppenstufen gesetzt. »Ich habe in meinen vierzig Dienstjahren einiges zu sehen bekommen, aber auf was wir in dieser gepflegten Jagdhütte gestoßen sind, war der reine Irrsinn. Die Kids, die da rein sind, um ein bisschen Spaß zu haben, sind wohl für den Rest ihres Lebens traumatisiert. Ich kann mir auch nach 25 Dienstjahren nicht vorstellen, was einen Menschen antreibt, so etwas zu tun.«

Die beiden weiblichen Opfer hatten sich als Prostituierte verdingt, Melanie Rossberg als gut bezahltes Callgirl aus Rerrick, während Rosalie Horák auf dem Straßenstrich bei Wernigerode angeschafft hatte. Vieles deutete darauf hin, dass Jan Felsberg die beiden Frauen für einen Tagesjob bezahlt und auf die Jagdhütte mitgenommen hatte. Nur waren aus dem Umfeld der Prostituierten keine verlässlichen Aussagen zu bekommen gewesen, noch ließ sich die Zahlung an Melanie Rossberg per Kreditkarte stichfest zuordnen. Auch wenn die Indizienlage schwammig war, sah es ganz danach aus, als habe Felsberg sich keine besondere Mühe gegeben, seine Spuren zu verdecken.

Während Simon den Doppelmord kurz für die Anwesenden skizzierte, klang Franka noch in den Ohren nach, wie Holger Buchs zu dieser Nachlässigkeit seine ganz eigene Theorie entwickelt hatte: »Ich vermute, Jan Felsberg wollte ursprünglich nur seinen Spaß mit den beiden Mädchen haben, und dann ist er irgendwie ausgetickt. Hätte der Kerl tatsächlich einen sadistischen Doppelmord geplant, wäre wohl ganz anderes Werkzeug als das Kamingeschirr und alte Jagdutensilien zum Einsatz gekommen. Der hat sich aufgeführt wie ein Marder im Blutrausch und nicht wie ein kühler Lustmörder. Mal davon abgesehen, dass er sich nicht einmal die Mühe gemacht hat, die Sauerei später aufzuräumen. Hätten wir den Tatort nicht erst sechs Monate nach der Tat gefunden, hätten wir ihn vermutlich allein anhand der Indizien überführen können. Aber so war das ein riesiger Saustall voller Ungeziefer.« So erzählfreudig der alte Kommissar auch war, mehr hatte er dazu nicht sagen wollen – und Franka hatte nicht weiter nachgebohrt. Wenn ein so erfahrener Kollege sich ausschwieg, dann beließ man es besser dabei.

»Ich mache es kurz, weil die meisten von uns den Felsberg-Fall ja mitverfolgt haben.« Jetzt war Simon durch und durch Leiter der Gruppe, stand aufrecht am Tischende und ließ seinem Team einen kurzen Moment, um dem Druck Luft zu machen, ehe er fortfuhr. Die Nennung des Felsberg-Falls ließ sogar den Puls von Kaltblütern wie Thomas Lochner hochschnellen. »Entscheidend für den Prozess war der Umstand, dass der Verdächtige, der bereits zuvor wegen Körperverletzung und Nötigung von Frauen aus seinem näheren Umfeld angezeigt worden war, ohne dass es je zu einer Verhandlung gekommen wäre, kein Alibi vorzuweisen hatte. Dafür gab es ausreichend Belege, dass er mit beiden

Frauen Sex gehabt hatte, und eine der Blutproben war ihm klar zuzuordnen. Eine eindeutige Sache also.«

Franka wartete darauf, dass wieder Stimmgemurmel laut wurde. Dieses Mal jedoch schwiegen die Kollegen. Die Wende in dem Felsberg-Prozess saß dem ganzen Dezernat immer noch schwer in den Knochen. Sogar Franka, die erst später dazugestoßen war, als der Fall schon zu den Akten gehörte, saß vor Anspannung kerzengerade da.

Simon blickte einmal in die Runde, während sich ein bitteres Lächeln auf seinem Gesicht ausbreitete. »Ein schnell erledigter Job, sollte man meinen. Zumindest sah es so aus, bis die Verteidigung während der Verhandlung plötzlich eine Zeugin vorlud. Theresa Michaelis behauptete, Jan Felsberg am besagten Wochenende als dritte Herzensdame in den Harz begleitet zu haben. Es sei ein aufregendes erotisches Experiment gewesen, nicht mehr. Dabei sei es durchaus zur Sache gegangen, es war die Rede von Fesselspielen und Messern. Als Beweis hat sie sogar ein paar frisch verheilte Narben vorgezeigt, die Felsberg ihr im Eifer des Gefechts zugefügt habe. Als er versehentlich zu tief geschnitten hatte, hatte sie ihm aus einem Reflex heraus einen Schlag ins Gesicht verpasst, und er habe Nasenbluten bekommen. Mit diesem Höhepunkt der besonderen Art sei das Experiment dann beendet worden, weil Theresa Michaelis wegen des tiefen Schnitts zum Arzt musste. Jan Felsberg habe sie in einer Nacht-und-Nebel-Aktion zurück nach Rerrick gefahren, während die beiden anderen Frauen noch auf der Hütte geblieben wären, wohlbehalten, aber zu erschöpft, um schon aufzubrechen. So weit die Geschichte der Zeugin. Ihre Behandlung ist übrigens von einem Rerricker Allgemeinmediziner bestätigt worden, der glaubte, sich auch an Jan Felsbergs Anwesenheit zu erinnern.« Nun zogen sich Simons markante Augenbrauen doch noch zusammen. »Genau dieser Arzt wurde übrigens von der Kanzlei Nehring & Bartels vertreten, als er eine Anzeige wegen Trunkenheit am Steuer eingefahren hatte. Nur so als Randbemerkung.«

»Genau das, was man von dieser Mischpoke erwartet«, rief Feitner in den Raum. Der Leiter der Spurensicherung war während der Besprechung ansonsten auffallend ruhig gewesen und hatte tief in seinem Sitz gehangen. Der hohe Zeitdruck setzte ihm offenbar mehr zu, als er einzugestehen bereit war. »Lass mich raten, warum diese angebliche Zeugin erst mitten im Prozess damit rausrückte, dass sie sich angeblich mit Jan Felsberg und zwei Nutten die Seele aus dem Leib gevögelt hat: Sie hatte es schlicht vergessen, bis es ihr – peng! – plötzlich wieder eingefallen ist. Kann ja mal passieren, flotte Vierer und Messerspiele gehören schließlich zum gutbürgerlichen Alltag.«

Wenn Feitner mal den Richtigen beißt, sind seine Boshaftigkeiten ganz prickelnd, gestand Franka sich widerwillig ein.

»Ganz so leicht hat Theresa Michaelis es sich dann doch nicht gemacht, obwohl sie auch damit durchgekommen wäre«, sagte Simon, der ebenfalls ein Schmunzeln zu unterdrücken versuchte. »Sie habe so lange geschwiegen, weil die Angelegenheit eben aus dem Ruder gelaufen sei und sie es nicht über sich gebracht habe, sich dazu vor Gericht zu bekennen. Außerdem sei sie lange Zeit davon ausgegangen, dass Jan Felsberg ohnehin freigesprochen werden würde, weil für sie außer Frage stand, dass irgendjemand anderes den Doppelmord begangen habe. Vermutlich ein Spanner, der sie schon die ganze Zeit über beobachtet hatte und dann seine Chance genutzt hätte, als die beiden Frauen allein in der Hütte zurückgeblieben wären. Zu dieser Darstellung hat der Angeklagte übrigens geschwiegen, so wie er überhaupt nicht ein Mal Stellung bezogen hat. Von Jan Felsberg gab es nur beharrliches Schweigen, selbst nach seinem Freispruch.«

»Hat inzwischen jemand mit Jan Felsbergs Messer-Freundin gesprochen?« Franka blickte fragend in die Runde.

Einer der Fahnder aus Simons Team meldete sich zu Wort. »Wir haben versucht, Theresa Michaelis unter ihrer letzten bekannten Adresse zu erreichen. Da wohnt sie aber seit August nicht mehr, und neu gemeldet ist sie bislang nirgends. Wir gehen der Angelegenheit nach.«

»Und Jan Felsberg?«

»Das ist auch so eine Sache. Einen Moment …«, sagte Ersan Görük, um dann zu verstummen, als warte er auf die Einflüsterungen einer imaginären Souffleuse.

Als sich der Felsberg-Verdacht zu verdichten anfing, hatte Simon den jungen Fahnder aus der Nachbarschaft des Fundorts abgezogen. Kein Wunder, dass Ersan einerseits überschäumte vor Engagement und andererseits nicht so perfekt vorbereitet war, wie man es jetzt in der Besprechung von ihm erwartete. *Klappt immer schlecht, mit einem Hintern auf mehreren Hochzeiten zu tanzen*, dachte Franka. Bei Gelegenheit würde sie dem Kollegen mal ein paar Tipps geben – falls er das überhaupt wollte. So leicht war er nämlich nicht zu durchschauen.

Ersan räusperte sich. »Okay. Jan Felsbergs Eltern, bei denen er seit dem Prozess offiziell als wohnhaft gemeldet ist, haben ziemlich hartnäckig gemauert, als ich ihren Sohn sprechen wollte. Aber nachdem ich eine Anspielung auf den Fund einer weiblichen verstümmelten Leiche gemacht hatte, die sozusagen in seinem persönlichen Umfeld aufgetaucht wäre, waren sie dann doch zugänglich.«

Es folgte eine weitere Pause, die eine übernächtigt aussehende Kollegin mit einem »Nun komm mal auf den Punkt, ich hab noch was anderes zu tun« quittierte.

Entschuldigend hob Ersan die Hände. »Sorry. Also, die Felsbergs sponsern ihrem Sohn gerade einen unbegrenzten Aufenthalt in einem Sanatorium, wie sie es nannten. Weil der Junge durch die polizeilichen Nachstellungen seelisch angeschlagen sei. Jedenfalls ist das angebliche Sanatorium nichts anderes als eine edle private Psychiatrische Klinik im Alten Land, knapp zwei Autostunden von Rerrick entfernt.«

»Na, immer noch besser, als wenn der Frauenschlitzer draußen frei rumrennt«, gab Feitner zu bedenken.

Ersan nickte, auf diesen Satz hatte er sichtlich nur gewartet. »Wenn diese Psychiatrische Klinik Wert auf Sicherheitsverwahrung legen würde, wäre das bestimmt der Fall. Nur war Jan Felsberg auf eigenen Wunsch da und durfte die Klinik deshalb auch jederzeit verlassen – was er gestern Morgen auch tatsächlich getan hat. Er ist am frühen Morgen zu einem Spaziergang aufgebrochen und bislang nicht wieder aufgetaucht.«

Das war natürlich der Kracher.

Nun war niemand mehr erschöpft oder hungrig. Lauter wache Gesichter in Konferenzraum II. Und Ersan Görük hatte die Bombe zünden dürfen.

Was die Förderung von Nachwuchs angeht, kann man Simon Ackermann wirklich nichts nachsagen, dachte Franka eine Spur zu angetan, wie sie feststellte.

»Das alles fand Nehrings Partner, Wolf Bartels, natürlich hochinteressant.« Es war Simon an der Nasenspitze anzusehen, was für ein Heidenvergnügen er daran gehabt hatte, den Anwalt zum Schwitzen zu bringen. »Es hat dann auch nicht lange gedauert, bis Bartels damit rausgerückt ist, dass Jan Felsberg nicht besonders überzeugt von der Verteidigungsstrategie gewesen ist. Der Anwalt hat natürlich nicht direkt gesagt, dass Felsberg sich zu dem Doppelmord bekannt habe, aber er wollte auf keinen Fall auf unschuldig plädieren. ›Der Idiot hat seine eigene Verteidigung torpediert‹, hat Wolf Bartels wortwörtlich, wenn auch unter der Hand gesagt. Besonders mit Nehring hat es deshalb wohl mehrmals ordentlich gekracht, Felsberg habe ihm vorgeworfen, nicht sein Anwalt, sondern der seiner Eltern zu sein, die sich bloß Sorgen um ihr eigenes Ansehen machten.«

»Verständlich«, warf Feitner ein, der langsam zu Hochtouren auflief. »Das Image eines Wurstfabrikanten verbessert sich nicht wirklich, wenn der Sohnemann fürs Abschlachten von Frauen verurteilt wird. Die Eltern werden Nehring & Bartels mit Geld zugeschissen haben, damit sie um Himmels willen nur den Jungen raushauen – was diese Hurensöhne dann ja auch getan haben. Theresa Michaelis steht hundertpro auf deren Lohnliste.«

»Mag sein, aber der entscheidende Punkt ist doch, dass Jan Felsberg offensichtlich nicht freigesprochen werden wollte, aber auch nicht zu seinem Verbrechen stehen konnte. Vielleicht gerade wegen seiner Eltern.« Simon stützte beide Arme auf die Tischplatte; unter den aufgekrempelten Ärmeln traten die angespannten Muskeln seiner Unterarme hervor. »Die Theorie, ein psychisch labiler Jan Felsberg könnte dem uneinsichtigen Albert Nehring nun bewiesen haben, wozu er in Freiheit imstande ist, schien Wolf Bartels gar nicht so abwegig. Jedenfalls hat die Kanzlei uns ihre Zusammenarbeit zugesagt – und Bartels hat auch gleich um Polizeischutz für seine Familie gebeten. Ich freue mich schon persönlich darauf, diese Information bei der ersten Gelegenheit an die Presse weiterzugeben.«

»Dann ist Jan Felsberg jetzt also unser Hauptverdächtiger?«, hakte Ersan eifrig nach.

Das ging Franka dann doch zu weit. »Felsberg ist im Moment *einer* der Hauptverdächtigen. Das ist zwar eine heiße Spur, an der du mit dran bist, aber es gibt noch ein paar andere, okay?«

Simon nickte zustimmend. »Der Fall ist viel zu kompliziert, als dass wir uns jetzt schon festlegen sollten. Diesen Fehler werden wir nicht machen, sondern zusehen, dass wir den Spuren, die sich aufgetan haben, weiterhin nachgehen. Was Franka über Marlis Seelers' psychischen Zustand herausgefunden hat, ist ebenfalls ein interessanter Ansatz, da müssen wir unbedingt dranbleiben. Das ist definitiv gleichberechtigt.«

»Wir sollten auch Albert Nehring nicht vergessen. Hier hat sich bislang noch nichts Neues ergeben«, gab Abel Messner zu bedenken. Als Neuankömmling hatte er sich bislang im Hintergrund gehalten, sich das Update der verschiedenen Ermittler, der SpuSi und die ersten Ergebnisse der KTU angehört.

Sogar Franka hatte Abels Anwesenheit beinahe vergessen, besonders nachdem Simon knapp nach ihr im Dezernat eingetroffen war und sie vollauf in Beschlag genommen hatte. Jetzt dröhnte ihr die Unterhaltung mit Abel wieder in den Ohren: sein Drängen auf Zeit, damit er seine privaten Ermittlungen vertuschen konnte, gepaart mit seiner Andeutung, er wisse etwas über Frankas Zeit in Hamburg. *Vielleicht ist ja tatsächlich Jan Felsberg unser Täter. Dann ist es eh egal, was Albert Nehring so treibt, wenn er nicht gerade Frauenmördern ein Alibi gegen Geld besorgt*, dachte sie. Aber wohl fühlte sie sich trotzdem nicht bei der Vorstellung.

»Natürlich bleiben wir auch an Albert Nehring dran.« Simon ging ein paar Schritte auf und ab, als hielte er den Stillstand keine Sekunde länger aus. Während seines eiligen Vier-Augen-Gesprächs mit Franka hatte er die Krawatte bereits gelöst, den Kragen gelockert und die Ärmel aufgekrempelt. Der Fall beflügelte ihn, vermutlich würde er bis zur Aufklärung vergessen, dass es so etwas wie Nahrung und Schlaf überhaupt gab. Bei ihm verband sich die Leidenschaft für seinen Job mit der Ausdauer des Langstreckenläufers. Dabei achtete er gelegentlich nicht darauf, wen er alles abhängte.

»Wir sollten Nehring von drei Seiten aus einkreisen«, schlug Franka vor. Dabei zwang sie sich, nicht zu Abel hinüberzublicken. »Erstens: Wir sollten ihn als potenzielles Entführungsopfer sehen, denn in seinem Haus ist er, soweit die Spurensicherung das bereits sagen kann, nicht umgebracht worden. Genau wie die Tatorte für die beiden Toten ebenfalls woanders zu suchen sind.« Franka hielt einen zweiten Finger in die Höhe. »Außerdem sollten wir ihn als möglichen Täter unter die Lupe nehmen, wobei dann nicht nur die Frage, warum er so etwas getan haben könnte, von Bedeutung ist, sondern auch, wohin er verschwunden ist. Möglicherweise tut sich hier noch eine Fährte auf, wenn wir genauer hinsehen.«

»Warum sollte ein Anwalt und Familienvater so etwas komplett Irres in seinem eigenen Haus tun, unter dessen Dach seine beiden kleinen Töchter schlafen? Dieser Spur nachzugehen ist doch die reinste Ressourcenverschwendung«, unterbrach sie Georg Feitner.

Franka ignorierte ihn und hielt stattdessen einen weiteren Finger in die Höhe. »Drittens sollten wir nicht außer Acht lassen, dass Albert Nehring möglicherweise aus einem Grund, der nichts mit dem Mordfall zu tun hat, das Haus verlassen haben könnte. Wie es schien, ging es seiner Frau gestern Nachmittag sehr schlecht, sodass er sich möglicherweise überfordert fühlte. Eine Kurzschlussreaktion wäre zumindest denkbar.«

»Gut«, schaltete Simon sich ein, bevor Feitner einen weiteren Kommentar nachsetzen konnte. »Sowohl Marlis Seelers als auch ihr Ehemann müssen genauestens durchleuchtet werden. Je schneller wir die Vielzahl an Möglichkeiten reduzieren können, umso besser. Der Chef wird uns bestimmt noch mehr Leute zur Verfügung stellen ... sobald er wieder auf dem Damm ist.« Bei der Erwähnung von Helmut Remens, der immer noch nicht von seiner Zahn-OP zurückgekehrt war, fasste Simon sich unwillkürlich an den Kiefer, als spüre er einen Phantomschmerz. Kurz vor der Besprechung hatte Simon einen Anruf vom Chef des Morddezernats auf Lautsprecher gestellt, sodass Franka mithören konnte. Es hatte jedoch nicht viel zu hören gegeben, weil Helmut Remens' Mund tamponiert gewesen war und die Betäubung einen Großteil seiner unteren Gesichtshälfte weiterhin fest im Griff hatte. »Der steht doch vollkommen neben sich«, hatte Simon ihr zugeflüstert, während Helmut Remens steif und fest behauptete, es noch rechtzeitig zur Besprechung zu schaffen.

»Selbst mit einem größeren Team wartet ein Haufen Arbeit auf uns. Es macht den Fall nicht gerade einfacher, dass sich so viele Fährten auftun. Schlussendlich dürfen wir den großen Unbekannten nicht vergessen, der noch in keinem unserer Ermittlungsansätze aufgetaucht ist. Trotzdem müssen wir diese Möglichkeit im Hinterkopf behalten: Die Ereignisse im Haus der Seelers' könnten nicht das Geringste mit unseren bisherigen Theorien zu tun haben, sondern es besteht die Möglichkeit, dass sich etwas vollkommen anderes ereignet hat. Für die Tat ist vielleicht jemand verantwortlich, den wir noch gar nicht auf unserer Liste haben – und der den Fundort rein zufällig ausgewählt hat.« Während Simon Luft holte, glaubte Franka ein Knistern im Raum zu spüren. Der Fall entwickelte eine eigene Energie. »Es ist ein Lauf gegen die Zeit. In dem Sinne …«

Handflächen knallten auf Tischplatten, Kollegen sprangen von ihren Stühlen auf, als steckten Sprungfedern in ihren Sitzflächen, Hemden wurden energisch glatt gestreift. Franka musste schmunzeln, wenn sie daran dachte, wie aus dem zu Beginn der Besprechung ach so müden Haufen ein frisches, hungriges Team geworden war.

19

Donnerstag, kurz darauf

Draußen vor den Fenstern zog das frühe Dämmerungsgrau des Novembers auf und weckte bei Franka die Sehnsucht nach einer dicken Strickjacke und ihrem Sofa. Allerdings nur für einen kurzen Augenblick, dann gab Simon ihr auch schon ein Zeichen.

»Sollen wir anfangen, die Teams neu einzuteilen?«, fragte er mit seiner ungebrochenen Energie.

Franka straffte ihre Gestalt, während sie den Wunsch nach einem Becher mit etwas Dampfendem und gern auch Alkoholhaltigem verdrängte. »Aber immer doch.«

Die Neustrukturierung der Teams erwies sich als leichter Job: Die Aufteilung wurde ohne Beschwerden angenommen, nicht einmal ein Murren über die umfangreiche Arbeit war zu hören. Jeder Einzelne schien hoch motiviert, an der Lösung des rätselhaften Falls mitzuwirken.

Als Simon bei Abel Messner angelangt war, nickte er dem Kollegen kurz zu. Die Gesichter der beiden Männer wurden augenblicklich ernst, wie Franka feststellte, als sie unauffällig näher trat. Höflich verpacktes Misstrauen lag in der Luft. Franka hätte zu gern gewusst, woraus es sich speiste. Ob Abel wohl einmal eine ähnliche Nummer mit Simon abgezogen hatte wie mit ihr? Oder war es bloß das klassische Konkurrenzverhalten zweier geborener Alphatiere?

»Schön, dass du es trotz deines Urlaubs einrichten konntest. Wir können deine Unterstützung gut gebrauchen«, sagte Simon. »Ich würde dich gern auf Jan Felsbergs Spur ansetzen, mit Ersan Görük als zweitem Mann. Der Junge hat sich bislang gut geschlagen, aber das Ding ist noch eine Nummer zu groß für ihn. Häng dich an Felsberg dran, und ich konzentriere mich auf die Rechtsverdreher aus der Kanzlei. Wolf Bartels hat kräftig beigerudert, weil ihm der Hintern auf Grundeis gegangen ist. Das bedeutet aber noch lange nicht, dass er sich wirklich so hilfsbereit geben wird, wie seine Rhetorik es versprochen hat. Da muss ich dranbleiben, da ist auch der Chef hinterher.«

Obwohl Simon ziemlich deutlich geworden war, zögerte Abel. »Willst du dich nicht zu uns gesellen?«, fragte er Franka unvermittelt, sodass sie ihre Position als Zuhörerin notgedrungen aufgab. Obwohl es ihr ein wenig lächerlich vorkam, stellte sie sich an Simons Seite. Nach Abels Versuch, sie in die Ecke zu drängen, war es ihr jedoch ein Bedürfnis zu betonen, wer noch einmal ihr Partner war. Simon schenkte ihr prompt ein Lächeln.

»Die Privatebene der Seelers-Nehrings besteht aus zwei Spuren«, setzte Abel an. »Marlis Seelers als psychotische Mörderin und Albert Seelers als undurchsichtiger Familienvater. Bei der Frau ist Franka doch schon ganz schön weit gekommen, da ist sie voll drin, während bei Nehring nach wie vor mehr Fragezeichen stehen als bei allen anderen Verdächtigen. Ich wäre genau der richtige Mann, um Licht in diese Angelegenheit zu bringen und gleichzeitig Franka zu entlasten.« Als er ihre Zornfalte auf der Stirn bemerkte, weil er ihr gerade ungeniert Land abzugraben versuchte, lächelte er schwach. »Meinetwegen mache ich auch ihren zweiten Mann und arbeite ihr zu. Es gibt ja mehr als genug zu tun, Albert Nehring ist bestimmt niemand, dem man leicht in die Karten blicken kann.«

Simon schüttelte energisch den Kopf. »Das Privatleben

des Ehepaars war von Anfang an Frankas Baby, sie hat den richtigen Draht dazu, wie sie gerade erst bewiesen hat.«

»Ich habe genug Leute, um die Sache zu schaukeln. Sogar ein Schwergewicht wie Albert Nehring«, versicherte Franka mit zusammengebissenen Zähnen. »Svenja Harder organisiert gerade eine Kinderbetreuung, damit sie die nächsten Tage voll einsatzfähig ist und mir den Rücken freihalten kann. Kümmere du dich mal schön um Jan Felsberg, der ist doch eine echte Herausforderung.«

Abels Halsmuskeln spannten sich sichtbar an, als er ihre Absage hinunterschluckte. »Dann lege ich besser gleich los und statte den Eltern von Felsberg einen Besuch ab. So wie die Dinge liegen, fällt den Herrschaften vielleicht etwas dazu ein, wo sich ihr Sohn herumtreiben könnte.«

»Vergiss nicht, Ersan mitzunehmen.« Schlagartig war Simons Reserviertheit verflogen, und er strahlte. Offenbar hatte der Korb, den Franka ihrem Kollegen verpasst hatte, seine Stimmung beflügelt.

Abel sah zu dem jungen Fahnder hinüber, der sich mit konzentriertem Gesichtsausdruck nachgerade im Lippenlesen übte, um mitzubekommen, worüber das Kommissaren-Trio verhandelte. Simon hatte ihm bereits gesagt, dass er Abel Messner vorgesetzt bekäme – ob ihm das gefiel, ließ sich nicht an seiner Miene ablesen. Bestimmt wäre Ersan gern bei Simon geblieben – schließlich leitete er diese SOKO –, aber Erfahrungen in Abel Messners Umfeld zu sammeln war bestimmt auch nicht verkehrt. Als Abel ihm mit dem Kopf bedeutete, sich zu ihnen zu gesellen, schlenderte Ersan betont locker herüber.

»Anständige Ermittlungsarbeit«, lobte Abel. »Ich möchte dich bitten, dir das Sanatorium, in dem Jan Felsberg die letzten Wochen verbracht hat, genau anzuschauen und zu checken, wie es Felsberg dort ergangen ist, ob er Bekanntschaften gepflegt oder sich Feinde gemacht hat und ob er möglicherweise bloß in einer Art Hotel abgestiegen ist, um sich mit einer Pflegerin zu amüsieren. Außerdem müssen wir genau wissen, wie er die letzten Tage verbracht hat, ob er sich vielleicht immer wieder mal für mehrere Stunden abgesetzt hat oder auch über Nacht fortgeblieben ist. Ich werde mich jetzt noch einmal mit seinen Eltern auseinandersetzen und morgen früh der Jagdhütte, in der der Doppelmord geschah, einen Besuch abstatten. Vielleicht ist Felsberg ja dort untergeschlüpft.«

Ersan schien sich unsicher zu sein, ob sich ihm nun gerade die Chance seines Lebens bot oder ob er aufs Abstellgleis geschoben wurde. Wenn Abel Messner sich nicht sofort auf eine Fährte stürzte, dann war sie vermutlich gar nicht so heiß wie erhofft.

»Okay, klingt nach einem durchdachten Plan«, sagte Ersan schließlich, um dann ein »klasse« nachzuschieben.

»Ja, klasse«, sagte Abel, ganz das professionelle Pokergesicht. »Dann mal los.«

Bevor Ersan noch etwas zu ihrer Vorgehensweise sagen konnte, wendete Abel sich bereits an Franka. »Kann ich dich kurz sprechen?«

Damit hatte sie gerechnet. Glücklicherweise hatte Simon soeben einen Telefonanruf bekommen und verhandelte nun mit der Staatsanwältin Ilka Rumers über einen Durchsuchungsbeschluss für Nehrings Kanzlei.

»Simon ist viel zu scharf darauf, dieses Anwaltsnest auszuräuchern, als dass er was von unserem Gespräch mitbekommen würde.« Abel schob sich in Frankas Blickfeld, als befürchte er, ansonsten nicht genug von ihrer Aufmerksamkeit zu erheischen. »Warum hast du mich eben aus dem Boot geschubst? Diese Lösung war doch ideal für uns beide.«

Es gefiel Franka nicht, wie Abel das Ganze darstellte: als wären sie bereits *partner in crime.* »Als ob Simon nachgegeben hätte, der will dich auf der Felsberg-Spur. Mit deiner

Anspielung, ich sei mit der Ermittlung überfordert, hast du mich bloß schlecht aussehen lassen.«

»Unsinn.« Abel setzte einen Schritt auf Franka zu, um nicht so laut sprechen zu müssen, und sie wich instinktiv zurück, wofür sie sich im nächsten Moment hätte ohrfeigen können. Sie hatte schon genug nachgegeben, was ihn und seine Spielchen anbelangte. »Ich sehe zu, dass ich diese sturen Felsbergs befrage, dann komme ich wieder ins Dezernat.«

»Du willst dich also gar nicht erst in die Felsberg-Spur reinhängen?« Franka zog ungläubig die Augenbrauen hoch. »Auf mich macht diese Theorie einen ziemlich überzeugenden Eindruck.«

Da war sie wieder, diese gewisse Bewegung in Abels Schultern ... Nur kam es Franka in diesem Moment nicht so vor, als bereite er sich unbewusst auf einen Kampf vor, sondern als tanze er mit ihr. Ein Vor- und Zurückwiegen, ein vorsichtiges Umkreisen, bei dem er unbedingt die Führung übernehmen wollte.

»Dieser Felsberg ist ganz klar ein durch und durch perverses Schwein, dem ich ohne Weiteres zutraue, dass er das Sanatorium verlassen hat, um sich irgendwo auszuleben«, sagte Abel. »Ich denke allerdings, dass der alte Buchs recht hatte: Jan Felsberg ist nicht mit dem Plan in die Jagdhütte gegangen, die beiden Frauen abzuschlachten. Der wollte eine Privatorgie feiern, vielleicht ein bisschen härter zulangen – und dann hat sich das Ganze plötzlich verselbstständigt, und er hat ohne jede Kontrolle seine kranke Seite ausgelebt, um anschließend zu fliehen. Er hat ja nicht einmal versucht, die Hütte in Brand zu stecken.« Abel schnaufte abfällig. »Wenn nicht zufällig ein paar Kids dort eingestiegen wären, würden die Leichen der beiden Frauen vermutlich immer noch verrotten. Ein solcher Täter bringt wohl kaum die notwendige Planung und Disziplin für eine Leicheninszenierung wie in diesem Fall auf.«

»Es sei denn, Jan Felsberg hat im Sanatorium jemanden kennengelernt, der diesen Part übernommen hat. Der eine schmiedet den Plan, der andere hat die Lust an der Umsetzung. Außerdem vergisst du, dass Theresa Michaelis verschwunden ist, die Felsberg mit ihrer Aussage vor dem Schuldspruch bewahrt hat.«

Abel zuckte mit den Schultern. »Die kann überall stecken, das war doch so eine Clubgängerin. Vermutlich hat sie der Wind einfach weitergeweht. Nach Berlin oder was-weiß-ich.« Und schon machte Abel den nächsten Schritt auf Franka zu, sodass sie ein weiteres Mal zurückweichen musste, wenn sie nicht Nase an Nase mit ihm dastehen wollte. »Ich schicke dir meine Recherche über Nehring rüber, damit du schon mal starten kannst, während ich Felsberg hinterherlaufe.«

»Tu das«, sagte Franka und bohrte Abel ihren Zeigefinger in die Brust, bis er widerwillig beiseitetrat und sie durchließ.

Franka ging schnurstracks zu Simon hinüber, der ihr ohnehin gerade zuwinkte, das Handy immer noch am Ohr. Während er beschwörend auf die Staatsanwältin einredete, drückte er Franka die Schlüssel für seinen Opel Kadett in die Hand. Automatisch zog sie eine Grimasse. Simons altersschwache Lieblingskarre zu fahren kam einer Mutprobe gleich, die leicht tödlich enden konnte: Fuhr man das Ding nicht mit der gebotenen Vorsicht, griff der Kollege Gerüchten nach zur Dienstwaffe. Hastig holte sie ihren Autoschlüssel hervor und hielt ihn demonstrativ in die Höhe, woraufhin Simon »Einen Moment bitte« in den Hörer nuschelte. Dann warf er ihr einen eindringlichen Blick zu. Auch mit Simon war es stets wie ein Tanz, allerdings war dieser mehr nach Frankas Geschmack.

»Wir beide müssen uns dringend noch abstimmen, bevor wir gleich bei Helmut zum Rapport antanzen.« Simon war der Einzige unter den jüngeren Kriminalern, der ihren Chef

Helmut Remens duzen durfte. »So wie es aussieht, hat ihn seine Frau direkt nach Hause gefahren und klargestellt, dass er nicht einmal daran denken soll, heute noch ins Dezernat zu kommen. Der Mann muss immer noch unter Schmerzmitteln gestanden haben, dass er mir so etwas erzählt. Wir sollen jedenfalls kurz bei ihm rumkommen – und ich fahre auf keinen Fall in deiner französischen Seifenkiste mit.«

Mit einem solchen Spruch hatte Franka gerechnet, aber so schnell gab sie nicht klein bei. »Beende dein Telefonat, dann kannst du selbst fahren.«

Simon deutete auf sein Handy, während er mit der freien Hand an seiner ohnehin schon gelockerten Krawatte herumzerrte, als wolle er sich mit ihr erwürgen. »Ich bin gerade dabei, Ilka Rumers wegen eines Durchsuchungsbeschlusses weichzukochen. Ich brauche noch einen Moment.«

Anstelle einer Antwort schob Franka ihren Hintern auf den Konferenztisch, ganz nach dem Motto: »Die Zeit habe ich.«

Simon zog die Stirn kraus. »Ich lasse ja nun wirklich selten den Ranghöheren raushängen, aber in diesem Fall …« Mit einem schnellen Griff schnappte er sich Frankas Renaultschlüssel und ließ ihn in seiner Hosentasche verschwinden, während er das Gespräch mit der Staatsanwältin wieder aufnahm. Dann marschierte er zum Ausgang, sodass Franka nichts anderes übrig blieb, als ihm nachzulaufen. Was sie auch tat, mit einem amüsierten Lächeln im Gesicht.

20

Donnerstag, gegen 17 Uhr

Leise, als wolle er keine schlafenden Kinder im Haus wecken, zog Simon die schwere Holztür hinter sich ins Schloss. Unentschlossen blieb er stehen und suchte Frankas Blick. »Das war eine Erfahrung für sich.«

»Wie der Chef langsam weggedämmert ist, während er immer noch darüber philosophierte, dass Rerrick nicht länger die Stadt seiner Jugendtage ist … Irgendwie süß.«

Simon zog die Brauen hoch. »Süß ist nicht gerade das Wort, das mir zu einem randvoll mit Schmerzmitteln vollgepumpten Helmut Remens einfällt. Das hatte eher was von einer gefällten Eiche, die langsam, aber nichtsdestoweniger gefährlich kippt. Ich war heilfroh, dass es dir gelungen ist, ihn in diesen Ohrensessel zu bugsieren. Hoffentlich kann der Chef sich morgen nur daran erinnern, dass er mit unserer Arbeit zufrieden ist und uns im Prinzip seinen Segen gegeben hat.«

Das Gespräch war Simon merklich an die Nieren gegangen, während Franka festgestellt hatte, dass Helmut Remens ihr überaus sympathisch war. Der Mann war mit vollem Herzen Kriminaler, aber mehr noch ein überaus angenehmer Vorgesetzter. Nun wusste sie, von wem Simon sich seine Nachwuchspflege abgeschaut hatte.

»Worüber beschwerst du dich eigentlich?«, fragte sie Simon, der noch immer keine Anstalten machte, die Stellung vor der Haustür aufzugeben, obwohl mit der frühen Dunkelheit eine empfindliche Kälte aufzog. »Während Remens dir vorbehaltlose Unterstützung beim Auseinandernehmen von Nehrings Kanzlei zugesichert hat, hat er mich für meine Ermittlung gelobt, als sei ich ein braves Mädchen, das seine erste Eins nach Hause gebracht hat. Beklage ich mich deshalb?«

Endlich grinste Simon. »Ja, *das* war süß.«

Als Franka so tat, als wolle sie drohend ihre Waffe ziehen, sprang er lachend die Stufen hinab und wartete dann, dass sie ihm nachkam. Gemeinsam liefen sie zu Simons altem Opel, den sie auf der Kastanienallee geparkt hatten. Franka konnte nicht widerstehen und warf einen letzten Blick auf das schmale Einfamilienhaus, in dem Helmut Remens mit seiner Frau lebte. So konnte das also auch funktionieren mit einem Kriminalerleben. Ein trautes Heim anstelle von Scheidungen, Alkoholproblemen und einem ganzen Sack voller Albträume, wie man es bei vielen anderen Kollegen erlebte. *Vielleicht braucht man einfach eine funktionierende Beziehung* …, dachte Franka, als sie auf dem Beifahrersitz Platz nahm. Noch einmal wollte sie den Opel nicht fahren, obwohl Simon sich wohlweislich jeden Kommentar über ihre Fahrkünste verkniffen hatte. Der Angstschweiß auf seiner Stirn war ihr trotzdem nicht entgangen.

»Wo soll ich dich absetzen?«, fragte Simon, während er seinen Mantel auf den Rücksitz legte. Ihm war immer noch ordentlich eingeheizt, wie sein gerötetes Gesicht verriet.

»Beim Dezernat, ich will ein paar Dinge recherchieren. Was hast du jetzt noch vor?«

»Ich treffe mich mit Ilka Rumers, wir wollen besprechen, wie wir genau bei der Kanzlei vorgehen, damit uns da bloß nichts um die Ohren fliegt. Wenn wir Theresa Michaelis als von Nehring gekaufte Zeugin überführen können, wären zwei Fliegen mit einer Klappe geschlagen: Der Fehlschlag wegen Jan Felsbergs Freispruch wäre getilgt und die ohnehin als anrüchig geltende Kanzlei von Nehring überführt.«

»Und nebenbei wäre möglicherweise auch noch ein gefährlicher Mörder dingfest gemacht.«

Simon nickte, während seine Hand mit dem Schlüssel im Zündschloss herumspielte. »Bei dem Treffen könnte ich ein wenig Unterstützung gebrauchen.«

»Warum denn das?«

»Gespräche mit Ilka Rumers haben immer etwas von einem Eiertanz. Mit der Staatsanwaltschaft geht es dauernd ums Taktieren, das ist so verdammt anstrengend.«

Und das von Simon Ackermann, der als cleverer Stratege bekannt war. »Wo triffst du dich denn mit ihr?«

Unwillkürlich begann Simon an seiner Krawatte herumzufingern, obwohl sie wie sein Hemd vom vielen Auf und Zu schon ganz zerknautscht war. »In einem Restaurant«, gestand er schließlich. »Sie geht da wohl jeden Abend zum Essen hin, ein fester Termin sozusagen. Wir fanden es besser, die Angelegenheit heute noch zu besprechen, morgen steht ja schon wieder so viel an.«

»A-ha«, sagte Franka gedehnt.

»Wie sieht es aus: Kommst du mit? Ich lade dich sogar ein.«

Die Staatsanwältin musste Simon ernsthaft an die Nerven gehen. Franka hatte den Verdacht, dass ihr Partner in seiner Position unbedingt für gute Stimmung sorgen musste, während Ilka Rumers nur auf eine Gelegenheit wartete, ihn flachzulegen. Unter anderen Umständen hätte Franka Simon zu dem Treffen begleitet, zumal sie seit den Asche-Fällen einen guten Draht zu der Staatsanwältin hatte. Aber heute musste sie in eigener Sache vorankommen, egal wie flehend Simon sie auch ansah.

»Tut mir leid, aber auf mich wartet so viel Arbeit, dass ich gar nicht weiß, wo ich überhaupt anfangen soll. Ich muss Nehrings Schwester, diese Ricarda Marino, für ihre Aussage aufs Dezernat bekommen. Genau wie Hanne Feld, die

Tante, bei der die Mädchen untergekommen sind. Sobald die beiden Kleinen wieder auf Zack sind, muss ich deren Vernehmung schaukeln, vermutlich mit einem anwesenden Kinderpsychologen. Da mache ich mich noch schlau. Und ich muss mir überlegen, wie ich die von Remens frisch zugeteilten Fahnder einsetzen will.« Als Simon nur abwinkte, setzte Franka einen drauf. »Außerdem wissen wir beide, dass du bei der Frau Staatsanwältin erheblich weiter kommst, wenn du allein mit ihr ein Glas Wein trinkst. Kleiner Tipp: Mit einem offenen Hemdkragen geht das auf jeden Fall besser, das lässt dich so verwegen aussehen.« Übermütig lehnte sich Franka zum Fahrersitz rüber und nahm Simon die Krawatte ab.

»Ach ja?«, erwiderte Simon schmunzelnd.

Ein Moment der Schwerelosigkeit entstand.

Die Rückkehr auf den Boden der Tatsachen war für Franka überraschend hart. Dieser Flirt war genau das, was sie nicht gebrauchen konnte. Und Simon auch nicht. Vor allem aber war dieser Flirt grundverkehrt, weil Simon die letzte Nacht bei einer anderen Frau verbracht hatte und allem Anschein nach in einer Beziehung steckte.

»Wir halten uns gegenseitig telefonisch auf dem Laufenden, okay?«, sagte sie knapp.

Simon war offenbar noch nicht gewillt, die besondere Stimmung zwischen ihnen aufzugeben. »Ich komme später noch im Dezernat vorbei und bringe dir was zu essen vorbei. Irgendwas Frittiertes, von dem du immer behauptest, es eigentlich nicht ausstehen zu können.«

»Lass nur, ich hole mir eine Pizza aufs Dezernat.«

»Es gefällt mir nicht, dass wir beide jetzt nebeneinanderher ermitteln, als würden wir zwei verschiedenen Teams angehören.«

Franka fühlte sich plötzlich sehr müde. Es tat ihr leid, dass sie Simon die kalte Schulter zeigte, doch sie hatte keine andere Wahl. »Alles ist gut, mach dir keine Sorgen. Aber das mit dem Essen verschieben wir auf morgen Mittag oder so. Ich will heute so lange was reißen, wie meine grauen Zellen mitmachen, und danach brauche ich dringend eine Mütze voll Schlaf. Wir sehen uns dann ja morgen früh in der Gerichtsmedizin.«

»Erinnere mich bloß nicht daran«, murmelte Simon. »Ich hasse Autopsien, allein der Geruch macht mich fertig.«

»Das sagst du doch nur, damit ich mich nicht so allein fühle mit meinem schwachen Magen. Aber ich habe nichts dagegen, wenn du morgen früh aus Solidarität gemeinsam mit mir ins Spülbecken kotzt.«

Simon lachte, nur um sofort wieder ernst zu werden. »Abel Messner wird bei der Obduktion übrigens mit von der Partie sein, bevor er sich an Felsbergs Fersen hängt. Er will sich unbedingt ein eigenes Bild von den beiden Leichen machen.«

»Verständlich«, sagte Franka, obwohl sie einen unangenehmen Druck auf der Brust verspürte. Für heute hatte sie wirklich eine Überdosis Abel Messner abbekommen. »Abel ist mitten in die Show hineingeraten, da ist es doch nachvollziehbar. Du weißt selbst, dass es ein Unterschied ist, etwas erzählt zu bekommen oder es mit eigenen Augen gesehen zu haben. Der Kollege ist ein hervorragender Ermittler, vielleicht kommt ihm bei der Leichenschau eine Idee, die wir noch nicht gehabt haben.«

Simon startete den Wagen und fädelte sich in den Verkehr ein. Offenbar rang er mit sich, was er zum Thema Abel Messner sagen sollte. Erst als sie ein paar Straßen weiter waren, meinte er: »Du hast recht, einem Typen wie Abel die lange Leine zu lassen ist am klügsten. So halte ich das mit ihm normalerweise auch. Es ist nur … Ich bin froh, wenn er morgen endlich Richtung Harz abrauscht.«

Unvermittelt kam Franka der Gedanke, dass Abel eventuell nicht nur darauf aus war, sie für seine Nehring-Spur zu benutzen. Es war ihm ohne Weiteres zuzutrauen, dass er sie gegen Simon ausspielen wollte. Die Frage war nur: Warum? Da Abel sich nicht sonderlich um seine Karriere scherte, musste es etwas Persönliches sein, eine offene Rechnung.

»Seid ihr beide früher mal aneinandergeraten? Vorhin herrschte so eine angespannte Stimmung zwischen euch.«

»Lass uns ein anderes Mal in alten Geschichten schwelgen«, sagte Simon, während er mit laufendem Motor vorm Dezernat hielt.

Franka blieb sitzen und kümmerte sich nicht um die Autos, die hinter ihnen notgedrungen hielten. »Eine Sache noch. Ich habe heute vorm Haus der Seelers-Nehrings kurz mit Dirk Märzbach gesprochen, diesem Journalisten von der Rerricker Rundschau. Es ist nur so eine Vermutung, aber ich werde das Gefühl nicht los, als habe der irgendwelche Infos, die er nicht haben sollte. Außerdem hat er versucht, mir einen Deal unterzujubeln, weil er angeblich Infos zu Marlis Seelers in der Hinterhand habe. Ich habe ihn erst einmal auflaufen lassen.«

»War bestimmt die richtige Entscheidung. Dieser Märzbach ist ein scharfer Hund.« Simon stockte, dann begann er zu grinsen. »Wusstest du, dass er die Bekanntschaft mit den Kollegen vom Drogendezernat gemacht hat? Dirk Märzbach feiert nämlich gern – und da der Mensch nicht rund um die Uhr auf Sendung sein kann, hat der Herr Journalist halt chemisch nachgeholfen. War keine große Sache, nur so für den Hinterkopf, falls er dir mal dumm kommt.«

Die ersten Wagen begannen zu hupen. »Wenn ich Märzbach das nächste Mal begegne, sehe ich zu, dass ich Land gewinne. Das Leben ist kompliziert genug, da brauche ich mich nicht auch noch mit verqueren Journalisten herumzuplagen.«

»Verstehe ich vollkommen«, sagte Simon und lächelte ihr zum Abschied zu.

Als er in seinem alten Opel an der Kreuzung abbog, stand Franka immer noch da und fragte sich, was genau sich eben zwischen ihnen abgespielt hatte.

21

Donnerstag, 21:03 Uhr

»Und?«

Abel Messners Stimme riss Franka aus ihrer Versunkenheit. Sie brauchte einen Moment, um den Blick scharf zu stellen. Die Umstellung auf die Brille machte ihr zu schaffen. Irgendwann an diesem Abend hatten ihre Augen wie Zunder gebrannt, sodass ihr nichts anderes übrig geblieben war, als die Kontaktlinsen rauszunehmen und auf das längst aus der Mode gekommene schwarze Brillengestell zurückzugreifen. Mit ihren hochgesteckten Haaren und der strengen schwarzen Bluse sah sie aus wie die Karikatur einer Sekretärin, aber nach stundenlangem Stöbern in Albert Nehrings Privatleben war ihr so ziemlich alles egal. Vor allem, seit sich eine vielversprechende Spur aufgetan hatte. Ihren Schreibtisch hatte sie seitdem nur verlassen, um der Toilette einen Besuch abzustatten und um später am Empfang ihre Pizza abzuholen, die nun halb aufgegessen in ihrer Schachtel vor sich hin trocknete, während Franka wie in einem dunklen Tunnel Albert Nehrings Schatten nachjagte. Das Letzte, was sie jetzt gebrauchen konnte, war Abel Messner, der sie dazu zwang, ihre Arbeit zu unterbrechen

»Was ›und‹?«, fragte Franka patzig zurück, obwohl sie natürlich genau wusste, worum es ging. Ihr Kollege hatte Wort gehalten und ihr seine bisherige Nehring-Recherche zugeschickt.

Abel musterte sie, dann sagte er: »Ich hole uns einen Kaffee.«

Als er mit zwei dampfenden Bechern zurückkehrte, hatte Franka sich wieder einigermaßen in der Hand. Dem pochenden Kopfschmerz würde die trocken geschluckte Schmerztablette hoffentlich bald beikommen, und für alles andere musste es ausreichen, ein paar Mal kräftig durchzuatmen. Während Abel es sich auf ihrer Schreibtischkante gemütlich machte, warf sie einen Blick über die Schulter zur Tür, die er einen Spalt hatte offen stehen lassen. Das war gut, denn ansonsten hätte sie sich beengt gefühlt. Andererseits … »Keine Angst vor Mitlauschern?«, fragte sie.

»Ich lasse die Tür nicht aus den Augen, aber falls jemand vorbeikommt, ist es besser, wenn er uns gleich sieht. Damit gar nicht erst Gerüchte aufkommen. Außerdem ist es schon nach zehn und alle anderen sind längst weg.«

»Was in spätestens zehn Minuten auch für mich gilt. Ich brauche dringend Feierabend.« Franka streckte sich demonstrativ, und tatsächlich knackte es in ihren Schultern. In Wirklichkeit hegte sie keinerlei Absicht, so bald das Dezernat zu verlassen, sie wollte bloß ihre Ruhe.

Abels Fingerspitzen klopften auf die Tischkante. »Um wieder zu meiner Ausgangsfrage zurückzukehren: Und?«

Sieh an, dachte Franka. *Da versucht ja schon wieder jemand die Führung zu übernehmen.* »Erzähl doch erst mal, wie der Stand bei Jan Felsberg ist.«

Für einen Herzschlag verengten sich Abels Augen zu Schlitzen. Innerlich zuckte Franka zurück, während sie es sich demonstrativ in ihrem Drehstuhl bequem machte. Dann sitzen wir das eben aus, signalisierte das quietschende Polster.

Mit einem Seufzen gab Abel sich geschlagen. »Felsbergs Eltern waren ziemlich durch den Wind, als sie erfuhren, dass ihr Sohn aus dem Sanatorium verschwunden ist. Und als ich dann auch noch andeutete, dass wir mittlerweile nach ihrem Sohn als Verdächtigem in einer Morduntersuchung fahnden, ist die Mutter zusammengebrochen. Der Prozess hat den älteren Herrschaften ziemlich zugesetzt, was mich nicht überrascht. Denn egal, wie dreist die Verteidigung von Jan Felsbergs Unschuld ausgegangen ist, es muss sogar den voreingenommenen Eltern klar sein, dass ihr Spross alles andere als ein Unschuldslamm ist. Sie behaupten, keine Ahnung zu haben, wohin Jan sich abgesetzt haben könnte. Im Sanatorium verfügt er über kein eigenes Geld, und auf seinen Konten ist auch nichts bewegt worden. Diese Spur fällt also flach. Zumindest hat Ersan inzwischen herausgefunden, dass Felsberg vor seiner Selbsteinweisung einen Selbstmordversuch unternommen hat.«

»Das macht die Theorie von ihm als Täter doch nur überzeugender«, sagte Franka. »Felsberg will sich umbringen, aber er geht nicht allein, sondern kümmert sich um standesgemäße Begleitung. Wobei in erster Linie unser weibliches Opfer in sein Muster passt. Und wo er schon mal dabei ist, entsorgt er seine beiden neuen Opfer auch gleich bei seinem verhassten Rechtsverdreher Nehring. Du solltest dringend mit Ersan klären, ob …«

Mit einem Knall stellte Abel seinen Becher auf Frankas Schreibtisch. »Sollen wir die zehn Minuten, die du mir so großzügig zur Verfügung stellst, jetzt wirklich mit Felsberg verplempern?«

Da hatte sie den Bogen wohl überspannt. »Wie du meinst«, lenkte Franka ein. »Ich bin nach deiner Geschichte mit dem Bare-Fist-Kampf davon ausgegangen, dass Nehring etwas Ähnliches schon öfter getan hat und entsprechende Kontakte unterhält. Du sagtest ja, er habe keine Probleme gehabt, in den Laden reinzukommen, und sich den Kampf dann recht emotionslos angesehen. Für ein solches Hobby braucht man Geld, also habe ich seine Kontobewegungen gecheckt.«

Abel zog die Augenbrauen hoch. »Das ging ja fix mit der Verfügung.«

»Ilka Rumers hat sich ziemlich reingehängt, sodass wir seit dem Abend Zugriff auf Nehrings Privatkonten haben.«

Franka wartete darauf, ob Abel einen schlechten Scherz darüber machte, dass Simon sich seine Überstunden wirklich verdient habe, aber er schwieg. Abels gesamter Körper war in Lauerstellung übergegangen, er wollte nur eins: Nehrings Spur nachjagen. *Endlich verstehen wir uns*, dachte Franka.

»Okay.« Sie deutete auf den Bildschirm. »Nehring unterhält gemeinsam mit Marlis Seelers ein Familienkonto, auf dem ein Großteil seines beträchtlichen Einkommens eingeht. Davon werden die üblichen Ausgaben bestritten, nichts Außergewöhnliches, einmal davon abgesehen, dass Marlis Seelers einen Hang zu höchster Qualität hat, sogar bei Drogeriekram wie Toilettenpapier.« Was wiederum gut zu dem Bild passte, das Franka sich von der Frau gemacht hatte. Das behielt sie jedoch lieber für sich. »Für uns ist das zweite Konto interessant, auf das die Kanzlei direkt jeden Monat dreitausend Euro gutgeschrieben hat.«

Abel pfiff durch die Zähne.

»Ja, da ist ein hübscher Batzen Spielgeld zusammengekommen«, sagte Franka. »Andererseits dürfte es in der Haushaltskasse nicht weiter aufgefallen sein, die ist nämlich deutlich üppiger bestückt. Wir haben es hier mit jemandem zu tun, der überdurchschnittlich viel Geld verdient. Aber anstelle von Luxusreisen und einem Leben in Saus und Braus gibt es eben diese schlicht gehaltene, wenn auch exklusive Villa und ein Extrakonto, von dem alle paar Monate ein Ausflug in eine andere Welt der Extreme finanziert wird. Ich habe hier Höhlentauchen, Poker und die Zahlung an einen Typen gefunden, der Kurse im Fassadenklettern gibt. Diese Trips werden über das Extrakonto bestritten, das sind allerdings alles legale Sachen, die lediglich beweisen, dass Nehring auf Adrenalin steht.«

»Falls Nehring also neben den Bare-Fist-Fights noch andere illegale Unternehmungen macht, hat er das jedenfalls nicht über dieses Hobby-Konto laufen lassen?« Als Franka nickte, fluchte Abel. »Dann können wir ihm also nichts am Zeug flicken, denn für einmal blutigen Showkampf werde ich mich nicht vor Helmut Remens stellen und ihm meine private Schnüffelaktion beichten.«

Franka ließ ihren Kollegen noch eine Weile schimpfen, ehe sie ihn unterbrach. »Nun mal schön langsam. Eine kleine Auffälligkeit habe ich nämlich doch auf diesem Konto gefunden. Es gab eine Abbuchung für eine sogenannte Guthaben-Kreditkarte, weil deren Jahresgebühr fällig geworden war und die Karte offenbar kein Guthaben mehr enthielt.«

»Eine Guthaben-Kreditkarte? Davon höre ich zum ersten Mal.«

»Ging mir bis heute Abend genauso.« Franka nahm einen Schluck Kaffee, in der Hoffnung, dass das Koffein ihr erschöpftes Hirn zu einer letzten Etappe puschte. »Das ist eine Art Sparbuch, auf das man Überweisungen tätigen oder auch Barbeträge einzahlen kann. Man kann es dann wie eine Kreditkarte nutzen und wohl auch Bargeld abheben. Wäre die Sache mit der Jahresgebühr nicht gewesen, hätten wir niemals davon erfahren.«

»Aber so bist du an die Auszüge dieser Kreditkarte gekommen?«

Franka nahm sich einen Augenblick Zeit, um sich den Nacken zu massieren. Als sie auf die Abbuchung gestoßen war, hatte sie zum ersten Mal das Gefühl gehabt, etwas Konkretes zu fassen zu bekommen. Und sie hatte nicht vor, es wieder loszulassen. »Genau. Mehrere Barabhebungen von dem Hobby-Konto sind offenbar direkt auf dieser Kreditkarte gelandet. Mit dem Guthaben hat er dann ein paar

Online-Bestellungen bezahlt, zum Beispiel eine beeindruckende Messersammlung. Und ich meine nicht die Dinger zum Kochen, sondern Ausbein- und Springmesser.«

»Auch nicht gerade verboten. Warum also der Aufstand?« Abel schob sich neben Franka und scrollte sich durch die Auszüge der Kreditkarte.

»Eine reine Vorsichtsmaßnahme für den Fall der Fälle. Ich könnte mir außerdem vorstellen, dass seine Frau von seiner Suche nach dem richtigen Kick wusste und auch über das Hobby-Konto im Bilde war. So etwas lässt sich in einer Ehe schlecht verheimlichen. Deshalb die Kreditkarte für die eher fragwürdigen Aktionen, während für die illegalen Bargeld eingesetzt wurde.«

»Dann stehen wir also wieder am Anfang.«

Das sah Franka vollkommen anders. »Nun, wir wissen zumindest, dass Albert Nehring nicht nur einmal bei einem Bar-Fist-Fight gewesen ist, sondern regelmäßig Ausflüge in extreme Welten unternimmt. Was, wenn eine psychisch instabile Marlis Seelers hinter das Doppelleben ihres Mannes gekommen ist und deshalb eine schwere Psychose entwickelt hat?«

»Das würde zumindest erklären, woher der Wind weht.« Abel schien der Gedanke zu gefallen, jedenfalls begannen seine Augen auf eine gewisse Weise zu leuchten. »Wie lange sind die beiden verheiratet?«

Nun musste Franka lächeln. Genau den Gedankengang hatte sie nämlich an exakt derselben Stelle ihrer Ermittlungen auch gehabt. »Seit elf Jahren. Man könnte also sagen, dass sich unser Freund damals ein ganz persönliches Hochzeitsgeschenk gemacht hat. Sozusagen ein Hintertürchen in die Freiheit, auch wenn er es nur ausfallartig genutzt hat. Anfangs nur sporadisch, dann gab es sogar einige zeitliche Aussetzer um die Geburt der Töchter herum. Aber seit letztem Winter ist die Luzie abgegangen, und Nehring hat ordentlich Geld für seine geheimen Leidenschaften ausgegeben.«

Abel rieb sich das stoppelige Kinn. »Dann müssen wir als Nächstes überprüfen, worauf Marlis aufmerksam geworden sein könnte. Denn wenn Nehring es mit seinen Ausbrüchen aus dem Alltagsleben zuletzt übertrieben hat, wird er bestimmt einen Fehler begangen haben. Den müssen wir finden.«

»Darüber habe ich mir auch schon den Kopf zerbrochen. Aber warum sollte sich Marlis Seelers an Messern und ähnlichem Kram stoßen?«

Abel murmelte etwas Unverständliches, während sein Blick am Bildschirm festhing.

Obwohl es Franka widerstrebte, rutschte sie näher an ihn heran. Das Jagdfieber war stärker. Sie zeigte auf eine Überweisung. »Nehring hat insgesamt zwei Mal innerhalb der letzten zwölf Monate an einen Verein namens ›Du auch!‹ gespendet, 1800 Euro und dann noch einmal 1300 Euro mit dem Betreff ›Strom‹. Das ist die einzige Wiederholung, was die Belastungen angeht.«

»Wie großzügig.« Abels trockener Sarkasmus war nicht zu überbieten. »Was zur Hölle ist das für ein Verein?«

Franka klickte zur Antwort ein Fenster mit der Homepage des Vereins auf. Auf der Startseite stand der Appell an ein lebendiges, kreatives Rerrick.

»Echt jetzt? Für so etwas spendet Nehring?« Die Richtung, in die ihre Ermittlung ging, schien Abel nicht sonderlich zu schmecken. »Was zur Hölle haben die denn so Krasses mit dem Burschen angestellt, dass es ihm ein paar Tausender wert war?«

»Das wüsste ich auch gern«, sagte Franka, deren Geduld ebenfalls am Ende war. Schließlich war sie diejenige, die sich seit Stunden mit derartigen Sackgassen herumplagte und jetzt zum ersten Mal Morgenluft witterte. Dies war eine *echte* Spur, das fühlte sie mit jeder Faser ihres Körpers. »Telefonisch war heute Abend natürlich niemand mehr aus dem Verein zu erreichen, wir werden zwangsläufig bis morgen abwarten müssen.«

»Warten …«, wiederholte Abel leise. »Warten, ohne Zeit zu haben, ist zum Kotzen.«

Wem sagst du das, dachte Franka.

22

Donnerstag, am späten Abend

Das Aufsteigen aus der Dunkelheit war nicht annähernd so sanft wie das Wegdämmern Stunden zuvor. Harte Drums hämmerten gegen Noahs Ohren, und das Jaulen einer E-Gitarre ließ ihn endgültig aufschrecken. Das musste die Speedmetal-Band sein, die Karlie mit ihren Krachexzessen regelmäßig in den Wahnsinn trieb.

Der Kokon, den das Morphium gesponnen hatte, löste sich langsam, aber sicher auf und beendete den Dämmerzustand, in dem er so gnädig gehalten worden war.

Noah hatte das Gefühl, seine Brust stünde vor Schmerz lichterloh in Flammen. Er wollte sich auf den Rücken drehen, doch dafür brachte er nicht die Kraft auf. *Verdammtes Morphium, knockt einen völlig aus*, dachte er. Dann begriff er, dass es nicht die Droge war, die seine Glieder bleischwer machte und ihm die Kraft raubte, sondern ein Fieberschub. Nicht nur seine Brust brannte, nein, sein ganzer Körper glühte, während es ihm schwerfiel, Luft in seine Lungen zu ziehen. Sein Kapuzenpulli, die Jeans, sogar das Kissen, auf dem sein Gesicht lag – alles war nass geschwitzt vom Fieber.

Was war er nur für ein armseliger Idiot! Anstatt Rerrick und sein altes Leben nach der Sache mit Karlie schleunigst hinter sich zu lassen, schaffte er es lediglich, sich bei einem Wutanfall die Hand zu verstauchen, seinem ehemaligen Jugendarbeiter einen Blowjob anzubieten und dann auch noch am Ort seiner größten Niederlage zusammenzuklappen. Normalerweise hasste er Selbstmitleid, es half einem nämlich nicht weiter. Das war eine Lektion, die er früh gelernt hatte. Lieber nahm er die Beine in die Hand und sah zu, dass er weiterkam. Denn solange man nur irgendwie weiterkam, würde sich schon alles finden. Bloß nicht verharren – oder gar den größten Fehler begehen und auf das Chaos zurückblicken. Dafür war es jetzt jedoch zu spät, er war in einer Sackgasse gelandet.

»Fuck«, krächzte Noah. Und dann noch einmal, obwohl ihm die Luft dafür fehlte: »Fuck.«

In diesem Moment wünschte er sich nichts anderes, als leise zu sterben. Doch er lag einfach nur da, lauschte einem Schlagzeugstakkato aus dem Übungsraum unter dem Atelier und versuchte wegen der Schmerzen möglichst flach zu atmen. Zu mehr war er nicht in der Lage, obwohl sich seine Blase meldete und seine Knochen schrien, er solle endlich die Position wechseln. Er musste schon seit Stunden auf dem Bauch liegen wie ein gestrandeter Walfisch. Draußen war es inzwischen Nacht geworden. Stockfinster, ohne einen Stern am Himmel.

Es war der bittere Geschmack auf seinen Lippen, der ihm keine Ruhe ließ. Bestimmt hatte das Fieber seine Lippen aufspringen lassen, das kannte er schon. Besonders die Risse auf der Unterlippe rund um das Piercing bluteten wie Sau und heilten für gewöhnlich nicht so schnell ab. Er leckte sich die Lippen und versuchte dabei zu ignorieren, was für einen furchtbaren Durst er hatte. Doch seine Zungenspitze stieß weder auf eine aufgeplatzte Stelle noch auf frisches Blut. Was an seinem Mund haftete, war ein zäher, widerlich nach Metall schmeckender Belag. Offenbar stammte er von dem Kissen, auf dem sein Gesicht gelegen hatte.

»Boah, widerlich.«

Der Ekel verlieh Noah die Kraft, sich aufzurichten. Doch

kaum saß er, überkam ihn ein Schwindel und ließ ihn würgen. Alles geriet in Unruhe, schien zu vibrieren – und zwar nicht wegen der ohrenbetäubenden Musik. Sobald sein Körper sich wieder einigermaßen beruhigt hatte, tastete er im Dunkeln herum, bis er den Schalter einer Stehlampe fand.

Einen Moment lang blinzelte er, dann hatten sich seine Augen an das Licht gewöhnt.

Wie auch sonst herrschte in Karlies Atelier Chaos, überall lagen Dinge herum, Schimmelpilze wurden in gebrauchten Kaffee- und Joghurtbechern gezüchtet, und Essensreste verdorrten auf Papptellern zu seltsamen Artefakten. Trotzdem gab es ein gewisses Ordnungsprinzip, denn bei Karlie gab es keine beliebigen Details, auch wenn sie stets so tat, als sei sie die Unbekümmertheit in Person. Das war ein Teil ihrer Selbstdarstellung. Je länger Noah jedoch seinen Blick schweifen ließ, desto bewusster wurde ihm, dass über das übliche Chaos ein Sturm hinweggeweht war: Die englischen Lifestyle-Magazine, die sie liebte, lagen zerstreut, teils zerrissen auf dem Boden, und in einer Ecke türmte sich ein Haufen Klamotten, hingeschmissen, als wären sie Müll. Das war mit Abstand das Ungewöhnlichste, denn egal wie unordentlich Karlie ihr Atelier hielt, ihre Kleidung behandelte sie wie einen Schatz. Die Designerbluse mit den komplizierten Raffungen hätte sie niemals auch nur über eine Stuhllehne gehängt. Nun lag sie neben einer Pizzaschachtel wie ein alter Putzlappen. Die zwei Stühle, die Noah als Geschenk vom Sperrmüll rangeschleppt hatte, waren umgekippt, einem fehlte sogar ein Bein.

Es sah aus, als habe hier ein Kampf stattgefunden. Keine harmlose Prügelei, sondern eine handfeste Auseinandersetzung.

Das ist doch bloß wieder eine von Karlies Inszenierungen, dachte Noah. Andererseits sah es dafür zu echt aus … Nicht einmal Karlie, die für ihre schwarze Fotoreihe Erstaunliches zustande gebracht hatte, dürfte so etwas gelingen. Was also war hier passiert?

Widerwillig hörte Noah in sich hinein, ob diese Verwüstung vielleicht auf sein Konto ging. Seit seinem letzten Treffen mit Karlie hatte er ziemlich neben sich gestanden und konnte sich an einige Zeitabschnitte nicht erinnern. Es war einfach zu viel von allem gewesen: zu viel Wut, zu viel Alk, zu viele Abstürze. Trotzdem spürte er die Gewissheit, seit der Nacht, die alles zum Umsturz gebracht hatte, nicht noch einmal hier gewesen zu sein. Dabei hätte er nichts dagegen gehabt, für dieses Durcheinander verantwortlich zu sein. Dann hätte er etwas unternommen, um den Dingen, die er in diesem Raum getan hatte, etwas entgegenzusetzen. Dinge, von denen er sich eingeredet hatte, sie gewollt zu haben. Dabei hatte nur Karlie sie gewollt.

Zur Hölle mit dem Dreckstück, beschloss er.

Unwillkürlich stieg wieder diese rasende Wut in Noah auf, die ihm inzwischen schon vertraut war. Doch sie fand kein Ventil. Sein Körper war außerstande, dem Atelier den Rest zu geben. Stattdessen starrte er das Chaos nur an, bis sein Blick an der Wand über dem Lager hängen blieb. Dort prangte ein riesiges Spritzgemälde, dessen weit verteilten Fleckenregen jemand zu verwischen versucht hatte. Ziemlich schlampige Arbeit.

Das sieht aus, als habe man mit einer Brechstange einen Eimer roter Farbe getroffen, und zwar mit voller Wucht.

Unwillkürlich erinnerte Noah sich an den Moment, kurz bevor ihn das Morphium weggespült hatte. Was hatten seine Sinne ihm zugeflüstert?

Erneut leckte Noah sich über die Lippen. Da war er wieder, der Geschmack von Metall, alt und muffig.

Das war Blut. Aber nicht seins, sondern längst angetrocknetes.

Das ganze verdammte Lager war mit Blut überzogen, und er hatte darauf geschlafen!

Noah stieß ein Stöhnen aus, obwohl der aufbrandende Schmerz in seinem Brustkorb ihn dafür fast umbrachte.

Dann hatte Karlie also ein neues widerliches Spiel ersonnen. Dieses Mal war allem Anschein nach ein Blutbad an der Reihe gewesen, vermutlich mit einem Kübel Schweineblut, aus dem sie wie eine Kriegsgöttin auftauchte oder eine kranke Geburt inszenierte.

Und wenn es kein Spiel gewesen war, sondern bitterböser Ernst?

Noah konnte den Gedanken nicht zu Ende denken. Seine Kraft verließ ihn in dem Maß, in dem das Fieber überhandnahm. Trotzdem musste er schnellstens weg. In diesem Raum war etwas Schreckliches passiert, das sagte ihm sein Instinkt. Dagegen war das, worauf er sich Karlie zuliebe eingelassen hatte, nicht mehr als ein schlechter Witz.

Plötzlich fand Noah sich auf den Beinen wieder. Wackelig, aber immerhin. Der Wunsch, zu flüchten und alles hinter sich zu lassen, war stärker als das Fieber.

Wie in Trance drehte er sich in Richtung Tür und stolperte über die Decken und Kissen des Lagers. Während er noch mit seinem Gleichgewicht kämpfte, ertönte ein dumpfes Pochen.

Zuerst dachte Noah, es gehöre zum Gedröhne aus dem Übungsraum unter ihm. Dort herrschte jedoch schon seit einer Weile Ruhe.

Erneutes Pochen – dieses Mal begriff er, dass jemand an die Ateliertür klopfte.

Stimmen riefen etwas, aber Noah konnte die Worte wegen des gerade wieder einsetzenden Gitarrenlärms nicht verstehen.

Die Tür ging auf, ein heller Lichtkegel vom Flur fiel ins Atelier. Dahinter tauchten zwei Silhouetten auf.

Wer immer das war, Noah wollte es nicht herausfinden. *Geht mich nichts an*, sagte er sich und setzte einen Schritt vor den anderen.

»Kripo Rerrick«, ertönte eine Frauenstimme, die wie durch eine Nebelwand zu Noah durchdrang. »Würden Sie bitte stehen bleiben?«

Doch es war zu spät, Noah war bereits ein paar Schritte auf sie zugelaufen. Sein Körper bewegte sich wie von allein, fiel mehr voran, als dass er lief.

Die vordere, kleinere der beiden Silhouetten ging in eine Abwehrhaltung, obwohl Noah sich nur an ihr vorbeidrängeln wollte. Doch dann verhedderte sein Fuß sich in etwas, das am Boden lag, und er stürzte der Gestalt entgegen. Er krallte sich an ihr fest und riss sie mit sich zu Boden.

Es folgten Krachen, Scheppern und ein dumpfer Schmerz, den er nicht lokalisieren konnte. Fast zeitgleich brüllte eine männliche Stimme, während jemand nah an seinem Ohr aufschrie.

Noah wurde gewaltsam auf den Bauch gedreht. Durch seine verstauchte Hand jagte eine frische Schmerzwelle, als seine Arme hinterm Rücken gefesselt wurden. *Ich hätte das Morphium einstecken sollen*, dachte er noch. Dann verlor er das Bewusstsein.

23

Freitag, gegen zwei Uhr morgens

»Kannst du etwas langsamer in die Kurven gehen? Nur so als Anregung.«

Abel murmelte etwas Unbestimmtes, während er den nächsten Gang reindonnerte.

Franka richtete sich im Beifahrersitz auf und hielt das heil gebliebene Glas ihrer ramponierten Brille so, dass sie sich das Foto des dunkelhaarigen Jungen auf ihrem Handy ansehen konnte. Ein Schnappschuss, wie er auf dem dreckübersäten Boden des Ateliers lag, nachdem Abel ihm die Handschellen wieder abgenommen hatte. Wenn auch erst nach einer ausgiebigen Diskussion mit Franka. Ihr Kollege hatte den Jungen für einen gemeingefährlichen Irren gehalten, während Franka davon ausgegangen war, dass er sie bloß vor Schreck über den Haufen gerannt hatte. Wenn auch mit durchschlagendem Erfolg, wie ihr schmerzender Ellbogen bewies, auf dem sie unglücklich gelandet war.

Die Sanitäter vom Notfalldienst, die den Bewusstlosen auf die Bahre gehievt hatten, hatten Franka wegen ihrer Knipserei schräg angesehen, als wäre es nicht rechtens, jemanden zu fotografieren, der sich nicht dagegen wehren konnte. Für solche Feinheiten hatte sie jedoch keinen Sinn gehabt. Falls der Junge etwas mit ihrem Fall zu tun hatte, wollte sie so schnell wie möglich alles über ihn wissen.

Nun zeigte ihre Aufnahme das hohlwangige und trotzdem schöne Gesicht des achtzehn Jahre alten Noah Sanders.

Unwillkürlich musste Franka an den Toten mit den engelsgleichen Gesichtszügen denken, von dem sie immer noch nicht wussten, wer er war.

Beide Jungen hatten ungefähr das gleiche Alter und waren auffallend gut aussehend – damit hörten die Gemeinsamkeiten allerdings auch schon auf. Wo bei dem Toten alles fein und hell gewesen war, waren Noahs Brauen und Wimpern markant schwarz, seine Wangenknochen stachen spitz hervor, und sein Kinn war bereits kräftig und verriet, dass er schon bald ein Mann sein würde. Seine Lippen waren rot vom Fieber und nicht wie bei dem Toten geschminkt. In dem blassen Gesicht verlieh ihm dieser blutrote Mund zusammen mit dem schwarzen Lockenschopf einen Touch von Schneewittchen. Dadurch wirkte er so verletzlich, wie man es nur in seiner Jugend war. Auf dieser Ebene traf Noah Sanders wiederum den Toten, der im weißen Federnest geschlafen hatte.

Ob die beiden Jungen sich gekannt hatten? In Frankas Phantasie standen sie nebeneinander wie ein Geschwisterpaar, der eine hell, der andere dunkel. *Schneeweißchen und Rosenrot*, hallte es durch ihren Kopf.

Den Namen ihres Angreifers aus dem Atelier herauszubekommen war leicht gewesen. Dabei hatte Noah, als er in der Notaufnahme zu sich gekommen war, nicht damit herausrücken wollen. Als er begriffen hatte, dass es eine Polizistin gewesen war, die er bei seinem ungestümen Fluchtversuch zu Fall gebracht hatte, hatte er kurzerhand die Augen zugemacht und sich tot gestellt. Abel hatte dem Jungen das nicht durchgehen lassen wollen, woraufhin der behandelnde Arzt die beiden Ermittler vor die Tür gesetzt hatte.

»Mein Patient hat 39,4 Grad Fieber, eine angehende Lungenentzündung und ist außerdem vollkommen dehydriert. Bis das Antibiotikum anschlägt und er wieder klar bei Bewusstsein ist, werden Sie sich mit Ihren Fragen gedulden müssen«, hatte der Arzt den beiden Kommissaren unmissverständlich klargemacht.

Während Abel vor sich hin geschimpft hatte, war Franka dieser Aufschub ganz recht gewesen. Sie hatte sich beim Sturz den Ellbogen geprellt und eine unangenehme Röntgen-Prozedur über sich ergehen lassen müssen. Davon abgesehen, dass ihr eines Brillenglas gesprungen war. Auch als Simon sie später mit den Worten begrüßt hatte: »Laut Spurensicherung ist das hier definitiv der Tatort, an dem unser weibliches Opfer umgebracht worden ist«, hatte sich bei ihr kein Hochgefühl eingestellt.

»Verdammt, Franka. Was für ein Treffer.« Simon war geradezu euphorisch gewesen. »Nun mach doch nicht so ein miesepetriges Gesicht, du kannst stolz auf dich sein!«

Vielleicht wäre ich besser drauf, wenn ich auch ein Glas Rotwein zu viel mit Frau Staatsanwältin getrunken hätte, dachte Franka. Dann deutete sie auf ihren Arm. »Ich bin zu lädiert, um einen Freudentanz hinzulegen. Übrigens bin ich nicht das einzige Glückskind. Abel war nicht unwesentlich daran beteiligt, dass wir jetzt ein deutliches Stück weiter sind.«

Tatsächlich war es Abel gewesen, der sie zu dem Nachtausflug zum Kunstraum N überredet hatte. Der Schatzmeister des Vereins »Du auch!« erwies sich bei ihrer Recherche nämlich als der Gitarrist einer Speedmetal-Band, die auf ihrer Homepage dazu einlud, ihre spätabendlichen Probe-Sessions in ebendiesem Gebäude zu besuchen.

»Klar erinnere ich mich an die Spenden, die haben wir dringend für die Stromrechnung vom Kunstraum gebraucht, dafür ist der ›Du auch!‹-Verein ja schließlich da: um Kreative in Rerrick zu unterstützen. Und kreativ im Dunkeln zu sein ist halt schwierig«, hatte der Gitarrist namens Bruno ihnen während einer Zigarettenpause erklärt.

»Und wie ist ausgerechnet Albert Nehring auf die Idee gekommen, genau die richtige Spende zur richtigen Zeit zu überweisen?«, hatte Franka gefragt, während Abel neben ihr eine unruhige Energie ausgestrahlt hatte, als säße er wortwörtlich auf heißen Kohlen.

Bruno hatte seinen Bandkollegen einen Blick über die Schulter zugeworfen, als sei er unsicher, ob er solche Vereinsgeheimnisse ausplaudern durfte.

»Wir ermitteln in einem Mordfall«, hatte Franka nachgeschoben, bereit, mit einem Durchsuchungsbefehl zu drohen.

»Verstehe«, hatte Bruno klein beigegeben. »Der Typ hat bestimmt aus dem Grund gespendet, weil Karlie ihn drum gebeten hat. Sie hat hier auch ein Atelier, direkt über uns, und zieht solche reichen Sugardaddys magisch an.«

Und so hatten sie ihren Tatort gefunden – und damit auch die Identität ihres weiblichen Opfers ermittelt, wie die Fingerabdrücke verraten hatten. Und dennoch war Franka einfach nur erschlagen und komplett reizüberflutet nach dem schier endlos langen Tag.

Erst jetzt, während der Autofahrt durchs nächtliche Rerrick, kam sie wieder zu sich, jedenfalls genug, um sich dafür zu ohrfeigen, dass sie für die Heimfahrt kein Taxi genommen hatte. Stattdessen hatte sie Abels Angebot angenommen, sie nach Hause zu fahren. Was nichts anderes bedeutete, als dass sie den Fall nicht einfach beiseiteschieben konnte. Bei Abel Messner gab es nämlich keine Pause.

»Sobald die Weisband morgen früh mit der Leichenschau fertig ist und wir uns den Tatort noch mal bei Tageslicht angesehen haben, statten wir diesem kleinen Wichser Noah Sanders einen Besuch ab, egal ob er erkältet ist oder nicht.« Abel umfasste das Lenkrad seines Dienstwagens mit einem Schraubgriff. Es war Franka ein Rätsel, woher er die Energie nahm.

»Das machen nicht *wir*, sondern *ich*«, sagte sie leicht lallend vor Müdigkeit. »Du wirst schließlich im Alten Land zur Sanatoriumsbesichtigung erwartet.«

»Diese Ermittlung hat Ersan voll im Griff, der macht das schon«, behauptete Abel.

Franka murmelte etwas Unverbindliches und betrachtete wieder das Foto von Noah Sanders. Der Junge war lange Zeit als vermisst gemeldet gewesen, nachdem er sich mit fünfzehn Jahren von seiner Pflegefamilie abgesetzt hatte. Bis dahin hatte er bereits eine Odyssee durch die Jugendpflege hinter sich gehabt. Auch als seine Mutter noch gelebt hatte, war er mehrmals in Heimen untergebracht worden, weil sie der Fürsorge zeitweise nicht gerecht werden konnte. Offiziell aufgetaucht war Noah erst wieder, als er in Rerrick wegen Ruhestörung vorm Passig-Bunker nach einem spontanen Straßenfest festgenommen worden war. Zu dem Zeitpunkt war er bereits volljährig gewesen und wurde nach einer Verwarnung wieder auf freien Fuß gesetzt. Nun war er als »ohne Wohnsitz« gemeldet, doch es war wahrscheinlich, dass er immer noch einen Unterschlupf im Bunker hatte.

»Als dieser Bursche aus der Dunkelheit auf dich zugerannt ist, dachte ich wirklich, der will dich umbringen.« Abel, der den Wagen losjagte, kaum dass die Ampel auf Orange schaltete, schnaufte immer noch gereizt. »Mann, ich hätte dem Kerl fast eins übergezogen.«

»Wie gut, dass deine Reflexe nicht die besten sind, der Junge war schließlich auch so schon halb tot.«

Franka wurde nicht gern an den Moment erinnert, als sie in Karlies Atelier zu Boden geworfen worden war. Alles war so schnell gegangen. Gerade erst hatten sie die Tür geöffnet, da bemerkten sie den schwachen Lichtschein im angeblich leeren Atelier, wie die Metal-Götter im Proberaum behauptet hatten. Dann rannte auch schon ein Kerl mit dunklem Kapuzenpulli auf sie zu, um sie einen Herzschlag später umzustoßen. Franka konnte immer noch das Gewicht von Noahs Körper spüren, wie es sie niederdrückte. Dabei war der Junge nicht mehr als Haut und Knochen.

Ich gehöre ins Bett, der Tag war zu hart, dachte Franka. Selbst wenn sich ihr Täter jetzt auf die Kühlerhaube geschmissen und »Ich war's!« geschrien hätte, hätte sie bloß ein müdes Nicken für ihn übrig gehabt.

»Was, glaubst du, hat der Kerl im Atelier gewollt?« Abel gab noch immer keine Ruhe.

»Vermutlich hat Noah nur nach einem Plätzchen gesucht, um seine Erkältung auszuschlafen«, schlug Franka vor. »Bruno und seine Kumpane meinten doch, er wäre mit der Atelier-Besitzerin Karlie gut befreundet und würde ständig dort ein und aus gehen.«

Abel überzeugte diese Erklärung nicht. »Ein Freundschaftsbesuch ist eine Sache, aber in aller Seelenruhe ein Schläfchen auf einem Lager zu halten, dessen Kissen und Decken voll von getrocknetem Blut, Hautfetzen und Nasenknorpeln sind?«

»Der Junge war total zugedröhnt, du hast die Spritze und das Morphium doch gesehen.«

Beim Anblick des benutzten Spritzbestecks war Franka irrsinnigerweise schwindelig geworden, während ihr das Lager, auf dem eine dunkelbraune Lache getrocknet war, nicht sonderlich zugesetzt hatte.

»Aber die Blutflecken an der Wand waren doch echt nicht zu übersehen.« Mittlerweile packte Abel das Lenkrad, als wäre es ein Gegner, dem er nur zu gern das Genick brechen würde.

Franka massierte ihren schmerzenden Ellbogen. Ohne viel Erfolg. »Schon wahrscheinlich, dass Noah die Blutflecken gesehen hat, aber das sagt doch nichts. Diese Spritzerfontäne hat schließlich was von einem modernen Kunstwerk, oder?«

Vermutlich war das nur die halbe Wahrheit, aber Franka verspürte nicht das Bedürfnis, irgendwelche weiter gehenden Überlegungen anzustellen. Gerade als sie ihre vor Erschöpfung brennenden Augen schloss, kam eine SMS von Simon rein.

Noch mal: Gut gemacht mit dem Atelier! Du hast vorhin ganz schön fertig gewirkt. Brauchst du noch was?

Ja, eine menschliche Wärmflasche, die mir unablässig ins Ohr flüstert, dass alles gut wird, bis ich sanft in den Schlaf gleite, hätte Franka am liebsten zurückgeschrieben. Sie ahnte jedoch, dass Simon lediglich seine Bereitschaft signalisierte, zum Hörer zu greifen, falls sie nach diesem grausigen Fund Druck ablassen musste.

Nach Reden war Franka jedoch überhaupt nicht zumute. Also schrieb sie zurück:

Nur Schlaf. Morgen früh geht es dann weiter.

»Neuigkeiten?«, fragte Abel, dem die SMS nicht entgangen war.

Franka überhörte die Frage.

Nachdem Abel den Wagen vor ihrem Wohnhaus angehalten hatte, lugte er neugierig durchs Beifahrerfenster. »Du wohnst also in Bahrfeld, dem mit Abstand cleansten Viertel von Rerrick, das man seinem Ruf zufolge nur nach einer Gesichtskontrolle betreten darf. Und dann auch noch in einem Neubau. Warum überrascht mich das nicht?«

So siehst du mich also, dachte Franka. Eigentlich sollte sie stolz darauf sein, sogar einen Spürhund wie Abel auf die falsche Fährte gelockt zu haben. Stattdessen nuschelte sie lediglich ein »Danke fürs Bringen«.

Zur Krönung dieses Abends verhedderte sie sich beim Aussteigen im Gurt und fiel mehr oder weniger auf den Gehweg, wobei die Brille erneut auf dem Boden landete. Ein leises Knacken bewies, dass es immer noch einen Tick schlimmer ging. Schicksalsergeben steckte sie das restlos ramponierte Brillengestell in die Tasche und griff nach dem Schlüsselbund.

Tatsächlich war das Wohnhaus, in dem sie sich eingemietet hatte, noch so nagelneu, dass die Elektriker bislang nicht dazu gekommen waren, die Außenlampe anzubringen. So blieb Franka kaum etwas anderes übrig, als die Schlüssel der Reihe nach auszuprobieren. Der erste war der falsche, wie sich herausstellte. Leider ließ er sich weder bewegen noch abziehen. Nach einigem Gerüttel hielt sie plötzlich nur noch den Schlüsselkopf in der Hand, der Rest steckte abgebrochen im Schloss.

Franka spielte gerade mit dem Gedanken, der Tür einen ordentlichen Fußtritt zu verpassen, als Abel neben ihr auftauchte. Offenbar hatte er sich das Schauspiel vom Wagen aus angesehen und nun beschlossen einzugreifen.

»Lass mich mal probieren«, schlug er vor und schob sie zur Seite. Er holte etwas aus seiner Parka-Tasche, das Franka im Halbdunkel nicht recht erkennen konnte, und fuhrwerkte damit an der Tür herum.

Einen Moment später sprang das Schloss auf.

»Irre ich mich, oder hast du gerade meine Haustür geknackt?«

»Deine kaputte Haustür«, korrigierte Abel.

»Umso beeindruckender, dass du sie im Handumdrehen aufbekommen hast. Das war ja professionell.« Ehrlich gesagt fand Franka es in erster Linie verstörend. »Lass mich raten: In deiner Freizeit bist du ein ›Lockpicker‹.«

Abel ließ sich nicht beirren. »War das mit deiner Sehschwäche eigentlich kein Problem bei der Polizeiprüfung?«

Franka ging nicht auf seine Bemerkung ein. Mit einem Seufzen erinnerte sie sich daran, dass es eigentlich an ihr war, Abel gegenüber etwas Dankbarkeit zu zeigen – nun auch noch fürs Haustüröffnen. »Danke für alles. Aber jetzt sieh zu, dass du selbst nach Hause kommst, den Rest schaffe ich schon allein.«

»Ich begleite dich trotzdem gerne. Eine ramponierte Wohnungstür ist noch etwas anderes als eine offen stehende Haustür.«

Da Abel ihr den Schlüsselbund allem Anschein nach nicht ohne Diskussion zurückzugeben gedachte, zuckte Franka mit den Schultern und suchte sich ihren Weg in den ersten Stock. Auf der Treppe ging Abel hinter ihr her, als wolle er sie im Zweifelsfall auffangen.

»Ich bin zwar blind wie ein Maulwurf, aber das bedeutet noch lange nicht, dass ich über meine eigenen Füße stolpere«, ließ Franka ihn wissen.

Nachdem Abel ihre Wohnungstür aufgeschlossen und das Flurlicht angeschaltet hatte, bedankte sie sich ein weiteres Mal brav, in Gedanken schon unterm warmen Wasserstrahl der Dusche.

Doch Abel war noch immer nicht bereit, den Rückzug anzutreten. »Bist du dir sicher, dass du hier wohnst?«, fragte er hörbar irritiert.

»Das ist jetzt keine ernst gemeinte Frage, oder?«

»Doch, durchaus.« Abel deutete mit dem Arm den Flur entlang. »Das ist ja komplett leer hier. Nicht einmal ein Paar Schuhe stehen herum. Und das bei deinem High-Heels-Arsenal.«

»Meine gesammelten Werke sind im Schlafzimmer untergebracht. In Umzugskartons«, gab Franka zu. »Ich bin vor lauter Arbeit noch nicht dazu gekommen, den Schuhschrank aufzubauen. Und alles andere ebenso wenig. Heute Nacht wird das wohl auch wieder nichts. Die Geschichte meines Lebens.«

»Du meinst, im Rest der Wohnung sieht es genauso aus? So als wäre gerade erst der Umzugswagen abgefahren?«

Franka wog ihre Möglichkeiten ab, dann entschied sie,

dass die Wahrheit Abel am ehesten die Luft aus den Segeln nehmen würde. »Ich muss dich leider enttäuschen: Bei mir sieht es so aus, als wäre der Umzugswagen noch gar nicht *da* gewesen. Ich habe nämlich kaum Möbel aus Hamburg mitgebracht.« Sie verschwieg wohlweislich, dass sie keine Ahnung hatte, was für Möbel sie überhaupt kaufen sollte, weil ihr neues Zuhause ihr vollkommen fremd war. Wer war sie seit ihrer Ankunft in Rerrick? Über ihre Garderobe, die mehr einer Rüstung ähnelte, war sie nicht hinausgekommen. »So viel zu meiner stylischen Designerbude«, fügte sie hinzu.

»Da habe ich mich wohl ganz schön verschätzt«, gab Abel zu. »Das liegt aber auch daran, dass du wie ein Gemälde bist, in dem die verschiedenen Elemente nicht richtig zusammenpassen.«

Es kostete Franka einiges, nicht ertappt dreinzublicken, sondern ein Lächeln aufzusetzen. »Wunderbar, eine Analyse meiner Persönlichkeit – und das mitten in der Nacht nach einem mordsanstrengenden Tag. Jetzt weiß ich, warum sich im Dezernat alle um deine Gesellschaft reißen.«

Abel lachte, dann rieb er sich das Gesicht. Es sah ganz so aus, als fordere der harte Tag auch bei ihm allmählich seinen Tribut.

Plötzlich kam sich Franka schrecklich vor, weil sie nur auf eine Gelegenheit lauerte, ihn endlich loszuwerden. »Möchtest du einen Kaffee, bevor du dich auf den Heimweg machst? Sonst schläfst du noch hinterm Steuer ein.«

Abels Gesicht war für Franka nicht mehr als ein verschwommenes Oval. Trotzdem glaubte sie zu erkennen, wie seine Augenbrauen vor Verblüffung in die Höhe rutschten. »Unsinn, ich will dir keine Mühe machen«, sagte er. »Wir sollten beide zusehen, dass wir noch ein paar Stunden Schlaf bekommen, bevor es morgen richtig rundgeht.« Hätte Abel einen Tick überzeugender geklungen, hätte Franka ihn ziehen lassen. Aber etwas in seiner Stimme verriet, dass er nur zu gern mit reinkommen wollte.

»Es geht fix«, versprach Franka. »Die Kaffeemaschine habe ich nämlich als einziges Küchenutensil bereits ausgepackt.«

»Na dann.« Abel gab seinen Widerstand auf.

Als Franka mit der Ersatzbrille auf der Nase in die Küche kam, roch es bereits nach Kaffee. Abel stand vorm Kühlschrank und studierte das Haltbarkeitsdatum auf der Milchpackung.

»Solange die Milch nicht sauer riecht, kann man sie verwenden«, behauptete Franka. Der Kühlschrankinhalt war ein weiteres Armutszeugnis, sein Inhalt bestand gerade mal aus ebenjenem abgelaufenen Liter Milch, einer Flasche Ketchup und einem Glas Schokocreme, die vermutlich nicht einmal kühl stehen musste.

Mit gerunzelter Stirn stellte Abel die Milch ins Fach zurück. »Ich trinke meinen Kaffee eh schwarz.«

Gemeinsam saßen sie am Küchentisch, während das Schweigen überraschend angenehm zwischen ihnen hing.

»Das war ein guter Tag. Trotz allem«, sagte Abel.

»Ja, das war er«, stimmte Franka zu.

24

Freitag, 6:30 Uhr

Es war nicht der Wecker, der Franka am nächsten Morgen aus dem Schlaf holte, obwohl es bereits 6:30 Uhr war. Vor lauter Erschöpfung hatte sie nämlich vergessen, ihn überhaupt zu stellen. Und von ihrem Handy stammte das Summen auch nicht, dem war nämlich der Saft ausgegangen, wie das schwarze Display bewies.

Irritiert und massiv schwankend, nachdem sie aus dem Tiefschlaf gerissen worden war, folgte Franka dem Ton von ihrem Schlafzimmer bis in den Flur, wo ihr klar wurde, dass sich so ihre Türklingel anhörte: wie ein wild gewordener Orchestergraben. Das war ihr ja noch gar nicht aufgefallen … Vermutlich, weil sie nie da war, wenn Paketzusteller und Nachbarn auf der Suche nach Mehl oder Salz bei ihr läuteten.

Sie brauchte einen Moment, um den entsprechenden Knopf zu finden, der die Haustür aufspringen ließ. Doch kaum hatte sie ihn gedrückt, klopfte es auch schon an ihrer Wohnungstür.

Während Franka im Geiste eine rasche Bestandsaufnahme ihres Aussehens machte – zerzaustes Haar, die Ersatzbrille aus dem Supermarkt schief auf der Nase, übergroßes T-Shirt anstelle eines standesgemäßen Nachthemds und nackte Füße –, wurde das Klopfen eindringlicher.

»Was soll's«, murmelte sie und öffnete die Tür.

Es war jedoch kein Postmensch und auch kein Nachbar,

der im Hausflur stand, sondern Simon Ackermann. Frisch rasiert und nach Aftershave duftend.

»Der Fahrservice zur Rechtsmedizin ist da.« Simon tippte sich an die Stirn, ganz Chauffeur mit Stil. »Mit deinem lädierten Arm solltest du heute besser aufs Autofahren verzichten. Außerdem dachte ich mir, wir gönnen uns ein ordentliches Frühstück. Dann haben wir auch was Anständiges zum Ausreihern, wenn die Weisband uns die beiden frisch ausgeweideten Opfer vorführt.« Er hielt eine volle Brötchentüte hoch. »Die machen nicht einmal Arbeit, die sind nämlich schon belegt. Für den Fall, dass dein Kühlschrank genauso gähnend leer ist wie meiner.«

»Morgen.« Franka brauchte eine Sekunde, um sich zu sortieren, und entschied sich dafür, die wichtigste Frage sofort zu stellen. »Was machst du hier?« Als Simon demonstrativ mit der Brötchentüte raschelte, deutete sie auf ihn, wie er vor ihrer Tür stand.

»Ach so.« Simon grinste schief. »Die Haustür unten ist defekt, und ein Blick aufs Klingelschild hat gezeigt, dass du im ersten Stock wohnst. War kein großes Rätselraten, welche Wohnung deine ist: weder die mit der stattlichen Ansammlung von Kinderschuhen noch die mit der frischen Blumengirlande und dem ›Just married‹-Schild. Es sei denn, du hast mir etwas Wesentliches verschwiegen.«

Obwohl Franka wie festgewachsen im Türrahmen stand, anstatt Simon hereinzubitten, tat das seiner guten Laune keinen Abbruch.

»Was hältst du davon, wenn du dich frisch machst und ich inzwischen Kaffee koche? Du siehst aus, als könntest du einen gebrauchen.« Zwischen den Zeilen schwang mit, dass Simon einen solch legeren Aufzug bei ihr nicht einmal dann erwartet hätte, wenn sie mit einer Grippe darniederlag.

»Kaffee – klingt nach einer verdammt guten Idee«, ertönte Abel Messners Stimme.

Franka war so überrascht, dass sie einen kleinen Sprung auf Simon zumachte. Dank ihres vernebelten Gehirns hatte sie vollkommen vergessen, dass Abel es sich in der letzten Nacht auf ihrem Sofa gemütlich gemacht hatte. Seiner Meinung nach hätte es sich nicht gelohnt, für die paar Stunden noch nach Hause zu fahren – außerdem hatte er ebenfalls das Argument mit dem Fahrservice für den nächsten Morgen vorgebracht.

Lauter fürsorgliche Männer.

Nun stand Abel mit zerknitterten Klamotten und wirrem Haar in Frankas Flur, wobei in seinen Augen schon wieder dieses unheimliche Feuer leuchtete. Vermutlich war es bereits von der Sekunde an da, in der er die Augen aufschlug, falls es ihn nicht sogar bis in seine Träume hinein begleitete.

Ein Schatten zog über Simons Gesicht, als er seinen Kollegen sah, dann hatte er sich bereits wieder im Griff. »Guten Morgen, Abel«, grüßte er. »Es sind genug belegte Brötchen für drei da. Dann können wir euren Fahndungserfolg von letzter Nacht auch gleich besprechen.«

»Ist der Blutprobenabgleich von unserem weiblichen Opfer und dem Tatort-Blut schon durch?«, fragte Abel, während er seine Bartstoppeln kratzte. »Ich hab noch keine Nachricht bekommen.«

Weil es nicht deine Ermittlung ist, hätte Franka gern erwidert, aber sie hielt es für klüger, keine Diskussionen anzufangen, solange sie leicht bekleidet zwischen zwei Kollegen stand.

Simon schlüpfte in den Wohnungsflur und zog die Tür hinter sich zu. Schließlich waren das keine Themen, die man mit dem gesamten Treppenhaus besprechen wollte. »Die Blut- und Gewebeproben aus dem Atelier stimmen mit denen der weiblichen Leiche überein. Von unserem männlichen Opfer haben wir dort ebenfalls Fingerabdrücke gefunden, allerdings scheinen die schon älter zu sein, sie waren teils überlagert.« Als seine beiden Kollegen nur schweigend vor ihm standen, hob Simon entschuldigend die Hände. »Die KTU hat gerade erst bei mir durchgerufen. Dich konnten sie wohl nicht erreichen«, sagte er, an Franka gewandt.

»Akku leer«, erklärte sie, während sie den Saum ihres T-Shirts nach unten zog, damit wenigstens ein Teil ihrer Oberschenkel bedeckt war. So bedeutend diese Nachricht von der Spurensicherung auch war, wichtiger erschien ihr im Moment, am Kollegen Messner vorbeizukommen, ohne dabei unnötige Aufmerksamkeit zu erregen. »Dann haben wir nicht nur unseren Tatort, sondern vielleicht auch die Identität unseres weiblichen Opfers: eine Kreative namens Karlie.« Solange die Herren gedanklich beim Fall waren, dachten sie wenigstens nicht über die merkwürdige Situation nach, in der sie steckten.

Simon schüttelte den Kopf. »Es gibt keine Karlie, das ist ein Künstlername. Wie die Dame tatsächlich hieß, versuchen wir gerade herauszufinden. Allerdings ist es wegen der Verbindung zu Nehring nach wie vor möglich, dass es sich bei ihr um die verschwundene Theresa Michaelis aus dem Felsberg-Fall handelt. Würde mich jedenfalls nicht überraschen. Dr. Weisband wird uns gleich mehr sagen können, allein schon wegen der vernarbten Schnittverletzungen, die Nehrings Zeugin vor Gericht angeführt hat, um ihre besondere Beziehung zu Jan Felsberg darzulegen. Ein Abgleich der Narben unserer weiblichen Opfer wird Klarheit bringen.«

Franka scheiterte beim Versuch, einen Schauder zu unterdrücken, als sie an die Narben am Unterbauch der Toten dachte. Eine in die Haut geritzte Ranke. »Wer lässt bloß freiwillig so an sich herumschneiden?«

Simon sah sie nachdenklich an. »Wir sprechen später weiter. Jetzt musst du erst einmal dringend in ein paar warme Klamotten schlüpfen, du hast ja schon eine Gänsehaut.«

Die hatte sie. Auf den Oberschenkeln. Die nun auch noch Abel einer genaueren Begutachtung unterzog. Franka sah schleunigst zu, dass sie einen würdevollen Abgang ins Schlafzimmer hinbekam.

25

Freitag, 7:10 Uhr

Eine Viertelstunde später betrat Franka in einer grauen Seidenbluse unterm Jackett die Küche. Die frisch gewaschenen Haare hatte sie zu einem Knoten hochgesteckt, und um ihren Auftritt im Flur auszubügeln, trug sie sogar die Perlenohrringe ihrer Großmutter, die sie ehrlich gesagt eher scheußlich fand. Ganz die Seriosität in Person.

Simon stand mit verschränkten Armen vorm Küchenfenster und starrte ins Leere. »Abel lässt dich grüßen«, sagte er, ohne den Blick von ihrem Innenhof zu nehmen. Dort sollte im nächsten Frühjahr ein Garten angelegt werden, im Moment gab es jedoch nur platt gewalzte Erde zu sehen. »Er wollte noch schnell bei sich zu Hause vorbei, um einen Menschen aus sich zu machen. Dein Sofa in allen Ehren, aber der Mann sah ganz schön gerädert aus.«

»Das lag wohl eher an den drei Stunden Schlaf. Ich fühl mich auch wie durch den Fleischwolf gedreht.« Dass ihr geprellter Ellbogen schmerzhaft pochte, behielt Franka lieber für sich. Sie setzte sich an den Küchentisch und nahm ein Salamibrötchen aus der Tüte. »Wird Abel ab jetzt mit mir zusammen an der Privatebene Seelers-Nehring arbeiten?«, fragte sie zwischen zwei Bissen.

Offenbar war Simon der Appetit vergangen, bevor sie mit dem Frühstück überhaupt angefangen hatten. Jedenfalls machte er keine Anstalten, sich zu ihr zu setzen.

»Bevor Abel sich verabschiedet hat, hat er mir auf seine

typisch diplomatische Art gesagt, dass Jan Felsberg bestens bei Ersan aufgehoben sei«, meinte Simon. »Nach dem, was letzte Nacht losgewesen ist, sieht er seinen Platz in Rerrick. Schließlich habt ihr das Atelier ja gemeinsam ausfindig gemacht.«

Franka schluckte hörbar ihren Bissen runter. »Gestern Abend im Dezernat wollte Abel nur mal kurz hören, wo ich bei meiner Nehring-Recherche stand. Und bevor ich mich versah, sind wir auch schon zu diesem Verein abgerauscht.« Natürlich war es nicht besonders geschickt, zu einer Verteidigung überzugehen, aber ihr schlechtes Gewissen war stärker.

»Und habt einen wichtigen Treffer gelandet. Du hast das mit Abel großartig gemacht.«

Lag das an Franka, oder klang das Lob wirklich bitter?

»Als Abel gestern Nachmittag andeutete, dass er mit dir weiterhin an der Nehring-Spur dranbleiben wolle, habe ich das erst mal so stehen lassen, weil ich hören wollte, was du dazu meinst.« Simon drehte sich ihr endlich zu, aber sein Gesicht verriet nichts. »Abel ist nicht gerade ein einfacher Verbraucher, außerdem wird es Björn bestimmt sauer aufstoßen, wenn sein Partner plötzlich vergeben ist. Björn schaufelt sich nämlich gerade bei seinem aktuellen Fall frei, um uns zu unterstützen.«

»Ich habe Björn einmal erlebt, wie er mit Abel in der Kaffeeküche aneinandergeraten ist. Hatte was von einem eins neunzig großen und hundertzwanzig Kilo schweren Kleinkind, das kurz davor steht, mit Bauklötzen um sich zu schmeißen.« Tatsächlich hatte Franka damit gerechnet, dass die Mikrowelle gleich durch die Luft segeln würde. Während sie und andere Kollegen rasch den Rückzug angetreten hatten, war Abel geradezu beängstigend ruhig geblieben. Fast arrogant, hätte man meinen können. Aber das war allem Anschein nach die beste Taktik, um Björn Dietzes Temperament runterzukochen. Die Mikrowelle war jedenfalls an ihrem Platz stehen geblieben.

»Auch wenn Björn seinem Partner nicht aufs Fell schauen kann, hat er eine Heidenangst davor, dass Abel ihm verlustig geht«, sagte Simon. »Es ist nicht so, als ob Björn nichts draufhätte, aber in ihrem Gespann ist es eben Abel, der die großen Sachen reißt.«

»Dann lassen wir es einfach bei unserer ursprünglichen Arbeitsaufteilung«, brachte Franka es auf den Punkt. »Das mit dem Atelier hatte sich so ergeben, aber jetzt läuft wieder alles nach Plan.«

Simons Finger schlugen rhythmisch gegen das Fensterbrett. Offenbar hatte er nicht vor, seinen Aussichtsplatz so schnell aufzugeben und sich zu ihr zu setzen. Die Vorstellung, seine Partnerin mit Abel Messner teilen zu müssen, ging ihm merklich gegen den Strich.

»Wäre mir lieber so«, sagte er in den Raum hinein.

Franka entschied sich, einen Haken zu schlagen. »Wir sollten das alles nicht so streng sehen, das macht uns nur unbeweglich und bringt nichts in einem komplizierten Fall wie diesem, wo uns auch noch der Zeitdruck im Nacken sitzt. Je schneller wir die losen Fäden verknüpfen, desto höher ist die Wahrscheinlichkeit, dass wir den Mörder erwischen. Im Idealfall, bevor er ein weiteres Mal zuschlägt. Wir haben jetzt zwar einen Tatort, das ändert jedoch nichts daran, dass weiterhin verschiedene Theorien für den Doppelmord auf dem Tisch liegen. Drei Hauptspuren – drei Kommissare, die diese Ermittlungen vorantreiben. Wobei wir Albert Nehring von zwei Enden in die Zange nehmen müssen: du von seiner beruflichen und ich von seiner privaten Seite aus.«

»Und Abel Messner überlassen wir mit Jan Felsberg den Jackpot. Oder glaubst du eher, dass Felsberg eine Niete ist?«

»Wie kommst du darauf?«

Simon legte den Kopf schief, eine Geste, die man nicht

oft an ihm sah. Aus dem schlichten Grund, dass er selten auswich. »Dass ich mich auf die Kanzlei gestürzt habe, war nur logisch. Abgesehen davon, dass dort mit fallrelevanten Informationen zu rechnen ist, haben unser Dezernat und die Staatsanwaltschaft mit diesem Laden ein Hühnchen zu rupfen. Damit ist das Chefsache, auch wenn dieser Ermittlungsstrang vermutlich nicht direkt zu unserem Täter führt. Aber du bist nicht nur bereit, Jan Felsberg einem anderen Ermittler zu überlassen, sondern stößt auch noch Abel Messner von der Bettkante, um weiterhin allein die Privatebene von Marlis Seelers und Albert Nehring zu bearbeiten. Das gibt mir zu denken. Weißt du vielleicht etwas, das ich nicht weiß?«

Franka hätte Simon gern darauf hingewiesen, dass er eben der größere Stratege war, während sie mehr ihrem Instinkt folgte. Aber das Fass wollte sie lieber nicht aufmachen, vor allem weil Simon sich allem Anschein nach den Kopf darüber zerbrach, wo sie beide im Moment standen. Von der Leichtigkeit, die sich im Lauf des gestrigen Tages zwischen ihnen eingeschlichen hatte, war nichts mehr zu spüren. Dafür jagte inzwischen so viel Adrenalin durch ihren Körper, dass ihre Müdigkeit wie fortgeblasen war.

»Ich weiß nur eins: Dieser Fall ist komplex, und wir müssen allesamt höllisch aufpassen – du, damit dir diese Kanzlei-Sache nicht auf die Füße fällt, schließlich dringst du da gerade in das Revier von Juristen ein, deren Job darin besteht, ihre Interessen mit Haut und Haaren zu verteidigen. Abel muss sich endlich mit voller Konzentration an Jan Felsberg dranhängen, bevor der ein drittes Opfer serviert. Und ich muss zusehen, dass ich mich bei meinen Ermittlungen nicht verzettle. Deshalb halte ich an unserer Ermittlungsstruktur fest – und nicht etwa, weil ich glaube, auf Gold gestoßen zu sein.«

»So habe ich das auch nicht gemeint«, stellte Simon klar.

»Eigentlich will ich nur wissen, ob zwischen uns beiden alles zum Besten steht.«

»Wegen Abel Messner?« Franka verschluckte sich fast an ihren Worten, doch sie waren draußen, ehe sie sie mit einem Schluck Kaffee runterspülen konnte. Falls ihre Beziehung zu Simon wegen dieser Nummer Schaden nahm, würde sie Abel dafür in den Hintern treten, das stand schon mal fest.

Simon lächelte gequält. »Das klingt jetzt dramatischer, als ich es meine, aber: ja. Ich kenne Abel ganz gut, musst du wissen. Er spielt sein eigenes Spiel nach seinen ganz persönlichen Regeln.«

Franka wartete auf eine Erklärung, aber Simon sah sie nur nachdenklich an. »Willst du mir nicht mehr darüber erzählen?«

Simons Gesichtsausdruck war unlesbar, während er nachdachte. Schließlich stieß er sich von der Fensterbank ab und setzte sich Franka direkt gegenüber an den Küchentisch. »Ein anderes Mal. Vermutlich reagiere ich nur empfindlich, weil ich mich irgendwie abgehängt fühle.«

Franka ertappte sich dabei, dass sie eine Serviette in Einzelteile zerlegte. Diese Art Gespräch zwischen ihnen war vollkommen neu, auch wenn von Anfang an eine gewisse Vertrautheit zwischen ihnen geherrscht hatte. Ihre Rollen waren trotzdem stets klar aufgeteilt gewesen, während sie sich im Augenblick nicht mehr so sicher war. Wie sollte sie mit Simons Offenheit umgehen, ohne dass die Grenze zwischen ihnen noch mehr verschwamm? Schon jetzt konnte sie nicht mit Sicherheit sagen, ob es ihr Partner war, der zu ihr sprach, oder vielmehr ein in seinem Stolz verletzter Mann.

»Das ist *unser* Fall, daran hat sich nichts geändert. Und daran wird sich auch nichts ändern«, erklärte Franka entschieden.

Endlich zeichnete sich ein Lächeln auf Simons Gesicht ab. »Kriege ich das schriftlich?«

»Gern, solange du nicht darauf bestehst, dass ich mit meinem Blut unterschreibe.«

Simons Lächeln wurde breiter. »Warum nicht? Würde schließlich ganz gut zu unserem Fall passen.« Dann schnappte er sich endlich ein Brötchen, doch kaum biss er hinein, klingelte sein Handy. Die Timerfunktion.

»Zeit für Dr. Weisband.« Simon schaute auf das angebissene Brötchen in seiner Hand und legte es zurück. »Ist vermutlich doch nicht so verkehrt, nüchtern bei der Grande Dame der Rechtsmedizin aufzutauchen.«

26

Freitag, 8 Uhr

Die Gerichtsmedizin war in einem Seitentrakt des Rerricker Krankenhauses untergebracht. Als Simon und Franka Punkt acht Uhr den Sektionsraum erreichten, erwartete Abel sie bereits – frisch geduscht in Hemd und Jeans. Er hatte es sogar geschafft, seinen dichten Dreitagebart abzurasieren.

»Dr. Weisband ist schon da, aber sie hat mich gebeten, hier draußen auf euch zu warten. Ich bin nicht gerade ihr Liebling.« Abels Kiefer knackte, doch Franka war sich unsicher, ob er ein Lachen zu unterdrücken versuchte oder genervt mit den Zähnen knirschte.

»Stell dich hinten in der Reihe an, auf meine Anwesenheit freut Helene sich auch nicht«, sagte Simon und öffnete die Tür zum Sektionsraum. Unter dem dunkelgrauen Stoff seines Jacketts spannten sich seine Rückenmuskeln an. Nach fünfzehn Jahren bei der Kripo wurde ihm nämlich immer noch übel, wenn er auch nur den Geruch nach Desinfektionsmittel und Tod in die Nase bekam, wie er Franka gleich zu Beginn ihrer Zusammenarbeit freimütig erklärt hatte.

Auch Franka hatte mit Obduktionen so ihre Probleme. An einem Tatort hatte das Verbrechen stets etwas Unmittelbares, und die Opfer waren immer noch Menschen, auch wenn sie manchmal bereits skelettiert waren. Auf dem Seziertisch wurden sie jedoch zu Objekten, da konnte auch die Herangehensweise der Gerichtsmediziner nichts ändern. Das ganze Gerede von »Patienten« und ihrer Würde täuschte nicht darüber hinweg, dass die Körper der Opfer zu Beweismaterial geworden waren – und dem rangen die Ermittler ab, was sie hergaben, ohne jede Rücksicht.

»Guten Morgen«, begrüßte Dr. Weisband sie knapp, während sie sich Kittel und Einweghandschuhe überstreiften. »Die Obduktion der beiden Opfer habe ich bereits heute Morgen durchgeführt, nachdem die Spurensicherung mich aus dem Bett geklingelt hat, kaum dass Georg Feitners Trupp die Frühschicht übernommen hatte.« Das klang fast so, als müsse Feitner damit rechnen, demnächst einen abgeschnittenen Finger in seinem Morgenkaffee zu finden. Dann stockte Dr. Weisband und sah Franka mit hochgezogenen Augenbrauen an, wie sie mühsam in den Überziehkittel schlüpfte. »Was haben Sie denn mit Ihrem Arm gemacht?«

»Ich bin gestern Nacht unglücklich hingefallen, nicht weiter schlimm.«

»Hat sich das schon jemand angeschaut?«

»Es ist nur eine Prellung, mehr lästig als alles andere.«

Dr. Weisband musterte sie kritisch, dann zuckte sie mit der Schulter. »Fangen wir mit dem weiblichen Leichnam an.«

»Wir könnten sie Karlie nennen, auch wenn wir uns bei der Identifizierung noch nicht hundert Prozent sicher sind«, schlug Franka vor.

Dr. Weisbands feine Augenbraue zuckte hoch. »Ich würde sie eher Theresa Michaelis nennen, das ist nämlich ihr richtiger Name.«

»Der Narbenabgleich war also erfolgreich?« Abel zog so heftig an seinem Handschuh, dass er riss.

Fast rechnete Franka damit, dass Dr. Weisband den Kommissar für seine Ausdrucksweise vor die Tür schicken würde, aber sie ließ sich lediglich zu einem eisigen Blick herab, der Abel tatsächlich einen Schritt zurückweichen ließ.

»Ja, der Abgleich zwischen dem Ranken-Cutting bei unserem weiblichen Opfer und der fototechnisch dokumentierten Narbe von Theresa Michaelis führte zu einer Übereinstimmung. Das Fotomaterial vom Jan-Felsberg-Prozess war hervorragend, ich konnte sogar eine Übereinstimmung der Nadelstiche feststellen.« Dann wandte sie sich Franka zu. »Ich habe gehört, Sie haben den Tatort gefunden – Glückwunsch.«

»Danke. Mein Kollege Abel Messner war übrigens an dem Erfolg beteiligt«, sagte Franka mechanisch.

»Hat er das Blut etwa gerochen?« Ohne eine Antwort abzuwarten, ging Dr. Weisband zu dem Seziertisch, auf dem Theresa Michaelis' Überreste aufgebahrt lagen.

Abel grinste. »Seht ihr? Ich führe die Liste von Dr. Weisbands Lieblingen unangefochten an.«

Simon zog die Stirn kraus, während Franka sich automatisch fragte, womit ihr Kollege sich diese offene Abneigung wohl verdient hatte. Wohin man auch blickte: Abel schien mit jedermann eine offene Rechnung zu haben.

Wie es ihre Art war, kam Dr. Weisband ohne große Einleitung zur Sache. Die Fakten, die sie zu Todeszeitpunkt und Todesart von Theresa Michaelis vortrug, deckten sich mit den Vermutungen, die sie bereits am Fundort geäußert hatte: eine junge gesunde Frau Mitte zwanzig, die mit einem Kehlschnitt getötet worden war, bevor man ihr das Gesicht mit einem stumpfen Gegenstand bis zur Unkenntlichkeit zerschlug.

»Das Blut, das im Atelier gefunden wurde, stammt zweifelsfrei von unserem Opfer. Ein Abgleich der Fingerabdrücke legt außerdem nahe, dass Theresa Michaelis unter dem Künstlernamen Karlie das Atelier gemietet hatte. Sie lagen also richtig mit Ihrer Vermutung, Franka.«

»Hat die Spermaprobe schon etwas ergeben?«, fragte Simon, der einen auffälligen Sicherheitsabstand zum Seziertisch einhielt, während Abel nicht nah genug dran sein konnte. Gebannt starrte er auf die verkrustete Masse, die von Theresa Michaelis' Gesicht übrig geblieben war.

»Bislang noch nicht«, erklärte Dr. Weisband wie erwartet. »Aber wir arbeiten daran.«

»›Daran arbeiten‹ – klingt super.« Franka war nicht klar, ob Abels Kommentar sarkastisch zu verstehen war oder ob er dem Ganzen mit Gewalt etwas Positives abzugewinnen versuchte.

Dr. Weisband nutzte die Gelegenheit, den verunstalteten Leichnam abzudecken und die Ermittler zu einem weiteren Tisch zu führen, wo das zweite Opfer aufgebahrt lag.

Wie zuvor zählte die Pathologin die Fakten auf – und wieder bewies sie, dass sie mit keinem ihrer Urteile am Fundort danebengelegen hatte. Dr. Weisband verstand ihren Job, so viel stand fest. Mit kühler Stimme ging sie den Bericht durch: Anhand der Röntgenbilder und des Zahnstatus hatten sie es mit einem Sechzehnjährigen zu tun, der zeit seines Lebens weder Mangelerscheinungen noch Misshandlungen kennengelernt hatte.

»Bis zu seinem Tod hatte er keine nachweisliche physische Gewalt erlebt«, schloss Dr. Weisband. »Und auch von seiner Erstickung dürfte er nichts mitbekommen haben, soweit die fehlenden Abwehrspuren das belegen können.«

Damit hatte die Gerichtsmedizinerin Simons vollständige Aufmerksamkeit. Er trat dicht an den Seziertisch, damit ihm nur nichts entging. »Haben wir es beim zweiten Opfer nun mit Mord oder einem unglücklichen Unfall zu tun?«

»Helfen Sie mir, den Leichnam umzudrehen«, wies Dr. Weisband Abel an, der ihr ohne Murren zur Hand ging und sich erstaunlich geschickt anstellte. »Sehen Sie die Abdrücke hier an den Schultern. Auf der rechten Körperseite sind sie ausgeprägter.«

Franka beugte sich so weit vor wie nötig. Tatsächlich

befand sich seitlich des Nackens eine Einfärbung unter der Haut. »Ein Handabdruck.«

»Beziehungsweise zwei Handabdrücke«, ergänzte Dr. Weisband. »Ich habe sie erst gefunden, nachdem ich die Schminke am ganzen Körper entfernt hatte. An dieser Stelle ist sie besonders dick aufgetragen worden, hier wollte jemand die frischen Hämatome abdecken.«

»Dann hat jemand den Jungen also vor seinem Tod kräftig von hinten bei den Schultern gepackt und runtergedrückt? Danach sieht es nämlich aus: Der Handballen ist deutlicher zu erkennen als die einzelnen Fingerabdrücke«, vergewisserte sich Simon. Als die Gerichtsmedizinerin nickte, gab er einen leisen Fluch von sich.

Dr. Weisband ging geflissentlich darüber hinweg. »Die Indizien weisen darauf hin, dass der Oberkörper des Toten von einer Person, die sich hinter ihm befand, bei den Schultern gepackt und niedergedrückt wurde. Dabei ist er vermutlich erstickt. Es gibt jedoch, wie bereits erwähnt, keinerlei Abwehrspuren, weder gegen den harten Griff um seine Schultern noch dagegen, dass sein Gesicht in ein Kissen gepresst wurde. Selbst wenn es sich um eine Art erotische Strangulation gehandelt hätte, hätte es ab einem bestimmten Punkt Abwehrversuche geben müssen, da übernimmt nämlich der schiere Überlebenswille. Demnach war unser Klient nicht bei Bewusstsein, als sein Gesicht ins Kissen gedrückt wurde – nicht fest genug, um Abdrücke zu hinterlassen, aber erstickt ist er trotzdem.«

»Es deutet also alles darauf hin, dass er nichts von seinem Sterben mitbekommen hat.« Bei diesem Gedanken fühlte Franka eine Erleichterung. *Wenigstens das ist ihm erspart geblieben.*

»Das bleibt leider eine Annahme, wenn auch eine sehr wahrscheinliche. Denn die Blutuntersuchung weist keinerlei Beruhigungsmittel auf – die Spanne von zwölf Stunden, während der einige Präparate nachweisbar sind, war eben überstiegen. Aufgrund des Obduktionsergebnisses kann ich als Gerichtsmedizinerin deshalb nicht von Mord sprechen, die Tötung könnte durchaus ein Unfall gewesen sein, wenn auch ein willentlich in Kauf genommener.«

»Also haben wir es zumindest mit fahrlässiger Tötung zu tun.« Auf Simons Gesicht zeichnete sich grimmige Entschlossenheit ab. Jemand würde dafür büßen müssen, so viel stand fest.

»Wenn Sie uns alles gezeigt haben, könnten wir den Jungen dann wieder umdrehen?« Franka gab keine Erklärung für ihren Wunsch ab, aber den brauchte Dr. Weisband auch nicht. Erneut drehte sie den schmalen Leichnam mit Abels Unterstützung um.

Sofort suchte Frankas Blick wieder das Gesicht des namenlosen Toten. Niemand schien den Jungen zu vermissen oder zu kennen, sogar die Musiker aus dem Kunstraum N, die von den Kollegen in der letzten Nacht befragt worden waren, wussten nicht mehr über den Toten zu sagen, als dass sie ihn ein paar Mal gesehen hatten, wenn er auf dem Weg zu Karlie gewesen war. *Genau wie Noah, der nur einen Trakt entfernt mit einer Lungenentzündung kämpft, nachdem er viel zu viele Stunden mit Morphium zugedröhnt auf der Bettstatt verbracht hat, auf der seine Freundin umgebracht wurde*, dachte Franka. Nur hatten sie Noah im Gegensatz zu dem Jungen in ihrer Datenbank gefunden. Und selbst wenn Noah ihnen einen Namen würde nennen können – was bedeutete das schon? In diesen Kreisen verlieh man sich häufig selbst einen passenden Namen, nur half das wenig bei polizeilichen Ermittlungen.

Franka hatte gehofft, dass es leichter werden würde, den Anblick des Jungen zu ertragen, wenn er abgeschminkt und vom grellen Licht angestrahlt auf dem Sektionstisch läge. Dass ihn der Prozess der Obduktion zu einem gewöhnlichen Mordopfer herabsetzen und er ohne die sorgfältige Zurschaustellung seiner jugendlichen Unschuld nicht mehr eine solche Macht auf sie ausüben würde. Doch sie hatte sich getäuscht. Selbst jetzt, da der dunkelblonde Haaransatz deutlich zu erkennen war und bewies, dass das Engelshaar aus der Tube stammte, und kein rosa Glanz mehr auf den Lippen lag, strahlte der Junge eine verletzliche Schönheit aus.

Wenn ich nicht herausfinde, wer er ist und wer ihn auf dem Gewissen hat, bleibt er für immer zu Gast in meinem Kopf, gestand Franka sich ein.

Ihre Laufbahn als Kriminalerin war zwar noch nicht besonders lang, trotzdem hatte sie schon mehrere Mordopfer zu sehen bekommen, deren Anblick sie an die Grenze des Erträglichen getrieben hatte. Bis zur Unkenntlichkeit aufgedunsene Wasserleichen, erschlagene Ehefrauen, Schussopfer, deren Schädel groteske Öffnungen aufwiesen, die an blutrote Blüten erinnerten, und einzelne Körperstücke, die gut erhalten in Beton lagen. All diese Eindrücke hatten Zorn, Hilflosigkeit und gelegentlich auch schlichten Ekel in ihr hervorgerufen, sich in ihre Träume geschlichen und sie vor die Frage gestellt, ob sie wirklich ihren Lebensunterhalt damit verdienen wollte, jeden Tag aufs Neue vorgeführt zu bekommen, wie leicht zerstörbar der Mensch war.

Auch der tote Junge schürte ihre Wut, die ein hervorragender Motor für die aufreibende Ermittlungsarbeit war. Und das war es, worauf es jetzt ankam. Ganz bewusst richtete sie den Blick auf das Gesicht des toten Jungen.

»Dann hat er bis zu seinem Tod also ein normales Leben geführt?«

»Wie gesagt, vieles deutet darauf hin, dass das Opfer eine – zumindest physisch – unbeschwerte Kindheit und Jugend verlebt hat«, erklärte Dr. Weisband. »Allerdings hat er in der letzten Zeit kaum Nahrung zu sich genommen, in seinem Magen habe ich lediglich Reste eines Energieriegels und eines Apfels gefunden.«

»Wurde er vielleicht gefangen gehalten?«, fragte Simon.

Dr. Weisband legte den Kopf leicht schief. »Dazu kann ich leider nur sagen, dass sich keinerlei Abwehr- oder Fesselspuren finden lassen. Herauszufinden, wie es zu der jüngsten Mangelernährung gekommen ist, überlasse ich euch, Simon. Ich kann nur sagen, dass der Junge sehr gepflegt war – ob er nun selbst dafür verantwortlich war oder eventuell ein Entführer.«

»Entführt – oder er war erst seit einiger Zeit auf der Straße unterwegs und wusste noch nicht, wie man sich Essen ohne Geld organisiert. Bei seinen makellosen Zähnen können wir wohl ausschließen, dass er schon länger herumgestreunert ist«, warf Abel ein. »Kein Wunder, dass wir ihn in keiner unserer Datenbanken finden.«

Simon, der seitlich hinter Franka stand, während Abel wie das fünfte Rad am Wagen mit einem ungünstigeren Platz am Fußende vorliebnehmen musste, atmete lautstark durch den Mund. Wohl der verzweifelte Versuch, den Geruch des Sektionssaals auszublenden, gemischt mit Stress. »Hast du vielleicht einen Hinweis darauf gefunden, dass unser Opfer aus dem Ausland stammen könnte? Dann könnten wir gezielt die Vermisstenanzeigen über Interpol durchgehen«, sagte er zu Dr. Weisband, die er offensichtlich gut kannte. Vielleicht hatte er die Gerichtsmedizinerin ja durch Ariadne Reisch, die klinische Psychologin, näher kennengelernt. *Kein Wunder, dass sie ihn so nervös macht, wo er doch so ungern mit seiner Beziehung hausieren geht*, dachte Franka.

»Wie bereits gesagt: keine besonderen Hinweise, weder Impfnarben, die auf eine bestimmte Nationalität hinweisen, noch Zahnkronen oder auffällige Beeinträchtigungen wie ein fehlendes Fingerglied.« Dr. Weisbands Gesicht bestand nur aus Brille und exakt rot geschminkten Lippen, die zu einer Linie aufeinandergepresst waren. War die Pathologin im Haus der Seelers Franka gegenüber offen und geradezu verblüffend einfühlsam gewesen, gab sie nun nichts als die reinen Fakten ihrer Obduktion zum Besten. Das und nichts anderes. Jeder Versuch, sie zu einer Interpretation der Ergebnisse zu überreden, prallte gnadenlos an ihr ab.

»Es gibt also nichts wirklich Interessantes, das Sie uns über den Jungen sagen können?«, bohrte Abel nach, ohne sich darum zu scheren, dass Dr. Weisband ihn mit diesem speziellen, eiskalten Blick maß.

»Auf die Gefahr hin, mich zu wiederholen: Ich habe nichts im Angebot, auch wenn Sie stur darauf beharren, Herr Messner. Keine Geschlechtskrankheiten, keinen auffälligen Körperschmuck wie beim weiblichen Opfer, und selbst die Drogenrückstände bei der Haaranalyse weisen auf einen für sein Alter gewöhnlichen Verbrauch hin: Zigaretten, gelegentlich Cannabis, noch weniger Ecstasy und Alkohol so gut wie gar nicht.«

»Das klingt alles nach einem durchschnittlichen Sechzehnjährigen, der rumexperimentieren will, ohne sich die Finger zu verbrennen«, gab Simon zu bedenken. »Aber warum vermisst ihn niemand? Ein Teenager aus einer Reihenhaussiedlung am Stadtrand verschwindet doch nicht einfach tagelang, ohne dass es jemandem auffällt. Selbst wenn die Eltern ihn sonst wo wähnten, wäre seine Abwesenheit doch seiner Schule oder seinem Ausbilder aufgefallen.«

Franka rief sich in Erinnerung, was die Gerichtsmedizinerin während ihres Berichts bestätigt hatte: Vor seinem Tod hatte der Junge Analsex gehabt. »Wir müssen die Fahndung eben breiter anlegen, möglicherweise stammt er ja aus einem Nachbarland«, sagte sie nachdenklich. »Und wir haben noch einen anderen Anhaltspunkt. Er war genau wie Theresa Michaelis vor ihrem Tod mit einem Mann zusammen.«

Dr. Weisband nickte. »Das stimmt, unser Opfer hatte kurz

vor seinem Erstickungstod Analsex, allem Anschein nach freiwillig, obwohl sein Liebhaber rücksichtslos vorging oder keine Ahnung hatte von dem, was er da tat. Die Abstriche weisen darauf hin, dass er zumindest ein Kondom verwendet hat. Es gibt noch ein paar ältere Fissuren, jedoch nur ganz leichte.«

»Dann war das Opfer also keine Jungfrau mehr.« Anders als Franka schien Abel in dem Jungen keinen Jugendlichen zu sehen, dessen Verletzlichkeit der Täter ausgenutzt hatte. Seine ganze Haltung sagte: Der ist schon nicht umsonst auf dem Seziertisch gelandet.

Franka konnte nicht anders, sie musste wieder das Gesicht des Jungen ansehen. Die weichen Züge … die hohe Stirn … fast noch ein Kind. »Vielleicht ist er vor dem Sex betäubt worden. Vergewaltigungen, nachdem dem Opfer K.o.-Tropfen untergejubelt worden sind, sind ja nicht gerade eine Seltenheit. Dieser erschreckende Trend hat auch Rerricks Nachtleben erreicht.«

»Falls es dem Jungen so ergangen ist«, sagte Dr. Weisband, »kann ich es leider nicht belegen. Die sogenannten K.o.-Tropfen sind in Blut und Urin nur zwölf Stunden lang nachweisbar.«

»Oder unser Knabe brauchte Geld, nachdem er ein paar Tage lang von Müsliriegeln und Äpfeln gelebt hat. Er wäre nicht der erste Rumtreiber, der sich auf diese Weise was dazuverdient«, überlegte Abel laut.

Das wäre genau nach deinem Geschmack, was?, dachte Franka, während sie ihren schmerzenden Ellbogen massierte.

Als sie hilfesuchend zu Simon sah, checkte der gerade sein Handy. Offenbar war eine wichtige Nachricht reingekommen, ein guter Grund, sich aus dieser Diskussion auszuklinken. Mit dem toten Jungen vor ihnen schien es Simon ähnlich zu ergehen wie Franka, als sie sich mit dem geschundenen Vaginalbereich des weiblichen Opfers hatte auseinandersetzen müssen. Jeder von ihnen war eben noch viel mehr als nur Kriminaler – Bruder, Mutter, Freundin, aber auch Mann und Frau. Es wurde immer viel darüber geredet, dass ein guter Ermittler in der Lage sei, sich in den Täter hineinzuversetzen, um seine Spuren zu verfolgen. Aber viel öfter fand man sich in der Haut der Opfer wieder, was kaum erträglicher war.

Simon blickte nicht vom Handy auf, während er sagte: »An beiden Theorien könnte was dran sein. Ohne weitere Indizien reden wir aber bloß ins Blaue.«

»Meiner Erfahrung nach ist Geld gegen Sex bei einem Straßenjungen wahrscheinlicher, als dass wir es hier mit einem bislang nicht gemeldeten Entführungsopfer zu tun hätten. Allein die blondierten Haare … Das sieht doch eindeutig nach Strich aus.«

»Sie haben mir allem Anschein nach nicht richtig zugehört, Herr Messner«, unterbrach Dr. Weisband Abel. »Dabei sind Sie doch ansonsten ganz versessen darauf, alles über die Toten zu wissen.« Die Anschuldigung blieb unwidersprochen im Raum stehen. »Der Analbereich unseres Opfers weist zwar ein paar leichte Vernarbungen auf, die vom sexuellen Kontakt mit Männern stammen könnten. Sie könnten aber auch auf sexuelle Experimente mit einem Dildoersatz aus Muttis Haushalt hinweisen.«

Mit dieser Aussage gehörte der Gerichtsmedizinerin die Aufmerksamkeit sämtlicher Anwesender. Sogar Simon steckte sein Handy achtlos zurück in die Tasche.

Die Pathologin zog die Augenbrauen hoch. »Das ist keineswegs ein abwegiger Gedanke. Sie wären erstaunt, womit Menschen ihre Körperöffnungen penetrieren, gerade wenn in der Jugend die erotische Neugierde erwacht. Und wenn dann kein anständiges Gleitmittel verwendet wird, können durchaus Verletzungen dieser Art zustande kommen. Möglicherweise wollte unser Klient nur herausfinden, wie es sich anfühlt, Analsex zu haben. Falls es so gewesen ist, lässt das übrigens keine Rückschlüsse zu, ob er Männer oder Frauen bevorzugt hat. Diese Art erotischer Vorliebe ist keineswegs allein dem homosexuellen Lager zuzuschreiben. Aber das wissen Sie ja sicher selbst, Herr Messner.«

Abel stand nur stumm da, während Dr. Weisband ihren Erfolg, dem Kommissar das Wasser abgegraben zu haben, sichtlich genoss.

Simon, ganz der ausgleichende Chefermittler, räusperte sich. Zeit für einen Themenwechsel, fand er wohl. »Wenn ich das richtig verstehe, liefern uns die wenigen Spuren, die die Obduktion des Jungen hergibt, nichts, um unsere Ermittlung voranzutreiben.«

»Vorerst nicht«, gab Dr. Weisband zu. »Wir müssen noch das große Drogenscreening abwarten, außerdem habe ich eine Probe des Tattoos oberhalb des linken Fußknöchels genommen. Vielleicht bringt uns die verwendete Tinte ja weiter. Ich warte noch auf die Rückmeldung eines Kollegen, aber es hat den Anschein, dass der Stern von einem Amateur gestochen wurde. Bei unserem weiblichen Opfer hingegen war ein Profi am Werk. Ihre Tätowierung liegt mindestens ein Jahr zurück, während die des Jungen noch nicht ganz abgeheilt ist. Sie ist nach meiner Schätzung drei Wochen alt, aber auch das werden wir bald genauer wissen.«

»Solche kleinen Sterne sind als Tattoos ja sehr beliebt«, dachte Franka laut nach. »Ich kann mir aber nicht vorstellen, dass wir es mit einem Zufall zu tun haben. Der Junge hat sich das Motiv bestimmt von Theresa Michaelis abgeschaut. Möglicherweise hat er sogar Bewunderung für sie gehegt, sie schien ja eine interessante Persönlichkeit zu sein.« *Diese Karlie*, wie Franka die junge Frau in Gedanken nannte, weil der Künstlername viel besser zu ihr passte, *die hatte es faustdick hinter den Ohren*. Die Falschaussage vor Gericht war nur eine Facette, genau wie die Drogen oder das chaotische Atelier. Je tiefer sie graben würden, desto mehr Facetten würden sie zutage bringen, ohne die Person dahinter jemals ganz zu fassen zu bekommen. Da war sich Franka ganz sicher. Für einen Psychologen wäre Karlie bestimmt ein Leckerbissen. Für sie stellte sich allerdings eine dringlichere Frage: Wie viel von diesem dunkel schillernden Leben hatte der tote Junge mitbekommen? Zu viel vielleicht?

Franka wurde aus ihren Gedanken gerissen, als ein Assistent der Gerichtsmedizin eintrat und mit eingezogenen Schultern die Pathologin ansprach.

»Würden Sie mich bitte für einen kurzen Augenblick entschuldigen?«, sagte Dr. Weisband. »Es gibt ein kleines Problem bei der Einlieferung, und außer mir ist heute Morgen kein anderer Verantwortlicher da. Der November bringt halt immer den ersten Erkältungsschub.«

»Die beiden Opfer kannten sich also«, nahm Simon den Faden wieder auf. »Aber das wissen wir ja schon anhand der Zeugenaussagen aus dem Kunstraum N. Solange wir niemanden auftun, der mehr über Theresa Michaelis' Bekanntenkreis aussagen kann, sitzen wir auf dem Trocknen.«

»Sobald wir hier fertig sind, werde ich Noah Sanders einen Besuch auf der Krankenstation abstatten. Bestimmt weiß er mehr über ihren Freundeskreis und kann vielleicht sogar unseren Jungen identifizieren.«

Simon kräuselte die Stirn. »Wir wissen noch nicht, inwiefern Noah Sanders in dieser Sache mit drinsteckt. Lass uns die Befragung zusammen durchführen.«

Ein Knistern ließ Franka zu Abel rüberblicken. Er hatte die Arme vor der Brust verschränkt, wobei sein Kittel ein Geräusch wie reißendes Papier von sich gab. Düster starrte er auf den abgedeckten Oberkörper des Jungen, dessen ebenmäßige Haut nun von dicken Narbenwülsten des T-Schnitts verunstaltet war. Offenbar hatte Abel akzeptiert, dass er aus diesem Ermittlungsstrang raus war.

»Ich habe Noah Sanders letzte Nacht zwar nur kurz bei Bewusstsein erlebt, aber ich glaube, es wäre besser, wenn bei seiner Befragung kein Kommissar mit düsterer Miene neben seinem Bett stehen würde«, wandte Franka ein. Als Simon zum Protest ansetzte, hob sie schnell die Hand. »Nimm es bitte nicht persönlich, aber bei Abel hat er gestern sofort dichtgemacht. Dem ist irgendwas zugestoßen, und er wird uns nichts verraten, wenn er sich unter Druck gesetzt fühlt. Ich glaube, ich habe bessere Chancen, etwas aus ihm herauszubekommen, wenn ich allein hingehe und ihm die Gelegenheit gebe, ein wenig Vertrauen aufzubauen.«

»Und wenn er mehr als nur ein bisschen drinsteckt?«, gab Simon zu bedenken. »Wir suchen schließlich nach einem Mann, der sowohl mit Karlie als auch mit unserem anderen Opfer im Bett gewesen ist. Und Noah Sanders ist kein Junge, sondern ein junger Mann, der seiner Akte zufolge eine äußerst schwierige Familiengeschichte hinter sich hat und ein unkonventionelles Leben führt. Es ist durchaus denkbar, dass er hinter den beiden Morden steckt und sie nun auf eine vollkommen verquere Weise Albert Nehring in die Schuhe schieben will. Theresa Michaelis könnte ihm von ihrer bezahlten Falschaussage erzählt haben, und er hat sich gedacht: Warum den Herrn Strafverteidiger nicht ein wenig erpressen?«

»Ein achtzehnjähriger Hausbesetzer soll einen Jungenleichnam tiefgefroren, zwei Leichen unbemerkt ins Reichenviertel Fleetburg ohne eigenen Wagen, geschweige denn einen Führerschein geschafft haben, wo er sie aufwendig präparierte, um Albert Nehring dann dazu zu bringen, sich in Luft aufzulösen?« Frankas Ton war schärfer geraten, als angebracht war – und Simons Augen verengten sich prompt zu Schlitzen.

»Ich sage nur das, worauf du selbst unablässig pochst: Wir dürfen uns nicht festlegen, bis wir alle Puzzleteile zusammenhaben. Ansonsten rennen wir in diesem Fall ganz schnell in die verkehrte Richtung.«

Unter Frankas Latexhandschuhen bildete sich Schweiß, in Miniaturseen sammelte er sich auf ihren Handinnenflächen und am Puls. »Ich werde deine Argumente bei der Befragung im Hinterkopf behalten und entsprechend vorsichtig vorgehen. Trotzdem ist es das Beste, wenn ich allein mit Noah Sanders spreche. Vertrau mir bitte.«

Zuerst sah es so aus, als wolle Simon auf seinem Standpunkt beharren, doch die Bitte um Vertrauen milderte seinen Ausdruck. »Natürlich tue ich das.«

Dr. Weisband, die in der Zwischenzeit zurückgekehrt war, deckte den Leichnam des Jungen vollends ab. Franka hatte ihn in seiner Nacktheit zwar schon im Wintergarten gesehen, aber ausgestreckt auf dem Seziertisch unter dem unbarmherzigen Kunstlicht fühlte sich der Anblick wie ein Schlag in die Magengrube an. Unvermittelt malte sie sich aus, wie seine Mutter neben ihr stand und auf ihr totes Kind hinabblickte. *Das hätte niemals passieren dürfen*, dachte sie, benommen von der Trauer, die sie gegen ihren Willen überkam.

»Wir sollten uns noch mit der körperlichen Inszenierung des Opfers beschäftigen. Damit erzählt es uns nämlich auch einiges.« Dr. Weisband suchte Frankas umherirrenden Blick, und als sie ihn fand, hielt sie ihn fest. »Das sehen Sie doch auch so, Frau Janhsen?«

Der erfahrenen Gerichtsmedizinerin war also nicht entgangen, dass Franka kurz davor stand, die Nerven zu verlieren. Sie brauchte zwei Anläufe, um den Kloß in ihrem Hals runterzuschlucken. »Wir müssen klären, welche Veränderungen der Junge eigenhändig an sich durchgeführt hat und welche auf den Täter zurückzuführen sind. Das gebleichte Haar zum Beispiel – wer hat das gemacht?«

Erst rechnete Franka damit, dass Dr. Weisband die Nase rümpfen und sie darauf hinweisen würde, dass sie schließlich kein Friseur sei. Stattdessen gönnte ihr die Pathologin ein Lächeln, wodurch sich die Strenge in ihrem Gesicht milderte. Dahinter kam eine Frau zum Vorschein, mit der man anspruchsvolle Gespräche bei einem Spaziergang führen konnte. *Bestimmt sind sie und Ariadne Reisch gute Freundinnen*, dachte Franka. Wieder jemand, der dieser klinischen Psychologin nahe stand, während Franka den Zaungast geben durfte.

»Über die Haare habe ich auch schon nachgedacht, als ich eine Probe an die KTU weitergeleitet habe«, sagte Dr. Weisband. »Auch wenn ich keine Fachfrau bin, würde ich sagen, dass die Färbung nicht länger als zwei Wochen alt ist. Seitdem ist der Haaransatz ja kaum nachgewachsen. Ich tippe auf eine Tube Blondierung aus dem Supermarkt, die viel zu lange auf das Haar aufgetragen wurde, so hell wie es geworden ist. Das ist dilettantisch.« Sie hob eine feine Haarsträhne an und deutete auf die fisseligen Enden.

»Also ist die Haarfarbe ebenso wie das Tattoo Marke Do-it-yourself? Ein Tattooladen oder Friseur, bei dem man Nachforschungen anstellen könnte, wäre ja auch zu schön gewesen.« Simon scharrte mit den Füßen. Nicht mehr lange, und er würde aus dieser Situation ausbrechen, um nicht nur zu reden, sondern um endlich etwas tun zu können.

Franka war gedanklich schon einen Schritt weiter. »Ein ungefähr drei Wochen altes Tattoo und eine zwei Wochen alte Haarfärbung, die seinen Typ verändert hat. Vom durchschnittlichen Straßenköterblond zum hell scheinenden Engel. Da steckt doch mehr hinter.«

Zum ersten Mal regte Abel sich wieder. Seit Dr. Weisband ihn empfindlich angepfiffen hatte, hatte er regungslos am Fußende des Seziertisches verharrt. Nun kehrte schlagartig sein Interesse zurück. »Der Mörder könnte diese Veränderung inspiriert und den Jungen nach seinen Vorstellungen geformt haben, bevor er ihn dann in einen echten Engel verwandelte.«

Auch Simon sprang darauf an. »Im Leben des Jungen hat es in den letzten Wochen also einen markanten Einschnitt gegeben, der ihn dazu gebracht hat, sich neu zu erfinden. Darauf willst du hinaus, richtig?«

Franka nickte. »So kommt es mir vor. Mit sechzehn erfindet man sich zwar täglich neu, aber in diesem Fall ging es meiner Meinung nach einen Schritt weiter. Unser Opfer hat keine Mühen gescheut, seine Vision umzusetzen.«

»Könnte Noah Sanders hier ins Spiel kommen?« Die Anstrengung, sich auf eine solche Gedankenwelt einzulassen, war Simon anzusehen. Eine solche Beweglichkeit des Ichs widersprach seiner Persönlichkeit.

»Genau das will ich herausfinden. Es ist zwar nur eine Idee, aber vielleicht ist das genau der Treffer ins Schwarze, den wir brauchen.«

»Wenn wir wissen, was die Veränderung ausgelöst hat, dann wissen wir möglicherweise auch, was unseren Mörder überhaupt auf den Jungen aufmerksam gemacht hat.«

»Das könnte unsere Spur sein«, bekräftigte Franka ihr gemeinsames Gedankengespinst. Da war es wieder, dieses besondere Zusammenspiel, das sich zwischen Simon und ihr entfaltete. Er war zwar ein vollkommen anderer Ermittlertyp als sie, dennoch ließ er sich auf ihre Art zu denken ein und gab ihr überdies das Gefühl, es genau richtig anzupacken.

Simon warf ihr einen nachdenklichen Blick zu. »Und du glaubst, Noah Sanders kann dir darauf eine Antwort geben. Der junge Mann, der mit Morphium vollgepumpt am Tatort süßen Träumen nachgehangen hat?«

Franka nickte entschlossen, woraufhin Simon schmunzelte.

»Wenn du dir so sicher bist, bin ich es mir auch«, sagte er leise.

Für einen Moment fühlte es sich an, als wären da nur Simon und sie, zwei vertraut miteinander umgehende Partner, die sich gegenseitig die Bälle zuwarfen. Aber da war noch etwas anderes, ein nicht zu leugnendes Prickeln, das immer stärker wurde. Simon trat einen Schritt auf sie zu, die Hand schon ausgestreckt, als wolle er ihren Oberarm berühren – eine Geste, die ihren Gleichklang auffing –, als sein Handy klingelte. Der Alarmton gehörte zu den ausgesuchten Nummern, die Simon nie auf lautlos stellte.

Das konnten nur ihr Chef Helmut Remens, die KTU oder Feitner von der Spurensicherung sein.

Mit einem entschuldigenden Blick in die Runde zog Simon sich zurück.

»Lassen Sie uns doch noch kurz über die Körperbehaarung des Opfers reden«, schlug Dr. Weisband vor. Eine gewisse Kühle hatte in ihre Stimme Einzug gehalten, nachdem ihr der innige Moment zwischen Franka und Simon nicht entgangen war. Auch Abel sah sie prüfend an, wobei nicht auszumachen war, was er dachte.

»Aufgrund der leicht eingebluteten Hautverletzungen durch eine Rasierklinge steht zumindest fest, dass die Rasur vor seinem Tod durchgeführt worden ist«, erklärte Dr. Weisband. »Außerdem gibt es an einigen Stellen eingewachsene Haare, besonders im Schambereich kann so etwas bei einer Komplettrasur leicht einmal passieren. Es ist also davon auszugehen, dass der Tote sich schon länger seiner Körperbehaarung entledigt hat.«

»Gefärbte Haarpracht, Tattoos, pingelige Ganzkörperenthaarung«, zählte Abel auf. »Bestimmt ist er so ausgehungert gewesen, weil er obendrein noch eine strenge Diät hielt.« Er verzog den Mund zu einem herablassenden Lächeln. »Ein Junge auf Identitätssuche ist eine Sache, wir sollten aber nicht vergessen, dass unser Opfer sich für den Fleischmarkt zurechtgemacht haben könnte. Was ich – wie gesagt – mindestens genauso überzeugend finde. Unser Pais hat sich ausgesprochen viel Mühe mit seinem Erscheinungsbild gegeben.«

»Unser … wer?«, fragte Franka.

»Pais«, wiederholte Abel. »So wurden im antiken Griechenland die Lustknaben genannt. Jungen, denen noch kein Bart wuchs, galten als begehrenswert und wurden von älteren Männern umschwärmt. Ein bisschen Blondhaar und eine knabenhafte Figur sind auch von Vorteil.«

»Du meinst, unser Opfer wollte bloß möglichst viel Geld auf dem Strich absahnen?« Den Gedanken konnte Franka angesichts des entblößten Leichnams nur eine Armlänge von sich entfernt kaum zulassen. *Abel liegt falsch*, versicherte sie sich. *Es ist nicht etwas so banal Hässliches.*

»Warum nicht? Er wäre nicht der Erste, der seine Unschuld an den Meistbietenden verkauft – oder sie von einem Vermittler verkaufen lässt. Wobei Theresa Michaelis sicherlich ein paar vorzeigbare Kontakte gehabt haben dürfte.«

»Theresa Michaelis hat unseren Jungen also verschachert – nur leider an das falsche perverse Schwein?« Das also hatte Abel in der Zeit, in der er reglos dagestanden hatte, ausgebrütet.

Abel genoss ihren Aufruhr sichtlich. Eine solche Reaktion bei ihr auszulösen war allem Anschein nach ganz nach seinem Geschmack. Vielleicht bekam er sie nicht auf dieselbe Weise wie Simon, aber er kriegte sie ran.

In der Zwischenzeit hatte Simon sein Telefonat beendet und kehrte an den Seziertisch zurück. Für die angespannte Stimmung hatte er keinen Sinn, wie sein konzentrierter Gesichtsausdruck verriet.

»Ich habe zwei Neuigkeiten. Die KTU hat per E-Mail bestätigt, dass Marlis und ihre beiden Töchter unter dem Einfluss von Diazepam gestanden haben. Ob es aus dem Medikamentenschrank im Haus stammt, ist leider nicht nachzuweisen. Dieses Beruhigungsmittel wird oral in Tablettenform eingenommen, es hätte also leicht unters Abendessen gemischt werden können. Laut der bereits abgebauten

Dosis in den Blutproben können wir von einem Zeitfenster zwischen dem frühen Mittwochabend bis zwei, drei Uhr morgens ausgehen, in dem zumindest die Erwachsene geschlafen hat. Bei den Kindern können wir das Zeitfenster noch weiter ausdehnen.« Simon schaute sein Handy an, um sich zu vergewissern, dass er die Fakten wahrheitsgetreu wiedergab. »Marlis Seelers hat die Tatnacht verschlafen, ob freiwillig oder nicht, sei dahingestellt. Das schließt sie zwar nicht als potenzielle Täterin aus, aber sie kann die Leichen in der Nacht unmöglich aufgebahrt haben.«

»Nein, die Leichenflecken belegen, dass die beiden Opfer gegen Mitternacht in ihre Position am Fundort gebracht worden sind«, bestätigte Dr. Weisband.

»Und von wem war der Anruf, den du bekommen hast?« Franka ahnte, dass ihnen der wirkliche Knaller noch bevorstand. Das verriet die Anspannung in den Schultern ihres Partners.

»Das war Helmut Remens«, sagte Simon. »Die Kollegen im Harz, die noch einmal die Jagdhütte der Familie Felsberg überprüft haben, haben Jan Felsberg gefunden.«

Abel blickte auf. »Der hat sich doch nicht wirklich in der Jagdhütte von Mami und Papi verkrochen?«

»Genau das hat er«, sagte Simon trocken. »Wie es aussieht, ist er, nachdem er sich von der Klinik abgesetzt hatte, direkt dorthin gegangen. Leider haben ihn die Kollegen bei ihrer ersten Durchsuchung übersehen.«

»Wie geht das denn?« Franka konnte sich nicht vorstellen, dass man an einem Mann in einer Hütte einfach so vorbeisehen konnte.

Simon zuckte mit den Schultern. »Indem man sich im offenen Kamin erhängt. Genau das hat Jan Felsberg vor ungefähr drei Tagen getan.«

27

Freitag, morgens

»Wie geht es dir?«

Marlis schaffte es kaum, den Kopf aus dem Kissen zu heben, so erschöpft war sie nach einer Nacht voller erbarmungsloser Kämpfe gegen den Wahn, der jede Schwachstelle, die sie ihm bot, zu überwinden versuchte. Bislang hatte sie sich wacker geschlagen, schließlich war sie ein erfahrenes Schlachtross auf diesem Kampffeld. Trotzdem schien es nur noch eine Frage der Zeit, bis ihre Abwehr zusammenbrach. Das Chaos in ihrem Inneren, seit sie die beiden Toten gefunden hatte, war zu gewaltig. Wenn es ihr nicht bald gelang, Ordnung in dieses Durcheinander aus Fragen und Schuldgefühlen zu bringen, würde sie den Kampf verlieren. Dann würde sie auf unbestimmte Zeit in einem Meer aus Beruhigungsmitteln und Neuroleptika versinken – und das durfte auf keinen Fall geschehen.

»Willst du wirklich wissen, wie es mir geht?«, fragte Marlis ihre Schwägerin, die mit einigem Abstand neben ihrem Bett stehen geblieben war, obwohl Marlis zu ihrer beider Sicherheit fixiert worden war. Offenbar hatte das Pflegepersonal ihre Schwägerin über den gestrigen Zwischenfall mit der Krankenschwester informiert.

Ricarda blinzelte nervös unter ihrem grellroten Pony hervor, während sie sich in dem Krankenzimmer umsah. Niemand hielt sich gern auf der Psychiatrischen Station auf, aber Marlis' Schwägerin machte den Eindruck, geradezu körperliche Qualen zu leiden. Nichts war weiter weg von Ricarda Marinos Glitzerwelt als dieses Zimmer mit seinem allzu menschlichen Geruch und den eingepferchten Sorgen und Ängsten. Als ihr Blick auf die Fixierung an Marlis' Handgelenken fiel, wurde sie blass.

»Reine Vorsichtsmaßnahme«, versicherte Marlis rasch. Sie rechnete es ihrer Schwägerin hoch an, dass sie trotz ihrer Abneigung vorbeigekommen war, als sie sie um einen Besuch gebeten hatte. Nun war Ricarda hier – und Marlis hoffte inständig, dass sie ihr wenigstens etwas von dem Druck nehmen würde, der auf ihr lastete.

»Weißt du, wo Albert steckt?«

Marlis beobachtete, wie sich eine Zornesfalte auf Ricardas Stirn bildete, trotzdem schwieg ihre Schwägerin.

Damit hatte Marlis gerechnet. »Du brauchst mich nicht zu schonen, ich weiß, mit wem ich verheiratet bin. Wenn du also eine Idee hast, was ihn im Augenblick umtreibt, dann sag es mir bitte. Ich mache mir nämlich fürchterliche Sorgen, dass sein Verschwinden mit …« Marlis brach ab, um sich auf die Tassen zu konzentrieren, die sie vor ihrem inneren Auge unaufhörlich sortierte, während der Lärm in ihrem Inneren zu einem Orkan anzuschwellen drohte. Es war so verdammt schwer, sich auf die Welt außerhalb ihres Kopfes einzulassen, ohne sofort die Kontrolle zu verlieren. »Ich befürchte«, versuchte sie es erneut, »dass Alberts Verschwinden mit dieser Sache in unserem Wintergarten in Verbindung steht. Falls er also bloß bei einer Geliebten steckt, um sich auszutoben, wäre ich überaus glücklich.«

»Scheiße. Ich wünschte, ich könnte dir sagen, wo Albert steckt. Tut mir so leid. Flippst du jetzt aus?«

»Keine Ahnung«, sagte Marlis wahrheitsgemäß.

»Dann bleibe ich noch ein bisschen, okay?«

Marlis sah, wie Ricarda den Besucherstuhl inspizierte, ehe sie sich darauf setzte. Nervös begann sie an einem ihrer schwarz lackierten Fingernägel herumzuknabbern, wobei Marlis verblüfft feststellte, dass die meisten Nägel bereits runtergekaut waren. So etwas hatte sie bei ihrer Schwägerin noch nie zuvor gesehen. Egal wie sehr Ricarda unter Druck stand, sie zeigte es normalerweise nie nach außen hin.

»Ich wollte dir gestern schon einen Besuch abstatten, da hat Dr. Odenthal mich allerdings abgewimmelt. In der Cafeteria hat mir dann eine Kommissarin von der Mordkommission aufgelauert. Deshalb konnte ich mir ein wenig zusammenreimen, was passiert ist.« Ricarda zupfte an ihrem eh zu großzügigen Ausschnitt, und ihr aufdringliches Parfüm stieg Marlis in die Nase. »Diese Leichen sind doch nicht zufällig in eurem Wintergarten gelandet, das hängt bestimmt irgendwie mit Alberts Arbeit zusammen. Da will ihm einer seiner durchgedrehten Klienten etwas heimzahlen. Oder schlimmer noch: Das war eine Art krankes Dankeschön.«

Marlis dachte über diese Möglichkeit nach, was ihr ausgesprochen schwerfiel. Ein Großteil ihrer Kraft ging dafür drauf, die Oberhand über ihren Geist zu behalten. Es war, als würde sie bis zum Kopf in einem Sumpf stecken: Alles riss und zerrte an ihr, während aus der Dunkelheit Stimmen zu ihr durchdrangen und Schatten darauf warteten, endlich vorzutreten und Gestalt anzunehmen. »Schon möglich, dass einer von seinen Klienten dafür verantwortlich ist. Aber warum habe ich die beiden dann gefunden und nicht Albert?«

»Weil Albert sich vorher abgesetzt hat. Wäre doch nicht das erste Mal. Ab und zu bricht er halt aus, das kennen wir doch schon von ihm. Mehr steckt da sicher nicht dahinter. In der Kanzlei hatte er Bescheid gesagt, dass er gestern von zu Hause aus arbeiten wollte, da hat ihn also keiner vermisst. Und für dich liegt wahrscheinlich irgendwo eine Nachricht herum, die noch niemand gefunden hat.«

Das klang alles zu einfach. Was Marlis jedoch richtig

zu denken gab, war Ricardas ausweichende Art. Das war genauso untypisch wie ihre Nervosität. *Sie glaubt nicht, dass Albert sich bloß herumtreibt*, gestand Marlis sich ein. Dann begriff sie: »Du denkst, dass ich für die beiden Toten verantwortlich bin, und Albert ist geflohen, weil er sich nicht anders zu helfen wusste.«

Ricarda schnappte nach Luft. »Wie kommst du denn auf so eine verrückte Idee? Mein Bruder würde niemals weglaufen!«

»Dann muss ihm etwas zugestoßen sein«, folgerte Marlis. Zum ersten Mal an diesem Tag erfüllte sie große Klarheit. Später, wenn das Adrenalin nachließ, würde sie dafür zahlen müssen, dann würde der Lärm über sie hereinbrechen wie ein Weltuntergang. Aber jetzt war sie für einige wertvolle Momente ganz bei sich.

»Du solltest dir keine Gedanken um so etwas machen«, sagte Ricarda, die wieder kerzengrade auf dem Stuhl saß. »Vor allem rede dir bitte nicht ein, dass du die Verantwortung für diese Katastrophe trägst. Ich weiß zwar nicht, was genau vorgefallen ist, aber egal, was es war, dazu bist du nicht imstande.«

»Und das weißt du mit Bestimmtheit, obwohl du mich so gut kennst?«

Ricardas mit einer dicken Schicht Gloss bezogene Lippen zuckten und lösten bei Marlis das Bedürfnis aus, dieses rote Klebezeug mit dem Fingernagel abzukratzen. Vor ihrem geistigen Auge sah sie, wie es anfing, Fäden zu ziehen, die immer länger wurden und sie sich bei dem Versuch, sich zu befreien, in ihnen verhedderte wie eine Fliege in einem Spinnennetz. Schwer atmend gelang es ihr, das Bild abzustreifen, bevor es sich endgültig vor die Realität drängte.

»Du bist zu vielem in der Lage, wenn du deine Medikamente abgesetzt hast«, sagte Ricarda nachdenklich. »Woran erinnerst du dich?«

Sie hält es also doch für möglich. Marlis spürte eine gewisse Erleichterung. »Vielleicht«, sagte sie, »vielleicht habe ich es getan und dann vergessen, als wäre es nur ein böser Traum gewesen. Ein Traum, in dem ich mich wehren musste, so wie früher …« Sie brachte den Satz nicht zu Ende. Ricarda erinnerte sich gewiss daran, wie sie Albert vor ein paar Jahren mit einem Messer attackiert hatte, in der festen Überzeugung, er sei von einem bösen Geist besessen. Sie hatte den Dämon unablässig flüstern hören, obwohl Alberts Lippen unbewegt blieben. Er hatte darüber nachgedacht, was er mit ihr anstellen würde, bis sie die Nerven verloren hatte und die widerliche Stimme aus ihrem Ehemann heraustrennen wollte. Gott sei Dank war Albert geistesgegenwärtig genug gewesen, um ihre Attacke abzuwehren, und zu ihrer großen Erleichterung hatte er ihr den Angriff auch nicht übel genommen, sondern sie anschließend noch mehr geliebt als zuvor.

»Was ich nicht verstehe«, brachte Marlis stockend hervor. »Warum ist Albert gegangen? Er würde mich niemals allein lassen – und schon gar nicht in einer solchen Situation.«

»Nein, das würde er nicht. Du bist Alberts große Liebe, egal was passiert ist«, sagte Ricarda. Dann tat sie etwas sehr Seltsames, etwas, das sie noch nie zuvor getan hatte, weil sie jede Art von Zärtlichkeit vermied: Ricarda stand auf, trat neben Marlis' Bett und gab ihr einen Kuss auf die Wange. Ganz leicht, nicht mehr als eine Andeutung. Trotzdem lief Marlis ein kalter Schauder über den Rücken.

28

Freitag, Nachmittag

An und für sich konnte Noah sich nicht über seinen Krankenhausaufenthalt beschweren: Er lag in einem anständigen Bett in einem warmen Zimmer, genauer gesagt in einem Einzelzimmer. Entweder war die Station halb leer, oder – was wahrscheinlicher war – die Polizei hatte bei seiner Einlieferung darauf bestanden, ihn separat zu halten. Dieser vor Wut schnaubende Bulle hatte ihn in der letzten Nacht sicherlich nicht von ungefähr drei Mal darauf hingewiesen, dass er in Untersuchungshaft landen würde, sobald er das Krankenhaus ohne Erlaubnis verließe. Als ob er dazu in der Lage wäre. Er schaffte es ja kaum, sich auf die Seite zu legen, ohne einen Schweißausbruch zu riskieren. Dafür war seine verstauchte Hand bandagiert und tat nicht mehr halb so weh, während Antibiotika und eine Extradosis Schmerzmittel aus einem Tropf dafür sorgten, dass er fieberfrei war und atmen konnte, ohne dass der Schmerz ihm dabei Tränen in die Augen trieb.

So weit war alles im Lot, nur tanzte immer noch eine wahre Explosion an schwarzen Sternen vor seinen Augen, sobald er sich aufsetzte. Was er lieber bleiben ließ. Sein letzter Toilettengang hatte nämlich mit einem Sturz in Richtung Keramik geendet. Nun trug er ein Pflaster über der Augenbraue und musste mit dem Wissen leben, dass ihn die Schwesternschülerin mit den pinkfarbenen Haarspitzen am Boden liegend vorgefunden hatte. In diesem verdammten Krankenhaushemdchen, das sie ihm anstelle seiner vom Fieber durchgeschwitzten Klamotten verpasst hatten. Die Vorstellung, was für einen Anblick er in dem weit aufklaffenden Teil geboten haben musste, setzte ihm ordentlich zu. Vor allem nachdem ihre Kollegin – Typus Frau Oberschwester – ihm später mitgeteilt hatte, so eine knackige Kehrseite sei zwar mal eine nette Abwechslung zum sonstigen Krankenhausalltag, »… aber das nächste Mal klingelst du gefälligst, wenn du pinkeln musst. Vertrau mir, Schätzchen: Hier gibt es massenhaft Ladies, die dir unbedingt aufs Töpfchen helfen wollen.«

Ja, klar, dachte Noah. *Lieber mache ich mir einen Knoten in meinen Schwanz.*

Allerdings musste er zugeben, dass ihm der Zwischenfall mit der Keramik durchaus gelegen kam. Es war nämlich deutlich leichter, sich den Kopf über Schwesternschülerinnen zu zerbrechen, die einem grinsend wieder auf die Beine halfen, als die Geschehnisse der letzten Nacht zusammenzupuzzeln. Die Erinnerung wartete ungeduldig unter der hauchdünnen Oberfläche seines Bewusstseins, aber er zog es vor, mit offenen Augen tagzuträumen – und sei es nur von pinken Haarspitzen.

Natürlich ahnte Noah, dass seine Totstelltaktik sich früher oder später rächen würde. Man rannte nicht ungestraft Polizistinnen über den Haufen oder ließ sein benutztes Spritzbesteck achtlos herumliegen an einem Ort, der über und über mit getrocknetem Blut bedeckt war … So viel Blut … die steifen Decken … die vollgespritzte Wand. Und er hatte der Länge nach mittendrin gelegen. Schon wieder, obwohl er sich geschworen hatte, dass es ihm nie mehr passieren würde. Dieses Mal war er allerdings allein auf dem Lager gewesen, weil Karlie nicht mehr da war … Es war doch ihr Blut gewesen, nicht wahr?

Plötzlich war da wieder dieser metallische Geschmack in Noahs Mund. Danach würde Karlie jetzt für immer schmecken, nach Tod und Vergangenheit.

Die Bilder der letzten Nacht sprangen Noah an wie ein Ungeheuer, das nur auf seine Chance gelauert hatte. Sie stürmten auf ihn ein, schlugen ihre Krallen in seine Erinnerung und zerfetzten seine Abwehrversuche mühelos. Er brachte kaum die Kraft auf, um sich aufzusetzen, um das schlagartig einsetzende Würgen unter Kontrolle zu bekommen. Glücklicherweise hatte er das angebotene Mittagessen ignoriert, weil ihm das starke Antibiotikum auf den Magen schlug. Sonst hätte er gleich für seinen nächsten Auftritt gesorgt, bei dem er vollgekotzt in seinem Bett saß.

Nass geschwitzt sank er ins Kissen zurück und kämpfte gegen das Verlangen an, sich die Decke über den Kopf zu ziehen. Im nächsten Moment schon bereute er sein Zögern, als die Tür aufging und eine elegant gekleidete Frau das Zimmer betrat.

Groß, schlank, fast zu schlank, was noch dadurch betont wurde, dass sie gerade, mit zurückgenommenen Schultern dastand. Ein schmales Gesicht, das dominiert wurde von einer ausgeprägten Nase und Wahnsinnslippen. Obwohl sich hinter den Brillengläsern preisverdächtige Augenringe verbargen und seitlich vom Kinn ein Bluterguss prangte, sah sie gut aus. Nein, nicht bloß gut, sondern heiß, obwohl sie so strenge Klamotten trug.

»Hi«, sagte Noah. »Haben Sie sich vielleicht im Zimmer geirrt?«

»Nein, ich denke nicht.«

Als Noah die tiefe weibliche Stimme der Frau hörte, kam sie ihm bekannt vor – und er wusste plötzlich auch, woher der Bluterguss stammte und warum sie ihren Arm in einem zur Schlinge gefalteten Halstuch trug: Sie war die Polizistin, die er letzte Nacht bei seinem Fluchtversuch zu Boden gerissen hatte. Später hatte sie ihren rumblaffenden Kollegen von ihm weggezogen, nachdem er beschlossen hatte, sich tot zu stellen.

»Guten Tag«, grüßte sie. »Mein Name ist Franka Janhsen, Kripo Rerrick. Ich weiß nicht, ob Sie sich daran erinnern, aber wir sind uns bereits im Kunstraum N begegnet.«

Wow, das war aber mal eine höfliche Ansprache. Wie von selbst richtete sich Noah auf, wobei er sich nur auf eine Hand abstützen konnte und deshalb in Schräglage geriet. »Tut mir leid, dass ich Sie umgehauen habe. Das war keine Absicht. Ist es schlimm mit Ihrem Arm?«

Franka Janhsen blinzelte irritiert, dann blickte sie an sich herunter, als habe sie vergessen, dass sie überhaupt einen verletzten Arm hatte. »Nur eine Prellung. Eigentlich ist es nicht weiter schlimm, solange ich den Ellbogen in Ruhe lasse. Habe ich nur leider nicht, deshalb …« Sie zupfte an der selbst gemachten Schlinge, als sei ihr dieser Behelf unangenehm. Vermutlich gestand sie sich Schwächen nur ungern ein. »Und selbst? Sie sehen aus, als wären Sie noch nicht ganz von den Toten zurückgekehrt.«

Noah brachte ein schwaches Grinsen zustande. »Geht schon.« *Solange ich nicht pinkeln muss* – aber den Gedanken behielt er lieber für sich.

»Das Pflaster über der Braue scheint mir neu zu sein«, hakte Franka Janhsen nach. »Was ist denn passiert?«

»Keine Sorge, Ihr cholerischer Kollege ist nicht heimlich zurückgekommen, um mir ein paar Antworten aus dem Leib zu prügeln.«

»Da bin ich aber froh, Herr Sanders.«

Noah zuckte zusammen. Sie wusste also bereits, wer er war. Nun, an und für sich keine große Überraschung, schließlich hatte er bereits vorher Bekanntschaft mit der Rerricker Polizei gemacht. »Noah ist mir lieber, genau wie das Du. Wenn Sie mich ›Herr Sanders‹ nennen, denke ich ansonsten, Sie sprechen mit jemand anderem.«

Franka Janhsen lächelte, jedoch eher sparsam. Dann sah sie sich vergeblich nach einem Stuhl um. Der Luxus eines

Einzelzimmers beinhaltete offenbar keine Sitzmöglichkeiten für Besucher.

Noah überlegte, ihr die Bettkante anzubieten, hielt sich aber zurück. Sein dünnes Krankenhaushemd klebte wie eine zweite Haut an ihm, mal davon abgesehen, dass Franka Janhsen nicht wie der Typ Frau aussah, der locker auf Bettkanten Platz nahm.

»Gut, dann nenne ich dich Noah, wenn du dich dadurch wohler fühlst.« Wie erwartet kam von ihr nicht das Angebot, sie ebenfalls beim Vornamen zu nennen. »Wie du ja mitbekommen hast, waren mein Kollege und ich ziemlich überrascht, dich im Atelier anzutreffen. In der Nähe eines benutzten Spritzbestecks.«

Noah spielte mit dem Gedanken, sich dumm zu stellen, aber das wäre nur ein Spiel auf Zeit gewesen. Er hing im Krankenbett fest, und diese Polizistin würde zweifelsohne erst wieder von ihm ablassen, wenn sie erfahren hatte, was sie wissen wollte. Außerdem war das seine Chance, ebenfalls ein paar Dinge in Erfahrung zu bringen. »Mir ging es wegen meiner Erkältung ziemlich schlecht.«

»Das Spritzbesteck interessiert mich auch nicht so sehr, ich möchte lieber wissen, was du in diesem Atelier zu suchen hattest.«

»Das mit dem Fixzeug interessiert Sie wirklich nicht?«, vergewisserte sich Noah.

Franka Janhsen schüttelte den Kopf.

»Okay. Ich war bloß dort, weil ich dringend ein bisschen Medizin gebraucht habe. Und Karlie hat immer gut was auf Vorrat, wie Sie ja bestimmt schon rausgefunden haben. Und dann … Tja, dann hat mich Sister Morphine umgehauen, wortwörtlich. Also habe ich mich einfach aufs Lager fallen lassen und Aus-die-Maus.«

»Warum hast du dein ›Medikament‹«, sie benutzte wirklich ihre Finger, um die Gänsefüßchen anzudeuten, »nicht zu dir nach Hause mitgenommen? Du wohnst doch noch im Passig-Bunker, oder?«

Jap, er war definitiv und für alle Zeiten im Magen des Datenmonsters abgespeichert. Noah nickte, während seine bandagierte Hand seine Bettdecke glatt strich, zu mehr war sie nicht zu gebrauchen. »Ich habe im Bunker zwar ein Zimmer, aber da kommt man nicht zur Ruhe. Ständig will jemand was, eine Zigarette, Aufmerksamkeit … Was weiß ich.«

»Überm Proberaum einer Metal-Band dürfte es allerdings ebenfalls schwerfallen, zur Ruhe zu kommen«, warf die Kommissarin ein.

Noah zuckte mit den Achseln, was ihn daran erinnerte, dass die Schmerzmittel vom Krankenhaus zwar gut waren, aber keine Wunder vollbrachten. Bei seinem Sturz im Bad hatte er sich die Schulter gezerrt, und die brannte nun. Witzig, dass er aus der Sache im Atelier ohne einen einzigen blauen Fleck rausgekommen war. Nun ja, er war ja auch der Länge nach auf Kommissarin Janhsen gelandet. Die Frau kam zwar rüber, als hätte man sie aus Stahl gegossen, aber zumindest ihr Körper war weich.

»Als ich eingepennt bin, war es im Atelier mucksmäuschenstill«, versicherte Noah.

»Wann genau war das?«

Bevor er antworten konnte, verzog die Janhsen das Gesicht. Dann griff sie an ihren Hinterkopf und zog ein paar Klemmen aus ihrem Haarknoten, der sich daraufhin auflöste. Helle Strähnen fielen ihr ungleichmäßig bis auf die Schultern, wie Noah fasziniert beobachtete. Diese Mähne war nicht wie erwartet mit dem Lineal gekürzt worden, sondern ziemlich shaggy. Schlagartig verjüngte sich ihr Aussehen auf Mitte zwanzig.

»'tschuldigung, aber mir dröhnt der Kopf von gestern, da machen mich die Klemmen wahnsinnig«, sagte sie. »Also, wie spät war es, als du nach der Morphium-Injektion eingeschlafen bist?«

Noah musste sich anstrengen, um sich zu erinnern. Über die Passagen des letzten Tages lag ein zäher Nebel. »So um die Mittagszeit, vielleicht ein Uhr. Es hat jedenfalls wie aus Eimern geregnet.«

Die Polizistin gab ein unbestimmtes Brummen von sich, während sie vergeblich versuchte, sich die lichtblonden Strähnen hinters Ohr zu klemmen.

Die weiß längst Bescheid, wann ich im Kunstraum aufgelaufen bin, begriff Noah. *Bestimmt hat dieser Jazz-Fatzke Lutz den Bullen erzählt, dass er mich im Treppenhaus getroffen hat.* Dann hatte sich die Janhsen natürlich auch schon zusammengereimt, was danach passiert war, aber sie wollte es aus seinem Mund hören, checken, ob er ihr was vorflunkerte.

Franka Janhsen ging ihre Notizen durch, auf die Noah zu gern einen Blick geworfen hätte. Was stand da alles drin? Sein gesamter verkorkster Lebenslauf oder sogar der seiner Mutter?

»Auf deinem Arm war eine Nummer notiert«, erwähnte die Polizistin beiläufig. »Mit schwarzem Filzstift geschrieben.«

Noah stutzte, dann fiel es ihm wieder ein: Derek hatte ihm seine Handynummer auf den Unterarm geschrieben, als er ihn vor einer gefühlten Ewigkeit beim Bahnhof getroffen hatte. Dabei war es erst gestern Vormittag gewesen. Hastig checkte er seinen linken Arm, aber da waren nur noch Schatten neben den alten Narben zu erkennen. »Woher wissen Sie das mit der Nummer?«

»Die Krankenschwester, die dich gewaschen hat, hat sie umsichtigerweise notiert.«

Egal, wie sehr Noah sich anstrengte, er konnte sich nicht daran erinnern, dass ihm jemand mit einem Waschlappen nah gekommen war. Andererseits hatte er auch keine Ahnung, wie er in dieses elende Krankenhaushemd geraten war. »Kann ich die Nummer mal sehen?«

Franka Janhsen zögerte, dann riss sie einen Zettel aus ihrem Notizbuch, auf den sie eine Zahlenreihe schrieb, bevor sie ihn Noah reichte. »Die letzte Ziffer war leider nicht mehr zu erkennen. Also, wem gehört die Nummer?«

Noah konnte sich ein Blinzeln nicht verkneifen. »Wissen Sie es echt nicht? Sie haben doch bestimmt alle Variationen durchprobiert.«

»Vielleicht möchte ich die Antwort gern von dir hören.«

Genau darum geht es hier, richtig?, dachte Noah. »Das ist die Handynummer von einem Sozialarbeiter, der mich früher mal betreut hat. Wir haben uns gestern zufällig getroffen, und ...« Er deutete auf den Zettel, bevor er ihn auf den Nachttisch legte, schön außerhalb der Reichweite der Polizistin. »Haben Sie persönlich mit Derek gesprochen?«

Wie erwartet nickte Franka Janhsen. »Er sagt, bei eurem Treffen hättest du angeschlagen ausgesehen. Dass du mit einer Lungenentzündung im Krankenhaus liegst, hat ihn nicht weiter überrascht.«

»Wird Derek mich besuchen kommen?« Eine lächerliche Frage, aber Noah konnte nicht anders. Schließlich war da sonst niemand, der sich für ihn interessierte.

»Es klang so«, sagte Franka Janhsen. »Aber wir haben ihn gebeten, noch ein paar Tage abzuwarten.« Warum, sagte sie nicht. Stattdessen deutete sie auf die verblassten Narben auf Noahs Unterarm. »Warst du das selbst?«

»Nein«, sagte Noah – und nicht mehr. Er konnte ebenfalls knauserig mit Informationen sein.

Sie maßen sich einen Augenblick, und gerade als Franka Janhsen mit den Schultern zuckte, konnte Noah sich nicht länger aufrecht halten. Er ließ sich ins Kissen fallen und tastete nach einem Hebel, um das Kopfteil hochzustellen.

Franka Janhsen beobachtete ihn dabei, als ginge sie das Ganze nichts an. Dann machte sie jedoch einen Schritt auf ihn zu, um ihm zu helfen. Dabei beugte sie sich ein Stück über ihn, und er atmete ihren puderigen Duft ein. So ein sanftes Parfüm hätte er bei dieser Frau nicht erwartet, das passte wenig zu ihrem durchweg beherrschten Auftreten.

»Was ist denn das?« Franka Janhsen zeigte auf seinen nackten Fuß, der nach seiner Herumrutscherei unter der Decke hervorschaute.

Noah brauchte einen Moment, um zu begreifen, was sie jetzt schon wieder wollte. »Ach, das ist ein Stern. Das Tattoo habe ich mir selbst gestochen, was man leider auch sieht. Mittlerweile bin ich besser geworden im Tätowieren.« Er grinste schief.

Die Janhsen runzelte die Stirn. »Du weißt, dass du darin mittlerweile besser bist, weil du es an jemand anderem ausprobiert hast«, hakte sie nach.

Noah fand, dass sie ein wenig zu neugierig war. »Wollen Sie ein Tattoo von mir gemacht kriegen, vielleicht ein Paar winzige Handschellen direkt überm Herzen?«

Zu seiner Überraschung lachte Franka Janhsen. Dabei hätte er Humor bei ihr nicht erwartet. Allerdings erstarb ihr Lachen auch schnell wieder. »Du bist also ins Atelier gegangen, obwohl Karlie nicht da war«, griff sie ihr Gespräch wieder auf.

»Nein. Ich bin da rein, eben weil sie *nicht* da war.«

»Woher hast du das gewusst?«

»Hat Lutz, so ein Musiker aus dem Kunstraum, mir erzählt.« Nichts als die Wahrheit.

»Und wenn Karlie da gewesen wäre?«

»Wäre ich wieder abgehauen. Ist ja wohl klar, oder? Der Tresor ist schließlich kein Selbstbedienungsladen.«

Noah wartete darauf, dass die Polizistin ihn erneut auf das Morphium ansprach, aber sie gab ihm die Chance, von sich aus zu liefern. Nun, es gab Schlimmeres, als über Drogenmissbrauch zu reden. Die richtig harten Sachen würden sie erst später besprechen.

»Wie gesagt: Mir ging es dreckig. Und Karlie hat immer was gelagert.«

»Du wusstest also, dass sie Morphinsulfat hatte?«

»Nicht unbedingt, das hat sich eher so ergeben. Eigentlich wollte ich ein paar Tabletten, weil mein Kopf kurz vor der Explosion stand und ich kaum noch atmen konnte, da meine Brust so eng war. Morphium klang wie eine super Alternative, um die Scheißschmerzen loszuwerden«, gestand Noah ein. Dass er kein Junkie war, bewiesen ja allein schon seine gesunden Venen. Außerdem hatten die Ärzte bestimmt einen Drogentest gemacht. Der zeigte dann zwar ein paar illegale Substanzen an, aber es dürfte auch klar sein, dass er bloß ein Gelegenheits-User war. Jedenfalls sah die Janhsen nicht aus, als würde ihr das bisschen Old-School-Opium Sorgen bereiten. Die interessierte sich für etwas ganz anderes. Genau wie er.

»Wie ist das denn genau abgelaufen?«, fragte sie. »Du bist rein ins Atelier, kein Blick nach links oder rechts, sondern direkt zum Tresor, um dir ein Schmerzmittel zu besorgen.«

»Genau. Zu diesem Zeitpunkt war ich schon froh, dass ich mich überhaupt noch auf den Beinen halten konnte. Außerdem gab es keinen Grund, sich umzuschauen. Bei Karlie sieht es nämlich immer aus, als hätte ’ne Bombe eingeschlagen. Und nachdem ich den Schuss gesetzt hatte, ging ohnehin alles ganz schnell. Kaum war das Zeug in meinem System, konnte ich nur noch ans Schlafen denken. Als würde der Vorhang zugezogen werden. Dass mit dem Lager was nicht stimmte, habe ich erst nach dem Aufwachen kapiert. Deshalb habe ich ja so Fersengeld gegeben. Und dann waren Sie auch schon da.«

»Was genau hast du denn gesehen, als du aufgewacht bist?«

Noah rieb sich die Augen, deren Lider verdächtig schwer waren. Wenn er nicht aufpasste, würde er vor Müdigkeit noch zu viel erzählen. Er musste sich zusammenreißen, denn er durfte nicht mehr preisgeben, als verlangt wurde. Auch wenn die Janhsen jetzt einen auf nett machte, bedeutete das noch lange nicht, dass sie auf seiner Seite war. Gut vorstellbar, dass sie am Ende noch versuchen würde, ihm die Schuld in die Schuhe zu schieben für das, was im Atelier passiert war. Bullen war nicht über den Weg zu trauen, das wusste er aus eigener Erfahrung. Seine Mutter war mal mit einem zusammen gewesen, dem kränksten Arsch von allen.

Als Franka Janhsen sich vorbeugte, umnebelte ihn wieder ein Schwall von ihrem nach Zuckerwatte und Weichzeichner duftenden Parfüm. »Noah?«, fragte sie sanft.

»Da war lauter altes Blut. Eingetrocknet.«

»Warum glaubst du, dass es sich um Blut und nicht um Farbe gehandelt hat? Karlie ist schließlich Künstlerin, sie könnte doch bei einem Happening mit allem Möglichen um sich geschmissen haben.«

Gute Frage. Trotzdem war Noah sich absolut sicher. »Etwas von dem Zeug ist an meine Lippen gekommen und hat metallisch geschmeckt. Wie Blut eben. Und es hat auch ziemlich eindeutig danach gerochen. Richtig widerlich.« Sofort meldete sich sein Magen, doch er beachtete ihn nicht. »Was ist in Karlies Atelier passiert?«

Man konnte regelrecht sehen, wie bei Franka Janhsen eine Schranke runterfuhr. Ihr Gesicht wurde leer bis auf ein unverbindliches Lächeln. Freiwillig würde die Frau nichts rauslassen, soviel stand fest. »Wir sind gerade dabei, es herauszufinden. Und du kannst uns dabei helfen.«

»Stammt das Blut von Karlie? Sie steht ja manchmal auf so krasse Sachen«, rutschte es Noah raus.

»Was denn für krasse Sachen?«

Noah schloss die Augen. Wenn er nur einfach einschlafen

könnte … Doch trotz seiner Erschöpfung stieg eine kaum niederzukämpfende Unruhe in ihm auf. Aus der Dunkelheit hinter seinen Lidern tauchte das Bild von Karlie auf, wie sie gefesselt dalag, die frischen Schnitte auf ihrer milchweißen Haut. Noah hörte ein qualvolles Stöhnen, und als er begriff, dass er diesen Laut von sich gegeben hatte, spürte er auch schon ein Gewicht am Bettrand. Franka Janhsen hatte sich zu ihm gesetzt, auch wenn ihr vom Gesicht abzulesen war, dass sie am liebsten sofort wieder aufgesprungen und auf Abstand gegangen wäre. Trotzdem … so eine richtig waschechte Polizistin schien sie Noah nicht zu sein. Dafür verstand sie ihn zu gut.

»Wir haben das iPad im Tresor gefunden. Hat ein wenig gedauert, bis wir das Passwort raushatten. Es lautet ›Jackpot‹«, erzählte Franka Janhsen leise, als wolle sie ein Geheimnis mit ihm teilen. »Karlie hat ihre Grenzgänge dokumentiert, auch wie sie zu den Narben auf ihrem Körper gekommen ist. Hast du einige von diesen Aufnahmen gemacht?«

»Nein«, flüsterte Noah wahrheitsgemäß.

»Aber auf den jüngsten Aufnahmen, die vom letzten Sonntag stammen, bist du zu sehen.«

Sie wusste es also. Sie wusste, was er getan hatte.

Noah schloss erneut die Augen, dieses Mal jedoch nicht vor Müdigkeit, sondern weil er sich schämte.

»Du bist Karlie sehr nahegekommen.« Die Janhsen sagte das, als ginge es um eine große Liebesgeschichte.

»Nur körperlich, anders kann man Karlie gar nicht nahekommen«, sagte Noah mit mehr Schärfe in der Stimme, als ihm lieb war. Sie verriet nämlich, wie verletzt er immer noch war. »Sie tut so, als würde man auf derselben Welle schwimmen, aber in Wirklichkeit ist bei ihr alles nur ein Spiel.«

»Nur ein Spiel also.«

Noah wollte gar nicht wissen, mit was für einem Blick die

Polizistin ihn gerade bedachte. Er hätte das verdammte iPad aus dem Fenster schmeißen sollen. Viel mehr noch: Er hätte niemals zulassen dürfen, dass Karlie ihn für ihre widerliche Hall of Fame aufnahm. Jackpot – dieses blöde Miststück. Aber zu diesem Zeitpunkt hatte er ihr noch vertraut, und ein Teil von ihm konnte immer noch nicht glauben, dass sie ihn nur ausgenutzt hatte.

»Noah, bist du noch wach?«

Kühle Finger berührten seinen Handrücken, und bevor er sich versah, riss er auch schon die Augen auf.

Franka Janhsen zuckte sofort zurück. Für einen Herzschlag sah sie verwirrend verletzlich aus, dann hatte sie sich wieder unter Kontrolle. »Wer war der Mann, der bei eurem … Spiel mitgemacht hat?«

»Das Spiel heißt Dreier, Sie können das Kind ruhig beim Namen nennen.«

»Okay, wer war der andere Mann?«

Wenn die schwarzen Sterne nicht unablässig durch Noahs Blickfeld getanzt wären, wäre er aufgesprungen und davongestürmt, raus aus diesem viel zu eng werdenden Zimmer, auf den Flur und immer weiter, diese Frau und das Wissen, das sie über ihn besaß, hinter sich zurücklassend. Das war aber nicht mehr als ein kindischer Wunsch. Ob es ihm nun passte oder nicht, er würde dazu stehen müssen, was er getan hatte.

»Die Nummer drei bei unserer intimen Reitstunde war Karlies großer, geheimnisvoller Freund und Mentor. Keine Ahnung, wie der Typ heißt, sie hat ihn mir als Zorg vorgestellt.« Noah lachte, obwohl sein wunder Hals ihm das übel nahm. »Ich nehme mal an, dass das nicht sein echter Name ist.«

Anstatt mitzulachen, runzelte die Janhsen nachdenklich die Stirn. »Das glaube ich auch. Zorg heißt der Held aus einem Roman von Philippe Djian: In ›Betty Blue‹ geht es um eine zerstörerische Liebesgeschichte, bei der Extreme ausgelotet werden.« Als Noah vor Verblüffung der Mund aufging, lächelte sie verlegen. »In Karlies Atelier gibt es einen Romanstapel, und … Na ja, als ich jünger war, habe ich solche radikalen Liebesgeschichten gemocht. Genau wie Karlie allem Anschein nach, der Roman steckte voller Notizzettel. Es ist allerdings ein ziemlicher Unterschied, ob man darüber liest oder es selbst ausprobiert.«

»Karlie hat dafür gelebt, an die Grenze zu gehen, dann kam sie sich erst *echt* vor.« Endlich mal eine Sache, die man über Karlie stehen lassen konnte. Und das, obwohl sie sich mit Händen und Füßen dagegen gewehrt hatte, in eine feste Identität gezwungen zu werden, sie wollte immer alle Freiheiten für sich.

Die Janhsen nickte, als würde sie, die große Romanleserin, tatsächlich verstehen, wovon er sprach. Dabei war es als Polizistin doch ihre Spezialität, von einem erhöhten Platz aus den Dreck zu betrachten, den ihre Mitmenschen fabrizierten – ob nun im Roman oder in der Wirklichkeit –, während sie schön sauber auf Abstand blieb.

»Man kann das Gesicht des Mannes auf den Fotos nicht erkennen …«, tastete sie sich weiter vor.

»Klar, immer alles schön von hinten, das war quasi das Motto des Tages.« Noah konnte einfach nicht die Klappe halten.

»Du klingst nicht so, als hättest du dabei viel Spaß gehabt.«

»Ich habe das auch nicht gemacht, um Spaß zu haben, sondern weil ich mich ausprobieren wollte.« Seine Antwort klang selbst in Noahs Ohren nach einem trotzigen kleinen Arsch. Und noch mehr nach einer Lüge, von der Sorte, wie Karlie sie ihm eingeflüstert hatte. *Man glaubt so lange an Grenzen, bis man sie hinter sich lässt,* hatte Frau Lebenskünstlerin gesäuselt. Dabei hatte sie nur dafür gesorgt, dass ihr Sugardaddy auf seine Kosten kam. Und Noah hatte noch brav Danke dafür gesagt, weil sie ihm eine solche Chance geboten hatte. Die Chance herauszufinden, dass er bislang nur geglaubt hatte, ein wertloser Niemand zu sein. Nun wusste er es mit Bestimmtheit. Und wenn er sich nicht irrte, wusste die Janhsen es dank des iPads auch.

»Karlie kann sehr überzeugend sein, und ich habe erst mittendrin kapiert, dass ich das überhaupt nicht will.«

»Hast du ihnen das gesagt?«

Da war sie, die große beschissene Frage, die es so richtig schlimm machte. »Wohl nicht besonders überzeugend«, gab Noah widerstrebend zu. »Jedenfalls hat es die beiden null interessiert, Karlie hat bloß gemeint, ich soll mich nicht wie ein Mädchen aufführen. Und genauso kam ich mir auch vor, kein Stück krass oder cool, sondern einfach nur …«

»Ausgeliefert«, beendete Franka Janhsen den Satz für ihn.

Das war tatsächlich genau das Wort, nach dem er gesucht hatte. »Andererseits … Wenn ich es wirklich nicht gewollt hätte, dann hätte ich den Kerl doch einfach weggestoßen. Ich meine, ich bin ja kein schwaches unterwürfiges Etwas.« Tatsächlich war er sogar ein Stück größer als dieser Zorg, der trotz seines durchtrainierten Körpers nicht so ausgesehen hatte, als wüsste er, wie man richtig zuschlägt. »Stattdessen habe ich mir gedacht: ›Augen zu und durch‹, vielleicht kommt ja doch noch der Moment, an dem ich von der Kiste auch was habe. Eine Erleuchtung oder so.« Er lachte, allerdings kurz und freudlos. »War nichts mit Erleuchtung, es hat einfach nur scheißwehgetan, weil der Typ keine Ahnung hatte oder weil es ihm egal war. Es war mit Abstand das Widerlichste, was mir je passiert ist – und zwar nicht, weil ich homophob bin oder so eine Kacke. Ich war nur so …«

Ausgeliefert.

Er konnte das Wort nicht aussprechen, wollte es nicht einmal mehr denken. Karlie hatte ihn zusammen mit diesem

Typen wie ein Spielzeug benutzt, und er hatte nichts dagegen unternommen. Mehr war es nicht gewesen.

Noah schlug mit der bandagierten Hand auf die Bettdecke, um die Spannung in seinem Inneren abzubauen. Doch der Schmerz half ihm kein Stück weiter. »Ich könnte immer noch im Strahl kotzen, wenn ich nur dran denke. Fuck.«

Eigentlich hatte er damit gerechnet, so etwas wie Erlösung zu verspüren, sobald die Karten offen auf dem Tisch lagen. Doch stattdessen fühlte er sich bloß, als würde er jeden Moment zerspringen wie ein leeres Gefäß, das unter Druck stand.

Franka Janhsen blickte ihn abwartend an. Als er jedoch in Schweigen versank, sagte sie: »Karlie scheint ein ziemlich charismatischer Mensch zu sein, es ist also nur allzu natürlich, dass du dich mit Haut und Haaren auf sie eingelassen hast.«

»Ach ja? Läuft das so mit Charisma-Bomben? Haben Sie mal darüber in einem Ihrer super abgefahrenen Romane gelesen?«

Franka Janhsen saß kerzengerade auf der Bettkante, den Arm in der Schlinge locker herabhängend, eine Hand auf dem Oberschenkel abgelegt, als könne nichts sie aus der Ruhe bringen. Dann nahm sie jedoch ihre Brille ab, und Noah bemerkte, dass ihre Finger zitterten. Sie rieb sich die Augenlider, und nachdem sie die Brille wieder aufgesetzt hatte, schaute sie ihn unverwandt an.

»Ich kannte auch mal jemanden, der die Welt aus einem vollkommen eigenen Blickwinkel betrachtet hat und sich in keine Schublade stecken ließ. Wenn ich mit ihm zusammen war, schien mir alles möglich. Als wäre er der Schlüssel, mit dem man all die Schlösser öffnen kann, die unser Leben so klein halten. Es hat eine Weile gedauert, bis ich begriffen habe, dass seine Wahrheit nicht die meine war, egal wie verführerisch sie aus seinem Mund auch klingen mochte.

Danach habe ich eine Weile gebraucht, bis ich wieder wusste, wer ich bin und wo meine Grenzen verlaufen.« Sie lächelte vorsichtig, als befürchte sie, dass Noah die freundliche Geste nicht erwidern würde.

Tatsächlich war es ihm unmöglich. »Sie meinen, dass ich auf Karlie reingefallen bin, ohne es zu merken? Weil ich zu sehr wie sie sein wollte?«

Es war der Janhsen anzusehen, dass sie ernsthaft über seine Frage nachdachte. »So, wie du die Geschichte erzählt hast, hat Karlie ein Bedürfnis in dir geweckt. Vielleicht den Wunsch, deine Möglichkeiten zu erforschen oder dein Leben nach eigenen Regeln zu gestalten. Nur war der Weg, den sie dir vorgeschlagen hat, nicht der richtige. Aber als du umkehren wolltest, hat sie dich nicht gehen lassen. Das war ihr Fehler, sie hat ihren Einfluss ausgenutzt, weil sie ihr Spiel unbedingt durchziehen wollte. Dafür brauchst du dich nicht zu schämen.«

Fehlte nur noch, dass sie das berühmte »Es war nicht deine Schuld« sagte.

»Hey! Das war keine verdammte Vergewaltigung. Ich bin kein Opfer, verstanden?« Noah spürte eine unbändige Wut in sich aufsteigen, das brennende Verlangen, jemanden dafür bluten zu lassen, dass er sich so fremd in seiner eigenen Haut fühlte. Doch bevor er einen Weg fand, seinem weiß gleißenden Zorn Gestalt zu verleihen, hielt Franka Janhsen ihm ein Foto vor die Nase. Ein Familienfoto, um genau zu sein. Seine Wut brach in sich zusammen wie ein Kartenhaus.

»Ist das vielleicht der Mann, den Karlie dir als Zorg vorgestellt hat?«

Noah nickte.

»Hast du diesen Mann seit letztem Sonntag wiedergesehen?«

»Nein«, brachte Noah schwach hervor. »Auch vorher

nicht. Über dem Typen hat Karlie gewacht wie über einem Lottoschein mit sechs Richtigen.«

»Und Karlie, habt ihr euch noch einmal getroffen?«

»Auch nicht. Was ist überhaupt mit ihr?« *Du weißt es doch*, flüsterte ihm eine kleine gemeine Stimme zu. »Das ganze Blut in ihrem Atelier …«

Eine Sekunde lang zögerte Franka Janhsen, dann ließ sie wieder jene Schranke runter, die sie von einer einfühlsamen Frau auf seiner Bettkante in einen Polizeiprofi verwandelte. Sie saß nicht länger mit Noah in einem Boot und sprach über schmerzhafte Episoden ihrer Vergangenheit, weil sie eine gewisse Verwandtschaft zwischen ihnen entdeckt hatte. Nein, jetzt sezierte sie ihn wie einen interessanten Käfer, um ihre Ermittlungen voranzubringen.

»Was hast du in der Nacht von Mittwoch auf Donnerstag gemacht?«

»Nachts? Was weiß ich. Vermutlich bin ich irgendwo abgehangen … im Bunker oder so. Habe mich treiben lassen, genau wie am Tag davor und den Tag davor. So mache ich das seit Jahren, lebe voll in der Gegenwart. Ich bin kein brav durchgetakteter Bürger, okay?« Noah konnte sich kaum noch beherrschen. Der Wunsch, diese Frau zu packen und die dringend benötigte Antwort aus ihr rauszuschütteln, wurde übermächtig. »Sagen Sie mir jetzt endlich, was mit Karlie los ist. Hat dieser Zorg ihr was angetan? Diese Drecks-Blutspritzer überall …«

Franka Janhsen ignorierte seine Frage und holte stattdessen ihr Handy hervor, um ihm darauf ein weiteres Foto zu zeigen.

»Kennst du diesen Jungen?«

Widerwillig warf Noah einen Blick auf das Display, nur um es sofort zu bereuen. »Warum sieht Jascha darauf wie eine Puppe aus?« Kaum hatte er die Worte ausgesprochen, begriff er die Wahrheit. Weil Jascha tot war, für immer eingeschlafen. Nie hatte Noah den Jungen mehr beneidet als in diesem Augenblick.

»Ich denke, wir brauchen eine DNA-Probe von dir.«

Noah schmiegte sich tiefer in die Kissen. »Scheiße«, flüsterte er.

29

Freitag, kurz nach 17 Uhr

Franka stand mit verschränkten Armen im Türrahmen und blickte auf das, was Noah Sanders' Zuhause im Passig-Bunker war. Viel war es nicht, ein knapp fünfzehn Quadratmeter großer Raum mit einem undichten Fenster, einer Matratze am Boden, einer alten Sporttasche voller Klamotten und einem Paar abgelaufener Sneakers in der Ecke.

Offenbar pflegen Noah und ich einen ähnlich spartanischen Einrichtungsstil, dachte Franka. Sie hatte zwar nicht mit einem netten WG-Zimmer gerechnet, aber die Armseligkeit dieser Klause rührte sie dann doch an.

Das Einzige, was in diesem Raum eine besondere Behandlung erfuhr, waren ein paar Romane, die in einer Reihe auf einer umgedrehten Kiste standen. Übrigens an der einzigen trockenen Wand des Zimmers, das ansonsten nur so vor Schimmel strotzte. Ein Blick auf die Buchrücken bewies, dass die Romane viele Male gelesen worden waren. Das erste Buch, das Franka aufschlug, um nachzusehen, ob es vielleicht aus einem Antiquariat stammte, enthielt ein paar Zeilen von dem Sozialarbeiter Derek Lenz. *Für die Leseratte aus dem Hus Sünschien,* stand dort mit blauem Kuli geschrieben. Es sah ganz danach aus, als ob dieser Mann Noah schon einmal eine rettende Hand gereicht hatte. Im Gegensatz zu Franka, die ihn trotz seines angeschlagenen Zustands mit ihren Fragen so weit in die Enge getrieben hatte, bis ihm nichts als verstörtes Schweigen geblieben war.

Unwillkürlich trieb sie ihre Fingernägel so fest in den Buchrücken, dass es schmerzte. Bevor sie weiteren Schaden anrichten konnte, stellte sie das Buch zurück. Sie hatte Noah Sanders befragen müssen, daran hatte kein Weg vorbeigeführt. Und sie war so sanft wie möglich mit ihm umgesprungen, hatte sogar durchgesetzt, dass kein Polizeibeamter vor seiner Zimmertür positioniert wurde, damit er sich nicht zu allem Überfluss auch noch wie ein Gefangener fühlte.

Und warum hast du dann trotzdem ein schlechtes Gewissen?

»So richtig anständigen Widerstand gegen die Staatsgewalt würde ich das nicht nennen, aber die Kollegen in Uniform haben zwei Hausbewohner erst einmal in Gewahrsam genommen.« Simon hielt ein Kühlpad gegen seine Stirn, wo ihn völlig überraschend eine Bierdose getroffen hatte. Die Schwellung saß mitten auf der Augenbraue, wobei er noch einmal Glück gehabt hatte, ohne eine Platzwunde davongekommen zu sein.

»Was hast du denn erwartet, Simon? Dass die Leute hier Bullen, die uneingeladen reinschneien und Fragen bellen, den roten Teppich ausrollen?«, fragte Svenja Harder, die bereits vor ihrem Eintreffen mit den Befragungen im Passig-Bunker begonnen hatte. Scheinbar ohne auf die ansonsten so offenkundige Ablehnung zu stoßen, was vermutlich mit ihrem legeren Kleidungsstil und der Sturmhaarfrisur zusammenhing.

Simons Antwort bestand in einem breiten Grinsen, das bei Svenja tatsächlich für rote Wangen sorgte. Unter anderen Umständen hätte es auch bei Franka ein Kribbeln ausgelöst, doch dafür lag Noahs Schatten noch zu sehr auf ihr.

»Ein Achtzehnjähriger, der Kinderbücher liest?«, fragte Simon, dem Frankas Faszination für die Büchersammlung nicht entging.

Franka zog ein Buch behutsam hervor, trotzdem segelte eins der vielen Lesezeichen heraus. Schnell bückte sie sich nach dem eng beschriebenen Stück Papier. »Ich weiß nicht, ob ›Klingt meine Linde‹ von Astrid Lindgren wirklich nur ein Kinderbuch ist. Mit Märchen, besonders den traurigen, ist das so eine Sache …« Noch vor ein paar Stunden hatte der Junge sich über sie lustig gemacht, weil sie eingestanden hatte, früher Zuflucht in Romanen gesucht zu haben. Dabei tat er offensichtlich genau dasselbe, auch wenn er es nicht eingestand. *Eine weitere Parallele, du verbirgst ja schließlich auch fein säuberlich, wer du in Wahrheit bist.* Franka suchte bewusst Simons Blick, um ihre Gedanken unter Kontrolle zu bekommen. »Für Noah scheinen diese Bücher jedenfalls mehr zu sein. Die Notiz auf diesem Zettel sieht noch ganz frisch aus.«

»Nur weil man von zu Hause abgehauen ist, muss man ja nicht gleich ein Hohlkopf sein.« Svenja schien fest entschlossen, nichts auf die Ausreißerkids im Bunker kommen zu lassen.

»Nein, das muss man nicht sein, aber man ist bestimmt psychisch instabiler und somit ein leichtes Opfer«, sagte Simon, der weiterhin mit krauser Stirn Frankas Blick hielt. »Schließlich ist Noah Sanders gegen seinen Willen mit einem Kerl im Bett gelandet, und wir wissen noch nicht, ob er mit seiner Enttäuschung wirklich so passiv umgegangen ist, wie er behauptet. Die Spurensicherung soll sich hier mal gründlich umsehen. Eine DNA-Probe hast du ja schon von ihm genommen, richtig?«, fragte er Franka.

Sie nickte, während sie das Buch wieder an seinen Platz zurückstellte. Noah hatte keinerlei Widerstand geleistet, sich nicht einmal erkundigt, ob das wirklich nötig war. Entweder, weil er keinerlei Bedenken hatte, oder weil es ihn schlicht nicht kümmerte, wie es nun mit ihm weiterging. Es fiel Franka schwer, ihre Starre abzuwerfen, aber sie durfte den Jungen nicht so nah an sich heranlassen. Einmal davon abgesehen, dass Noah noch lebte, während sein angeblicher

Freund Jascha erstickt und sein Leichnam ausgestellt worden war.

Jascha Malinowski, um genau zu sein. Theresa Michaelis' alias Karlies Cousin, wie Noah ihr erzählt hatte.

Es hatte eine Weile gedauert, bis sie die Mutter von Theresa ermittelt hatten. Leider wohnte Ilona Michaelis in einem bayerischen Dorf und hatte allem guten Zureden zum Trotz darauf beharrt, frühestens am Montag nach Rerrick kommen zu können.

»Montag muss reichen, ich kann nicht einfach springen nur wegen Theresa«, schrie Ilona Michaelis aufgebracht ins Telefon, als Franka sie Stunden zuvor kontaktiert hatte. In ihrer Aufregung bekam ihr bayerischer Akzent einen stark osteuropäischen Einschlag, den sie sich ansonsten offenbar abtrainiert hatte.

Franka starrte hilflos vor sich hin, sich überaus bewusst, dass Simon neben ihr saß und jedes Wort mithörte. Warum hatte sie bloß angeboten, dieses Gespräch zu führen? *Weil du dich für so verdammt sensibel hältst*, schalt sie sich nun, während Ilona Michaelis auf ihre Tochter schimpfte, als solle sie dem undankbaren Geschöpf einen Gefallen tun und nicht etwa der Polizei helfen, ihren Mörder zu finden.

»Hören Sie«, versuchte Franka das Gespräch in andere Bahnen zu leiten. »Wir haben natürlich vollstes Verständnis dafür, dass eine solche Nachricht ein großer Schock für Sie sein muss und eine Reise vom Süden in den Norden des Landes einer gewissen Vorbereitung bedarf. Trotzdem wäre es wichtig, dass Sie so schnell wie möglich nach Rerrick kommen, weil …« Weiter kam sie nicht.

»Ich habe meine Tochter seit über fünf Jahren nicht gesehen! Kein einziges Mal hat sie mich besucht, seit sie sich ohne ein Wort davongemacht hat. Nur hin und wieder mal eine Postkarte und ein paar kurze Telefonanrufe, bei denen sie immer angegeben hat, wie großartig es ihr geht.« Ein verächtliches Schnaufen. »Und dabei habe ich alles für sie getan. Mein Mann und ich haben damals schwer geschuftet, um uns ein gemeinsames Leben aufzubauen. Es war so schwer, mein Mann musste viel Geld an seine Exfrau abgeben, und ich war gerade erst mit Theresa nach Deutschland gekommen. Rund um die Uhr habe ich malocht in unserer Gärtnerei, damit sie es später mal gut hat. Und als Dank ist sie fort, auf und davon. Unser Leben sei nicht das Richtige für sie. Und jetzt das!«

Während am anderen Ende der Leitung plötzlich Schweigen herrschte, rechnete Franka damit, dass die Trauer Ilona Michaelis plötzlich wie eine dunkle Flut übermannt hatte. Sie holte allerdings nur tief Luft, um mit ihrer Schimpftirade weiterzumachen.

»Nichts war gut genug für das werte Fräulein, auf mich herabgeschaut hat sie, weil ich mein Geld mit dreckiger Erde und Grünzeug verdiene. Da war auch unser schönes Einfamilienhaus egal und dass ich im Urlaub einiges von der Welt gesehen habe. Bei Theresa dreht sich alles nur um sie, das hat sie von ihrem Vater. Der hat auch nur an sich gedacht, als er uns sitzen gelassen hat. Das steckt dieser Familie im Blut!«

»Frau Michaelis, Sie haben in der letzten Zeit also nichts von Ihrer Tochter gehört, wie es ihr ging zum Beispiel oder ob sie in einer Beziehung war?«

»Ich hatte keine Lust, mir anzuhören, was für eine erfolgreiche Künstlerin Theresa doch ist. Wenn man darauf eingeht, gibt sie nur an. Was sie alles Aufregendes erlebt, wie toll es so weit weg von mir ist und was für inspirierende Menschen sie schon wieder kennengelernt hat. Ihr Leben ist eine einzige Vergnügungsfahrt.«

Ilona Michaelis sprach in der Gegenwart von ihrer Tochter, als habe sie ihren Tod noch nicht begriffen. *Das ganze Geschimpfe ist nichts anderes als ein Ablenkungsmanöver*, erkannte Franka und ignorierte Simon, als der ihr ein Zeichen gemacht hatte, die Frau auszubremsen.

»Ist Theresas Cousin Jascha ihr vielleicht nach Rerrick gefolgt, weil er sich auch nach einem solchen Leben gesehnt hat?«

»Jascha? Der Junge macht nur Ärger, genau wie Theresa. Dabei kommt er von meiner Seite der Familie, und das sind alles fleißige und strebsame Leute. Aber Jascha ... Bei dem war schon länger klar, dass der sich niemals einfügen würde mit seiner Vorliebe für Augen-Make-up und den seltsamen Klamotten. Nachdem sie ihn im letzten Frühjahr aus der Schule geschmissen haben, weil er ständig fehlte und nur Ärger mit seinen Mitschülern und Lehrern hatte, ist er zu Theresa abgehauen. Per Anhalter, das muss man sich mal vorstellen. Was da alles passieren kann! Ich habe meiner Schwester jedenfalls gesagt: ›Lass ihn doch bei Theresa, meine Tochter ist schließlich eine äußerst erfolgreiche Künstlerin. Vielleicht wird aus dem Jungen ja tatsächlich was in der Stadt.‹ Meine Schwester hat dann zugestimmt, obwohl der Jascha erst sechzehn ist. Und wenn Sie mich fragen, war das die beste Lösung. Jedenfalls ist es besser, als wenn Jascha rund um die Uhr in seinem Zimmer mit den halbnackten Popstars an den Wänden hockt, weil er im Dorf eh nur verprügelt wird. Außer in den Tag hinein zu träumen und sich die Fußnägel mit Glitzerlack zu lackieren hat er im letzten Jahr schließlich nichts hinbekommen.« Während Ilona Michaelis redete wie ein Maschinengewehr, drang die Information allmählich zu ihr durch. »Was hat Jascha überhaupt angestellt?«

Das wüssten wir auch allzu gern, dachte Franka leicht benommen von dem Redefluss ihrer Gesprächspartnerin. Allem Anschein hatte Jaschas traurige Geschichte schon sehr viel früher begonnen als in einem mit Teer verschandelten Wintergarten. »Wir haben einen Leichnam gefunden, auf den die Beschreibung Ihres Neffen passt. Wir brauchen also dringend die Kontaktdaten seiner Eltern, damit sie ihn identifizieren können.«

»Was?«, fragte Ilona Michaelis schrill. »Was erzählen Sie mir denn da von einem Leichnam, der wie Jascha aussieht? Das wird ja immer verrückter. Ich denke, wir sprechen über Theresa .... über mein Mädchen ... über mein totes Kind!« Plötzlich war ein lautes Schluchzen zu hören, und im nächsten Moment war die Leitung tot.

»Jetzt hat sie wohl verstanden, dass ihre Tochter und ihr Neffe tot sind. Das hat ja wirklich gedauert.« Simon stand mit verschränkten Armen da, als könne er sich die verwirrende Situation damit vom Leib halten.

Franka rieb sich ihren verspannten Nacken, dann drückte sie die Wahlwiederholungstaste. Zu ihrer Erleichterung nahm Herr Michaelis den zweiten Anruf entgegen, während im Hintergrund das hysterische Weinen seiner Frau zu hören war. Innerhalb kürzester Zeit hatte Franka die Kontaktdaten von Jaschas Eltern. »Wenn Sie mit den Malinowskis reden wollen, besorgen Sie sich am besten einen Dolmetscher, falls Sie kein Polnisch können. Die Familie wohnt nämlich in einem kleinen Dorf in Polen«, erklärte Herr Michaelis zum Abschied noch. Was genau der Tochter seiner Frau und deren Cousin zugestoßen war, fragte er allerdings nicht. Entweder, weil er die Wahrheit für zu schmerzhaft hielt, oder weil ihn das Schicksal dieser beiden jungen Menschen nicht berührte. Franka hoffte inständig, dass es Ersteres war.

Ihre trüben Gedanken verfestigten sich, als sie später am Nachmittag Jascha Malinowskis Zimmer betraten, das unterm Dach lag und nicht mehr als eine zugige Kammer war. Auf dieser Etage schlüpfte man vermutlich unter, wenn man in der Hierarchie des Passig-Bunkers ganz unten stand. Was hatte diesen Jungen bloß umgetrieben, sein Zuhause aufzugeben, um so zu hausen?

»Ursprünglich war Jascha bei Karlie untergekommen, aber die hat ihn zu oft rausgescheucht, weil sie Besuch empfing oder irgendwelchen Aktionen nachging, bei denen man seinen kleinen Cousin lieber nicht dabeihaben will«, erklärte Svenja. »Schaut euch schon mal um, ich bin gleich wieder da.«

»Nun ja, der Junge hat wenigstens das Beste aus diesem Loch gemacht«, sagte Simon, die Hände tief in seinen Manteltaschen vergraben. Mit ein paar Schritten hatte er das Zimmer durchquert und warf einen Blick aus dem Fenster, das erstaunlicherweise frisch geputzt war. »Keine schlechte Aussicht.«

Franka betrachtete die bunte Decke, die über einem Mumienschlafsack ausgebreitet lag. Außerdem gab es noch einen Campingkocher, Kaffeepulver und einigen Krimskrams. Nur keine Kleidung, wie Franka überrascht feststellte. Die Wände waren mit Blumengirlanden, Zeitungsausschnitten und Modezeichnungen übersät. »Wenn die Zeichnungen von Jascha stammen, hatte er durchaus Talent. Vielleicht war die Idee seiner Tante, ihren exaltierten Neffen in Theresas Obhut zu lassen, im Prinzip gar nicht so schlecht. In ihrem Umfeld gab es schließlich genug kreativ veranlagte Menschen, die zu so etwas wie einem Leitstern getaugt hätten.«

»Ja, nur leider hat Jascha sich als Vorbild unbedingt den weltgrößten Hänger namens Noah aussuchen müssen«, sagte eine junge Mädchenstimme.

Svenja räusperte sich. »Darf ich vorstellen: Das sind die Kommissare Franka Janhsen und Simon Ackermann. Und das ist Nanne. Sie ist so etwas wie die ungekrönte Prinzessin des Passig-Bunkers.«

Nanne sah mit ihren flammend rot gefärbten Resthaarfetzen und den schichtweise getragenen Männerklamotten mehr wie ein punkiger Dandy und nicht wie eine Prinzessin aus, einmal davon abgesehen, dass sie ihrer finsteren Miene nach zu urteilen einen Scheiß auf solche Titel gab. Trotzdem sparte sie sich einen passenden Kommentar. Sie war nämlich viel zu sehr damit beschäftigt, Franka und Simon zu mustern.

»Wenn ihr was von mir wissen wollt, müsst ihr zuerst klarstellen, was mit Jascha los ist und wo Noah steckt. Der ist nämlich auch verschwunden. Sonst sage ich nix, die anderen treten mir eh schon in den Arsch, weil ich mit euch quatsche.«

»Noah liegt im Krankenhaus mit einer Lungenentzündung«, erklärte Franka wahrheitsgemäß.

Nannes Mund klappte vor Verblüffung auf. So schnell hatte sie wohl weder mit einer Antwort noch mit einer so gewöhnlichen Erklärung gerechnet.

»Okay«, sagte sie dann. »Und was ist mit Jascha, ist der irgendwo eingestiegen, und ihr habt ihn drangekriegt?«

»Wie kommst du darauf, dass Jascha irgendwo eingebrochen sein könnte?«

»Wenn der kleine Spinner Mist gebaut hat, dann nicht, weil er ein Krimineller ist. Der hatte einfach nur einen supermiesen Start in die Woche, okay? Außerdem ist der erst sechzehn und die Hälfte der Zeit nicht zurechnungsfähig.« Als Franka die Augenbrauen hob, biss Nanne sich auf die Unterlippe. »Nicht wegen Drogen, da steht Jascha nicht drauf. Aber er lebt eben voll im Wolkenkuckucksheim. Wenn hier im Bunker jemand eine Prinzessin ist, dann Jascha.«

»Hör mal«, sagte Svenja sanft und berührte den Arm des Mädchens. »Wir wollen Jascha überhaupt nichts am Zeug flicken, ganz im Gegenteil. Wir wollen herausfinden, wie es ihm in der letzten Zeit ergangen ist.«

Plötzlich sah Nanne verängstigt aus, als ihre Abwehrhaltung für einen Augenblick einstürzte. »Der Jascha hat sich doch nix angetan? Das wäre echt Blödsinn. Noah hat ihm zwar angedroht, dass er ihm den Arsch aufreißt, wenn er sich noch mal im Bunker blicken lässt. Das war aber nur so ein Aufstand, weil Noah eben ausgetickt ist. Passiert doch jedem ab und an, deshalb muss man doch nicht gleich abhauen und sonst was machen.«

Nun war es an Franka, überrascht zu sein, auch wenn sie es sich nicht anmerken ließ. »Die beiden Jungen haben sich gestritten? Wann war das?«

Wie auf Knopfdruck kehrte die Skepsis in Nannes hellgrüne Augen zurück. »Hey, Lady, wie wäre es, wenn ich jetzt erst mal meine Antwort bekomme: Ist alles okay mit Jascha?«

»Das versuchen wir gerade herauszufinden«, mischte sich Simon ein, der bislang regungslos im Schatten neben dem Fenster gestanden hatte. Seine volle Stimme füllte die kleine Dachkammer bis in den letzten Winkel aus. »Deshalb wäre es gut, wenn du uns helfen würdest. Wir müssen nämlich schnellstens herausbekommen, wer Jascha als Letztes gesehen hat.«

Nanne warf Svenja einen hilfesuchenden Blick zu. »Hast du eine Kippe für mich?«

Svenja holte ihre Zigarettenschachtel hervor und bot dem Mädchen eine an, nur um sich dann ebenfalls eine anzuzünden. »So zugig, wie es hier ist, verzieht sich der Qualm gleich«, entschuldigte sie sich mit einem Achselzucken.

Nanne, die deutlich weniger Hemmungen hatte, in fremden Zimmern zu rauchen, ließ sich im Schneidersitz auf dem Mumienschlafsack nieder. »Also, das mit dem Streit war von Sonntagnacht auf Montag, irgendwann so gegen ein Uhr. Da bin ich von einer Diskussionsrunde über Veganismus zurückgekommen und wollte ganz dringend ein Bier. Bei diesen Treffen gibt es nämlich immer nur Wasser und so Sachen. Noahs Zimmer liegt auf demselben Flur wie meins, und deshalb hab ich die beiden gehört. Noah war voll auf hundertachtzig und hat rumgebrüllt. ›Bist du jetzt völlig durchgeknallt? Was soll denn die Psychonummer mit den

Haaren? Du bist doch nicht mein Scheißklon!‹ Das fand ich voll krass, nicht nur weil Noah sonst absolut *nie* laut wird, das ist einfach nicht sein Stil. Sondern weil er so richtig fies zu Jascha war, obwohl er den Jungen sonst immer mit Samthandschuhen angefasst hat, egal wie sehr der ihm auf den Piss ging. Jedenfalls hat Jascha zuerst so geklungen, als wolle er Noah beruhigen, aber dann ist er selbst richtig laut geworden. Die totale Dramaqueen.« Nanne lachte bei der Erinnerung, aber es war kein fröhliches Lachen.

»Wie gehen die beiden denn normalerweise miteinander um?«, fragte Franka.

Es dauerte einen Moment, ehe Nanne antwortete. »Und Noah hat echt eine Lungenentzündung? Sie versuchen dem hier nicht irgendwas anzuhängen? Dann war's das nämlich mit der Unterhaltung.«

Franka bemerkte, wie sich Simons Kinn ungeduldig vorschob. Sein Kopf schmerzte bestimmt, so wie er immer wieder nach der Schwellung an seiner Braue tastete. Nicht mehr lange, und er würde die Geduld mit diesem bockigen Mädchen verlieren. Doch auf dem Dezernat würde Nanne erst recht dichtmachen und sich anschließend absetzen, als erfahrene Ausreißerin dürfte das kein Problem für sie sein. Bestimmt hatte sie sich von Svenja nur zu dieser Unterhaltung überreden lassen, weil ihr die Fahnderin sympathisch war und sie sich wegen der beiden Jungen Sorgen machte. Das hier war Frankas einzige Chance, das Mädchen zum Reden zu bekommen.

»Wir haben einen Leichnam gefunden, bei dem es sich höchstwahrscheinlich um Jascha handelt. Der Junge ist keines natürlichen Todes gestorben.«

»Jascha wurde ermordet?« Nanne vergaß die fast aufgerauchte Zigarette in ihrer Hand. »Wann?«

»Das versuchen wir gerade herauszufinden. Darum ist es so wichtig, seine letzten Stunden zu rekonstruieren.«

»Und Sie glauben jetzt, Noah hat dem kleinen Jascha was angetan, nur weil er ihn zusammengestaucht hat. Schwachsinn! Noah hätte dem Kerl nie auch nur ein Haar gekrümmt, ganz im Gegenteil, er war doch der Einzige, den Jascha hatte. Der Junge war ein totaler Alien, lieb und süß, aber völlig versponnen. Der hing hier rum, weil er bei Noah sein wollte, und nicht, weil er unser Aussteigerleben geil fand. Mann, Jascha hatte manikürte Fingernägel und die am tollsten geschminkten Augen, die ich je gesehen habe. Bei dem musste immer alles schön sein, das war wie eine Sucht. Deshalb ist der ja auch so auf Noah abgefahren.«

»Weil Noah schön ist?«

Nanne zog den Kopf zurück, als hätte sie noch nie so eine dumme Frage gehört. »Ja, klar. Wenn du ihn gesehen hast, weißt du doch Bescheid.«

Franka sparte sich eine Antwort. Der Blick, mit dem das Mädchen sie bedachte, verriet, dass Nanne sie längst durchschaut hatte. Ja, sie hatte es auch gesehen, hinter dem Wust aus zerzausten Locken, den ausgemergelten Zügen und dem tiefen Schatten, den Erschöpfung und Krankheit auf sein Gesicht gelegt hatten: Noah war etwas Besonderes – genau deshalb hatte Karlie ihn unter ihre Fittiche genommen und Albert Nehring sich auf eine Nacht mit ihm eingelassen. Und deshalb lief auch Derek Lenz nach so langer Zeit, in der er den Jungen nicht gesehen hatte, zu Höchsttouren auf. *Schon wieder Derek Lenz*, dachte Franka und machte sich eine gedankliche Notiz, dem Interesse des Sozialarbeiters an Noah genauer nachzugehen. Der Name tauchte für ihren Geschmack zu oft während der Ermittlungen auf, vor allem wenn man bedachte, dass Noah dem Mann angeblich durch Zufall über den Weg gelaufen war – ausgerechnet an dem Tag, an dem die beiden Toten auf ihrem Federnest aufgetaucht waren.

»Dann waren die beiden Jungen also Freunde«, hakte

Simon nach. Der Ton in seiner Stimme verriet, dass er nicht viel davon hielt, über das Erscheinungsbild eines Verdächtigen zu philosophieren.

»›Freunde‹ ist nicht das richtige Wort …«, tastete sich Nanne an eine Beschreibung heran, während sie mit dem Zigarettenstummel ein Herzchen auf den rohen Dielenboden malte. »Noah hat Jascha mehr wie seinen Schatten geduldet. Der Junge hat sich an ihm festgesogen wie eine Zecke an einem Tier. In Jaschas Fall wie eine Glitzerzecke. Die anderen haben schon ihre Witze darüber gemacht, weil Jascha ihn regelrecht kopiert hat. Aber Noah ist cool geblieben – bis auf diese eine Nacht.«

Als er von seinem verstörenden Erlebnis mit Karlie und Albert Nehring zurückgekehrt ist, ergänzte Franka in Gedanken. »Was meinst du damit, dass Jascha Noah kopiert hat? Seinen Lifestyle oder mehr so seine Interessen?«

»Das ging so kreuz und quer. Jascha hat etwa seine Ausdrucksweise abgekupfert, was nicht nur wegen des harten polnischen Akzents witzig klang, sondern auch weil unser Noah sich ja ganz gern mal etwas abgehoben ausdrückt. Er lässt halt das schlaue Kerlchen raushängen.« Nanne blies sich eine abgeraspelte Strähne aus der Stirn, während sie nachdachte. »Dann hat Jascha sich in dieser Kammer eingenistet, obwohl er es bei dieser Verwandten, bei der er untergekommen war, bestimmt viel netter hatte. Vor allem, weil er immer rumgejammert hat, wie sehr ihn die Toiletten im Bunker anekeln. Tja, und der Höhepunkt war dann wohl, dass Jascha sich die Haare genauso weißblond gefärbt hat wie Noah.«

Es war, als würde sich eine elektrische Spannung in der Kammer ausbreiten. Als Franka einen kurzen Seitenblick zu Simon warf, wurde ihr klar, dass er es auch spürte.

Nanne sah sie verwirrt an. »Das mit den weißblonden Haaren war auch der Grund, warum Noah so ausgeflippt ist.

Das hat das Fass irgendwie zum Überlaufen gebracht. Ein paar Tage später hat Noah seine Haare dann dunkel gefärbt, vermutlich wollte er nicht länger wie Jaschas Zwilling herumlaufen.«

»Wann genau war das?«

Das Mädchen saß zusammengekauert am Boden und fing an, ihre fadenscheinige Hose mit den Fingernägeln zu bearbeiten.

Svenja machte den beiden Kommissaren ein Zeichen und hockte sich dann neben Nanne auf den Schlafsack. »Du haust niemanden in die Pfanne, falls du dir deshalb Sorgen machst. Für mich persönlich hört es sich zwar nicht so an, als ob dieser Noah für Jaschas Tod verantwortlich wäre, aber selbst wenn er es wäre, würdest du ihn dann decken wollen? Jascha hat doch ein Recht darauf, dass sein Mörder gefunden wird.«

Franka rechnete fest damit, dass Nanne dem Druck nicht mehr standhalten würde und in Tränen ausbrach. Aber sie erwies sich als weitaus tougher. »Jascha war echt eine arme Sau. Seine Familie wollte ihn loswerden, weil nicht nur er in dem Tausend-Seelen-Dorf in der polnischen Pampa Probleme hatte, sondern auch sie. Jascha meinte, es wäre egal, dass Städte wie Frankfurt an der Oder und Zielona Góra ganz in der Nähe waren, in seinem Heimatdorf würden die Uhren trotzdem noch nach dem Rhythmus der Kirchenuhr ticken, und mit spätestens einundzwanzig wäre man verheiratet und erwartete sein erstes Kind. Ich kenn das, ich komme auch aus so einem hinterwäldlerischen Dorf, der totale Horror. Aber Rerrick hat ihm leider kein Glück gebracht.« Nun wirkte Nanne ganz bei sich. »Scheiße, natürlich will ich, dass ihr seinen Mörder findet. Jascha war zwar knallig, aber er war auch einer von uns.«

»Hast du Jascha nach dem Streit in der Nacht von Sonntag auf Montag noch einmal gesehen?«

Nanne schüttelte den Kopf. »Nein, der hat seine Klamotten in einen Seesack geschmissen und ist mitten in der Nacht verschwunden.«

»Und Noah?«

»Soviel ich mitbekommen habe, hat der sich ordentlich abgeschossen. Ich habe ihn ein paar Mal unten im Gemeinschaftsraum gesehen, jedes Mal knalldicht. Wenn Sie es genauer wissen wollen, fragen Sie die anderen. Na ja, und gestern Morgen hat Noah sich dann aufgerafft, ist hoch ins Badezimmer wegen seiner Haare. Danach habe ich ihn nicht wieder gesehen.«

Simon stellte sich vor das Mädchen. »Dann hat Noah den Bunker von Montag bis Donnerstagmorgen nicht verlassen?«

»Ich habe nicht die ganze Zeit auf seinem Schoß gesessen, okay? Wenn ich ihn gesehen habe, war er breit und nicht besonders gesprächig. Das ist alles, was ich weiß. Und jetzt reicht's«, sagte Nanne, sprang in die Höhe wie eine Katze und war zur Tür hinaus, bevor jemand Einspruch erheben konnte.

»Wow«, sagte Svenja. »Die Kleine hat Power. Es ist eine Schande, dass ihre Eltern das offenbar nicht zu schätzen wissen.«

Ja, dachte Franka, *das gilt für alle diese Kids. Und das Schlimmste ist, dass es sie zu einer leichten Beute macht für die Raubtiere da draußen.*

30

Freitag, am Abend

Es war nach einundzwanzig Uhr, als Franka endlich in ihrem Auto saß. Für einen Augenblick schmiegte sie sich in den ausgebeulten Sitz, um Kraft für die Fahrt nach Hause zu sammeln. Als sie Gefahr lief, hinter dem Lenkrad wegzudämmern, startete sie den Wagen. Sie hatte den Renault schon halb aus der Parklücke bugsiert, da fiel ihr ein, dass die Tüte mit dem Thai-Essen noch auf dem Autodach stand.

Sie war definitiv feierabendreif.

Dabei war es ein Wunder, dass sie überhaupt schon aus dem Dezernat raus war, so wie die Ermittlungen in den letzten Stunden an Fahrt aufgenommen hatten. Endlich hatten sie eine Antwort auf die Identität des toten Jungen. Es blieb trotz des Erfolgs ein schaler Nachgeschmack zurück, denn niemand hatte Jascha vermisst – und Franka wurde den Verdacht nicht los, dass sich daran auch nichts ändern würde. Jascha war schlicht zu anders, zu sehr in seiner eigenen Welt verfangen gewesen – einer Welt, die sogar seiner Familie fremd geblieben war. Nur Noah Sanders hatte sich offenbar Sorgen um ihn gemacht. Als Noah begriffen hatte, dass nicht nur seine Freundin Karlie, sondern auch deren Cousin tot war, war er in ein Schweigen verfallen, das Franka aufgescheucht hatte. Noah hatte ausgesehen, als würde er am liebsten selbst sterben.

Schluss jetzt mit der Grübelei und ab nach Hause, rief Franka sich zur Ordnung, während sie sich aus dem Autositz quälte, um ihr Essen zu retten.

Glücklicherweise war das Thai-Food bloß ans Ende des Autodachs gerutscht. Franka musste sich lediglich strecken, um die Tüte zu fassen zu bekommen. Wenn sie nachher noch daran dachte, ihr Abendessen auch mit in ihre Wohnung zu nehmen, war der Abend gerettet.

»›Thai-in-the-Box‹ machen wirklich das beste Asia-Food in ganz Rerrick.« Der Journalist Dirk Märzbach stellte sich neben Franka und schnupperte an der beladenen Tüte, bis sein dünner Schnurrbart vibrierte. »Riecht großartig. Sie haben wirklich ein Glück, dass das Dezernat nur einen Katzensprung von dem Laden entfernt ist. Unsereins muss durch die halbe Stadt fahren, wenn er ein dringendes Bedürfnis nach Tom-Kah-Gai-Suppe verspürt.«

»Na, dann wünsche ich guten Appetit«, sagte Franka. »Ich muss jetzt rasch zusehen, dass ich meine Schätze nach Hause bekomme, bevor sie kalt werden.«

Trotz dieser deutlichen Abfuhr lehnte sich Dirk Märzbach ungerührt gegen ihren Wagen. »Schade, dass ich Sie erst jetzt gesehen habe, sonst hätten wir zusammen essen und ein wenig über Ihren aktuellen Fall reden können. Haben Sie dafür eigentlich schon einen Namen gefunden?«

»Spitznamen bekommen bei uns nur die richtig spektakulären Fälle – also: nein. Würden Sie bitte mal ein Stück beiseitetreten?«

Betont lässig gab Dirk Märzbach den Wagen frei, beide Hände in den Hosentaschen. Mit seinem Auftreten hätte er zweifelsohne gut nach Berlin gepasst, die perfekte Mischung aus Dandy und Rotznase.

»Noch kein Name also, wie überraschend uninspiriert«, plauderte er in die frostige Abendluft, während Franka zögerte, sich zum Beifahrersitz rüberzubeugen, um die Tüte abzustellen. Obwohl der Gedanke, diesem Journalisten den Hintern hinzustrecken, durchaus etwas für sich hatte. »Vielleicht kann ich Ihnen aushelfen: Wie wäre es mit ›Geteert und gefedert‹? Nein, nicht beeindruckt? Dann möglicherweise ›Die Maskenfrau und der schlafende Engel‹?«

Damit hatte Dirk Märzbach schlagartig Frankas Aufmerksamkeit, auch wenn sie sich das nicht anmerken ließ. »Ich muss schon sagen, sehr kreativ. Was Sie sich so alles ausdenken.«

Das Grinsen auf Dirk Märzbachs Gesicht war reine Befriedigung. »Na, nun beleidigen Sie mich aber mal nicht, Frau Janhsen. Ein anständiger Schreiberling weiß mehr als die paar Krumen, die ihm offiziell von der Polizei zugeworfen werden.«

Franka musste sich zusammenreißen, um dem Mann nicht rein zufällig mit ihrem Absatz auf den Fuß zu treten. Im Fall Märzbach hätte das wenig gebracht, denn in seinen Augen wäre das nur ein Beweis für Schwäche gewesen. Eine aufgebrachte Kommissarin war eine unprofessionelle Kommissarin oder sogar eine, die mit den Nerven am Ende war. Es reichte ja schon, wenn in einem Artikel darauf hingewiesen wurde, dass Franka Janhsen der Fall scheinbar über den Kopf wuchs. Das wäre ein gefundenes Fressen für einige Herren Kollegen im Dezernat. Also machte Franka es wie Dirk Märzbach, schaute entspannt in der Gegend herum, während sie eine Haarsträhne hinters Ohr schob. Nur das blöde Grinsen sparte sie sich.

»Da außer Marlis Seelers nur Kriminalbeamte und die Gerichtsmedizinerin die beiden Leichen gesehen haben, dürften Sie davon eigentlich nichts wissen«, sagte sie so neutral wie möglich. Dabei jagte, kaum dass der Name Marlis Seelers fiel, ein Adrenalinschub durch ihren Körper. Sie hatte heute kaum Gelegenheit gehabt, sich mit dieser Zeugin – oder vielmehr Verdächtigen – zu beschäftigen. Mehr als ein Anruf auf der Geschlossenen, bei dem ihr bestätigt worden war, dass die Patientin immer noch außerstande sei, eine Befragung über sich ergehen zu lassen, war nicht drin gewesen. Und Svenja Harder, die in ihrem Auftrag Kindergarten, Schwimm- und Turnkurse samt Spielkameraden der beiden Mädchen abgeklappert hatte, wusste nur zu berichten, dass Marlis Seelers als vorbildliche, wenn auch überaus distanzierte Mutter beschrieben wurde. Keine Nervenzusammenbrüche, keine wirren Geschichten, nur ein Übermaß an Diszipliniertheit.

Dirk Märzbach schien Marlis Seelers anders zu sehen. »Ich dachte, ich hätte Ihnen erzählt, dass ich mir Albert Nehring im Sommer mal genauer angeschaut habe – und dabei auch auf seine Frau und ihre … wie soll ich sagen … interessante Persönlichkeit gestoßen bin. Darüber hinaus sind Kontakte in meinem Geschäft halt alles.« Als Dirk Märzbachs Magen laut und vernehmlich knurrte, schlug er sich die Hand vor den Bauch. »Was halten Sie davon, mich doch noch auf eine Kleinigkeit in die ›Thai-Box‹ zu begleiten? Dann kann ich Ihnen ein wenig über Marlis Seelers erzählen, ein paar Dinge, über die Sie bestimmt noch nicht gestolpert sind. Die brave Hausmama war nämlich vor nicht allzu langer Zeit ein ganz wildes Früchtchen, mit Sektenerfahrung und dem Magen voll mit Acid, bis sie dann auf konventionelle Psychopharmaka umgeschwenkt ist und zur biederen Hausmaus mutierte. Na ja, was sich offenbar gerade geändert hat, nachdem sie ihre Medikamente abgesetzt hat und die Wahnvorstellungen nicht nur zurückgekehrt, sondern sogar Wirklichkeit geworden sind.«

Franka zog lediglich eine Augenbraue hoch.

»Nun tun Sie mal nicht so, als ob Ihnen meine Info schnurz wäre. Ich weiß aus zuverlässiger Quelle, dass die Seelers vernehmungsunfähig ist und der Arzt keine Infos rausrückt. Und in ihrem Strafregister steht nichts von Interesse drin.«

Nun gönnte sich Franka endlich ein Grinsen. »Im Gegensatz zu Ihrem Register, Sie sind nämlich auch ein ganz wildes Früchtchen. Ich wette, das Koks, mit dem die Kollegen Sie bei einem Konzert erwischt haben, war nicht zur Steigerung Ihrer intellektuellen Fähigkeiten gedacht, oder?«

Dirk Märzbach bemüßigte sich nicht einmal, die Hände aus den Hosentaschen zu nehmen. »Jetzt haben Sie mich aber, Frau Janhsen. Sie feiern vermutlich immer nur mit Kamillentee.«

»Ich feiere gar nicht«, erklärte Franka wahrheitsgemäß. Zumindest wenn es ums letzte Jahr ging. »Wie kommt es eigentlich, dass Sie mir schon beim letzten Mal erzählen wollten, dass die Seelers so viel interessanter sei als ihr Ehemann?«

»Weil sie das ist«, behauptete Dirk Märzbach. »Haben Sie schon in Erwägung gezogen, dass sie für den Doppelmord verantwortlich sein könnte? Als Rache dafür, dass ihr Mann fremdvögelt?«

»Albert Nehring hatte eine Affäre?«

»Wenn Sie sich dumm stellen wollen, lassen wir das Gespräch lieber.«

Franka rang sich ein Lächeln ab. »Aber nicht doch. Vor allem jetzt, wo es so interessant wird. Sie sind bei Ihren Recherchen also auf eine Liebschaft von Nehring gestoßen.«

»Liebschaft? Fuck, das Wort hat seit bestimmt hundert Jahren niemand mehr gebraucht. Glückwunsch!« Dirk Märzbach lachte schallend. »Jetzt mal im Ernst. Man muss bei Nehring nicht lange graben, um rauszubekommen, dass der nicht bloß der brave Anwalt ist.«

Langsam kam Franka doch ins Grübeln, ob sich ein Essen mit diesem Journalisten lohnen würde. Aber etwas an Märzbach stieß sie ab, vielleicht dieses leichte Zucken im linken Lid oder das Gefühl, dass er hier nur eine wohl einstudierte Show abzog. »Der Herr Anwalt wird Sie noch für solche Unterstellungen verklagen«, erwiderte sie neckisch.

»Ja, klar doch.« Dirk Märzbach zeigte allen Ernstes mit dem Zeigefinger auf Franka, während er mit der Zunge schnalzte. »Ich habe handfeste Beweise, dass Nehring nicht nur eine Geliebte hat, sondern ich weiß auch, wer sie ist. Haben Sie sich in der letzten Zeit mal beim Kunstraum N herumgetrieben? Nein? Letzte Nacht gab es da einen Wahnsinnsauflauf an Dezernatsleuten. Da zählt ein schlauer Bursche wie ich eins und eins zusammen: zwei Leichen im Hause Seelers plus Bullen im Kunstraum, wo Nehrings Geliebte Hof hielt. Einer wie ich verfällt da auf die wilde Theorie, dass Nehrings Geliebte in ihrem ureigensten Revier umgebracht worden ist, also genau dort, wo sie es mit ihrem Sugardaddy getrieben hat. Riecht alles verdammt nach einer vor Eifersucht rasenden Frau, wenn Sie mich fragen. Zusammen mit den Facts, die ich über Marlis Seelers kenne, habe ich den Fall für Sie quasi schon gelöst: Eine Schizophrene läuft Amok, nachdem ihr Gatte sie hintergangen hat – um in Ihrem leicht angestaubten Sprachgebrauch zu bleiben.«

Interessanter als Märzbachs These war die Tatsache, dass er sich erstaunlich gut mit dem Fall auskannte, selbst wenn er sich – wie er behauptete – in einer anderen Angelegenheit mit Nehring beschäftigt hatte. »Und wie passt die zweite Leiche in Ihre Theorie?«

»Ein weiterer Liebhaber von Nehring, der ist doch so was von offen für Abseitiges«, schoss es aus Dirk Märzbach hervor. Seine Coolness war vergessen, jetzt lief er sich im Fädenspinnen heiß. »Ein Grund mehr für Marlis Seelers, um auszuflippen. Die hat die drei bestimmt in flagranti erwischt.«

»Der Rachefeldzug einer betrogenen Ehefrau also. Das ist alles.«

»Exakt. Und im Zweifelsfall beruft sich Marlis Seelers einfach darauf, dass die alten Stimmen in ihrem Kopf wieder aufgetaucht sind und sie gezwungen haben, für Ordnung zu sorgen. Nun wissen Sie endlich Bescheid, Kommissarin Janhsen. Dafür müssten Sie mir eigentlich einen ausgeben.«

»Ein anderes Mal«, sagte Franka. Als sie in ihr Auto stieg, wurde sie den Verdacht nicht los, dass Dirk Märzbach ihr viel, aber nicht das wirklich Interessante über diesen Fall erzählt hatte.

31

Freitag, ein wenig später

Wie in Trance kickte Franka im Wohnungsflur die Stiefeletten von den Füßen, hängte den Mantel über eine Türklinke und stellte erst in der Küche fest, dass sie die Tüte vom Fast-Food-Asiaten irgendwo auf ihrem Weg in die Wohnung vergessen hatte. Schon wieder.

Seufzend kniff sie sich ins Nasenbein und versuchte, die letzten Minuten zu rekonstruieren. Auf dem Weg zur Wohnung war die Tüte mit dem Essen mit jedem Schritt schwerer geworden, während ihre Handtasche unentwegt einen Abgang von der Schulter gemacht hatte. Dabei hatte ihr nur ihr rechter Arm zur Verfügung gestanden, denn ihr linker Ellbogen machte schon den ganzen Tag über Schwierigkeiten, und jetzt am Abend brannte er, als sei Salzsäure ins Gelenk gespritzt worden. Vor der Wohnungstür hatte sie die Tüte dann abstellen müssen, um die Hand für den Schlüssel frei zu haben.

Dieser verdammte Schlüssel, ärgerte Franka sich.

Wie auf Knopfdruck erinnerte ihr Gehirn sie daran, wie sie bereits gestern Abend Probleme mit dem Türschloss gehabt hatte und sogar auf Abels Hilfe angewiesen war … und dann der nächste Morgen, an dem sie in ihrem verwaschenen Schlafshirt einen wenig rühmlichen Eindruck vor Simon Ackermann gemacht hatte.

Egal wie peinlich diese Momente auch gewesen waren, sie schienen Lichtjahre entfernt.

Ein toter Junge, der so lebenshungrig gewesen war, eine mit ihrer Identität spielende Frau und ein junger Mann, der sich am liebsten die Zunge abgebissen hätte, statt seinen Missbrauch einzugestehen, hatten sich wie ein schwarzes Loch dazwischengeschoben und alles andere absorbiert.

Sie brauchte dringend einen vollen Magen und ein heißes Bad, ehe sie auf ihre Matratze kippte.

Das rote Thai-Curry war längst abgekühlt, sodass Franka es nebenbei essen konnte, während sie die Weißwein-Flasche von der Tankstelle entkorkte. Nach einigem Gewühl in einem Umzugskarton, der im Badezimmer vor sich hin staubte, fand sie eine Flasche Badesalz. Noch rasch einen Internet-Radiosender mit Easy Listening angeklickt, und der hart verdiente Feierabend konnte beginnen.

Franka nippte gerade an ihrem zweiten Glas Wein, das sie sich innerhalb weniger Minuten nachgeschenkt hatte, als ihr Handy die dahinplätschernde Radiomusik einstellte und stattdessen das berühmte Intro von John Lee Hookers »Unfriendly Woman« erklingen ließ.

Franka stutzte. Diese Melodie hatte sie nicht eingespeichert.

Ein Blick aufs Display zeigte, dass Abel Messner sie zu erreichen versuchte.

Die letzten Töne des Stückes verklangen, und Franka starrte das Gerät immer noch an.

Wann war Abel an ihrem Handy gewesen? In der Nacht, als er auf ihrem Sofa geschlafen hatte, hatte sie es da in der Küche liegen gelassen, während sie sich im Bad fertig gemacht hatte? So musste es gewesen sein, denn seitdem die Nachricht von Jan Felsbergs Selbstmord eingetroffen war und Abel sofort in den Harz aufgebrochen war, hatten sie nur einige SMS ausgetauscht, um sich gegenseitig auf dem Laufenden zu halten. Laut dem dortigen Rechtsmediziner war Jan Felsberg vor drei Tagen verstorben, wobei alles auf einen Selbstmord hindeutete: Tod durch Erhängen. Obwohl die Frage im Raum stand, ob Felsbergs Suizid mit dem Doppelmord in Rerrick zusammenhing, schien Abel immer noch auf Albert Nehrings Doppelleben fixiert zu sein. Franka hatte sogar ein gewisses Verständnis dafür, aber irgendwann war eine Grenze erreicht – spätestens wenn er sich in ihr Handy reinhackte und seinen Kontakt mit einer eigenen Melodie hinterlegte. Da konnte er sich auch nicht damit rausreden, dass »Unfriendly Woman« als Witz zu verstehen sei.

Franka schnappte sich das Handy, das jetzt wieder seichte Popmusik trällerte, nachdem Abel aufgelegt hatte, bevor die Mailbox angesprungen war, und durchforstete ihre Archive. Glücklicherweise benutzte sie das Handy ausschließlich für berufliche Zwecke, selbst in ihren Kontakten war kein einziger persönlicher vermerkt. Ein Blick in die Fotos zeigte nichts Interessantes, und sogar ihre Nachrichtenliste war unauffällig. Nur ein wenig Geplänkel mit Simon, mehr nicht.

Es hatte schon einen Vorteil, dass sie ihre Notizen zum Fall auf die altmodische Weise handschriftlich in einem Notizbuch machte. Da stand oftmals auch etwas drin, was sie lieber für sich behielt, etwa wilde Theorien oder Eindrücke von Tatorten und Vernehmungen, die sich nur schlecht rational erklären ließen. Wie an diesem Nachmittag zum Beispiel, als sie Noah Sanders befragt hatte.

Eigentlich trennten sie Welten von diesem jungen Mann, der vollkommen in sich zusammengesunken im Krankenhausbett gelegen hatte, nur zwei dunkle Augen in einem leichenblassen Gesicht, die immer angsterfüllter und zugleich wütender ausgesehen hatten, je tiefer sie in seine Geschichte eingedrungen war. Selbst wenn Franka nicht aus seiner Akte gewusst hätte, dass Noahs Mutter, eine bekannte Schriftstellerin, sich wegen diverser Probleme nicht durchgehend um ihn hatte kümmern können und der Junge den klassischen Weg durch Verwahrungsanstalten gegangen war, bis er sich auf die eigenen Beine gestellt hatte, hätte sie es ihm angesehen. Ein kluger Junge, erstaunlich reflektiert für sein Alter und pfiffig in seiner Ausdrucksweise. Eine Schande, dass er seine Talente unter solchen Lebensbedingungen kaum würde entfalten können.

Franka nahm einen Schluck Wein, einen viel zu großen, wie sich sofort herausstellte, als sie husten musste.

Wenn man Menschen den Boden einmal zu oft unter den Füßen wegzog, hielt eine Leere Einzug, eine Art Vakuum, von dem aller möglicher Unrat angezogen wurde, falsche Freunde genauso wie die verlogene Hoffnung, sein Leben eigentlich im Griff zu haben. Es fiel ihr leicht, den Teufelskreis zu durchschauen, weil es ihr in mancher Hinsicht ähnlich ergangen war, ehe sie hinter ihren Schutzwall in Sicherheit gegangen war.

Unwillkürlich sah Franka sich auf einem unbequemen Stuhl der Hamburger Poliklinik sitzen. Wartend, am ganzen Leib zitternd. Normalerweise stellte sie sich in dieser Situation die immergleiche Frage: »Was hat der Mistkerl denn jetzt schon wieder angestellt?« Dieses eine und letzte Mal war es jedoch anders gewesen. Dieses Mal wartete sie auf die Frage, was zur Hölle *sie* angestellt hatte. Aber in der Poliklinik hatte sie niemand gefragt, und auch sonst nirgends. Sie war noch einmal mit einem blauen Auge davongekommen. Danach hatte es Rerrick und den Schutzwall gegeben.

Und an diesem Schutzwall prallte jetzt gerade Abel Messner ab, als er erneut durchrief.

Franka schüttelte den nassen Arm ab, mit dem sie gerade die Temperatur des Badewassers überprüft hatte, und griff zum Handy. Nachdem sie den Anruf weggedrückt hatte, löschte sie Abels persönliche Erkennungsmelodie und beschloss, seinen Übergriff zu ignorieren. Jedes Gespräch mit Abel auf dieser Ebene war ein Gespräch zu viel, sie würde ihm künftig einfach jede Andockmöglichkeit im Vorhinein nehmen. Eine bessere Taktik gab es nicht.

Und wenn er doch etwas über Hamburg in Erfahrung gebracht hat?, meldete sich eine besorgte Stimme zu Wort.

Franka wusste es nicht. Genauso wenig wusste sie, was sie von ihrem undurchsichtigen Kollegen halten sollte. Jene dunkle Stelle in ihrem Inneren fühlte sich verdächtig von Abel Messner angezogen, von seiner Leidenschaft und der Unbekümmertheit, mit der er sich über Widerstände hinwegsetzte. Das allein sollte ausreichen, um sie auf Abstand zu bringen. Aber noch mehr beschäftigte sie die Frage, ob er wirklich nur so nah an sie herantrat, weil es ihm wegen Albert Nehring in den Plan passte. Wenn Abel ihr schon vorher nachspioniert hatte, weil das einfach seine Art war, dann bestand die Gefahr, dass er sich in ein Projektil verwandelte, das ihren Schutzwall zu sprengen imstande war. Aber warum sollte er es darauf anlegen?

Gegenfrage: Warum legten es so viele Menschen darauf an, das Messer nicht nur reinzustecken, sondern es auch noch umzudrehen? Eben weil sie es konnten. Es war ein uraltes Machtspiel. Franka hatte es bereits einmal gespielt – und verloren –, auch wenn man sie nicht erwischt hatte.

Der Wasserspiegel in der Badewanne war mittlerweile so hoch, dass der Überlauf gurgelte.

Franka drehte den Hahn zu und stellte ein volles Weinglas auf den Badewannenrand, bevor sie aus ihrer Kleidung stieg. Dabei war sie froh, dass der Spiegel vom Wasserdampf beschlagen war. Sie verspürte keine Lust, einen Blick auf ihr Gesicht zu erhaschen. Sie konnte sich den beunruhigten Ausdruck auch so vorstellen.

Wie sehr sie es verabscheute, sich so verletzlich zu fühlen. Es ging ihr nicht anders als Noah, der sich standhaft geweigert hatte einzugestehen, dass er zum Opfer geworden war – ob nun aus Naivität oder aus Selbsttäuschung, sei einmal dahingestellt. Nach außen hin würde es ihm früher oder später gelingen, sein Erlebnis so darzustellen, dass er mit erhobenem Haupt daraus hervorging, selbst wenn er den sexuellen Übergriff eingestand. In Wahrheit würde er jedoch wissen, dass seine innere Abwehr versagt hatte und dass sie ihn jederzeit wieder im Stich lassen konnte. Er war jetzt leichte Beute, genau wie Franka. Als würde ihnen beiden ein Mal anhaften, das gewisse Jäger sofort erkannten. Jäger wie Abel …

Franka stöhnte leise auf, als sie ins Badewasser glitt. Es war heiß und färbte ihre Haut sofort rot. Doch sie hielt es aus in der Hoffnung, dass die Wärme ihre Muskeln lösen und sie schläfrig machen würde.

Eins hatte sie in Hamburg nämlich auch gelernt: Einen Kampf führte man nur dann, wenn man mitten im Getümmel steckte. Ansonsten sah man zu, dass die eigenen Kraftreserven sich erholten.

Alles, was sie im Augenblick tun musste, war abschalten. Das gelang ihr gerade zwar nicht wirklich, aber sie durfte nicht aufgeben.

Die Musik brach erneut weg, und die gewöhnliche Anrufmelodie für jedermann erklang. Nur war es nicht jedermann, der unbedingt zu ihr durchdringen wollte.

Während das Handy trällerte, tauchte Franka in der Badewanne unter.

32

Samstag, am frühen Morgen

Wenn einem die Decke auf den Kopf zu fallen droht, ist das so eine Sache. Entweder man hält das Gefühl aus, in der Falle zu sitzen, oder man sieht zu, dass man Land gewinnt.

Nach allem, was sich in der letzten Zeit abgespielt hatte, verspürte Noah nicht das geringste Bedürfnis, noch irgendwas auszuhalten. Die letzte Nacht war ein einziger durchwachter Albtraum gewesen, in dem er immer wieder im Kreis die Unterhaltung mit Franka Janhsen abgespielt hatte. Bis zu der Stelle, als sie ihm die Opferrolle unterschob. Da hing die Nadel wie bei einer kaputten Schallplatte fest und wollte nicht weiter. Schon klar, es war ja auch nicht leicht wegzustecken, wie sie ihn mit ihren Fragen und ihrem ach so feinfühligen Verständnis in diese Richtung gelockt hatte, bis er als kompletter Verlierer dastand. Das allein hätte schon ausgereicht, um ihm für eine Weile was zu knapsen zu geben.

Dann war da aber noch Jaschas Foto.

Ein toter Jascha, auf der Seite liegend, die Arme ausgestreckt, um eine letzte Umarmung zu erwidern.

Noah ahnte, wem der Junge sich entgegenstreckte, auch wenn die Kommissarin ihm keine weiteren Fotos gezeigt hatte. Er brauchte nicht groß seine Phantasie anzustrengen, um Karlie als Jaschas weibliches Gegenstück auf das Foto zu platzieren. Ebenfalls tot. Ausgerechnet die vor Leben übersprudelnde Karlie … Im Nachhinein war er froh, dass die

Janhsen ihm nicht verraten hatte, wie sie umgekommen war. Es reichte ihm, dass das Blut im Atelier wohl ihres gewesen war. An Jascha waren auf dem Foto wenigstens keine Verletzungen zu entdecken gewesen. Während er sanft zum Schlafen gebracht worden war, war Karlie nackte Gewalt angetan worden.

Nein, er wollte es nicht wissen.

Das Bild von den beiden Toten spukte auch so hinter seiner Stirn, während ein kranker Teil seiner selbst ihn daran erinnerte, wie er Karlie in seinen Armen gehalten hatte. Für einen kurzen Moment hatte sie ihm gehört, ihre Haut hatte sich genauso elektrisierend angefühlt, wie er es sich erträumt hatte. Dann hatte sie ihn weitergereicht wie einen Gegenstand, schließlich hatte sich ihre gemeinsame Nacht nicht um sie beide gedreht.

Womit Noah wieder beim Ausgangspunkt angekommen war: er als abgefucktes Opfer, umgeben von toten Freunden. Ermordeten Freunden.

Weiter kam er nicht.

Seine Gedanken hingen in einer Endlosschleife fest, und er stolperte von einem schwarzen Tümpel in den nächsten, ohne die Gelegenheit zu bekommen, den Blick zu heben. Die Ereignisse klebten wie Teer an ihm und zogen ihn runter. Wenn er sich fragte, wer Jascha so etwas angetan hatte, dachte er jedes Mal nur, was er dem Jungen angetan hatte, in der Nacht, als er aus Karlies Atelier zurückgekehrt war und Jascha plötzlich vor ihm gestanden hatte. Mit dem gleichen ausgeblichenen Haar wie er. Jascha war sein jüngeres Abbild gewesen, auf dem besten Weg, die gleichen Fehler zu machen. Diese unglaubliche Abscheu, die angesichts Jaschas Veränderung in Noah aufgestiegen war … Er hätte den Jungen an Ort und Stelle erschlagen können. Aber er hatte ihn nicht einmal durchgeschüttelt, sondern nur angeschrien. Zu mehr taugte er nicht.

»Wer könnte Jascha etwas angetan haben?«, hatte Franka Janhsen ihn gefragt.

Noah hatte die Lippen nicht auseinanderbekommen. Und auch wenn er es geschafft hätte, wären die Worte in seiner Kehle stecken geblieben. Die Wahrheit war: Wer hatte überhaupt wahrgenommen, dass Jascha existierte? Der Junge war unsichtbar gewesen, genau wie Noah. Gut, ein paar von den Leuten im Passig-Bunker hatten mit ihm gequatscht, mit ihm gefeiert oder sogar rumgemacht. Das war es dann aber auch schon gewesen. Und in der Außenwelt? Verärgerte Passanten, gehässige Teenager, die mit seiner androgynen Art nicht zurechtkamen. Aber sonst?

Jascha hatte sich danach gesehnt, etwas Besonderes zu sein und aufregende Dinge zu erleben, doch genau wie Noah hatte er nur an Karlies Tropf gehangen. Wenn sie ihren kleinen Cousin überhaupt einmal in ihre Nähe gelassen hatte. Für Karlie war Jascha nicht mehr als ein putziges Schoßhündchen gewesen, das sie sich je nach Laune unter den Arm klemmte oder mit dem Fuß wegtrat, wenn es ihr zu lästig wurde. Und wenn Jascha sie als ältere Cousine in die Pflicht nehmen wollte, hatte sie ihn kurzerhand zu Noah abgeschoben.

Vor einigen Wochen hatte Jascha sogar ein Zimmer im Bunker bezogen. Nicht etwa, weil er eine Schwäche fürs Aussteigerleben hegte, sondern weil er einsam war. Nach Karlie war Noah zu seinem neuen großen Vorbild geworden, irgendwen brauchte er mit seinen sechzehn Jahren schließlich. Noah hatte nicht gewusst, wie er diese Verantwortung hätte abwälzen sollen. Wenn er Jascha zurückgewiesen hätte, wäre das eine zu große Verletzung gewesen. Und Noah wusste zu gut aus eigener Erfahrung, wie sich Zurückweisung anfühlte, wenn man ohnehin schon angeschlagen war. Also hatte er Jascha geduldet, ihm sogar den Stern, den er sich von Karlie abgeschaut hatte, wie ein geheimes Zeichen übers Fußgelenk tätowiert. »Nun sind wir so leicht, dass wir über die Sterne wandern können«, hatte Jascha gesagt und dabei glücklich ausgesehen.

Nein, Noah hatte den Jungen nicht wegschicken können – bis zu jener verhängnisvollen Nacht, als er Karlie und den namenlosen Mann noch auf seiner Haut hatte riechen können und ein wundes Pochen in ihm gewütet hatte, das sich wie ein Brandzeichen anfühlte. Das Letzte, was er in diesem Zustand hatte ertragen können, war ein Spiegelbild in Gestalt des hoffnungsvollen Jungen gewesen, der sich in seinen Zwilling verwandelt hatte. Deshalb hatte er Jascha angeschrien und dann weggeschickt. Vermutlich direkt in die Arme seines Mörders.

Jetzt am frühen Vormittag war das Gefühl, verrückt zu werden, so stark, dass Noah es kaum noch im Bett aushielt. Fast wünschte er sich das Fieber zurück, doch das hatten die Antibiotika weggespült.

»Wo sind eigentlich meine Klamotten abgeblieben?«, fragte er die Krankenschwester mit den pinken Haarspitzen, die gerade seinen Tropf überprüfte.

Der jungen Frau stand das Unbehagen ins Gesicht geschrieben. »Die hat diese Kommissarin von der Mordkommission mitgenommen. Wir haben eine Quittung dafür.«

»Super, die kann ich aber schlecht anziehen. Verstanden?«

»Du sollst doch eh nirgends hingehen. Und falls doch, müssen wir sofort die Polizei informieren. Verstanden?«

Seit Franka Janhsens Besuch flirteten und flaxten die Schwestern nicht mehr mit Noah. Bestimmt hielten sie ihn für einen Verdächtigen oder schlimmer: für einen Täter, der nur noch nicht überführt worden war. Auf jeden Fall war er zu jemandem geworden, den man mied.

Noah wartete ab, bis die Schwestern mit ihrer Morgenrunde durch waren, dann entfernte er den Zugang aus seiner Armbeuge und verschwand zur Tür hinaus. Zu seinem Glück begegnete er auf dem Gang nur Besuchern, deren scheele Blicke er an sich abprallen ließ. Wenn man so tat, als ob es das Normalste von der Welt sei, barfuß und lediglich mit einem Krankenhaushemd bekleidet herumzulaufen, kam man am ehesten mit der Nummer durch. Er nahm sogar den Fahrstuhl, um zwei Stockwerke tiefer zu fahren, wobei ihm sein Gesicht in der verspiegelten Wand einen Schrecken einjagte. Es waren nicht so sehr die Augenringe und ausgehöhlten Wangen, die ihm zusetzten, denn eigentlich hatten sie ihn im Krankenhaus verhältnismäßig gut aufgemöbelt. Er erschrak vielmehr vor dem Ausdruck in seinem Gesicht: Er sah aus wie ein wandelnder Toter.

Jascha und ich sind uns immer noch ähnlich, dachte er beklommen.

Auf der HNO-Station verließ Noah den Fahrstuhl. Hier herrschte am meisten Bewegung, die Patienten waren nur bedingt von ihren Krankheiten ans Bett gefesselt, weshalb sie mit ihrem Besuch in die Cafeteria gingen oder sich draußen am Haupteingang eine Zigarette genehmigten.

Es dauerte nicht lange, bis Noah ein verlassenes Zimmer fand und sich ein paar Kleidungsstücke organisieren konnte. Die Jogginghose und das dazu passende Sweatshirt gehörten wahrscheinlich einem Hundert-Kilo-Mann, aber es würde schon niemandem auffallen, dass Noah in dem dunkelblauen Fitness-Outfit halb ertrank. Nur mit den Schuhen wurde es nichts, die waren drei Nummern zu groß.

Mit besockten Füßen schlurfte Noah über den Flur. In dem nächsten Zimmer, in das er nach einem kurzen Anklopfen spähte, lag ein junger Typ im Bett, Kopfhörer auf, und nickte zum Beat. In der Hand hielt er einen Becher mit schmelzendem Eis. Der hatte bestimmt eine Mandeloperation hinter sich.

Noah sah auf die weißen Sneakers, die neben dem Bett

standen, dann noch einmal auf den Musikfreak, der eifrig der Zimmerdecke zunickte. In einem Bett dahinter lag ein älterer Mann auf der Seite. Seine halb geschlossenen Augen waren genau auf Noah gerichtet. Es war jedoch nicht ganz klar, ob er ihn wirklich sah oder bloß döste. Sicherheitshalber nickte Noah ihm freundlich zu. Dann bückte er sich nach den Sneakers und sah zu, dass er Land gewann, während der junge Typ sich einen Löffel Eis genehmigte.

33

Samstag, gegen 9 Uhr

Als Franka am Samstagmorgen das Dezernat betrat, war sie nicht überrascht, dass die Tür zu Simon Ackermanns Büro offen stand. Ein Blick auf die Uhr zeigte, dass sie noch ein paar Minuten hatte, ehe Ricarda Marino eintreffen würde, um ihre Aussage zu Protokoll zu geben.

Bevor Franka an Simons Türrahmen klopfte, gönnte sie sich einen Augenblick, um sich bei ihm umzusehen. Im Gegensatz zu ihrer Mönchszelle sah es bei ihrem Vorgesetzten nach einem zweiten Wohnzimmer aus. Oder auch seinem ersten, wenn man bedachte, wie viel Zeit er im Dezernat verbrachte. Simon war der einzige Kommissar, der nicht nur einen Plattenspieler in seinem Büro stehen hatte, sondern auch ein Aquarium, in dem eine Armada an Welsen ihr Unwesen trieb. Gepunktete Phantom-, Zwergharnisch- und Froschwelse saugten sich an der Scheibe entlang oder tasteten mit ihren Antennen über den feinen Kies am Grund. Auf die Frage, warum es nur die eine Fischsorte gab, zuckte Simon jedes Mal mit der Schulter. Das wären halt die Einzigen, die überlebt hätten. Dabei unterschlug er regelmäßig, dass die Fischpopulation aus seinen Jugendtagen stammte, die nach einem Partymarathon rapide geschrumpft war. Nachdem er die mit den Bäuchen nach oben treibenden Guppys entfernt hatte, war er einfach bei Welsen geblieben, die ernährten sich im Zweifelsfall auch mal von dem veralgten Belag auf den Scheiben.

»Guten Morgen!«, grüßte Simon gut gelaunt. Dort, wo ihn gestern im Bunker eine Dose getroffen hatte, blühte ein dunkles Hämatom. »Na, womit hast du dir die Nacht um die Ohren geschlagen, dass du so gerädert aussiehst? Noch mehr von Nehrings heißen Hobbys ausgebuddelt?«

Franka winkte ab. »Nein, ich habe einfach nur nicht abschalten können, obwohl es dringend nötig gewesen wäre. Hat Abel sich bei dir noch wegen Felsberg gemeldet?« Sie versuchte möglichst gleichgültig dreinzublicken. Abel Messner hatte am letzten Abend noch drei Mal versucht, sie telefonisch zu erreichen. Am Ende hätte sie ihr Handy fast aus dem Fenster geworfen, weil sie sich außerstande fühlte, das Display *nicht* anzustarren, um auf das Aufleuchten seiner Nummer zu warten. Gegen Mitternacht hatte Abel dann endlich aufgegeben, aber sie hatte noch lange wach dagelegen und sich den Kopf darüber zerbrochen, warum sie ihn nicht ausblenden konnte.

Simon schüttelte den Kopf. »Seit seinem telefonischen Kurzbericht gestern während des Meetings ruht still der See. Mal sehen, ob er und sein Team heute Zeugen auftreiben können oder der Rechtsmediziner aus dem Harz Neuigkeiten liefert. Könnte ja sein, dass jemand bei Jan Felsbergs Selbstmordversuch nachgeholfen hat, auch wenn es erst einmal nicht danach aussah.« Dann stutzte er. »Was machst du überhaupt im Dezernat?«

Die Frage des Tages. Als Franka mit einem steifen Nacken aufgewacht war, hatte sie sich dasselbe gefragt. »Gleich kommt Albert Nehrings Schwester, um ihre Aussage zu machen. Vorher hat es bei ihr zeitlich nicht gepasst, sie ist schwer beschäftigt mit ihrem Entertainment-Geschäft.« In Wahrheit hatte Ricarda Marino sich aufgeführt wie ein Superstar, dem es schlicht unmöglich war, einen Termin bei der Mordkommission wahrzunehmen. Erst als Franka mit einer Vorladung gedroht hatte, hatte die Marino eingelenkt.

»Im Endeffekt ist es ganz gut, dass Ricarda Marino heute kommt. Dann habe ich wenigstens die Ruhe, ihr noch ein paar Fragen zu stellen.«

Simons rechte Augenbraue wanderte in die Höhe. »Bilde ich mir das ein, oder hast du auf einen Schnack mit dieser Zeugin genauso viel Lust wie auf einen Zahnarztbesuch?«

Franka schüttelte sich demonstrativ. »Die Dame ist nicht gerade ein Geschenk am frühen Morgen. Deshalb habe ich es für eine gute Idee gehalten, vorher noch einmal bei dir vorbeizuschauen. Naja, und man kann den Kaffeeduft bis draußen auf den Flur riechen. Wundert mich, dass die Kollegen nicht schon mit ihren Bechern in der Hand Schlange stehen.«

Simon lachte. »An einem Samstagmorgen? Du träumst wohl noch. Nach der harten Woche sind die alle froh, mal auszuschlafen und es ruhig angehen zu lassen.«

Das unausgesprochene »Nur wir beide nicht« hing in der Luft, aber möglicherweise bildete Franka sich das auch nur ein. Schließlich wusste sie nicht, wie Simon seine Nächte verbrachte. Falls er tatsächlich in einer Beziehung mit der Psychologin Ariadne Reisch war, hatte die ihn ja vielleicht heute Morgen aus den Federn geworfen, weil sie zur Frühschicht musste.

»Okay, machen wir es uns also für ein paar Minuten gemütlich.« Mit Schwung kam Simon aus seinem Drehstuhl, streckte sich und ging dann zu der Kaffeemaschine, die auf einem Sideboard vor sich hin dampfte.

Franka schlenderte währenddessen zu dem Bücherregal, in dem neben Fachliteratur allen Ernstes Krimis und Thriller standen. Besonders für die Crime-noir-Romane von James Lee Burke und James Ellroy schien Simon eine Schwäche zu haben. Kompletter Imagebruch eines Kommissars. So etwas wagte sonst keiner hier im Dezernat, der Schuss konnte einfach zu leicht nach hinten losgehen. Ermittler lebten und arbeiteten in einer völlig anderen Welt als ihre fiktiven

Romankollegen und wurden nur ungern mit ihnen verwechselt. Gut möglich, dass auch eine Prise Eifersucht dabei war, schließlich wurden die Kommissare im Krimi regelmäßig zu einsamen Wölfen stilisiert, die jeden noch so komplizierten Fall im Alleingang lösten. In Wahrheit wurde der Ruhm auf ein mehrköpfiges Team verteilt.

Während Simon zwei Becher Kaffee eingoss, warf er Franka, die gerade in einem zerlesenen Don-Winslow-Taschenbuch blätterte, einen raschen Blick zu.

»Der Fall geht uns allen ganz schön unter die Haut«, sagte er, aber Franka ahnte, dass er in erster Linie von ihnen beiden sprach. Als wolle er ihr die Möglichkeit einräumen, Schwäche zu zeigen. »Leichen, die geteert und gefedert werden, psychopathische Millionärserben, Anwälte, die ihre perversen Neigungen ausleben, durchgedrehte Hausfrauen, die aufhören, ihre Medikamente zu nehmen, und unglückliche Stricher …«

»Noah ist kein Stricher«, unterbrach Franka die Aufzählung. »Er hat sich nicht für Geld auf die Sache eingelassen, sondern weil er glaubte, dadurch eine wichtige Erfahrung zu machen. So wie sein Vorbild Karlie, die sich bewusst über jede Regel hinweggesetzt hat. Das hat ihn fasziniert, das wollte er auch. Noah ist mehr ein Rebell als ein Opfer.«

»Ein Rebell? Indem er sich von einem Typen wie Albert Nehring ficken lässt? Kann ich mir irgendwie nicht vorstellen.«

So wie du dir einige abseitige Dinge nicht vorstellen kannst, dachte Franka. Dabei verspürte sie ein wehmütiges Ziehen in der Brust. Simon wirkte so unbeschadet, als wäre er durchs Leben gegangen, ohne je ernsthaft an eine Grenze gestoßen zu sein. Für ihn gehörten Menschen, die wider ihre Vernunft und Interessen handelten, in ein Paralleluniversum, das sich seinem Verständnis entzog. Hatte er Franka deshalb so bereitwillig zu seiner Partnerin gemacht, weil er instinktiv spürte, dass sie ein Teil dieses in Schieflage geratenen Universums war, egal wie sehr sie sich darum bemühte, in Simons Welt hinüberzuwechseln? *Wenn du mich wirklich kennen würdest, würdest du dich dann abwenden?*

»Was mich richtig zum Grübeln bringt, ist dieser Jascha Malinowski«, sagte Simon. »Egal wie man es wendet, der Junge passt nicht ins Bild. Der verhält sich wie ein Fremdkörper zum Dreieck aus Karlie, Noah und Albert Nehring. Jan Felsberg hingegen kann ich ganz gut zu diesem Trio dazustellen, auch wenn ich nicht weiß, ob sein Tod irgendetwas mit dem Fall zu tun hat. Aber dieser kleine Paradiesvogel Jascha? Hast du eine Idee?«

»Noch nicht, allerdings habe ich das Gefühl, dass Jascha durchaus reinpasst.« *Er stammt nämlich auch aus unserem herrlich schrägen Paralleluniversum, das für dich bloß ein schwarzes Loch ist*, fügte Franka in Gedanken zu. »Wir müssen einfach an noch mehr Hintergrundinformationen rankommen und herausfinden, was genau sich zwischen Karlie und den beiden Jungs entsponnen hat. Svenja bleibt da dran. Wenn jemand Zeugen in dieser Szene auftun kann, dann sie. Sie kennt den Bunker wohl noch von früheren Ermittlungen und meinte, dass sie am besten wisse, wie man mit den Potheads dort umgeht.«

Simon lachte. »Svenja ist so langsam deine Allzweckwaffe, was? Ich werde das Gefühl nicht los, dass sie sich während der Elternzeit halb zu Tode gelangweilt hat.«

Obwohl es Franka schwerfiel, ließ sie die Chance auf einen Schlagabtausch vorbeiziehen. Nicht nur aus Solidarität mit Svenja, die tatsächlich ihrer wilden Anfängerinnenzeit nachzutrauern schien und von Punk-Konzerten im Passig-Bunker philosophiert hatte, sondern weil sie selbst zu sehr unter Druck stand, um zu flachsen.

»Vielleicht findet Svenja ja wirklich noch heraus, wie der Streit zwischen Noah und Jascha ausgegangen ist.« sagte

Simon. »Möglicherweise ist Jascha ja gar nicht gegangen, wie Noah es von ihm verlangt hat, sondern es gab noch eine weitere Auseinandersetzung, die niemand mitbekommen hat.«

Franka konnte regelrecht sehen, was sich hinter Simons Stirn abspielte: War ihr Mörder vielleicht ein verzweifelter junger Mann, der nach einer missglückten Ménage à trois und einer Auseinandersetzung mit seinem Freund die Nerven verloren hatte und zum Täter geworden war? Genau diese Frage hatte sich Franka nämlich auch gestellt.

»Hat Svenja ein Alibi für Noah für Mittwoch und Donnerstag gefunden?«

»Bislang nicht«, gab Franka zu. »Das ist aber auch kein Wunder, die meisten Bewohner scheinen nicht einmal zu wissen, welchen Tag wir überhaupt haben. Die leben nach ihrer eigenen Zeitrechnung. Das Mädel, das sich noch an den Streit erinnern konnte, wusste nur deshalb so genau Bescheid, weil sie den Abend bei einer Diskussionsrunde verbracht hat.«

»Klasse, eine halbwegs geradeaus denkende Zeugin, während der Rest im Stall so dicht war, dass sie es noch nicht einmal mitbekommen hätten, wenn Noah Jascha direkt neben ihnen die Luft abgedrückt hätte.«

»Jascha wurde im betäubten Zustand mit einem Kissen erstickt, laut Dr. Weisband ein verhältnismäßig sanfter Tod«, erinnerte ihn Franka.

Simon grinste sie an, verkniff sich aber einen weiteren Hinweis darauf, dass sie Noah auffällig in Schutz nahm. »Vielleicht hat sich unser Wildes-Jungen-Pärchen aus dem Bunker nach seinem Streit ja im Bett versöhnt«, schlug er stattdessen vor.

Das konnte sich Franka nach dem, was Noah ihr über seine Haltung zur Homosexualität erzählt hatte, nicht vorstellen. Schwulsein war okay, nur eben nicht sein Fall. Was brachte es jedoch, gegen Simon anzureden? Was sie beide dringend brauchten, waren handfeste Fakten und keine Debatte über mögliche Szenarien.

»Bist du denn bei Albert Nehrings Anwaltskollegen weitergekommen? Ilka Rumers und du – ihr werdet die Gelegenheit doch nicht verstreichen lassen, diese Typen dranzubekommen?«

Wie auf Befehl begann Simon sich den Nacken zu massieren, wie immer, wenn er sich in die Ecke gedrängt fühlte. »Ich beiße mir die Zähne an der Kanzlei aus. Seit die von Jan Felsbergs Selbstmord Wind bekommen haben, haben sie komplett dichtgemacht. Aber egal, wie dieser Fall ausgeht, die bekomme ich wegen des gekauften Felsberg-Alibis von Theresa Michaelis dran. Nur hilft uns das Ganze nicht bei der Frage, wo Albert Nehring abgeblieben ist. Der Mann kann doch nicht spurlos verschwunden sein. Ich spiele mittlerweile mit dem Gedanken, an die Öffentlichkeit zu gehen, obwohl das vor allem die Presse auf den Plan bringt.«

Bislang hatten sie trotz intensivster Suche keinen Zeugen aufgetan, der Albert Nehring in der Tatnacht gesehen hatte. Es gab keine verwertbaren Kameraaufzeichnungen von den Nachbargrundstücken, und auch die öffentliche Straßenüberwachung konnte vernachlässigt werden, denn in diesem exklusiven Stadtviertel mit seinen verschlungenen Straßen fand schlichtweg keine statt. Es gab keine Anrufe, die sich auf Albert Nehrings Verbleib beziehen ließen, keine Forderungen, keine Geldbewegungen, kein Lebenszeichen. Seit der Nacht, in der jemand das Heim der Familie verwüstet und zwei Leichen zurückgelassen hatte, war der Familienvater und Strafverteidiger wie vom Erdboden verschluckt. Seitdem Jan Felsberg als Täter zumindest im Fall von Theresa Michaelis ausfiel, weil er laut dem Gerichtsmediziner zu ihrem Todeszeitpunkt bereits erhängt im Kaminschacht gehangen hatte, lag ein Hauptverdacht auf Albert Nehring, auch wenn sich der Tathergang nur mit großen Lücken rekonstruieren ließ. Zumal Marlis Seelers immer noch außerstande war, eine Aussage zu machen – und selbst weiterhin als Verdächtige geführt wurde. So hatten sie bislang nur die Aussage seiner Schwester Ricarda Marino, dass Nehring den Donnerstag zu Hause verbracht habe, wobei sie nur am Nachmittag zu Besuch gewesen war, ohne sich an die exakte Zeit zu erinnern.

»Gut, dass du noch bei mir reingekommen bist, sonst würde ich immer noch am Schreibtisch sitzen und Löcher in die Luft starren«, sagte Simon, als sie sich mit den Kaffeebechern auf die breiten Fensterbänke setzten, um den langsam aufklarenden Himmel zu betrachten. »Ich habe versucht, unsere Spekulationen von gestern Abend auf den Punkt zu bringen: Warum könnte Albert Nehring Karlie, seinen ›partner in crime‹, umgebracht haben?«

Im Gegensatz zu Simon fand Franka, dass Alberts Motiv das einzige Greifbare war. Entweder handelte es sich um einen Vertuschungsversuch im Zusammenhang mit Jan Felsbergs Selbstmord, oder aber beim Dreier vom letzten Wochenende war nicht nur bei Noah Sanders eine Grenze überschritten worden. Das hatte sie auch am letzten Abend bei ihrer Besprechung im Dezernat gesagt, nur leider schien sie bei Simon damit auf taube Ohren gestoßen zu sein.

»Schau mal«, setzte Franka deshalb an, als habe sie ihre Theorie noch nie zuvor dargelegt. »Es ist doch durchaus denkbar, dass Karlie ihren Geliebten Albert Nehring zu einem sexuellen Erlebnis überredet hat, mit dem er anschließend nicht zurechtkam – genau wie Noah. So ein intimes Zusammensein zu dritt ist schon ein anderes Kaliber, als gemeinsam in Höhlen zu tauchen oder in trauter Zweisamkeit S&M-Spiele mit einem Messer auf die Spitze zu treiben. Für Karlie mochte es einen Kick bedeuten, einen zweiten Mann mit ins Bett zu nehmen und dann auch noch zuzuschauen, wie sich ihr Geliebter mit ihm vergnügte. Aber so wie ich Albert Nehring als Person einschätze, hat die gleichgeschlechtliche Nummer nicht richtig zu seinem Männlichkeitsbild gepasst. Familienvater, aufopfernder Ehemann, Liebhaber exzentrischer Frauen … Und dann lässt er sich einen Jungen vorsetzen, der mehr auf die schöne Karlie scharf ist als auf einen Kerl?«

Simon stieß die Luft geräuschvoll aus. »Mann, ich kann mir das mit Nehring in action gar nicht vorstellen, obwohl ich die Fotos von Karlies iPad ja auch gesehen habe. Die Frau muss eine ungeheuerliche Anziehungskraft gehabt haben.«

»Sie war so etwas wie die personalisierte Erlaubnis, die eigenen Grenzen zu erforschen und sich seinen dunklen Seiten zuzuwenden«, sagte Franka, ohne groß darüber nachdenken zu müssen. »Das war bestimmt sehr befreiend für Nehring, wo sein Leben doch ansonsten in vielen Bereichen komplett festgezurrt ist.«

»Du kannst dich in diese komplizierte Kiste gut reinfühlen.« Es war schwierig zu sagen, ob Simon es anerkennend meinte oder viel eher verwirrt war über ihr Einfühlungsvermögen. Schließlich war sie die Kollegin, die jedes Anzeichen von Persönlichkeit wie eine lästige Haut abstreifte.

»In diesem Fall liegt es doch regelrecht auf der Hand«, redete Franka gegen das Gefühl an, sich verteidigen zu müssen. Es war Simon, der sich hier verweigerte, schlicht, weil es nämlich auch sein Männerbild zum Wanken brachte. »Karlie war die Verbindung zwischen den beiden Männern, und zumindest von Noah wissen wir, dass ihr Schäferstündchen nicht gerade harmonisch abgelaufen ist. Wenn Albert Nehring der Dreier – aus welchen Gründen auch immer – zugesetzt hat, wird er schnell Karlie als Schuldige ausgemacht haben. Bis zur Bestrafung war es da nur noch ein kleiner Schritt.«

Simon pustete in seinen Becher, obwohl der Kaffee längst

abgekühlt war. »Dieses Motiv würde zu der Weise passen, wie Karlie zu Tode gekommen ist: Mit der Betäubung hätte Nehring das Risiko eliminieren können, dass sie Widerstand leistet. Und dann dieser Kehlschnitt, bevor er ihr auch noch das Gesicht zu Brei schlägt – persönlicher und rachsüchtiger geht es nicht.«

Nun hatte Simon sich doch auf ihre Theorie eingelassen. Franka entspannte sich ein wenig. Zu früh, wie sie sich eingestehen musste, als Simon nachlud.

»Allerdings könnte man diese Rachetheorie auch auf Noah Sanders ummünzen, obgleich wir in seinem Zimmer im Bunker keine Hinweise gefunden haben. Das würde sogar noch besser passen, denn von ihm wissen wir zumindest, dass sich die angepriesene Erweckungsnummer für ihn in ein Martyrium verkehrt hatte. Und das bei einem vermutlich eh labilen jungen Mann, der sein halbes Leben lang Vertrauensbrüchen ausgesetzt war. Er könnte es nicht nur Karlie heimgezahlt haben, sondern auch Nehring, womit dann dessen Verschwinden erklärt wäre: Noah hat ihn ebenfalls umgebracht, genau wie Jascha, mit dem er ja offenbar auch eine heftige Auseinandersetzung hatte, bevor der Junge verschwand und später als schön hergerichtete Leiche an der Seite seiner Cousine aufgetaucht ist.«

»Und dann kehrt Noah zurück an den Ort, wo er auf äußerst blutige Weise seine Vertraute Karlie umgebracht hat, und hält erst einmal in Ruhe ein Nickerchen?«, gab Franka zu bedenken.

»Vielleicht hat er sich mit dem Morphium ja das Leben nehmen wollen und hat sich in der Dosierung vertan? Laut seinem Drogenscreening hat er eher einen Hang zu Partydrogen, da wusste er vielleicht nicht, wie viel Morphin er nehmen musste.«

Das war keine schlechte Theorie, die Simon da aufbaute, das musste Franka zugeben. Trotzdem fühlte es sich falsch an. »Ich habe mit Noah gesprochen, und ich kann mir nicht vorstellen, dass er mich angelogen hat. Er war viel zu erschöpft von seiner Krankheit, um ein solches Schauspiel hinzulegen. Außerdem stand er unter Schock, als wir ihn am Tatort angetroffen haben. Schwer vorstellbar, dass man die Kraft für eine solch halsbrecherische Flucht aufbringt, wenn man gerade erst festgestellt hat, dass der Selbstmordversuch schiefgegangen ist.«

Obwohl Simon dieses Gespräch genauso naheging wie Franka, schlich sich ein Lächeln in sein Gesicht. »Du magst diesen kleinen Rumhänger, nicht wahr? Dem Kerl ist es irgendwie gelungen, sich in dein Herz zu schleichen. So ein leidenschaftliches Eintreten für eine bestimmte Position kenne ich ansonsten gar nicht von dir.«

»Du findest mich unprofessionell«, stellte Franka betroffen fest.

»Nein.« Simon schüttelte immer noch lächelnd den Kopf. »Ich finde, dass du ausgesprochen sensibel reagierst und deshalb viele Strömungen einfängst. Außerdem kann ich es dir wohl kaum ankreiden, dass du Partei für einen armseligen Typen wie Noah ergreifst, wo er doch ein leichtes Opfer in diesem Spiel abgibt. Wenn man einen schnellen Erfolg will, geht man anders vor. Aber das wäre nicht dein Stil.«

Franka ließ das Lob auf sich wirken, doch anstelle von Stolz verspürte sie nur Erleichterung darüber, dass Simon von seiner Noah-als-Täter-Theorie ebenfalls nicht überzeugt schien. Ansonsten wäre er längst in Richtung Rerricker Krankenhaus unterwegs gewesen, um den Jungen nicht nur erneut zu befragen, sondern in Untersuchungshaft zu überführen.

»Was denkst du denn, wer als Täter eher infrage kommt: Noah oder Albert Nehring?«, fragte Franka.

Simon glitt von der Fensterbank und wanderte durch sein Büro, die Hände in den Hosentaschen vergraben, den

Rücken leicht gekrümmt. »Für mich klingen beide Theorien letztendlich nicht glatt, was wohl vor allem an Jascha liegt, der nicht ins Muster passt. Wäre Noah der Täter, müsste Nehring neben Karlie liegen – allerdings wäre es dann kaum vorstellbar, dass Noah als Schauplatz den Wintergarten anstelle des Ateliers gewählt hätte. Warum auch? Und bei Nehring ergibt sich ebenfalls die Frage nach Jascha, wobei natürlich die Möglichkeit besteht, dass der Junge etwas von seinem Geheimnis mitbekommen hat, als er seine Cousine besuchen wollte. Jascha könnte versucht haben, den wohlhabenden Herrn Strafverteidiger mit seinem Wissen über den Dreier zu erpressen, vielleicht auch mit Karlie zusammen. Das wäre ebenfalls ein handfestes Motiv. Aber würde Nehring die Leichen seiner beiden Erpresser dann in seinem eigenen Haus ausstellen? Wohl kaum.«

»Es ist zum Verrücktwerden.« Franka warf einen genervten Blick auf ihr Handy. Zwanzig nach Neun. »Verdammt, ich habe die Marino vollkommen vergessen. Die kocht bestimmt vor Wut, weil ich ihre kostbare Zeit verschwende.«

Hastig drückte sie Simon den leeren Becher in die Hand und war schon halb zur Tür raus, als sie sich noch einmal umdrehte. »Wir beide gehen komplett unterschiedlich an diesen Fall ran, aber schlussendlich ergänzen wir uns doch ganz gut, oder?«

»Ja«, stimmte Simon zu. »Denk vielleicht daran, wenn Abel Messner sich dir das nächste Mal als Partner andient.«

Wortlos starrte Franka ihn an, aber Simon hatte sich schon umgedreht und kehrte an seinen Schreibtisch zurück. Hatte da neben der kollegialen Verstimmung auch eine Spur Eifersucht durchgeklungen? *Unmöglich*, rief Franka sich zur Ordnung. Oder doch?

34

Samstag, am Morgen

Derek sah abgehetzt aus, als er die Bahnhofsmission betrat. Sein Blick wanderte durch den Raum, bis er an Noah hängen blieb. Für ein paar Herzschläge stellte Derek jede Bewegung ein und starrte ihn bloß an.

Was siehst du?, fragte sich Noah. *Einen kompletten Verlierer oder etwa einen potenziellen Mörder?*

Egal, was Derek sah, es schreckte ihn zumindest nicht ab. Mit langen Schritten kam er zu Noah an den Tisch, ganz hinten im Hauptraum der Mission.

»Danke, dass du mich angerufen hast«, eröffnete Derek das Gespräch. »Aber solltest du in deinem Zustand nicht im Bett liegen und dich bemuttern lassen?«

»Das Fieber ist weg, und von der angehenden Lungenentzündung habe ich eh nichts so richtig mitbekommen«, erklärte Noah wahrheitsgemäß. »Außerdem habe ich es im Krankenhaus nicht länger ausgehalten. Tut mir übrigens leid, dass die Bullen bei dir angerufen haben.«

Derek winkte ab. »Nicht doch. Ich habe mir ernsthaft Vorwürfe gemacht, dass ich dich einfach so habe ziehen lassen. Mir war schon klar, dass da was im Busch ist. Du hattest so ein seltsames Glänzen in den Augen.« Derek verfiel in Schweigen, als eine Frau mit einem Becher Kaffee und einem Teller belegter Brote auftauchte.

»Hallo, Derek«, grüßte sie ihn herzlich. »Dein Freund wollte nichts essen, aber vielleicht hast du ja Hunger.« Mit einem verschwörerischen Lächeln stellte sie den Teller in die Mitte ihres Tisches.

»Herzlichsten Dank, Tilly. Leberwurstbrote sind genau das, was ich bei meinem kleinen Gewichtsproblem brauche.« Während Tilly lachend abzog, deutete Derek auf den Imbiss. »Tu mir einen Gefallen und hau das weg. Das mit dem Gewichtsproblem war nämlich kein Witz.«

Noah dachte nicht daran, auf diesen gut gemeinten Fütterungsversuch einzugehen. »Wer hat denn bei dir angerufen?«

»Eine Franka Janhsen von der Mordkommission Rerrick. Ich musste ganz schön bohren, bis sie mir erzählt hat, dass sie dich am Tatort aufgegriffen haben. Du wärst da wohl halb tot untergekrochen.« Unwillkürlich zuckte es in Dereks bärtigem Gesicht. »Mensch, Junge. Was machst du denn für Sachen?«

Nur Scheiße, dachte Noah mit einem Anflug von Galgenhumor. »Dieser … Tatort. Da wurde offenbar eine Frau umgebracht, alles war voller Blut. Und ein Junge …« Seine Stimme gab den Dienst auf. Verdammt, es wurde immer schlimmer, er konnte nicht reden, nicht denken. Nur fühlen, das ging weiterhin, obwohl er darauf ausgesprochen gern verzichtet hätte.

Derek sparte sich jeden Kommentar, sondern saß einfach nur abwartend da, ein schwerer Kerl mit schütter werdendem Haar und einer Miene, die nicht nur so tat, als wäre sie voll konzentriert bei einem. Es kümmerte Derek wirklich, wie es Noah ging. Aber im Gegensatz zu der Janhsen würde er ihn nicht gewaltsam anschieben, damit er seine Geschichte entblößte.

Noah legte seine bandagierte Hand auf den Tisch und begann an dem Verband zu spielen. Die Schwellung war so weit zurückgegangen, dass er ohnehin zu locker saß, dann konnte er ihn genauso gut abnehmen. »Jemand hat zwei Freunde von mir ermordet.« Jetzt war es raus.

»Ich habe mir schon so was gedacht«, erwiderte Derek ruhig. »Heute Morgen stand nämlich etwas darüber in der Zeitung: ein bizarrer Doppelmord im Haus eines bekannten Strafverteidigers, so ein richtig übler Kerl.«

»Was denn für ein Strafverteidiger?« Von dem Zusammenhang hörte Noah zum ersten Mal.

Derek musterte ihn. »Ein Anwalt aus dem Reichenviertel Fleetburg eben. Über den Hintergrund stand in dem Artikel nur, dass der Hausherr seit der Tat vermisst wird. Dienliche Hinweise bitte an die nächste Polizeidienststelle.«

»Wird dieser Typ verdächtigt, Karlie und Jascha umgebracht zu haben?«

»So heißen deine beiden Freunde also.« Derek schüttelte den Kopf. »Da stand nichts von wegen Verdacht drin, nur dass die Polizei breit ermittelt und sich auch bei der Kanzlei dieses verschwundenen Anwalts herumtreibt. Der hat wohl ein paar unsaubere Fälle auf seinem Konto, unter anderem auch diesen Jan-Felsberg-Fall. Hast du davon schon mal gehört?«

»Jan Felsberg? Nein, sagt mir nichts.«

»Und Albert Nehring, sagt dir der Name was? Denk nach.«

Noah schüttelte den Kopf. »Keine Ahnung, wer das sein soll, und es ist im Moment auch scheißegal. Letzte Nacht bin ich fast wahnsinnig geworden. Ich habe mich nonstop gefragt, wer so etwas getan haben könnte. Aber der einzige mögliche Täter, der mir eingefallen ist, bin ich selbst. Weil ich auf die beiden unfassbar wütend war.«

Als Noah verstummte, schnappte sich Derek eines von den Leberwurstbroten und biss hinein, um dann mit vollem Mund zu sagen: »Gedanken und Taten sind zwei unterschiedliche Paar Schuhe. Klingt platt, stimmt aber.«

»Schon klar. Ich hätte auch kein Problem mit meinem Hass, wenn die beiden jetzt lustig irgendwo rumsitzen würden. Aber so …« Noah presste die Fingerknöchel gegen seine Schläfen, um das Pochen auszugleichen. »In meiner Phantasie habe ich die schlimmsten Dinge mit Karlie angestellt, weil sie so eine egoistische Bitch war. Und Jascha hätte ich für seine Treudoofheit gern so lange geohrfeigt, bis er sich in Luft auflöst. Stattdessen habe ich vor Frust nur rumgebrüllt wie ein Irrer – und bei Karlie nicht einmal das, obwohl ich echt eine Scheißwut auf sie hatte.«

Derek kaute nachdenklich. »Aber du mochtest die beiden trotzdem«, stellte er dann fest.

»Geht so was denn? Lieben und hassen gleichzeitig?« Noah kannte die Antwort, schließlich war es ihm schon mit seiner Mutter so ergangen. Die Narben an seinem Unterarm erzählten davon, wozu sie bei ihren Ausrastern imstande gewesen war. Und trotzdem war er lieber bei ihr als irgendwo anders gewesen. »Wie auch immer. Jedenfalls habe ich ein paar Sachen getan, mit denen ich nicht zurechtkomme. Im Moment jedenfalls nicht, das ist einfach alles zu viel.« Wenn er sich nicht zusammenriss, würde er gleich etwas tun, wofür er sich später zu Tode schämen würde: in Tränen ausbrechen oder sich von Derek in den Arm nehmen lassen. Oder beides. Natürlich sehnte er sich danach, aber seine Hilflosigkeit so komplett einzugestehen ging gar nicht. »Ich brauche einen Unterschlupf, bis ich wieder klarkomme.«

Derek nickte zustimmend. »Du musst aufgefangen werden, logisch. Ich kann da bestimmt was organisieren, ein Freund von mir leitet eine offene Wohngruppe …«

»Stopp, ich will nicht wegorganisiert werden«, unterbrach ihn Noah. »Den ganzen Mist habe ich schon hinter mir, das macht nur alles schlimmer. Kann ich nicht mit zu dir?« In der Sekunde, in der er seine Bitte ausgesprochen hatte, wusste er schon, dass es vergeblich war. Der oberste Vorsatz eines Sozialarbeiters war, eine Grenze zu ziehen, damit er überhaupt so etwas wie ein Privatleben führen konnte. Und diese

Grenze hatte Noah gerade überschritten. Er hätte einiges dafür gegeben, die Frage zurücknehmen zu können, aber Derek kam ihm zuvor.

»Ich würde dir gern mein Sofa anbieten, es ist nur …«

»Schon gut, vergiss es.«

Mit einem Satz war Noah auf den Beinen und umkreiste bereits den Tisch, als Derek aufsprang und ihm den Weg versperrte. Er streckte die Hand nach ihm aus, doch als er das Funkeln in Noahs Augen bemerkte, zog er sie zurück.

»Ich meine es ernst«, sagte Derek. »Normalerweise könntest du bei mir unterschlüpfen, aber meine Freundin und ich haben ein zwei Monate altes Baby. Deshalb herrscht bei uns zu Hause der totale Ausnahmezustand. Echt. Der Knirps krakeelt ununterbrochen und pennt einfach nie, wir sind mit den Nerven völlig zu Fuß. Heute Morgen hatte Wibke einen Heulkrampf, nachdem sie festgestellt hatte, dass sie seit drei Tagen im selben Pyjama rumläuft. Und ich war happy, als du durchgerufen hast, damit ich rauskam aus dieser Babyhölle. Verstehst du: Ich bin für dich da, ich unterstütze dich, wenn du möchtest. Aber ich kann dich nicht mit nach Hause nehmen. Wenn du die offiziellen Unterschlüpfe ätzend findest, höre ich mich bei meinen Kumpels um, da wird schon jemand ein Sofa freihaben, okay?«

Noah nickte, während er seine hochkochenden Gefühle unter Kontrolle zu bekommen versuchte. Es nutzte nichts, sie waren stärker, und ihm blieb nichts anderes übrig, als seine Stirn für einen Moment gegen Dereks breite Brust zu lehnen.

»Das wird schon«, murmelte Derek und tätschelte ihm die Schulter. »Wie sieht es aus, soll ich mich in meinem Freundeskreis nach einem freien Plätzchen umhören?«

»Ja«, flüsterte Noah, der immer noch nicht die Kraft aufbrachte, sich wieder aufzurichten.

»Großartig.« Derek klang ernsthaft froh über seine Entscheidung. »Ich werde allerdings von zu Hause aus telefonieren und dabei den Knirps rumschleppen müssen, sonst bringt Wibke mich um. Willst du so lange hier in der Mission bleiben und ein wenig ausspannen?«

Noah ließ sich zurück auf den Stuhl sinken. »Ich trink in Ruhe meinen Kaffee aus, und dann sehe ich mal.« Als Derek die Stirn runzelte, lenkte er schnell ein. »Oder ich trinke einfach so lange Kaffee auf Missions-Kosten, bis ich was von dir höre.«

Kaum war Derek fort – sein Handy hatte eine Sekunde später zu klingeln begonnen, und Noah hatte gehört, wie eine Frau gegen das Brüllen eines Babys anschrie –, schnappte er sich die Rerricker Rundschau. Der Doppelmord prangte gleich auf der ersten Seite, mit einem ausführlicheren Bericht auf Seite drei. Wobei schnell klar wurde, dass der Journalist so gut wie gar nichts wusste. Nur von zwei Toten, die auf einem Federnest abgelegt worden waren, war die Rede. Die Vorstellung gefiel Noah, es klang so friedlich. Allerdings bekam er keine Gelegenheit, dem Gedanken nachzugehen. Es gab nämlich auch ein Foto von dem verschwundenen Anwalt und darunter die Textzeile, dass die Polizei um Hinweise auf seinen Verbleib bat.

Du, dachte Noah. *Du bist es.*

35

Samstag, 9:30 Uhr

Ricarda Marino war nicht wütend auf Franka. Sie war nämlich noch gar nicht im Dezernat erschienen.

Franka nutzte die Gelegenheit, um nach ihrem Gespräch mit Simon noch einmal durchzuatmen, dann setzte sie sich hinter ihren aufgeräumten Schreibtisch und ging ihre Notizen durch. Die waren weit weniger geordnet, ganz im Gegenteil: In ihrer Notizsammlung zeigte sich jenes Chaos, gegen das Franka so mühsam ankämpfte. Wenn man die hingeschmierten Gedankenfragmente, Skizzen und Sinnlos-Stichwort-Sammlungen betrachtete, war sie allem Anschein nach dabei, diesen Kampf zu verlieren. *Einfach ein Feuerzeug schnappen und den Haufen nutzloser Papiere anzünden*, dachte sie in einem Anfall von Verzweiflung. Dann riss sie sich zusammen und begann, alles Verwertbare in den Rechner zu tippen.

Seit das Team die Ermittlungen im Doppelmord vor gut achtundvierzig Stunden aufgenommen hatte, hatten sich viele interessante Spuren aufgetan, und sie hatten massenhaft Fakten zusammengetragen. Trotzdem standen sie weiterhin vor einem Haufen einzelner Puzzleteile, die sich nicht zusammenfügen ließen. Schlimmer noch: Die Puzzleteile wurden immer kleinteiliger.

Was uns fehlt, ist eine neue Perspektive, weg von dem bereits Gedachten, hin ins bislang Unbekannte, entschied Franka, als ihr Handy klingelte.

Abel.

Wer sonst?

Bevor Frankas Vernunft sich einschaltete, hatte sie das Gespräch bereits angenommen. »Was zur Hölle willst du von mir«, knurrte sie ins Handy.

Abel stutzte angesichts dieser Begrüßung. »Guten Morgen«, sagte er dann betont höflich.

»Es ist nicht irgendein Morgen, sondern Samstagmorgen. Schon mal was von einem Recht auf Privatleben gehört?«

»Dann bezeichnest du Kaffeetrinken in Simon Ackermanns Büro als dein Privatleben?«, fragte Abel – immer noch die Höflichkeit in Person.

Das nahm Franka den Wind aus den Segeln. »Du hast gerade mit Simon telefoniert«, stellte sie überflüssigerweise fest. »Gibt es Neuigkeiten?«

»Ja, und die wollte ich dir eigentlich auf deine Mailbox sprechen, weil du jetzt doch eine Aussage aufnehmen solltest.«

»Bislang ist Ricarda Marino noch nicht erschienen.« Tatsächlich war Albert Nehrings Schwester inzwischen seit über einer Stunde überfällig. »Wenn die Dame nicht gleich auftaucht, fahre ich zu ihr und begleite sie höchstpersönlich aufs Dezernat.«

Abel lachte verhalten. »Klingt ganz so, als wärst du in der passenden Laune, um jemanden abzuführen.«

Ja, und das habe ich deinem Telefon-Stalking zu verdanken, dachte Franka. Offenbar hatte Abel beschlossen, seine Daueranruferei vom letzten Abend genauso elegant unter den Tisch fallen zu lassen wie die Sache mit dem Klingelton. Diesen witzigen Kollegenscherz, der nichts anderes als ein schlecht versteckter Übergriff war. Verdammt, er hatte ihren PIN geknackt! Wenn sie jetzt darauf einging, würde er vermutlich lachen und sie wie eine überdrehte Ziege dastehen lassen, die selbst bei harmlosen Streichen auf die Barrikaden ging. So gesehen war es das Beste, wenn sie sich darüber ausschwieg und darauf setzte, dass Abel aus seinen Leeranrufen die richtigen Schlüsse zog und in Zukunft mehr Abstand halten würde.

»Was wolltest du mir denn auf die Mailbox sprechen?«, erkundigte sich Franka.

»Nur, dass der hiesige Gerichtsmediziner bestätigt hat, dass Jan Felsberg definitiv Selbstmord begangen hat. Und zwar – soweit die Fakten es zeigen – ohne Fremdhilfe. Ein ganz anderer Schnack als unsere werte Dr. Weisband und ihre vagen Äußerungen. Das alles passt übrigens zu Felsbergs bezeugtem Baumarktbesuch, bei dem er sich die Nylonschnüre, mit denen er sich erhängt hat, selbst gekauft hat.«

Enttäuschung machte sich in Franka breit. »Keinerlei Hinweise, dass sich Albert Nehring oder Theresa Michaelis in der letzten Zeit in der Hütte aufgehalten haben?«

»Die SpuSi sagt Nein, keine neueren Spuren außer Felsbergs. Ich schaue mir die Jagdhütte jetzt noch einmal in Ruhe an, aber ich glaube nicht, dass wir etwas übersehen haben. Felsberg ist direkt nach seiner Ankunft in Wernigerode in den Baumarkt und dann zur Jagdhütte, wo er sich erhängt hat. Das war's. Wobei ein Abschiedsbrief schön gewesen wäre, damit wir wissen, ob ein Zusammenhang zwischen seinem Selbstmord und dem Doppelmord besteht. Oder ein aussagekräftiges Schuldbekenntnis zu den beiden Frauenmorden, für die er ursprünglich angeklagt wurde, damit wir einen sauberen Tisch haben. Aber den Gefallen hat er uns offenbar nicht getan, der wollte es einfach nur hinter sich bringen.«

Franka murmelte eine Zustimmung. Jan Felsberg hatte nach seiner Festnahme jede Aussage verweigert und während des Prozesses beharrlich geschwiegen, obwohl sein Anwalt Albert Nehring auf unschuldig plädiert hatte. War Felsberg möglicherweise deshalb so wütend auf seinen Verteidiger gewesen, weil er gar nicht freigesprochen werden wollte? Hatte er sich letztlich selbst gerichtet?

»Also, ich werde heute Abend wohl wieder zurück in Rerrick sein«, unterbrach Abel ihre Gedanken.

Franka brauchte einen Moment, um zu begreifen, dass er ihre Reaktion abwartete. »Gute Fahrt«, sagte sie, dann beendete sie das Gespräch. Bevor Abel erneut ihre Nummer wählen konnte, rief sie Ricarda Marino an, landete aber in einer Rufumleitung. Dieses Mal wurde das Gespräch nach mehrmaligem Klingeln endlich angenommen.

»Hallo, hier ist Denise«, erklärte eine helle, leicht überdrehte Frauenstimme. »Ricarda ist im Augenblick leider nicht zu sprechen. Kann ich vielleicht weiterhelfen?«

Ricarda Marinos Assistentin.

Franka setzte ihr Haifischlächeln auf, mit der jungen Frau hatte sie gestern bereits mehrmals gesprochen. Diese Denise war ein zähes kleines Stück, ansonsten hätte sie den Job als Abfangjägerin für ihre Chefin niemals bekommen. Franka hatte hart kämpfen müssen, um sich gegen ihre Abblocktechnik durchzusetzen. Dabei hatte ihr ein – zugegeben unfairer – Blick in Denises Akte geholfen. Die Frau war vor einem halben Jahr splitternackt im Stadtpark aufgegriffen worden. Offenbar hatte sie ein Partyspiel verloren und musste sich als Wetteinsatz als Flitzer betätigen. Außerdem war sie wegen Kreditkartenbetrugs vorbestraft, was viel entscheidender war, denn allem Anschein nach wusste Ricarda nichts davon. Seitdem Franka einen entsprechenden Hinweis in ihr Gespräch hatte einfließen lassen, war Denise auf jeden Fall ihre beste Freundin.

»Hallo, Denise. Sie sind ja schon so richtig gut drauf – und das am Samstagmorgen.« Diesen Auftakt ließ Franka erst einmal wirken.

Wie erwartet ging Denise sofort in Verteidigungsposition. »Ich bin morgens immer super drauf, seit jeher. Da bin ich berühmt für. Außerdem ist es ja gar nicht mehr sooo früh.«

Franka stellte sich am anderen Ende der Leitung ein schlankes, perfekt gebräuntes Geschöpf in Tanktop und Leggins vor, die Handgelenke voller Festivalbänder und auf den Augenlidern der gleiche Kajalbalken wie bei ihrer Chefin. Und dieses dreiundzwanzigjährige Geschöpf zündete sich jetzt erst einmal eine Zigarette für ihre Nerven an, wie das Klicken eines Feuerzeugs verriet.

»Wo steckt Ricarda Marino?«, setzte Franka ihren Angriff fort.

»Hallo? Woher soll ich das denn bitte schön wissen? Wir haben WE.« Denise pustete den Zigarettenqualm hörbar aus. »Moment mal, sollte sie jetzt nicht bei Ihnen sein? Wir haben doch den Termin für diese Protokollsache vereinbart.«

»Ihre Chefin ist aber nicht im Dezernat aufgetaucht und geht auch nicht ans Handy.«

Pause. »Echt jetzt? Glauben Sie, ihr ist was passiert? Der Typ, der diese Sache im Haus ihres Bruders durchgezogen hat … Der könnte sie ja auch verschleppt haben.« Erneute Pause, wahrscheinlich überschlugen sich gerade Denises Gedanken.

»Im Augenblick ist von Verschwundensein nicht die Rede, schließlich ist es ja durchaus möglich, dass Ricarda nur verschlafen hat. Ich wollte erst einmal durchrufen, bevor ich einen Streifenwagen zu ihr nach Hause schicke. Nur leider hat sie ihr Handy auf Sie umgestellt.«

»Sie wollen einen Streifenwagen vorbeischicken?« Denises Stimme überschlug sich fast. »Das ist nicht nötig, Ricarda ist nicht hier … also bei sich zu Hause.«

»Woher wollen Sie das denn so genau wissen?«

Denise gackerte. »Na, weil ich bei ihr bin. Habe hier gepennt.« Ein verhalltes Fluchen und Gemurmel ertönten im Hintergrund. Franka tippte drauf, dass Denise gerade jemanden weckte, der nicht geweckt werden wollte. Ein männlich klingendes Murren, dann Gepolter. »Also gestern Abend haben wir einen ziemlich angesagten DJ im Darkroom gehabt. Sie kennen das Darkroom?«

»Ein stadtbekannter Club. Die Kollegen vom Drogendezernat gehen da ein und aus, da hören wir einiges drüber in der Kantine.«

Denise gackerte erneut, aber nicht gut gelaunt, sondern so, als würde sie gleichzeitig in Tränen ausbrechen. »Ja, okay, also. Dieser DJ von gestern Abend, Pete Vibes, der war super. Und zwar so richtig super. Das fand Ricarda auch. Und nachdem der Club geschlossen hatte, haben wir einfach bei ihr zu Hause weitergefeiert. Sie ist ja voll gut ausgerüstet, hat alles hier, was man zum Abfeiern braucht. Also nix Illegales, falls Sie das jetzt denken.«

Franka schwieg.

»Ich meine Drinks und Essen und so«, versicherte Denise.

»Wir reden jetzt bitte über Ricarda Marino«, erinnerte Franka.

»Ja. Ja doch. Die ist heute Morgen in aller Herrgottsfrühe abgerauscht, nachdem sie mir ihren Schlüssel in die Hand gedrückt hat. Da war es noch total dunkel. An dem Bund ist auch der Schlüssel fürs Büro dran, verstehen Sie? Da kann sie also auch nicht sein, sie käme nämlich nicht rein. Darauf wollte ich hinaus. So.«

Franka brummte verständig. »Hat Ricarda denn nichts darüber gesagt, wo sie hinwollte?«

»Keine Ahnung, weiß ich jetzt nicht. Sie hat nur gesagt, dass ich alle aus ihrer Bude schmeißen soll, sie würde keinen von den Nasen sehen wollen, wenn sie nach Hause kommt. Na ja, mit Ausnahme von mir, ich sollte dableiben und für Ordnung sorgen. Als wäre ich ihre dämliche Putze.«

»Zum Rausschmeißen sind Sie aber noch nicht gekommen, so wie sich das im Hintergrund anhört?«

»Nee, noch nicht so richtig«, gab Denise zu.

»Dann fragen Sie doch einfach mal rum, ob jemand anders vielleicht etwas über den Verbleib Ihrer Chefin weiß.«

Denise ließ sich Zeit. »Ist das echt so wichtig?«, fragte sie gedehnt.

Franka widerstand dem dringenden Bedürfnis, ihren dunkelrot lackierten Daumennagel abzubeißen. Angeknabberte Nägel passten schlecht zu einer durchweg beherrschten Kommissarin. Deshalb atmete sie bloß tief durch. »Denise, soll ich vorbeikommen und mich persönlich davon überzeugen, dass niemand weiß, wo Ricarda hin ist, und dass sie auch definitiv keine Nachricht hinterlassen hat? Ich brauche vom Dezernat keine drei Minuten bis zur Zerbigstraße.« Das war gelogen, aber es zeigte Wirkung.

»Das ist voll unnötig, weil ... bestimmt ist Ricarda noch durch den Wind und hat den Termin mit Ihnen bloß verpennt. Letzte Nacht hat sie echt alles mitgenommen, was ging. Nicht, dass Sie mich falsch verstehen, meine Chefin ist eine Weltmeisterin im Feiern, muss man bei dem Job ja auch sein. Aber letzte Nacht ... das war selbst für ihre Verhältnisse krass. Die hat Sie bestimmt vergessen.« Dann fuhr Denise erst mal jemanden an, so lautstark, dass Franka es hörte, obwohl das Mädchen ihr Handy zuhielt, wie ihre gedämmte Stimme verriet. »Jetzt pack den Dreck endlich weg, Mann! Und dann raus aus der Bude. Mir egal, ob du dringend eine Dusche brauchst oder nicht. Hier kommen gleich die Bullen.« Dann war sie wieder dran. »Sorry, wo waren wir stehen geblieben?«

»Wohin könnte Ricarda gehen, wenn sie in Ruhe nachdenken muss oder sogar Angst hat? Hat sie einen Partner, enge Freunde?«

»Die doch nicht! Das Einzige, was Ricarda macht, ist arbeiten und feiern, obwohl das bei ihr irgendwie eins ist. Wenn sie nicht im Büro ist, ist sie unterwegs, Sachen checken, Leute scheuchen und so.« Wieder hielt Denise den Hörer zu. »Ey, was willst du, Sascha?«

Gemurmel.

»Hören Sie?« Denise war zurück am Telefon. »Sascha hat bei Ricarda mit im Bett gepennt. Der meint gerade, sie hätte heute Morgen einen Anruf bekommen. Keine Ahnung von wem. Danach war sie voll paralysiert und ist gleich los. Vielleicht war es ja ihr Bruder oder richtig krass: sein Entführer.«

»Hör zu, Denise. Du lässt jetzt alles so, wie es ist, keine Aufräumaktionen mehr. Ich schicke eine Streife ins Büro und eine zu dir in die Zerbigstraße. Wir müssen Ricarda Marino finden. Du hast nämlich recht: Ihr könnte durchaus etwas passiert sein.«

Während Denise' lautstarkes Gefluche noch zu hören war, legte Franka auf und verständigte die Kollegen von der Streife in dem Szeneviertel, in dem Ricarda wohnte. Sie wollte gerade zur Bürotür hinaus, als Simon vor ihr auftauchte. Vor Schreck ließ sie das Handy fallen, nur um sich im nächsten Moment ziemlich albern vorzukommen.

»'tschuldigung. Seitdem ich im Atelier über den Haufen gerannt wurde, bin ich ein wenig schreckhaft, sobald ein Kerl wie aus dem Nichts vor mir auftaucht«, verteidigte Franka sich. Simon sparte sich ein verständnisvolles Lächeln, während er ihr Handy aufhob. »Ich wollte gerade zu dir«, redete ihr Mund wie von selbst weiter.

»Du hast es also schon gehört?«

Hinter Frankas Stirn begann augenblicklich ein wildes Rumoren. »Was ist passiert?«

»Im Stadtpark wurde soeben ein Leichenfund gemeldet.«

»Mann oder Frau?« Franka hätte auch sagen können: »Albert oder Ricarda?«

Simon räusperte sich. »Schwer zu sagen. Als die Streife angekommen ist, war die Leiche noch lichterloh am Brennen.«

36

Samstag, 10:40 Uhr

Der Luisengarten war ein weitläufiger Stadtpark im Stil der englischen Landschaftsgärten, geprägt von baumbestandenen Alleen, weitläufigen Wiesen und durchzogen von künstlichen Wasseradern, über die sich Brücken mit schmiedeeisernen Geländern spannten. In dem ältesten Teil des Parks gab es sogar drei kleine Seen, deren Ufer im Sommer romantisch verwildert waren. Jetzt im November boten sie einen eher deprimierenden Anblick mit den von Wind und Regen niedergedrückten Gräsern und dem grauen Wasserspiegel, der den Herbsthimmel zeigte. Um diese Jahreszeit verirrten sich nur wenige Spaziergänger ins alte Parkeck, da es zu abgelegen war. Dahinter führte auf der einen Seite die aufgeschüttete Schnellstraße vorbei, deren Lärm durch die kahlen Baumkronen drang. Auf der anderen Seite lag eine größtenteils verlassene Schrebergartensiedlung, die mit ihren halb verfallenen Gartenhäusern und verrosteten Kinderschaukeln nicht gerade zum Lustwandeln einlud. Die stadtbekannte Hundewiese und die großzügigen Alleen im Herzen des Luisengartens waren da schon deutlich einladender.

Es war also reines Glück gewesen, dass ein einsamer Trinker sich an den versteckt liegenden Pavillon im alten Teil des Parks erinnerte, als der Nieselregen am Morgen einsetzte. Vermutlich war er noch vom letzten Abend restalkoholisiert, denn weder der beißende Rauch noch die umherfliegenden versengten Federn hatten ihn aufmerksam werden lassen.

Erst als er schon fast vor der menschlichen Fackel gestanden hatte, war ihm klar geworden, dass sein Unterschlupf bereits vergeben war. Man konnte den Moment der Erkenntnis am Scherbenhaufen erkennen, dort, wo der Trinker vor Schreck seine Schnapsflasche hatte fallen lassen. Einen Augenblick später war der hochprozentige Alkohol auch schon in Flammen aufgegangen, weil eine brennende Feder in der Lache gelandet war. Das bespritzte Hosenbein des Mannes hatte Feuer gefangen. Seine von lauten Schreien begleitete Flucht quer durch den Park hatte ausreichend Spaziergänger mit Handys auf sich aufmerksam gemacht, sodass die Polizeistreife noch vor der Feuerwehr eintraf.

»Zuerst dachte ich echt, das sei eine menschengroße Schaufensterpuppe in dem Pavillon, die irgendwer aus Gag angezündet hat. Das hat ausgesehen wie ein *special effect* im Kino«, erklärte die uniformierte Kollegin, die mit ihrem Partner als Erstes vor Ort gewesen war, aufgeregt. Es war der jungen Frau anzusehen, dass sie immer noch nicht richtig glauben konnte, wovon sie Zeugin geworden war. Nicht einmal die Rauchvergiftung, die sie sich eingehandelt hatte, schien von Bedeutung zu sein. »Das lag daran, weil der Typ …«

Franka runzelte die Stirn.

Die junge Kollegin reagierte sofort, gedrillt darauf, die Reaktionen ihrer Vorgesetzten zu lesen. »Ich meine, das Brandopfer … also, weil das ja komplett schwarz war. Und überall flogen diese Federn rum, manche trudelten brennend durch die Luft oder hingen in diesen schwarzen Lachen fest, mit denen der Pavillon eingesaut ist. Wie in einem Traum, so unecht.« Sie hustete, und einen Moment lang sah es so aus, als könne sie nicht weiterreden. Doch der Drang, ihr Erlebnis in Worte zu fassen, war offenbar größer. »Dann … dann schaue ich genauer hin und denke, nee, der ist echt, wegen der Schultern und solcher Details. Den hat einer schwarz angemalt. Außerdem saß der so auf der steinernen Bank im Pavillon, als würde er bloß ein Päuschen machen. So von der Körperhaltung her. Ganz aufrecht, die Arme locker runterhängend. Als könnte er jeden Moment aufstehen und weggehen. Nur dass er eben komplett am Brennen war.«

Nach Luft schnappend, legte sich die Polizistin auf der Liege des Krankenwagens zurück. Franka hatte Glück gehabt, dass sie gerade noch rechtzeitig eingetroffen war, um ein paar rasche Worte mit ihr zu wechseln. Es fiel ihr nicht schwer, sich das Szenario vorzustellen. Zumal das Opfer immer noch auf der Bank saß, wenn auch mittlerweile sichtlich von den Flammen verzehrt, die Körperfett und Knorpel hatten schmelzen lassen, sodass seine Ähnlichkeit mit einer Puppe nun noch größer war. Ein pechschwarzes verkohltes Geschöpf mit knochig angewinkelten Armen, dessen Lächeln weißlich schimmerte.

»Unser Opfer ist vermutlich entkleidet und dann mit einer Mischung aus Lack und Teer bestrichen worden«, erklärte Franka, während die Kollegin mit ihrer Sauerstoffmaske im Gange war. »Beides hochbrennbare Stoffe.«

»Scheißbrennbar, das sage ich Ihnen.« Die junge Frau schloss die Augen, als könne sie die Erinnerung damit ausblenden. »Tja, jedenfalls fing der Kerl auf einmal an zu zucken. Zuerst dachten mein Kollege und ich, der lebt ja noch, trotz des Flammenmeers.« Sie begann wieder zu husten.

Der Sanitäter, der wartend neben Franka stand, machte eine Andeutung, dass es jetzt reiche mit der Befragung. Franka wollte der Kollegin schon die Schulter zum Abschied drücken, als die vom Rauch geröteten Augen wieder aufgingen.

»Die Feuerwehrleute meinten, das seien bloß die Muskeln gewesen, die sich wegen der Hitze verkürzt hätten. Die sind so richtig zusammengeschnallt. Sah schlimm aus. Als wolle er unter Schmerzen sagen: Komm her und hilf mir. Ich bin dann nah ran und wollte mit dem Feuerlöscher draufhalten, hab aber einen Hustenanfall bekommen. Total übel, da ging nichts mehr. Mein Kollege hat mich weggezogen, und der Feuerlöscher … der ist blöderweise in der schwarzen Pampe gelandet.« Sie wurde schlagartig puterrot und senkte den Blick. Vermutlich hatten die Herrschaften von der Feuerwehr den missglückten Löschversuch bereits ausgiebig kommentiert.

»Kein Wunder, der Qualm war hochgradig ätzend«, beruhigte Franka sie. Den Hinweis, dass jeder noch so hartgesottene Polizist beim Anblick eines brennenden Menschen Nervenflattern bekommen hätte, verkniff sie sich wohlweislich. Es war besser, in diesem Job nicht mit allzu viel Verständnis zu rechnen. »Teer und Lack – eine giftige Mischung. Hier stinkt es immer noch wie die Pest.« *Vor allem nach verbranntem Fleisch.*

»Teer und Federn … Das klingt ganz nach dem Fall, über den im ganzen Präsidium gesprochen wird. Stand heute sogar groß in der Zeitung.«

Franka widerstand dem Bedürfnis, der Kollegin eine Atemmaske aufs Gesicht zu drücken, damit sie solche Weisheiten nicht herumposaunte. Der Sanitäter hatte es nämlich plötzlich gar nicht mehr eilig, seine Patientin aus dem Park abzutransportieren, sondern lauschte stattdessen aufmerksam. Vermutlich kannte er jemanden bei der Rerricker Rundschau, den er bei interessanten Fällen für eine Aufpolsterung der Kaffeekasse informierte.

»Besser, wir sehen zu, dass Sie jetzt ins Krankenhaus kommen und sich erholen. Mit solchen Verätzungen ist nicht zu spaßen.«

»Das geht schon«, beeilte sich die junge Frau klarzustellen, nur um sogleich von einem Hustenanfall durchgeschüttelt zu werden. Die Regel, keine Schwäche zu zeigen, hatte sie offenbar schon verinnerlicht.

Franka gab dem Sanitäter ein Zeichen und stieg dann aus dem Krankenwagen in den anhaltenden Nieselregen. Wenn die Temperaturen weiterhin so rapide fielen, würde der feine Tropfenschleier sich in Schnee verwandeln. Dann würde diese ganze Verwüstung unter reinem Weiß versteckt sein, dachte Franka, während um sie herum die Spurensicherung ihr Revier mit Absperrband eroberte, Feuerwehrleute ihr Material zusammenräumten und die ersten Ermittler zur Zeugensuche in den Park ausschwärmten.

Simon kam mit aufgestelltem Mantelkragen zu ihr gelaufen und schlüpfte unter ihren Regenschirm. Draußen auf dem See glitt gemächlich ein Schwanenpaar entlang, vollkommen unbekümmert von dem menschlichen Treiben am Ufer.

»Der Tippelbruder, der den Brand entdeckt hat, ist bereits im Krankenhaus wegen seiner Verbrennungen am Bein. Nicht weiter schlimm.« Simon rieb sich unbehaglich die Hände, die gerötet waren von der klammen Luft.

Vermutlich verspürte er die gleiche Kälte wie Franka, die nicht vom Regen herrührte, sondern von der unausgesprochenen Last, dass es ein weiteres Opfer gegeben hatte, während sie der Lösung noch kein Stück näher waren. Die goldenen achtundvierzig Stunden, in denen die Wahrscheinlichkeit am höchsten ist, einen Tatverdächtigen zu überführen oder eine vermisste Person ausfindig zu machen, waren ergebnislos verstrichen – und nun das.

Franka schluckte ihren Unmut runter, damit sie sich auf das Wesentliche konzentrieren konnte. »Ist unserem Zeugen wenigstens etwas an der Leiche aufgefallen? Sie kann ja noch nicht allzu lange gebrannt haben, als er auf sie gestoßen ist.«

»Die Kollegen meinten, der Bursche sei so blau gewesen, dass er fast auf unser Brandopfer draufgefallen wäre.

Unwahrscheinlich, dass er in diesem Zustand etwas von Bedeutung bemerkt hat.« Simons Blick ging wie von selbst zu dem schwarz verrußten Pavillon und seinem schrecklichen Bewohner. »Alles deutet darauf hin, dass unser Opfer ein großer, eher schlanker Mann mit verhältnismäßig breiten Schultern ist.«

»Damit fällt Ricarda Marino schon mal raus«, sagte Franka. »Dann ist es höchstwahrscheinlich Albert Nehring. Geteert und gefedert.«

Simon stieß ein bitteres Lachen aus. »Das sind ja schöne Aussichten. Nachdem sich unser Hauptverdächtiger Nummer eins, Jan Felsberg, per Selbstmord verabschiedet hat, ist nun möglicherweise unser Hauptverdächtiger Nummer zwei in Flammen aufgegangen. Wer steht dann überhaupt noch auf unserer Liste, von Marlis Seelers einmal abgesehen, die ja in der Geschlossenen einsitzt?«

»Der große Unbekannte«, sagte Franka leise. Jemand, auf den bislang keine ihrer vielen Theorien passte – und möglicherweise doch derjenige, der die losen Fäden miteinander verknüpfte. Der schwarze Fleck in ihrer Ermittlung, der das ungleiche Dreieck Albert Nehring, Karlie und Jascha Malinowski zusammenfügte und bisher noch nicht aus den Schatten herausgetreten war.

Simon schnaufte aufgebracht. »Ach ja, der große Unbekannte, mein Lieblingsverdächtiger.«

»Vielleicht hat Nehring sich selbst in Brand gesetzt, als Akt der Wiedergutmachung oder als eine Art Wiedervereinigung.«

»Das wäre eine schöne, saubere Erklärung.« Simon spähte zur Fundstelle hinüber. »Nur leider passen dazu nicht die Reifenspuren hinterm Pavillon.«

Franka horchte auf. »Könnten die Spuren von einem Sportwagen stammen? Ricarda Marino fährt nämlich einen Porsche Spyder.«

Simon legte den Kopf schief, während er nachdachte. »Da sollten wir gleich noch einmal nachfragen, aber ich tippe auf Nein. Das sah mir eher nach einem Lieferwagen aus. Jedenfalls ist jemand mit einem größeren Wagen so dicht es ging ran- und dann wieder weggefahren. Feitner sichert gerade wie ein Wahnsinniger die Spur, bevor der Regen sie in einen Haufen Matsch verwandelt. Wer auch immer hier mit einem Wagen unterwegs gewesen ist, kannte sich zumindest gut aus. Schließlich wissen nur wenige, dass es diesen Schleichweg für die Schrebergärtner hinterm Park gibt.«

Damit war Frankas schöne Theorie dahin. Albert Nehring würde wohl kaum leere Teer- und Lackbehälter sowie anderes Beweismaterial mit dem Wagen fortgeschafft haben, nur um dann, in eine Hülle aus dem Teer-Lack-Gemisch gekleidet, zum Pavillon zurückzukehren und sich in einem Federnest eigenhändig in Brand zu setzen. Die Idee war ohnehin nur ein Rettungsring gewesen gegen die aufwallende Frustration, ein weiteres Opfer hinnehmen zu müssen.

Während Simon grimmig Löcher in die Luft starrte, begann in Frankas Tasche das Handy zu summen. Als sie es ein Stück hervorzog, sah sie Abels Nummer aufleuchten. Sie drückte das Gespräch mit dem Daumen weg.

»Spätestens jetzt haben wir die Presse am Hals«, brummte Simon gereizt. »Ich sehe schon die Schlagzeile vor mir: ›Serienmörder in Rerrick – Wer wird als Nächstes geteert und gefedert?‹«

»Die Frage sollten wir uns allen Ernstes auch stellen, solange wir nicht wissen, wessen Leichnam hier in Brand gesteckt wurde«, gab Franka zu bedenken.

Ein Kollege von der Spurensicherung winkte Simon zu. »Sieht so aus, als könnten wir uns die Leiche jetzt aus der Nähe anschauen. Großartig, der Tag wird immer besser.«

»Ich komme gleich nach, ich muss nur noch kurz was klären.«

Simon warf einen sehnsüchtigen Blick auf ihren Schirm, dann zog er mit hochgeschlagenem Mantelkragen los.

Es dauerte einen Moment, bis Franka die Nummer der Station gefunden hatte. »Guten Tag, Franka Janhsen von der Kripo Rerrick. Ich wollte mich kurz einmal erkundigen, wie es Noah Sanders heute geht.«

Der Krankenpfleger, der Frankas Anruf entgegengenommen hatte, druckste herum. »Herr Sanders ist nicht mehr auf der Station«, rückte er schließlich widerwillig heraus.

»Was genau meinen Sie damit?«

»Nun, Herr Sanders ist nicht mehr da.« Trotziges Schweigen.

»Weil er entlassen wurde, ohne uns zu benachrichtigen?«, hakte Franka nach, während sie sich zur Gelassenheit ermahnte.

»Herr Sanders hat sich offenbar selbst entlassen. Jedenfalls ist er nicht mehr da.«

Franka hätte einiges dafür gegeben, mit einem Sprung im Krankenhaus vor diesem umständlichen Kerl zu stehen und die Wahrheit aus ihm herauszuschütteln. »Und wann genau hat Herr Sanders sich verabschiedet?«

»Irgendwann heute Morgen. So nach dem Frühstück vielleicht.«

»Großartig, Sie haben also keine Ahnung, wo Ihr Patient mit einer gerade erst eingedämmten Lungenentzündung abgeblieben ist. Glückwunsch.«

Franka beendete das Gespräch, mit den Gedanken schon bei der nächsten vor ihr liegenden Aufgabe: dem verkohlten Leichnam. Groß, breite Schultern, trotzdem eher schmal von der Statur her und aller Wahrscheinlichkeit nach männlich.

Vielleicht hatte sie Noah Sanders bereits gefunden.

Was dort im Pavillon immer noch nachglühte, war möglicherweise die letzte Spur von Albert Nehrings bizarrem

Doppelleben, eine Art Aufräumaktion seines erotischen Lagers.

Die Vorstellung riss an Franka mit einer Gewalt, die sie schwanken ließ. Ja, sie fühlte sich dem jungen Mann und seiner Lebensgeschichte verbunden, mehr, als sie sich eingestehen wollte. Noah hatte diese Verbindung auch gespürt, ansonsten hätte er ihr niemals so offen erzählt, was Albert Nehring mit ihm angestellt hatte. Doch anstatt auf ihren verstörten Zeugen aufzupassen, hatte sie ihn bloß darauf hingewiesen, dass er sich nicht ohne ihr Wissen entfernen durfte.

Gerade als Franka das Handy wieder wegstecken wollte, kam eine SMS von Abel rein.

Bin in einer Std. in Rerrick. Hat A.N. aufgeräumt oder hat unser großer Unbekannter zugeschlagen?

Gute Frage, dachte Franka. *Aber ich bin nicht deine Partnerin, mit der du solche Sachen besprechen kannst. Ich bin ab heute nur eine Kollegin, die dich knapp auf dem Flur grüßt.*

So schnell es mit ihren hohen Absätzen ging, folgte sie Simon, um sich die Überreste des verbrannten Leichnams anzusehen, der ihr jetzt schon schreckliche Schuldgefühle einjagte.

37

Samstag, 14:10 Uhr

Obwohl Franka in den letzten beiden Tagen ausreichend Zeit im Rerricker Krankenhaus verbracht hatte, schlug ihr der Anblick der Psychiatrischen Station nach wie vor aufs Gemüt. Besonders nachdem sich die Sicherheitstüren hinter ihr geschlossen hatten, meldete sich das irrationale Gefühl, in eine Falle getappt zu sein. Dabei konnte sie es heute weniger denn je gebrauchen, dass ihr die Angst ins Gesicht geschrieben stand. Wer vertraute sich schon einer Frau an, die wie eine Gejagte über ihre Schulter blickte?

Fast wünschte Franka sich, noch in der Kälte vorm Pavillon zu stehen, wo es nach Rauch, Chemie und verbranntem Fleisch stank, und sich von Dr. Weisband erklären zu lassen, dass das männliche Opfer bereits tot gewesen war, bevor man es in Brand gesetzt hatte. Der Todeszeitpunkt oder gar die Todesursache waren aufgrund der starken Verbrennungen auf die Schnelle nicht zu benennen. »Lassen Sie uns die Röntgenaufnahmen abwarten«, hatte Dr. Weisband sie vertröstet. »Dann kommen wir auch mit der Identifizierung weiter, schließlich ist Noah Sanders gerade wegen seiner Lungenentzündung geröntgt worden.«

Ausgerechnet diesen Vormittag hatte Marlis Seelers sich ausgesucht, um aus ihrer Schockstarre zu erwachen und Franka dringend um ein Gespräch zu bitten.

»Das ist doch eine gute Nachricht, dass Marlis Seelers jetzt endlich mit uns sprechen will«, hatte Simon gesagt, während er unter einer provisorischen Abdeckung die gesicherten Reifenspuren mit Feitner besprochen hatte. »Beeil dich besser, sonst überlegt sie es sich vielleicht noch anders. Ich halte hier solange die Stellung.«

Also war Franka – durchgefroren und mit durchweichten Stiefeletten – ins Rerricker Krankenhaus gefahren. Denn diese Frau war die beste Informationsquelle, die ihnen im Augenblick zur Verfügung stand.

Doch erst einmal musste Franka zu Marlis Seelers gelangen.

Noch trennte ein um sich schlagender Patient auf der Geschlossenen sie von ihrem Ziel.

Der Mann wurde gerade von zwei Weißkitteln eingefangen, während er sich die Seele aus dem Leib brüllte. Dr. Odenthal stand abwartend in der Nähe und nickte Franka nur kurz zu, während sie der Pfleger, der sie gerade auf die Station gelassen hatte, ins Stationszimmer schob. Dabei war Franka sich durchaus bewusst, dass sie ihre Dienstwaffe, eine P2000 von Heckler & Koch, im Schulterholster trug. Bei dem Brüllen des aufgebrachten Patienten, das ihr immer noch im Ohr nachhallte, war sie durchaus froh über die vertraute Schwere unter der Achsel.

Franka versuchte die erzwungene Auszeit zu nutzen, um sich auf das Gespräch mit Marlis Seelers vorzubereiten, ihre Gedanken wanderten jedoch ständig zu der verkohlten Leiche im Luisenpark zurück. War Noah, kaum dass er das Krankenhaus verlassen hatte, seinem Mörder in die Arme gelaufen? In ihrer Phantasie war es Albert Nehring, der dem jungen Mann auflauerte, aus welchen Gründen auch immer. Wenn sie Marlis Seelers' Vernehmung überstanden hatte, würde sie Simon überreden, Ariadne Reisch zu ihren Ermittlungen hinzuzuziehen, auch wenn sich ihr Herzschlag bei diesem Gedanken beschleunigte. Vielleicht konnte die Psychologin Klarheit in die verworrene Situation bringen.

Und wenn das Brandopfer im Pavillon stattdessen Albert Nehring war?

Dann stellte sich die Frage, ob sich Noah Sanders in Wahrheit doch darüber im Klaren war, wer sein Peiniger gewesen war, und Rache genommen hatte. Wusste Franka nicht aus eigener Erfahrung, wozu Menschen imstande waren, wenn sie die Macht über ihr Leben zurückforderten? Manchmal gingen sie dabei auch über Leichen …

Während die Schreie draußen auf dem Flur langsam verebbten, standen Franka und der Pfleger sich in einem unangenehmen Schweigen gegenüber.

»Tut mir leid, dass Sie das miterleben mussten. So etwas kommt bei uns wirklich äußerst selten vor.« Der Pfleger nickte bekräftigend. Er war ein stämmiger Mann um die fünfzig, der trotz seines eher groben Gesichts eine auffallende Sensibilität verströmte. Vermutlich genau die richtige Mischung für eine Arbeit, wo man gelegentlich hart zupacken musste, aber seine Seele nicht vergessen durfte.

»Schon gut.« Franka vermied es, sich in dem engen, arg überfüllten Stationszimmer umzuschauen.

»Frau Seelers hat zwar ausdrücklich um dieses Gespräch gebeten«, sagte der Pfleger. »Aber ich möchte Sie im Auftrag von Dr. Odenthal trotzdem bitten, im Gespräch ihren labilen Zustand zu bedenken. Egal, was Sie sagen oder welche Fragen Sie stellen, es wird unsere Patientin aufwühlen. Und dabei möchte Frau Seelers so schnell wie möglich mit sich in Einklang kommen und entlassen werden, damit sie zu ihren Töchtern kann.«

»Ich wäre nicht hier, wenn wir Frau Seelers' Aussage nicht unbedingt benötigen würden«, versicherte Franka. »Außerdem ist es auch im Interesse Ihrer Patientin, wenn wir herausfinden, was in ihrem Haus geschehen ist, das sie so schockiert hat.«

Erneut nickte der Pfleger, als wären sie beide vollkommen einer Meinung. »Das wäre gut. Geben Sie aber bitte trotzdem Acht. Schließlich hat Frau Seelers heute Morgen ja schon Besuch gehabt. Das ist nicht unanstrengend für sie.«

Franka spitzte die Ohren. »Wer hat Frau Seelers besucht?«

»Ihre Schwägerin. Sie wollte nur hören, ob Frau Seelers ein paar Sachen von zu Hause benötigte.«

»Dann war Ricarda Marino heute hier? Wann genau?«

Der Pfleger dachte kurz nach. »So gegen neun Uhr dreißig, eigentlich ein bisschen zu früh für einen Besuch.«

Hastig tippte Franka eine SMS an Simon, während der Pfleger die Tür einen Spalt öffnete und auf den Flur linste. Der Anblick, der sich ihm bot, schien ihn zu beruhigen, denn er lächelte Franka zurückhaltend zu.

»Eigentlich hatte Dr. Odenthal vorgehabt, bei dem Gespräch dabei zu sein. Aber im Augenblick wird er wohl anderweitig benötigt. Falls Sie noch ein wenig warten könnten …«

»Es ist wirklich dringend, dass ich mit Ihrer Patientin rede. Und zwar jetzt.« Franka betonte das »Ihre« absichtlich und war wenig überrascht, als das Lächeln im Gesicht des Pflegers wärmer wurde.

»Ich kann mich ja mit ins Besucherzimmer setzen, ein Stück weg, damit Sie in Ruhe sprechen können. Aber nah genug, um mitzubekommen, falls Frau Seelers überfordert ist.«

»Großartig«, sagte Franka im Brustton der Überzeugung. Dieser Tag konnte eigentlich nur noch besser werden.

Das Besucherzimmer der Psychiatrischen Station war ein betont freundlicher Raum mit pastellfarbenen Wänden und einer einladenden Sofaecke. Allerdings hatte sich Marlis Seelers für den Holztisch entschieden, an dem sie nun mit gefalteten Händen saß – und zwar so exakt in der Mitte, als habe sie die Tischachse zuvor vermessen. An ihrer Miene war nicht abzulesen, ob sie etwas von dem Lärm auf dem Stationsflur mitbekommen hatte. Falls ja, hatte es sie nicht aus der Ruhe gebracht, sie saß vollkommen gelassen da, versunken in die Betrachtung einer Grünpflanze, die in einer Ecke üppig gedieh.

Franka erkannte sofort die Frau vom Familienfoto wieder: das gleiche ovale Gesicht mit den zu groß geratenen blauen Augen, das gleiche kurz geschnittene braune Haar, nur dass an der einen Seite ein faustgroßes Loch klaffte. Es gab Menschen, die sich in Stresssituationen die Haare ausrissen. In Marlis Seelers' Fall allem Anschein nach büschelweise.

Marlis Seelers richtete kurz den Blick auf die Kommissarin, um dann sogleich wieder die Grünpflanze zu studieren. Offenbar war für sie alles in Ordnung, solange die Kübelpflanze an Ort und Stelle stand.

Tut mir leid, aber ich löse mich nicht in Luft auf, nur weil ich nicht beachtet werde, dachte Franka.

Als der Pfleger, der immer noch an ihrer Seite war, Anstalten machte, die Begrüßung zu übernehmen, berührte Franka blitzschnell seinen Oberarm.

»Was halten Sie davon, wenn Sie es sich drüben beim Sofa gemütlich machen? Vielen Dank.« Sie zog ihre Hand genauso schnell zurück, und während der stämmige Mann noch überlegte, wie ihm geschehen war, trat Franka auch schon an den Tisch zu Marlis Seelers.

»Guten Tag, ich bin Franka Janhsen, Mordkommission Rerrick. Es freut mich, dass Sie sich von Ihrem Schrecken einigermaßen erholt haben.«

»Habe ich das?«, fragte Marlis Seelers, als würde sie mit sich selbst reden.

»Zumindest so weit, dass Sie mich sprechen wollen.«

Marlis ließ sich Zeit, als müsse sie erst einmal abwägen, ob sich ihre Meinung vielleicht geändert hatte, dann deutete sie mit dem Kinn auf den Stuhl ihr gegenüber. »Haben Sie

Albert inzwischen gefunden?«, fragte sie, kaum dass Franka sich gesetzt hatte.

Mit der Frage hatte Franka gerechnet – und beschlossen, erst einmal nicht darauf einzugehen. »Wann haben Sie Ihren Mann denn das letzte Mal gesehen?«

Wie in Zeitlupe richtete Marlis Seelers ihren Kopf so aus, dass er direkt auf Franka zeigte, doch erst als Franka ansetzte, ihre Frage zu wiederholen, erwiderte Marlis Seelers auch ihren Blick.

Egal wie verzweifelt und von welchen Schrecken diese Frau auch gezeichnet war, sie hatte sich in der Hand. Der Schock, den der Anblick der beiden Leichen ausgelöst hatte, hatte sie vielleicht kurzzeitig aus dem Gleichgewicht gebracht, doch sie hatte sich den Grund unter den Füßen zurückerkämpft. Viel mehr noch: Sie wusste genau, was sie tat. Und was sie von Franka wollte.

Langsam öffnete Marlis Seelers ihre eben noch gefalteten Hände. Darunter kam ein rechteckiges Stück Papier zum Vorschein, nicht größer als ein Handteller.

»Ich habe heute Morgen Post bekommen«, sagte Marlis Seelers. Wie in Zeitlupe schob sie das Papierstück zu Franka, die erst einmal ein Paar Latexhandschuhe überzog, bevor sie es umdrehte.

Es war der Farbausdruck einer Fotoaufnahme. Einer Großaufnahme von Albert Seelers' Gesicht. Sein trüber Blick unter halb geschlossenen Lidern traf Franka völlig unvorbereitet.

»War das alles, was der Brief an Sie enthielt?«

Marlis Seelers nickte.

»Und der Absender?«

»Den Brief hat mir angeblich mein Mann geschickt«, erklärte Marlis Seelers in einer fast schon beunruhigenden Gelassenheit. »Aber das geht ja wohl schlecht, wenn er tot ist.«

Franka merkte, dass ihr Verteidigungswall zu bröckeln begann. Es war einfach zu viel. Das Bedürfnis, mit der Faust auf den Tisch zu schlagen, um die wachsende Unruhe abzubauen, war fast überwältigend. »Sie halten Ihren Mann also für tot?«

Der Ausdruck, mit dem Marlis Seelers sie betrachtete, war der einer vernünftigen Frau, die sich mit einer Minderbemittelten herumplagen musste. »Natürlich ist Albert tot, das sehen Sie doch wohl selbst. Sein Blick ist eingetrübt, und seine entgleisten Gesichtszüge … Mein Mann war vieles, aber ganz gewiss kein guter Schauspieler. Deshalb habe ich auch um dieses Gespräch gebeten. Jetzt, da ich weiß, dass er es nicht gewesen ist.«

Franka versuchte, den Anschluss zu finden. Insgeheim musste sie sich eingestehen, dass sie mit einer verstörten Frau gerechnet hatte, mit vielen Tränen, Erinnerungsaussetzern bis hin zum Realitätsverlust. Einer psychisch labilen Frau, deren Fragen zum Stand der Ermittlungen sie nur vage beantworten würde, was nichts anderes bedeutete, als das Ungewisse auszuhalten. Dass Marlis Seelers so gefasst war – und das, obwohl sie wegen des Fotos davon ausging, dass Albert tot war –, brachte Franka aus dem Konzept.

»Sie meinen, Ihnen ist wegen der Fotografie klar geworden, dass Ihr Mann den Doppelmord nicht begangen haben kann.«

»Natürlich meine ich den Doppelmord.« Marlis Seelers' Lippen bebten, aber sie hatte sich gleich wieder in der Gewalt.

Also gut, schmeißen wir die falsche Rücksichtnahme eben über Bord. »Demnach haben Sie ursprünglich Ihren Mann in Verdacht gehabt, was nichts anderes bedeutet, als dass Sie Albert eine solche Tat durchaus zutrauen würden.«

»Selbstverständlich, ich habe Albert so einiges zugetraut«, bestätigte Marlis Seelers geradeheraus. »Vermutlich haben

Sie ihn bereits genauer unter die Lupe genommen und herausgefunden, dass er ein paar außergewöhnliche Interessen hatte.«

Dann wusste Marlis Seelers über das Doppelleben ihres Mannes also Bescheid. Als Franka nickte, schlich sich ein Lächeln auf ihr Gesicht. Es verwandelte ihren ohnehin schon blassen Mund in eine gebogene Linie.

»Ich habe Albert bei einer psychedelischen Reise kennengelernt, einem alten indianischen Ritual, bei dem man Meskalin, ein bewusstseinserweiterndes Mittel, einnimmt. Von so etwas haben Sie bei Ihrem Job ja bestimmt schon einmal gehört, oder?« Abwägend blickte sie Franka an, die jedoch bloß mit den Schultern zuckte. »Mir ging es damals sehr schlecht, auch wenn ich das nicht bemerkt habe«, fuhr Marlis Seelers fort, die Hände wieder gefaltet, als säße sie bei der Beichte. »Ehrlich gesagt dachte ich sogar, dass ich mich dank meiner Psychose auf dem richtigen Weg befände – und das Meskalin sollte mich dabei unterstützen. Nur war ich in Wirklichkeit bereits eine Gefangene der Geisterwelt, und diese Pseudohalluzinationen durch das Rauschmittel waren vollkommen überflüssig. Aber für Albert war der Trip eine Erleuchtung, er war danach ein anderer Mann. Na ja, jedenfalls hinsichtlich seines Frauengeschmacks. Der erfolgsverwöhnte Anwalt mit seinem Hang zum Narzissmus hätte zuvor nämlich niemals einen Blick für mich übrig gehabt. Warum auch? Ich war zu dieser Zeit ein Wrack, das seine Medikamente verscherbelte, um sich davon Drogen zu kaufen, die das Problem nur noch verschlimmerten. Dank dem Meskalin sah Albert jedoch etwas in mir, das ich selbst niemals gesehen hätte: die Frau, mit der er zusammen sein wollte. Albert hat mich bei dieser Reise gefunden.«

Ein Märchen, das zu schön war, um wahr zu sein. Aber das hatte Marlis Seelers offenbar auch schon erkannt.

»Sie sind Albert Nehring also bei einer seiner Erkundungstouren begegnet. Demnach hatte er schon vor Ihrer Beziehung einen Hang dazu, seine Grenzen auszutesten.«

Marlis Seelers murmelte etwas Unverständliches, als würde sie sich mit jemand Unsichtbarem abstimmen.

»Ist alles in Ordnung?«

Ertappt zuckte Marlis Seelers zusammen. »Ja … oder nein. Ich kämpfe noch ein wenig mit den Folgen meines Zusammenbruchs. Tun Sie mir den Gefallen und gehen Sie einfach darüber hinweg, das macht es mir leichter. Wo waren wir stehen geblieben? Ach ja, Alberts Spielwiese. So hat er das genannt, sein Bedürfnis, sich selbst stets aufs Neue herauszufordern. Als wir damals beschlossen, eine Familie zu gründen, versprach ich, mich von der Geisterwelt zu verabschieden, und er würde im Gegenzug seine Suche nach dem Kick aufgeben. Albert hatte dem Deal damals leichten Herzens zugestimmt, vermutlich, weil er in den ersten Jahren vollauf damit beschäftigt war, mich in meinem Kampf gegen die Schizophrenie zu unterstützen. Ich war nämlich die spannendste Herausforderung überhaupt.« Ruckartig riss Marlis Seelers die Hände hoch und verbarg ihr Gesicht. Hinter diesem Schutzwall ertönte ein gequältes Jaulen.

Franka nahm aus den Augenwinkeln wahr, dass der Pfleger sich in Bewegung setzte. Vermutlich war er der Auffassung, dass es für heute reichte. Schon möglich, dass er recht hatte, trotzdem wollte Franka zumindest noch einen Versuch wagen.

»Wann hat Ihr Mann denn wieder damit angefangen, sein altes Hobby aufzunehmen?«

Das Jaulen verklang, doch die Hände blieben weiterhin oben. »Als ich mich nach der Geburt unserer zweiten Tochter besser als zuvor gefangen hatte. Meine mühsam erarbeiteten Bewältigungsstrategien zeigten allmählich Wirkung, mein letzter Aufenthalt auf der Station lag drei Jahre zurück, und auch mit den Medikamenten kam ich gut zurecht.«

»Man könnte also sagen, dass Ihrem Mann langweilig wurde.«

Langsam senkte Marlis Seelers die Hände. »Das trifft es verdammt genau. Erst hat er sich viel Mühe damit gemacht, es vor mir zu verheimlichen, aber in der letzten Zeit wurde er immer schlampiger. Alberts Schwester hat vor gut einem Jahr aus steuerlichen Gründen ein City-Apartment gekauft. Dieses Loft ist ein hübsches Solitär mit einer Wahnsinnsaussicht bis hin zum Luisenpark. Ich habe Ricarda damals beraten, weil ich ein Händchen für Immobilien habe.«

Das glaubte Franka ihr unbenommen, nachdem sie das Haus der Familie gesehen hatte. In Marlis Seelers schlummerten ungenutzte Talente.

»Jedenfalls lag vor ein paar Monaten plötzlich die Rechnung eines Inneneinrichters in unserem Briefkasten. Als ich dort verwundert anrief, hieß es, ups, die Rechnung hätte an die Kanzlei meines Mannes gehen sollen. Albert wollte mir daraufhin erzählen, dass Ricarda Probleme habe, einen passenden Mieter für das Apartment zu finden. Deshalb habe er ihr helfen wollen, weil sich eine exklusive Immobilie eben leichter vermieten ließe, wenn sie entsprechend eingerichtet sei. Als ob ich auf eine so offensichtliche Ausrede reinfallen würde. Es war geradezu beleidigend, wie schlecht Albert sein kleines Geheimnis verschleiert hatte. Ein extravagantes Spielzimmer, vermutlich mit einer zur Einrichtung passenden Geliebten. Als legte er es geradezu darauf an, dass ich aus dem inneren Gleichgewicht falle.«

»Deshalb dachten Sie zuerst auch, dass Albert die beiden Toten in Ihrem Haus inszenierte: um sein Spiel mit Ihnen auf die Spitze zu treiben.« Albert Nehring hatte ja bereits einige irritierende Neigungen an den Tag gelegt, aber diese Vorstellung überforderte Franka, kaum dass sie sie ausgesprochen hatte. Andererseits hatte sie selbst die Erfahrung gemacht, dass Beziehungen eine gefährliche Eigendynamik entwickeln konnten, die für Außenstehende wie der reine Wahnsinn aussahen. »Sie haben es Ihrem Mann wirklich zugetraut, so weit zu gehen, nur um wieder eine adrenalingeladene Beziehung mit Ihnen zu führen?« *Oder um sie vollends in den Wahnsinn zu treiben, womit er ein freies Feld gehabt hätte.* Aber diesen Gedanken behielt Franka lieber für sich.

Marlis Seelers kaute nachdenklich an ihrer Unterlippe herum. Eine Spur zu versessen, sodass Franka schon damit rechnete, die Lippe könnte jeden Moment aufspringen und bluten.

»Ehrlich gesagt habe ich das nur zu Anfang geglaubt, weil Albert in den Tagen vor seinem Verschwinden sehr aufgewühlt war. Aber letztendlich hätte ich ihm eine solche Tat nicht zugetraut, er tat zwar gern wilde Sachen, aber sie durften nie so drastisch sein, dass sie ihm das Genick brachen. Eine verrückte Ehefrau und gut verdeckte Ausbrüche sind eine Sache, Mord eine ganz andere. Bestimmt hat er in Gedanken das ein oder andere Mal durchgespielt, wie es wäre, einem Menschen das Leben zu nehmen – um es dann bei Phantasien zu belassen.«

»Dann hat jemand anders seine Phantasie wahr werden lassen, und Ihr Mann ist zu einem Bestandteil davon geworden«, stellte Franka fest. »Haben Sie eine Idee, wer Ihnen diese Aufnahme geschickt haben könnte?«

Marlis Seelers schüttelte den Kopf, nur ein wenig, als wäre diese Frage nicht wirklich von Belang.

»Ich habe gehört, dass Ihre Schwägerin Sie heute Morgen besucht hat.«

»Ricarda? Ja, das stimmt. Warum, ist das wichtig?« Marlis Seelers' Blick verlor sich, als bringe sie nicht die Kraft auf, sich auf solche Nebenschauplätze einzulassen.

Franka spürte, wie ihr die Zeit davonlief. »Haben Sie Ihre Schwägerin wegen des Fotos angerufen?«

»Nein, das habe ich mir erst später angeschaut, ich brauche morgens im Augenblick immer etwas länger, bevor ich richtig da bin. Ricarda wollte nur Hallo sagen und hören, ob ich irgendetwas brauche.« Plötzlich war Marlis Seelers wieder voll da. »Sie meinen, ich sollte Ricarda informieren. Natürlich, wieso habe ich nicht daran gedacht?«

»Ich werde mich darum kümmern, sobald wir Genaues wissen«, sagte Franka rasch. »Können Sie mir die Adresse von diesem City-Apartment nennen?« Als Franka ihren Stift aufs Papier setzte, nickte Marlis Seelers und nannte die Straße.

»Ich bin gespannt, was Sie dort vorfinden werden, einmal abgesehen von verboten teuren Vorhängen und einem Stahlbett namens ›Jailhousefuck‹. Vermutlich seine wilde Trophäensammlung, Erinnerungsstücke an seine Ausflüge ins Grenzgebiet des bürgerlichen Lebens.«

Marlis Seelers war die Verachtung für die Schwäche ihres Mannes ins Gesicht geschrieben. Aber da war noch etwas anderes, tief Verborgenes, das auszuleben sie sich im Augenblick nicht zugestand: Trauer. Sie hatte die Schwächen ihres Mannes gekannt und es ihm übel genommen, dass er nicht aus ihnen herausgewachsen war, während sie gelernt hatte, mit einer schweren psychischen Krankheit zu leben. *Trotzdem ist da noch Liebe mit im Spiel, die lässt sich nicht kontrollieren*, dachte Franka und fühlte einen Stich in der Brust.

»Das klingt so, als habe Ihr Mann schon früher Erinnerungsstücke gesammelt.«

Marlis Seelers nickte. »Etwas in der Art hatte Albert auch, als wir uns kennenlernten. Ziemlich ekelhaft, wenn Sie mich fragen. Damals hat Ricarda das Sammelsurium verbrannt, sozusagen als Begräbnis für das Doppelleben ihres Bruders.«

»Was hatte Ihre Schwägerin denn damit zu tun?«

Während Marlis Seelers über die Antwort nachsann, wanderte ihre Hand in Richtung Schläfe, und sie rupfte mit einer raschen Bewegung ein einzelnes Haar aus, das sie anschließend überrascht betrachtete. »Ricarda ist ihrem Bruder ähnlich – und doch wieder nicht. Jedenfalls waren sie sehr eng, sie sind nämlich in einem kaltherzigen Elternhaus aufgewachsen. Haben Sie Ricarda bereits kennengelernt?«

»Eine interessante Frau«, sagte Franka und unterdrückte ein Zusammenzucken, als Marlis Seelers sich das nächste Haar ausriss. »Stehen Sie beide sich nahe?«

»Nein, nicht nahe, dafür ist Ricarda nicht der Typ. Aber sie hat ein gewisses Verständnis dafür, wenn jemand ausflippt. Schließlich verdient sie ihr Geld damit, dass die Menschen regelmäßig ausbrechen müssen aus ihrem ansonsten gleichmäßig öden Leben.«

»Ricarda hat mir erzählt, es sei Ihnen zuletzt wieder schlechter gegangen«, sagte Franka in dem Versuch, den Bogen zu der Nacht zu schlagen, in der Marlis Seelers zwei Tote in ihrem Wintergarten gefunden hatte. »Hatte es vielleicht damit zu tun, dass Ihr Mann wieder zu seinen alten Angewohnheiten zurückgekehrt war und Sie das herausgefunden hatten?«

Marlis Seelers dachte so angestrengt nach, dass sie darüber sogar die Haarausreißerei vergaß. »Ich war enttäuscht, weil mir Albert so schwach erschien.« Sie lachte leise. »Ganz schön arrogant, nicht wahr? Aber ich empfand seinen Rückfall tatsächlich als Schwäche.«

»Am Tag vor dem Leichenfund, am Mittwochnachmittag, war Ihre Schwägerin bei Ihnen zu Besuch. Erinnern Sie sich daran?«

Ein leichtes Nicken, mehr war von Marlis Seelers nicht zu bekommen. Sie war mit den Gedanken offenbar ganz woanders.

»Ricarda Marino meinte, Sie wären furchtbar nervös gewesen an diesem Nachmittag und hätten unablässig die Türen kontrolliert, bis sie sich gezwungen sah, die Alarmanlage abzuschalten.«

»Ich soll mit den Türen zugange gewesen sein? Davon weiß ich nichts«, sagte Marlis Seelers merklich verwirrt. Sie stand abrupt auf und setzte sich sofort wieder hin.

Leider stand simultan auch der Pfleger auf – und blieb dieses Mal nicht nur stehen, sondern trat zu ihnen an den Tisch. »Ich denke, wir lassen es für heute gut sein. Sie können doch die nächsten Tage wieder zu Besuch kommen, Frau Janhsen.«

»Ich habe an keiner Tür herumgezerrt«, sagte Marlis Seelers mit Nachdruck. »Das habe ich schon seit Ewigkeiten nicht mehr getan. Ich fühle mich sicher in meinem Haus ... Ich meine, ich habe mich sicher gefühlt, bis ...« Sie brach unvermittelt ab. »Es liegt an den Medikamenten. Seit ich sie vor ein paar Monaten abgesetzt habe, habe ich mich nicht immer im Griff, auch wenn ich schwören könnte, an diesem Nachmittag keine Tür überprüft zu haben.« Unvermittelt presste sie ihre Fäuste gegen die Ohren. »Habe ich nicht!«, sagte sie laut und eindringlich.

»Marlis«, sagte der Pfleger mit seiner sanftesten Stimme. »Für heute war es genug Aufregung. Das wissen Sie selbst am besten, Sie kennen doch die Anzeichen, wenn es Ihnen zu viel wird.«

»Warum haben Sie denn die Medikamente abgesetzt, wenn sich Ihr Zustand dadurch verschlechtert?«

Marlis Seelers blinzelte Franka durch einen Tränenschleier an, während ihre Fäuste an Ort und Stelle blieben. »Weil ich schwanger bin, in der zwölften Woche.«

»Schwanger?«, wiederholte Franka ungläubig, obwohl es überaus Sinn ergab. »Wer wusste außer Ihnen noch von Ihrer Schwangerschaft?«

»Albert natürlich, es ist nämlich ein Wunschkind. Und auch ein wenig der Versuch, meinen Mann zurück in die Familie zu holen. Als die Schwangerschaft feststand, hat er mir versprochen, ganz für mich da zu sein.«

»Wer weiß noch davon?«

Marlis Seelers stöhnte auf, als würde ihr Schädel gleich unter einem unsichtbaren Druck zerspringen. »Niemand, ich wollte die zwölfte Woche noch abwarten, um ganz sicher zu sein.«

»Und Ihr Mann? Hat er die frohe Nachricht und seine Pläne, sein Leben der Familie zuliebe zu ändern, für sich behalten?«

»Fragen Sie Ricarda. Wenn es jemand weiß, dann seine Schwester.« Marlis Seelers ließ sich von dem fürsorglichen Pfleger aufhelfen.

Das werde ich, beschloss Franka. *Sobald ich Ricarda Marino auf dem Revier habe.*

38

Samstag, vermutlich …

Kopfschmerzen beim Aufwachen waren kein gutes Zeichen. Das war Noah klar, noch bevor er die Augen aufschlug. Zu mehr war er nicht imstande, seine Gliedmaßen waren schwer wie Blei und entzogen sich seinen Befehlen. Er lag auf dem Bauch, die Arme unter sich. Vielleicht hätte er das Krankenhaus doch nicht so frühzeitig verlassen sollen, nun waren das Fieber und mit ihm die Schwäche zurück.

Die geöffneten Augen machten die Lage auch nicht unbedingt besser, es war nämlich so stockduster, dass es Noah vorkam, als wäre er spontan erblindet. Er konnte wirklich rein gar nichts sehen, nicht einmal schwache Umrisse waren zu erkennen. Um ihn herum herrschte eine so undurchdringliche Schwärze, dass zwangsläufig Panik in ihm aufstieg. Irgendwas war schiefgelaufen, und er hatte nicht die leiseste Ahnung, was es war.

Ganz ruhig, entspann dich, forderte Noah sich auf.

Als das panische Lärmen in seinen Ohren allmählich nachließ, versuchte er sich zu erinnern, wo er überhaupt war. Auf Karlies Lager, das vor eingetrocknetem Blut nur so strotzte, kam ihm in den Sinn. Dann begriff er, dass es sich lediglich um ein Déjà-vu handelte, denn es war bereits ein paar Tage her, dass er orientierungslos im Atelier zu sich gekommen war. Aufzuwachen und keine Ahnung zu haben, wo er war, gehörte mittlerweile unleugbar zu seinem Alltag.

Mit einiger Anstrengung kramte Noah seine letzten greifbaren Erinnerungen hervor: Er hatte sich mit Derek in der Bahnhofsmission getroffen, und der Sozialarbeiter hatte versprochen, ihm einen Unterschlupf zu besorgen.

Das war es! Er schlief bäuchlings bei einem von Dereks Kumpeln auf dem Sofa. Oder – so, wie es sich anfühlte – auf einer Matratze auf dem Boden. Es musste ein dünnes Billigteil sein, denn Noah konnte jeden Knochen einzeln fühlen. Als er sich auf die Seite drehen wollte, gelang es ihm nicht. Allerdings nicht wegen des Fiebers oder seiner eingeschlafenen Arme, sondern weil er sich nicht rühren konnte. Kein Stück.

Es dauerte noch einen Moment, bis Noah sich eingestand, dass er gefesselt war. Und zwar vom Oberkörper bis runter zu den Beinen.

Die Vorstellung war so abstrus, dass es sich nur um einen Traum handeln konnte.

»Alles klar«, flüsterte Noah in die muffig riechende Decke, die unter seinem Gesicht lag. »Warten wir es einfach ab.« Vielleicht wurde der Traum ja noch spaßig, wenn erst einmal ein Bondage-Häschen, in pinken Lack gekleidet, in seinen unterirdischen Bau gehoppelt kam, um ihn mit einer Möhre zu züchtigen.

Die Vorstellung unterhielt Noah eine Weile, doch als sich der Traum nicht zu verändern begann, versuchte er die Beine unter seinen Bauch zu ziehen. Das klappte jedoch nicht, die Oberschenkel und Unterbeine waren fest mit einem Seil oder Band umwickelt. Das Verlangen, an seine Beine zu langen und zu überprüfen, was genau los war, wurde übermächtig, doch er konnte seine Hände nicht einmal spüren, so abgestorben lagen sie unter ihm.

»Okay, der Spaß ist vorbei«, sagte Noah halblaut, immer noch unsicher, ob ihm nicht einfach nur ein blöder Scherz gespielt wurde. Ein kranker Gag von seinem Gastgeber, an den er sich gerade nicht erinnern konnte.

Im Passig-Bunker hatten sie so etwas gelegentlich mit Kids angestellt, die zu sehr auf Liquid Ecstasy abfuhren und deshalb eh unter Blackouts litten. Wenn die am nächsten Morgen verkatert und nackt an einen Heizungskörper gefesselt aufwachten, überlegten sie es sich das nächste Mal, ob ein bisschen Kiffen nicht ausreichte.

War ihm genau das passiert? War er aus irgendeinem unerklärlichen Grund im Bunker vorbeigegangen und hatte sich dann spontan entschlossen, sich zuzuballern?

Bislang war allerdings keine Spur zu sehen von überdrehten Bunker-Bewohnern, die sich halb schlapp lachten über ihre Aktion. In dem Raum, in dem er sich befand, herrschte absolute Totenstille. Außerdem trug er die Klamotten, die er im Krankenhaus geklaut hatte, immer noch am Leib.

Krampfhaft versuchte Noah sich zu erinnern, was nach seinem Treffen mit Derek passiert war. Dabei kam es ihm zum ersten Mal seltsam vor, dass er seinen alten Jugendpfleger ausgerechnet jetzt wiedergetroffen hatte, als die Welt um ihn herum einzustürzen begann. *Ein gutes Omen*, hatte er zuerst gedacht, aber plötzlich war er sich nicht mehr so sicher. War es wirklich ein Zufall, dass Derek ausgerechnet in derselben unscheinbaren Stadt wie er gelandet war? Und dann war er noch quasi über ihn gestolpert, als er ohnehin schon am Boden lag. *Derek wusste auch über Albert Nehring Bescheid*, dachte Noah. *Er hat ihn ein mieses Schwein genannt.* Vielleicht war es nur paranoider Schwachsinn, aber was, wenn Derek sehr viel mehr über sein Leben wusste, als er zugegeben hatte? Und jetzt war er Noahs letzte greifbare Erinnerung. Wann war Derek wieder in der Bahnhofsmission aufgetaucht?

Nichts, kein einziges Bild zeichnete sich auf seiner geistigen Netzhaut ab. *Komm schon*, stachelte er sich an. *Da muss was sein, so kaputt bist du doch nun wirklich nicht.*

Und tatsächlich tauchte in seiner Erinnerung langsam ein

Bild auf, zu Beginn noch ganz verschwommen, ehe es sich schlagartig scharf stellte: Es zeigte ein Haus. Lauter gerade Linien, ein moderner Palast mit jeder Menge Bambus davor. Er hatte sich dieses Haus in der Zeitung angesehen, es gehörte Zorg beziehungsweise einem bekannten Strafverteidiger, in dessen Wintergarten Karlies und Jaschas Leichen gefunden worden waren.

Jetzt wusste Noah es wieder: Er war zu diesem Haus gegangen, getrieben von der Frage, ob dieser Mann, für dessen Befriedigung Karlie ihn wie einen wertlosen Bauern geopfert hatte, für den Doppelmord verantwortlich war. Hatte Zorg alias Nehring seine beiden Freunde auf dem Gewissen, war er deshalb verschwunden?

Noah hätte vieles dafür gegeben, die Frage mit einem klaren Ja beantworten zu können. Aber in ihrer gemeinsamen Nacht im Atelier hatte dieser Nehring nicht den Eindruck gemacht, als würde er jede noch so düstere Leidenschaft ohne Zögern ausleben. Er war ja nicht einmal in der Lage gewesen, sich allein einen Jungen zu suchen. Das hatte er Karlie überlassen – und sogar als sie sich zu dritt auf dem Lager gewälzt hatten, war Karlie diejenige gewesen, die die Zügel in der Hand gehalten hatte.

Noah lachte verächtlich in das Kissen, auf dem sein Gesicht ruhte. Es klang wie der verzweifelte Laut eines waidwunden Tieres. Und genau das war er seit jener Nacht, nichts weiter als ein Tier, dem man seinen Willen aufgezwungen und das man anschließend mit einem Fußtritt vor die Tür gejagt hatte.

»Halbe Sachen sind was für Verlierer«, hörte er Karlie in sein Ohr zischen.

Noah wendete den Kopf ab, als könnte er die Erinnerung damit verscheuchen. Doch sein Körper erinnerte sich. Karlies Hände, die überall zu sein schienen, liebkosten und zugleich fest zupackten, um ihn in Position zu bringen. Die

Lust, die sie geweckt hatte und am Kochen hielt, während er schon längst beschlossen hatte auszusteigen. »Bist du ein Verlierer?«, fragte sie ihn. »Mir egal, was ich bin«, antwortete er. Zumindest hatte er das vor. Stattdessen ließ er sich lenken wie ein willenloses Stück Fleisch. Karlie war stärker als er, stärker auch als der Mann, der irgendwo hinter ihm auf seinen Befehl wartete und gehorchte, als er ertönte.

Erneut bäumte Noah sich in seinen Fesseln auf, ein verzweifelter Versuch, der übermächtigen Vergangenheit Einhalt zu bieten. Das Brennen in seinem Inneren schien seit jener Nacht keinen Deut nachgelassen zu haben.

»Denk nicht darüber nach, tu es einfach«, waren die letzten Worte von Karlie, die Noah gehört hatte. Für den Rest gab es keine Sprache, nur tauben Schmerz, falls es so etwas überhaupt gab.

Das kaum hörbare Geräusch einer sich öffnenden Tür erklang, gefolgt von Schritten. Eine kleine, aber nichtsdestotrotz grelle Lichtquelle wanderte als Kegel über den Boden, bis er Noahs Gesicht fand und ihn unbarmherzig anstrahlte. Jemand trat neben sein Lager, aber mehr als einen menschlichen Umriss konnte er durch den Tränenschleier nicht erkennen. Dann packte eine Hand sein Haar und zog seinen Kopf in den Nacken.

Noah stöhnte auf, doch schon im nächsten Moment erstickte der Laut, als ein Becher an seine Lippen gesetzt wurde und ein Schwall Flüssigkeit in seine Kehle drang. Bitter und brennend.

»Mein verlorener Prinz«, flüsterte eine heisere Stimme. »Höchste Zeit, sich für den großen Schlaf vorzubereiten.«

39

Samstag, gegen 16 Uhr

Die Adresse, die Marlis Seelers genannt hatte, lag mitten in der City, in einem modernen Neubau mit einer Tiefgarage im Keller, von dem aus ein Aufzug direkt in die darüberliegenden Wohnungen führte. Mehr Anonymität war kaum möglich, man begegnete sich höchstens auf dem Weg von seinem Wagen zum Fahrstuhl. Und selbst das war eher unwahrscheinlich, denn in solchen Immobilien wohnten keine Familien, deren Kinder mehrmals am Tag durchs Treppenhaus tobten, oder ältere Herrschaften, für die ein freundschaftlicher Umgang mit den Nachbarn nicht nur Gesellschaft, sondern auch Sicherheit für den Fall eines Sturzes bedeutete. Zu solchen zentral liegenden und stylischen Wohnungen fühlten sich vor allem Menschen hingezogen, deren Job viel Geld brachte und zugleich alles von ihnen verlangte. Wenn diese Leute einmal Feierabend hatten, wollten sie den Supermarkt und das Theater direkt vor der Tür haben. Und noch einen Vorteil hatte dieser unpersönliche Turm: Hier lebte man im Herzen der Stadt mit all ihren Möglichkeiten – und doch für sich allein.

Das Apartment, das Ricarda Marino als Geldanlage gekauft und allem Anschein nach ihrem Bruder überlassen hatte, lag im sechsten Stock.

Franka musste den Kopf in den Nacken legen, um durch ein kleines Fernglas zu den schwarzen Fenstern hinaufzublicken. Es dämmerte bereits. Eisiger Wind fegte ihre Haarsträhnen ins Gesicht, die an ihren Lippen hängen blieben. Jede verstreichende Minute zerrte mehr an ihren Nerven. Schließlich war es durchaus möglich, dass sich dort oben ein gefangener Noah Sanders befand. Inzwischen hatte Dr. Weisband anhand der Röntgenbilder nämlich bestätigt, dass es sich bei der verbrannten Leiche nicht um den jungen Mann handelte. Und auch von Ricarda fehlte bislang jede Spur, seitdem sie nach dem ominösen Anruf ihr Handy ausgeschaltet hatte und zum letzten Mal am Vormittag auf der Psychiatrischen Station gesehen worden war. Hinter Frankas Stirn spielte sich in einer Endlosschleife ein Film ab, in dem ihr großer Unbekannter Noah und Ricarda auf ihre Rolle als das nächste tote Liebespaar vorbereitete. In ihrer Phantasie gab es Schlafmittel, rasierklingenscharfe Messer und einen brutalen Liebhaber, dessen Höhepunkt im Töten bestand. Das Apartment schien der Ort zu sein, an dem alle Fäden zusammenliefen und das die perfekten Bedingungen geboten haben mochte, um Jaschas Leiche unbemerkt kühl zu halten, das tote Paar herzurichten und möglicherweise auch Albert Nehring bis zu seinem Tod gefangen zu halten. Der Fotoabzug, den Franka von Marlis Seelers erhalten hatte, wurde inzwischen untersucht, und es deutete alles stark darauf hin, dass er tatsächlich den verstorbenen Albert Nehring zeigte.

»Das dauert alles viel zu lang, bis der verdammte Einsatztrupp vom SEK aus Hannover da ist«, knurrte Abel, der neben ihr in einem Hauseingang auf der gegenüberliegenden Straßenseite stand. Seiner Meinung nach hätten sie direkt in die Wohnung gehen müssen, kaum dass Franka die Adresse von Marlis Seelers erhalten hatte. Nicht einmal den Durchsuchungsbeschluss hatte er abwarten wollen, schließlich war Gefahr im Verzug. Simon hatte sich nicht reinreden lassen. Die Durchsuchung konnte sich als Rohrkrepierer erweisen, aber genauso gut konnten sie einen weiteren

Tatort finden, an dem sich möglicherweise noch der Täter aufhielt.

»Die Jungs werden gleich da sein. Niemand hat schnellere Autos als die.« Früher war das SEK mit Helikoptern zu Einsätzen geflogen, doch das hatte sich als zu umständlich erwiesen.

»Wer weiß, was zur Hölle da oben gerade passiert, während wir uns hier unten die Beine in den Bauch stehen? Vielleicht verwandelt sich gerade das nächste Opfer in einen gefederten, aber leider toten Engel?«

»Gerade wenn in dem Apartment ein gewaltbereiter und unberechenbarer Mörder sitzt, der ein Opfer in seiner Gewalt hat, müssen wir aufs SEK warten. Die sind extra dafür ausgebildet, um mit so einer Situation fertigzuwerden. Oder willst du etwa das Leben eines Opfers riskieren, um hier den Superbullen zu spielen?«

»Ich hätte dir mehr Biss zugemutet«, knurrte Abel sie an.

Franka fragte sich ernsthaft, wie es Abel gelungen war, allein mit ihr in diesem Eingang zu landen. Sie spähte nach Simon, der gerade den Notarztwagen einwies.

»In dem Apartment läuft gerade was ab, genau jetzt«, beharrte Abel, während der Absatz seines Schuhs in einem nervtötenden Stakkato gegen das Mauerwerk knallte. »Du spürst es doch auch?«

Tatsächlich fraß sich eine bittere Spur durch Frankas Kehle, sodass sie kaum schlucken konnte, während sie mit dem Fernglas das gegenüberliegende Gebäude im Blick behielt, bis ihr Arm zu schmerzen begann und sie ihn ausschütteln musste.

Der sechste Stock des Wohnhauses hielt mehr als nur Antworten bereit, sie fühlte die Gewissheit geradezu körperlich. Hinter den verdunkelten Fensterscheiben wartete jemand darauf, dass sie endlich eingriffen. Während sie mit Marlis Seelers im Besucherzimmer zusammengesessen hatte, hatte der Sozialarbeiter Derek Lenz sich auf ihre Nachricht hin zurückgemeldet. Er hatte auf ihre Mailbox gesprochen, dass Noah ihn heute Morgen zwar aufgesucht habe, weil ihm der Tod seiner Freunde sehr zusetze. Nun sei der Junge jedoch verschwunden. Ob sie vielleicht eine Ahnung habe, wohin er gegangen sein könnte. *Nein, das habe ich nicht – und es macht mich ganz verrückt*, gestand Franka sich ein. Gut möglich, dass sie schon bald eine Antwort darauf erhalten würde.

Franka stieß den Atem aus und ging zu Simon hinüber, um mit ihm zu sprechen. In dem Moment fuhren drei dunkle Audis in die Straße ein und bogen auf einen Hinterhof ab, auf den Simon zuvor schon den Krankenwagen geleitet hatte.

Als Franka, mit Abel dicht auf den Fersen, auf dem Hinterhof ankam, legte der Achtertrupp bereits die schwarze, gut 20 Kilo schwere Ausrüstung an. Während der Fahrt hatte Simon bereits mit dem Einsatzleiter abgestimmt, dass man keine Zeit darauf verschwenden wollte, eine fingierte Paketlieferung vorzutäuschen, um die Lage auszukundschaften. Das SEK würde schnell reingehen und das Apartment sichern – keine Ablenkungsmanöver, keine Spielchen. Falls sich ihr unbekannter Täter in den Räumen aufhielt, vielleicht sogar gemeinsam mit einem weiteren Opfer in seiner Gewalt, sollte er auf keinen Fall vorgewarnt werden. Die Bewohner der unteren Wohnung hatte man bereits gebeten, sich zurückzuziehen, während aus dem oberen Penthouse niemand zu erreichen gewesen war.

Der Einsatzleiter warf noch einen Blick auf die Unterlagen vom Katasteramt. »Ein langer Flur, von dem je zwei Räume links und drei rechts abgehen. Werden wir ganz klassisch fluten. Zuerst aber legen wir den Fahrstuhl lahm und gehen über die Treppe. Unten beim Hauseingang, bei der Tiefgarage sowie rückwärtig solltest du entsprechend Leute positionieren Simon, damit uns niemand entwischt.«

Simon nickte, offenbar kannte er den Mann schon von früheren gemeinsamen Einsätzen. Es herrschte diese gewisse Harmonie, die entsteht, wenn man sein Gegenüber so gut einschätzen kann, dass es keiner vielen Worte mehr bedarf. »Das ist übrigens Franka Janhsen, meine Partnerin. Kollege Abel Messner kennst du ja bereits. Franka, das ist Anton Pierling, er wird den Einsatz leiten. Wir haben Glück, dass er heute Wochenenddienst hat.«

Anton Pierling lächelte Franka überraschend charmant an. Ein athletischer Mann Mitte vierzig, dessen kurz gestutzter Bart bereits grau war. »Freut mich. Da haben Sie ja einen guten Griff bei der Partnerwahl an den Tag gelegt.«

»Ja, ich bin ganz zufrieden.« Franka lächelte zurück, wobei sie sich durchaus bewusst war, dass sowohl Simons als auch Abels Blick auf ihr ruhten.

»Gut, dann gehen wir mal rein«, sagte Anton Pierling und setzte seinen Schutzhelm auf. »Ihr bleibt im Treppenhaus, bis wir das Apartment gesichert haben. Keine Einzelkämpfernummern, Messner. Verstanden?«

Abel starrte ausdruckslos zurück. »Los jetzt«, raunte er nur.

Der Einsatzleiter warf ihm einen scharfen Blick zu, dann gab er ein paar Handzeichen, und einen Augenblick später hatte sich sein Trupp geordnet. Im Laufschritt preschten sie los, die Waffen noch in den schwarzen Trainingstaschen.

Franka überprüfte ihr Headset und den Sitz ihrer P2000, dann lief sie an Simons Seite auf das Apartmenthaus zu. *Hoffentlich sind wir nicht zu spät*, dachte sie, während das Adrenalin ihren Körper mit einer Hitzewelle flutete.

40

Samstag, 16:18 Uhr

Das schmale Treppenhaus, das nur für Notfälle vorgesehen war, stellte die voll ausgerüsteten SEK-Beamten in ihrer schweren Schutzkleidung vor keine sonderliche Herausforderung. Zwei Mann liefen mit gezückten Waffen versetzt voran, als wären die sechs Stockwerke nicht mehr als ein Spaziergang am Morgen. Simon geriet neben Franka hingegen ins Keuchen, als sie hinter dem Trupp die Stufen nahmen. Offenbar verbrachte ihr Kollege mehr Zeit damit, sich um seinen Muskelaufbau als um seine Ausdauer zu kümmern. Auch Franka geriet außer Atem, was jedoch mehr an der Aufregung lag. Während sie viel zu rasch und flach atmete, hatte sie das Gefühl, niemals wieder stehen bleiben zu können. Von Abel Messner, der hinter ihnen die Treppe erklomm, war hingegen nichts zu hören. Dafür glaubte Franka einen Hauch von kaltem Zorn zu spüren.

Während das SEK die Wohnungstür mit einer Ramme nach zwei knallenden Schlägen geöffnet hatte und die Wohnung stürmte, bezog Simon, gedeckt von Abel, neben dem Türrahmen Stellung, um im Zweifelsfall sofort reagieren zu können.

Franka mit ihrem lädierten Ellbogen hielt sich notgedrungen im Hintergrund, obwohl ihre Hand auf ihrer Dienstwaffe lag, die sie im Zweifelsfall vermutlich gar nicht vernünftig würde ausrichten können.

Sekunden verstrichen, dann flüsterte Abel: »Die Spur ist kalt. Komm, wir gehen rein.«

»Lass es endlich gut sein«, forderte Franka, die selbst gegen den brennenden Wunsch ankämpfte, in den stockfinsteren Wohnungsflur zu stürmen. Ein Geruch nach abgestandener Luft wehte ihnen entgegen. Da war aber noch etwas anderes ... Fäkalien und etwas widerlich Süßes.

Lautstarke »Hier ist die Polizei«-Rufe erklangen, während das SEK ein Zimmer nach dem anderen sicherte. Grelles Licht von Lampen, die unter den Waffen des Trupps angebracht waren, fanden wie Irrlichter ihren Weg zur Wohnungstür und das dahinterliegende Treppenhaus. Nicht länger als eine Minute pro Zimmer brauchte ein Zweierteam normalerweise, trotzdem kam Franka das Warten wie eine Ewigkeit vor.

»Das dauert zu lange«, flüsterte sie angespannt, woraufhin Simon ihr einen Blick zuwarf.

»Hier ist jemand«, schnarrte plötzlich die Stimme eines SEKlers in Frankas Ohr.

Im nächsten Moment dröhnte der Ruf »Polizei, Hände hoch!« durch den Flur. Einfache Befehle, die jeder verstand – egal ob Opfer oder Täter, einmal davon abgesehen, dass das SEK bei einer Sicherung jeden wie einen gewaltbereiten Täter behandelte, bis die Situation geklärt war.

Während Franka noch nach Luft schnappte, preschte Abel schon vorbei an Simon, der einen Fluch unterdrückte und seinem Kollegen folgte, um ihm im Notfall Feuerschutz zu geben. Auch Franka riss ihre Waffe aus dem Holster, ignorierte den Schmerz in ihrem Arm und stieß in der Dunkelheit fast mit einem SEKler zusammen, der die Nachhut im Flur bildete.

»Noch nicht«, sagte der von Kopf bis Fuß in Sicherheitskleidung verpackte Mann, und Franka blieb notgedrungen stehen. Sie hatte diesen Ort in Erfahrung gebracht und wurde nun von ihren beiden Kollegen abgehängt. Doch schon eine Sekunde später knarzte es in ihrem Headset.

»Objekt gesichert sowie eine Person gesichert, auf keinerlei Widerstand getroffen. Der Notarzt soll kommen, bei der Person scheint es sich um ein Entführungsopfer zu handeln.«

Mehr brauchte Franka nicht zu hören, sie schob den großen Mann, der sich ihr in den Weg gestellt hatte, energisch beiseite und folgte dem Leuchten der Taschenlampen.

In einem verdunkelten Raum, dessen Größe nicht auszumachen war, lag ein nackter Mann ausgestreckt auf einem Bett. Der Kegel einer Taschenlampe wanderte über sein glatt rasiertes Geschlecht. Unwillkürlich dachte Franka an Jascha und seine Bemühungen, sich in einen Unschuldsengel zu verwandeln. Dafür war dieser Mann jedoch eindeutig zu alt, und das Netz aus roten Striemen, das sich über seinen Unterleib zog, deutete keineswegs auf Unschuld hin. Sie versuchte, sein Gesicht zu erkennen, doch einer der schwarz gekleideten SEKler versperrte ihr die Sicht.

»Sicherungskasten gefunden«, quäkte das Headset.

Im nächsten Augenblick sprang die Oberbeleuchtung an und leuchtete einen weitläufigen Raum aus. Doch Franka hatte nur Augen für den Mann mit seinen dunkel behaarten Unterbeinen, die mit rotem Band umwickelt und an die Stahlrohre des Fußteils gebunden waren.

Das ist also unter einem Jailhousefuck-Bett zu verstehen, dröhnte es ihr wie böser Hohn durch den Kopf. Sie hatte das Möbel zuvor schon einmal gesehen, ebenfalls als Hintergrund für einen Gewaltakt: auf dem Foto, das Karlie mit ihren frischen Schnittverletzungen zeigte. Daneben stand eine Videokamera auf einem Stativ, die Simon an sich nahm, während er sich mit der anderen Hand vor den Mund schlug. Der Gestank nach Fäkalien und Erbrochenem war unerträglich. Wer auch immer an das Bett gefesselt worden war, hatte sich offenbar aus sämtlichen Körperöffnungen auf die Matratze entleert. Abel diskutierte unterdessen mit Anton

Pierling, der nicht sonderlich vom Verhalten des Kommissars begeistert war.

»Ist schon klar, dass es dieses Mal einen dienstlichen Rüffel gibt, oder?«

Abel verzog das Gesicht. »Wenn ihr nicht so lahmarschig gewesen wärt …«

»Es reicht, das klären wir später«, sagte Simon erstaunlich ruhig über die Schulter hinweg.

Franka trat neben den SEKler, der sich über den Kopf des Mannes beugte. Die Hände des Gefesselten waren mit dem gleichen roten Band ans Kopfteil gebunden. Rote Abriebstellen bewiesen, dass er sich lebhaft gegen die Fesselung gewehrt haben musste. Dunkles verschwitztes Haar klebte auf dem schwarzen Laken, wodurch es kaum auszumachen war. Sein Gesicht hingegen war von weißen Federn bedeckt, die mit einer dicken Teerschicht angeklebt worden waren.

»Lebt er noch?«, fragte Franka.

»Ich bin mir nicht sicher, ich spüre jedenfalls keinen Puls. Wo bleibt der Notarzt?«, rief der SEKler über seine Schulter.

»Die Federn über seinem Mund … die bewegen sich.«

Ohne nachzudenken, beugte sich Franka über den bewusstlosen Mann und wischte die Federn von seinen Lippen. Darunter kamen noch mehr zum Vorschein, dreckig verfärbt und klebrig. Es wurden immer mehr, sie quollen zwischen seinen Lippen hervor, während Franka sie fortzuwischen versuchte.

»Er erstickt! Schneiden Sie ihm die verdammten Fesseln durch, damit wir ihn auf die Seite drehen können!«

Endlich kam Bewegung in die Angelegenheit. Der SEKler zückte ein Rettungsmesser und durchtrennte die Bänder, während Simon die Fußfesseln löste. Sogar Abel hatte seine Streitereien eingestellt und half Franka, den Bewusstlosen in die Seitenlage zu bringen.

Mit einem Würgen stieß der Mann einen Schwall Erbrochenes samt einem Ballen halb verdauter Federn aus. Wie in einem unwirklichen Kontrast dazu segelten reinweiße Federn von seinem Gesicht hinab auf Laken und Fußboden.

»Gehen Sie bitte beiseite.«

Der Notarzt war endlich eingetroffen und versuchte, Franka wegzudrängeln. Doch sie konnte sich nicht rühren. Ihr Blick hing wie festgefroren an dem Gesicht, das unter der Feder-Teer-Schicht zum Vorschein gekommen war.

»Das ist nicht Noah«, flüsterte sie mit unverhohlener Erleichterung.

»Nein, das ist der verfickte Schreiberling Dirk Märzbach. Wohl ein bisschen zu investigativ recherchiert«, sagte Abel, während er Frankas Schultern mit festem Griff umfasste und sie von dem Stahlbett wegzog.

41

Samstag, ca. 17 Uhr

Vorerst hatten sie vorliebnehmen müssen mit einem Geständnis, das mit der Videokamera aufgenommen worden war. Darauf war Dirk Märzbachs Gesicht in Großaufnahme zu sehen, schräg von oben gefilmt, als hätte das Stativ zu diesem Zeitpunkt hinterm Kopfteil des Bettes gestanden. Es ließ sich nur vermuten, dass er zu diesem Zeitpunkt bereits ans Bett gefesselt gewesen war, denn wenn sein Kopf ruckte – und das tat er häufiger, wie bei einem nervösen Tick –, konnte man das schwarze Laken sehen.

Zu diesem Zeitpunkt schien Dirk Märzbach noch nicht zu ahnen, was auf ihn zukam. Sein Grinsen, das er zu Beginn der Aufnahme noch entschlossen in die Kamera hielt, ließ eher auf einen Mann schließen, der auf ein Abenteuer hoffte. Das Grinsen sollte erst zum Ende der zwei Minuten und 34 Sekunden zerbröckelt sein. Dass dieses Abenteuer mit einem verätzten Gesicht und einer Nahtoderfahrung enden würde, hatte er gewiss nicht vermutet. Ansonsten hätte er wohl bereits zu Beginn der Aufzeichnung wie wild gegen die Fesseln angekämpft, anstatt sich zu einem kleinen Plauderstündchen der besonderen Art drängen zu lassen.

Franka stand neben Simon, der das Display der Kamera so hielt, dass sie die Aufnahme mit ansehen konnte. Dirk Märzbach blinzelte ihnen vom Bildschirm nervös entgegen, die Gesichtsfarbe blass, fast grünlich, und mit einer Schweißschicht auf der Stirn.

»Ich bin niemand, der für halbe Sachen steht«, erklärte er der Kamera in einem Ton, als wolle er wie ein ganzer Kerl rüberkommen. Doch seine Stimme spielte ihm einen Streich, indem sie einen schrillen Unterton annahm. »Ganz oder gar nicht, alles andere ist nichts für mich. Ich gehe den Weg bis zum Ende, egal was es kostet. Das macht mir keine Angst.« Er brach in ein abgehacktes Lachen aus. »Scheiße, ich will nicht darüber reden.«

Als Antwort rieselten schneeweiße Daunenfedern auf sein Gesicht hinab, schwebende kleine Wolken im kreiselnden Flug, die auf seinen Lippen und im gepflegten Schnurrbart hängen blieben, bis er sie durch ein Prusten verscheuchte. Schmollend drehte er den Kopf zur Seite, überlegte es sich dann aber anders und sah wieder nach oben in die Kamera.

»Eine Feuerbestattung ist eine saubere Sache, ein würdiges Ende für einen Mann«, erklärte Märzbach. »Auch wenn dieser Mann sich als Fake erwiesen hat. Als kompletter Loser, der einfach tot umkippt, wenn es drauf ankommt!«

Schlagartig verzog sich Dirk Märzbachs Gesicht zu einer schmerzverzerrten Grimasse.

»Das muss einer der Gertenschläge über die Genitalien gewesen sein«, merkte Simon trocken an.

»Es muss also auch jemand seitlich neben dem Bett stehen, um zuschlagen zu können. Wir haben es möglicherweise sogar mit zwei Tätern zu tun.« *Noah und Ricarda als Team?*, dachte Franka für einen verwirrenden Moment.

»Nur falls einer neben der Kamera steht, in die Märzbach spricht. So eine kranke Scheiße.«

Franka gönnte sich einen Seitenblick auf ihren Partner. Simons flatternde Nasenflügel verrieten, dass diese Aufnahme mehr als nur ein spektakuläres Beweisstück war. Sie brachte Simons ansonsten so stabiles Gleichgewicht durcheinander – eine Regung, die Franka mehr als sympathisch fand, auch wenn er sich alle Mühe gab, seine Bestürzung zu verbergen.

Nach ein paar gejapsten Atemzügen war Dirk Märzbachs Grinsen wieder an Ort und Stelle. Sein Blick glitt zur Seite, als wolle er checken, ob ihn nicht noch ein weiterer Schlag erwartete, dann blinzelte er wieder in die Kamera. »Nun ist es vorbei. Und zwar genau so, wie es auch sein sollte: mit Stil. Das war ich mir schuldig – und nicht nur mir, sondern dem ganzen Projekt.«

Eine Pause trat ein. Ein drückendes Schweigen, in dem nur Dirk Märzbachs schnell gehender Atem zu hören war. Er grinste immer noch, doch in seinen Blick hatte sich Furcht geschlichen. *Allmählich wird ihm klar, dass es um mehr als um ein Geständnis geht, um sehr viel mehr*, begriff Franka, die die Arme fest um sich geschlungen hatte. Auch ihre Nerven machten langsam nicht mehr mit, selbst wenn die Kriminalerin in ihr aufmerksamer war als je zuvor.

»Es *war* richtig.« Dirk Märzbachs Stimme ließ sie aufschrecken. »Es war richtig, ihn auf diese Weise loszuwerden. Nun gehört er zu den anderen. So war es doch eh, diese miesen kleinen Möchtegerns! Jetzt bilden sie wieder ihr Dreigespann.«

»Mit den anderen …«, sagte Simon in Dirk Märzbachs stetig lauter werdenden Atem hinein. »Damit sind sicher Karlie und Jascha gemeint.«

Franka nickte bloß, weil sich in diesem Moment Dirk Märzbachs Augen vor Schreck weiteten. Was auch immer er sah, es ließ das überdrehte Grinsen auf seinem Gesicht schlagartig ersterben. Nun starrte er unverwandt nach oben, als würde sich an der Zimmerdecke etwas Interessantes abspielen.

»Vielleicht hätte ich diese Entscheidung nicht allein treffen sollen, aber es war richtig. Jetzt ist es vorbei! Wir sind damit durch. Wir …« Sein panischer Blick wanderte zur

Seite, dann versuchte er den Nacken zu überspannen, um ans Ende des Bettes sehen zu können.

Ein einzelner schwarzer Tropfen traf seine Wange und glitt träge an ihr hinab.

»Ich hatte das Recht dazu«, beharrte Dirk Märzbach schrill. »Bitte …«

Was auch immer er erbitten wollte, bekamen sie nicht mehr zu hören. Ein Schwall der schwarzen zähen Substanz plädderte hinab und traf den zum Protest geöffneten Mund. Dann war die Aufnahme zu Ende.

Simon schüttelte den Kopf, als könne er damit die eben gesehenen Bilder verscheuchen. »Vor Gericht wird das zwar kaum als Beweismittel zählen, aber in meinen Ohren klang das ganz danach, als habe Dirk Märzbach gestanden, Albert Nehrings Leiche im Luisenpark in Brand gesetzt zu haben.«

»Seine Leiche …«, wiederholte Franka, um ein paar Sekunden Zeit zu schinden. Die brauchte sie dringend, um das Würgegefühl in den Griff zu bekommen. »So, wie Märzbach es beschrieben hat, ist Nehring beim Anblick der beiden Toten in seinem Wintergarten zusammengebrochen. Vielleicht ein Herzschlag. Wäre durchaus denkbar bei einem Endvierziger, dessen Leben vom Daueradrenalin bestimmt wurde.«

»Das wird die Gerichtsmedizinerin sicher herausfinden.«

Simon spielte die Aufnahme erneut ab, und dieses Mal versuchte Franka sich vor allem auf Dirk Märzbachs Worte zu konzentrieren. Was alles andere als leicht war, weil die zunehmende Panik in seiner Stimme auch ihren Puls hochjagte.

»Märzbach spricht von einem Projekt, von der Herausforderung, den ganzen Weg zu gehen – anders als die Loser und Möchtegerns, zu denen er offensichtlich auch Nehring zählt.«

»Es klingt fast, als wäre das Märzbach-Team herausgefordert worden, so nach dem Motto, wer am weitesten zu gehen bereit ist«, spann Simon ihren Gedanken weiter. »War der Pokal sozusagen ein eiskalter Mord?«

»Marlis Seelers ist der Auffassung, dass ihr Mann zwar süchtig danach war, sich auszuprobieren, dass er aber niemals so weit gegangen wäre, einen anderen Menschen zu töten.«

»Wie gut kann man jemanden überhaupt kennen, der solchen obskuren Leidenschaften nachgeht?«

Simon sah Franka fragend an, bis sie den Blick abwendete. Sie wollte jetzt keine Unterhaltung darüber führen, wie unberechenbar die Herzen der meisten Menschen waren. »Allem Anschein nach hatte Märzbach mindestens einen Partner, eventuell zwei«, sagte sie stattdessen.

»Wissen wir endlich, wo Ricarda Marino im Augenblick steckt?«, fragte Simon.

Franka knabberte vor Anspannung an ihrer Unterlippe, die schon ganz wund war. »Ich kann sie telefonisch nicht erreichen, und in ihrer Wohnung und dem Agenturbüro ist sie laut den Kollegen auch noch nicht aufgetaucht. Die Fahndung läuft bereits. Glaubst du, sie hat sich einen obskuren Wettstreit mit ihrem großen Bruder darin geliefert, wer den Bogen weiter überspannt?«

»Unter Geschwistern ist ja bekanntlich einiges möglich, aber das übersteigt ehrlich gesagt meine Phantasie.« Simon lächelte bitter.

Und meine etwa nicht?, dachte Franka. Doch sie behielt die Frage lieber für sich. Das Risiko war zu hoch, dass ihr Simons Antwort nicht gefallen würde.

Während sie einander noch maßen, klingelte Simons Telefon. Nach einem kurzen Gespräch steckte er es wieder weg. »Das war die Gerichtsmedizin. Bei dem Brandopfer aus dem Luisenpark handelt es sich laut Zahnstatus um Albert Nehring. Der Kreis hat sich zumindest geschlossen.«

»Ja«, sagte Franka. »Allerdings ohne uns einen entscheidenden Hinweis zu geben.«

42

Samstag, früher Abend

Das Apartment erwies sich als wahre Fundgrube für die Spurensicherung. Es war übersät mit Fingerabdrücken von Albert Nehring und Karlie sowie einigen Abdrücken älteren Datums, die einer Reinemachfrau, der Eigentümerin Ricarda Marino oder den Personen, die das erzwungene Geständnis aufgenommen hatten, gehören konnten. Abdrücke von Jan Felsberg hingegen fehlten völlig, er schien diese Wohnung niemals betreten zu haben. Von Dirk Märzbach hingegen waren ausreichend Spuren vorhanden, woraus sie schließen konnten, dass es sich nicht um einen einmaligen Besuch gehandelt hatte. Außerdem hatte er Dinge berührt, die weit über eine Stippvisite hinaus deuteten. So waren seine Fingerabdrücke etwa an der Waffen- und chirurgischen Instrumentensammlung in einem Nachbarzimmer zu finden. Bei dem Anblick eines dazugehörigen Skalpells musste Franka unwillkürlich an die Ranke auf Karlies Bauch denken. Ob ihre Haut mit diesem Instrument geritzt worden war?

»Es scheinen einige Stücke zu fehlen.« Simon deutete auf drei Leerstellen in den thematisch sortierten Reihen. »Die entscheidende Frage ist, ob es Albert Nehring nicht gelungen ist, die passenden Teile zu erwerben, oder ob sie jemand mitgenommen hat.«

Franka trat näher. »Sieht ganz so aus, als würde eine der Handfeuerwaffen und eins der Messer fehlen. Keine Ahnung, was die dritte Lehrstelle bei den chirurgischen Instrumenten zu bedeuten hat.«

»Falls sich hier jemand bedient hat, hat er jedenfalls aus jedem Sortiment ein Stück mitgenommen. Vielleicht ein Souvenir?«

Hoffentlich ist es nur das, dachte Franka.

Der Transporter, mit dem allem Anschein nach Albert Nehrings Leiche weggeschafft worden war, stand unten in der Tiefgarage des Apartmenthauses. Es handelte sich um einen VW-Bus, den Dirk Märzbach am letzten Mittwoch für eine Woche gemietet hatte. Auf den ersten Blick verrieten nur der strenge Geruch von Lack und ein paar verirrte Federn, wofür der Wagen benutzt worden war. Georg Feitner, der wie ein überdrehtes Rumpelstilzchen umhersprang und sein Team abwechselnd anblaffte oder herumkommandierte, gab sich allerdings optimistisch.

»So clever ist der Bursche auf keinen Fall, dass wir nichts finden. Da kann er noch so viel CSI geglotzt haben«, erklärte der Leiter der Spurensicherung im Brustton der Überzeugung. »Dieser Märzbach war viel zu geil drauf, sich ein paar kräftige Hiebe über sein bestes Stück ziehen zu lassen, um erst mal den Wagen klinisch sauber zu machen. Da wette ich drauf.«

»Die Wette würde ich auf keinen Fall annehmen«, erklärte Franka, die noch zu sehr unter dem Eindruck des erzwungenen Geständnisses stand, um sich über so viel Aufmerksamkeit vonseiten Feitners zu wundern. »Wenn sich herausstellen sollte, dass auch die Leichen von Theresa Michaelis und Jascha Malinowski in diesem Wagen transportiert worden sind, geben Sie mir gleich Bescheid, ja?«

»Habe ich das etwa jemals nicht getan?« Da war sie wieder, Feitners gereizte Grundstimmung.

Franka tippte sich zum Gruß an die Stirn und ging ins Nachbarzimmer zu Abel, der die Öffnung eines Wandsafes veranlasst hatte.

»Ihr wart schon erfolgreich? Das ging ja schnell.«

Gemeinsam mit einem Techniker stand Abel vor einem hohen Metalltisch, auf dem die Ausbeute lag. »Der Safe war keine allzu große Herausforderung«, sagte er, ohne Franka eines Blickes zu würdigen.

Seit sie das Apartment gestürmt hatten, wirkte er vollkommen unnahbar, als hätte dieser Ort ihn in seinen Bann gezogen. *Als befände er sich vollauf in seinem Element inmitten dieser ganzen abstoßenden Zeugnisse*, dachte Franka. Wo andere Kriminalbeamte verstört reagierten oder durch Witze versuchten, den Druck abzubauen, versprühte Abel Messner eine überhitzte Energie. Als Franka sich neben ihn stellte, richteten sich die Härchen auf ihren Unterarmen auf.

»Was haben wir?«

Abel deutete auf ein Bündel Bargeld, eine Beretta 96 samt Munition, eine Webcam, zwei Laptops und ein Handy. »Auf dem Prepaid-Handy sind jede Menge Nachrichten von Karlie, damit werden wir noch einige andere Unternehmungen der beiden ausloten können. Ich habe die SMS erst einmal nur kurz überflogen, habe aber bereits eine Nachricht gefunden, die Noah Sanders' Version des verabredeten Dreiers bestätigt.« Abel bedachte Franka mit einem abgründigen Lächeln. »In Karlies Augen war Noah übrigens nicht mehr als ein braves Hündchen, das Sitz machte, bevor sie überhaupt den Befehl gibt. So unterschiedlich können zwei Menschen ihre Beziehung wahrnehmen: Der eine denkt, da entwickelt sich was ganz Großes, während der andere, meist der Überlegene in diesem Gespann, bloß seinen Vorteil im Auge hat. Kommt dir möglicherweise bekannt vor.«

»Willst du mir irgendwas Bestimmtes sagen?«, fragte Franka.

Anstelle einer Antwort zog Abel einen der Laptops zu ihnen. »Hier sind jede Menge Filmchen mit Karlie in der Hauptrolle drauf. Ich habe mich da erst einmal nur durchgeklickt. Wird eine ziemliche Zeit in Anspruch nehmen, um das alles vernünftig auszuwerten. Ein paar hat sie wohl extra gedreht, um ihren spendablen Liebhaber bei Laune zu halten.«

»Das klingt so, als habe Karlie von Albert Nehring nichts anderes als eine warme Gelddusche erwartet. Wenn man an die kunstvollen Aufnahmen auf ihrem iPad denkt, dann überkommt einen allerdings der Eindruck, als ob sie auf einer bestimmten Ebene außergewöhnlich gut miteinander harmoniert hätten. Albert war Karlies Gefährte und nicht bloß ihr Sugardaddy. Genau wie Noah nicht bloß ihr gehorsames Hündchen gewesen ist.«

Wut stieg in Franka auf, ohne dass sie genau sagen konnte, woraus diese sich speiste. Auch Abel entging ihr Stimmungswandel nicht, denn er wendete sich ihr plötzlich zu, nachdem es bis eben nichts Interessanteres als seine Beute gegeben hatte.

»Karlie war ein Miststück, aber sie war auch viel mehr als das«, setzte Franka nach. »Sie war begabt, wie ihre Aufnahmen beweisen, und sie hatte eine Vision, was sie aus ihrem Leben machen wollte. Das ist sehr viel mehr, als die meisten Menschen von sich behaupten können. Keine Risiken einzugehen, das Dunkle auszublenden und sich nicht einmal Zwischentöne zu erlauben ist natürlich eine Strategie, mit der man sauber durchs Leben kommt. Aber dabei darf man nicht vergessen, dass es nicht die Saubermänner und -frauen sind, die auf dieser Welt etwas bewegen, sondern diejenigen, die keine Angst davor haben, sich schmutzig zu machen.«

Obwohl Franka leise gesprochen hatte, brach ihre Stimme weg, als habe sie jedes einzelne Wort hinausgeschrien. Der Techniker warf ihr einen irritierten Blick zu, ehe er sich an dem passwortgeschützten zweiten Laptop zu schaffen machte, während Abels Miene nichts als reine Aufmerksamkeit zeigte. Das Apartment mit seinen Geheimnissen schien vergessen.

»Willst *du* mir vielleicht auch etwas sagen?«, fragte er schließlich.

Franka rieb sich die Schläfen. Was hatte sie bloß geritten, sich eine solche schwache Minute ausgerechnet vor Abel Messner zu gönnen? »Vergiss es am besten, wir stehen alle unter Strom, da kann es schon mal mit einem durchgehen.«

Abel sah sie nur an. Mehr war nicht nötig, sie wusste auch so, dass sie ihm soeben eine Seite von sich gezeigt hatte, die er ohnehin schon gewittert hatte. Während sie sich selbst Vorwürfe machte, wendete sie sich ab und ging in das Zimmer nebenan, in dem gerade niemand von der Spurensicherung zugange war. Sie brauchte einen Moment, bis sie sich wieder im Griff hatte.

So weit kam es jedoch nicht. Abel war ihr gefolgt und stellte sich hinter sie, was Franka allerdings erst bemerkte, als sie vor einer mitten im Raum aufragenden Metallstange zurückwich und rücklings gegen seine Brust prallte. Die kurze Berührung versetzte ihr tatsächlich einen Schlag, als würde eine elektrische Spannung von Abels Körper ausgehen.

»Was zur Hölle schleichst du dich so an?« Franka wich aus, als er die Hand ausstreckte, um ihr Halt zu geben. *Oder um mich festzuhalten.*

»Ich habe mich nicht angeschlichen, sondern bin dir bloß gefolgt. Was du eben gesagt hast, kannst du ja nicht einfach so stehen lassen.«

»Es war nur ein Ausbruch. Mach gefälligst nicht mehr daraus.«

Abel zuckte mit den Achseln. »Gut, dann belassen wir es erst einmal dabei. Soll es heute Abend noch eine Besprechung geben?«

Erschöpft lehnte Franka sich gegen die Metallstange.

»Sicherlich nicht vor morgen früh. Erst der Leichenfund im Luisenpark, jetzt das hier … Die Spurensicherung kann sich nicht zerreißen, und Dirk Märzbach wird bestimmt nicht eher vernehmungsbereit sein.«

»Wenn Märzbach sich in Schweigen hüllt, wird das noch ein ganz schöner Ritt werden.«

»Glaubst du wirklich, er wird schweigen, nachdem seine Komplizen ihn fast erstickt hätten?«

»Du hast das Video doch auch gesehen«, sagte Abel. »Dirk Märzbach ist stolz darauf, keine halben Sachen zu machen. Was auch immer hier gelaufen ist, es deutet vieles darauf hin, dass er keine Hemmungen an den Tag legt, sein Ding durchzuziehen. Offenbar ging ja auch Albert Nehrings Feuerbestattung auf seine Rechnung.«

»Wofür er empfindlich bestraft worden ist«, gab Franka zu bedenken. »Er ist jetzt ein Ausgestoßener, geteert und gefedert.«

Abel zog die Stirn kraus. »Das stimmt. Aber dadurch, dass wir ihn gefunden haben, hat er jetzt die Chance auf Wiedergutmachung, indem er schweigt. Unterschätz den Mann nicht.«

Franka nickte widerwillig, dann stieß sie sich von der Metallstange ab, gegen die sie bislang gelehnt hatte. »Was ist das eigentlich, eine Art Marterpfahl?«

Das Grinsen, mit dem Abel sie bedachte, gefiel ihr gar nicht. »Wohl eher eine Pooldance-Stange«, sagte er. »Karlie konnte ihren Videos nach erstaunlich gut damit umgehen.«

So schnell wie möglich brachte Franka Abstand zwischen sich und die Stange, die von einem einzelnen Scheinwerfer aus einer Ecke heraus beleuchtet wurde. Dann sah sie sich in dem Zimmer um, das ansonsten karg möbliert war. Es gab nur noch eine Art Metallstuhl, der sie vor ein weiteres Rätsel stellte.

»Du hast auch keine Ahnung, wozu der Stuhl gut sein

könnte«, stellte Abel amüsiert fest. Als wäre Franka ansonsten eine Spezialistin in allen Absonderlichkeiten. »Soll ich es dir zeigen?«

»Wenn das Monstrum nichts mit den Morden zu tun hat, spare ich mir das«, sagte Franka. Sie hatte langsam genug von den seltsamen Spielsachen, vor allem weil sie Abel die Chance gaben, sie vorzuführen. »Man muss nicht alles wissen.«

So leicht ließ Abel sich allerdings nicht abschrecken. Er setzte sich auf den Stuhl, die Ellbogen auf der Lehne aufgestützt und die Fingerspitzen gegeneinandergelegt. Das Licht des Scheinwerfers, das ihn nur seitlich streifte, zauberte harte Schatten auf sein Gesicht. »Du willst es also wirklich nicht wissen?«, fragte er. »Und ich dachte, für dich sei es unerlässlich, dich auf jedes noch so verstörende Detail dieses Falls einzulassen, um zur tiefer liegenden Ebene des Verbrechens vorzudringen. Allein die Intensität, mit der du Karlies schwarze Fotoreihe studiert hast.«

Die Auswertung der Bilddateien hätte Franka am liebsten aus ihrer Erinnerung gestrichen. Es wäre schon schwierig gewesen, sich allein Karlies Selbstporträts anzusehen, weil sie einen auf eine geradezu widerliche Weise berührten und einen unangenehmen Nachgeschmack hinterließen, eine Art post-voyeuristisches Schamgefühl. Nach außen war es Franka gelungen, die Unberührbare zu geben, zumindest für eine Weile. Aber Karlies schwarze Reihe bestand aus über zwei Dutzend Aufnahmen, und gemeinsam mit Abel hatte Franka jede einzelne genau studiert, in der Hoffnung auf einen Anhaltspunkt, wer bei diesen Aufnahmen noch zugegen gewesen war. Das hatte nichts anderes bedeutet, als eine endlos lange Zeit neben Abel Messner zu sitzen, während eine junge Frau auf dem Bildschirm vor ihnen jede noch so abwegige Facette ihrer Persönlichkeit auslebte. Es war erschreckend privat gewesen, auch wenn sie sich bei der Analyse streng an den Fachjargon gehalten hatten – eine Regel, die Abel jetzt brach. Dadurch war Franka nicht länger bloß eine Kollegin, sondern auch eine Frau, die er in einem intimen Moment erlebt hatte.

»Du saßt neben mir, als Karlies kunstvolle Selbst-Zelebrierung über den Bildschirm tobte. Und du hast auch nicht einmal weggesehen«, erinnerte Franka ihren Kollegen.

»Nein«, sagte Abel. »Ich sehe nie weg.«

43

Samstag, ca. 19 Uhr

Nach der ersten Auswertung der Spurenlese zeichnete sich bereits ein klares Bild ab: Albert Nehring hatte das Apartment als Liebesnest, aber auch als eine Art Basislager für seine Erkundungstouren genutzt. Im Wohnzimmer, durch dessen riesige Fensterfront man jetzt am frühen Abend auf die hell erleuchtete Innenstadt blicken konnte, standen lediglich das Stahlbett und ein überdimensionales Sofa. Auf der Matratze des Bettes hatte ein Comur-Test bereits ältere Spuren menschlichen Blutes nachgewiesen. Frankas Gedächtnis hatte sie also nicht getäuscht, was die Aufnahmen auf Karlies iPad anbelangte: Die Narben auf ihrem Bauch waren ihr in diesem Raum beigebracht worden und nicht etwa in einer Hütte im Harz, wie sie vor Gericht behauptet hatte.

Im Ankleideraum befand sich fein säuberlich einsortiert die Ausrüstung, die das Paar für seine Exkursionen gebraucht hatte, wie etwa die Neoprenanzüge von ihren Tauchgängen oder auch eine Paintball-Ausrüstung. In einem dieser Fächer fanden sie auch einen Seesack mit Kleidung samt Jaschas Papieren.

Hierher ist der Junge also gegangen, nachdem Noah ihn aus dem Bunker geworfen hatte, dachte Franka. Alberts Apartment war seine Zuflucht, weil seine Cousine sich hier oft aufhielt. Nur war er kurz vor seinem Tod nicht auf Karlie getroffen, oder doch? War seine Cousine an seiner Tötung beteiligt gewesen, bevor sie selbst zum Opfer wurde?

Außerdem gab es in diesem Zimmer ein wahres Verkleidungssortiment, das größtenteils Karlie gehört haben dürfte. Genau wie der hollywoodähnliche Schminktisch, der überladen war mit Tiegeln, Dosen und Schminkpaletten. Nachdenklich begutachtete Franka einen Lippenstift in einem hochpigmentierten Rosa. Als würde sie Jaschas zu einem sanften Lächeln verzogene Lippen betrachten. Wer auch immer die beiden Toten aus dem Wintergarten hergerichtet hatte, mochte sich an dieser Auswahl bedient haben.

Dass Jaschas und Karlies Leichname hier für ihren späteren Auftritt vorbereitet worden waren, stand mittlerweile so gut wie fest. Das komplett mit schwarz glänzenden Fliesen gekachelte Bad und die Walk-in-Dusche hatten dank Luminol im Schwarzlicht aufgeleuchtet und die blutigen Schleifspuren dokumentiert, die Karlies Leiche vor der Reinigung hinterlassen haben musste. Der DNA-Vergleich stand zwar noch aus, aber die Wetten standen gut, dass im Bad die Reinigung ihres Leichnams stattgefunden hatte.

In der Einbauküche, in der bislang höchstens ein Kaffee gekocht worden war, stand eine überdimensionale Gefriertruhe. Als Arnd Volkers von der Spurensicherung sie öffnete, stand ihm der Schweiß auf der Stirn. Die Truhe war jedoch leer, während in Müllbeuteln auf dem Balkon ein komplett erhaltenes Rehkitz verrottete, genau wie eine menschliche Niere in einer Spezialverpackung und ein Wurf Kätzchen. Albert Nehrings Trophäen, die er bei ganz unterschiedlich gelagerten Jagden erbeutet hatte. Davon hatte Marlis Seelers also gesprochen: Ihr Mann hatte die Beweise seiner Ausflüge aufgehoben – ob es nun eine Taucherausrüstung oder ein selbst erlegtes Tier war. Oder eine menschliche Niere. *Bis jemand Platz für eine noch wichtigere Trophäe benötigt und die alten achtlos ihrer Zersetzung überlassen hat*, dachte Franka voller Widerwillen. Je länger sie sich in diesem Apartment aufhielt, desto vergifteter fühlte sie sich. Die Atmosphäre hier breitete sich wie ein ätzender Geschmack in Mund und Rachen aus, und sie hatte bereits eine Überdosis abbekommen.

Die ersten Untersuchungen der Kühltruhe brachten tatsächlich einige ausgebleichte Haare zum Vorschein und bestätigten, dass hier Jaschas Leichnam gekühlt worden war, bevor jemand ihn für seinen Auftritt im Wintergarten zurechtgemacht hatte.

»Nicht schlecht für den Anfang«, sagte Arnd Volkers und hielt den Beweis stolz in die Luft.

»Wir sollten im Hinterkopf behalten, dass vielleicht auch Albert Nehring in der Truhe zwischengelagert wurde«, warf Simon ein, der gerade einen Telefonstopp mit ihrem Chef Helmut Remens einlegte. »Falls Nehring tatsächlich in der Nacht von Mittwoch auf Donnerstag verstorben ist, werden sie seinen Leichnam ja wohl kaum an die Seite gelegt haben wie einen kaputten Gegenstand. Oder meinst du, Dirk Märzbach hat sich zu der Feuerbestattung durchgerungen, weil er die Leichengase nicht länger ausgehalten hat?«

Es kostete Franka ihre gesamte Selbstbeherrschung, um nicht in ein wildes Gelächter auszubrechen. Egal wohin man auch blickte, jeder Winkel der Wohnung hatte ein weiteres verstörendes Detail zu bieten.

»Wer weiß«, sagte sie ausweichend.

Wie eine Schlafwandlerin durchquerte Franka das großzügig geschnittene Apartment, betäubt von den vielen Eindrücken, die auf sie einströmten.

Wen alles hatte Albert Nehring in diese Welt hineingelassen?

Wer war noch zu Gast gewesen außer denjenigen, deren Spuren sie bereits sichergestellt hatten?

Der große Unbekannte, wie sie ihn während ihrer Ermittlungen spöttisch genannt hatten, hatte dieses Reich an sich gerissen und Albert Nehring, Karlie und den sechzehnjährigen Jascha umgebracht. Wie ein ungekrönter König, der sein Herrschaftsgebiet neu absteckte. Nur hatte Albert Nehring laut Märzbach gar nicht getötet werden sollen. Es klang eher nach einer Probe, die der ansonsten auf Adrenalinkicks versessene Mann nicht bestanden hatte. Selbst wenn Albert Nehring vor Schreck einen Infarkt erlitten haben sollte, stellte sich immer noch die Frage, warum sein Leichnam dann nicht einfach im Wintergarten zurückgelassen worden war. *Weil ihn jemand für sich haben wollte*, dachte Franka.

Zumindest deutete alles darauf hin, dass die beiden Leichname für den Zweck hergerichtet worden waren, sie Nehring vorzuführen. Die Ermittlung glich allerdings immer noch einem Scherbenhaufen, an dem man sich bei dem Versuch, ihn zusammenzusetzen, immerzu schnitt. Und so, wie es aussah, würden noch viel mehr Scherben hinzukommen. Falls Dirk Märzbach tatsächlich über die Geschehnisse Schweigen bewahrte, würden sie jeder einzelnen von Albert Nehrings Expeditionen nachgehen müssen. Denn dass der Täter in diesem Umkreis zu suchen war, stand mittlerweile außer Frage.

Und Noah? Ich darf den Jungen über den ganzen Wahnsinn hinaus nicht vergessen, dachte Franka gerade bekümmert, als Simon neben sie trat.

»Hierher hast du dich also zurückgezogen. Ich habe dich schon gesucht.«

»Tatsächlich?«

Ohne sich dessen bewusst zu sein, hatte Franka sich auf den Balkon geflüchtet, der das Apartment wie eine längliche Veranda umrahmte. Die verrotteten Kadaver hatte die Spurensicherung bereits abtransportiert, ansonsten wäre es wegen des Gestanks nicht auszuhalten gewesen. So konnte Franka zum ersten Mal seit Stunden durchatmen. Es war längst Abend geworden, Frost lag in der Luft, und wenn man tief einatmete, war es, als könnte man feine Eiskristalle auf der Zunge schmecken. Nicht mehr lange, und es würde zu schneien anfangen.

Als Simons Oberarm ihre Schulter streifte, verspannte sie sich augenblicklich.

»Keine Sorge«, sagte Simon. »Ich bringe keine neuen ekelerregenden Details. Du brauchst also nicht gleich in Habachtstellung zu gehen.«

»Das Gute an solchen Tagen ist, dass man sich später kaum noch an sie erinnert. Als würde sich *white noise* über die Funksprüche aus der Vergangenheit legen.«

Simon warf ihr einen verblüfften Blick zu. Sie musste wirklich lernen, sich in seiner Gegenwart besser zu beherrschen. Es reichte ja schon, wenn sie sich einen derartigen Schlagabtausch mit Abel Messner gönnte. Andererseits ... Simon ging trotz ihrer seltsamen Stimmung nicht auf Abstand, wie sie es eigentlich erwartet hätte. Zwar verlagerte er unruhig das Gewicht von einem Bein aufs andere, mehr aber auch nicht.

»Ich bin ehrlich gesagt ziemlich durch«, gestand Franka ein. »In diesem Fall überschlagen sich die Ereignisse in einem solch rasanten Tempo, da kommt keine Achterbahn gegen an.«

»Das passt doch zu Albert Nehring, selbst nach seinem Tod hält er das Tempo hoch.«

»Sollen wir uns jetzt noch einmal im Dezernat zusammensetzen und durchsprechen, was wir bislang haben?«

Simon schüttelte den Kopf. »Das heben wir uns für morgen früh auf, Helmut will nämlich auf jeden Fall dabei sein. Heute hat er dank seiner Frau noch Ausgehverbot. Auf die meisten Ergebnisse müssen wir eh noch eine Weile warten. Jetzt sollten wir uns langsam vom Acker machen, damit wir morgen mit einem frischen Kopf an die Sache rangehen können.«

»Okay«, sagte Franka erleichtert.

Aus den Augenwinkeln beobachtete sie, wie Simon beide Hände auf das Geländer legte und in die erleuchtete Straßenschlucht hinabspähte. Auf seinen Mantel hatte er verzichtet, als genieße er die Kälte des Abends.

Simon schloss die Augen und schnupperte. »Es riecht nach Schnee«, sagte er abwesend.

Einen Moment lang fühlte Franka sich versucht, es ihm gleichzutun. Einfach in der frostklaren Nacht zu stehen und das Gesicht der Kälte hinzuhalten. Vielleicht würde sie sogar die erste Flocke mit ihren Lippen auffangen, einen Hauch Reinheit nach all den Abgründen, die sich an diesem Tag aufgetan hatten. Und, viel mehr noch, einen Augenblick zulassen, der nur ihnen beiden gehörte.

Stattdessen räusperte sie sich. »Dann also Feierabend.«

»Ja, obwohl ich mir nicht sicher bin, ob wir Abel zum Gehen bewegen können. Als ich ihn zuletzt sah, klebte er wie eine Zecke an Georg, weil der gerade Abstriche von diesem seltsamen Metallstuhl genommen hat. Ich habe irgendwie das Gefühl, unser Kollege würde hier am liebsten einziehen.«

Dann war es also nicht nur Franka aufgefallen, dass dieses Apartment eine unleugbare Anziehungskraft auf Abel ausübte. »Willst du noch etwas essen gehen?« Sie stellte die Frage aus einem reinen Impuls heraus.

Simon ließ das Geländer los und betrachtete die roten Spuren, die die Kälte auf seinen Handtellern hinterlassen hatte. »Eigentlich schon«, sagte er verhalten. »Aber ich bin noch verabredet. Theaterkarten.«

Automatisch setzte Franka ein Lächeln auf. »Theater klingt gut, viel besser, als beim Essen über diesen immer bizarrer werdenden Fall zu reden. Ehrlich gesagt bin ich mir nicht sicher, ob ich nach diesem ganzen Chaos überhaupt einen Bissen runterbekomme, obwohl ich vor Hunger fast umkippe. Wir sehen uns dann morgen früh, frisch und ausgeruht.«

»Ein anderes Mal, ja?« Es war Simon anzusehen, dass ihm seine Absage leidtat.

Sehe ich wirklich so bedürftig aus?, fragte sich Franka, während sie zum Abschied nur kurz nickte.

Als Franka unten auf der Straße in ihrem Wagen saß, war sie sich nicht sicher, vor wem sie sich mehr in Acht nehmen musste: vor Abel Messner oder Simon Ackermann. Mit einer müden Bewegung fischte sie ihr Handy aus der Manteltasche. Es war vom SEK-Einsatz immer noch auf stumm gestaltet. Auf ihrer Mailbox waren mehrere Nachrichten von Kollegen, die sie auf den neuesten Stand der Ermittlungen bringen wollten. Glücklicherweise war nichts dabei, was sie nicht schon über den Flurfunk gehört hatte.

Eine Nachricht jedoch sorgte dafür, dass Franka sich aller Erschöpfung zum Trotz kerzengrade im Fahrersitz aufrichtete.

»Guten Abend«, erklang eine freundliche Männerstimme. »Hier ist noch einmal Derek Lenz. Sie wissen schon ... der etwas anhängliche Sozialarbeiter.« Im Hintergrund hörte sie ein Baby krakeelen, woraufhin Derek Lenz seufzte. »Augenblicklich auch bekannt als der Mann, aus dem kein Baby-Flüsterer mehr wird. Okay, warum ich anrufe ... Haben Sie inzwischen was von Noah gehört? Im Passig-Bunker ist er bislang jedenfalls nicht aufgeschlagen, und ansonsten herrscht auch komplette Funkstille. Schon klar, er ist ein Rumtreiber, aber ich mache mir trotzdem Sorgen. Der Junge hat heute Morgen einen ziemlich fertigen Eindruck gemacht, was ja auch kein Wunder ist, wo zwei seiner Freunde ermordet wurden.« Das Babygeschrei wurde lauter, und Franka konnte geradezu sehen, wie Derek Lenz der Schweiß auf die Stirn trat. »Sie melden sich bitte, wenn Sie was hören, einverstanden? Ich halte es genauso. Deal?«

Als die Mailbox das Ende der Nachricht verkündete, starrte Franka das Handy ungläubig an.

Noah.

Kannst du jetzt wirklich nach Hause fahren, während der Junge durch die frostkalte Nacht streift? Falls ihm nicht etwas viel Schlimmeres bevorsteht?

44

Samstag, kurz nach 20:00 Uhr

Vor dem Haus der Seelers herrschte an diesem Abend trotz des Zeitungsartikels Ruhe. Vermutlich hatten im schwindenden Tageslicht noch einige Schaulustige auf dem Gehweg gestanden, die der aufziehende Frost jedoch vertrieben hatte. Warum auf die blinden Scheiben eines verlassenen Hauses starren, während einem die Kälte in die Glieder kroch, wenn man sich zu Hause schön gemütlich den 20-Uhr-Krimi im Fernsehen anschauen konnte?

Franka parkte ihren Renault direkt neben dem Absperrband. Heute musste sie sich vor keinen überfleißigen Journalisten in Acht nehmen wie bei ihrem letzten Besuch. Wer von denen auf Zack war, hatte Stellung bezogen vor dem Apartmenthaus, in dem Albert Nehring sein Zweitleben geführt hatte, während der Rest im Luisenpark ausharrte. *Umso besser für mich*, dachte Franka und wickelte sich den Schal doppelt um den Hals.

Mit steifen Schritten ging sie zu dem Streifenwagen, in dem zwei überraschend jung aussehende Kollegen saßen, die ihre Köpfe über ein Handy gebeugt hielten und synchron grölten, bis sie mit ihrer Polizeimarke ans Fahrerfenster klopfte.

Hastig ließ der Lockenkopf die Fensterscheibe runter. Eine Hitzewelle von der Standheizung schwappte ins Freie.

»'n Abend, die Herren«, grüßte Franka. »Glauben Sie beide wirklich, dass das hier die richtige Zeit und der richtige Ort ist, um sich lustige Privatpornos reinzuziehen?«

»Guten Abend! Wir waren nur kurzzeitig abgelenkt«, verteidigte sich der Lockenkopf hastig. »Sehr ruhig, schon seit dem frühen Abend. Nichts Auffälliges. Nur Spaziergänger mit Hunden und so.«

Ja klar, dachte Franka. Sie war sich sicher, dass diese beiden Burschen nicht einmal dann von ihrem speziellen Unterhaltungsprogramm abgelassen hätten, wenn eine Polonäse mit viel Umtata durch die Straße gezogen wäre.

»Wann hat Ihre Schicht denn angefangen?«

»Punk zwölf Uhr«, schoss es aus dem Lockenkopf hervor, der vermutlich die Hacken zusammengeschlagen hätte, wenn er nicht hinterm Lenkrad eingequetscht gesessen hätte.

Also hockten die beiden hier schon seit gut acht Stunden auf dem Beobachtungsposten. Kein Wunder, dass die Langeweile sie auf dumme Ideen gebracht hatte.

Franka zeigte dem Polizisten das Foto auf ihrem Handy, das sie von Noah gemacht hatte. »Haben Sie diesen jungen Mann während Ihrer Schicht gesehen?«

Der Lockenkopf schüttelte energisch den Kopf. »Tut mir leid, aber das Subjekt ist mir noch nie untergekommen.«

Franka wollte sich nicht eingestehen, dass die einzige Spur, die sie von Noah hatte, ins Leere führte. »Sind Sie sich sicher? Der junge Mann ist zur Fahndung ausgeschrieben«, hakte sie nach. »Er könnte eine Mütze und einen dicken Schal getragen haben. In einer anderen Aufmachung ist er vermutlich nicht auf den ersten Blick wiederzuerkennen.«

»Nee«, sagte der Lockenkopf gedehnt und wesentlich gelassener, denn schließlich wollte diese arrogante Kriminalerin jetzt ja etwas von ihm. »Das wüsste ich auf jeden Fall, wenn die Type sich vorm Absperrband herumgetrieben hätte. Ich habe nämlich ein hervorragendes Gedächtnis für Gesichter, darum setzt der Chef mich ja auch immer für diese Art Job ein. Perfekt qualifiziert.«

Frankas rechte Augenbraue fuhr von ganz allein in die

Höhe. Mit seinem Ego würde es der junge Herr Kollege zweifelsohne noch ganz weit bringen. »Und was ist mit Ihnen?«, fragte sie seinen Sitznachbarn, der offenbar nicht nur das Lenkrad, sondern auch das Reden seinem Kollegen überließ. »Haben Sie den jungen Mann schon einmal gesehen?«

Während der Lockenkopf beleidigt schnaufte, weil Franka seiner Expertise offenbar misstraute, lehnte sein Kollege sich rüber, um einen Blick auf Frankas Handy zu erhaschen. Mit zu Schlitzen verengten Augen starrte er auf das Display. Vermutlich war er genauso halbblind wie Franka, nur dass er sich zu schade war, um eine Brille aufzusetzen.

Obwohl Franka für solche Eitelkeiten durchaus Verständnis hatte, verlor sie langsam die Geduld. »Und?«

»Der war heute Mittag so um ein Uhr hier, lungerte auf dem Gehweg rum.«

»Kann nicht sein«, unterbrach ihn der Lockenkopf prompt.

»Doch, du warst zum Pinkeln im Haus. Ich bin dann zu dem Kerl hin und wollte wissen, was das denn werden sollte mit der Rumsteherei. Da hat der mich wegen einer Zigarette angehauen.«

»Ja, und weiter?« Vor Erleichterung bekam Franka wieder Farbe im Gesicht.

Der junge Beamte lief puterrot an. »Ich habe ihm eine Zichte gegeben, und wir haben zusammen geraucht und ein bisschen gequatscht. Der war doch okay, oder? Von der Fahndungssache wusste ich nix.« In seiner Phantasie entpuppte sich Noah vermutlich gerade als der gesuchte Serienkiller, der bereits drei Opfer gefordert hatte.

»Nur ein Zeuge, vielleicht nicht einmal das«, beruhigte ihn Franka. »Worüber haben Sie denn geredet?«

Der Streifenpolizist lehnte mittlerweile über den Schoß seines Kollegen. Scheinbar kam keiner von beiden auf die Idee, einfach mal auszusteigen und ihr Gesellschaft zu leisten. »Na, dass das Haus so voll unschuldig aussieht, wenn man die Absperrbänder beiseitelässt. Man kann sich ja echt nicht vorstellen, dass da drin so was Übles passiert ist. Der Typ meinte dann, er hätte immer gedacht, ein Mordfall würde die Aura eines Hauses verändern. Das fand ich ziemlich zivilistenmäßig. Mal davon abgesehen, dass die Leichen im hinteren Teil des Hauses gefunden worden sind. Ich hab dann so eher mit Augenzwinkern gesagt, dass in dem Fall ja vielleicht nur die Hausrückseite ein böses Karma hat. Und er so: ›Ja, aber die sieht man von der Straße aus gar nicht.‹ Und ich: ›Ist ja auch alles Urwald dahinten. So ein riesiger Garten. Glaubt man echt nicht von der Straße aus.‹ Tja, und das war's dann. Er wollte los, und ich habe ihm noch eine Zigarette mit auf den Weg gegeben. Netter Typ.«

»Hat er gesagt, wohin er will?«

»Nein, er wollte los, und ich musste mich um einen Wagen kümmern, der direkt da angehalten hat, wo jetzt Ihr Renault steht. Als ich ihm noch einmal nachgeblickt habe, war er schon weg.«

Franka konnte es nicht glauben. »Sonst noch etwas?«

Der junge Beamte ignorierte das Murren seines Kollegen, der nicht länger als Stützkissen missbraucht werden wollte. »Na ja, dieser Wagen. Ein Traumschlitten. Pechschwarzer Porsche 918 Spyder. Wahnsinnsgeschoss. Mit einer Wahnsinnsfrau am Steuer.«

»Ricarda Marino«, sagte Franka automatisch.

»Genau. Das haben wir später aber auch weitergegeben, als die Nachricht reinkam, dass nach ihr gefahndet wird. Ist das nicht bis zu Ihnen vorgedrungen?«

Nein, war es nicht. Vermutlich lag ein Zettel mit der Nachricht auf ihrem Schreibtisch im Dezernat.

»Frau Marino hat sich ausgewiesen und gesagt, sie wolle ein paar frische Kleidungsstücke für ihre Schwägerin besorgen, die ja im Krankenhaus liegt. Sie hatte einen eigenen

Haustürschlüssel, und deshalb haben wir sie reingelassen mit dem Hinweis, nicht unnötig viel herumzutatschen. Philipp hier«, er deutete auf den Lockenkopf, »hat ihr sogar angeboten, sie zu begleiten. Aber sie meinte, sie sucht die Unterwäsche für ihre Schwägerin lieber allein zusammen. Fanden wir okay, schließlich ist die SpuSi ja schon durch mit der Bude. Außerdem haben wir zu diesem Zeitpunkt noch gar nicht gewusst, dass nach der Frau gefahndet wird.«

Franka hatte jetzt keinen Sinn für Beschwichtigungen. »Wie lange war Ricarda Marino im Haus?«

Die beiden jungen Beamten sahen einander an. Keiner antwortete.

»Habt ihr das nicht im Protokoll festgehalten?«

»Doch, die Ankunft. Als sie drin war, hatten wir Ärger mit einem Rentnertrupp, der unbedingt Fotos von uns und dem Mörderhaus machen wollte. Total gaga, diese Alten. Der eine hat dann vor lauter Aufregung einen Schwächeanfall erlitten, und wir durften dem auch noch einen Krankenwagen organisieren, während der Rest dieser Altersheim-Terroristen uns beschimpft hat. In der ganzen Aufregung ist die Marino dann irgendwann wieder abgehauen. So Pi mal Daumen war die eine halbe Stunde im Haus, höchstens eine ganze.«

»Ihr habt also keine Ahnung«, stellte Franka fest.

Mit klammen Fingern zückte sie ihr Handy. Bei Simon ging nur die Mailbox an. Sie hatte auch nichts anderes erwartet. Bestimmt saß ihr Partner bereits im Theatersaal und legte sich richtig ins Zeug, um seine Begleitung zu becircen. In den letzten Tagen dürfte er dazu kaum Gelegenheit gehabt haben, und dieser Samstagabend sollte vermutlich eine Wiedergutmachung für die mangelnde Aufmerksamkeit sein. Obwohl sie unter Zeitdruck stand, versuchte Franka sich die Frau vorzustellen, der es gelang, Simon Ackermann während einer Ermittlung, die an Dynamik nicht zu toppen war, ins Theater zu locken. Es gelang ihr nicht. Frustriert wählte sie Abels Nummer an.

Abel nahm den Anruf entgegen. Bevor Franka sich melden konnte, pfiff er das Intro von »Unfriendly Woman«.

»Es reicht mir mit dieser Stalking-Nummer«, fauchte Franka ins Handy. »Ich habe jetzt keinen Sinn für deine Spielchen.«

»Entschuldige«, sagte Abel so glatt, als sei ihm nur ein kleiner Scherz danebengegangen. »Was kann ich für dich tun?«

In diesem Moment klopfte Simon telefonisch an.

»Vergiss es«, sagte Franka und drückte Abel weg.

»Ich hoffe, dir ist klar, dass ich gerade heimlich auf der Theatertoilette telefoniere«, sagte Simon im Flüsterton. Im Hintergrund erklang Wasserrauschen. »Also, was gibt es so Wichtiges?«

Franka kniff sich ins Nasenbein, um sich besser konzentrieren zu können. »Ich stehe vorm Haus der Seelers, und die beiden Pfeifen, die hier Wache halten, haben mir gerade erzählt, dass Ricarda Marino gegen Mittag da gewesen ist. Angeblich, um frische Sachen für ihre Schwägerin zu holen.«

»Du meinst, ihr ging es um etwas ganz anderes?«

»Ich habe nicht die geringste Ahnung. Feitner und sein Team haben jedes Staubkörnchen in diesem Haus umgedreht, das Technik-Equipment, Medikamente und der ganze Kram sind noch bei der KTU. Eigentlich gibt es dort nichts Außergewöhnliches zu holen, eben nur normale Sachen wie Wäsche.« Franka legte den Kopf in den Nacken. »Wir müssen Ricarda Marino finden, unbedingt.«

Simon schwieg. Verdächtig lange, wie Franka fand. »Du glaubst, Albert Nehrings Schwester ist in den Fall verwickelt, weil du immer wieder bei den Ermittlungen über ihren Namen gestolpert bist und sie nach einer durchfeierten Nacht nicht im Dezernat aufgetaucht ist, um ihre Aussage zu machen.«

»Genau das tue ich«, sagte Franka.

Es war nicht schwer, sich auszumalen, wie Simons Kiefer vor Stress mahlten. »Hör mal, Franka. Ricarda Marino steht bereits zur Fahndung aus, weil sie uns zumindest ein paar Antworten schuldet, wenn nicht sogar mehr. Lass uns den heutigen Abend dafür nutzen, um den Kopf freizubekommen, okay?«

»Okay. Dann mal noch viel Spaß«, sagte sie eine Spur zu bissig, stellte das Handy auf lautlos und steckte es ein.

Dann amüsiere ich mich wohl auf meine Weise, beschloss sie und schlug die Richtung ein, in die angeblich Noah Sanders verschwunden war. Ein Spaziergang war immer noch besser, als ruhelos durch ihre Wohnung zu streifen. Allerdings würde sie der Kälte nicht lange trotzen können. Ihr Mantel war nicht für diesen Klimasturz gemacht, und einen dickeren würde sie sich erst im nächsten Monat leisten können. Vielleicht sollte sie doch ihren alten Parka rausholen … Nein, sie war heute schon mehr als einmal rückfällig geworden. Wenn sie jetzt auch noch anfing, in ihre alten Kleider zu schlüpfen, war alles für die Katz, was sie sich so mühsam in Rerrick aufgebaut hatte.

Während Franka der Straße folgte, begann es zu schneien. Erst nur ein paar Flocken, doch das Treiben wurde schnell dichter. Weiße Tupfen trieben durch die schwarze Nacht. Anders als sonst konnte sie den ersten Schnee nicht genießen, zu sehr erinnerten sie die Flocken an Federn.

45

Samstag, später

Noah schaute der Frau dabei zu, wie sie die Fingernägel seiner rechten Hand mit einer Feile bearbeitete. Es war vermutlich die seltsamste Maniküre aller Zeiten. Obwohl … vielleicht gehörte es in bestimmten Kreisen ja zum guten Ton, seinem Gefangenen vor der Nagelverschönerung eine bondagemäßige Verschnürung zu verpassen. Mit den roten Bändern konnte die Lady auf jeden Fall ausgezeichnet umgehen. Obwohl Noah sich auf dem Gartenstuhl, an den er inzwischen gefesselt saß, nicht rühren konnte, rieben die Fesseln weder seine Haut wund, noch beeinträchtigten sie die Durchblutung. Wäre seine Lage nicht so unmöglich gewesen, hätte er der Situation durchaus etwas Erotisches abgewinnen können.

Die Frau, die wie eine Geisha vor ihm kniete, war zu versunken in ihre Arbeit, um zu bemerken, dass Noah schon vor einer ganzen Weile zu sich gekommen war. Was immer sie ihm eingeflößt hatte, seine Wirkung hatte sich inzwischen verflüchtigt. Trotzdem waren Noahs Gedanken eine einzige zähe Masse, die sich kaum in Bewegung setzen ließ. Er brauchte eine gefühlte Ewigkeit, um sich auf die Frage zu konzentrieren, ob er seine Entführerin zuvor schon einmal gesehen hatte. Zumal sie eine Erscheinung war, die man nicht allzu leicht vergaß: Das erdbeerrote Haar fiel ihr bis aufs Schlüsselbein, und der enge Overall verriet ihre aufregende Figur. In welchem verrückten Paralleluniversum war er an diesen Fleisch gewordenen Hipstertraum geraten? Und was zum Teufel sollte die Aktion mit seinen Fingernägeln? Die Szenerie war so abstrus, dass er sich nicht einmal wundern konnte.

»Was genau soll das eigentlich werden?«

Die Frau blickte auf. Ganz gemächlich, als würde es sie keineswegs beunruhigen, dass er aus seinem Schlaf erwacht war. Offenbar war sie sich der Qualität ihrer Bondagekunst sicher.

»Schon wieder wach«, stellte sie gelassen fest. »Dabei bin ich noch nicht einmal annähernd fertig mit dir. So was.« Sie richtete sich auf und wischte sich imaginären Schweiß von der Stirn. »Von dem Sandmann-Wunder ist nur noch eine Ration übrig. Was hältst du also davon, während der Vorbereitung wach zu sein und dafür das Finale zu verschlafen?«

»Am begeistertsten wäre ich, wenn Sie mich losbinden würden. Ich bin zwar offen für Experimente, aber das geht mir doch etwas zu weit.«

Sie legte den Kopf schief. »Komisch, dabei hatte ich den Eindruck, dass es dir gar nicht weit genug gehen kann.«

Zum ersten Mal, seit er auf den Stuhl gefesselt zu sich gekommen war, verspürte Noah einen Anflug von Angst, der sich jedoch sogleich wieder verflüchtigte. Es war, als würden seine Gefühle sich in einer Nebelwand verfangen. Vermutlich eine Nachwirkung des Sandmann-Wunders, das sie eben erwähnt hatte.

»Ich habe keine Ahnung, wovon Sie sprechen«, sagte er. »Falls das eine Bestrafung dafür sein soll, dass ich in dieses Haus eingedrungen bin – okay, dann habe ich die Botschaft kapiert.«

Seine Stimme verhallte ungehört in dem niedrigen Kellerraum, seine Kerkermeisterin war zu sehr damit beschäftigt, ihn zu mustern.

»Ich habe dich gesehen«, sagte sie nach einer Weile, in der

nur Noahs schwer gehender Atem zu hören gewesen war. »Bestimmt ist es *ihre* Idee gewesen. In der letzten Zeit sind es immer ihre Ideen gewesen, die sie umgesetzt haben. Wir Frauen sind eben das einfallsreichere Geschlecht, auch wenn ihr Männer euch für die großen Abenteurer haltet. Obwohl du ja offenbar mehr zu der folgsamen Sorte gehörst, die sich brav bückt, wenn man es ihr befiehlt.«

Unter Noahs Haut breitete sich eine Eisschicht aus. »Woher wissen Sie davon?«

Ohne eine Miene zu verziehen, streifte die Frau Einmalhandschuhe über ihre schmalen Hände mit den schwarz lackierten Fingernägeln. Mit einem Schnalzen saugte sich der Latex fest.

»Ich habe Fotos gesehen, jede Menge Fotos. Mein Bruder hatte einen ganzen Laptop voll damit. In seinen Dateien herumzustöbern war ein bisschen wie früher, als wir noch Teenager waren und ich heimlich in seinem Tagebuch über seine wildesten Phantasien gelesen habe. Schon damals tauchte die Idee auf, einen anderen Kerl zu vögeln, der genau wie er eigentlich auf Frauen steht. Eine Unterwerfungsphantasie, nehme ich an. Und was war es bei dir? Der dringende Wunsch, sich mal so richtig drannehmen zu lassen, oder doch nur die klassisch uneingestandene Homosexualität?«

Noah wurde flau im Magen. Neben Franka Janhsen gab es nun eine weitere Zeugin dafür, wie er freiwillig seine Würde und seinen Willen abgelegt hatte, nur weil er auf einen Haufen Lügen reingefallen war. Seit dieser verfluchten Nacht schien das Leben eine Erniedrigung nach der anderen für ihn parat zu halten. Während die Frau mit dem Zeigefinger über sein Kinn strich, hielt er trotzig ihrem Blick stand. Er war es leid, klein beizugeben.

Die Nasenflügel seiner Entführerin zuckten, während sie in ihrer liebkosenden Bewegung verharrte. »Oh, da habe ich beim Rasieren wohl ein paar Stoppel übersehen«, sagte sie mit gespielter Überraschung. Dann holte sie aus der Tasche ihres Overalls ein altmodisches Rasiermesser hervor. Nachdem sie es aufgeklappt hatte, hielt sie die scharfe Klinge ins Licht, damit Noah sie sich in Ruhe anschauen konnte, ehe sie die Schneide ansetzte und sie von seinem Kinn hinab zur Kehle führte, während er krampfhaft versuchte, nicht zu schlucken. Als die Klinge an seiner wild pumpenden Schlagader verweilte, meldete sein Verstand im Sekundentakt einen imaginären Schmerz und flutete seinen Körper mit Adrenalin, bis er seine Augen fest zusammenkniff, um vor Anspannung nicht aufzuschreien. Auf diese Kapitulation hatte seine Peinigerin scheinbar nur gewartet, denn der Druck an seiner Kehle verschwand wieder.

»So ist es besser«, sagte sie merklich zufrieden. »Wo waren wir stehen geblieben? Ach ja, bei Albert und seinem Hang, die wichtigsten Momente in seinem Leben festhalten zu wollen. Ich bin lange Zeit nicht dahintergekommen, was der Zauber sollte. Doch als ich mir vor ein paar Tagen die Fotos mit dir in der Hauptrolle angesehen habe, ist mir plötzlich klar geworden, wie viel Macht in diesen Trophäen steckt.« Nachdenklich verschränkte sie die Arme, wobei das Rasiermesser in ihrer Hand schwang. »Wie soll ich es begreiflich machen? Wenn ich dir eben einen kleinen Schnitt an deiner Kehle zugefügt hätte, gerade tief genug, dass eine Narbe zurückbleibt, dann könntest du nie wieder in den Spiegel sehen, ohne daran zu denken, dass dein Leben in meiner Hand gelegen hat.«

Obwohl die Frau einen Schritt zurückgetreten war, wagte Noah es immer noch nicht, tief einzuatmen oder gar zu schlucken. Auch ohne Schnitt brannte die Stelle, an der die Rasierklinge ihn berührt hatte. »Und warum haben Sie dann darauf verzichtet, mir Ihr Siegel aufzudrücken?«

»Weil ich dein Gesicht unversehrt brauche«, erklärte sie mit einer Gelassenheit, als würde sie tagtäglich darüber entscheiden, ob sie Kehlen durchschnitt oder nicht. Als sie erneut die Hand nach ihm ausstreckte, zuckte Noah unwillkürlich zusammen. Doch sie fasste ihm lediglich ins Haar, das seltsam feucht an seinem Kopf klebte.

»Einmal habe ich sogar Alberts Erinnerungsstücke verbrannt. Jedes einzelne. Ein kleiner, gemeiner Racheakt.« Im Plauderton hob sie eine Haarsträhne an. »Vor einigen Jahren hatte Albert nämlich zum ersten Mal beschlossen, sich als anständiger Ehemann und Familienvater zu versuchen, und mir deshalb unser besonderes Arrangement aufgekündigt. Dabei hätte mir schon damals klar sein müssen, dass er niemals damit aufhören würde. Es ist wie eine Sucht.«

»Eine Sucht wonach?«, fragte Noah. Auch wenn es ihm nicht gefiel, so brachte diese Frau einen besonderen Nerv zum Vibrieren. Genau wie Karlie es getan hatte.

Scheinbar entging ihr seine Reaktion nicht, wie das Funkeln in ihren Augen bewies. »Als ob ich dir das erklären müsste, du weißt genauso gut Bescheid wie ich. Alberts neue Spielgefährtin, die meinen Platz an der Seite meines Bruders eingenommen hat, war dir zweifelsohne eine gute Lehrmeisterin. Heute Mittag, als du mir im Wintergarten über den Weg gelaufen bist, genügte ein Blick, und ich wusste, mit wem ich es zu tun habe. Es heißt nicht umsonst, dass ein Junkie den anderen erkennt.«

Noah hätte ihr die Selbstzufriedenheit am liebsten aus dem Gesicht gewischt. Stattdessen musste er sich damit begnügen, seine Hände zu Fäusten zu ballen und völlig sinnlos gegen seine Fesseln anzukämpfen, bis seine Gelenke schmerzten.

»Nun tu doch nicht so, als würdest du deine Gefangenschaft nicht genießen«, bohrte die Frau weiter in der Wunde.

»Okay, hören Sie«, sagte Noah. »Ich habe keine Ahnung, was für ein Problem Sie mit Karlie hatten oder was Ihr Bruder mit Ihnen abgezogen hat. Das geht mich alles auch gar nichts an. Ich habe mich auf eine Nacht mit einem Mann eingelassen, das stimmt schon. Deshalb bin ich aber kein Mitglied in irgendeinem Club. Einmal davon abgesehen, dass ich die Nummer mit Ihrem Bruder bis ans Ende meiner Tage bereuen werde.«

Die Frau lehnte sich so weit vor, dass er ihren Atem auf seinen Wangen spürte. »Dann ist es ja gut, dass dieses Elend schon bald vorbei sein wird.«

Auf einen Schlag begann Noahs Herz zu rasen, als hätte diese Drohung es aus seinem Dornröschenschlaf geweckt. »Wie meinen Sie das?«

»Das ist doch wohl offensichtlich.« Die Frau trat einen Schritt zurück und betrachtete ihn, als sei er ihr Werk. »Ich verwandele einzigartige Momente in Denkmäler, damit sie auch wirklich unvergessen bleiben. Du brauchst dir übrigens keine Sorgen zu machen, dass ich es vermasseln könnte, ich habe nämlich schon ein wenig Übung darin.« Inzwischen loderte ihr Blick, als würde allein die Vorstellung, was sie zu tun gedachte, sie in Brand setzen. »Vor ein paar Tagen hat mein Bruder mir nämlich verkündet, dass er es mal wieder mit dieser Papa-Ehemann-Nummer versuchen wolle. Seine Frau Marlis ist zum dritten Mal schwanger. Das ist offenbar der einzige Grund, der ihm einfällt, um einen Absprung zu wagen.«

»Ihr Bruder wollte Sie also erneut hängen lassen.« Noah war sich nicht sicher, warum er überhaupt Interesse an diesem Thema zeigte. Natürlich war es nicht verkehrt, diese Frau am Reden zu halten, damit sie nicht dazu kam, andere Dinge mit ihm anzustellen. Er musste aber auch zugeben, dass ihn ihre Geschichte interessierte. *Es gibt wirklich eine gewisse Verwandtschaft zwischen uns, egal wie krank ich das finde*, gestand er sich widerwillig ein.

Die Frau stand eine Weile reglos da, als sehe sie sich einen inneren Film an. »Nein, ich hielt mich bis vor Kurzem unbemerkt im Hintergrund. Der Platz, den mein Bruder mir zugewiesen hat, ohne mich zu fragen. Ich bin mir bis heute nicht sicher, ob ich ihm das übel nehme. Diese Kälte in ihm, die ihn so stark gemacht hat … und gleich daneben eine versengende Hitze. Es gibt wenige Menschen, die so ausgeprägte Gegensätze in sich tragen. Mein Bruder war etwas Besonderes – und niemand weiß das so gut wie ich, schließlich war er mein Leben lang mein Spiegelbild.«

Warum suchen wir Menschen so verzweifelt nach Spiegelbildern?, fragte sich Noah. »Weil wir einsam sind und Spiegelbilder das Beste sind, das wir kriegen können«, flüsterte eine Stimme in seinem Inneren, die verdächtig nach Jascha klang.

Auch seiner Entführerin schien diese erdrückende Einsamkeit nicht fremd zu sein. »Ich habe mir Alberts Souvenirs und Fotos ohne sein Wissen angesehen«, gestand sie nach einem Zögern ein. Auch wenn sie nicht errötete, war ihr diese Schwäche sichtlich unangenehm. »Eine letzte Brücke zwischen uns, die ich nicht aufzugeben bereit war, obwohl ich mir ja längst selbst einen neuen Partner gesucht hatte.« Sie verzog kurz das Gesicht, als hänge der Erinnerung an diesen Mann ein schlechter Geruch an. »Mir hat es jedenfalls vollauf gereicht, meinen Bruder im Blick zu behalten und mich mit ihm zu messen. Das heißt, in den letzten Monaten war es seine Mätresse, mit der ich mich messen musste, nachdem sie das Ruder übernommen hatte. Es war übrigens deine Karlie, die mein Bruder dieses Mal hängen lassen wollte – und nicht mich. Das mit dir war sein Abschiedsfick, ein lang gehegter, verzweifelt geheim gehaltener Wunsch.«

»Fuck, na und? Dann war es eben so, ist jetzt doch egal!« Noahs heisere Stimme hallte durch den Kellerraum, und trotzdem war es, als erreiche er die Frau gar nicht. Sie stand einfach da und schaute ihn an wie ein unbedarftes Kind.

»Es ist ausgesprochen schade, dass du so dichtmachst, was dein Erlebnis mit Albert angeht. Hat es dir denn gar nichts gegeben?«

»Was sollte mir das denn bitte schön geben außer Problemen, auf meinem Arsch zu sitzen?«

Noah beobachtete zufrieden, wie ihre Nase zuckte. Falls sie damit gerechnet hatte, dass er ihr von den erotischen Künsten ihres verehrten Bruders vorschwärmen würde, war das Thema jetzt definitiv durch.

»Vergiss es. Ich dachte, du hättest ein bisschen mehr drauf«, sagte die Frau in schroffem Ton. »Im Augenblick scheine ich kein Glück mit euch Männern zu haben. Das gilt übrigens auch für meinen Bruder. Ich wollte ihm zum Abschied ein Highlight für seine Trophäensammlung schenken. Leider hat Albert jedoch nicht die Begeisterung an den Tag gelegt, die ich mir erhofft hatte. Statt mir für so viel Einsatz dankbar zu sein, ist er tot umgefallen, als er seine beiden Geliebten in einer ewigen Umarmung gesehen hat.« Sie zog eine Schnute.

»Sie haben Jascha und Karlie umgebracht … für Ihren gottverdammten Bruder.« In diesem Augenblick war es Noah gleichgültig, was diese Feststellung ihn kosten würde. Dafür war seine hochkochende Wut zu gleißend und brannte sämtliche Bedenken hinfort.

»Das mit dem Jungen war eine Verwechslung, wie du dir wohl denken kannst. Er stand plötzlich in Alberts Apartment, ein verjammertes Etwas mit einem Seesack voller Klamotten und Manga-Heften, gerade als ich mir die Fotos von Sonntagnacht angesehen hatte. Plapperte von einer riesengroßen Enttäuschung und dass Karlie ihm den Schlüssel fürs Apartment gegeben hätte, weil sie keine Zeit für ihn habe. Dummerweise hielt ich ihn für den Jungen von den Fotos, halt noch etwas verstört wegen des Dreiers. Hätte ich mir die Aufnahmen in Ruhe angesehen, wäre mir vermutlich aufgefallen, dass er viel zu schmal und klein war. Aber seine Heulerei und die weißblonden Haare …«

Noah stockte der Atem, als er die Geschichte hinter diesen Worten begriff: Diese Frau hatte Jascha für ihn gehalten. Wegen der verfluchten gebleichten Haare!

»Meine erste Idee war es, diese Ménage à trois nachzuspielen. Ein Anruf bei meinem Partner – und der war sofort Feuer und Flamme. Bei der Heulsuse war ich mir allerdings nicht sicher. Ich wusste nicht, ob der Junge mitziehen würde, schließlich habe ich kaum ein klares Wort aus ihm herausbekommen. Er winselte nur immerzu, dass er einen riesengroßen Fehler begangen habe, der nicht wiedergutzumachen sei. Deshalb habe ich ihm kurzerhand K.o.-Tropfen in den Tee getan, die dann einen Tick zu gut gewirkt haben. Der Junge war völlig hinüber, hat es nicht einmal geschafft, das Gesicht auf dem Kissen zur Seite zu drehen, um ausreichend Luft zu bekommen. Leider haben wir das erst bemerkt, als es schon zu spät war. Er ist sozusagen sanft entschlafen, während Dirk sich mit ihm vergnügt hat. Ein Unfall.«

»Ein Unfall? Jaschas Tod war für Sie nur eine dumme Lappalie?« Noah bekam kaum Luft, so sehr brodelte es in ihm. Diese Frau tat so, als hätte sie den Jungen missbrauchen dürfen, nur weil ihr Bruder dasselbe getan hatte. Als wäre es eine Art Familienrecht. Das Schlimmste war jedoch, dass Jascha bloß in diese Situation geraten war, weil Noah ihn vertrieben und ihm die Freundschaft aufgekündigt hatte. *Es hätte dein Gesicht sein müssen, das irgend so ein Dreckschwein vor lauter Geilheit ins Kissen drückt – und nicht das von Jascha.* Als ihm Tränen in die Augen stiegen, hätte Noah am liebsten gekotzt. Diese Art Verzweiflung stand ihm nicht zu. Er hatte es vermasselt, und zwar so gründlich, wie es überhaupt möglich war.

Mit einem Stirnrunzeln hielt die Frau eine von Noahs Haarsträhnen ins Licht, das kalt aus einer Deckenlampe floss.

»Jetzt ist es wieder schön hell«, sagte sie. »Genau wie auf den Fotos: der verführerische Junge mit dem Engelshaar.«

»Ich habe niemanden verführt«, stellte Noah richtig.

»Dann hat Albert dich eben unterworfen.« Sie zuckte mit den Schultern. »Es ist vollkommen egal, wie das Spiel hieß. Von Bedeutung ist nur, dass es Alberts letztes war – und damit auch deins.« Sie ging zu einer schwarzen Sporttasche aus Nylon und holte eine Handschusswaffe hervor. »Weißt du, was das ist?«

Noah hatte kein Problem damit, der Frau in die Augen zu schauen. Vermutlich sollte er Angst haben – sogar Todesangst –, aber er verspürte nur Abscheu. Für sich selbst beinahe noch mehr als für dieses eiskalte Monstrum.

»Wenn Sie mich erschießen wollen, dann reden Sie nicht lange herum, sondern tun Sie es einfach.«

»Aber das will ich doch gar nicht. Obwohl diese Pistole zweifelsohne wie geschaffen dafür ist, einen Menschen zu durchlöchern. Die SIG 210-5 ist nicht nur präzise, sondern liegt auch hervorragend in der Hand, für so etwas hatte Albert ein gutes Feeling.« Sie balancierte die SIG auf dem Handteller aus, als handle es sich um ein Liebhaberstück und nicht etwa um eine todbringende Waffe. »Schießen hat viel mit Konzentration und Fokussierung zu tun, darum habe ich überhaupt damit angefangen, auch wenn ich nie gedacht hätte, dass eines Tages eine leidenschaftliche Schützin aus mir werden würde. Dabei entspricht es meiner Natur, das Ziel fest im Blick zu haben. Albert war genauso, wusste immer, worauf es ankam. Bis seine neue Spielgefährtin das Steuer übernahm.«

»Ihr Name war Karlie. Ist sie auch einem Unfall zum Opfer gefallen, etwa als Ihre Faust zufällig ihr Gesicht rammte?«

»Nein«, sagte die Frau, während sie die Pistole überprüfte und dann auf Noah zielte, als wäre er lediglich die Nachbildung einer menschlichen Silhouette auf dem Schießplatz.

»Das war ein Akt aus Leidenschaft. Allerdings wusste ich bis zu dem Zeitpunkt, als ich nach dem Teppichmesser griff und ihr die Kehle durchschnitt, gar nicht, dass ich überhaupt dazu in der Lage war.« Ihr Gesicht versteinerte, keine Regung ließ sich darauf ablesen. »Du hättest Dirks Gesicht sehen sollen, als ihm ein Strahl Blut einmal quer über die Brust spritzte. Erst dachte ich, er flippt aus, aber dann hat er die Möglichkeiten begriffen, die hinter diesem weiteren Opfer steckten – genau wie ich: die Chance, etwas ganz Großes und Außergewöhnliches zu tun.«

»Einen Dreck haben Sie getan. Sie haben Karlie umgebracht, weil Sie ihr nicht das Wasser reichen konnten. Karlie hat Ihnen den Bruder gestohlen, und Sie konnten nichts anderes tun, als den beiden heimlich hinterherzuschnüffeln und ihre Spiele zu kopieren. Ganz schön arm.« Mit einer gewissen Genugtuung beobachtete Noah, wie es in dem maskenhaften Gesicht der Frau zu zucken begann.

»Hochinteressant. Wirklich. Du hältst jetzt allerdings besser die Klappe, falls du nicht geknebelt werden willst. Ich würde gern darauf verzichten, das gibt nämlich hässliche Druckstellen, was ausgesprochen schade wäre bei einem so hübschen Mund.« Sie berührte mit der Fingerspitze den Ring in Noahs Unterlippe. Ganz leicht nur – Noah schüttelte es trotzdem. »Ich werde jetzt die Fesseln lösen und erwarte, dass du danach genau das tust, was ich dir sage.«

»Ansonsten schießen Sie auf mich?«, vergewisserte sich Noah. »Ich meine ja nur, weil oben vor dem Haus ein Polizeiwagen steht.«

Die Frau legte die SIG beiseite. »Da ist was dran. Wir wollen die Herrschaften ja nicht zu früh auf uns aufmerksam machen. Lass mich nachdenken … Das Rasiermesser wäre natürlich ein gutes Argument, aber nicht sonderlich elegant. Ich habe schon einmal eine Kehle mit einem Teppichmesser durchgeschnitten, das war eine eher holprige Angelegenheit.« Sie holte ein schlankes Etui aus der Tasche hervor und klappte es auf. »Wie wäre es hiermit?« Edelstahl glänzte auf. »Mit diesem hübschen Spielzeug hat mein Bruder seine Mätresse gezeichnet.« Mit einer flinken Bewegung löste sie die roten Bänder an Noahs Unterarm und zerschnitt mit dem Skalpell mühelos den Ärmel seines Pullis. »Sieh an, was sind denn das für Narben … Ein missglückter Selbstmordversuch?«

»Nein, ein geglückter Kampf ums Überleben. Ich bin schon einmal einer Frau mit einer Klinge in der Hand entkommen.« *Und meine Mutter war ein ganz anderes Kaliber, schließlich ist nichts stärker als die nackte Verzweiflung*, dachte er fast stolz.

Einige Herzschläge maßen sie einander, dann schien sie zu der Überzeugung gelangt zu sein, dass Noah die Wahrheit sagte: Er war kein Opferlamm wie Jascha.

»Nun, wenn das so ist …«, sagte die Frau.

Im nächsten Moment durchtrennte das Skalpell mit einem Schnitt das alte Narbengewebe auf Noahs Arm, und eine tiefe Wunde klaffte auf, die sich mit Blut füllte.

Noah unterdrückte ein Keuchen.

Das Blut lief in einem dicken Rinnsal über seinen Arm und tropfte auf den Kellerboden.

»Wie groß muss der Blutverlust wohl sein, bis man das Bewusstsein verliert? Eineinhalb oder zwei Liter?«, dachte die Frau laut nach.

Beide starrten sie auf die dunkle Lache am Boden, die sich viel zu rasch ausbreitete. Noah spürte ein Schwindelgefühl aufsteigen und ließ sich auf den Stuhl zurücksinken. Während er noch gegen das wattige Gefühl hinter seiner Stirn ankämpfte, nahm sie seinen Unterarm und band ein rotes Band straff um die Schnittwunde. Dann löste sie die restlichen Bänder. Als sie fertig war, zielte sie erneut mit der Waffe auf ihn.

»Nur für den Fall der Fälle. Wenn du nun so gut wärst und dich erheben würdest?«

Unsicher stand Noah auf. Abgesehen von dem Schwindelgefühl, waren seine Gliedmaßen steif von der langen Reglosigkeit. Er musste sich an der Stuhllehne abstützen, um sich aufrecht zu halten.

»Und jetzt?«, fragte er.

»Ausziehen.«

Noah traute seinen Ohren nicht. »Wie bitte?«

»Raus aus den Klamotten und ab in die Ecke dort drüben.« Sie stellte sich neben einen Gartenschlauch, der an einen Wasserhahn angeschlossen war. Offensichtlich war die gekachelte Ecke dafür vorgesehen, Blumentöpfe oder verdreckte Fahrräder abzuspritzen. Als Noah den Schlauch ungläubig ansah, lächelte sie – zum ersten Mal. »Das Bleichmittel muss aus den Haaren raus. Außerdem brauche ich dich sauber und rein, eben ein kleines Engelchen, wenn du dich auf dem Lager aus Federn ausstreckst.«

46

Samstag, später Abend

Die kahlen Baumkronen reckten sich weit empor, ausladende Dächer aus Spitzengeäst. Auf den kräftigeren lagerte bereits ein weißer Flaum, der dem Geflecht aus Grau und Schwarz nicht mehr als einen Schimmer entgegenzusetzen wusste. Hauchzarte Tupfen schwebten heran und überzogen die Welt mit ihrem Schleier. Sogar der leicht angefrorene Boden, der sich unter Frankas Schritten in Matsch verwandelte, wies weich gewölbte Schneeinseln auf, die an weißes Moos erinnerten.

Franka konnte nicht aufhören, nach oben zu blicken. Wie alt die Bäume wohl waren? Und welch ein Glück, dass niemand auf die Idee gekommen war, sie zu fällen, um auf den leicht abfallenden Hang dicht an dicht Neubauten zu setzen. In diesem kleinen Wald, umgeben von alten Prachtvillen und neuzeitlichen Architekturwundern, offenbarte sich der wahre Reichtum Fleetburgs, der darin bestand, nicht jedes Fleckchen Erde der Ökonomie zu unterwerfen.

Ein schmaler Pfad hatte Franka zu diesem Kleinod geführt. Es handelte sich vermutlich um den naturbelassenen Teil eines riesigen Gartens, an den die umliegenden Grundstücke mit ihrer Gartenseite anstießen. Viele Nachbarn hatten auf einen Zaun verzichtet, es wäre ja auch zu schade gewesen, sich gegen diese Baumriesen abzugrenzen.

Franka hatte Noahs Spur längst aus den Augen verloren. Als das Haus der Seelers' in der Dunkelheit verschwunden war, hatte sie den verloren gegangenen Jungen noch im Kopf gehabt. Das Verlangen, ihn zu finden, war fast übermächtig gewesen. Als wäre er der Faden, an dem sie nur ziehen musste, um das Gewirr dieses Falls wie mit Zauberhand zu entknoten. Doch umkreist von Kälte und dichter werdendem Schneetreiben, hatten ihre Gedanken sich verselbstständigt, waren davongeeilt, während sie durch die weiß gesprenkelte Nacht lief, ohne einen Sinn für ihre taub werdenden Gliedmaßen oder für Bedürfnisse wie Ruhe und Nahrung.

Dafür war das ziellose Herumstromern zu schön.

Es erinnerte sie an Kindheitstage, die man damit zubrachte, einem ausgedachten Geheimnis nachzujagen, versunken in der eigenen Welt, stets in Bewegung und in träumerischer Selbstsicherheit einem unsichtbaren Pfad folgend. Nicht einmal Abel Messners wiederholten Anrufen war es gelungen, sie aus dieser Stimmung zu holen. Sie hatte nur mechanisch das Handy auf lautlos gestellt und war weiter auf Wegen gewandelt, von denen sie nicht wusste, wohin sie führten. Als sich dann am Ende des vermuteten Stichwegs der nächtliche Wald aufgetan hatte, war sie nicht verblüfft gewesen, sondern hatte die Einladung bereitwillig angenommen.

Nun stand Franka zwischen zwei Baumriesen und spähte über einen weiß bestäubten Rasen auf ein schwaches Licht, das durch die ungleichmäßig geschwärzten Scheiben eines Wintergartens drang. Wie ein Irrlicht hatte es ihr den Weg geleuchtet.

Hier wollte ich aber gar nicht hin, dachte sie.

Vor ihr lag das Haus der Seelers'.

Ricarda musste eine Lampe im Erdgeschoss brennen gelassen haben, als sie auf ihrer Stippvisite im Haus gewesen war. Oder einer der Schutzpolizisten hatte einen Rundgang gemacht und vergessen, es wieder auszuschalten.

Der Zauber der Nacht drohte sich zu verflüchtigen, und

als Franka Anstalten machte, sich umzudrehen und in den Wald zurückzukehren, wusste sie, dass es bereits zu spät war. Sie war durch und durch Polizistin, und so kehrten ihre Gedanken zu dem Fall zurück und schoben sich mit aller Macht in den Vordergrund, während der Teil ihres Selbst, der sich nach Freiheit sehnte und dringend mal abschalten musste, zurückwich. Es war ihre Aufgabe, nach dem Rechten zu sehen.

Mit einem Seufzer dachte Franka an ihre Stiefeletten, die bereits völlig durchweicht waren. Der schlammige Rasen würde ihnen gewiss den Rest geben. So leichtfüßig wie möglich durchquerte sie den Garten und lugte durch die mit schwärzlichen Schlieren übersäten Scheiben des Wintergartens, da im angrenzenden Wohnzimmer die Außenjalousien heruntergelassen waren. Das Licht kam wie erwartet aus der Diele und würde von der Straße aus nicht zu sehen sein, falls die Küchentür geschlossen war.

Franka wollte sich schon abwenden und den Weg seitlich am Haus entlang zur Straße nehmen, als sie den schmalen Lichtstrahl bemerkte, der darauf hinwies, dass die Schiebetür nicht richtig geschlossen war. Es war zu dunkel, aber ihre Fingerspitzen ertasteten Schrammen im Lack. Hier hatte sich eindeutig jemand mit einem Stück Draht oder Ähnlichem Zutritt verschafft.

Behutsam öffnete sie die Tür und erblickte ein paar schlammbespritzte Sneakers. *Na, welcher brave Junge zieht wohl seine schmutzigen Schuhe aus, nachdem er die Tür geknackt hat?*, dachte Franka und musste lächeln. Was ihr nicht leichtfiel, denn die Kälte hatte sich wie eine starre Maske über ihr Gesicht gelegt.

Der Wintergarten ähnelte im Dämmerlicht nicht länger dem von der Spurensicherung gesicherten Fundort, den sie vor zwei Tagen zum ersten Mal betreten hatte. Die Lack-Teer-Mischung war inzwischen abgetragen worden in der

Annahme, sie könnte Spuren oder Hinweise verdecken, was jedoch nicht der Fall gewesen war. Auch von den umherschwirrenden Federn war nichts mehr zu entdecken. Vor allem war es das Fehlen der beiden hergerichteten Toten, das Franka das Gefühl vermittelte, nicht am selben Ort zu sein. Vor ein paar Tagen war sie in ein bizarres Märchenreich eingedrungen, dessen Bann sie bislang nicht einmal ansatzweise begriff. Jetzt sah sie nur einen ramponierten Wintergarten, der nach chemischen Ausdünstungen stank und mit einigen zurückgelassenen Präsenten der Spurensicherung dekoriert war.

Eigentlich hatte Franka damit gerechnet, Noah in einer Ecke sitzend vorzufinden. Sie stellte sich vor, wie er die Stelle anstarrte, auf der die Leichname zweier Menschen gelegen hatten, die ihm wichtig gewesen waren. Doch außer den Sneakers wies nichts auf seine Anwesenheit hin. Vielleicht täuschte sie sich ja, und die Schuhe gehörten bloß einem neugierigen Jugendlichen, der eingestiegen war, um sich das Engelsmacher-Haus genauer anzuschauen. Wäre schließlich nicht das erste Mal, es gab eine ganze Menge Tatort-Freaks dort draußen. Doch die Schuhe passten zu der Beschreibung, die Derek Lenz ihr gegeben hatte, teure Designer-Teile, von denen sie lieber nicht wissen wollte, auf welchem Weg Noah an sie gelangt war. Sie spielte mit dem Gedanken, seinen Namen zu rufen, aber sie wollte die beiden Streifenpolizisten lieber nicht auf sich aufmerksam machen und ihnen erklären müssen, was sie mit einem jungen Mann in diesem versiegelten Haus zu suchen hatte.

Also verlegte Franka sich darauf, leise nach Noah zu rufen, während sie von einem Raum zum nächsten ging. Doch alle Zimmer waren leer, und die abgestandene Luft verriet, dass sich schon seit einiger Zeit niemand mehr hier aufgehalten hatte. Die letzte Tür im Obergeschoss, die Franka öffnete, was das Schlafzimmer der Eltern.

Auf dem Bett lag ein Schatten, ausgestreckt auf den Leinenbezügen.

Doch noch ehe sie das Bild zu fassen bekam, verwandelte sich der Schatten in eine zerwühlte Bettdecke. Auch in dieses Zimmer hatte Noah sich nicht zurückgezogen, ihre Hoffnung hatte ihr etwas vorgegaukelt. Alles sah so aus, wie sie es in Erinnerung hatte, einmal abgesehen von der halb offen stehenden Schranktür, hinter der die von der Spurensicherung lose reingestopften Handtücher lagerten. Bei Marlis Seelers waren sie vermutlich zu sauberen Rechtecken zusammengelegt und der Größe nach sortiert gewesen.

Ein Blick ins anschließende Badezimmer bewies, dass auch hier die Außenjalousien runtergelassen waren, sodass sie das Licht gefahrlos einschalten konnte. Sofort fiel ihr auf, dass der Kosmetikschrank offen stand. Marlies Seelers' Medikamentensammlung hatte die KTU mitgenommen, aber ihre Kosmetik? Andererseits hätte auch Ricarda etwas aus dem Schrank nehmen können, als sie weitere Sachen für ihre Schwägerin geholt hatte – falls sie wirklich aus diesem Grund hier gewesen war. Franka ging die Bestände durch und fragte sich, was wohl fehlte. Ein unsinniges Unterfangen, schließlich besaß eine Frau in der Regel mehr als nur eine Bodylotion oder einen Lippenstift.

Franka verließ das Schlafzimmer und ging die Treppe hinunter, immer noch darauf wartend, dass ihr etwas Entscheidendes ins Auge fiel. *Die einzige Veränderung in diesem Haus, die du aufspüren musst, ist Noah – und zwar pronto*, spornte sie sich an. *Damit der Bursche sich aus dem Staub macht, bevor er noch eine Anzeige wegen Hausfriedensbruch am Hals hat.*

Aber da war kein Noah.

Wahrscheinlich hatte er seine durchnässten Sneakers einfach stehen lassen, sich ein neues Paar Schuhe von Albert Nehring genommen und war längst wieder verschwunden, während sie zu nachtschlafender Zeit durch ein leeres Haus huschte. Spätestens morgen früh, wenn der Wecker sie aus dem Tiefschlaf klingelte, würde sie sich dafür auslachen, ihren Abend auf diese Weise verbracht zu haben, anstatt in der Badewanne gemütlich zu verschrumpeln.

Als Franka vor der Kellertür stand, die vom hinteren Flurbereich abging, überkam sie die Müdigkeit wie eine Flutwelle. Warum zog sie das hier überhaupt durch? Der Tag war lang und verdammt hart gewesen. Sollte Noah doch tun, was immer er tun musste. Die beiden Verlierer draußen im Streifenwagen würden ihn schon nicht bemerken, die waren bestimmt längst wieder in ihre unterhaltsamen Filmchen auf dem Smartphone vertieft. Außerdem ... Wenn sie den jungen Mann jetzt stellte, dann trug sie die Verantwortung für ihn: Sie musste ihn aus diesem Haus bringen, egal in welchem Zustand er war, sich mit ihm auseinandersetzen und eine Unterkunft für ihn finden, falls er nicht ins Krankenhaus zurückgehen wollte. Diese Aussicht fühlte sich wie ein Stein an, der um ihren Hals hing. Wenn sie jetzt die Kellertür öffnete und Noah war da, wäre das genau so, als würde sie mitsamt dem Stein ins Wasser springen.

Nun tu doch nicht so, du hast doch längst die Verantwortung für ihn übernommen, hielt sie sich vor Augen.

Ergeben streckte Franka die Hand nach der Türklinke aus.

Die Kellertür glitt ebenso geräuschlos auf wie die restlichen Türen im Haus. Die Treppe war aus geschliffenem Beton, die Beleuchtung selbst bei diesem ansonsten meist stiefmütterlich behandelten Bereich dezent indirekt gestaltet. Franka warf einen Blick in einen Freizeitraum mit einem Billardtisch und einen halb leeren Wirtschaftsraum – scheinbar hielt Marlis Seelers nicht viel von Vorräten und lagerte auch keine verstaubten Schätzchen in Regalen, wie es ansonsten üblich war.

Zuletzt betrat Franka den im Dunkeln liegenden Fahrradkeller.

Wieder glaubte sie, einen Schatten zu sehen. Dieses Mal kauerte er am Boden. Eine Nacht voller Trugbilder – kein Zweifel, sie war wirklich durch für diesen Tag.

Dann fanden ihre Finger endlich den Lichtschalter.

Als das Licht aufleuchtete, war der Schatten immer noch da, allerdings von Schwarz in Weiß verkehrt: helle Haut, noch helleres Haar.

Ein Déjà-vu, dachte Franka, während sie die Gestalt fassungslos anstarrte. Diese Haltung … zusammengekrümmt auf der Seite liegend, die nackten Beine schützend angezogen. Nur dieses Mal lag der tote Junge nicht auf Federn gebettet, sondern auf nass glänzenden Fliesen.

So blendend, wie das Licht auch war, die Gestalt rührte sich nicht. Nicht einmal ein Heben der Brust war zu erkennen.

»Noah?«, brachte Franka mit brüchiger Stimme hervor.

Der Junge zog den Kopf in den Nacken. Als er die Augen öffnete, wurden sie schreckensweit.

»Ich bin es nur, niemand sonst«, versicherte ihm Franka. Er lebte, das war alles, worauf es erst einmal ankam. »Keine Sorge, alles ist gut.«

»Ja, das sehe ich genauso«, sagte eine Frauenstimme in ihrem Rücken.

Bevor Franka reagieren konnte, spürte sie eine kalte Klinge an ihrem Hals und dann auch schon einen brennenden Schmerz, wo sie sich in die Haut gegraben hatte. »Und damit auch alles gut bleibt, nehmen Sie jetzt sofort die Hände hinter den Rücken. Aber bitte schön langsam.«

Franka wog die Möglichkeiten ab, der Klinge zu entgehen, bevor sie größeren Schaden anrichten konnte. Keine Chance. Nur eine Bewegung, und ihre Halsschlagader wäre durchtrennt. Genau wie bei Karlie, deren zerfetzte Kehle ihr plötzlich vor Augen stand. Also führte sie, wie befohlen, ihre Hände nach hinten.

»Sie sind doch klug genug, um zu wissen, dass Sie hiermit nicht durchkommen werden«, gab Franka zu bedenken.

»Wer sagt denn, dass ich mit irgendwas durchkommen will?«, erwiderte Ricarda Marino mit einer erschreckenden Gelassenheit. »Hier endet das Spiel schließlich.«

47

Samstag, kurz darauf

»Wenn das für Sie ein Spiel ist – einverstanden«, erwiderte Franka, während sie zuließ, dass ihre Handgelenke gefesselt wurden. Bestimmt war das verwendete Band genauso rot wie das, mit dem Dirk Märzbach ans Bett gebunden worden war. »Aber Sie sollten sich dafür Partner suchen, die gewillt sind mitzumachen. Noah hat damit nichts zu tun.«

»Das gilt vielleicht für den Noah, den Sie kennen. Aber dieses schöne Wesen am Boden … das gehört mir, ich habe es erschaffen.«

»So wie die beiden Schlafenden im Wintergarten?«

»Ja, die gehören auch mir.« Eine kühle Fingerspitze berührte Frankas Hals ein Stück über dem frischen Schnitt, um sich dann zu senken. Franka biss die Zähne zusammen, als die Wunde unter der Berührung brannte, während Ricarda mit dem hervortretenden Blut kleine Kreise auf Frankas Haut zu malen begann. »Es stellt eine gewisse Herausforderung dar, dieses Schauspiel zu überbieten. Andererseits ist ein befleckter Engel noch beeindruckender als einer, der lediglich Unschuld ausstrahlt. Ich hätte gleich wissen müssen, dass ich den falschen Jungen hatte, als er in Alberts Adlernest plötzlich vor mir stand.«

»Sie meinen das Apartment in der City«, sagte Franka. »Es waren allerdings keine Adlerfedern, die in Dirk Märzbachs Rachen steckten.«

Der Finger, der eben noch Frankas Halswunde umspielt

hatte, verschwand. »Sie haben die kleine Ratte also schon gefunden. Schade, eigentlich hätte er erst einmal eine Weile vor sich hin rotten sollen, bevor er entdeckt wird.« Ricarda schnaufte. »Ich hätte das Nest anzünden sollen, auch wenn dieser Verräter es nicht verdient hatte. Ein Spiel bringt man zu Ende – und hört nicht mittendrin auf, nur weil einem die Nerven durchgehen.«

Franka hoffte, dass Ricarda Marino zu sehr auf ihr Gespräch konzentriert war, um zu bemerken, wie sie die Handfesseln überprüfte, indem sie ihre Hand- und Armmuskulatur lockerte, die sie zuvor extra angespannt hatte. Die Fesseln passten sich der Bewegung allerdings an. Die Frau hatte genau gewusst, was sie tat.

»Dann ging Karlies Tod bestimmt auf Ihr Konto«, fragte sie hastig, als Ricarda die Fesseln an ihren Händen berührte, um zu beweisen, dass ihr der kleine Test nicht entgangen war. »Um jemandem die Kehle Stück für Stück gegen den Widerstand von Fleisch, Sehnen und Kehlkopf aufzuschlitzen, braucht man einen eisernen Willen.«

»Ich will Sie nicht schockieren, aber es war mir ein Vergnügen, diese Person umzubringen. Damit hatte die Gute nämlich nicht gerechnet, sie dachte schlichtweg, dass niemand ihr das Wasser reichen könnte.«

»Das klingt nach einer Art Kräftemessen zwischen zwei besonderen Frauen«, lockte Franka.

»So hätte es sein können – wenn sie gewusst hätte, wer ich bin. Aber für die große Künstlerin Karlie war ich nur die Freundin des Journalisten Dirk Märzbach, die ihren angetrunkenen Freund mitten in der Nacht aus einem verlotterten Atelier abholte. Die Idee mit dem Teppichmesser kam von ihr, eine Demonstration für den Herrn Journalisten, um ihre Authentizität zu verdeutlichen. Erst als ich die stumpfe Klinge zum zweiten Mal angesetzt habe, hat sie begriffen, dass ich im Begriff war, sie umzubringen. Aber da war es schon zu spät.« Ricarda schloss Franka von hinten in ihre Arme und flüsterte ihr ins Ohr: »Ich weiß also bestens Bescheid, wie man einer widerspenstigen Frau den Hals aufschneidet.«

Während Franka der Schweiß auf die Stirn trat, beobachtete sie, wie Noah sich langsam auf den Fliesen aufsetzte. Die Seite, auf der er gelegen hatte, war rot verfärbt, als habe er viel zu lange auf dem harten Grund gelegen. Tropfen seilten sich von seinem Haar ab, fielen auf seine nackten Schultern. Um seinen rechten Unterarm trug er eine Manschette aus rotem Band. Auf den ersten Blick waren keine Verletzungen auszumachen, aber die Art, wie er sich den Kopf hielt, verhieß nichts Gutes. Falls er mitbekam, was Ricarda Marino über Karlies kaltblütige Ermordung sagte, ließ es sich nicht von seinem Gesicht ablesen. Es wirkte leer. *Bestimmt steht er unter Schock*, dachte Franka. Dann blinzelte er Franka an, allerdings eher, als habe er Probleme, den Blick scharf zu stellen.

»Karlie zu töten war eine Sache. Ihre Taten in den Schatten zu stellen, eine ganz andere. Da gehört schon was dazu – und das ist Ihnen gelungen: Ihre schlafenden Toten werden unvergessen bleiben. Egal, was Sie jetzt planen, es kann nur ein Abklatsch sein.«

»Da weiß jemand ja genauestens Bescheid. Ganz schön überheblich, Frau Kommissarin.«

»Ich will nur wissen, warum Sie Noah da mit reinziehen. Er ist Ihnen doch nicht mal ansatzweise gewachsen.«

»Das wissen Sie nicht? Hat er Ihnen sein kleines schmutziges Geheimnis etwa nicht verraten?« Ricardas Lippen streiften Frankas Wange.

Franka glaubte einen Kuss zu spüren, dann legte Ricarda ihr Kinn auf die Schulter. Ob sie ihr Zittern spürte?

Noah schien nichts davon mitzubekommen, dass über ihn geredet wurde. Er rieb sich mit seiner immer noch von der

Prellung gezeichneten Hand übers Gesicht, als wolle er seine Benommenheit loswerden.

Ricarda seufzte. »Als ich die Sache heute im Alleingang zu Ende bringen wollte, kniete plötzlich mein gefallener Engel ganz andächtig im Wintergarten, dort, wo er eigentlich schon vor ein paar Tagen hätte liegen sollen. Als hätte er darauf gewartet, um mit mir zu gehen. «

Franka spürte fast körperlich, wie Ricardas Aufmerksamkeit sich von ihr entfernte und zu Noah wanderte. Gleich würde sie das Gespräch beenden, um ihre Vision endlich wahr werden zu lassen. Noah zog diese Frau an wie ein Magnet.

»Noah hat nicht auf Sie gewartet, weil hinter dem, was Sie tun, kein größerer Sinn steckt«, sagte Franka schnell. »Es ist bloß Mord, in Jaschas Fall ein sinnloser und in Karlies Fall ein widerlich brutaler. Vom Flammengrab Ihres eigenen Bruders und Dirk Märzbachs Mund voller Federn ganz zu schweigen.«

Ricarda nahm ihr Kinn von Frankas Schulter, aber wenigstens schien sie nun wieder voll bei ihr zu sein. Im wahrsten Sinne. Geschickte Hände tasteten Frankas Mantel ab, schlüpften unters Revers und griffen zielstrebig ins Schulterholster. Als Franka den Kopf zur Seite drehte, um einen Blick auf ihre Peinigerin zu werfen, trat diese auch schon wieder hinter sie, mit Frankas Waffe in den Händen.

»Ich habe nicht erwartet, dass jemand wie Sie das begreift«, sagte Ricarda kühl.

»Was meinen Sie damit, jemand wie ich? Eine Kriminalerin, die ständig mit Mördern zu tun hat, von denen jeder Einzelne glaubt, eine besondere Geschichte zu erzählen zu haben?«

Ricarda Marino lachte abfällig. »Das ist also alles, was Sie ausmacht: Franka Janhsen, die Kriminalerin. Sie sind so einfach gestrickt, dass ich gar nicht wüsste, wie ich Ihnen erklären sollte, was ich hier tue.«

»Das ist doch nicht schwer«, erwiderte Franka. »Sie bringen Menschen um. Weil es für Sie ein Spiel ist. Sogar Ihr Bruder war nicht mehr als eine Figur für Sie.«

»Albert war doch keine Figur, er war der Erfinder dieses Spiels. Nur hat er irgendwann das Ziel aus den Augen verloren.«

Wenige Handbreit hinter Franka wurde die Heckler & Koch mit einem leisen Klicken entsichert. Wie auf Befehl brandete ein Adrenalinschub durch Frankas Körper, und nur mit Not konnte sie den überwältigenden Fluchtimpuls unterdrücken.

Noah hatte die Waffe allem Anschein nach auch bemerkt und zog das aufgerichtete Knie wie ein Sprinter vor die Brust. Ein Zittern lief durch seinen Körper. Als würde er nur auf das Startsignal warten, um voranzustürmen.

»Du bleibst, wo du bist, mein schöner Engel«, sagte Ricarda ohne einen Hauch von Ironie in der Stimme. »Es wäre zu schade, wenn dein Federbett sich hässlich rot färben würde. Da ist es doch viel erstrebenswerter, sanft einzuschlafen, wie ich es dir versprochen habe, oder?«

Franka konnte den Lauf der Waffe nicht sehen, sodass sie nicht wusste, ob er auf ihren Rücken oder auf Noahs Brust gerichtet war. *Besser auf mich,* beschloss sie. »Sie haben Ihren Bruder also draufgehen lassen, weil er sich nicht an die Regeln hielt, die er selbst aufgestellt hatte. Klingt ganz so, als wären Sie eine elende Spielverderberin, Ricarda. Wahrscheinlich hat Albert sich deshalb lieber mit Karlie amüsiert.«

»Das, was Albert mit Karlie getan hat, war doch nicht mehr als ein Schatten unserer ursprünglichen Idee. Mein Bruder hatte dem Ganzen nur wegen Marlis abgeschworen. Das hatte ich auch verstanden, meine Schwägerin ist eine besondere Frau, sie ist von Natur aus das, was wir werden wollten: eine echte Grenzgängerin.«

Franka hätte in diesem Augenblick zu gern in Ricarda Marinos Gesicht gesehen, um zu wissen, ob ihre Oberlippe bebte, ob ihr Blick ziellos umherirrte oder ob sie vor Anspannung erstarrt war. Sie musste diese Frau treffen, aus dem Gleichgewicht bringen, ansonsten sahen ihre Chancen schlecht aus.

»Ihr Bruder hat sich also wegen seiner schizophrenen Ehefrau aus Ihrem Team verabschiedet, während Sie allein weitergemacht haben. Das stelle ich mir traurig vor, wenn da plötzlich niemand mehr ist, mit dem man das Erlebte teilen kann. Plötzlich läuft man nicht mehr gemeinsam, sondern allein auf ein Ziel zu. Dirk Märzbach ist doch gewiss kein geeigneter Ersatz gewesen.«

»Dirk war nur ein Tourist in meiner Welt, wenn auch ein nützlicher.« Ricarda umkreiste Franka und blickte ihr ohne Zögern ins Gesicht, während sie ihr den Pistolenlauf an die Stirn setzte. »Übrigens hätte Dirk Sie gern dabeigehabt, er war ganz verrückt nach Ihnen, als hafte Ihnen ein besonderer Duft an. Steckt vielleicht mehr in Ihnen, als ich sehe?«

Aus den Augenwinkeln nahm Franka wahr, dass Noah aufgestanden war, unsicher auf den Beinen wie ein neugeborenes Rehkitz. Sofort trat Ricarda zur Seite, sodass er die Waffe auf Frankas Kopf sehen konnte. Ohne ein Wort zu verlieren, setzte er sich wieder auf den nassen Fliesenboden.

»Offenbar war Dirk Märzbach kein guter Ersatz für Ihren Bruder«, sagte Franka.

»So wie Albert in der letzten Zeit unterwegs war, wäre *er* auch nicht der Richtige gewesen. Das habe ich leider erst zu spät begriffen, sonst hätte ich ihm gar nicht erst die beiden Schlafenden Engel zum Geschenk gemacht. Ich meine … was tut mein Bruder? Kippt tot um.« Ricarda schnipste mit den Fingern. »Aber wir haben jetzt lang genug über Dinge geredet, die schon sehr bald unwichtig sein werden. Das Einzige, was in Erinnerung bleiben wird, sind meine Denkmäler. Und Sie werden mir dabei helfen, wo Sie schon einmal da sind.«

Während die Waffe auf Frankas Kopf ausgerichtet war, kniete Ricarda neben der schwarzen Nylontasche. Es war jedoch nicht zu erkennen, was sie herausholte. Dann war sie auch schon wieder an Frankas Seite und dirigierte sie in eine Ecke, an deren Decke ein Eisenring eingelassen war. Vermutlich hatte hier früher einmal ein Sandsack gehangen. Jetzt ließ Ricarda etwas um Frankas Handgelenk zuschnappen, das eindeutig nach Handschellen klang. Dann löste sie mit geschickten Bewegungen die Fesseln. Instinktiv spannte Franka ihre Muskeln an, bereit, jede Chance zu nutzen.

»Denken Sie nicht einmal drüber nach«, drohte Ricarda und riss Frankas linken Arm in die Höhe.

Franka schrie vor Schmerz auf. Der Ruck brachte nicht nur das wunde Pochen in ihrem angeschlagenen Ellbogen zurück, sondern zerrte auch an der Schulter. Als das weiße Gleißen nachließ, hatte Ricarda die Handschelle bereits in den Eisenring eingeklinkt. Ohne ihre Gefangene weiter zu beachten, ging sie zu Noah hinüber, der immer noch in einer lauernden Stellung am Boden hockte. Feindselig stierte er Ricarda an. Franka war sich sicher, dass, wenn er in einer besseren Verfassung gewesen wäre, er sich ihr entgegengeworfen hätte, ohne Rücksicht auf Verluste. Offenbar bemerkte auch Ricarda, dass von Noah eine schwer einzuschätzende Gefahr ausging, denn sie blieb mitten im Raum stehen.

»Das Band um deinen Arm – nimm es ab«, forderte sie ihn auf.

»Einen Teufel werde ich tun.«

Seine Stimme war vollkommen ruhig – und zum ersten Mal hatte Franka das Gefühl, es nicht mit einem Jungen, sondern mit einem Mann zu tun zu haben.

»Muss ich mir wirklich erst etwas einfallen lassen, um dich zu überzeugen?«

»Da Sie eh vorhaben, mich umzubringen, ist die Auswahl an Drohmitteln nicht besonders groß«, gab Noah zu bedenken.

»Das stimmt«, lenkte Ricarda ein. »Vielleicht sollte ich ein paar Schnitte mit dem Skalpell an Frau Kommissarin ausprobieren, die schmerzhaft, aber nicht tödlich sind. So eine Nase besteht ja überwiegend aus Knorpel … Danach wäre sie immer noch in der Lage, mir zu Diensten zu sein und anschließend zu bezeugen, was genau hier passiert ist.« Sie warf Franka einen Blick zu, die gerade mit der freien Hand die Festigkeit des Eisenrings kontrollierte. »Nach meinem kleinen Eingriff wären Sie eine Art wandelndes Denkmal. Jeder, der Sie sähe, wüsste sofort, wessen Weg Sie gekreuzt haben. Dann wären Sie tatsächlich etwas Besonderes. So gesehen würde ich Ihnen einen Gefallen tun.«

»Sie scheinen es ja echt nötig zu haben.« Franka ignorierte die Angst, die ihr mit klammen Fingern über die Rippen kletterte und die Luft abzudrücken drohte. Wenn Ricarda nah genug an sie herankäme, könnte sie ihr einen Tritt verpassen oder sie sogar mit der freien Hand erreichen.

Ricarda legte den Kopf schief. »Schnipp-schnapp, Nase ab.«

»Das reicht«, sagte Noah. »Sie wollen, dass ich das Band abwickle? Okay.«

Mit einem kleinen Lächeln wandte sich Ricarda wieder dem knienden Noah zu, der sich mit sichtlich tauben Fingern an dem roten Band zu schaffen machte.

Das ist kein rotes Band, sondern ein durchgebluteter Verband, dachte Franka, ehe sie begriff, dass beides richtig war.

Ein tiefer Schnitt klaffte oberhalb von Noahs Handgelenk auf, und aus den geöffneten Pulsadern schoss das Blut unter hohem Druck hinaus.

»Wir haben vorhin schon darüber spekuliert, wie viel Blut ein Mensch wohl verlieren muss, bis er ohnmächtig wird und das Bewusstsein verliert. Bevor ich ihm den Druckverband angelegt hatte, war ihm schon ziemlich schwindelig«, erklärte Ricarda, als referiere sie über gut abgehangenes Fleisch.

Franka riss erneut an der Handschelle, ohne dass der Eisenring auch nur ins Zittern geriet. »Ist das die große Nummer, von der Sie gesprochen haben: ein junger Mann, der elendig in einem Kellerloch verblutet?

»Das Sterben ist nicht ausschlaggebend, sondern wie ich ihn anschließend präsentieren werde. Uns beide. Und genau dazu kann ich Ihre Hilfe gebrauchen.«

Ricarda trat auf Franka zu. Um Noah machte sie sich allem Anschein nach keine Sorgen mehr. Aus gutem Grund, wie Franka sich eingestand. Er hockte mit gekrümmtem Rücken und hängendem Kopf da, während ein Schauder nach dem nächsten durch seinen Körper brandete.

»Wenn Sie mitziehen, gebe ich ihm ein starkes Beruhigungsmittel, damit er nicht unnötig leiden muss«, bot Ricarda an. »Ein weicher, angenehmerer Tod, als sich selbst beim Verbluten zuzusehen.«

»Was wollen Sie dafür?«

Ricarda legte die Waffe neben sich auf den Fußboden und trat sie außer Reichweite, ehe sie auf Franka zuging. »Ich will, dass Sie mir das Gesicht zerstören. Dieses Mal wird alles richtig sein.«

48

Samstagnacht

Du willst, dass ich dich schlage? Nichts leichter als das, dachte Franka. Ein gezielter Schlag, und Ricarda würde bewusstlos am Boden liegen. Zu ihrer Verwirrung holte Ricarda jedoch ein Fläschchen aus der Tasche ihres Overalls.

»Silbernitrat«, sagte sie leichthin. »Es ist nicht nur ätzend, sondern schwärzt außerdem die Haut. Ich gebe es nicht gern zu, aber ich bringe es einfach nicht über mich, es selbst zu tun.« Sie beugte sich vor, und Franka streckte sich, um das Fläschchen zu erreichen. »Also bitte, ich werde es Ihnen doch nicht in die Hand drücken, und im nächsten Moment spritzen Sie es mir in die Augen. Strecken Sie Ihre Hand aus, und ich schütte das Silbernitrat darüber.«

Franka sah zu Noah hinüber, der mittlerweile in einem roten See hockte. Als würde er ihren Blick bemerken, hob er das Kinn und sah sie durch weiße Haarsträhnen an, dann schüttelte er kaum merklich den Kopf, ehe er wieder in sich zusammensackte.

Franka streckte die Hand aus, und Ricarda kippte den Inhalt darüber. Schwarze beißende Flecken erschienen auf ihrer Haut. Ricarda beugte sich vor, und Franka musste sich strecken, um mit ihren bereits verätzten Fingerspitzen über deren Wange zu streichen. Die Streifen, die ihre Berührung hinterließ, sahen aus wie die Bemalung eines Kriegers. An Ricardas Gesichtsausdruck konnte sie erkennen, dass die Frau genau jene Macht in sich spürte, die sich immer dann einstellte, wenn man sämtliche Bedenken und Ängste hinter sich ließ.

»Mehr«, sagte Ricarda, während die zuvor so perfekte Haut ihres Gesichts sich dunkel verfärbte.

Franka stemmte sich gegen die Handschelle, bis der Edelstahl ihr ins Gelenk schnitt. Aber trotzdem gelang ihr nicht, Ricarda zu fassen zu kriegen. Während sie gegen ihre wachsende Verzweiflung ankämpfte, wischte sie mit den Fingerkuppen quer über Ricardas Gesicht.

Im Hintergrund stöhnte Noah auf. Viel zu schwach.

Ricarda stand mit geschlossenen Augen da und schien dem Gefühl nachzuhängen, wie sich die obersten Hautschichten unter dem Silbernitrat auflösten.

»Noch mehr?«, fragte Franka, deren Innenhand bereits schwarz verätzt war und brannte, als hätte sie sie direkt in eine Stichflamme gehalten.

»Ja«, flüsterte Ricarda.

Träumerisch schlug sie die Augen auf, um sie im nächsten Moment erschrocken aufzureißen, als Noah sie zu Boden warf. Noch im Fallen packte er ihr ins rote Haar, und Franka hörte das dumpfe Geräusch, als ihr Kopf auf den Betongrund schlug. Einen Moment lang lagen die beiden reglos da, dann gelang es Noah, sich aufzurappeln. Wie ein Betrunkener richtete er sich auf, wobei er instinktiv nach der blutenden Wunde an seinem Arm griff.

»Meine Pistole … dort drüben«, rief Franka.

Ricarda stöhnte auf und fasste sich ins Haar. Blut bedeckte ihre Fingerspitzen.

»Noah!« Franka kämpfte gegen die Handschelle an, riss und zerrte. »Noah, verdammt! Hol meine Pistole.«

Benommen krabbelte Noah auf die Waffe zu und legte dann auf halber Strecke eine Pause ein. Fast sah es so aus, als würde er zur Seite kippen.

»Schachmatt.« Ricarda lachte, nur um sogleich schmerzverzerrt ihr verätztes Gesicht zu verziehen. Langsam stand sie auf, die Hände vorgestreckt, als habe sie Probleme, das Gleichgewicht zu halten.

Ein Rucken ging durch den Eisenring, an den Franka gefesselt war. Nur ganz leicht, aber es war doch ein Hoffnungsschimmer. Sie stemmte einen Fuß gegen die Wand und hängte sich mit ihrem gesamten Gewicht in die Handschelle. Der Schmerz in ihrem Handgelenk und den Armmuskeln war kaum auszuhalten, sie gab trotzdem nicht nach. Putzbrocken rieselten auf ihr verschwitztes Gesicht hinab.

Ricarda wankte Schritt für Schritt auf Noah zu.

Der junge Mann rührte sich nicht.

Mit dem Fuß stupste Ricarda seine Schulter an. Keine Reaktion. Dann hob sie die Waffe auf.

Der Eisenring lockerte sich, und mit einem unerwartet heftigen Prall schlug Franka auf den Boden. Nach Luft ringend, kam sie auf die Beine – nur um in die Mündung ihrer eigenen Waffe zu blicken.

Ricarda stand schief da, Wangen, Stirn und Kinn überzogen von Blasen und schwarzen Schlieren, die sonst so glänzenden Lippen aufgeplatzt, während das Haar seitlich ihres Kopfes blutig am Schädel klebte. Trotzdem lag die Heckler & Koch sicher in ihrer Hand.

»Meine Schuld«, sagte sie. »Man darf sich eben nie zu sicher fühlen. Passiert mir nicht noch einmal.«

Franka schloss die Augen und unterdrückte das kaum zu bändigende Bedürfnis zu schreien. Wut und Frustration waren stärker als ihre Angst.

Ein kaum wahrnehmbares Geräusch, als die Waffe entsichert wurde.

Ein Schuss.

Kein Schmerz, kein Aufprall, wo sie die Kugel getroffen haben musste. Dafür ein dumpfer Schlag.

Als Franka die Augen wieder öffnete, lag Ricarda auf dem

Bauch, Seite an Seite mit Noah, wie sie es geplant hatte. Hinter ihr im Türrahmen stand Abel Messner, die ausgerichtete Dienstwaffe noch in der Hand, als warte er darauf, dass Ricarda sich rührte. Sie tat ihm den Gefallen nicht.

»Du …«, brachte Franka mühsam heraus.

»Ja, ich«, sagte Abel und trat auf Ricarda zu, um sich zu versichern, dass von ihr keine Gefahr mehr ausging. »Wie gut, dass ich mich nicht so leicht abwimmeln lasse. Oder sollte ich sagen, wie gut, dass du meine Anrufe so hartnäckig ignorierst?«

Anstelle eines Lachens brachte Franka nur ein Krächzen heraus.

Hinter Abel tauchte der Lockenkopf aus dem Streifenwagen auf und fluchte, ehe er mit seinem Handy rumzuhantieren begann.

»Was wir hier sofort brauchen, ist ein Notarztwagen – und jede Menge Blutreserven. Und einen Druckverband«, sagte Franka, während sie sich neben Noah niederließ und ihn auf den Rücken drehte. Für Ricarda hatte sie nicht einen Blick übrig. Alles, was sie wollte, war, Noahs Puls zu fühlen.

Doch da war nichts.

Versuch es noch einmal, wies Franka sich selbst an.

Mit zittrigen Händen tastete sie seine Kehle ab und versuchte auszublenden, dass seine Haut sich bereits eiskalt anfühlte. Gerade als sie aufgeben wollte, spürte sie ein leichtes Vibrieren. Der Puls war noch da, schwach, aber immerhin. Instinktiv fing sie an, auf den Bewusstlosen einzureden, ihm auszumalen, dass jetzt alles gut sei und bald noch besser werden würde. Auch als sie gemeinsam mit Abel den provisorischen Druckverband anlegte und später, als die Sanitäter Noah auf die Bahre hievten und er zu stöhnen begann, sprach Franka weiter, ein Versprechen nach dem anderen kam ihr über die Lippen. Als sie im nächtlichen Schneetreiben stand und dem Notfallwagen hinterhersah, während eine Sanitäterin sanft versuchte, sie in einen weiteren Krankenwagen zu bugsieren, rasten die Worte hinter ihrer Stirn weiter. Weiter und weiter, bis sie sich selbst glaubte, dass alles gut sei. Zumindest für den Moment.

Epilog

Acht Tage später

Es ist bloß deine Klingel, ermahnte sich Franka, als ein Geräusch sie aufschrecken ließ. Sie war auf dem Sofa eingenickt, der Fotoband, in dem sie eben noch geblättert hatte, war zur Seite geglitten, genau wie die Decke, unter der sie es sich gemütlich gemacht hatte. Schwerfällig stemmte sie sich in die Höhe, die untergeschlagenen Beine kribbelten. Notdürftig zupfte sie den Kimono zurecht, in dem sie seit Tagen steckte, nur unterbrochen von den Stunden, in denen sie ihn notgedrungen in Waschmaschine und Trockner gesteckt hatte.

»Ich hoffe, es ist okay, dass ich unangekündigt bei dir reinschneie«, sagte Simon. Auf dem Kopf trug er eine Wollmütze, auf der einige Schneeflocken saßen. In der Hand hielt er einen Blumenstrauß – kein schnell an der Tankstelle gekauftes Rosengestrüpp, sondern einen echten Strauß. »Ich wäre normalerweise nicht unangekündigt vorbeigekommen, aber dein Handy ist tot, seitdem du mir die SMS geschickt hast, dass du noch ein paar Tage lang krankgeschrieben bist.«

Das Handy, das von Abel Messner auf vielfältige Art und Weise geknackt worden war, hatte Franka bereits im Krankenhaus entsorgt. Nicht ohne schlechtes Gewissen, schließlich hatte sie dem gekaperten Gerät zu verdanken, dass ihr Kollege sie überhaupt im Keller des Hauses geortet hatte. Grund genug, um Abel wegen seiner Stalkerei nicht die Hölle heißzumachen, aber kein Grund, um das verräterische

Teil zu behalten, auch wenn es eigentlich Besitz des Dezernats war.

»Eine Kommissarin mit zwei unnützen Händen ist nicht zu viel zu gebrauchen.«

Missmutig blickte Franka auf ihren geschienten Arm. Sie hatte sich, ohne es überhaupt zu merken, bei ihrem Befreiungsversuch das Handgelenk gebrochen. Eine saubere Sache, die gut verheilen würde, genau wie die Verätzungen an der linken Hand. Die schwarzen Verfärbungen der Innenfläche würden sie allerdings noch eine Weile begleiten. »Komm doch bitte rein, aber wundere dich nicht darüber, wie es hier aussieht.«

»Natürlich nicht«, sagte Simon, um dann doch erstaunt die Augenbrauen hochzuziehen, als er das Wohnzimmer betrat. »Du hast trotz deiner verletzten Hände angefangen, die Kartons auszuräumen.«

Franka zuckte mit den Schultern. »Besonders erfolgreich bin ich bislang ja nicht gewesen.«

»Deine Sachen haben doch schon seit Monaten gelagert. Können die nicht noch ein paar Tage länger warten?«

»Möchtest du einen Kaffee?«, bot Franka an.

In der Küche sah es noch wüster aus. Als Franka mit der bandagierten linken Hand nach der Kaffeekanne greifen wollte, packte Simon sie kurzerhand bei den Schultern und platzierte sie auf dem Küchenstuhl, nachdem er eine Porzellanfigur und Eierwärmer in Osterhasenform beiseitegeräumt hatte. Dann kümmerte er sich um den Kaffee, ein seltsam vertraut wirkendes Bild, dabei stand Simon gerade erst zum zweiten Mal in ihrer Küche.

»Du hättest mir nur Bescheid geben müssen, dann hätte ich dir gern bei der Aktion geholfen. Es ist doch verständlich, dass man sich in seiner Wohnung auch wie in einem Zuhause fühlen möchte, vor allem wenn man aufgrund einer Verletzung nicht groß was unternehmen kann. Spazierengehen kann ich dir heute jedenfalls nicht empfehlen, es ist zum Zähneklappern kalt. Der Winter scheint es wirklich ernst zu meinen in diesem Jahr.«

»Das ist mir ganz recht, dann kommt wenigstens nicht das Gefühl auf, irgendetwas zu verpassen, während ich den Eremiten spiele.«

Simon stellte Becher auf zwei freie Stellen auf dem Tisch und lächelte plötzlich.

»Was ist denn?« Franka überlegte, ob in ihren Mundwinkeln vielleicht weiße Ränder von ihrem Nickerchen saßen.

»Mir fällt gerade auf, dass ich dich zum ersten Mal mit offenen Haaren sehe«, sagte Simon amüsiert.

Mühsam widerstand Franka dem Bedürfnis, sich ins Haar zu fassen. »Tut mir leid, aber es ist momentan ein wenig schwierig bestellt um meine Beautykünste. Wenn meine Haare in alle Himmelsrichtungen abstehen, dann ist das eben so.«

Sofort schüttelte Simon den Kopf. »Das ist es doch gar nicht. Ich bin nur überrascht, dass sie so …«, er suchte nach dem passenden Wort, »rockig aussehen. Damit habe ich nicht gerechnet.«

Franka versuchte sich nicht anmerken zu lassen, wie sehr sie sich über den bewundernden Ton in seiner Stimme freute. Umständlich nahm sie ihren Kaffeebecher hoch und pustete in den Dampf. »Und, was gibt es Neues?«

»Marlis Seelers hat die Psychiatrische Station verlassen und ist erst einmal bei ihrer Tante untergekommen. Trotz des ganzen Chaos, in das sich ihr Leben verwandelt hat, ist sie erstaunlich ruhig. Wahrscheinlich herrscht in ihrem Inneren eh immer der Ausnahmezustand.«

Während Franka zustimmend brummte, erinnerte sie sich an ihr Treffen mit Marlis Seelers. *Diese Frau wird es schaffen*, dachte sie zuversichtlich.

»Und die Obduktion von Albert Nehring hat tatsächlich

ergeben, dass er an Herzversagen gestorben ist. So fit, wie der Mann nach außen hin auch ausgesehen haben mochte, sein Lebensstil hat ihn quasi von innen her aufgefressen. Es wäre wohl auch so nur eine Frage der Zeit gewesen, bis es ihn erwischt hätte. Früher wäre besser gewesen«, fügte Simon leise hinzu.

Franka erwiderte seinen Blick. »Du gibst Nehring zumindest eine Teilschuld an dem, was passiert ist?«

»Du kennst doch den Spruch mit den Geistern, die man rief.«

»Rufen wir nicht alle in unserem Leben einmal diese Geister an, ohne auch nur eine Ahnung zu haben, was wir damit heraufbeschwören?«

Simon lehnte sich im Stuhl zurück. »Vielleicht hast du recht, und es ist arrogant, so zu tun, als sei dieses Bedürfnis, dem Nehring, Karlie und auch Ricarda auf ihre vollkommen verquere Art nachgerannt sind, nicht latent in jedem von uns steckt. Sich das einzugestehen macht das Leben aber nicht unbedingt einfacher.«

»Nein«, sagte Franka. »Aber das ist es doch ohnehin nicht.« Nicht umsonst hatte sie in den letzten Tagen häufiger, als ihr lieb war, darüber nachgedacht, wie sie eigentlich zu Simon Ackermann stand. Und wie er wohl zu ihr stehen würde, wenn er sie in all ihren Facetten kennenlernen würde. Eine Antwort darauf hatte sie nicht gefunden. »Wie geht es Dirk Märzbach in der Untersuchungshaft?«

»Er hatte einen waschechten Nervenzusammenbruch, von dem er sich mittlerweile erholt hat. Ich denke, ihn hält der Gedanke aufrecht, dass er einen Roman über sein bewegtes Leben schreiben kann. Dass Ricarda tot ist, stellt ihn ja ins Zentrum des öffentlichen Interesses.«

Abel Messner hatte Ricarda Marino, ohne zu zögern, in den Rücken geschossen. Kein Warnruf und erst recht kein Warnschuss. Sie war bereits tot gewesen, während sie noch fiel, hatte Dr. Weisband Franka bei einem Besuch bei ihr am Krankenbett erklärt. »Ein sauberer Schuss, Ihr Kollege wusste genau, was er tat.« Mit nichts anderem hatte Franka bei Abel gerechnet.

»Er hat sich übrigens nach dir erkundigt«, unterbrach Simon ihre Gedanken.

»Abel?«

Simon zog die Stirn in Falten. »Nein, Dirk Märzbach. Er würde dich gern sprechen, um sich zu bedanken, weil du ihn ja quasi gerettet hast. Aber auch weil er gern aus erster Hand hören möchte, was im Keller passiert ist. Überleg dir, ob du dir das antun willst. In meinen Augen ist der Typ ein kranker Mistkerl, der alles, was du sagst, später nur ausschlachten wird.«

Franka winkte schwach mit der bandagierten Hand ab. »Darüber zerbreche ich mir jetzt nicht den Kopf. Ich bin noch eine Weile krankgeschrieben, und die werde ich nutzen, um ein wenig in der Wohnung herumzupuzzeln.«

»Warum sind dir deine vier Wände eigentlich plötzlich so wichtig?«

»Weil ich will, dass sie wie ein echtes Heim aussehen.«

»Ja, schon klar. Aber warum der Druck?«

Franka atmete tief ein. Früher oder später würde Simon es sowieso erfahren. »Noah Sanders wird morgen aus dem Krankenhaus entlassen.«

Wie auf einen geheimen Befehl hin saß Simon stocksteif da. »Du willst diesen Streuner doch nicht etwa bei dir aufnehmen?«

»Doch, genau das habe ich vor. Noah braucht ein Zuhause – genau wie ich. Ich glaube, wir werden einander guttun.«

»Wie in einer Familie?«, versicherte sich Simon argwöhnisch.

»Das wäre schön«, sagte Franka.

Ein neuer Fall für das unschlagbare Ermittler-Duo Franka Janhsen und Simon Ackermann.

448 Seiten. ISBN 978-3-7645-0618-6

Der heruntergekommene Wohnwagen ist Roland Mehres schon lange ein Dorn im Auge. Jeden Morgen denkt er sich, dass man ihn entsorgen müsste. Aber heute ist etwas anders. Als der Wind den Vorhang vorm Fenster hochweht, kommt ein lebloser Frauenarm zum Vorschein. Franka Janhsen und Simon Ackermann von der Rerricker Kriminalpolizei werden an den Tatort gerufen und sind schockiert von der grausam zugerichteten Frauenleiche. Und es bleibt nicht bei dieser einen Toten. Als bei einem Wohnungsbrand ähnliche Verletzungen an einem weiblichen Opfer festgestellt werden, müssen sich die Ermittler einer beängstigenden Frage stellen: Treibt sich ein Sadist auf den Straßen der sonst so beschaulichen Stadt herum, einer, dessen Appetit gerade erst geweckt worden ist?

Lesen Sie mehr unter: **www.blanvalet.de**